国门礼赞

国家移民管理局新闻中心◎编

群众出版社
·北京·

图书在版编目（CIP）数据

国门礼赞 / 国家移民管理局新闻中心编 . -- 北京：群众出版社 , 2024.10 -- ISBN 978-7-5014-6387-9

Ⅰ . I217.1

中国国家版本馆 CIP 数据核字第 20243SV852 号

国门礼赞

国家移民管理局新闻中心　编

责任编辑：王德龙
责任印制：周振东

出版发行：群众出版社
地　　址：北京市丰台区方庄芳星园三区15号
邮政编码：100078
经　　销：新华书店
印　　刷：天津盛辉印刷有限公司

版　　次：2024年10月 第1版
印　　次：2024年10月 第1次
印　　张：28.75
开　　本：787毫米×1092毫米　1/16
字　　数：568千字

书　　号：ISBN 978-7-5014-6387-9
定　　价：97.00元

网　　址：www.qzcbs.com
电子邮箱：qzcbs@163.com

营销中心电话：010-83903991
读者服务部电话（门市）：010-83903257
警官读者俱乐部电话（网购、邮购）：010-83901775
公安业务分社电话：010-83906110

序 言

国门巍巍，边关漫漫。涌动的情感，托以文字，跨越山海，重新定义时空。透过文字，我们感受到的是从北国边陲到南疆海岛的印记，是从东海之滨到雪域高原的回声，是长风破浪的现在、直挂云帆济沧海的未来。

国家之魂，文以化之，文以铸之。2023 年 10 月，习近平文化思想在全国宣传思想文化工作会议上正式提出。文化关乎国本、国运，宣传思想文化工作事关党的前途命运，事关国家长治久安，事关民族凝聚力和向心力。

国家移民管理局成立以来，局党组认真贯彻落实习近平总书记关于文化建设的重要论述，强化思想教育、铸牢忠诚警魂，加强宣传引导、传播党的声音，坚定文化自信、坚持文化育警，健全工作机制、建强骨干队伍，开展文艺创作、展示队伍形象，有效发挥了文化的示范引领、辐射带动作用，开创了新时代移民管理机构文化建设新局面。

身负壮志，奋烈有时。国家移民管理局新闻中心紧紧围绕“举旗帜、聚警心、育新人、兴文化、展形象”的使命任务，注重文化传承，始终以宣传大政方针、聚焦主责主业、关注基层冷暖、传播先进文化为宗旨，全方位讲好国门故事，多维度展示移民管理警察形象。自 2019 年创办以来，《中国移民管理报》和《中国出入境观察》杂志始终扎根移民管理机构这方新闻沃土，厚植职业文化，表达人文情怀，刊载了大量的文学作品，让更多“家国安危事”“边关冷暖情”为广大读者所熟知，凝聚起全警团结奋进的强大正能量，为奋力推进移民管理工作现代化营造了良好的舆论氛围。

文化因传承而深入人心，因赓续而繁荣兴盛。为激励广大移民管理民警创作出更多具有时代特点、移民管理特色的优秀作品，以更加昂扬的斗志、更加饱满的热情、更加崭新的面貌踏上新时代移民管理事业的新征程，新闻中心精心组织，遴选2019年至2023年《中国移民管理报》国门副刊版、《中国出入境观察》杂志中100余篇精品力作，包括报告文学、小说、散文、诗歌四类，辑录成集，推出首部移民管理警察文学书籍《国门礼赞》。

时移世易，文字不惧岁月，在时光的斑驳里熠熠生辉。此次《国门礼赞》的出版，以有尽之言，显无穷之意，是国家移民管理局成立以来文化建设优秀成果的集中展现，是对壮美边关的礼贺，对巍峨国门的赞美。有的放眼家国大事，反映移民管理队伍工作成就；有的将视角对准可亲可敬的基层民警，从小处落笔，以小见大，折射着真善美；有的借一朵浪花、一轮明月，向远方寄去思念与牵挂。作者既是战斗员，又是宣传员。他们对国门的一砖一瓦、边关的一草一木，都饱含深情，倾情描绘。他们手中的笔，写下的是移民管理警察的光辉形象，是文以载道的责任和昂扬向上的浩然正气，是热血坚守、无悔忠诚和家国情怀。

文化如水，浸润无声，连接着一个民族的过去、现在和未来。习近平总书记强调，在新的起点上继续推动文化繁荣、建设文化强国、建设中华民族现代文明，是我们在新时代新的文化使命。下步，新闻中心将依托一报一刊和新媒体矩阵，创作出更多精品佳作，以担当提升文化自信之气，以情怀涵养文化自信之志，以忠诚凝铸文化自信之魂，进一步宣传好践行移民管理警察职业精神的正能量，为深入推进移民管理工作现代化，提供坚强思想保证、强大精神力量、有力文化条件。

编　者

2024年3月

目　录

报告文学

小　说

散　文

诗　歌

报告文学

微光如炬照昆仑

张 佳

深沉的叶尔羌河蜿蜒流过喀喇昆仑，让亘古荒凉的高原有了些许生机，在峡谷深处孕育出零星的牧村，热斯喀木便是其中之一。

与帕米尔高原上那些古老的村落一样，热斯喀木遥远、辽阔、孤寂、荒凉。这里地处中巴边境，从新疆最偏远的县城塔什库尔干塔吉克自治县出发，还要往边境再走 221 公里。8400 平方公里的区域，却仅有 773 名塔吉克族牧民，一旦大雪封山，就成了孤岛。

2018 年是热斯喀木记忆的“分界线”，在此前的漫长岁月里，世世代代牧民分布在 20 多个大大小小的牧业点，随着季节交替在冬、夏牧场之间转移。在通往边境的通道上，一个“地窝子”就是当年的热斯喀木警务室，但大多数时间都空着，所有警务都围着牧民和边境转。

2018 年年底，地方党委政府根据富民安居计划，在叶尔羌河畔一处开阔地带建成了崭新的热斯喀木村，世代游牧的牧民陆续在这里定居，新的热斯喀木警务室正式成立。

也正是这一年，警务室所属的红其拉甫边境派出所从公安现役部队转隶国家移民管理局，戍边任务从现役时期的“一阵子”变成了“一辈子”，民警也从“流水的兵”变成跟牧民一样的“常住户”。

山的那一边，其实还是山

翻不完的山，走不完的路！

2019 年 11 月，23 岁的维吾尔族民警阿吉初次进山，警车从萨雷阔勒岭与喀喇昆仑之间的山谷地带出发，辗转攀爬到海拔 5000 米的衣拉克素达坂，在群山之间兜兜转转，目及之处，全是层层叠叠的雪山。160 多公里的路程，走了 5 个多小时。

阿吉在新疆阿克苏南天山脚下长大，自小见惯了雪山戈壁，即便如此，他仍然越走心越慌，越走心越凉。热斯喀木的路大都依山势开凿，就悬在半山腰，一侧是万丈悬崖，一侧是陡立峭壁，还要提防雪崩和落石，一不小心就车毁人亡。在几处险要位置，被摔成一团废铁的汽车残骸就堆在路边。

“我一个南疆长大的，都能走到绝望，其他人可想而知。”阿吉这种“绝望”心情，来自山东滨州的张志昊感触更深。原本在原河北公安边防总队秦皇岛边防支队服役的他，2018 年改革转隶时，志愿申请到新疆戍边。

在秦皇岛，海平线一眼望不到边，但在这里，大山时刻悬在头顶、堵在眼前，压得人心慌。在经过衣拉克素达坂时，山顶突发雪崩，张志昊乘坐的警车幸运脱险，但几名牧民乘坐的车辆被雪崩掩埋。他和战友经过四个多小时的救援，才将被困车辆和牧民救出。

抵达警务室时，天已昏黑。抬头望去，四周全是黑黢黢的大山，星星就挂在山顶之上。“山那边是什么？”他心中萌生念头，但两年多过去了，他始终没看到“山那边”长什么样。

“山的那一边，其实还是山。”他后来才知道，这是一片单靠人力根本无法走完的区域。昆仑山、喀喇昆仑山、萨雷阔勒岭等众多山脉在这里交汇，在神秘莫测的高原上，形成无数个与世隔绝的区域。在警务室辖区，仅海拔 4000 米以上的山峰就有十几座，其中包括世界第二高峰乔戈里峰，海拔超过 3000 米的山峰则数不胜数。

与大山打交道成了民警的日常。在牧民最分散的时候，走访最远的小热斯喀木牧民点，要骑马三天三夜，途中翻越两座海拔 3500 米以上的达坂。走完整个牧区，则要整整一个月时间。

热斯喀木 277 公里边境线，分布着中、巴 13 号至 16 号界碑，一次全线踏查就要五天五夜。民警们带上帐篷和干粮进山，白天巡护边境、察看地形，晚上就地宿营，经常与狼、野驴、狐狸等不期而遇。有一次睡到半夜，狼群来到帐篷附近游弋嚎叫，阿吉和张志昊紧急燃起篝火，才吓走狼群。

还有一次，阿吉和张志昊一前一后分乘车辆沿边境巡逻，经过一处险要路段，前车刚刚过去，两股泥石流突然从头顶山崖上倾泻而下，恰好把后面的张志昊堵在中间。迟迟不见后车踪影，阿吉紧急折返，才得知被困。一番救援无果，他只好远远地“陪着”战友在山中度过一晚，第二天调来挖掘机才将张志昊救出。

“这样的事情太多了，我们都习惯了。”阿吉笑着说。在被称为“生命禁区”的帕米尔高原，日子枯燥、寂寞而单调，但对于这里的戍边民警来说，每天却都充实而惊险。

“生命禁区”里的“生命驿站”

在地图上，以热斯喀木为中心，方圆一百多公里范围内大都是“无人区”。这意味着，一旦有游客或牧民遇险，民警就是他们唯一的希望，警务室成为“生命禁区”里的“生命驿站”。

最常见的是车辆事故救援。热斯喀木山势险峻、路况复杂，加上恶劣多变的气候，雪崩、塌方、泥石流如同家常便饭。有一次，几名内地来的游客在山中遭遇融雪性洪水，姚宇晨带人赶到后，涉水逐个将他们转移到安全地带。没想到，在转移最后一名游客时，水势突然增大。他带着游客紧急躲到旁边的一处高地避险，直到后半夜水势渐渐减弱后才脱困。

还有一次，一名司机因为不熟悉地形，驾车经过一处断桥时发生侧翻，车辆半浸在水中，司机肋骨骨折。事发路段恰好没有信号，司机只能忍着疼痛半蹲在车顶等待救援。幸运的是，当天带车巡逻的张志昊发现了险情，小心将他转移到岸上，对伤口做了简单包扎，又紧急联系山外救护车，处理完后已是第二天凌晨。

“地方太大了，路况、通讯又不好，一次救援至少五六个小时。”阿吉说。最长的一次救援持续了三天两夜。2021 年 4 月 20 日，位于喀喇昆仑深处的一个工地发生危险，他们经过大半天搜寻，终于找到受伤工人，没想到返回途中车辆被困在冰河。

当时已是半夜，连卫星电话都失去作用，“叫天天不应、叫地地不灵”，民警也成了“被困者”。温度骤降至零下，民警将仅有的御寒棉衣给了伤员。好不容易熬到天亮，阿吉派人徒步往山外找信号求救，历经波折之后，终于在第三天清晨撤到山外。

进山救援之前，阿吉曾打电话告诉女友自己“去救人了，很快就会回来”，结果一去三天杳无音信。走到飞来峰时，手机来了信号，阿吉才知道女友担心他的安危，满世界找他“快找疯了”。

为了帮助车辆脱困，阿吉和战友跳进齐腰深的冰河里推车。“你知道吗？乔戈里峰的冰雪融水，那种冰冷直钻进骨头缝，瞬间从腰疼到脖颈，咬着牙也坚持不了五分钟。”这次救援给阿吉留下了刻骨铭心的记忆。

后来，阿吉和战友们只能轮换到岸上跺跺脚，然后再跳进水里继续推车。“有想过不跳吗？”“想过，但不行啊！”阿吉微笑着用手抖了抖警服，末了又下意识地揉了揉自己的腰。

“这些年来到底救了多少人，我们自己都记不清了。”阿吉说。类似这样的救援，几乎每周都会发生，警务室内满墙的锦旗说明了这一切。民警们把这些锦旗打理得干净整洁，因为“看到这些锦旗就感到自己在这里是有意义的”。

十八碗奶茶的故事

每天吃过早饭，76 岁的牧民买木尔汗都会来到警务室，等着跟民警姚宇晨一起到村里走访。一老一少走在村里，成为热斯喀木的一道风景。

24 岁的姚宇晨来自浙江湖州，是家中独子。跟张志昊一样，他也是在部队改革转隶时志愿申请来新疆戍边的，从东南沿海来到西部边陲，语言不通、风俗不同，观念也存在很大差异，如何快速融进牧民是面临的首要“难题”。

姚宇晨的诀窍是“用心”，他向少数民族战友请教常用塔吉克族语发音，然后写在民警手册上，每次到村里走访前，再誊写到手心，走访时边看边跟牧民交流。

姚宇晨从不抽烟，但每次走访，他都要买盒香烟带在身上，遇到牧民，主动递上一根；另一侧口袋里则揣满大白兔奶糖，见到孩子，抓一把给他们。他是警务室的驾驶员，每次开车到牧区，看到路边赶着羊群的牧民，他远远地就减缓车速慢慢通过，避免扬起尘土呛到他们，遇到行动不便的，还会载上他们直接送到家里。

乡亲们淳朴，看到姚宇晨如此用心，把他当成自家孩子。就是在这个时候，买木尔汗开始主动陪姚宇晨走访，教他塔吉克语，介绍当地的风俗民情。姚宇晨则给他讲山外的故事，一来二去，两人成了“忘年交”。

按照塔吉克族风俗，每有民警来访，他们总要煮上一壶热腾腾的奶茶，而把奶茶喝完是对主人最大的尊重。率真的张志昊和姚宇晨刚来时喝不惯奶茶，却又不想拒绝牧民的好意，只能硬着头皮喝，“平均每家都要喝两三碗”，到后来，“奶茶挂在嗓子里，既咽不下去，又吐不出来。”

记录最高的是阿吉，他一上午曾喝了十八碗奶茶。“喝最后一碗时，腿肚子都是抖的。”阿吉笑着说，但他仍然咬着牙喝了下去。

由于距离派出所较远，牧民不方便办理户籍业务，阿吉他们在走访时都会随身携带办理身份证、户口本的表格，填好后托人带到派出所，办理好后再带回来。每次休假回来，民警还会从喀什买来牧民最喜欢的砖茶、冰糖……

这一碗碗奶茶、一桩桩小事，让警民感情愈发深厚。牧民们自发加入守边护边队伍，一座毡房就是一个哨所，一个牧民就是一名哨兵，警民同心构筑起维护边境稳定的铜墙铁壁。

由于紧邻边境，热斯喀木一度是不法分子内潜外逃的通道，边境方向曾发生过多起惊心动魄的战斗。在有据可考的资料中，民警在牧民的协助下挫败一起又一起企图越境外逃的行为，累计抓获不法分子上百人。如今，这里已经连续十多年没有发生人畜越界事件。

山岳阻隔，让热斯喀木成了世外桃源，许多牧民一生都不曾走出过大山。警务室成了连接大山内外的纽带，年轻人跟着民警学会了淘宝、“吃鸡”、王者荣耀，老人们则通过抖音、快手看到更多山外的世界。每逢节假日，民警、护边员和村民组成不同的篮球队，总要比拼一番，警务室所在的院子成了全村人气最旺的地方。

2021年年初，民警为村里的老人和孩子拍了照片，发到山外冲洗后再托人带回来。收到照片，许多老人感动落泪，因为这是他们平生的第一张照片。

留下还是离开?

特殊的地理位置，注定了热斯喀木的戍边生活枯燥、单调而又充满危险。特别是到了冬季，一旦大雪封山，这里就断电、断网、断粮，成了“孤岛”。

姚宇晨曾独自在这座“孤岛”困守半个多月，直到吃光了所有储存的食物，最后在牧民接济下，才坚持等到山外把给养送来，他至今都觉得“像在电影里一样”。张志昊曾在警务室连续待了5个月，从冬到春，下山时热斯喀木仍是一片萧瑟，当来到560公里外的喀什市，看着街头车水马龙、枝繁叶茂，“感觉自己像是从另外一个世界来的”。

阿吉则对自身的安全防护格外敏感。刚到热斯喀木时，考虑到这里曾是不法分子内潜外逃的通道，他都会随身携带警用装备，连睡觉都把匕首放在枕头下。

即便如此，在他们的讲述中，更多是在工作中收获的充实和对生活的乐观豁达。姚宇晨是3个人中最乐观的一个，谈及工作的辛苦，他的口头禅是:“年轻人摔不坏、冻不坏，起来继续！”

这些年轻的“95后”，从小在家人的呵护下长大，来到边境后，在这里学会了自力更生，张志昊擅长做新疆拉条子，阿吉最拿手的是羊肉汤饭，姚宇晨做的大盘鸡则堪称一绝。“把生活打理好，才能更好地工作。”

闲暇之余，他们会掏出手机一起“开黑”，不过由于网络信号不稳定，更多时候是打打扑克，输的要惩罚俯卧撑。姚宇晨曾经一晚上做了两百多个俯卧撑……

“停电的时候也挺有意思。”张志昊说。在无数个停电的夜晚，大地尽墨、万籁俱寂，只能听到山风的呼啸和牧民家犬吠，就着漫天繁星的微光，他们沿村中道路往来巡逻。归来之后，他们裹紧大衣坐在警务室门前的国旗台上，聊往事、聊日常、聊未来，直待到星光黯淡才回屋。

当然，也有苦恼的时候。张志昊的女友在山东济南当老师，两人相恋多年。提到结婚，女友的父母嫌边疆太远，想让他回去，但他不愿离开这里。他计划下次休假专程去女友家一趟，“再做做工作，让女朋友来喀什工作。”

在那次历经了三天两夜的救援后，女朋友曾哭着问阿吉，能不能离开那个地方？他笑着安慰女友，自己年轻，在这里多吃些苦是应该的。

姚宇晨的理想是做一名刑警，如今却整日与大山为伴。有次他驾车从一处悬崖下经过，身后一段山体轰然倒塌，“再晚几分钟就完了！”这次经历他很少向人提及，但实际上当时的画面后来在他脑海中不断回放，“有天半夜，梦到巨石从山上向我冲来，被吓醒，一身冷汗。”

在一次视频聊天时，母亲看到姚宇晨的工作环境，劝他回家创业，他没有答应。他清楚地记得老班长“黑子”驾车第一次送他进山时，路上不停对他说哪个地方容易雪崩，哪个路段常有塌方，哪个山口可以通往边境，末了叮嘱他“以后这路就交给你走了”。

“要是我们都离开了，边境就没人守了。”姚宇晨说。最终，除了因工作需要调动，没有一个人选择离开。

对于坚守在这里、做这些工作的意义，所有民警都认为“这是自己的职责，只是做了该做的事情”。但从广州边检总站来新疆挂职的副所长周峰，对此有着不一样的感触。他曾目睹张志昊因为高原反应身体抽作一团，阿吉为了救援受伤牧民跑到呕吐，姚宇晨在高烧昏迷中嘴里喊着“妈、妈”……

“与同龄人相比，他们在人生最好的年华来到这里，甘愿付出青春，守卫脚下的土地，守护着边境的一草一木，这就是最大的意义。”周峰说。

新的希望在不断孕育。根据官方公布，预计2022年10月，连通大山内外的隧道将被打通，届时将不用再冒险翻越衣拉克素达坂，进出山的时间将会节省一半。

警务室环境逼仄，只有两间不足20平方米的屋子，分别用来住宿和办公。2021年，距热斯喀木一百多公里新建了麻扎警务室，二层小楼接通了长明电和互联网，还建起了阳光暖房。

“里面窗明几净，还种了各种花草，绿意融融的，感觉像在老家一样。”民警们专门赶去参观，回来后兴奋不已。在他们看来，这预示着距离热斯喀木住上新房子也应该不远了。

“那么多艰难的时刻，都挺过来了。”张志昊说，“今后的条件肯定会越来越好，我们也会继续把边境和辖区守好！”

【采访手记】

平凡与伟大

从热斯喀木采访归来，这些年轻人的笑脸在脑海中不断回放。他们在讲述戍边生活的酸甜苦辣时，嘴角上扬，黢黑的脸庞与雪白的牙齿形成鲜明对比，仿佛所有的经历都是“甜”的。

就像他们的性格，阿吉的笑，爽朗中透着热情；张志昊的笑，含蓄而略带忧郁；姚宇晨的笑，真挚又不乏活泼。即便说到某个落寞或伤心的故事，低落的情绪也隐藏在年轻的笑容中一闪而过，几乎很难察觉。

我们原本是3人采访小组，未曾想到达热斯喀木当晚，带队的组长因高原反应突发肺水肿，咳嗽吐血、呼吸困难，症状以肉眼可见的速度加重，情况危急！警务室一边联系救护车从山下前来救援，一边让警车连夜送他和另一个组员下山，我则留下继续采访。

目送警车离开，微弱的车灯消失在喀喇昆仑茫茫黑夜之中。叶尔羌河在不远处静静流淌，天外寒星忽明又灭，远山犬吠乍近又远。我在担心组长安危的同时，不禁想到，边关凶险如此，不知这些年轻的战友是如何在这苦寒之地度过一个又一个日夜。

所幸由于救援及时，组长最终脱离生命危险，经过一周治疗后康复出院。这段“插曲”更让我感受到民警在热斯喀木的艰辛与不易。

采访结束，原计划由姚宇晨开车送我去六十公里外的另一个警务室，我再从那里中转下山。阿吉和张志昊执意要同去，我拗不过他们，便一起出发了。

天空一尘不染，阳光照耀万物。警车在喀喇昆仑群山之中穿梭，像惊涛骇浪中的一叶扁舟，时而被抛向浪顶，时而又冲进深渊。

路上一侧是万丈悬崖，叶尔羌河在下面奔涌向前，一侧是千仞峭壁。被车轮带起的石块，滚落崖下，旋即被滔滔河水吞没，山顶则不时落下石子，砸在车顶发出“噼噼啪啪”的声响，我不由自主握紧扶手。

警车穿过一段悬崖，前面出现一片开阔地带。姚宇晨刚踩下油门准备加速，车内便响起“嘟嘟”的报警声。“怕啥来啥，又扎胎了。”阿吉笑着说。下车看时，右后轮胎正往外“呲呲”漏气。我心头一紧。

“小事情，小事情，别担心。”好似看透了我的心事，姚宇晨一边安慰我，一边打开后备厢拿出千斤顶，爬到车底寻找底盘受力点，支稳、架杆、抬升，三两下就把汽车架离地面。

我从他们的交谈中得知，在这里，警车“平均每月要扎三次胎”，“一年最少废掉4个车胎”。“都是小事情，放心，好解决！”姚宇晨笑着再次强调，脸上显示出与他年龄不相符的成熟。

“搞定！”不一会儿，姚宇晨起身拍着双手，胸前藏蓝色警服沾满了尘土，阿吉和张志昊上前帮他拍打衣服。从发生故障到解决，整个过程不到十分钟。

警车继续向前驰骋，将一座又一座山峰甩在身后。颠簸之中，张志昊靠着车窗沉沉睡去，阿吉和姚宇晨压低了声音。车外，乌云从天边涌起，天空陡然变暗，一只苍鹰在山谷中孤独而倔强地盘旋。

看着层层叠叠的群山，我想，在这喀喇昆仑深处，不知还有多少像阿吉他们一样的年轻人，在常人看不到的地方，守卫着祖国边疆的安宁。

【《中国出入境观察》2022 年第 7 期】

大风歌唱在灵魂里

龙小凤

从边境线回到执勤点，一下车，风正等着，恨不得一巴掌把人拍倒在地。8 个人一股脑儿冲进集装箱，霎时，集装箱像装满沙丁鱼的罐头。

几个人仿佛从水中爬上了岸，使劲儿喘气。有的人则从集装箱的小窗户，往外看漫天飞舞的黄沙、触手可及的天空和一望无际的荒野，一脸的释然，仿佛在庆幸“劫后重生”。

这里是西藏日喀则边境管理支队岗巴边境派出所若木新村警务室开鲁山执勤点。

从若木新村往后走几公里，便是岗巴县著名的村落——吉汝村。

与西藏其他古老村落不一样的是，吉汝村被称为“中印边境第一村”。1904 年，英军入侵西藏的消息传到这里，村中热血青壮年，主动背上糌粑，拿起短刀、吾尔朵（一种牧羊工具），骑马结队奔赴康马、江孜战场。他们把鲜血融进这片热土，历史的印记和红色血脉的深深根植，让村民世世代代以无言的使命，守护在喜马拉雅雪山脚下，筑起守护边境一线的“红色堡垒”。

2021 年是“中印边境第一村”历史的“分界线”，地方党委政府根据边境小康村建设规划，在靠近边境线的开鲁山旁的开阔地带，修建了“中印边境第一村”——若木新村，吉汝村“中印边境第一村”的历史使命就此落下帷幕。昂仁县多白乡 5 个村庄的村民搬迁至新村，若木新村警务室也同步成立，警务室民警与村民一同开始书写“中印边境第一村”的新使命。

从警务室往前走，便是开鲁山执勤点。它位于山尖风口上，海拔 5127 米，相当于 1709 层楼高，由一面国旗、两个集装箱、两顶帐篷组成。

从远处看，它孤零零地挺立在离太阳很近的地平线上。

烈日或者严寒下，挂在旗杆顶端的鲜红国旗在大风中猎猎飞舞。国旗下，民警身姿笔挺、眼神坚毅，就像一座座雕塑，屹立在苍茫的荒原。

而与信仰和精神一起永恒不灭的，是那些关于执勤点的故事。

“运”出来的“生命之路”

2021年5月，执勤点正式设立。35岁的藏族民警巴桑次仁初次上点，警车里，他紧紧拽住门把手，努力稳住自己的五脏六腑，本想看看窗外的雪山转移注意力，奈何车窗已经被扬起的沙尘覆盖。最后，巴桑次仁放弃抵抗，跟着车身一起摇晃身体。

“边境上本没有路，去执勤点的路是被我们一次次通过运东西‘运’出来的，它是我们的‘生命之路’。”回忆起一次次被这条“路”折磨的场景，巴桑次仁深有感触。

执勤点周围没有水源，民警们需要骑摩托来到4公里外的村子运水，顺利的话一两个小时，不顺利的话可能两三个小时。

有一次巡逻，遇到山上下大雪，待回到执勤点天快黑了。正要做饭时，发现水不够了，巴桑次仁只好骑着摩托车载着4个水桶到附近村子去运水。

开鲁山的风从来都不是温柔的，巴桑次仁努力控制摩托车的平衡，一路上像坐过山车一样，从执勤点“蹦”到了村里。

装满水后，巴桑次仁用绳子把4个水桶绑了又绑。运水之初，大家没有经验，每次洒一大半，时间一长便研究出洒水最少的一种绳子绑法。

回程路上，巴桑次仁精神高度紧张，因为稍不留神就会被路上的石头连人带车掀翻在地。回到执勤点后，摩托车把手上留下他紧张的汗水，风一吹，就结成了冰霜。

巴桑次仁赶紧下车查看水桶，最担心的事还是发生了，4个水桶磨漏了2个。看着空荡荡的水桶，巴桑次仁心里很不是滋味，2桶水还不够用2天，他决定再去运2桶。

去程还算幸运，但在返回时，一阵横风突然袭来，巴桑次仁瞬间失去重心，连人带车摔倒在地。他立即爬起来查看水桶，所幸水桶没坏，但是摩托车坏了。

地平线的最后一道光消失了，四周变得黢黑。巴桑次仁背着五六十斤重的水，朝着执勤点的光源摸索前进，顶着风，深一脚浅一脚地往前挪，生怕把水洒了。

寒风中，体力不断消耗，执勤点光源逐渐变大，巴桑次仁迈着越来越沉重的步伐，不断给自己加油打气。“那段路程虽然只走了40多分钟，但我感觉有一个世纪那么长。”回忆起那段经历，巴桑次仁身体不自觉地躬下去。

去往执勤点最后2公里的碎石土路，曾是民警何国华噩梦的开始。

何国华是执勤点专职的“快递员”，负责执勤点生活物资的运送。每次在县里采购完物资，他都会让店老板把蔬菜装进泡沫箱子里，用透明胶带缠上几圈，然后放进车斗里用绳子固定好。

但即便做了充分的准备工作，一些蔬果像鸡蛋碰石头一样，还是坏了不少。一开进碎石土路，车身便开始上下左右剧烈摇晃，车斗里固定的泡沫箱子，一会儿就松了，左右滑动，何国华不得不一次次下车固定。等到了执勤点，还是有不少被碰坏，像苹果、香蕉、葡萄等，千疮百孔。夏天有时买个西瓜，最后也是四分五裂。

在何国华的记忆里，每年冬天运送蔬果是比较轻松的，因为气温低，从县里到执勤点 18 公里的距离，可以直接把蔬果冻硬，就不用担心会被碰坏。但有时会突降暴雪，能见度不足一米，白雪皑皑，但见一辆绿色皮卡车缓慢地爬行在风雪中。他只能克服恐惧，凭着方向感硬着头皮往前开，慢慢“晃”到执勤点。

一条“生命之路”就这样被民警们一次次“运”出来，越来越平整，越来越清晰，路上的石头越来越碎小。

帐篷里的“进口与出口”

执勤点的两顶帐篷，一顶是厨房，另一顶是厕所。

厨房里有两张长方形桌子，拼在一起便是一个灶台，加上几个煤气罐、一张放日杂用品的铁架床，还有一个专门放蔬菜的三层铁架。

执勤点的一日三餐谈不上丰盛，但大家都会轮流下厨各显神通。

早饭是民警巴桑次仁的“专场”，因为气温太低，水壶里的水早已被冻成冰块，一大早，他便烧起煤炭。伴随着咕嘟咕嘟的烧水声，巴桑次仁用刀取一些砖茶煮进锅里，茶水变黑后，滤去茶叶放一边备用。再取一块固体酥油放进锅中融化，再倒入茶水，加上食盐，酥油茶便做好了。

酥油茶是西藏高原生活的必需品。往碗中的糌粑里倒上一点酥油茶，捏成椭圆形状的面团，吃着糌粑喝着酥油茶是执勤点特有的藏式早餐。据说，一来可以治高原反应，二来可以预防因天气干燥引起的嘴唇爆裂，三来可以取暖御寒，巡逻时喝上几口还可以消除疲劳。

执勤点日常食用的蔬菜都是每周去县里采购的，土豆、萝卜、白菜是必备的“老三样”，像水果、肉类只能买三四天的量，充饥的饼子必须储备很多，牛奶饮料也不能少，因为可以救急。

有民警想过用石块搭建一个简易的“小冰箱”，晚上把肉储存在“小冰箱”里，但是第二天不是被风连同石头和肉一起吹走，就是被野生动物叼走。最后，大家想出一个法子，把装肉的袋子用铁丝绑在集装箱背阴面的窗户栅栏上，这才解决了短期储存肉类的难题。

尽管执勤点一周一次采购，但新鲜蔬菜还是供应不足，民警们因缺乏维生素导致的口腔溃疡、指甲凹陷、秃顶脱发现象在执勤点十分常见。

这种自然环境下，像城市里那样方便干净卫生的厕所，只是一种想象，民警们只能选择原始的方式。

另一个帐篷里，一个长、宽、深1米的大坑上面盖着一个结实的木板，木板中间开一个长方形的洞，便是民警们的厕所。

厕所没有灯，光线可以透过帐篷缝隙照进厕所，但一到晚上，便是伸手不见五指的黑。

民警只能打开手电筒，摸索着上厕所。有时夜晚风大，帐篷被吹得左摇右晃，实在不能叫人安心“工作”。

两顶帐篷、两个集装箱便是民警生活的全部，但生活给予他们的远不止这些。

这里的风源自永动机

34岁的藏族小伙嘎色第一次来到执勤点，一天之内就感受到了各式各样的风，温柔的、劈头盖脸的、让人喘不上气的。即使在岗巴生活多年，他也常常幻想：“这里的风什么时候才会停下？”

但这里的风就像源自永动机，永不会停。

集装箱的门要随时关上，不然一会儿床上就会积满一层风沙；即使太阳再大，也不能洗衣服；石头会被风吹走；国旗每隔一周就要换；帐篷周围一圈要尽量压上大石头……

这里的风陪伴着牧民从出生到死亡。长期跟风打交道，他们也摸透了风的一些习性：山边有乌云但没刮风，说明马上会下雨；如果下雨，牧民会提前预判哪个方向来的雨更大，他们便朝反方向赶羊；乌云密布不刮风，肯定会下大雪，牧民就要提前将羊往回赶……

每次巡逻，嘎色就根据这套“天气预警系统”观测天气，推测风的等级，来决定采取步巡还是骑摩托车；天会不会下雨，用不用提前备好雨具；是否会下雪，如果下雪，就要在执勤点附近再次用石头垒几个一米多高的石头堆作为“灯塔”，以免在茫茫雪路中迷失方向。

“这里的风是我的噩梦。”民警白紫金是一个地地道道的云南小伙，来到岗巴7年后，在开鲁山执勤点体会到了“风是噩梦般的存在”。

在一个没有月光的夜晚，集装箱外是震耳欲聋的恐怖狂风，不断袭扰着白紫金的耳朵，失眠、辗转反侧、捂耳朵……折腾一番后，白紫金半睡半醒。集装箱突然摇晃起来，他一下子从床上蹦起，睁着充满血丝的双眼，惊恐地告诉战友：“地震了！”战友淡定地说：“不用怕，这是风吹的，习惯就好了。”

这一夜，白紫金的大脑像发生了一场雪崩。他站在雪顶上，没了去处……

被风吹失眠的还有嘎色。来到执勤点后，嘎色从没睡过一个安稳觉，一躺下，耳边就像一直有人在敲门。“第一夜，被风吹得烦躁，十几平方米的集装箱，好像没有容身之处。”嘎色索性穿上防寒大衣，拿上夜视镜走出集装箱。没有被云遮住的月亮，像一盏巨大的路灯，好像伸手就可以摸到。

嘎色拿起夜视镜，看看周围有没有情况。过了 20 多分钟，身上凉透了，他又回到被窝重新感受温暖，进入半睡半醒的状态。

失眠是他们的常态，与风的斗争从未停止，执勤点每年有两百多天刮着八级以上的大风。

在这风口尖上，如何才能把帐篷搭建在这儿？民警巴桑次仁的回答只有一个字：“压。”

搭帐篷的时间选择在上午，帐篷口要朝北，地钉必须全部打进地里，再压上大体积的石头，压上一圈又一圈，这是民警们失败多次总结出来的经验。

下午是检验搭建帐篷成果的时候。好几次，狂风大作，大家还没来得及反应，穿堂风就把被子吹得到处飞，生活用品、装备、炉子等被吹得东滚西落。如果帐篷撑不住了，大家就把通风口堵上，再搬上几十斤重的石头，把帐篷压上一圈又一圈。

上午 11 点，是巴桑次仁对风爱与恨的分界线。“我喜欢每天 11 点之前的时光，那是一天中，风最温柔的时候。11 点之后，它会毫不留情地把帐篷吹飞、把我们吹趴下……”民警巴桑次仁对风的爱恨，都表达在这些话语里。

在 11 点之前，巴桑次仁会骑着摩托车去巡逻，而 11 点过后，只能选择徒步。

像往常一样，大家踩着高山碎石，深一脚浅一脚往山顶走去，一路上并没有任何异样，但爬到山顶时，风突然变强，狂风卷着砂石迎面而来，直接打在脸上，这种痛感不亚于一巴掌。

霎时，民警们睁不开眼，喘不上气，腿呈弓步，艰难地维持身形。

即使身经百战，面对如此狂风也束手无策，对峙时间越久，体力消耗越大，巴桑次仁在风中吼着：“趴下！趴下！”但身后的战友们根本听不见，耳边只有魔鬼般的嘶吼。

见大家没反应，他立即趴在地上，随后大家纷纷效仿趴在地上，像壁虎一样慢慢匍匐到一块背风处，等风小了才继续前行。那一次，5 公里的巡逻路程硬是走了近 3 个小时。

巴桑次仁说：“风可以吹跑帐篷甚至集装箱，但吹不走我们，你看我们一直在这里。”

一种特殊的“洗衣”方式

在执勤点经历风沙“洗礼”的，还有他们身上的衣服。

每次巡逻回来进集装箱前，大家都会把衣服脱下来抖一抖，这其实是他们的一种特殊的“洗衣”方式。

在执勤点，大家的衣服会经历三种颜色：藏蓝色——紫红色——紫色。如果判断执勤点民警的“新旧”，看他衣服的颜色就可以知道，藏蓝色一定是刚来不久，紫红色是待过一段时间了，紫色则待了一个月以上。

执勤点水资源很紧缺，水桶里的水是供大家食用的，即使有水，风也不会允许你把衣服洗干净挂起来，民警们索性就用抖的方式来“洗衣”了。

每次巡逻完，身上衣服都会重上一些，裤脚、衣领这些有褶皱的地方都附上了沙子，出门前擦干净的鞋子也变成土黄色。

有时出汗，汗液黏附在衣服上，经过高原紫外线一晒，很容易变色，时间一长，衣服就变脆，出现一些小裂痕，就像风在他们脸上吹出的一条条沟壑，难以修补。

“嘎子”里寓意深刻

嘎色很喜欢跟村里老人聊天，因为他们了解边境，了解这里的一草一木。边境上的山没有名字，村里多年流传下来的神话成了山名：达吉拉（达吉山）、龙马拉（龙马山）、培龙拉（培龙山）……

嘎色将这些地名、山名熟记于心，每一个“无名地”“无名山”都留下了他巡逻的脚印，肤色从麦黄变成黝黑，嘴唇也变成了紫黑色，眼白被蛇形的红血丝占据，但他的笑从没有改变，依旧淳朴。

因为是少数民族干部，嘎色与群众交流没有障碍，边民群众都亲切地称呼他为“嘎子”，边境上的大事小情，大家第一个想到的都是“嘎子”。

“嘎子，辛苦你了，跑这么远给我们办理身份证。”西格村赤列老人拿着身份证，高兴地邀请嘎色进屋。

为老人上门办证并不是一件容易事，因照片采集要求严格，边民群众的头发大都过长。嘎色为此专门学习理发、拍照技术。完成一个办证流程需要十几分钟，嘎色拍完这个老人，常常马不停蹄赶往下一家。

嘎色从赤列老人家出来，一路走到村口，在路边晒太阳的村民们争相与他打招呼。在这个远离喧嚣的边境小村，因为有民警的热心服务，这里的人们脸上挂着幸福。

在这里，羊是边民群众重要的经济来源，岗巴羊更是岗巴县乃至西藏的“金字招牌”，不仅带动当地牧民脱贫致富，也为推动当地农牧产业发展提供了重要支点。

一次，岗巴县内突降大雪，一群放牧人来不及撤离羊群，被困在一个放牧点的山坳里。如果不及时解救，羊群和人可能都会被冻死。执勤点民警得知危情后，立即展开救援。当时地面积雪已达 10 厘米，风力达 8~10 级，能见度不足 15 米，室外气温零下20摄氏度，多处路段“风吹雪”，根本看不清路，嘎色和战友们在大风、暴雪和严寒中，奋战4个多小时，终于找到被困人员和羊群，并帮助他们把羊群安全转移到羊舍。

是“卓玛”不是卓玛

“啊……卓玛，草原上的格桑花，你把歌声献给雪山，养育你的雪山，你把美丽献给草原，养育你的草原……”《卓玛》是巴桑次仁最喜欢的一首歌，因为曾经有位姑娘，像一杯甘甜的美酒，醉了他的心；像一首悠扬的牧歌，美了他的人。

但那位曾经的姑娘因巴桑次仁的“回不去”，已不知去处，身边的“卓玛”却一直陪在他的身边。

“卓玛”是执勤点的宠儿，也是点上唯一的中华田园犬。它是巴桑次仁从附近村子里捡的，希望它能带来吉祥，所以便取名“卓玛”。

“卓玛”的出现，让执勤点生活不再枯燥无味。它跟着民警一起在边境线上抗风沙、巡逻守边，它的默默陪伴也让大家少了一些孤独。

“卓玛”最喜欢巴桑次仁，他走到哪儿，“卓玛”就跟到哪儿。有一次，巴桑次仁想家了，独自去爬山，“卓玛”就悄悄跟在身后。巴桑次仁发现后，示意它不必“偷偷摸摸”，“卓玛”激动地跑过去。

巴桑次仁向“卓玛”讲述着心事，“卓玛”好像能感知他的情绪，用舌头温柔地舔着巴桑次仁的手，把爪子搭在他的腿上安慰他。

没过多久，巴桑次仁需要调到另一个执勤点，他舍不得“卓玛”，但“卓玛”是大家的。他决定悄悄离开，等以后有机会再回来看它。

一天、两天…… “卓玛”没有再看见巴桑次仁的身影，只能闻闻集装箱里残留的气味，只有跑跑他们一起巡逻的路、一起爬过的山。

几天后，“卓玛”朝着一个方向跑去，任凭民警怎么叫喊，它都不回头。

后来，听巴桑次仁说，在另一执勤点巡逻时，忽然看到远处有个飞奔的身影，以为是野狗在追捕高原田鼠。当那个身影越来越近，他看清那是“卓玛”。

他挥舞着双手，呼喊着“卓玛”。“卓玛”飞扑到巴桑次仁身上，他紧紧地抱住“卓玛”。

听着“卓玛”急促的喘息声，巴桑次仁心疼不已，他知道，虽然两个执勤点相距只有7公里，但边境上还是充满着未知的危险。

在“卓玛”眼里，巴桑次仁就是它的全世界，就算拼尽全力也要找到他。

在微信朋友圈里，巴桑次仁发过这样一个视频：在山顶上，他戴着耳机，听着喜欢的音乐，和“卓玛”一起遥望一望无尽的边境。那种意境很美，像群山在深深地、安详地呼吸，给人一种神秘、遥远的感觉。

他们的确恋上了这片荒漠戈壁

这里，生活很枯燥，但因为他们而与众不同。

为对抗孤独，民警们常常自找乐趣。有时候，跑过一只野兔，民警会开玩笑地讨论公母；巡逻时遇见“白屁股”（藏原羚，因其屁股是白色，当地人称其为“白屁股”），民警就假装去追赶，让它奔跑，那雪白的屁股在阳光照射下闪闪发光，就像悬挂着一面镜子；有时候在石头缝里遇见一株雪绒花（一种生长在高海拔地区极为稀少的植物），民警会高兴好一阵了，因为这象征着幸运；执勤点旁边有一座山，形状远远看上去像一个“象头”，民警便取名“大象山”，之后每有人唤作“大象山”，命名者便扬扬得意；执勤点没信号、没电视，唯一的播放器便是手机，每每想家，民警就拿出手机看着视频里的父母和妻儿，反复把进度条拉向左边……

边疆美景，在每个戍边人相册里都必不可少，如果相册里有 100 张照片，那 80 张是边疆美景，剩下的 20 张就是家人的照片。

这艰苦荒芜的边境戈壁，在他们眼里更像是一道道美景，每巡逻到景美之处，大家便心照不宣掏出手机，一顿“咔嚓”，不仅仅是为了记录，也是为了和家人分享，不知不觉手机相册里满满的边疆风光，成了他们最值得炫耀的“宝藏”。

执勤点的娱乐方式主要是“载歌载舞”。有时风小，巴桑次仁会拿出心爱的扎木念（一种西藏传统乐器），轻轻拨动琴弦，一阵阵欢快的旋律便传出来。嘎色在欢快的乐曲中寻找节奏，悠颤跨腿、趋步辗转、跨腿踏步蹲……这些动作手到擒来。大家围成半圈，互挽着手臂，跟着欢快的音乐节奏扭动身姿，这种“群嗨”的方式，消除了大家一天的疲惫。如果遇到大风天，大家便躲进集装箱，围坐在一起，倒上一杯酥油茶，润润喉，一轮一轮唱起藏歌。在这无人知晓的边境一隅，歌声回荡在集装箱里，也回荡在欢声笑语中。

寻找手机信号也是执勤点的一大乐趣。

最初的执勤点设在一个山沟里，四面的山将信号屏蔽。上点前，嘎色就提前告诉家里执勤点没有信号，巡逻时遇到有信号的地方，就用 2G 网络跟家里通话，报平安，然后用石头垒一个 40 厘米高的石堆，做上标记，下次想跟家里打电话，就去寻找标记点。后来执勤点搬到山顶，信号也有了，与家人视频不再成为难题。

“老婆，你看，这是我工作的地方。”看到妻子，民警白紫金移动手机，让妻子看看集装箱里的暖炉、帐篷厨房里新鲜的水果蔬菜、巡逻时的摩托车以及湛蓝的天空，但始终没有把镜头移向远处的荒漠戈壁。

“老公，你这里执勤点海拔多高？”“没多高，5000 米多一点。”“这还不算高！你给单位领导申请一下，换一个地方，对身体不好。”“我不来，谁来？总要有人来，不能因为海拔高、环境艰苦就不来了。”

看着视频里妻子抱着刚出生的孩子一言不发，白紫金恨不得把自己劈成两半。

刚恋爱时，妻子准备到岗巴边境派出所来看看白紫金的工作环境，还没说出口就被他遏制在摇篮里。“我不想她因为工作环境而担心，只想把这里最好的一面展示给她。我也害怕，害怕她看见我的工作环境，心里难过。”看着一望无际的荒漠戈壁，白紫金沉默了。

每次休假回家之前，嘎色都会提前半个月擦上高原护肤霜和唇膏，以消除高原的痕迹。驻守边疆再苦再累他都不怕，但最怕妻子的关心和家人的“质问”。

“你怎么又黑了。”每当面对家人的疑问，嘎色就撒谎：“天天工作量不大，黑是太阳晒的。”比起家人的担心，工作的辛苦对于他而言算不了什么。

当面对面成为一种奢望，他们的思念便随风飘向远方。“风不是那么讨厌。”嘎色说。

【作者手记】

唯信念不会风化

2021 年 6 月 15 日，我随总站“寻访最美戍边人”采访组来到开鲁山执勤点，待了短短半小时，便强烈感受到民警长期在这里风吹日晒的不易。

离开执勤点时，我从车窗外看见一道彩虹，悬挂在执勤点不远的地方，周围如此荒芜却又美好。从此，开鲁山执勤点便刻在了心里。

2021 年 6 月底，我在北京的国家移民管理局新闻中心实习时，不经意间，与杂志的于雷主任聊起执勤点，他说：“何不写写执勤点，算是对戍边人的一种抚慰。”我便开始着手准备写作前的工作。

我先是通过微信、电话，对执勤点民警进行采访，因为执勤点信号不好，一个问题等待的时间，短则十几分钟，长则几天。采访藏族民警时，由于他们普通话不太好，采访难度不断增加，我只能从他们的微信朋友圈获取关于执勤点的一些生活细节。

2021 年 9 月，实习结束从北京回到西藏后，我又两次去执勤点采访。最近一次是在 2022 年元宵节，他们告诉我，执勤点的两顶帐篷已经撤掉，增加了 1 个集装箱，现在一共 3 个集装箱，2 个用来住宿、1 个用作厨房，没有厕所了。

采访中得知，民警嘎色的身体越来越差，在我最近一次去执勤点前，他因为脑供血不足晕倒了。这是他第 4 次晕倒，在医院调理一段时间后，又不顾劝阻回到了岗巴。

民警巴桑次仁、白紫金、辅警普琼还留在岗巴，当我问他们为什么还一直坚守在这荒无人烟的地方，他们回答："穿上军装或者警服的那一刻，就已经做好准备了，总得有人去做这件事。""我舍不得爱我的群众，舍不得岗巴。""军人、警察的魂，已经深深刻进骨子里，刻进骨子里的东西是改变不了的。"

写成这篇稿件历时 2 年多，和坚守在执勤点的民警一样不容易，期间遇到过瓶颈，也想过放弃，但是于雷主任多次通过微信联系我，鼓励我树立信心，一定要把这篇稿件完成。我不断丰富完善，稿件字数从最初的2000余字变成现在的9000余字，就像边境的一株植物，从最初萌芽到长成尺许，要经历无尽的风霜雨雪。

没有什么比见证成长更让人兴奋！在与戍边人一起成长的过程中，我听到了热血沸腾的声音，与开鲁山的风声一样，唱响在灵魂深处，让人难忘，让人着迷。

【《中国出入境观察》2023 年第 7 期】

北国兴安大写意

李长安

这是一个清冷世界，树冻得发黑，雪冻得发蓝，烟冻得发白，山岭肃穆，草木凄然；

这是一位铮铮铁汉，吮吸北纬50多度的高寒，舒展巨龙般的腰身，纵横边关撑起雄浑河山；

这是一部魔幻史诗，老金沟的喧闹、妓女坟的悲凉，黄金古道的车马，尘封的辉煌与屈辱，同江水流淌无言；

初秋的兴安行，引我一路向北，仔细探寻……

江之源

这个依山傍水的边境小村，不见人工雕琢，远离喧嚣繁华，如同它的名字散发着原始自然的气息——洛古河。

漫步村中，好一派田园秋色。朴实的庭院规规整整，丰硕的菜园在房前屋后肆意茂盛，木板栅栏参差而立，把每家每户的小园隔开。不知忧愁的土狗侧卧院落，旁若无人地摆着尾巴，牛羊倚着栅栏放肆地扯着菜叶，鸡鸭轻松挤出栅栏板缝，一头扎进路旁的簇簇草丛。还有那些毫无修饰的木刻楞坚挺列队，任凭江风吹刮、岁月磨砺。阳光洒落，时光仿佛在此间凝结，让人不禁忆起那误入桃源的武陵渔人，在书卷中款款走来。洛古河村的前世今生，也透过历史烟云一并生动鲜活。

清光绪十年，东南方位的漠河老金沟发现金苗，引来形形色色怀揣淘金梦的人群，依山傍水的洛古河便成了南来北往淘金者的一处歇脚之地，由此渐成村落。山风轻语，耳畔隐约传来那黄金古驿道上的车马喧嚣。闭上双眼，大清帝国黄金之路上的热闹繁华隐现脑海，待抬眼环顾这不足百户的小小村落，已逾百年沧桑。

沿着村路，循着水声，行至江边。岸上无人，江中也不见船影，闯入眼帘的，是对岸矗立的山崖和裸露的山石。崖下斧劈立陡，崖顶林木丛生，密林掩映一处岗楼，像已荒废，又好似从未荒废，俯视着大江呜咽。掬一捧江水入喉，何其清冽、何其甘爽。这条黑龙江人的母亲河，滋养了无数儿女，又宽容地解开衣襟，用甘甜的乳汁哺育着北岸的孩子，润泽着肤色迥异的两岸人民。

举目远望，江流蜿蜒如虬，松林难留半步，山岩亦不可挡，游弋万山丛中，游刃两国边塞。江水从上游的额尔古纳河和石勒喀河起程，与洛古河相汇，西出漠河逶迤东去，边走边唱，轰鸣作响，直奔鞑靼海峡。而这片村落，就被这滔滔江水呵护着，像一颗遗珠隐藏在翡翠般的山岭深处。

微风起，江波皱。秋已至，冬不远。兴安的雪总是来得那么早，只是那时，河源之美尽失，桃源即成山牢。大雪封山鸟兽绝，雪封月余不足为奇，生活于此可不就同坐山牢一般。忽然记起，那年的贾晨翔，就是在一个风雪暗夜，铲冰雪、拽爬犁，护送病重的老乡冲出山坳，登上救命的边防巡逻车。

初识洛古河，就因贾晨翔。那个风尘仆仆、眼挂霜花的形象令我印象深刻。如今接过戍边接力棒的，是大兴安岭边境管理支队的史先强，夫妻二人相守戍北疆、守河源，朴实且平静。小伙子那憨憨一笑，像极了这路边的林木，散发着原始气息，显露出远离欲望的幽静。一代代戍边人就是这样，平淡地看着江边花草岁岁荣枯，风雪不觉冷，孤烛照异乡，用青春写下“龙江源”三个字，融入滔滔江水，奉献无尽感动……

警之魂

告别洛古河，沿着 209 省道通向北极村的路上，途经一片林场，有条不起眼的山沟静卧于此。

林场叫金沟林场，山沟就是老金沟，又叫胭脂沟。山深林密，风过此地也哀啸三分，夹杂着来往商贩的叫卖、青楼女子的浪笑和淘金青壮的梦呓。昨日的喧闹，抵不过贪心反目的劫杀、艳骨香魂的凄切、背井离乡的孤苦，都化作一抹胭脂，被朝堂上的老妇那么轻轻一捻，皱纹里的红晕便满足地轻漾开来。林密山深，鸟经此处也幽咽三分，在蒿草之上惊飞四散。妓女坟早已无痕，唯有凄风悲凉。

老金沟对面不远，立着一所清廷派驻官员李金镛祠堂。祠堂分一座正堂和两座厢房，背靠青山，显得庄重肃穆，堂内陈列着李金镛塑像和清廷关于金矿事宜的奏折。光绪十三年，李金镛经李鸿章举荐，至北极筹建漠河金矿，开中国官督商办金矿先例。彼时沙俄猖獗盗采黄金，李金镛面对盗匪足智多谋，不卑不亢，积极训练边防勇士，悉心处理对俄事务，打击沙俄匪徒，收复俄占金矿，声威大震。立业腐朽世道，开办三座金矿，不羡骄奢紫禁，深居简出、清贫如洗，最终积劳成疾、病逝漠河，李金镛在北野荒岭留下了一身的高凛风节。《清史列传》评曰：为官清正，实业兴边，驱寇爱国，稳固疆域……

穿越林场，行驶半个钟头，便在密林中闪现一处村镇，这就是散发着童话气息的北极村。远处是雄伟的大岭山脉，近处是壮阔的黑龙江水，年平均温度零下 5 摄氏度，历史最低气温零下 52.3 摄氏度，无霜期 86 天。曾经的无名之地，以其地理优势名扬天下，如今已集北极游、生态游、找北游、找冷游、找奇游、森林游于一身。尤其夏至，日月无序、霞晖交映，极昼景象令人称奇，天南海北的游客通宵达旦，在江滨篝火狂欢、载歌载舞。歌乐漫过江面，轻抚对岸山林岩壁，在林木掩映的农庄上空孤寂消散。喧嚣也好，静默也罢，安居乐业才不负这湾江波的平静。

北极村里，处处可见“最北”品牌：最北邮局、最北人家、最北宾馆，在临江的北极沙洲景区里甚至有“最北厕所”的所在，游客争相合影，令人忍俊不禁。一位龙江诗人感慨：山多妩媚水多香，碑自无声气自昂；龙玺盘空祈福祉，机场爆满破天荒；北极光引神州客，欧陆风情驴友帮；多少情怀来找北，人生盼此启新航。北极村的火爆可见一斑。喧闹街头如何寻觅神奇的童话，不如拐进瘦街窄巷仔细探觅。

沿着著名的“最北供销社”门前小路南行百余米，入眼的是一卷色彩柔和的水彩画：蓝天如洗，白云如棉，一幢蓝白相间的建筑傲然挺立，楼顶五星红旗迎风舒展，岁月静好不过如此。这个被国务院和中央军委授予荣誉称号，名叫北极边境派出所的光荣集体，在高穹之下，散发着星辰般的神圣高洁。

派出所始建于 1947 年，虽没有神奇的童话，却有四句“老话儿”流传：冬季取暖靠火炕，一觉醒来屋里亮；吃水江边冰块扛，大雪封山就断粮！过去的条件异常艰苦，尤其冬季，睡一宿觉墙面就结出冰凌冰霜，连吃水都得靠取江冰解冻饮食。抚今追昔，那样艰苦的日子没人愿意回去了。而后之视今，愿体验今日戍边生活的年轻人又会有多少呢？

派出所辖区面积 2380 平方公里，平均每平方公里不到 2 人，80% 以上是高山密林，杳无人烟。还有 173 公里的边境线，地势坎坷、车辆难行、雪深没膝，多地段巡边靠民警用双脚丈量。漫长的冬季，救援迷路游客、帮寻走失牲畜、解救野生动物，哪个故事里不肆虐着刺骨的风雪？短暂的夏天也不轻松，北极光节游客云集，民警们卷着行李、带上干粮一执勤就是几个通宵，蜱虫钻身、蚊亲蛇吻稀松平常，防越界、防迷山、防盗采、防纠纷，说来轻松，个中滋味，不必为外人道。

北极村的这颗北极星辰，肩扛荣誉华丽转身，恰如寒夜星光为民启明。人们不禁沉思，哪有天然的岁月静好，不过是最可爱的人扛起如山使命。

所里的小伙子个个警服笔挺、训练有素，办案时严肃认真，对群众又热情如火，偶尔闲下来，有的听歌追剧，有的跑步健身，有的在电话里哄着半年未见的女友，有的望着窗外，可能在思念远方的爹娘。忽然想起，生于江南水乡的李金镛，也是不远万里来到这荒凉之地，建金矿、练精兵、驱匪徒、守边疆，不慕名利、只图报国，把生命留在这片冻土，亦如那些棱角分明的脸庞渐渐逝去的青春。

疆之极

东经 123° 17′，北纬 53° 33′。

名副其实的中国最北村落就位于此处的北红村，地理位置比北极村更北一些。村子三面环山，黑龙江由西向东从村北穿过。村中 300 余人口，俄罗斯后裔占 4 成左右，2008 年被国家民委审批为俄罗斯民族村。

驶入北红村时已近黄昏，暮霭苍茫、树影婆娑，马路两边的座座木屋与夕照余晖在天幕下交融，如遗世独立。沿街而行，异国情调浓郁的套娃艺雕零星散布，高挂的“旅社”“客栈”牌匾在风中轻轻招手。最醒目的当属一座木刻楞小教堂，原木色的墙壁，深蓝色的房檐，典型的拜占廷式建筑，虽谈不上气派却极富俄族风情。驻足观望，耳畔仿佛传来一记凝重的钟声，与尘封时空的马嘶戈响纠缠斑驳、弥散开来……

1917 年，俄国十月革命爆发后，成千上万的贵族为逃离布尔什维克追捕，挈儿带妻背井离乡，从欧洲几经辗转，最终逃到黑龙江畔并定居于此。北红村很多华俄后裔至今仍有亲属在对岸生活，只是随着老一代俄族人的离去，如今已鲜有往来。融合了中俄文化特色，依托着俄罗斯风情风貌，北红村渐渐成为游客找北的理想之地。一旦冠以“最北”名号，北红便不再沉寂。

根据形势任务需要，2009 年，“最北警务室”在村里设立。那时的警务室缺电少水，夏热冬冷，条件简陋。如今，新建的警务室虽然条件得到极大改善，但对于驻勤在此的年轻民警来说依然是一种煎熬。最北村落里，驻勤民警虽看惯了暗夜沉寂，却也因扶弱帮困、助农致富享受着乡亲情谊。此刻，穹顶已繁星点点，警务室灯光亮起，一位民警正伏案疾书。窗下，他的身影如此孤独。

夜幕降临，边关月清皎高悬。落脚一处农家院落，院主老汉是“闯关东”的后代，山东生山岭长，对这片土地熟悉得不能再熟悉。是夜，炕上盘腿而坐，静静地聆听老汉讲述那些奇幻的岭上传说——

大岭深处素有“一猪二熊三老虎”之说，意思是野猪气力极大，熊虎见了野猪王也得绕道避之。野猪鼻灵，过去的猎人只能站在野猪来向的下风口，避免因气味暴露。野猪除了獠牙，全靠贴身“铠甲”，闲来常蹭红松只为松油裹身，再到沙地打滚，黏上一层沙石后再蹭松油，如此往复，皮厚如甲，刀枪不入。有本事的猎户事先上树，用诱饵逗引其张口扑咬，瞅准时机射发子弹、入嘴毙命。黑瞎子也力大彪悍，倘若肚子中枪，肠子淌出，自己能塞肠入腹，一掌捂伤口，一掌击来敌，凶猛非常。多年前一个林场工人布下兽夹拿住一只黑瞎子，工人财迷心窍，盘算待其耗尽体力断掌取胆，岂料兽夹被挣断裂，工人尸碎深林、惨不忍睹……老汉绘声绘色地讲着久远的故事，俨然一个自带幽默的乐天派。

夜宿北红村，思绪沿着村屯历史的辙痕回眸望去，满眼尽是边陲国土纷争和中外移民迁徙的景象。当那些光荣与伤痛几起几落，当外籍移民和闯关东大潮在这里相融重组，龙江边塞的地域性格和人文风貌便由此形成。

国之宝

清晨，咂摸着老汉的故事，穿过雾气缥缈的大草甸子，驶入一片墨绿丛林，一路向兴安镇进发。

兴安镇，偏远至极。极寒、偏僻，让这个小镇如村落一般蜷缩在大岭深处。在中俄原油管道施工之前，这里尚未通电，驱车前往漠河县城，要经过积雪极厚、没有信号的无人区，一旦发生车祸，可能整天不见过往车辆，据说每年都有人冻死冻伤。自2009年原油管道施工后，小镇的工作岗位多了，饭馆旅店多了，留乡创业的年轻人也多了，"油龙"入境的首站兴安从此因"油"而兴。

这条穿越多年冻土区域和原始森林的大口径长输跨国原油管道，起自俄罗斯的斯科沃季诺，止于黑龙江大庆，全长近1000公里，设计年输油量1500万吨，最大年输油量3000万吨，填补了东北地区石油资源供应缺口，实现了我国进口原油运输和供应的多元化，战略意义不言而喻。

山坡上的"油龙"首站，"黑色的金子"在地下日夜流淌。山下的连崟口岸，联检大楼在国门矗立，气派庄严。管道兴建的日子里，漠河出入境边防检查站民警就是从160余公里外的漠河县城，穿越无人区，来到口岸现场，为出入国境的工作人员、技术设备和运输船舶提供优质服务。每天往返驻地、口岸，虽然辛苦，虽有险途，但他们眼中始终饱含希冀，只为这死寂边地因油而"活"。他们为"国宝工程"的如荼建设兴奋，为能源战略通道的开通狂喜，他们驻守边疆，国强民安是一种发自内心的朴素愿望。

站立在连崟口岸，临江遥望兴安镇的古城岛，心头难以平静。这一江波涛，承载了多少自豪与屈辱。时间将战火硝烟磨去，江水缱绻东流，悲欢皆化作水雾云烟，氤氲着今日两岸的平和与宁静。江水诡谲，时空变幻，寰球风冽，并肩前行的两个国度"不封顶、没禁区、无止境"的共识，为动荡变革的世界注入一股强劲暖流。

2010年9月27日，北京秋高气爽，枫叶渐红。庄严的人民大会堂内，中俄两国元首共同按下原油管道工程竣工的按钮。那一刻，首站山坡顿生葳蕤秀草，山岭松涛合唱欢乐之歌；那一刻，有的人熟练地打起背包踏上奔波两国的征途，有的人戍守在祖国边塞为黑色油流的希望涌动而泪目。

坚实的大地作纸，清澈的江水为墨，茂密的松林成笔，挥洒间，历史驻足，时光凝结，生发出无尽祥和。

【《中国出入境观察》2022年第12期】

被极光照亮的爱情

邱小平

对于游客来说，漠河的浪漫，兴起于火遍大江南北的那首歌《漠河舞厅》，北极的诗意，大多来自人们慕名而来的北极光，黑龙江省漠河市北极镇，的确是最能氤氲出诗意与浪漫的所在，迟子建在这里写出了《北极村童话》，星空摄影师在这里拍到了极光。

极光象征缥缈、美妙、魔幻和神奇，被极光照耀的人，是上天钦定的幸福的人，这是人们一直膜拜的古老传说。在北极走访的日子，我遇见一群戍边人，见到他们被极光照耀的爱情，那么浪漫，那么朴素，又那么动人。

“霜花夫妻”的日常

北极镇年平均气温零下 5.5 摄氏度，最低达到零下 53 摄氏度，这里只有两个季节——冬季和大约在冬季。

5 月 9 日，立夏已过，我来到北极镇洛古河村，这里没有草长莺飞，没有姹紫嫣红，没有夏天的丝毫痕迹，江边堆积的是大块大块的冰雪，就像孩子刚刚拆下的积木，横七竖八地躺在黑龙江畔。

上午 10 时，洛古河夫妻警务室民警史先强和妻子沈欣坐上解放军的运兵车，去 12 公里外的流星样子场巡边，穿梭在大兴安岭，白的桦林，白的冰雪，令人心旷神怡。

“强哥，过不去了，恐怕得下去开道。”驾驶员说。

“没事，我下去看看。”原来前方有一个“大冰包”压住了大半边路基，阻挡了前进的道路。史先强从车上拿出斧头奋力地砸着冰块，纷飞的冰屑如同大雪飘舞，突然“啪”的一声，斧头把断掉，斧头随着冰屑飞了出去。

“哈哈哈……”沈欣大声地笑了，她是个“心大”而快乐的“95 后”，笑起来世界都会被融化。

史先强也朝着沈欣露出笑脸，接着用斧头把继续敲冰块，但是敲不动。

“你太笨了，找块石头也比那个斧头把好使。”沈欣说。

史先强再次咧开嘴笑了:“不愧是读过大学的，比我这个大头兵聪明。”史先强找来一块石头，三下两下就把凸出的冰包砸下来，运兵车继续前进。

半个多小时走走停停，军警联合巡边的队伍到达流星栟子场，眼前呈现的景象令人惊恐：湍急的江水动怒似的把巨大的冰块推搡到岸边，叠压嶙峋，绵延不绝，冰块上融化滴溅的水声，仿佛在诉说着被迫上岸的愤怒与不屈。

史先强牵着沈欣的手，在冰峰林立的江边，寻找下脚的地方，时不时推沈欣一把。这不由让我想起第一次见到他俩时的情景。

那是他们刚来洛古河的第一个冬天，界江刚刚冻上，冰层还不太结实，虽艳阳高照，但空旷的黑龙江上没有一点遮挡，一阵北风呼啸而来，像哨子一般发出凄厉的尖叫。史先强紧紧攥住沈欣的手，小心翼翼地在冰面上行走，稍微有一点滑的地方，史先强会扶住沈欣，生怕她摔倒。

一开始，面前还可以看到呼吸的热气，后来热气直接凝成了霜花，霜花越来越厚，不到 10 分钟，两人帽子上、衣领上、面罩上全是白色的霜花。我用相机记录下这个情景，后来他们被媒体称呼为“霜花夫妻”。

巡江不到 20 分钟，两人眼睫毛上都是大朵大朵的霜花，史先强说:“欣欣，咱们歇会儿，你跺跺脚暖和暖和，手套冻透了，你把手放在我大衣里。再这么冷你别出来了，我一个人巡江……”

那一刻，我不仅看到了最美的霜花，也看到了爱情最美的样子。

小村生活平静如水，春日迟迟，满山绿遍；夏夜清凉，明月大江；秋天多彩，五彩斑斓；特别是长达 8 个月的冬季，皑皑白雪，仙境美景，犹如童话世界，吸引了很多游客的目光。史先强和沈欣觉得能生活在这个小村，也是一种幸福。

做了 3 年的洛古河村民之后，史先强和沈欣更加深刻地理解了警务室墙上“警务就是家务，工作就是生活” 12 个字的意义，更加明白了“当好洛古河人”这句话的分量。

从一幅照片说起

巡完边之后，我跟着史先强和沈欣在洛古河村里走访。在温明霞家，史先强问：“嫂子，你问问王鑫的证明收到没有？”

“收到了，早收到了，这事儿啊，还真多亏了你。”温明霞满是笑脸。

温明霞的小女儿王鑫今年大学毕业，参加了国家机关公务员考试，在政审环节，招录单位要王鑫及家人的“无犯罪记录证明”，洛古河村到镇上没有公共交通工具，如果到北极边境派出所办理，租车来回得三四百元，温明霞顿时想到了史先强。

史先强说，嫂子，这事儿包在我身上。他给所里内勤通电话，证实情况后，派出所开出证明，直接寄到相关单位，本来让她忧心忡忡的一件事，史先强一个电话就解决了。

“这个就是王鑫，她是这几个孩子当中最小的，当时正上二年级。”温明霞拿出一张照片，只见青山绿水中，一个穿军装的人推着警用自行车，身边是一个老师模样的女子，在他们周围是6名小学生，一行人走在村道上有说有笑，仿佛有说不完的开心事。

穿军装的人叫贾晨翔，2003年8月，我们是同一批入警的大学生。

王鑫怎么跟贾晨翔在一起呢？

温明霞说，当时孩子放暑假，我们忙着采山，没人照看孩子，之前，就发生过孩子掉到江里的事情。小贾两口子来到洛古河夫妻警务室后，就办了个“暑期课堂”，他和爱人王晓莲给孩子们补课，又可以照看孩子，这样大家也放心。

再次见到贾晨翔是2013年冬天，他到洛古河警务室3年多了。看着警务室门口他们两口子的照片，贾晨翔主动介绍：“她是山东人，我们是在哈尔滨上大学时认识的。”

原来，贾晨翔最初分配到大兴安岭地区呼玛县欧浦边防派出所，王晓莲毕业后在哈尔滨市一家律师事务所工作，两人相隔1300余公里。因为爱情的召唤，2005年，王晓莲辞掉工作，来到大兴安岭与贾晨翔喜结连理。2010年，两人成为“洛古河夫妻警务室”第一任主人。

吃水自己挑，睡炕自己烧，至于晚上起来添煤、砸冰取水，那是家常便饭，用贾晨翔的话说，自己就是从城市到农村“逆袭”来了。王晓莲随军跟贾晨翔来到大兴安岭地区，先后换了4个地方，最后来到洛古河，工作换没了，房子也没了。

从驻村的第一天起，贾晨翔夫妻就把改善全村的治安环境作为工作重点，重建治保会，设立“十户联防”小组，组建调解矛盾纠纷委员会，开展义务巡逻、邻里守望活动，村里连续多年没有发生案件和越界事件。

那天在村民李兰庆家走访，看到墙上一张微微泛黄的照片，背景是洛古河夫妻警务室，一群人一字排开，贾晨翔捧着一本大红色荣誉证书与王晓莲站在中间。

“这张照片是2013年拍的，那年秋天，我们村给了贾晨翔和王晓莲‘洛古河村荣誉村民’的名号，成为第72户村民。”李兰庆动情地说，“说实在的，贾晨翔两口子在我们心中，就是靠山呀。”

2020年，根据国家移民管理局荣归荣调政策，贾晨翔调入山东边检总站工作。在哈尔滨中转的时候，我问他，在黑龙江边境坚守18年值不值？

贾晨翔说，青春需要磨砺，18年的边关磨砺是人生中最宝贵的财富。

北极的第一场雪

当我和北极边境派出所教导员牛书磊聊起洛古河夫妻警务室的爱情故事时，牛书磊说，曾经在北极边境派出所工作 14 年，现任观音山边境检查站教导员的赵鲁杰的爱情故事更传奇。

观音山边境检查站距离北极边境派出所只有 100 米，转过头我就找到了赵鲁杰。这名瘦高瘦高的民警，说到爱人双眼放光。

赵鲁杰说，一辈子都无法忘记2010 年10 月1 日那天，同事叫他去村口接人，“老家来的”。

跑到村口大门，赵鲁杰呆住了，怎么也没有想到会是她——郭素丽来了。郭素丽和赵鲁杰都是山东郓城人，大学时的一次聚会，让两人暗生情愫。大学毕业后，赵鲁杰入伍到北极戍边，郭素丽考取了兰州大学的研究生。

郭素丽背着旅行包，冲着赵鲁杰笑，笑着笑着，就哭了。

以往两人在书信中、聊天时，赵鲁杰把北极村描绘成童话般的世界，谁曾想，眼前的这个边境小村，没有商场，没有影院，甚至连人都不多。

赵鲁杰带着郭素丽去北极沙洲看日出，去浩瀚的中俄界江黑龙江看江鸥，看他们的巡逻路，披荆斩棘、翻山越岭，看得郭素丽直心疼。

那一年的 10 月 8 日，北极村迎来了入秋以来第一场雪，出现了美丽的雪凇奇观，山林被白雪覆盖，仿佛真的置身美丽的童话世界。

冬至，郭素丽穿上洁白的婚纱，和赵鲁杰走上了红毯。之后，郭素丽做出一个重要决定，婉拒导师推荐到甘肃省直某研究机构工作，作为北极村学历最高的人，被北极镇中心学校聘请当老师，从此成了“北极村里的人”。

能不能在北极村扎下根，郭素丽心里也没底，因为她非常怕冷，一到冬天，皮肤就干得难受。婚后，两人租了一个 22 平方米的小房子，其实就是个大土炕，外面一个炉灶，加上一台电视机，就成了一个简陋的家。

郭素丽没烧过柈子，也不懂怎么点火，一开始，她用油毡纸引火，手被烫出水泡，钻心地疼！有一次，家里的柈子烧完了，赵鲁杰在外面巡逻回不来，她抡不动大斧子，只好用小斧子一点点地劈，手上扎满了松木刺儿，当时心里充满委屈。

赵鲁杰回家后，含着泪用针一点点地给她挑刺，每挑一下，她都能感觉到赵鲁杰的手在颤抖。她的心顿时释然了：“至少我还能坐在温暖的家里，而鲁杰他们却要顶着刺骨的寒风到边境巡逻。”

小村美景如画，生活却平淡如水。白天赵鲁杰走访查边、巡逻办案，郭素丽上班教课。夏天，郭素丽会带着孩子到黑龙江边溜达，每次她都要捡回一些形状各异的鹅卵石；大雪漫天的日子，赵鲁杰也会带着郭素丽和孩子在雪地里“撒个野”，没膝深的雪层，倒下去就是人的形状。

有爱的日子就像漫天飞舞的雪花，在寒冷的冬天里也能绽放美丽。

2018 年，他们经历了一次部队转隶的考验，是在北极村工作到退休，还是选择转业回老家。然而，这个问题很快就解决了：两人选择继续坚守。

去年，大兴安岭边境管理支队在北极村举行“边守边爱”集体婚礼，又有 10 对新人喜结良缘，步入婚姻的殿堂。郭素丽作为特邀嘉宾参加，在致辞时说：“婚姻的本质是互相尊重，互相理解，只要夫妻同心，即使在最遥远的边关，也有属于自己的幸福。”

“老牛”的眼泪

要说谁对北极边境派出所贡献最大，那肯定是“老牛”，这是在北极村听到最多的一句话。

“老牛”正是牛书磊。43 岁的牛书磊长相儒雅，并不显老，但熟悉他的人都叫他“老牛”，因为他“真的牛”——工作 11 年，北极边境派出所被国务院、中央军委授予“戍边为民模范边防派出所”荣誉称号，成为北极镇最亮眼的名片。

牛书磊的高光时刻是在 2017 年 5 月 17 日，那天新闻联播的头条就是习近平总书记接见全国公安系统英雄模范和立功集体表彰大会参会代表，站在英模代表队伍里的牛书磊那身橄榄绿警服非常显眼，总书记跟他握手的时候，似乎握了很久，那张合影照，牛书磊就站在总书记身后，格外醒目。

牛书磊说，如果没有爱人田丹丹的支持，自己就没有去北京领奖的殊荣。

结婚 17 年，牛书磊夫妻长期分居两地，刚到北极边境派出所那几年，田丹丹曾在漠河生活，后来又回了山东老家，家里的大事小情，根本指望不上牛书磊。

2019 年 10 月底，牛书磊接到漠河边境管理大队副大队长李龙的电话：“老爷子生病了，情况怎么样？”

这一问，让牛书磊有点懵，他并没有接到父亲住院的电话。

李龙说：“你媳妇都发朋友圈了，你还不知道？”

牛书磊赶紧看田丹丹的朋友圈，并没有看到老爷子生病的动态。

“父亲确实住院了，但病不太严重。发朋友圈时把你屏蔽了，就是不想让你操心。”田丹丹对电话中焦急的牛书磊说。

对待家庭，牛书磊无疑是失职的，从 2012 年到北极边境派出所工作以来，田丹丹两次到哈尔滨做手术，都是一个人去，自己给自己签字麻醉。岳母在省城医院重症监护室差点没救过来，田丹丹坐在医院门口急得直哭，他也没在现场。

“愧对家庭”几乎是每一个北极边境派出所民警最愧心的表达，牛书磊更甚，因为他还缺席了儿子的成长。

他告诉我，有一年休假，送儿子上补习班，走到学校门口，儿子却磨磨蹭蹭。他问："牛一博，磨蹭啥？"

儿子小声问："爸爸，你能送我进教室吗？"

牛书磊觉得奇怪，平时儿子都是自己去补习班，怎么突然让他送了？在追问下，儿子说出了小秘密。周末补习班，一般都是父亲送孩子去，牛书磊却从没露面，大家都以为牛一博没有爸爸。牛一博告诉同学们，"爸爸是警察"，却招来一片嘲笑。"你爸爸是警察？在哪儿？"

那天，他希望爸爸能去补习班，证明给同学们看。

牛书磊说："我当时听了，心里真不是滋味。"当即，他决定去，不但要去，而且要穿着警服去。

"我能感觉到儿子内心的自豪，他终于向同学们证实，他爸爸是警察！"牛书磊说，"面对孩子们惊叹的目光，我不知道该说什么好，竟然傻呵呵给孩子们敬了个礼……"

名字里的秘密

北极边境派出所的辉煌，有一半是靠女人的肩膀支撑起来的，这不仅仅是我的直觉，也是组织的肯定。2015 年，贾晨翔王晓莲家庭被评为"全国最美家庭"，2016 年，被评为首届"全国文明家庭"；2020 年，赵鲁杰郭素丽家庭被评为"全国五好家庭"；2021 年，牛书磊田丹丹家庭被评为第二届"全国文明家庭""全国最美家庭"；2022 年，史先强沈欣家庭被评为"全国五好家庭"。

牛书磊的妻子田丹丹，赵鲁杰的妻子郭素丽，贾晨翔的妻子王晓莲，史先强的妻子沈欣……她们追求爱情，追求理想，却安于平淡，勤劳持家。风雪边关，家国情深两依依，小村坚守，名字里面寄乡愁。

2012 年，贾晨翔和王晓莲的爱情结晶出生，因为诞生在中国最北，所以，未出生就取好小名"北北"。

"北北"的大名叫贾云旗，这又有什么含义呢？

2011 年 9 月，坐在黑龙江边的贾晨翔看到警务室前的红旗，被蓝天白云衬托着，飘扬在 134 号界碑上空。向南，展现在他面前的是整个中国，他满怀激动，当即为将要出生的孩子取名"云旗"。

2020 年 10 月，史先强和沈欣的小儿子在洛古河村出生，孩子的姥姥姥爷请教了当地文化人，取了好多好听的名字：宇轩，子墨，梓涵，然而，每念出一个，史先强和沈欣都直摇头。

最后沈欣说:“就叫史一皓吧，小名叫洛洛。”

史先强说:“我 2007 年在漠河当边防兵，守卫着黑龙江，2019 年部队改制后，我还是守护黑龙江，2020 年，我和欣欣来到洛古河，戍守黑龙江的源头，我们用青春守护这条江，孩子出生在江边的洛古河，孩子小名取洛洛，不光铭记我们的青春、他的童年，这也是纪念，是传承。”

今年，3 岁的洛洛已经快一米高了，每天早上起来，他喜欢拉着妈妈的手，看着爸爸在祖国的最北方升起那面五星红旗。

中国最北的五星红旗，深深地刻进了贾云旗的名字里，黑龙江源头的这个小村，也深深地烙进了洛洛的名字里，这两个孕育于洛古河的孩子，用自己的名字来记录父母坚守的荣耀。

在准备离开洛古河的时候，我问王鑫，当初一起在洛古河夫妻警务室暑期课堂的孩子，现在都怎么样了。

王鑫说,“刘欣前几年考上了漠河市委组织部的选调生，现在北极镇北红村驻村，沃雨欣回到了洛古河，在污水处理厂工作，王占喜和袁戈分别在北京和哈尔滨打拼，魏香凝举家搬迁到大连。我今年大学毕业，参加了国家公务员考试，现在录用公示已经结束，等着上班的通知。”

13 年间，边境线上的这些孩子，都有了光明的前途，而守在这里的人，依然默默坚守。

当你真正走进边境线，读懂这些戍边的家庭，你就会知道，在最北边境线上生活，是没有浪漫可言的，警嫂们用青春年华书写了一首首动人的诗篇。这 4 个跨越时间的戍边故事，都在反复彰显、验证着同一个道理，那就是“家是最小国，国是千万家”，扎根边疆就是对祖国最深沉的爱。

【《中国出入境观察》2022 年第 12 期】

万水千山总是情

伏雪琨

从西藏日喀则市定结县出发，翻过海拔4888米的尼拉山口，便开启向陈塘沟的“降高”之行。

“车在盘山路上‘跳来跳去’，比坐云霄飞车还刺激。”2017年，李生伟来到日喀则边境管理支队陈塘边境派出所工作。“直到现在我进出陈塘镇还晕晕乎乎的。”

喜马拉雅山在中国西南边陲高耸入云，是东亚大陆与南亚次大陆的天然界山。然而在日喀则，她却慷慨地勾勒出5个山口，形成5条沟，其中陈塘沟与嘎玛沟在陈塘镇相交。

盘山公路急转而下，沿途植被逐渐丰富起来，无数溪瀑风情万种地展示自己。山体坡度几乎都在六七十度以上，海拔直降到2550米的陈塘镇，与高原的苍凉形成鲜明对比，仿若两个世界。

陈塘镇处于喜马拉雅山脉中段南坡，珠峰东南侧的原始森林地带。它的东南与尼泊尔隔河相望，北接定结县日屋镇，西临定日县，距定结县县城128公里。陈塘边境派出所便驻守于此。

1600级天路

通往陈塘边境派出所的路到底有多难？

2013年，墨脱公路通车后，陈塘是“中国最后一座陆路孤岛”，2020年才真正全线贯通公路，“孤岛历史”告终。

1964年，陈塘到定结县城的公路开始修建，直到2016年公路才修到山脚下的藏嘎村，到半山腰陈塘镇最后的1.5公里，就改成了台阶路。长长的上山石阶有1600级，台阶的尽头就是陈塘边境派出所。

陈塘边境派出所成立于2007年，2021年12月搬迁至藏嘎村村口。辖区以高山、河谷、森林为主，平均海拔2500米，总面积255平方公里。

“陈”意为运输，“塘”意为路，合并意为“运输的路”。修建派出所时，有30多公里的路程要靠人力搬运。搬运工扛着建筑材料，翻过两座海拔2600米的大山抵达藏嘎村，再沿着1600级台阶运至镇里，搬运一趟需要10多个小时。

“当时雇用了数十名搬运工，前后花了两年多的时间才修建完成。”教导员康林在此工作了12年，是派出所的“元老”。他说：“派出所是背出来的。”

现在，进入陈塘的路依旧险峻。悬崖在车轮下，生死在毫厘间。车一边紧贴绝壁，一边面朝悬崖，最窄处必须一边倒车一边转弯。如到雨季，不时会遇到被雨水冲刷和溪水掏空的路基，就连老驾驶员行车至此，也会略显紧张，不敢有丝毫分神。

“今年开始有大巴到市区，但较少。如果个人租车，从陈塘到市区需要1000多元。休假时，我们尽量拼车到市区。回一次家平均需要3天。”18岁那年，李生伟乘坐大巴，9时从县里出发。“当时听说陈塘镇的海拔比其他地方低。我满心欢喜。”没有固定的行车路线，一路上，碎石、砂砾相随，不断爬升、坠落、旋转。“我就像厨师手里的颠勺。”

19时，车终于停了，班长通知李生伟下车，他一抬头，“之”字形台阶赫然眼前，望不到头，像天梯一般。“已经被颠晕了，感觉踩在棉花上。”于是，在班长和一名联防队员的帮助下，李生伟扛着行李，迷迷糊糊第一次迈上这漫长的天路。

如今，这1600级台阶李生伟已经走了6年。“有一次下冰雨，台阶像抹了油一样，我滑倒痛得直冒冷汗。还经常遇到毒蛇……”李生伟从容一笑，“台阶沿途的一草一木我都心中有数。”

镇里有的村子能修建人行步梯，但个别村子仍需人背畜驮，还有很多地段无路，牛、马不能行走，就用牦牛运输，牦牛却时常被石缝卡住蹄子。这里的乡亲进一次县城很难，很多人去的最远的地方就是乡里，有人甚至一辈子没有走出过陈塘沟。

“车行六七里，险情八九回。”民警们这样形容陈塘的路。2019年，雨季，民警陈国云开车前往县里拉取物资，行至一转弯处，突然，大小山石裹挟着泥浆飞滚而下。“一横心，一闭眼，一脚油，冲过去。”陈国云事后回忆，当时处于转弯位置，突然眼前一黑，石头劈头盖脸砸下来。最大的落石，两个人都抱不住，就像灾难电影一样。“有块石头正中车头，导致发动机损坏，后期车辆作报废处理。”

2019年之前，路没有修通，派出所被夹在大山深深的褶皱里，所需物资只能运输到纳当村，再靠民警徒步背回来，背一趟需要四五个小时。冬天，遇到大雪封山没办法补给，民警只能吃罐头炖土豆、土豆炖萝卜、萝卜炖罐头。

2016年镇里装上索道，起始点与天梯同步。人从台阶上去，货由索道运输，节省了部分人力。

“煤气罐就不能用索道，只能两人一起抬。”李生伟说：“过去，派出所有一个2米深的地窖，可容纳10天的补给，我们只能买些易储存的食物。现在路通了，买菜方便多了。”他走到厨房门口，搅动水桶里的2条鲤鱼。“现在，我们都能吃上‘海鲜’哩。”

巡逻路上的不期而遇

8 月的一天，密林中一时阳光一时雨，如巨大蒸笼，酷热难耐。民警向着中尼 70 号界碑进发，不一会他们脸上的汗水就像融化的蜡烛。

中尼 70 号界碑位于林秋塘的山间峭壁上，峭壁之下便是朋曲河。从喜马拉雅山深处走来的朋曲河与嘎玛藏布河在陈塘镇汇合，嘎玛藏布河经过长途奔袭后，将山体“劈”出一条沟壕，汇入朋曲河。朋曲河下游流经陈塘镇，成为中国与尼泊尔的界河。

派出所辖区边境线全长约45 公里，沿途共有14 块界碑，3 个山口通往尼泊尔，有一个抵边执勤点、两个社区警务室，主要担负辖区内治安维稳、人口管理、户籍办理、边境管控等工作。

界碑虽然距离派出所 7 公里，但通往界碑的路却荆棘密布，沟深壑险，沿途还要穿过满是蚂蟥的丛林。有的路段还需在山崖固定绳索，手脚并用攀爬前行。

到达预定休息点时，民警刘璐突然感觉不对劲，一摸脖子，一只拇指大小的蚂蟥正在疯狂吸血。他捏住蠕动的蚂蟥，用力往外拔，“拔掉的瞬间，还挺解压的。”其他民警也未能幸免。

巡逻途中，蚂蟥布满民警的袖口、裤脚，汗水和着血水往下流。为此，大家脑洞大开：点蚊香、喷杀虫剂、喷酒精、穿防护服、穿雨衣、全身搓盐……绞尽脑汁仍然防不胜防，蚂蟥似乎加装了精确制导系统，总能一击即中。

“我们巡逻最喜欢‘抢’第一名。”刘璐说，蚂蟥的“老巢”多在溪边杂草丛中。它们隐蔽其间，伺机吸食人畜血液。一旦有人经过，它们迅速识别体温，第一个人打草惊“蚂”后，第二个人就成了“倒霉蛋”。

陈国云被民警们评为“最吸引蚂蟥的人”，大家身上挂满十几条蚂蟥，他的身上就会有几十条。“蚂蟥附着皮肤时，不易察觉，等发现时，已经喝饱了血。”他卷起裤脚，一个个黑褐色的点点，密密麻麻布满双腿。常常旧伤未愈又添新伤，一两月都不能愈合。

“好几次，白天巡逻时蚂蟥粘在衣服上，我没有察觉。晚上睡觉一翻身，把它压爆了，全是血。”刘璐说，“最惨的是虎子。”

虎子是一条犬，全身毛厚，巡逻时，蚂蟥只好攻击它的嘴巴、眼睛、鼻子。每次刘璐用镊子把它眼睛里的蚂蟥揪出来，它都不断摆动脑袋，发出呜咽声，不知是痛苦还是表示感谢。

终于到达 70 号界碑，民警们检查界碑周边，上报巡逻情况。刘璐等人为界碑描红，他们小心翼翼地擦拭界碑，庄重地描红着“中国”。“休假回家时可以给家人们看了。”他兴奋地和界碑合影：“这就是我们守护的地方。”

民警整齐列队向界碑庄严敬礼，阳光洒在界碑上，刚刚描红的“中国”分外耀眼。

远处朋曲河与群山狭路相逢，回声如雷，浪花飞溅，越往密林深处，水流声越小，仿佛世间所有的路皆止于此。

“这不是最远的巡逻路，最远的往返一次需要 7 天。相传森林里有老虎、蟒蛇出没。”李生伟记得教导员告诉他们：“巡逻路是一批一批民警用汗水和鲜血蹚出来的，一步也不能少走。”

原始森林里，大树盘根错节，遮天蔽日。民警们每人身背 40 多公斤的装具物资，向点位进发。林间山高路陡，海拔高差超过 1000 米，一天只能走十几公里。

印度洋吹来的赤道暖流与高原寒流在这里汇合，将这里造就成“一山分四季，十里不同天”。

“出发时穿短袖，进山后穿外套，海拔越高气温越低，就得穿棉服了。”李生伟说，一趟巡边路可以经历四季。

密林深处，只有长尾叶猴与民警们相伴。它们集聚成群，多达上百只，发出“呜波”的声音。当群星洒下柔白的光晕笼罩山谷时，民警们到达宿营地，搭建帐篷，捡回枯枝，接来山泉水，生火做饭。

“有一次刚到宿营地搭好帐篷，山里开始下大雨，帐篷里下小雨。”陈国云说，高山寒夜，我们围着篝火吃饭。“那时，煮一碗热气腾腾的泡面，简直是人间美味。”

执勤点的“人间美味”

对于刘璐来说，“人间美味”是老兵做的手擀面。

刘璐入警后的第一站被分配至嘎琼玛执勤点。一间民房是执勤点的全部家当。面对这个“三无”——无水、无电、无网的执勤点，他满脸诧异：“这能住人吗？”

坚守执勤点的还有一名老兵，他是个“闷葫芦”，每天跟着老乡上山砍树、劈柴、做饭，工作之余就是做木工。

“那段时间我很消沉，也不想与家人联系。”艰苦的环境让刘璐很沮丧，心情郁闷至极。

老兵依旧带着刘璐一趟一趟从山下背运生活物资。有一次，他和老兵一人背着一张床，往执勤点爬。天空变得昏暗起来，暴雨骤然来袭，山路上满是裹着泥沙的水流。他们背一段，歇一会，平时 20 分钟的路，走了一个多小时。

回到执勤点，他们全身都湿透了。只见老兵娴熟地用擀面杖在饧好的面团上来回擀动，面团渐渐变成一张薄片，叠层、切条、抖面，一根根宽细均匀的手擀面逐渐成形。老兵依次将面条放入锅中，不一会儿，香气扑鼻的面就出锅了。

老兵做面条的场景让刘璐记忆犹新，他吃出了不一样的味道。

几天来，在老兵的“巧手”下，执勤点成了“豪宅”。民房装修成宿舍，帐篷作为厨房，老兵做出了一套桌椅板凳，居然还用废弃的建筑材料搭建起一个简易的卫生间。

刘璐欣喜地拨通父亲的电话，告诉他，这里的一切都是老兵亲手建造的。

2021 年 6 月，刘璐带领两名新警驻守顿樟执勤点。

一天凌晨 2 时左右，执勤点外“咣”一声巨响，惊醒了所有人。

“我们跑出来一看，离我们 2 米的位置，一个半人多高的山石砸出了一个大坑。”刘璐说，大家惊恐得头皮一阵发麻。

他率先缓过神来，观察附近山头，随即向单位汇报情况，果断安排新警暂时住到附近宾馆。“虽然经常有塌方事故，但总要有人守在这里。”一切处理妥当后，刘璐又返回执勤点。

刘璐学会了生火做饭，也学会了做简单的木工，成了新警口中的“老兵”。“其实，我仍是一名新兵。老兵名叫周子铭，他已经调走了。我常想起他。”

在辖区万步是起步

山顶在云间，山底在江边，说话听得见，走路得几天，陈塘镇便是如此。陈塘镇是中国境内夏尔巴人主要定居点之一，也是单一的夏尔巴人聚居地，被称为“封存了夏尔巴人最原始的档案”的地方。

陈塘边境派出所管辖 6 个行政村、3 个自然村，常住人口 2800 余人，主要以夏尔巴人为主。

走进陈塘镇，夏尔巴人的村落依山而建，错落有致，房顶上飘扬的五星红旗格外醒目。孩子们在羊肠小道上你追我赶，小鸡跟着母鸡满地找食。

陈国云说，陈塘镇是未改乡（没进行过民主改革），地理闭塞，交通不便，通过长期发展，特别是近几年国家兴边富民政策的实施，使陈塘镇的生产生活等多方面都有了较大的改善和发展。

68 岁的卧雪村村民次珠老人不会说汉语，但看到陈国云就热情地招呼他进来坐坐。“没有共产党就没有新中国……”是老人唯一会唱的汉语歌，《学习雷锋好榜样》也会哼两句。

陈国云走街串巷，“这是一家新开的手机店，我再进去叮嘱几句。”游客的车辆不断进出镇里，他示意车辆停下：“这里是边境村，未经许可不能擅自使用低空飞行器。”孩子们围着他，“明天就要开学了，您还来给我们讲第一课吗？”

2019 年 9 月的一天晚上，陈国云祈祷着能睡个好觉。白天，他已经在镇里巡逻了 3 次。

22 时，陈国云刚准备睡下，就接到报警电话称，村民因谷物收割问题发生争执，双方情绪激动。他迅速带领民警赶去调解。

处理完纠纷，已接近零时，满天星星眨着眼，他带队爬1600级台阶回派出所。

“报警电话一响，丢下碗筷就跑，还有一次，来不及冲掉洗发水，就直奔救援现场。”陈国云经常“霸占”微信步数排行榜的封面。每天，民警在辖区走访、接处警万步是起步。

“之前，对面山上一户村民家着火，接警后我们从派出所往下冲，再向对面山上爬，赶到后，他家还是烧没了，所幸人没事。”这件事让陈国云至今遗憾：“这几年派出所一直向村民宣传常备灭火器，教他们简单的使用方法。”

在陈塘镇，有个独一无二的温泉。喜马拉雅熔岩之水从一块天然巨石涌出，形成9股，因此得名九眼温泉，吸引了众多慕名前来的游客。

2019年10月的一天，19时左右，陈国云接到报警电话称：一辆去往九眼温泉的旅游车，在萨里村和修修玛村交界处陷入泥坑。村民的车帮忙救援，结果一连3辆都陷进去。

接警后，6名民警立即赶赴现场。“当时，我们的车辆已经上不去了，只能徒步到救援位置。”抵达现场后，民警对灾害路段实施交通管制，把滞留车辆疏导至安全区域。雨越下越大，民警们拿着铁锹，站在及膝深的淤泥里，开始先清理车辆外围。然而车下的淤泥，铁锹无法触及，于是陈国云和其他民警一头扎进去，徒手清理车底淤泥。

深夜22时，淤泥逐渐被清理干净。陈国云引导司机慢慢发动汽车，同时，号召村民一起推车。大家齐心协力将被困的3辆车陆续从泥潭里救出，待回到派出所时，天已见亮。

“我们6个人从头到脚都是泥巴，分不清谁是谁，干脆站在院子里，用自来水冲了个澡。”陈国云说，真是透心凉。

家在远方也在脚下

老旧的派出所已经不能满足民警住宿需求，新派出所还在修建中。派出所借用了一栋二层小楼，搭建了部分活动板房供民警办公、生活。

略显简陋的营区里，几只鸡悠闲地踱着步。“我们先把冷冻的肉吃完，才杀鸡，但可恶的黄鼠狼总会抢先一步。”刘璐对黄鼠狼充满“憎恨”。

云蒸霞蔚，朝阳升起。民警们在营区里撑开衣架，晾晒衣物。

在这里，民警们晴天一身汗，雨天一身泥。遇上雨季，两三个月都难见太阳，衣服、被褥常常发霉、变臭。

站在派出所的二楼，能看到大小不一的瀑布，或从云中来，或在石壁飞，时而涓涓细流，婆娑起舞卷珠帘；时而随风洋洒，笑对青山万重天。

正如民警们山一般的外表下，内心也有水一样的柔情。他们给家人打电话，会不约而同说起陈塘的好：天空蓝、山水绿、星星亮……

民警朱凯强的妻子是四川老家一所幼儿园的老师，今年暑假，妻子来陈塘看望他。

“开始很新鲜，住几天就回去了，因为镇上‘最大的商场’就是村口的小卖铺，探亲的内容实在太简单了。”朱凯强忙完工作，便带着妻子沿着朋曲河散步，这是他能做到的最浪漫的事。“下次就要‘请’她来咯。”

最让朱凯强头痛的是妻子的唠叨。没完没了的家庭琐事，妻子只能通过每天的视频电话不停输出。他拿着手机频频点头，表示赞同。视频那头，女儿自顾自地玩，对父亲很陌生。“跟你说了也没用，啥也指望不上你。”这是妻子视频时最常用的结束语。

朱凯强每月工资都如期“上交”。“她负责孩子的衣食住行，还要照顾双方父母，每月工资所剩无几。最怕孩子生病，花销更紧张。”朱凯强很无奈，“很亏欠家人，我知道媳妇很辛苦，但从没有当面说过感谢。”

民警提及家人时，“亏欠”是使用频率最高的词。

“2021 年以前，这里还没通国家电网，有一次春节期间，停了 3 个月的电，就像 3 年。”李生伟第一次在外过年，便遇上“大停电”。白天，他坐在营区门前等电来，逢人就问：“你家来电了吗？”

其实，问也白问，整个陈塘镇都没电，但李生伟不死心。

过去，陈塘镇依靠水力发电，一到冬天，水势变小，极易停电。镇上停电两三个小时后，手机信号随之中断。派出所发电机只能维持所内的日常照明，大功率的电器无法带动。

条件有限，但过年的仪式感还得有。2017 年农历除夕夜，大家忙活起来，老兵负责发电，其余人准备年夜饭。此刻，发电机的轰鸣声是世界上最美妙的声音。

“那天，我们吃的火锅，还包了猪肉大葱馅的饺子。”赶在天黑前，民警们吃完了年夜饭。李生伟走出营区，周围黑漆漆一片，安静得能听到呼吸。连绵起伏的群山，像一堵连接天际的围墙，把他团团围住。握着没有信号的手机，思念汹涌而来，此刻，他多想给远方的父母打一个拜年电话……

恢复电力的四五天后，终于盼来了信号。李生伟的手机铃声不断响起，接连蹦出 20 多条微信留言，20 多通未接来电，屏幕闪烁得他眼眶发酸，“爸妈肯定很着急，感觉愧对他们。”

大山里枯燥单调的生活，与城市的繁华喧嚣格格不入。但李生伟牢牢记住教导员讲的一句话：“正是因为有了山里的寂寞，才有了山外的万家灯火！”

【《中国出入境观察》2023 年第 9 期】

“无人区”的人世间

林俊辰　王一明

蜿蜒曲折的331国道，两侧群山耸峙、层峦叠嶂，山上草木茂盛、林海苍茫。穿行在这条中国最美的北境公路上，每个人都会惊叹于大自然的鬼斧神工、雄奇壮丽。

沿着鸭绿江一路向东，在翻越一座又一座山峰后，“长白镇边境检查站”几个大字映入眼帘，提醒着过往车辆人员已进入边境地区。在阳光的照射下检查站棚顶的警徽熠熠生辉。

为有效打击涉边违法犯罪，织牢织密边境防控网，吉林出入境边防检查总站白山边境管理支队长白边境管理大队专门在610平方公里的长白“无人区”设立了两个单位——长白镇边境检查站和二十一道沟边境检查站。多年来，两个边境检查站驻守在高寒地区，与深山为伍，与林海做伴，踏雪巡逻、站岗执勤，守护着边境一线的和谐安宁。

最前和最后的两个人是双保险

金秋十月，长白山深处，已经漫天大雪。

这里是长白山南麓，海拔1600米至2690米，一年有7个多月降雪，山高林密、地形复杂、人迹罕至。

“立正！稍息！讲一下！”早晨7点，嘹亮的口令响彻山谷，长白镇边境检查站副站长李鹏正在组织民警进山巡逻，“今天巡逻‘无人区’，大概需要5小时，大家打起精神，巡逻结束，我给大家加餐！”沙哑的声音、过高的发际线，任谁都很难相信，这个陕北汉子才刚满34岁。

6名民警穿戴好装备踏上进山路，行走在积雪没膝的林海雪原中，长白山脉的雄奇险峻尽收眼底，边关的山水沟壑早已印在他们脑中。

李鹏是巡逻队的主心骨，巡逻时，他始终走在最前面。咯啪、咯啪、咯啪……突然，脚下仿佛多了一种平时没有的软滑感。李鹏心头一紧，立刻像弹簧一样蹦了起来，他知道，脚底下肯定是一条蛇。巡逻民警不禁吓出一身冷汗，心有余悸地继续巡逻路。步巡就像开盲盒，你永远不知道下一脚会踩到什么。

尽管进山的路已不知走过多少回，但李鹏仍然小心翼翼：“大家提高警惕，路标都被雪盖住了，一定要注意安全。”

26岁的民警吴禹龙走在队伍的最后面，每次巡逻，他都是负责“断后”的那个人。

他断后，大家心里最踏实。2022年5月的一天，“无人区”的冰雪开始消融，熟悉的草甸再一次悄悄从地里钻出来。“咚！”倒数第二名队员，一脚踩在一小片暗冰上，水壶与甩棍狠狠地撞在了一起，发出了很大的响声。摔倒的队员身体失去平衡，向着另一边更陡峭的斜坡倒去。

“抓住我！”只见一个身影飞扑而下。队伍最前面的李鹏循声音看去，只见吴禹龙死死地拽住了队友的小臂。在其他队员的合作下，两人被拉了上来。“只是脸上被划了几道口子。”消毒、止血、包扎……李鹏带着队员熟练地处理好伤口，继续步巡。“轻伤不下火线”是他们的传统。从那以后，吴禹龙便承担起了巡逻队的“断后”工作。

林海雪原中的穿行，总有危险相伴

巡逻，是日复一日的任务，在这过程中流血、受伤便成了家常便饭。“这里要进行雪地设伏。”冬天，总有人试图借着风雪进行违法行为。

预设点在左边矮坡的一处高地，抵达那里要穿过一条小河。“有情况！”吴禹龙率先发现踪迹。大家默契地弯下腰，轻轻地向目标靠拢过去。一时间，这片大地，只剩下风声。

“再近一点！”大概50米后他们看见了一个黑影，李鹏小声发出指令。

临近小河边，他们总算看清了黑影的模样，而对方似乎也看见了他们。

“这是我见过最大的一头野猪了。”还等不及李鹏把这句话说出来，一头高1.2米、长1.8米的大野猪，伸出的獠牙有15厘米，像举着两把匕首，径直向他们走了过来。

“吭哧、吭哧”，他们已经能看到野猪鼻孔冒出的白气。“拿锅来！”吴禹龙迅速解下身后的行军锅。“哐哐哐……”李鹏拿着甩棍在锅底一阵乱敲，野猪闻声而逃。

“喔哦……喔哦……”倒是有几只狍子，听到声响反而靠近过来。它们看野猪跑了，好似有些不满，叫了起来。“真是傻狍子！”李鹏笑骂了一句，一行人再次向目的地进发。

穿过密林时，民警刘孝禹一脚踩在了断落在积雪下的枝杈上。枝杈外皮结满了一层厚厚的冰，他一屁股坐在地上，枝杈从裤管穿入，锋利的冰尖在他的小腿上划开了一道15厘米的口子，鲜血霎时沁红了雪地，刺得人眼睛一紧。

民警傅洪源迅速拿出急救包，甩开手套，开始消毒包扎。不到5分钟，伤口就处理好了。“气温太低，必须马上救治，不然会留下冻疤。”傅洪源一边说着，一边扶起刘孝禹。

“啵”的一下，手背顿时像脆皮西瓜一样，裂了个口子。那根枝杈，像故意考验他们一般，轻轻地碰了一下傅洪源的手背。在零下30摄氏度的气温中暴露太久，手背的皮肤已经被寒风吹得比纸还脆。迅速处理好伤口后，巡逻民警继续走向预设高地。

抵达后，21岁的民警韦仁杰主动揽下了风口的哨位。雪，从长白山顶吹来，等到收队时，他大半个身子已经被埋了进去，唯一不变的是，他的双眼锐利如初。

回到检查站，民警们身上全被冻得梆梆硬。大家更换衣服，如同卸盔甲一般。“你的裤腿好有造型哦！”一堆裤子并作一排，像奇峰怪石，起伏成山。这是属于戍边民警独有的“时尚”。

夏季巡逻不怕“虎狼”却怕虫

在长白镇边境检查站只有两个季节，一个是冬季，另一个是“大约在冬季”。熬过漫长的严冬，冰雪逐渐消融，谁承想，另一种危险正悄然来临。

林子里的夏天可热闹了，遍地都是刺猬、松鼠、野兔，猫头鹰也频繁出没。林地早晚温差很大，正午最高温不过26摄氏度，民警都会多加一层薄毛衣。

夏天步巡，地面上的状况虽然不像冬天那样难以琢磨，但蜱虫和雌螨这两个“小动物”却让人不堪其扰。虽然每名民警都打了疫苗，但提起“草爬子”(蜱虫)，所有人还是会不自觉地抽动一下嘴角。

初夏时节，漫山遍野的映山红分外妖娆，但每次路过花丛的时候，巡逻民警总是远远地看几眼便匆匆走开。

花丛下经常会有蛇，草窝边飞着“小咬”(雌螨)，叶尖上是蜱虫的地盘，只要靠近，它就能跳进衣服里。老民警都有的默契便是“只可远观，不可亵玩”。

“站长，这有一朵人参花。”一名新队员兴奋地靠过去，准备拍照。“别动！”站长王帅在这名队员后颈上，看见了一只“绿豆”(蜱虫的幼虫)，他急忙拿出驱虫喷雾，将这个伺机“作案”的家伙赶走。

“有的蜱虫咬人不疼不痒，能在身上吸一个小时的血。”王帅指着布满了密密麻麻咬痕的手臂，向队友说道，“最多的时候，从身上找到了七八只。”夏天，巡逻队员们每次回来，都必须要把全身上下好好检查一遍。对于这些“小家伙”，王帅也显得十分无奈。

“哈哈，这都是‘荣誉勋章’，别人想拿都拿不到呢！”唐任邦看着王帅操心的样子，嬉笑说道。

“你可拉倒吧，当初是谁一边抹药一边骂骂咧咧的？”王帅没好气地说。俏皮的“斗嘴”惹得大家哈哈大笑。

野炊，没有温度却有温情

每次进山都要走十几里地，冬天蹚着齐腰深的积雪更加艰难，一圈下来至少要5小时至6小时。由于路途遥远，民警习惯了背上一个卡式炉。

“这里正好是个背风坡，咱们开饭吗？”吴禹龙一边摸着早已咕咕叫的肚子，一边问李鹏。李鹏一声令下——“开饭！”大家迅速搭起简易“灶台”，开始煮面。他们一把一把往锅里投入积雪，水开后，投入速食面和调味包，不一会儿，香味就飘散开来。零下30摄氏度的天气，热腾腾的面条出锅就凉，根本不怕烫嘴。

“还是面条香啊，再给我来一碗！”

“就你吃得多，一会儿还走得动吗？”

“吃得越多跑得越快，你一会儿可别掉队啊。”一阵阵欢声笑语不时在山谷中回荡。这支平均年龄仅有24岁的民警队伍，常年与山林相伴，体会着“雪水煮面分外香”的欢乐。

长白镇边境检查站刚成立时，只有一间小平房，没水没电没信号，取暖还得劈柴烧炕。炕就是一个大通铺，七八个人挤在一起，晚上睡觉拳打脚踢不说，呼噜声此起彼伏，简直比打雷还响。

冬天是最艰难的时候。民警们需要到站点100米外的小河里凿冰取水，化冰做饭。起夜要穿上厚厚的棉大衣步行80多米去室外旱厕。想和亲朋好友打电话，就要到步行5公里外的地方才有手机信号。

吃完面，民警唐任邦抹抹嘴，悄悄打开手机，屏保是他1岁大的女儿的照片，他抚摸着手机屏幕，就像抚摸女儿娇嫩的小脸。

唐任邦虽不是站里年龄最大的，却是坚守时间最长的，作为第一批进驻“无人区”的民警，12年前，他就来到了这里。执勤休息时，他会习惯性地打开手机，看看妻子和孩子的照片。唐任邦与妻子长期两地分居，妻女给了唐任邦莫大的支持，休假回家时，他想抱抱孩子，换来的总是抵抗和哭闹……

唐任邦新婚那年，带妻子到站里体验生活。尽管早早说好了“条件一般”，可当夜幕降临，绕过了十几个弯仍不见一丝光亮时，唐任邦分明看见，坐在汽车后排的妻子还是流下了眼泪。

如今，营房条件已改善许多：执勤卡点成了一座二层小楼，食堂、电暖气、活动室一应俱全……

经历过艰苦条件的唐任邦对现在来之不易的工作环境感觉到特别满足，他曾经在日记里写下一句话：12 年，我看着执勤点从一间小平房，变成现在的两层小楼，我们的生活越来越好，这身警服带给我的使命感、荣誉感和责任感也日益增强，我为我的戍边青春感到骄傲。

“无人区”的邻居志同道合

积极乐观是戍边民警的一大特质，长白镇边境检查站民警如此，作为兄弟单位，二十一道沟边境检查站民警也是如此。

从长白镇边境检查站出发，驱车一小时，翻过几座大山，便来到另一个驻守“无人区”的检查站——二十一道沟边境检查站。这是一栋具有“警察风格”的 3 层蓝白建筑。站点外墙上，几行大字格外醒目——“耐得住寂寞就是奉献，经得住考验就是忠诚，守得住辖区就是能力”。

“白天林中行，晚上看星星，夏天蚊虫咬，冬天寒风侵。”这是二十一道沟边境检查站民警自己总结的顺口溜，也是他们驻守“无人区”的真实写照。

“那天我坐了 7 个多小时的客车，一眼望去全都是山。到了之后发现，单位的基础建设还是比较齐全的，同事们也热情，第一印象还不错。”当问到第一次到单位的感受时，去年 6 月刚入警的孙振说，“第二天早上打开窗的时候，看到窗外茫茫的大山，脑海里不由自主地蹦出一句诗——千山鸟飞绝，万径人踪灭，内心瞬间涌出一股强烈的孤独感。”

作为一名守边 6 年的老民警，杨程始终记得第一次巡逻“无人区”的经历。顶风冒雪，又累又饿，几次想躺下来休息，但零下 30 摄氏度的严寒，躺下了可能就会严重冻伤，带队民警让大家手拉着手，不许一人掉队，一趟巡逻下来，腿脚早已冻得失去知觉。夜里躺在大炕上，看着窗外的点点星光，耳边传来风吹树叶的沙沙声，偶尔还能听到几声黑瞎子的低吼声，让人心里发毛。

“在‘无人区’磨炼过的人，心性都非常强大，这么艰苦的环境都熬过来了，还有什么困难是克服不了的呢？”又一次巡逻后，站长周伏生望着茫茫大山，对身边民警语重心长地说。

周伏生从警 21 年，经历了风风雨雨，执勤时遇到的突发事件更是数不胜数。

有一次在“无人区”开展夜巡，接近 11 时，车辆突然抛锚，荒郊野岭，周围一片漆黑，又因为没有信号，无法联系到站部，周伏生只能自己带着一名民警回去寻求支援，让其余民警在原地看守车辆。当时不能开手电，只能摸黑往回走了 3 个多小时，10 多公里路，才搜到信号。每每想起这段经历，周伏生都感到后怕。

清晨第一缕阳光撕破暗夜投射大地时，急促的呼吸声、清晰的跑步声早已在鸭绿江畔蔓延开来。天色渐明，一群奋力奔跑的身影逐渐映入眼帘，他们就是二十一道沟边境检查站快反分队的队员。

在训练间隙，民警范忠文和队员们分享了一个故事：那是一次抓捕行动，嫌疑人藏身在一处废弃的居民楼内，范忠文持盾和战友们刚刚破门而入，嫌疑人就从侧面拿着菜刀向他的脑袋横劈过来，范忠文本能地下潜躲避，将盾牌砸向嫌疑人的脚背，在嫌疑人吃痛的同时，队员们迅速冲上前去，将其制伏。

“平时训练多出汗，真打起来才能少流血。”回想起这段经历，范忠文深有感慨。模拟抓捕训练结束后，队员们准备收队，阳光照射在训练场上，他们的身姿显得愈发挺拔。

入夜，结束了一天的工作，民警们聚在一起，分享着家人寄来的特产。民警王文凯拿出了父母寄来的茶叶，这个又黑又壮的小伙子，在长白“无人区”已经驻守5个年头，他曾经也有过迷茫的瞬间，也动过回家的念头，可只要一到“无人区”开展巡逻踏查，这个念头就消失得无影无踪，只觉热血沸腾。“选择了边境就是选择了奉献”，这句话已经成了所有戍边民警的座右铭。只要祖国需要，他们就会无怨无悔地干下去。

“黑七”的故事也很精彩

同行者，不以山海为远，不以崎岖为险。伴着戍边民警的脚步，警犬同样巡守着祖国的土地，成为边境线上一道别样的风景。

王晓东是一名警犬训导员，他的警犬名叫“黑七”。分犬的时候，王晓东在90多条犬中一眼就看到了最瘦小的“黑七”。“我看见它的眼睛里有亮光，一下子就吸引了我。”

“就是你了！”王晓东强烈地感觉到，“黑七”一定能成为一头优秀的警犬。

每天天蒙蒙亮，王晓东就会到犬舍给“黑七”喂食、梳毛，观察它的习性，培养人犬之间的信任。一开始，“黑七”胆子小，王晓东每次喂食都用手抓着食物，一点一点地喂它。慢慢熟悉后，王晓东就开始训练“黑七”扑咬和追捕。在充当人肉靶子的时候，因为不知道“黑七”的咬合力有多强，王晓东还被误伤过好几次，有一次，“黑七”直接咬穿了防护服，带掉了王晓东胳膊上的一块肉，当时，伤口甚至能看到骨头。受伤并没有使人犬产生隔阂，相反，在一次次严格的训练中，王晓东和“黑七”不仅练出了默契，也练出了成绩。

第一次任务，是去深山里抓犯罪嫌疑人，蹚着80厘米厚的积雪，行进非常困难，但是“黑七”异常兴奋，不停地向前跑，靠着灵敏的嗅觉很快发现了嫌疑人。一声怒吼，“黑七”高高跃起，死死咬住嫌疑人的衣袖，将其扑倒在地，民警迅速跟上，将嫌疑人制伏带回。

立了功，王晓东非常开心，买来肉和鸡蛋，亲自下厨，给“黑七”“加鸡腿”。

在执行任务的时候，训导员和警犬就是最亲密的战友，在平常生活的时候，警犬也是训导员最离不开的亲人。王晓东已经半年多没回家了，和“黑七”在一起的时间，比和家人在一起的时间多得多。对王晓东来说，驻守边境的日子里，有“黑七”在身边，孤独减少了一半，快乐增加了一倍。

连绵不绝的长白山、源远流长的鸭绿江，在美丽富饶的东北边陲，在空谷回响的“无人区”，一代又一代戍边人紧握手中的接力棒，全力守护边境辖区安全稳定，用青春和热血谱写着卫国戍边的壮丽篇章。正如二十一道沟边境检查站民警杨程所说，壮志还未竟，盛世还须守。属于“无人区”的故事还在上演，属于戍边民警的感动还在继续……

【《中国出入境观察》2022年第11期】

一名缉毒女警的花季雨季

伏雪琨

2018 年 1 月，刚到兴海查缉点工作一个月的张迪，就被“骂”哭了。

一个中班，遇到一名极不配合的驾驶员，她再三解释，每个过往旅客都需要检查身份证件，却遭到驾驶员的无端指责和谩骂。

张迪委屈极了，最后还是班长帮她解了围，并让她回宿舍暂时休息，一瞬间压抑和无助让泪水倾泻而出。

“我们的工作不是问几句话那么简单，穿上这身制服，知道意味着什么吗？”班长的话让张迪逐渐冷静，她开始反思。

眼泪和汗水，都是成长的必需品。从那之后，胆小怯懦的张迪开始蜕变，就像化茧成蝶一样，皮蜕得越利索，成长得越快。

1

张迪轻触电脑键盘，直视屏幕，仔细查看旅客行李物品。“有时眼睛干涩难耐，但不敢闭眼，生怕一个疏忽，错失重要信息。”

云南西双版纳毗邻境外毒源地“金三角”，特殊的地理位置使其成为中国禁毒斗争的主战场之一。张迪所在的西双版纳边境管理支队兴海查缉点，距离缅甸第四特区 86 公里，是缅甸勐拉通往景洪市必经之处，是禁毒战场的最前沿。

查缉点 24 小时对车辆、人员、货物进行双向公开查缉，同时在防范境外疫情输入，打击枪支犯罪、走私偷渡、电信诈骗等方面发挥重要作用。

进入 8 月的西双版纳阴雨和酷热交替循环。突然一阵骤雨，地面像被点燃一般，热气蒸腾起来，让人喘不过气，路边的杂草都耷拉着叶子。张迪从容挺立在车检通道，离得近点儿，能闻到她身上除了汽油味还有一股淡淡的花露水味。

每天，她需要在防护装备外再穿防弹背心，加上头盔、手电筒、镜子、通条等查缉工具，大约重 15 斤。另外，一个 2 升的水壶，也是她上勤的“标配”。

晨曦微露，等待通过的汽车已排起长龙，查缉点被浓重的汽车尾气味儿包围着。查缉工作从 6 时开始，每 6 个小时为一班，分 4 个班次展开，每个班次都是一次“汗蒸”。

站了近5小时，她不停地重复询问。“那感觉就像是双腿灌了铅，嗓子冒着烟儿。”她原地踏了踏步，缓解身上的疼痛。张迪说，“静脉曲张、腰肌劳损，大家都有，去了几次医院，看了好，好了犯。”

边境是艰苦的代名词。缉毒工作更是危险重重，需要搭载重任，负担前行。

有一次，一辆汽车连续撞倒多个锥形桶后，依然风驰电掣而来。班长高举手臂，示意停车。司机丝毫不理会，压过多条减速带，“哒哒哒”的声音尖锐刺耳。正在车检通道的张迪，毫不犹豫举起手，再次示意司机停车。

司机却以30迈的车速冲向张迪。当时，她不知所措，迈不动腿脚。生死一瞬，班长一把把她拉上台阶，汽车擦着她的左肩扬长而去。“毒贩穷凶极恶的样了，我这辈子都不会忘记。”

2

2017年12月结束新训，张迪分配至兴海查缉点工作。

“我以为边防武警的任务是巡逻、站岗，没想到还有缉毒工作。”张迪跟随班长从最基础的看证件、观表情、摸物品、闻味道学起。在这里，她认识了各种各样毒品样品，见识了“白色魔鬼”的可怕。

2018年3月，张迪照例检查旅客身份证件，一名旅客时不时瞄她一眼，引起了她的注意。“就像作弊的学生看到老师一样。”看到那名旅客的鞋子、行李箱上有很多泥，张迪更加起疑。

她仔细检查行李箱后，只发现蓝色塑料碎片，并无其他。正当她认为自己判断错误，要放行该旅客时，组长提醒了她。

“组长拍了拍我。接着用对讲机把队长和其他战友叫来，先把这名旅客控制住，然后用小刀把行李箱底层划开。天哪，夹层里蓝色塑料袋装的就是毒品。”张迪说，“真不敢想象，如果当时组长不在，我就把毒贩放走了。”

这件事，让张迪憋着一股劲儿，她更加努力学习查缉技能。车体哪些位置最容易藏毒，什么季节通过什么样的车，她都烂熟于心，甚至将经常过往的车牌号倒背如流。张迪说，只有把各种可能出现毒品的情况都“刻”在大脑里，遇到情况时才能以最快速度作出准确判断。

3

“眼看着同批10多个战友中，有人第一周就查到了10多公斤毒品，其他人也陆续有所斩获，我还是‘颗粒无收’，特别着急。”张迪曾一度“怀疑人生”。

那段时间，她“加班加点”背记理论要点，不论打扫卫生还是排队吃饭都“念念有词”。查缉手册已经被翻卷了边，备忘录里也满是查缉技巧，甚至连做梦都是查获毒品。她渴望早日挂上军功章。

2018 年 4 月的一天，一辆满载快递的货车驶进查缉点，核对货品清单时，张迪发现居然有收货人是某个明星名字的燕窝保健品。

“为什么要从边境往内地寄保健品？我决定打开看看。”打开快递，一股香味触碰到张迪最敏感的神经，“肯定有料。”

燕窝包装完整，经张迪反复查看，没有发现任何可疑物品。她考虑毒品或许会溶进燕窝，于是，举起一瓶，透过光线仔细观察，燕窝的性状并没有变化。

“我告诉自己，别着急，相信自己的判断。我先把燕窝拿出来，抬起空泡沫箱时，发觉很重。拿着小刀一点点切开泡沫箱，果然，在底部发现夹层，内有蓝色塑料袋，和我第一次错过的毒品包装一模一样。当时就想，这一次我终于逮到了你。”

打开包装，麻黄碱一颗一颗呈现眼前。

这是她第一次真正独立查到毒品。张迪高举通条，指着毒品向组长炫耀，“我查到了，我查到了！”

“从存疑到寻找到发现的过程特别兴奋。”说到第一次成功查获毒品，张迪少了一些浮躁，多了一份底气。

成长没有捷径，日积月累的沉淀，才能练就一身过硬本领。很快，张迪迎来“高光时刻”。

这天，日垂西山，阴影已经将查缉点吞下大半个部分，车流影影绰绰。张迪钻进了一辆物流车的货仓。她一手拿着电筒，一手用小刀划开快递盒的包装。没什么异常，张迪把刚检查完的快递盒用胶带封好，又往货仓里挪了挪。连续拆了 5 箱，都是用竹叶包裹的饼茶，她有些疲惫。

“当时真不想拆了。”张迪犹豫片刻后，打起精神，检查第六个纸箱。拿出一饼茶，捏了捏，和正常茶饼手感不太一样，她剥开竹叶，里面裹着黑色塑料袋，装的正是冰毒。在 27 件茶叶中查获冰毒 19 公斤，张迪荣立个人二等功，那年她 18 岁。

“立功受奖确实开心。”谈起当时的感受张迪说，更多的是对毒贩的憎恨。她曾看到过一个毒贩拒捕时劫持了自己的孩子并将其刺伤，毒贩丧心病狂的样子，让她恨之入骨。“毒贩不要命，我们唯有更拼命。”

4

2022 年 6 月的一个中班，气温直逼 40 摄氏度。张迪突然一阵阵冒冷汗，头晕眼花，呼吸困难。开始以为是中暑，随着小腹一阵阵绞痛袭来，才知道是生理期到了，她双腿打战、蹲在原地。

查缉工作日夜颠倒，任务重、压力大，张迪平均每天检查过往车辆800余辆，核查比对人名信息2000余条。她的身体、心理在不同程度上受到影响，生理期变得不规律。

“两名战友把我架回宿舍。我吃了一颗布洛芬胶囊，大约半个小时后，体力慢慢恢复。”张迪重新换上防护装备。在她看来，缉毒战场上没有性别，只有战斗员。于是，她返回执勤现场，继续对出租车、网约车进行检查。

有时，男民警也会调侃，“你们晒得这么黑，都快和我们一样啦！”张迪尴尬一笑。的确，常年爬车顶、钻车底，满身污渍，哪还有女孩子模样，但她转念一想，这也是对女民警肯定的另一种表达吧。

“经常有拖挂车通过，约两层楼高，需要手脚并用爬到车顶，对车体进行检查。毒贩很狡猾，他们将毒品混在几十吨货物里，甚至将毒品压到车厢最下面，只有把一车货物全部搬完，才知道里面有没有毒品。这个过程大约需要6个小时。”张迪展示着“强壮”的大臂，她也曾因搬货物而手酸到拿不起筷子，身上碰得青一块紫一块，但现在，她的力气变大了，练出了肌肉。不因性别给自己设限，才能保证完成重要任务。

在一次检查中，男同事对一名女乘客产生怀疑，于是请张迪和一名女辅警，把这名乘客带到人身检查室进行检查。“从她的腰上以及内衣夹层里查获毒品共有800多克。”张迪说，经常有女性利用性别差异，企图蒙混过关，这时女民警的作用就凸显出来。

作为女性，张迪也有柔软的内心。一次被指派看守一名女子。带该女子吃早餐时，张迪发现她吃得非常少，便关心地询问，她却说在减肥。后来才知道，该女子吞食毒品，企图以体内藏毒的方式偷越边境。“太心疼了，她才18岁，就被毒品葬送一生。”张迪说，我们能做的就是竭尽全力查缉，才能避免更多家庭支离破碎。

5

2015年兴海查缉点搬到214国道上，距离勐海县城12公里，这里离使命最近，离繁华很远。

办公区和宿舍区是依山而建的活动板房。周围树木笔直高大，纷乱的蔓藤垂落在窗户上，还有蛇、老鼠等野生小动物时隐时现。

6条检车通道上车辆川流不息，每当有大货车经过时，轰鸣声震耳欲聋，活动板房随之颤动，就像地震一样。“我们用手机软件测量过，车检通道的噪声达105分贝，民警宿舍也有87分贝。刚来时，入睡困难，现在习惯了。”张迪说。

每天落日时分，金色的光辉迅速在后山蔓延，眼前的车灯汇聚成一条条光带穿梭而过，脚下的花草随着清风自由摆动，单调的查缉点生动起来。这是张迪最喜欢的时刻，她用手机拍摄这一刻的美好。

初来时的热情和好奇终被艰苦和单调消磨殆尽。工作之余，后山成了张迪的游乐园。时而雨雾弥漫，时而天气晴朗，她在密林间大口呼吸难得的新鲜空气，爬到山顶，眺望远方。

2018 年 1 月，父母第一次来队看她，那天是她 18 岁生日。张迪说，她忘不了母亲诧异的神情。母亲几乎不敢相信眼前这个又黑又瘦的女孩是自己的女儿。张迪向父母介绍了工作情况，带他们参观了宿舍，母亲几度欲言又止。

父母和张迪吃完午饭，送她回营区时，母亲再也抑制不住泪水，半晌，挤出一句："注意安全！"

张迪每天都会和家人视频聊天，父母说得最多的还是那句"注意安全"。在边境一线，报喜不报忧是民警们的一贯做法，张迪也不例外。

2020 年 8 月，张迪做了甲状腺手术，直到现在父母还不知情。"当时心里很害怕，不知道病情是否严重，单位工作任务繁重，不想给大家添麻烦，我请假时，跟领导说有家人陪同。"

其实，她一个人到了昆明，找到同学给她的手术签字并陪护，总共请假 7 天。她告诉父母，这周有上级领导来检查工作，方便时再联系他们。

张迪说，她度过了最漫长的 7 天，感觉自己一夜之间长大了。

"父母未必什么都不知道，他们会上网搜索和我工作相关的内容，但不会刻意问我。其实，父母不盼着我立功受奖，只要我平平安安。"张迪的泪水在脸上晶莹交错，就像山脚下点点灯火。

6

女孩子天性爱美，但张迪已经很久没有刻意打扮了。"蚊虫太多了，被咬后几天都消不了，她们喷香水，我只喷花露水。"

第一次休假回家，街上的女孩子粉妆玉琢，窈窕多姿，张迪觉得自己与她们格格不入。专程来接她的闺蜜带她坐地铁出行，她却问，在哪里买票？闺蜜回答，刷手机就可以！她竟一下子呆了。

"看到同学们每天打扮得光鲜亮丽，我在边境线上灰头土脸，甚至连地铁票都不会买，心里很难过。"张迪哽咽了，她说，那一刻感受到巨大的差距，甚至有些自卑。

当年，张迪看到表哥在部队发生脱胎换骨的变化，于是心生向往。在入伍通知书和大学录取通知书同到达时，她做出了抉择。本想着到部队后努力考取军校，不曾想2018年部队改革转隶为移民管理警察，她失去了报考军校的机会。没读成大学，成了张迪的遗憾。

她的落寞很快被闺蜜发现。闺蜜告诉她，只要看到她的新闻，都会留言称她是“最美小迪”。闺蜜为有一个缉毒警察朋友而感到骄傲。

“不需要所有人认同我，得到身边人的肯定，再苦再累也值了，繁杂的工作也有了意义。”张迪擦干眼泪，“这是独属于我的荣誉。”

7

日复一日的查缉工作，习惯了默默无闻的张迪，从来没想过，有一天居然能在电视上看见自己。

2021年6月，张迪受邀到北京参加国家移民管理局“边境移民管理一线的缉毒先锋”媒体记者见面会。

“开始很骄傲，因为就我一个女孩子参加发布会。在缉毒战场上，大家争的是困难和危险，而不是荣誉。在发布会现场，看到前辈们胸前挂满军功章，我想，他们肯定经历过生死考验，顿感自己的渺小。”那一场发布会上的战友都是张迪眼中的“大咖”。

“前辈们在高山密林伪装设卡、被蛇鼠啃咬，甚至被毒贩用枪指着头，只为边境多查一克毒，内地少受一分害。”张迪说，尤其是郑兆瑞班长同样在边境检查站工作，从“菜鸟”开始，通过一点一滴学习积累变成今天的“大咖”，特别敬佩他。郑兆瑞参加边境缉毒工作19年来，屡立战功，累计参与查破毒品案件850余起，缴获各类毒品500余公斤，人称“缉毒兵王”。“兵王”厚重的履历，让张迪找到了追赶的目标。

发布会上，听着前辈们讲述一茬一茬的战友守护边境安宁、奋战缉毒一线的真实故事，张迪想到了自己的班长，想到了多年前班长的那句话，“穿上这身制服意味着什么？”

刚参加工作时，张迪的心愿是通过立功受奖证明自己。现在，她的心愿发生了改变，她说，“不想再因为缉毒立功了，只有不因为缉毒立功，才可能实现天下无毒！”

【《中国出入境观察》2022年第11期】

东方潮涌逐浪高　国门奋楫再起航

——从浦东开发开放30年看国门变迁

黄　波

“黄浦江边有个烂泥渡，烂泥路边有个烂泥渡镇，行人路过，没有好衣裤。”在上海老浦东人的记忆中流传着这么一首民谣。“烂泥渡”曾一度成为浦东的代名词。

时光变迁，斗转星移，三十年栉风沐雨，三十年波澜壮阔，昔日的浦东在开发开放的浪潮中阔步向前，迎来了一次次华丽蜕变。2019年地区生产总值达到12734亿元，以全国1/8000的面积创造了1/80的GDP。

放眼望去，如今在陆家嘴金融贸易区这片土地上，高楼大厦鳞次栉比，不断刷新着上海的城市高度，也刷新着上海金融开放水平。在有“中国硅谷”之称的张江科学城，医药研发、芯片制造等最新成果喷涌而出迅速抢占科研领域高地。在临港新片区，集成电路、人工智能、民用航空等高新企业纷纷入驻，创新的种子在这片开放包容的沃土快速生根发芽。在全球综合自动化程度最高的码头洋山深水港四期自动化码头，塔吊林立、舟车穿梭，不断创造刷新码头吞吐量的高效率“神话”……那条每逢雨季就水漫金山的烂泥渡路，如今也变成了今天陆家嘴金融贸易区寸土寸金的“银城中路”。

从阡陌农田到高楼林立、从乡村田野到现代化新城，浦东开发开放30年峥嵘历程成为改革开放和社会主义现代化建设最生动鲜活的缩影。在国家战略的伟大指引下，已是而立之年的这片热土将再次出发，探索中国经济高质量发展的“浦东模式”，提供新时期改革开放的“浦东方案”，树立现代化治理的“浦东样板”。

作为时代的见证者、亲历者、参与者，在改革开放的滚滚洪流中，伴随着上海口岸的扩大开放，上海边检从小到大，从大到强，在一次次自我蜕变中，改革创新之潮奔腾激荡，一路向前，汇聚成了浦东开发开放30年的大江大河。

开放：拓宽口岸建设新路子

蜿蜒的黄浦江，把上海分割成了浦东、浦西两块。自开埠以来，上海便是我国最重要的贸易港口，黄浦江沿线海内外商贾云集，出入境船舶穿梭如织。上海解放后，港口贸易从战后的百废待兴中逐渐升温。形势催生变革，为加强对港口停泊外轮和随船人员的证件检查和监护管理，1952 年 1 月 4 日，中华人民共和国华东军政委员会组建“上海边防检查站”负责上海口岸的边防检查工作，从此结束了上海“有边无防”的历史。

城以港兴，港为城用。得开放风气之先的浦西率先发展，在黄浦江水的浸润下逐渐走向繁荣。而隔江相对的浦东则已沉寂千年。1990 年 4 月 18 日，党中央、国务院作出“开发浦东，振兴上海，服务全国，面向世界”的重大战略决策，一场精彩的改革开放“大戏”就此拉开序幕。沉睡了千年的浦江之东，从此开启了新的征程。

与浦东建设相伴而生，同年 6 月，上海边检相继成立吴淞边检站、闵行边检站（现金山边检站），加上原有的上海边防检查站（现浦江边检站），三站分布在黄浦江的上、中、下游，形成布局合理、任务互补的执勤网络，为浦东推开窗户看世界逐渐建立起配套的口岸查验基础设施。

如果说浦东开发开放是中国改革开放最美缩影，那么中国（上海）自由贸易试验区建设则是最浓墨重彩的一笔。从上海最东南伸入东海一角的洋山港，沿着海岸线北上约 40 公里，到达浦东国际机场，继续往北约 30 公里，直至长江入海口接近与黄浦江交汇之处的外高桥，70 多公里的海岸线，串起了当今上海乃至中国最重要的一个区域——中国（上海）自由贸易试验区。

如今自贸区所覆盖的这片土地，从浦东开发开放之初，就一直勇立潮头。其中，外高桥保税区于 1990 年 6 月经国务院批准设立，同年 9 月正式启动，是浦东开发中最早、最重要的一个标志性区域，也是当时全国开放层次最高、开放领域最广、开放力度最大的区域之一。

为服务和保障外高桥地区经济建设，1994 年 6 月，外高桥边检站正式成立，承担起外高桥地区国际航行船舶的检查监护等任务。从 1993 年年底上海外高桥港区一期码头正式竣工投入使用，到如今二三四五六期工程加速建成，外高桥港区建设乘着浦东开发开放的东风，驶入了快车道。

“20 年前的这里，码头岸线还不足 3 公里，年出入境集装箱吞吐量不足 10 万，而如今这里已是连续多年全国出入境集装箱船舶数量最多的港区。”外高桥边检站边防检查处处长杨永祥感叹道。杨永祥 1999 年从中国人民公安大学毕业后就来到外高桥边检站工作，从此便在浦东深深扎根。作为一名浦东建设参与者，他见证了外高桥港区发生的这些巨变。经过 20 多年的发展，外高桥港区已有 36 个码头，码头种类涵盖集装箱、汽车滚装、散杂货、化工品、修造船厂、极地科考基地等类型，集装箱年吞吐量超 2000 万标箱。如今，外高桥边检站执勤岸线全长 80 多公里，年均查验国际航行入出境（港）船舶由最开始 2000 多艘次、出入境人员 3000 余人次，猛增到 24000 余艘次、员工 48 万余人次。

改革开放的浪潮从大江大河奔流入海，在洋山岛创造了又一个奇迹。1995 年“跳出上海看上海”的大格局孕育了洋山深水港。3000 多名建设者登上了孤悬海上的岛屿，他们在深海中吹沙填海，建成一个总面积超过 10 平方公里，相当于 1400 个足球场大小的离岸式集装箱码头——2005 年，洋山深水港区一期工程建成开港。从此，上海告别了没有深水良港的历史。

洋山边检站是最早入驻小洋山岛，并参与港口建设的单位之一，说起筹建那段历史，民警盛峰感触颇深：“那时，整个洋山岛就是一片大工地，碎石满地，风沙漫天，由于不通水电，一日三餐都吃泡面，为了早日开港，往往一上岛就要住一周。”

2005 年 11 月 30 日，新加坡籍“彩虹石”号货轮靠泊洋山深水港一期码头，这是洋山深水港正式靠泊的首条外籍国际航行船舶，标志着洋山边检站（筹）正式开展边防检查工作。2006 年，洋山边检站正式成立，是年，洋山边检站查验出入境（港）船舶 2000 余艘次，人员 5 万余人次。

向海而生，变革的浪潮永不停息，此后 10 余年，洋山四期自动化码头投入运营和自贸区临港新片区挂牌成立，上海港口建设步入大船时代，从此浦东开发开放多了一个面向世界的重要窗口。面对每天数万只集装箱在昼夜不息的洋山港吞吐中转，洋山边检站实行 24 小时不间断执勤模式，确保船舶随到随检。2019 年，上海洋山港集装箱吞吐量 1980.8 万标箱，洋山边检站查验出入境船舶 9100 多艘次，出入境人员 21.9 万人次，均创新高。

从海洋通联长空。在 1999 年 9 月 16 日，随着上航 FM451 航班的腾空而起，浦东国际机场正式通航。而在两年前，这里还是正待开发的一片滩涂海域。随着浦东开发开放的推进，1997 年 10 月，上海浦东国际机场一期工程全面开工建设。与此同时，浦东国际机场出入境边防检查站筹建工作也在紧锣密鼓地进行。1999 年 1 月 1 日，上海边检总站决定成立浦东国际机场出入境边防检查站筹备领导小组，次年 3 月，浦东出入境边防检查站（现上海机场边检站）正式挂牌成立。此后十年，浦东出入境边防检查站相继承接了 1999 年浦东机场 1 号航站楼启用、2002 年虹桥机场国际航班全部东移至浦东国际机场、2008 年 2 号航站楼启用等重大变革下的口岸出入境边防检查任务，并于 2009 年正式更名为上海机场出入境边防检查站（简称上海机场边检站）。

“感谢你们的热情，这样转机方便多了！”旅客爱德华·巴齐尔先生欣喜不已，“感谢卫星厅所有建设者！”2019 年 9 月 16 日，刚刚开航的世界最大单体卫星厅——浦东机场卫星厅迎来了第一批出入境中转旅客。乘坐 MU570 航班入境的法籍旅客爱德华·巴齐尔先生，刚走进入境边检区域，就收到上海机场边检站精心准备的一束鲜花，成为第一位享受卫星厅快捷中转服务的出入境旅客。

自2015年12月30日，浦东国际机场卫星厅工程打下第一根桩基起，上海边检总站助力浦东打造国际航空枢纽港的步伐就一直没有停歇。2019年，卫星厅建设进入最后攻坚阶段，上海边检总站党委成立卫星厅建设专项工作领导小组，多次实地调研后，“三个科学”配套方案在反复讨论中应运而生：科学配备执勤设施，一体化布局配备了16条人工查验通道、10条自助查验通道、4条工作人员通道，最大化满足卫星厅中转旅客的通关需求，方便机场员工进出口岸限定区域；科学设计查验流程，根据卫星厅国际中转流程和各类旅客查验方式，会同各联检单位，理顺查验流程，确保卫星厅各查验环节紧密衔接、环环相扣；科学勤务组织，根据卫星厅出入境客流预测情况，提前研究制定卫星厅边检勤务工作方案，进一步优化警力配置，确保边检勤务满足卫星厅运行需求。

好风凭借力，崛起于东海之滨的浦东国际机场恰如一只展翅的大鹏，迎着改革开放的春风扶摇直上。2019年，浦东国际机场口岸出入境人员数量超3900万人次，连续17年位居全国空港口岸首位。

坚守：筑牢国门安全防护网

如果说口岸是浦东开发开放的生命线，那么上海边检则是这条生命线上的“把关人”和“守护者”。在浦东开发开放的大潮中，国门安全始终是行稳致远的“压舱石”。

“一辆二八杠自行车、一部手持对讲机，在20世纪90年代，这基本上是当时海港边检站民警的所有执勤装备。”外高桥边检站站五队副队长瞿华回忆。1999年，瞿华刚来到外高桥边检站工作，当时整个站里约有30位民警，共有两个基层队负责一类开放口岸的船舶进行检查和监护工作。当时码头的执勤模式采用24小时驻码头巡查监护，检查方式为口岸联检单位联合登轮检查。“印象最深的就是当时我们每天执勤使用的交通工具是永久牌二八杠自行车，那时因为工作需要，要前往厂矿、修船、炼油厂等码头进行检查监护，驻点监护民警工作几天甚至一周才能够轮换一次，且受到码头条件影响，执勤工作的危险性比较高。虽然跟现在的条件没法比较，但在当时能骑上自行车守护在国门一线，现在回忆起来还是感到无限光荣。”

在那个口岸偷引渡活动猖獗的年代，边检民警硬是凭着眼观手摸、扒船走码头在口岸建起了无形之盾。从1990年到2000年，10年里，上海边检机关共查获偷渡案件3000多起，有力打击了偷渡分子的嚣张气焰，维护了口岸的安全稳定。

进入21世纪，曾经穿梭于码头的“二八大杠”已经封存在泛黄的老照片中，边检科技研发却一直在换挡提速。“三名形迹可疑的男子正离船登岸，请注意！”发出警情的正是上海边检总站更新安装的船舶外档监控系统。2008年5月13日中午，靠泊外高桥码头的中国香港籍“易旺”轮上，3 名神色慌张的男子离轮登陆，码头现场执勤民警收到指令后立即赶赴现场，将 3 名偷渡人员控制。原来“偷渡客”刘某与何某分别于 2006 年、2007 年由蛇头组织偷渡至日本，但到达日本后才发现谋生相当困难，迫于无奈，两人买通“易旺”轮船员徐某，由徐某协助实施偷渡回国。没想到一下船 3 人就被抓了个正着。

这只是科技强警的一个片段。随着证件光谱鉴别仪、人身全息 3D 识别仪、“鹰眼”监控系统、移动验放车、电子门禁等相继投入应用，一场“向科技要警力，用数据强战力”的改革随时代轮番上演。

2019 以来，该总站致力于推动科技应用与口岸管控工作的深度融合，相继建成集大屏数据可视化、有无线通信融合、无线音视频回传、高清视频会议等先进技术为一体的勤务综合指挥系统，自主研发了包含船员数据核验、船舶轨迹排查等功能模块的海港勤务辅助系统，以及集生物特征识别、智能人像比对、证件真伪鉴别等为一身的前台辅助查验系统。同时会同上海市公安局将海港口岸卡口管理纳入上海市域卡口监测系统和检查管理体系，全面启用“外轮登离人员管理系统”手机软件，形成船舶梯口、港区卡口闭环管理体系。通过科技赋能，安全管控的篱笆越扎越牢。

随着改革开放走向纵深，浦东开发开放在一系列先行先试中取得长足发展。与此同时，上海边检在科技硬件提升的同时，管控手段也在不断创新优化。以大数据、人工智能破题，2014 年，上海边检正式启动大数据排查工作，推出不久，效果立现——2015 年，中央追逃办启动“天网行动”，是年 4 月 25 日，全国“百名红通”公布的当晚，一场通宵排查在上海边检总站就已经展开，边检民警利用人脸识别技术和出入境人员数据库信息比对技术，通过大数据排查发现一名叫 DAI GEOFFREY 的外籍男子与“百名红通”第 90 号嫌疑人戴某高度相似，经研判极有可能系同一人。凭借此重要线索，在中央追逃办的指挥调度下，上海、安徽、江苏公安机关通力协作，最终将戴某成功抓获，戴某也成为“百名红通”落网第一人。法网恢恢疏而不漏，2017 年，“百名红通”第 68 号嫌疑人贺某同样在大数据的利剑下归案。

随着技术不断攻坚，大数据排查利剑再显神威。2020 年以来，上海边检总站根据公安部和国家移民管理局打击治理跨境赌博工作部署，提前开展重点航班、人员信息等大数据分析排查，会同上海市公安局查获一批涉嫌跨境赌博人员，有力斩断跨境赌博非法出入境通道。

守好一道门，护好一座城。有了国门的安全，城市发展才有底气。2020 年，一场新冠肺炎疫情来袭，让安全有了更深的定义。疫情当前，上海这座有着 2400 多万人口的超大城市，无疑承受着巨大的压力。特别是在大进大出、快进快出的上海口岸，疫情防控工作更是刻不容缓。

“我是党员我先上！”在上海边检总站，党员民警纷纷争相请命，迅速组建起27支党员战疫突击队。上海机场边检站民警张国俊就是其中一员。2020年3月13日上午，由德国法兰克福飞往上海的CA936航班降落浦东国际机场，该航班共搭载286名乘客、17名机组，其中，4名旅客经检测有发热症状，另2名旅客服用过感冒药。疫情就是命令。很快，一支由十多名抗疫队员组成的CA936临时处置小组成立了。“队长，我身体好，让我上！”张国俊第一个请缨。突击队员们身着防护服，整齐列队出征，张国俊走在最前面，他们都明白，这是一场只许成功不容失败的战斗。飞机舱门打开，登机，接收证件，人证查验，递还证件，工作流程和往常一样，只是这一次他的眼神里多了一份果敢与坚决。历经4个小时，突击队员们顺利完成了航班检查任务。

微光虽渺，万丈成炬。巍巍国门下，有无数像张国俊一样的平凡英雄，用尽自己最大的光亮，点亮了城市里的万家灯火。

2020年3月25日零时起，上海虹桥机场原所有国际、港澳台航班转场至浦东机场运营，浦东机场口岸一时十万火急。上海边检总站先后从虹桥边检站、浦江边检站、上海铁路边检站调配警力200余人驰援浦东机场口岸，各方警力汇涌成刃向着最危险的地方挺进。

为了跑赢疫情，上海边检总站亮出了大数据利剑。按照国家移民管理局的部署要求，上海边检总站抽调56名骨干力量，组建了总站、边检站两级疫情排查专班，进行数据统计汇总，分析研判涉疫重点国家人员动态轨迹，对涉疫重点航班和重点国家有旅行史、居留史的人员进行大数据分析排查。同时将排查结果及时推送海关等单位，形成精准有效的防控海外疫情输入管理闭环。截至12月1日，共向海关检疫部门和上海市联防联控机制推送预警涉疫信息12万余条。

一次次的坚守不退、一次次的向险而行，祖国东大门构筑起坚不可摧的钢铁长城，佑护着上海这颗东方明珠，让浦东在疫情的笼罩下迅速复苏，在危机中育新机，于变局中开新局。

创新：谱写服务发展新篇章

浦东因改革开放而生，因改革开放而兴。30年来，创新和发展是浦东对话时代的最强音，开放与包容是浦东融入血液的基因。这里是产业高地也是人才高地。一组数据对比鲜明证明了这一点。1993年，浦东境外人士常住不到200人，到2019年，已经达到25000余人。与此同时，2019年，有来自世界各地的1000多万外国旅客从浦东机场口岸入出境。

开放度更高，就要一次次突破制度藩篱，一次次刀刃向内进行改革。20世纪90

年代上海边检先后采取“开辟台胞专用通道”“设立咨询台”等多项举措，简化边防检查手续，完善服务举措。同时苦练内功，大力开展“树新风”活动，推动边检工作日益规范化。

随着改革开放的不断深入，为了便利国际间人员往来，中国出入境政策逐步放宽。2000 年 1 月 1 日起，上海边检总站实行对部分国家人员过境上海 48 小时免签证的便利政策，当年即办理 48 小时过境人员 4000 余人。2006 年，上海边检总站全面启用“梅沙”系统，查验工作实现网络信息化，提高了通关速度。时间来到 2012 年，随着上海改革开放的深入和航空枢纽建设加快推进，上海边检总站率先在浦东国际机场实施 24 小时国际转国际旅客免办边检手续政策，这一举措有效缩短了 24 小时直接过境旅客的通关时间，极大提高了国际航班中转效率。

“很方便，这个政策帮我省去了很多麻烦。”2016 年 1 月 30 日上午 10 时，乘坐 BA169 航班从浦东机场入境的瑞典籍旅客艾玛在 144 小时过境免签专用检查通道内对边检民警连连称赞。2016 年 1 月 30 日起，上海边检总站率先在上海出入境口岸实施部分国家人员 144 小时过境免签政策，艾玛则成为上海口岸第一批享受 144 小时过境免签新政便利的旅客。

一次次率先破冰、一次次创新引领无不投射出上海边检与浦东有着天然相通的基因，那就是敢闯敢试。

从 2007 年启用“迟到免排队通道”和“紧急救助通道”，到开启抢救危重船员的“绿色通道”；从 2008 年启动自助通道建设，到如今上海口岸 199 条入出境自助通道全线启用；从设置中国公民专用通道，到落实国家移民管理局推出的“中国公民出入境通关排队不超过 30 分钟”便民新举措；从开通疫情防控专用通道到启用 24 小时“运载防疫物资边检专用窗口”，在助力浦东开发开放的历史光影中，上海边检改革创新的答卷写满了人民至上。

口岸营商环境的持续优化不仅仅体现跨境人员流动的方便快捷上，更体现在跨境贸易便利化水平上。浦东开发开放初期，由于上海的口岸布局不合理，港区和监管场所点多分散，口岸管理部门众多，通关手续繁杂，造成诸多人为的阻滞。据 2001 年初统计，上海口岸进口货物平均通关时间需 103 小时，出口货物平均通关时间 35 小时。与发达国家的口岸管理水平有较大差距，已成为制约上海口岸对外贸易发展的“瓶颈”之一。

形势催生变革。2001 年 6 月，上海市政府开始启动“大通关”改革。为方便船舶、货物、人员的出入境检查，上海边检总站在上海航运交易所报检中心所设立办事处，确保出入境船舶的报检手续随到随办。2001 年 11 月，上海边检总站推行预检制度，办理完预检手续的船舶，到港后即可装卸货物，大大缩短货物在港滞留时间，降低企业经营成本。2010 年 9 月 10 日，上海边检总站“国际航行船舶网上报检报备系统”正式启用。船舶代理公司通过边检机关认证后，便可登录该系统进行网上报检报备、集体预约办证，在线查询申请状态及结果，从而减少船舶代理人员办证环节和等候时间，有效提高通关效率。随着技术攻坚的不断深入，2014 年，上海边检总站正式上线运行“上海国际贸易单一窗口”，并于2017年年底建成启用了“上海单一窗口边检许可服务平台”，标志着上海海港口岸业务全面纳入“上海国际贸易单一窗口”，同时也在全国率先实现了登轮搭靠业务的网上办理和登轮搭靠证件的电子化。

2020 年 5 月 3 日 22 时，全球最大集装箱班轮，单船载箱量为 2.4 万标准箱级的“现代阿尔赫西拉斯”轮靠泊洋山港四期 5 泊位。从 2019 年 7 月起，2.3 万标箱级集装箱轮“地中海古尔松”号靠泊洋山港，大船时代迎来了升级版，洋山港成为世界上少数能够靠泊这一级别集装箱轮的港口。

超大型集装箱轮靠港，往往使整个码头迅速忙碌起来，需要在 48 小时内聚集三四千辆集卡及五十多列火车，对吊机长度、装卸速度、作业人员、车辆疏导、堆场面积、公路网络、海铁联运等整个集装箱疏运体系和调度能力都是一个考验。而在洋山边检站，一切变得从容不迫。在“现代阿尔赫西拉斯”轮抵港前，洋山边检站通过“国际贸易单一窗口”平台，提前为该船舶办理了预检手续，确保船舶到港后边检查验即到即办。“这些便利措施能使每艘外轮的靠泊时间平均缩短 1 至 2 小时。不仅每年给企业节省大量的成本，更重要的是码头船舶吞吐频率加快，还有利于船舶航线优化，提高船舶准点率和航运企业的信誉度。”洋山边检站边防检查处副处长周佳杰说。

制度创新引得源头活水来。在科技的推动下，“互联网＋边检服务”在港口贸易中的效用愈加明显。截至 2020 年 12 月 1 日，上海港年集装箱吞吐量突破 4000 万标箱。这也是自 2017 年在全球首度突破 4000 万标箱后，上海港年集装箱吞吐量连续第四次站上 4000 万标箱的台阶。

近年来，上海边检总站还在全国边检系统率先建成启用了“上海单一窗口边检航空器申报平台”，航空公司可通过该申报平台向边检机关提交货机、公务机等航空器的出入境申报信息，全面取消各类纸质申报表单，避免了航空公司工作人员往返奔波，节省了大量人力资源成本，提高了通关效率。

截至目前，已有 1000 余家船舶代理公司、港航企业等单位在“上海单一窗口边检许可服务平台”注册开通账号，上海边检机关通过该平台先后为 2.9 万名登轮人员和 290 余艘搭靠船舶完成信息核验，共计签发电子登轮许可 14.3 万张，电子搭靠外轮许可 2500 余张。而上海浦东、虹桥国际机场则共有 80 余家航空公司、公务机公司、代理公司等单位在“上海单一窗口边检航空器申报平台”注册开通了账号，上海边检机关通过该平台接收航空器申报信息 4.1 万余条。

让数据多跑路，让群众少跑腿。上海边检用持续不断的深化改革，“松绑输氧”的制度创新，为不断优化口岸营商环境、提升跨境贸易便利化水平提供了有力支撑，助力浦东在高水平开发开放新征程上跑出加速度、跑出新气象。

百舸争流千帆竞，勇立潮头破浪行。三十而立，浦东站上新的历史起点；继往开来，上海边检勇立时代潮头。在国家移民管理局的引航把舵下，上海边检将大力践行“忠诚为民、担当奉献、专业文明、公正廉洁”的移民管理警察职业精神，劈波斩浪，勇毅笃行，奋力书写移民管理事业新时代荣光。

【《中国出入境观察》2021 年第 2 期】

碧血丹心映边关

——追记云南边境缉毒牺牲移民管理警察蔡晓东

谢丽勋　冉茂林　杨佳林

12月4日夜，11摄氏度的气温是热带雨林西双版纳的极寒之夜。

州殡仪馆内，悲天恸地。妻子肖娟（化名）趴在灵柩上，拼命地想和另一半靠得更近一些，眼泪啪嗒啪嗒落在玻璃棺盖上，“东哥，快起来，我给你做好吃的！”

快满3岁的儿子看着泣不成声的妈妈、矗立不动的爷爷、还有躺在玻璃棺里的爸爸，不停地喊着：“爸爸抱抱，爸爸抱抱！”

遗像前，白发苍苍的老人蔡强（化名）满眼热泪，他是退休老警察，从事了一辈子的刑侦、缉毒工作，此刻他心如刀割，“儿啊，你是党培养的好警察，你对得起党，对得起人民，你干得好！”

躺在棺椁里的蔡晓东，是云南出入境边防检查总站西双版纳边境管理支队执法调查队副队长。作为一名长期从事边境缉毒工作的移民管理警察，当天下午，他在边境一线抓捕毒贩过程中，与持枪毒贩殊死搏斗，身负重伤，经抢救无效壮烈牺牲。

挥洒热血染征衣

西双版纳，以美丽的热带雨林景观和傣族风情闻名于世，是镶嵌在祖国南疆的一颗璀璨明珠。同时因毗邻境外毒源“金三角”，特殊的地理位置又使其成为中国边境禁毒斗争的最前沿。

11月26日，西双版纳边境管理支队执法调查队获悉：有毒贩携带大量毒品入境，藏匿在边境一线。12月4日，经过蔡晓东和专案组前期摸排侦查，掌握了毒品入境线索，决定开展收网行动。

当天13时52分，边境一线密林中，全副武装的专案组早已潜伏在预定伏击地点，只听树叶被碰触的沙沙声越来越近，3名嫌疑人携带一个绿色背包从边境一线进入设伏圈，专案组果断出击抓捕。

“行动！”话音未落，蔡晓东率先冲出并大声喊道：“警察，别动。”

见状，嫌疑人丢弃装有31.8公斤鸦片的绿色背包，向境外方向疯狂逃窜。

蔡晓东和战友们立即展开追捕。

“砰”枪声响起，蔡晓东大声喊道，“有枪！”他一边高声呼喊，一边护住紧随其后的战友。

“砰砰砰……”枪声响彻山谷，蔡晓东虽然身着防弹衣，但毒贩射出的子弹，却不幸打在了防弹衣没有护住的肩、腿等部位。他强忍剧痛，英勇还击，在追出10余米后，终因伤势过重，倒在地上。

面对赶过来救援的战友，蔡晓东强忍剧痛安慰大家，“我能行……你们快去抓人……”他捂住伤口的左手，鲜血正从指缝间不停外渗。

“队长，挺住！你别睡，千万别睡！”侦查员左康（化名）不停地呼喊着蔡晓东的名字。

“我好冷，我好冷……”蔡晓东脸色逐渐发白，身体瘫软，心急如焚的战友们感觉下山的路比来时的路更陡峭更漫长。

120救护车呼啸而来，医护人员火速对蔡晓东进行紧急抢救，终因伤势过重，抢救无效，壮烈牺牲。

他倒在了最熟悉的边境线上，身后是密密匝匝的热带雨林，还有那无言的界碑。

英雄虎胆写传奇

激烈枪战、亡命飙车、乔装打扮……这些普通人只在影视剧中看到的镜头，却是蔡晓东真实的工作场景。13年边境缉毒生涯，蔡晓东英雄虎胆，先后参加专项缉毒行动358次，侦办毒品案件247起，缴获各类毒品1609.56公斤，上演了生死缉毒的传奇人生。

“他是缉毒战场上的拼命三郎，这些年出了几百次任务，他总是冲在前面。”“十大国门卫士”、二级公安英模、西双版纳边境管理支队边境管理处副处长，同样也是缉毒英雄的移民管理警察查中永含泪说道。

“队长常常跟我们说，他父亲是老缉毒警，他不能给他丢脸，他得超越父亲。”说起自己的师父，蔡晓东的徒弟王云泣不成声。

2016年11月，蔡晓东刚调任该支队案件侦查队担任队长，就在工作中获悉有人已将毒品运至边境，准备利用大货车将毒品转移到内地。蔡晓东带队经过3天的缜密侦查，掌握了犯罪嫌疑人及毒品可能囤积地点。11月17日，蔡晓东带领侦查员在景洪市进行蹲点守候，对嫌疑人实施抓捕，车辆出现在侦查民警的视野后，侦查员一路追随，最终在某酒店门口将车辆截获。蔡晓东当场从车辆后备箱内查获装有冰毒的矿泉水纸箱3个，共缴获冰毒32条零1块，净重46.9公斤，抓获犯罪嫌疑人1名。

破大案、摧网络、清外流、断通道、抓毒枭、铲毒源，这是蔡晓东长达13年的边境缉毒工作常态。他在《2021 年述职述廉报告》中这样写道：身处查缉、设伏、抓捕、办案一线，就要处处以身作则，毫不退缩。

2017 年 7 月，蔡晓东在工作中获悉：有人正与境外毒贩联系进行毒品交易，涉案金额高达 1000 万元。数额之大令人瞠目，蔡晓东第一时间上报线索，支队迅速成立专案组展开摸排侦查。

9 月 29 日傍晚，经周密研判、深入排查，蔡晓东和侦查员最终锁定嫌疑人员信息和贩运目标车辆，一张无形的禁毒大网已向犯罪分子铺开。

凌晨，边境某路段。目标车辆缓缓出现，在进入查缉现场时突然加大油门强行冲卡，堵截组和抓捕组双管齐下将目标车辆逼停，车辆还未停稳之际，蔡晓东便大步跃出车外，持枪上前大喊："警察！别动！"

可嫌疑车辆试图加速后退逃窜，蔡晓东迅速跟上，砸碎车窗伸手拉开车门，用枪顶住嫌疑人。清点毒品时，蔡晓东才发现自己的右臂被车窗玻璃划出了深深的口子，玻璃碎片扎在手臂上，鲜血直流。

禁毒一线，短暂交锋，却是惊险万分。经过前后 3 个多月的奋战，专案组成功抓获犯罪嫌疑人 2 名，缴获冰毒 169.7 公斤。

"他常跟我们说，最危险的就是抓捕和追击的时候。可每次执行任务，他总是冲在前面。这次没想到他……"侦查员左康说完，眼泪再次浸湿眼角。

家国情怀浩气存

有一种爱，言传于无声，身教于无形。蔡晓东的父亲蔡强曾经是一名奋战在刑侦、缉毒战线的老警察。

蔡晓东的童年里父亲的陪伴少之又少，在他人生的重要时刻总是缺席，那时的他看到同学都有父母陪伴，心里充满怨气，想不明白为什么父亲把工作看得比家人还重。

从警 15 年，与父亲相同的职业、相同的背影、相同的早出晚归。

蔡晓东慢慢理解了父亲的辛苦、职责和荣耀，也更懂得了自己选择的不只是一种职业，更是一份责任。从事缉毒工作 13 年，加班熬夜是家常便饭，经常出门时披星戴月，回家时半夜三更，有时在案子上一盯就是几个星期。

蔡晓东成了孩子眼中的"隐形人"：每天孩子还没起床已经出门了，晚上到家时孩子早已酣睡，孩子经常几天见不到他。曾经有人问他的儿子："你爸爸是干什么的？"年幼的儿子脱口而出："加班的！"

每当谈起家庭，蔡晓东常说的一句话："是媳妇帮我撑起了家庭大后方，把双方老人和孩子照顾得很好。"工作的地方离家不过几十公里，但这些年他对父母没有尽到孝心，也几乎没有接送过孩子上下学，没有陪过妻子肖娟逛街购物。肖娟知道移民管理警察的边境缉毒工作充满了艰辛和风险，但她一直在给予丈夫理解和支持，让他能够在事业上一往无前、义无反顾。

在执行这次任务前，蔡晓东曾请了半天假，带着妻儿去水底世界游玩。但他刚到景区没多久，电话又响了，他只能愧疚地对妻子说："媳妇，你带孩子玩吧，我有任务不能陪你们了。"

12 月 4 日，在蔡晓东出任务那天，思念自己丈夫的肖娟，凌晨 1 时 16 分在自己的微信朋友圈发了 3 张丈夫前几天请假带儿子游玩的照片，并留言安慰自己，"珍惜那个很忙却为你有空的人，爱惜那个很穷却为你倾尽所有的人。"只是没想到，她和他们的孩子，从此永远失去了最想珍惜和爱惜的人。

12 月 6 日凌晨 5 时 30 分，一夜没有合眼的肖娟，在自己的朋友圈又发了一组全家福照片，并留言："老公，儿子女儿闹着说想爸爸，为什么爸爸睡觉还没有睡醒呢？我要去找爸爸，不在？肯定在加班，带我们去办公室找找，爸爸在和我们玩躲猫猫游戏吗？怎么也找不到……妈妈只能告诉你们，爸爸去天上给你们摘星星了，想爸爸的时候抬抬头看看天上最亮的那颗星星，他每天都会看到你们健康快乐地成长！！！老公你每次任务回来都跟我说，媳妇我太累了，我想好好休息！安息吧！东哥请放心，家里有我……爸妈有我，我一直在……你没有完成的心愿和任务，儿女为你完成！"

天地英雄气，千秋尚凛然！

漫漫边境线，战友们会继续战斗下去。

晓东，一路走好！

【《中国出入境观察》2021 年第 12 期】

马攸桥，梦里梦外都是你

贺烈烈

“我不走，我要留在马攸桥！”2019年12月22日，王宇结束了在四川南充老家的探亲假，刚到单位就听到了可能要被调走的消息。王宇反应激烈，行李一扔，就找到站领导“说情”。

那天晚上，王宇辗转反侧无法入睡，他心里只有一个念头：“我要留下来。”

王宇像阿里无人区的一棵树那样稀奇

呼吸特困难、吃不下东西、头阵阵发疼，晚上睡不着，第二天刚起床就流鼻血，过了五六分钟才止住。

2010年6月5日，王宇从驻地海拔3700多米的西藏阿里边防支队札达边防大队，调到了海拔4960米的马攸桥边境检查站。报到第一天，就出现严重的高原反应，直到一周后才缓解。

马攸桥边境检查站是进入西藏阿里地区的门户之一，位于普兰县霍尔乡境内219国道旁，坐落在马攸木拉山脚下。年平均气温零下11摄氏度，方圆200多公里为无人区，人烟稀少、高寒缺氧、气候多变，自然环境十分恶劣，素有“鬼门关”之称。

从营门口放眼望去，检查站被四周光秃秃的大山环绕，仲夏6月却看不见任何绿植。王宁那时候就想，怎么会有环境这么恶劣的地方，待到什么时候能离开？

而让王宇意想不到的是，2020年是他坚守马攸桥的第10年。

“今年他都34岁了，还没成家。换个好点的地方，如在城里买套房子，婚姻也好解决了。”该站教导员马振东说。王宇休假时相过几次亲，对方一听说工作在阿里无人区，就没有了下文。

“调走我也想过，况且在这里工作3年就可以申请换单位，但我觉得，再艰苦的地方也要有人守，这里的人也需要医疗服务，这正是体现一个人价值的地方。”2007年4月，王宇作为原西藏边防总队的上等兵，在西藏大学医学院参加了为期半年的卫生员专业培训。此后，王宇不仅仅是戍守边关的一名战士，更是行走在高山峡谷的“医务官”。

检查站方圆几百里没有一棵树，能看到三两株灌木就很稀奇。“马攸桥环境恶劣，很少有学医的人愿意来，虽然我的医术不高，但救治一个人跌打损伤、头痛发热，就能体现出我的价值。”无论上岗执勤还是医疗救助，藏青色的警服永远是王宇最炫酷的“铠甲”，而穿上白大褂便是最美的“战袍”，尤其在海拔这么高的无人区，他觉得自己是一棵树，能利用浅薄的医术为战友为群众挡住病痛的风沙，一切都值得。

2019 年，西藏出入境边防检查总站针对边境地区海拔高、环境恶劣等实际情况，推出“从优待警为基层办好十件实事”，其中就包括推动民警在机关与基层、高低海拔、不同岗位之间有序交流，相继制订出台《总站民警职工高低海拔交流轮岗意见》《干部交流调动工作暂行办法》等文件。王宇符合交流到低海拔地区工作的条件。

“尊敬的支队领导，我是马攸桥边境检查站见习警员（原四级警士长）王宇，听闻组织欲将我调离，我不想走……”那天晚上，王宇在被窝里用手机编辑短信再次发给支队领导，他在辗转反侧中等到天亮。

高原上的“生命救助站”

由于马攸桥距县城上百公里，以及无人区独特的地理环境、气候，过往旅客、辖区牧民经常遇到紧急医疗救助的需要，有时突然一场暴风雪，更让人猝不及防。

2012 年 1 月，阿里地区普降大雪，该站附近的积雪量更是达到了 90 厘米，检查路段滞留车辆 120 余辆、人员 500 多人。

王宇作为站里唯一的卫生员，连续为有冻伤、高原反应症状的旅客提供帮助，几乎两天没合眼。

为不让滞留旅客挨饿、受冻，王宇和同事们将他们迎进站里，提供基本的需求保障，并腾出民警宿舍，安排 150 多名老弱病残孕的旅客休息。

“师傅你下车吧，身体健康最重要。”

“不行，熄了火，温度太低，车肯定打不燃了。”

拉巴次仁是位货车司机，感冒咳嗽加上高反头疼，病情越来越糟，但又不肯到站里休息。

王宇给他送去药品，“你下来，我给你戴上口罩，这样舒服点。”口罩可以湿润空气，止咳，这是王宇多年医治高原咳嗽患者的经验。

拉巴次仁不为所动，一直摇头。“你下来吧……我给你戴口罩。”王宇又说了 3 遍。车门开了，拉巴次仁下车领了药。王宇凑近帮他戴上口罩，发现这名高大魁梧的藏族汉子流泪了。

“为避免类似情况，只要山上下大雪，我们都提前协调交警部门封路。”王宇说，马攸桥的天气有时变化较大，遇上几百人被阻隔，我们也束手无策，但最危险的还是海拔太高，容易造成旅客严重的高原反应，甚至出现生命危险。

2013 年 12 月 20 日凌晨 5 时，一辆大巴车到达检查站后，一名藏族旅客向检查站奔跑而来，大喊着“救救我的孩子”。正在执勤的王宇，立即迎了上去。

经检查，一对 8 个月大的双胞胎发生严重的高原反应，其中一名婴儿已经没有了呼吸，身体冰冷；另一名孩子呼吸微弱。母亲抱着孩子不停地哭泣。

王宇立即让值班民警顿多从岗亭里取出制氧机，给孩子吸上氧气。如何救治婴儿？该采取什么措施？王宇心里没有底，只能一边输氧一边把脉、听诊观察情况。

“孩子太小，目前情况不明。你们带上制氧机快去阿里救治，回头让班车司机捎回即可。”看着大巴车远离了视线，王宇哭了，他恨自己没有能力救治孩子。

除了救助过往旅客，王宇和同事们经常到牧区开展巡诊，为群众送医、送药，牧民看在眼里，记在心上。

2017 年 8 月的一天清晨，一位牧民为感谢检查站民警的恩情，将一只羊拴在营门旁后悄然离开。后来，王宇和司务长逐户寻找送羊的牧民，将羊送回了扎西索朗家。

扎西索朗说，之前家里的小孩发高烧，王宇一直守着照看治疗，直到孩子脱离危险。他就想送只羊表达感谢，却未能如愿。王宇和司务长离开时，扎西索朗还站在门口唠叨：“藏族和汉族是同一个妈妈的儿女，你们为什么不把我当成一家人……”

“无能为力”的自责像一块石头

第一次救治战友，是在2011 年9 月13 日。民警米建华从重庆休假返回单位后，感觉身体极其不舒服，王宇就给他提供了氧气、红景天和感冒药品，情况当时得以好转。

“我好难受，快来……”第二天凌晨时分，米建华喘着粗气从电话里不断呼唤。王宇迅速赶过去，发现他咳粉红色泡沫状痰、嘴唇发紫、脸色苍白、呼吸困难——急发高原肺水肿，若病情迅速恶化，数小时内就会导致人昏迷，甚至死亡。

持续供氧、用氨茶碱、加葡萄糖、缓慢静注……王宇说，当时救治了 2 个多小时，但仅仅控制了病情，站里医疗设备有限，当时挺紧张的，恨自己医术不高，怕辜负了战友，“无能为力的焦急，就像一块石头压在胸口！”

“折磨”王宇最狠的一次，是救助副站长徐俊的一次意外受伤。

2016 年 8 月 6 日，王宇从对讲机里听到呼叫“有人受伤，需赶紧止血！”跑到现场，王宇看到一名战友靠在墙边，面部血肉模糊，伤口的血仍在外涌，顺着执勤服不断往下流。若不通过体型判断，根本就认不出是徐俊。

原来徐俊执勤时，被一块坠落的玻璃砸中。此时流血量已超过 400 毫升，情况十分危急。

由于缺乏缝合伤口工具，站里也没有做手术的条件。王宇使用压迫法止住血，经过简易的包扎后，立即将徐俊送往阿里地区人民医院。

王宇一直陪护着徐俊，自责“无能为力”，但徐俊安慰王宇说没事，等两天消了炎就不疼了。

“边疆人民是心中的牵挂，夜晚的村庄灯火阑珊，叫我怎能不想念远方妈妈，可儿是一名边防警察……”为了减轻疼痛，徐俊点开了歌曲《我是一名边防警察》，来转移自己的注意力。听着听着，王宇流泪了，后来病房里的人都流泪了。

从无人区到热带雨林

最终，王宇还是调走了。

离队的前三天，王宇一直下厨帮忙。他也从抖音 APP 上学了几个新花样，想做些好吃的和兄弟们好好聚聚。

离开那天，下着雪，战友们都挤在营门处岗亭里送别王宇，等待着早班客运大巴的到来。直到中午 12 点 10 分才等来班车，战友们纷纷向王宇献上洁白的哈达，一一相拥道别。

由于牧场冬季转移，送别的群众只有欧珠一人，他在检查站对面经营小卖部，那是马攸桥唯一的商店。

“我在马攸桥待了十多年，和王宇已相处成亲兄弟。”欧珠提了满满一大兜吃的喝的送给王宇，推搡了半天，王宇还是没有收下。

班车发动了，战友们集体向王宇敬礼。车窗外雪花飞扬，王宇的泪水瞬间模糊了双眼。

一个月后，王宇被分配到林芝边境管理支队墨脱边境管理大队背崩边境派出所。墨脱在藏语中的意思是“隐藏着的莲花”，而背崩乡位于雅鲁藏布大峡谷的最深处，辖区分布在雅鲁藏布江两岸，最低处海拔仅 400 米，两岸唯一的通道——解放大桥，距派出所约 300 米。

从世界屋脊的雪域高原，到地球最北端的热带雨林。这里有会飞的横纹树蛙、恐龙时代的娑罗树、成片的野芭蕉林……辖区面朝雅江，背倚青山，如同世外桃源。

王宇一下子到了“天堂”，有点不适应。

勤务之余，王宇有时站在桥边，眺望世界最深的峡谷——雅鲁藏布大峡谷，看云雾聚散，或俯览脚下滚滚江水，奔流远方。

“解放大桥往上游约 2000 公里就是马攸桥，也许我能从这里洄游到马攸桥。”王宇有时会蹦出这样的幻想。

王宇一直通过微信关注着马攸桥的战友。“马攸桥的兄弟们，我好想你们。” 2020 年春节前夕，王宇通过微信转发了一张马攸桥边境检查站民警踏雪巡逻的照片。那群熟悉的战友，把随身携带的应急棍插进雪中作“船桨”，支撑着身体在雪海上爬行。那个画面让王宇热血沸腾。

遥远的马攸桥，永远是王宇魂牵梦绕的地方。

【《中国出入境观察》2020 年第 4 期】

三江蝶变
——来自国家移民管理局定点扶贫一线的报道

王云龙

有一种风景，秀美于山。

时值寒冬，车行三江，满目是绿。雨势渐收，雾漫山涧，茶园交错，诗情画意。

有一种贫苦，困囿于山。

三江处在滇桂黔石漠化片区，山连山、沟套沟，贫困出不去，小康进不来，一度是国家级深度贫困县。

有一种希望，萌发于山。

当一支支工作队扎进乡野，当一个个产业项目破壳而出，当一名名支教民警帮助山村孩子看到山外的世界……

2019 年 3 月，带着习近平总书记殷殷嘱托，带着党中央和公安部党委部署要求，国家移民管理局开始定点帮扶广西三江侗族自治县，集全警之力，聚全警之智，汇八方资源，提交了定点扶贫的“三江答卷”。

“今日相聚梦三江，说古道今心奔腾。”两年间，蝶变的三江像一曲韵味浓郁的侗歌“多耶”，唱响八桂大地。

我们必须动员全党全国全社会力量，向贫困发起总攻，确保到 2020 年所有贫困地区和贫困人口一道迈入全面小康社会。

——习近平

“坚决打赢三江县脱贫攻坚战，确保三江县 4.3 万多名贫困群众如期脱贫，与全国人民一道迈入小康社会。”2019 年 3 月 22 日，在定点扶贫三江工作会议上，国家移民管理局作出郑重承诺。

这一刻，千年侗寨与首都北京有了不解之缘。

这一刻，第一代移民管理人刚刚走出机构改革的考场，迅即奔赴脱贫攻坚的战场。

面对接手时间晚的“压力测验”，面对三江贫困体量之大、层面之广、程度之深，面对万里路遥、山高水长，国家移民管理局以“开局就是决战，起步就要冲刺”的拼劲、“逢山开路，遇水架桥”的干劲、“一把钥匙开一把锁”的巧劲，向千年未解的贫困宣战！

这是心中有党的政治担当——国家移民管理局党组把打赢三江脱贫攻坚战作为心中的“国之大者”，成立由公安部副部长、国家移民管理局局长许甘露任组长的定点扶贫工作领导小组，召开7次局党组会议、11次定点扶贫领导小组会议，局党组成员深入24个贫困村实地调研、现场督战，从初期夯基垒台、立梁架柱，到中期全面推进、蹄疾步稳，再到疫情期间重点调度、集中火力，直至积厚成势、决战决胜。

这是心中有责的真抓实干——组建扶贫工作专班，发挥牵头抓总作用，前方进驻蹲点、后方组织协调，统筹做好各类项目审核和工作指导；指派局机关与上海、江苏、浙江、厦门、山东、广州、深圳、珠海、广西9个边检总站包干63个贫困村，从“两不愁三保障”入手，统筹产业扶贫、就业扶贫、教育扶贫、消费扶贫、乡村治理，因村因户因人施策，打出政策组合拳。

这是心中有民的拼搏奉献——200多名民警驻村帮扶，1300多人次深入村屯，他们走田头、爬陡坡、探社情、察民意，足迹遍及三江的山山水水；他们与贫困户一起算扶贫账、谋脱贫计，用心用情解决他们的操心事、揪心事、烦心事；他们把脱贫攻坚的战场，当作践行“两个维护”的考场，在大战大考中认识了解基层，增进群众感情，锤炼能力本领，“党叫干啥就干啥”的信念毅然决然……他们和脱贫攻坚战场上成千上万的战士一样，用自己的青春、热血，铸就了新时代共产党人的精神丰碑，挺立起国门卫士赤诚为民的钢铁脊梁。

数据无言，却记录着定点帮扶的点滴之功：承诺投入帮扶资金3600万元，实际投入11812.55万元；承诺引进帮扶资金5300万元，实际引进9251.87万元；承诺培训基层干部1200人，实际培训3772人；承诺培训技术人员1000人，实际培训3809人；承诺购买农特产品250万元，实际购买2679.12万元；承诺帮销农特产品1300万元，实际帮销8301.97万元……向中央承诺的六大责任目标提前超额完成。

2020年11月20日，三江县宣布脱贫。“国家移民管理局对三江县的帮扶与支持力度是空前的，充分体现了党中央和习近平总书记对少数民族地区的关心关爱，是我们打赢脱贫攻坚战，按照既定时间脱贫摘帽的坚强后盾。”三江县委书记邝驱说。

三江群众感受到了身边可喜的变化：看病不再难、上学不犯愁、村居有改善、安全有保障、脱贫有动力、发展有能力……这些原本生活中缺少的元素，正在一一补齐。脱了贫的乡亲们没有忘记他们的幸福从哪里来，大家最想说的是：感谢总书记的牵挂关怀、感谢共产党的阳光雨露、感谢社会主义让我们过上了好日子；大家最想做的是：听党话、感党恩、跟党走，把日子越过越红火。

到2020年稳定实现农村贫困人口不愁吃、不愁穿，义务教育、基本医疗、住房安全有保障，是贫困人口脱贫的基本要求和核心指标，直接关系攻坚战质量。

——习近平

治贫先治愚。实现义务教育有保障，是斩除穷根、切断贫困代际传递的治本之策。

两年前，教育理念陈旧、教师资源不足、教学条件落后，制约三江教育发展；两年后，一组数字，折射教育帮扶成效。

133人——这是全国移民管理机构派往三江支教民警的数量。他们分赴三江县46所贫困村小学，承担英语、数学、音乐、体育等教学，全县8000多名学生的英语平均成绩因此提升了25分。

张宏振，“70后”，大滩小学支教民警。他回忆自己刚来的时候，班里很多学生还背不全26个英文字母，5个多月过去了，孩子们的英语成绩平均能提高25-30分，这是最让他自豪的事情。

李海弟，“80后”，良培小学支教民警。夜幕四合，山里多了束移动的光。每晚7点到9点，是李海弟家访的时间，7个月来，雷打不动。回到宿舍，他要与3岁的儿子视频通话，尽力弥补不在身边的亏欠。他把儿子“养”在了手机里，把学生放在了心坎上。

王涛，“90后”，寨塘小学支教民警。他一到，就组建了一支学生国旗班。晨曦初露，升国旗，奏国歌，立正，敬礼，孩子们的眼里泛着光。

放眼三江，从“三尺验证台”到“三尺讲台”，从手握验讫章到手执教鞭，这样的故事不胜枚举。他们变的是角色，不变的是本色；他们改变着三江的教育，更改变着三江的未来。

龙奋村村民代培派说：“以前觉得女娃不用读书，现在读书比出嫁还风光。”

寨塘村党支部书记滚光德说：“咱当过兵，一眼能看出来，现在的孩子站有站样、坐有坐样，垃圾也不随意丢了，见到人还能主动上前问好，这是我们村的福气！”

三江县教育局局长吴永华认为支教民警功德有三：一是补了乡村教师的缺口，大幅提升了学生的成绩；二是带动了后援单位和亲朋好友帮助学校改善办学条件；三是给乡村教师带去了先进的教学理念。

2000万元——这是用于改善农村基础教学条件投入的资金。校舍翻新了，操场宽敞了，教室亮堂了；学校里有了图书室，课堂用上了“云设备”，上学路上有了新步道……在三江,“最美的风景是学校、最好的设备在校园”,正从梦想照进现实。

如厕、看书,学生的难事,也是知了小学校长张世杰的心头事。2019 年,国家移民管理局援建的厕所和图书阅览室投入使用,张世杰紧缩的眉头舒展了。

“旱厕变水冲厕,四蹲位变十蹲位。”张世杰戏称,以前下课排队如厕是学校一道“风景”,如今厕所成了学校的风景。走进阅览室,几十平见方的空间里,立着 6 个书架,上面摆满了书,有 4000 本之多。屋里很安静,只有翻书的沙沙声。“学生们课后最爱往这钻,连村里的中学生放了假也跑来找书看。”张世杰说。

1631 人——这是国家移民管理局结对帮扶贫困学生的数量。“一对一”“二对一”“多对一”,处级以上民警通过多种结对方式,兜底解决贫困学生各类费用 400 多万元,同时利用书信和网络进行交流,开展思想帮扶。

“侗族悠久的历史文化和独特的民族风情需要你和你的同学们传承,美丽的三江需要你和你的同学们建设。” 2019 年 9 月,新学年伊始,许甘露致信三江贫困学子,勉励他们志存高远、勤奋努力,早日成才。

今年,三江中学的龙艳秋、秦宇科、吴奇浪、阳娇云 4 位受资助的学生圆了大学梦,分别考入武汉大学等重点本科院校。感激之情溢于言表,他们联名写信给国家移民管理局的叔叔阿姨们:“在你们的关心、支持、鼓舞下,我们努力学习,在改变命运的道路上,走出了成功的一步。”

更多的数字还有,劝返 33 名辍学学生重返校园,通过“空中课堂”为 522 名小学生提供在线教学,给全县 5.2 万名小学生上了人身意外和疾病保险,为 13447 名学生赠送御寒物资,三江学子的获得感、安全感、幸福感节节攀升。

治贫解医难。因病致贫、因病返贫,是不少贫困家庭的心头事,也是脱贫攻坚中的“硬骨头”。

大滩村村民陆志明常年受风湿病、高血压困扰,一年 1000 多元的医药费,把这个贫困家庭“砸出”个窟窿。2019 年 7 月,国家移民管理局医疗巡诊队的到来,解了陆老汉的燃眉之急:“这下子好了,一年的药都够了。”一旁的老伴接过话茬:“好福气哦!”

陆志明的福气,三江县 63 个贫困村的乡亲们感受得真切。“国家移民管理局派来了 150 多人的医疗队,给群众义诊 1.5 万人次,免费发放各类药品价值 68 万元,有效缓解了贫困群众看病难、看病贵的问题,遏制和减少了高血压、关节炎等常见病、多发病。”邝驱说。

走出大山,来到深圳,跟专家手把手地学,唐朝村村医杨胜勋直言意外:“那半年学到的东西,顶上我半辈子学的。” 2019 年,国家移民管理局分 3 期,对全县 222 名村医进行业务培训。表现优异的,再送到深圳边检总站医院深造 10 天。

不仅如此,国家移民管理局还投入 63 万元改善贫困村卫生室诊疗条件,捐赠各类医疗设备361万元，其中不乏B超机、心电图机、腰椎治疗仪、微量元素分析仪等设备。“有个头痛脑热、腰酸肚疼，也不用往乡镇医院跑了，村卫生室就能搞定。”杨胜勋说。

从“看得起病”到“治得好病”，从“小病没负担”到“大病有保障”，对三江贫困群众来说，曾经这些遥远的概念，而今则是看得见、摸得着的实惠。

治贫要安居。“三保障”不能“三缺一”，住房安全这块短板怎么补？

听说自家房子在危房改造之列，曲村村民汤文标连连摇头：一忧没钱，二忧没人。

“老叔，你看，咱这属于极度贫困，一来自己不用掏一分钱，二来人也不用你出，国家都给包了，这么好的政策，去哪找？！”扶贫民警的一席话，汤文标听得似懂非懂：“那得！那得！”

像汤老汉这种情况的，全县有219户，国家移民管理局每户补助4.15万元帮助新建住房，同时，对1287个一般贫困家庭重建住房每户补助2万元，对1027个一般贫困家庭加固维修每户补助1万元，总共投入危房改造资金4509万多元，兜底解决了所有贫困户危房改造资金缺口。

工程动工，汤文标天天守着，这儿瞧瞧、那儿看看，心里踏实了许多。工程竣工，木板房变砖房，地上火塘烧得正旺，他啧啧称赞：“关上门窗，风进不来，暖暖的，好幸福！”

要激发贫困人口内生动力，把扶贫和扶志、扶智结合起来，把救急纾困和内生脱贫结合起来，把发展短平快项目和培育特色产业结合起来，变输血为造血，实现可持续稳固脱贫。

——习近平

定点扶贫在投入资金和财富的同时，更在创造资金和财富，产业发展的门路拓宽了，消费的渠道打开了，群众就业的岗位变多了，精准扶贫的目标也就落地了。

产业兴了，山村活了——

俯瞰三江，山间云雾袅袅，茶园随山就势。茶叶是三江的支柱，然而缺少精加工和深加工，农户又不懂得经营之道，只能去卖茶青，加上市场供大于求，卖高卖低，自己说了不算，到头来赚不到几个钱。当地农户有个形象的比喻：这好比是守着“绿色银行”讨饭吃。

摆脱贫困，还要靠种茶，可路子得变。

村里来了位“茶博士”！2019年7月，高级制茶师李嘉雄被江苏边检总站请进了八协村。他的任务是教村民科学制茶。从培育、采摘，到加工、包装，村民跟他学了 2 个月，做出的“八协红”一上市便销售一空，给 112 名贫困群众带来了 6.6 万元的收益。

双管齐下，江苏边检总站帮着八协村建起扶贫茶叶合作社，统一茶叶种植管理、加工销售，贫困茶农既能以市场价格出售茶青，又能参与合作社劳动，还能享受利润分红，实现“一次参与、多重收益”。“目前四批茶叶，直接带动了 17 户 66 名贫困群众脱贫，村集体收入也有 8 万多。”八协村党支部书记梁永杰说。

不止一个八协村，国家移民管理局在三江布下的是一盘茶产业帮扶的大棋：通过提品质、树品牌、规模化“三步走”，让万亩茶山变成“金山银山”。

又何止一个茶产业，一批“短平快”小产业项目的精准落地，犹如四两拨千斤，解决了缺资金、缺技能、缺市场的发展瓶颈，撬动了村镇蛰伏已久的发展动能，让一个个“土疙瘩”变成“金疙瘩”。

在归东村，村民曾尝到野生葡萄种植的甜头，但攻克不了育苗成活率低这个难题，想盖大棚又没钱，迟迟无法扩大规模。珠海边检总站一把投入 9.6 万元，援建了 35 个大棚，并请农业专家来指导，育苗成活率从 15% 提高到了 70% 以上，仅育苗每亩收益就从 5 万元提高到了近 30 万元。

隔壁地保村看出了脱贫门道，也想跟着种，可是苦于没钱也没技术。珠海边检总站再次出手，投了近 10 万元，从归东村购买葡萄苗，援建地保村 50 亩葡萄种植示范园，并促成两村签订合作协议，技术由归东村来提供。

如今葡萄架上的“紫珠珠”变成了乡亲们腰包中的“钱串串”。地保村党支部书记粟陆清算了笔账：“初产期每亩葡萄按年产量 500 斤算，种植户年收入将达到 3000 元左右，丰产后亩产可达 2000 斤以上，种这个，能致富！”

红薯是归美村的“铁杆庄稼”，个大味美，可销路难寻。以往，村民要跑到隔壁贵州去卖，被人挑三拣四不说，价也被压得厉害。乡亲们泄了气，有的拿来喂猪、酿酒，有的干脆撂了荒。

来解围的，是深圳边检总站投入 75 万元援建的红薯加工厂。把红薯变成粉条来卖，不仅市场前景好，而且给种植户吃了“定心丸”。“种多少，加工厂就收多少。”贫困户吴树军一天要跑两趟，上午去送红薯收钱，下午去拉残渣喂猪，“能在家门口致富，谁还往外跑！”

红薯“变了身”，收入也“开了源”。今年近 500 亩红薯大丰收，种植户每亩可增收 1000 元，村集体也有 5 万元的收益。

产业有干头，脱贫有奔头。两年来，国家移民管理局坚持“一村一品一项目”，援建菌菇、灵芝、螺蛳等种养殖产业基地 68 个、村合作社 6 个，带动各村集体经济每年增收 2-15 万元，323 户贫困群众成为拥有土地流转金、务工薪金、效益分红金的“三金”农民。

消费旺了，收入多了——

消费扶贫，一头连着贫困群众，另一头连着千家万户，供需两端如何有效对接？面对新冠肺炎疫情冲击，如何解决农产品滞销问题？

5 月 28 日，义乌市美联荟网红直播基地，各路网红云集。浙江边检总站发起三江县农特产品“千人网红直播带货”，超 20 万网民在线互动，三江春茶、三江茶油、侗婆腊肉、生态粥米等借助互联网走出深山，“圈粉”无数。

一根网线连接城乡，为三江农产品打开了销路，也折射出全国移民管理机构在消费扶贫上的各展其能、各施所长。

厦门边检总站举办 7 场“警地携手 · 山海一心”农特文旅产品推介会，引得不少企业跃跃欲试，达成近 160 万元采购意向；深圳边检总站帮助三江茶企走进中国国际茶博会，签订采购合同 2000 万元；35 个总站级单位在各地开展三江文化旅游产业推介活动，推动 118 家旅行社、旅游企业开辟三江县旅游线路，上架旅游产品，三江旅游俨然成为一片充满商机的蓝海……

两年来，国家移民管理局协调沿海发达省市商超及警营内部开设农产品专柜 40 多个，推动三江农产品上线 15 家电商平台，召开 29 场农副产品推介会，解决了交通闭塞、信息不畅、买难卖难等“卡脖子”问题。特别是年初打响的“茶青价格保卫战”，发动全机构购买帮销三江茶叶，不到半个月，三江茶青收购价就由每斤 5 元涨到 15 元，恢复到往年同期水平。

就业多了，心劲足了——

“1 年能赚 10 万多，搁过去，想都不敢想。”摘掉了“穷帽”，挺直了腰杆，今天的伍城颖，举手投足尽显自信。

2019 年，国家移民管理局举办三江县贫困户货车驾驶员培训班，免费培训了 800 名大货车驾驶员，伍城颖是其中之一。年底，他就在深圳边检总站的帮助下开上了“货拉拉”，成为全县靠此吃饭的第一人。今年又有 31 名贫困户驾驶员走进特区，走上就业脱贫之路。

走出山门、跨进城门的，还有吴浩恒。今年 4 月，包括吴浩恒在内的 12 名具盘村村民拿到南京市就业创业证，签约成为南京港边检站的辅警。“吃住全包，五险一金还给交着，没有理由不好好干！”目前，吴浩恒作为江苏边检系统唯一代表入围江苏最美辅警评选。

走出去有新天地，在家门口也有新门路——国务院扶贫办挂号的致富带头人被请来了，讲授产业发展趋势，分享乡村治理经验；广西边检总站把微生物学教授请来了，为菌类种养殖“把脉支着”；浙江、厦门边检总站把茶叶大师请来了，培养了一批制茶技师；广州边检总站把烹饪大师请来了，手把手教厨艺，量身定制“扶贫菜谱”；山东边检总站把蔬菜专家请来了，“寿光模式”成为种植户的新标配……一技傍身，让更多人有了在家门口就业的机会。

两年来，国家移民管理局联系提供就业岗位2000多个，包括辅警、保安、物业等系统内部岗位，也涵盖护村队员、保洁员等公益岗位和临时性扶贫就业岗位，解决了1258名贫困群众的就业问题。

从“要我脱贫”到“我要脱贫”，从“站着看”到“跟着干”，贫困群众正在明白：只要有真本事，脱贫致富不是梦。

要针对主要矛盾的变化，理清工作思路，推动减贫战略和工作体系平稳转型，统筹纳入乡村振兴战略，建立长短结合、标本兼治的体制机制。

——习近平

不经意间，三江变了。

夜被点亮了。高旁村党支部书记吴全旺盼了半辈子的路灯装上了。“过去太阳下了山，没人愿出门，现在这一根那一根，就像白天一样。”

垃圾不见了。曾几何时，唐朝村生活垃圾围村，各种废旧塑料袋在墙头、树梢随风招摇，这一切在环保型垃圾焚烧炉投入使用后，全被送进了历史的“垃圾箱”。

说起这些变化，村民们说，该记头功的当属穿警服的扶贫队。国家移民管理局实施“美化村居环境”工程，先后投入1500多万元，帮建路桥和垃圾处理点，改造旱厕和污水沟，安装路灯和道路防护栏，村容村貌焕然一新。

改变的不仅是颜值，更有气质。

在寨塘村党建文化长廊前，支教民警张玲一字一顿地教学生们读：习近平新时代中国特色社会主义思想。像这样的“红色长廊”，国家移民管理局在63个贫困村各建有一个，每月一个主题，把党的政策和温暖传递到乡亲们中间。

在岑洞村，“爱心超市”一早就开了门。墙上的公告栏写着：弘扬文明乡风加5分、弘扬优良家风加5分、房前屋后干净整洁加5分……

上海边检总站民警王占辉拿出商品发放表：滚同修用8分换了两袋盐，梅安丢用116分换了一桶油……仔细翻看，兑换记录记了满满50页。“商品要用积分来兑，大家都抢着拿高分。”王占辉说。

在白毛村，坡会是延续了上百年的传统节日，山东边检总站投入20多万元专项资金，对坡会场地进行了改造升级。新场地启用那天，5000多名村民闻讯而来，他们拉起民警的手，载歌载舞，像过节一样热闹。

借着定点帮扶的东风，鼓楼、戏台、体育活动中心、文化小广场、休闲娱乐亭等文化“庄稼”拔节生长，“送文化”与“种文化”相结合让村民生活方式更文明、生活状态更健康，“孝德基金”、道德评议会、鼓楼议事会掀起一股移风易俗、见贤思齐的脱贫新风。村民们说，现在不只是腰包鼓了，精气神也足了。

改变还要靠法治。

国家移民管理局突出公安特色，为县公安局配备331万元的警用装备，投入98万元建设出入境办证大厅，为骑摩托车家庭配备1万个安全头盔，在交通危险路段安装750个减速带、1000个广角镜，为各村配备安全宣传小喇叭，开展禁毒、防诈和各类安全宣传，推进“平安乡村”建设。

想一直改变下去，更要留下一支带不走的工作队。

给钱给物，不如建个好支部。国家移民管理局广泛开展“三江党旗红”警地共建联创活动，组织支部建设过硬的基层单位，与63个贫困村党支部结对共建，举办警地双向讲党课135场次，开展“党建+”系列主题党日活动283场次，在共学创新理论、共过组织生活、共育人才队伍、共解发展难题中帮助贫困村建强脱贫致富的战斗堡垒，巩固党在农村的执政基础。

脱贫攻坚，关键还在人，关键在干部的能力作风。国家移民管理局分批分期对3700多名基层干部进行培训，聚焦讲思想、讲政策、讲法律、讲技术、讲道德、讲感恩，学员带着问题来，老师奔着问题讲，农村基层干部治理能力和管理水平明显提高。

…………

踏进历史的长河，才能看清当下奋斗的意义。

90年前，邓小平、李明瑞、张云逸率领的红七军转战三江，踏出了一条红色之路、革命之路，“风雨桥头迎红军”的故事掀开了卷首。

今天，昂首阔步在脱贫攻坚的新长征路上，当年红军走过的小道，而今已经是脱贫致富的大路，这其中，彰显着第一代移民管理警察忠诚为民的赤子情怀，凝结着全国移民管理机构上下同心加油干的不懈奋斗，标注着国家移民管理事业因人民而生、为人民而兴的精神坐标。

站在民族复兴的历史坐标上，瞩望前方，“第二个百年”的长征奋进正当时。我们坚信，在以习近平同志为核心的党中央坚强领导下，摆脱贫困只是新生活的起点，更好的日子还在后头，三江版“富春山居图”定会在新时代的崇山峻岭间尽情铺展。

【《中国出入境观察》2020年第12期】

两岸乡愁关不住　轻舟已过万重山

——福建出入境边防检查机关接力服务两岸交流往来四十年纪实

汪　桢

“小时候 / 乡愁是一枚小小的邮票 / 我在这头 / 母亲在那头……而现在 / 乡愁是一湾浅浅的海峡 / 我在这头 / 大陆在那头。”台湾诗人余光中的一首《乡愁》，写出了两岸“我在这头，你在那头”的朝思暮想，也写出日月如梭两岸仍未团聚的无奈悲凉。而如今，这“一湾浅浅的海峡”早已不是不可逾越的屏障——从 1979 年打开阻隔两岸交往的樊笼，到 2001 年“三通”联通两岸，两岸的距离无论在时间还是空间上都更加接近。

“血浓于水、守望相助的天然情感和民族认同，是任何人任何势力都无法改变的！”2019 年新年伊始，习近平总书记在《告台湾同胞书》发表 40 周年纪念会上的重要讲话，句句振聋发聩，字字直击人心，全面阐述了立足新时代、在民族复兴伟大征程中推进祖国和平统一的重大政策主张，不仅指引了新时代对台工作的目标方向，更在理论创新和实践路径上进一步拉近了两岸的距离。

海峡水相依，两岸情相连。在中华民族文明发展的历史长河中，福建与台湾渊源深厚，地缘相近、血缘相亲、文缘相承、商缘相连、法缘相循，形成了密不可分的特殊关系，“五缘”文化也因超越时空而为两岸同胞所认同。所以，1979 年元旦的《告台湾同胞书》甫一发表，便如一股暖风吹过海峡，吹散了郁结的乡愁，吹融了坚硬的寒冰，吹开了两岸关系发展史的新页，唤醒和燃起了台湾同胞回家的希望，同时也历史性地将福建边检机关推上了时代的舞台。

福建出入境边防检查机关，作为 40 年来服务两岸交流往来的重要队伍，作为阵列新时代对台工作前沿一线的国家力量，聆听习近平总书记的重要讲话后，备受鼓舞、倍感振奋，更深感使命光荣、责任重大。对于福建边检机关而言，“回家”不仅是延续 40 年光阴的情感寄托，还是历代官兵民警不懈奋斗的时代注脚，更是早已融入血脉、深植内心的政治信仰。

穿越 40 年波澜起伏的岁月变迁，回望千万个无怨无悔的坚毅面孔，让我们共同重温那些冲破桎梏的历史瞬间，一起回顾那些守望相助的温情时刻，自信展望新时代两岸交流往来和出入境边防检查工作更加美好的明天，努力奔跑在实现中华民族伟大复兴中国梦的团圆路上！

“船来船往海面上，海鸟逐着海波浪。你我见面是笑容，原来他乡是故乡”——真情守护两岸交往的第一个“家”

1979年元旦发表的《告台湾同胞书》，郑重宣布了争取祖国和平统一的大政方针和政策主张，发出了欢迎台胞来大陆探亲访友、旅游参观、经济交流的真诚邀约。虽然台湾方面直到1987年才正式回应，开始恢复两岸民间交流，但大陆方面一直都在积极采取各种措施，推进两岸人员往来和各领域交流合作，推动两岸关系开创和平发展的崭新局面。

与台湾隔海相望的福建，曾是硝烟弥漫的对台“前线”。但当机遇的大门缓缓打开，福建便责无旁贷地走上两岸交流往来的“前沿”。1979年6月，福建省率先在沿海地区设立首批3个台湾渔船停泊点，并同步成立3个边防工作站，专司台湾船舶管理任务。40年来，台湾渔船停泊点已增加到37个，还设立了31个对台小额贸易点、8个对台近洋渔工劳务输出点和3个台湾渔船临时避风点，两岸交流不断密切，政策红利持续释放，早已是潮涌东方、势不可挡。

“2001年‘小三通’之前，边防工作站就是台湾同胞到大陆的第一个‘家’！”曾任漳州列屿边防工作站站长的陈进川，回忆起在工作站时与台湾渔民接触的点点滴滴，那种守护两岸交流往来第一个“家”的使命感油然而生。确实，伴随《告台湾同胞书》和台湾渔船停泊点应运而生的边防工作站，虽然建制机构几经调整，但40年来始终站在服务两岸交流往来的最前沿，积极做好台湾船舶检查、监护和台胞服务、管理等工作，确保台湾船舶停泊点管理工作依法、规范、有序。在他们眼里，靠泊的台胞早已不是服务对象而是亲人朋友。在台胞心中，每一次靠岸更像是漂泊的游子回到了家乡、找到了依靠。

泉州崇武港与台湾岛一水相依。曾有诗曰“海接东南一夜舟”“击楫日通彰化米”，形象地体现两地的一衣带水和情深如海。因此自古以来，特别清代中期后，崇武渔船多数往来于台湾，他们与台湾渔民在同一海域生产，相互帮助。还有不少崇武人被台湾渔船聘为舵手，被台湾渔民看成是最有彩头的事。特别是1979年6月，经福建省人民政府批准，崇武港作为第一批台轮停泊点正式对台开放，很快便成为促进闽台民间交流往来、密切两岸人民骨肉亲情的重要窗口。

俗话说“行船走马三分命”。然而，前来崇武港停泊过渔轮的台湾同胞却称赞崇武港是“安全港”“放心港”。这些都离不开崇武边防工作站的辛勤付出。1998年10月4日晚20时，从崇武港起航的台轮“升锰兴”号，突然在海面上发生机器故障，船体不能自控，正向外海漂流。此时海面上风大浪高，台轮危在旦夕。崇武边防工作站接到呼救后，站长郭延锦立即组织官兵、渔民和修理工共 11 人组成抢险队，冒着风浪火速赶至出事海域。他们一面向出事的台轮抛出缆绳，把台轮紧紧系住，然后帮助赶快抛好锚锭；一面带领修理工迅速上了台轮、连夜帮助抢修机器。经过连续 3 个多小时的紧张抢修，机器故障终于解除，“升锰兴”号的台湾渔民同胞终于化险为夷，如愿返家过中秋。2002 年 5 月 15 日凌晨，37 艘停泊在崇武港外的台轮遭到狂风暴雨袭击，面临船毁人亡的危险，崇武边防工作站官兵迅速展开紧急救助行动，顶风雨斩浊浪拼搏了 5 个多小时，使台轮脱离险境。台轮船长张德仁激动地流下眼泪说：“永远不会忘记大陆兄弟的骨肉情！”

与崇武港相同，漳州东山的铜陵码头也是福建省政府批准设立的第一批台轮停泊点之一，同时还是福建省最重要的大陆与台湾水产品贸易出入境口岸。守护在铜陵这个“黄金通道”前沿窗口的，是被台胞誉为“连通两岸的桥梁和纽带”的城关边防工作站。在东山从事小额贸易的台轮大部分是从台湾装运过来的海鲜，新不新鲜是能不能卖上好价钱的关键。而快速的通关、验货是保证海鲜新鲜的主要环节。针对这一情况，城关边防工作站主动与海关、出入境检验检疫、港务局等部门协同配合，推动码头“现场联合办公”，只要有台轮进港，便以最快速度对台轮进行验货，大大提高了服务效率。2011 年 10 月 8 日，台轮船长老宋的货船刚刚靠泊铜陵台轮停泊点，城关边防工作站官兵便迅速启动工作预案，不到 1 小时就顺利完成了现场查验、抽样和送样检测等工作，确保产品高效快速通关。边防工作站开辟的这条绿色通道不仅开出了一条高效便捷之路，也为来往两岸经商、补给、探亲、旅游、朝圣的台胞提供了便利，受到往来台胞的交口称赞。

热情周到的服务还体现在诸多细节当中，对于首次来靠、航道不熟的台轮，边防工作站都会出动巡逻艇将其引航至码头。为了保证渔货的鲜活，边防工作站还会及时联系协调海关、动物检疫等部门，为渔货快速办理报关和检疫手续。每逢元宵、端午、中秋、冬至等两岸同胞共同的传统佳节到来之际，边防工作站都会带上精心准备的汤圆、粽子、月饼、水果等节日礼品登上来靠台湾船舶，与台胞欢聚一堂，把祖国大陆对台方针政策和发展变化信息带给台湾同胞，加深台湾同胞对大陆政策的理解和认同。

近年来，福建边检机关还选取 7 个台湾船舶来靠数量较多、任务较重的停泊点开展试点“台胞之家”建设，累计投入 200 余万元为来靠台胞建设休息娱乐场所，进一步密切了来靠台胞与边检机关的关系，努力当好台胞的“温馨家人”，得到广大台胞高度肯定。据统计，40 年来，边防工作站共检查监护来靠台湾船舶 23.5 万余艘次、76.8 万余人次，协助调停、处理各种涉台渔事、海事纠纷 1200 余起，在促进两岸民众经济、文化交流，推动两岸关系和平发展中发挥了积极的作用，他们堪称服务两岸交流往来的开荒者和先锋队。

“船来船往海面上，两岸来去变平常。朋友弟兄听我讲，原来咱都是同祖宗”——从“小三通”到“大三通”，回家的路越走越近

1979年两岸对峙状态结束后，由于台湾单方面的人为阻隔，很长一段时间内，两岸同胞仍然无法探亲团圆。直到1987年10月，台湾当局才开放民众到大陆探亲，两岸民间交流日益频繁。但彼此回家的路，仍需经历一段本不需要的曲线，往香港或日本绕行。

然而，两岸人民同根同源的血脉亲情，又岂是一湾浅浅的海峡所能阻断，台湾当局这种掩耳盗铃的做法已经无法阻挡两岸人民交流往来的迫切需求。两岸居民实际上在福建沿海和金马地区早已有了经济上的交往。1992年3月，福建省创新提出“两门对开，两马先行”的“小三通”构想。这是由于“两门”（即大陆的厦门和台湾的金门）和“两马”（即大陆的马尾港和台湾的马祖）均只是相距咫尺的地方，在此进行小规模的“三通”可以说是在当时的限制中，带来有利于两岸民间发展的最优解决办法。

在大陆方面的积极努力与台湾民间的强烈呼吁下，1994年6月由金马爱乡联盟提出《金马与大陆小三通说帖》，表达希望能以“单向通航”“定点直航”或“先海后空”“先货后客”等方式，渐渐实行“小三通”。1997年4月19日，两岸开始进行高雄与福州、厦门间的“不通关、不入境”的境外通航，结束了两岸48年来商船不能直接通航的历史。2000年3月21日，台湾“立法院”通过《离岛建设条例》，订明“为促进离岛（指澎金马地区）发展，在台湾本岛与大陆地区全面通航之前，得先行试办金门、马祖、澎湖地区与大陆地区通航”（俗称“小三通”条款）。2000年12月13日，台湾才批准《试办金门马祖与大陆地区通航实施办法》，并决定于2001年1月1日开始实施。

历史大潮浩浩荡荡，无论中间曲折，总是向前发展的。

2001年1月2日上午9时，由金门料罗港起航的“太武”号和“浯江”号两艘客轮，搭载着180余名金门乡亲首航厦门，于11时50分平安到达厦门港和平码头。曾经中断52年的海峡两岸由此实现了“破冰之旅”，揭开了“两岸直航”的序幕。同年2月6日，厦门“鼓浪屿”号客轮载着90余名在闽金门同胞首航金门，实现了两岸客运双向直航。

同样是2001年1月2日上午9时，由马祖镜天后宫组织的平安进香团一行507人，从马祖岛直航福州马尾港。上午11时，4000吨级的“台马”轮在引水船引导下破浪驶来，甲板上一排排身着“红衣”的马祖香客挥手致意。该团到达福州后当天转

赴莆田湄洲妈祖庙进香，实现了马祖居民神祇信仰的世纪回归。

两门成功对开，两马如愿先行。这意味着尘封已久的两岸直航序幕终被揭开，而担负两岸“小三通”直航边防检查任务的福建边检机关，不但全程见证了这一历史时刻，更扛起了先行服务两岸交流往来的历史重任，并有幸陪伴和守护两岸“小三通”的不断发展——

2002年4月，“两门”航线实行定期航班，每周4个航班，采取通案运作制度，逐步发展到目前每天往返36个航班，出入境人员旅客数量已逾1770万人次。

2004年12月，福建居民赴金马澎旅游开始实施，打开了大陆居民赴台旅游的闸门。

2005年5月，首批台湾水果经“两马”航线零关税登陆，“小三通”逐步发展成台湾农产品进入大陆市场的主渠道。

2006年4月，“两门”航线包裹业务开办，2009年5月“两门”“两马”邮件总包直封关系开通，实现了两岸通邮的快速通关、截弯取直等多项突破。

2006年6月，泉州至金门海上客运直航航线开通，“泉州”轮和“新金龙”号分别从郑成功故乡南安石井码头和金门水头码头首航对岸，泉州边检站正式加入服务两岸“小三通”的光荣阵列。如今，泉金航线年度客运量已超15万人次。

2010年，福州至澎湖空中客运直航航线开通，成功推动两岸“小三通”向“海空并举”发展。

2015年12月，福州连江黄岐至马祖白沙海上客运航线通航。两岸“小三通”定期客运航线增至4条。

…………

探亲谒祖、续缘寻根、就业创业，17年来，一拨又一拨的台胞返乡潮，在闽台间涌动壮大。据统计，两岸“小三通”开通17年来，验放旅客数已突破2130万人次，验放客轮数已突破19.6万艘次，且年验放量呈稳步上升趋势。

亲情的闸门一旦打开，这股团圆的洪流便奔腾向前，不可阻挡。“小三通”虽然创造性地结束了两岸同胞“一水相隔却不能见”的荒唐历史，但两岸人民往来台湾本岛还是需要先坐船再转飞机，一些晕船严重的旅客仍然无法成行。特别是随着两岸经贸往来的持续升温，两岸各界对全面“三通”的期盼和要求也更加迫切和强烈。

随着互动领域越来越宽，规模越来越大，巨大的人流、物流频繁往返两岸，数十载的期待，几代人的努力，终于结出硕果。2006年1月25日，两岸春节包机直航厦门航点首航，开启闽台57年来空中“破冰之旅”。众望所归的两岸海运直航、空运直航以及直接通邮也终于在2008年12月15日正式启动，两岸同胞魂牵梦萦的直接“三通”(又称“大三通”)得以基本实现，闽台间交流往来从此迈入“天堑变通途”

的全新境界——

2008 年 12 月 15 日，福州、厦门、泉州港启动与台湾本岛的海上货运直航。福州、东渡、泉州边检站开始履行两岸直航货轮的出入境边防检查任务。

2009 年 2 月 13 日，“合富”号客轮从台湾嘉义布袋港直航莆田湄洲湾，被称为“台湾客运直航第一船”。同年 5 月 15 日，莆田湄洲与台湾台中启动妈祖节庆活动海上客运双向直航。

2009 年 8 月 31 日，两岸空中直航从周末包机发展为平日包机直至实现两岸常态化定期航班。厦门、福州航点开通厦门、福州至台北（桃园、松山）、台中的 4 条空中直航航线。高崎、福州机场边检站分别承担两岸直航航班的出入境边防检查任务。

2009 年 9 月 6 日，“中远之星”客滚船从厦门出发，首航台湾台中，并轮流挂靠台中和基隆，成为首艘常态化直航台湾本岛的大陆客轮。同年 12 月 23 日，为满足两岸客货直航业务日益增长的需要，原厦门出入境边防检查总站抽调精干力量成立同益边检站，并于翌年元旦正式接替东渡、高崎边检站担负厦门口岸两岸“三通”直航查验任务。

2010 年 5 月 10 日，“中远之星”客滚船首航台湾高雄，实现两岸常态化客货直航新跨越，进一步扩大福建对台交通优势。

2010 年 6 月，厦门与台北、台中、高雄开通定期直航航班，成为两岸空中直航枢纽港。同年 9 月 1 日，厦门至台北空中货运航线首航，成为福建第一条两岸空中直航货运航线。

2011 年 11 月 30 日，“海峡”号高速客滚船从平潭出发，首航台湾台中，大陆离台湾本岛最近的海上航线正式开通。此前，原福建边防总队抽调全省骨干力量，率先成立平潭边检筹备组进驻口岸服务通关，成为整个口岸第一个进驻对接政府、第一个完成人员组建、第一个完成查验设备安装的单位。口岸开放 3 年后，年均验放旅客 10 万余人次的平潭边检站正式挂牌成立。

2013 年 8 月 28 日，泉州晋江机场开通到台湾高雄的临时包机航班。同年 11 月 26 日，泉州至台北直航航班正式开通。泉州边检站自此成为全国唯一同时承担海上、空中对台客运直航边防检查任务的边检站。

如今，福建已开通厦门至台中、基隆和平潭至台北、台中 4 条闽台客滚航线，闽台空中直航的航线航班也日益加密。据统计，两岸“大三通”开通 10 年来，福建边检机关共新设专司服务两岸往来的边检机构 2 个，累计验放两岸海上直航货轮 7.9 万余艘次、旅客 105 万余人次，两岸空中直航航班 5.4 万余架次、旅客 805 万余人次。两岸往来通道更加便捷，朝发夕回已成平常，两岸同胞不但回家的路越走越近，心灵的距离也越走越近。

“神采飞扬是你的笑，盎然春意有你的爱。只要我们携起手，骨肉同胞不离分”——海峡有座心做的桥

闽台之间地缘相近、血缘相亲，往来的旅客很大一部分是离家多年的游子、远嫁宝岛的新娘、返乡投资的商人。他们心中怀揣的是满满的思念，个个都憧憬早日踏上故土、见到亲人。所以，无论是“小三通”还是“大三通”，穿梭于海上与空中的一条条航线，就好似连接海峡两岸的一座座桥梁，承载着两岸同胞团圆的期待与希望，守望着两岸关系不断向前发展的美好明天。

而作为返乡同胞靠岸抵港或登轮乘机时必经的重要程序环节和见到的第一位祖国亲人，福建边检机关深知通关效率的快与慢、服务质量的好与差、沟通交流的亲与疏，不仅代表大陆边检机关的形象和标准，还将影响台湾同胞探亲办事的计划与心情，更反衬着两岸体制差异的直观感受。

为此，两岸“三通”18年来，福建边检机关始终把“亲情”这个关键词，贯穿于服务闽台交流往来各项工作的全过程，通过一代代边检人的不懈努力和倾情服务，搭建了一座座传播两岸亲情、沟通两岸民意、服务两岸交流的“心桥”。

围头，位于福建泉州晋江市金井镇，是大陆距离金门最近的地方，仅有5.6海里。俗话说，地缘变商缘，商缘牵姻缘。1979年以来，两岸贸易往来愈加热络，围头村民洪建财的二女儿洪双飞与来围头经商的金门小伙相爱，在1992年嫁到了金门，成为1949年以来围头第一个“大陆新娘”。虽然女儿得到了幸福，可当时复杂的探亲手续和折腾的路途，却让洪建财饱受思女之苦。直到2007年，洪建财才在泉州边检站的帮助下，搭乘“泉金”航线客轮前往金门探亲。如今，像洪双飞这样的“大陆新娘”仅在围头就有137人。村民们都说，之所以放心让女儿嫁到金门，既要归功于“泉金”航线的方便快捷，更离不开边检官兵的亲情服务。

“泉金”航线60%的旅客是返乡探亲谒祖的台胞，或前往台湾地区探亲观光的泉州市民，浓浓的亲情是航线的一大特色。针对这一情况，泉州边检站在提高检查员业务水平的同时，还在传统的节假日开通专用通道，便于探亲台胞顺畅通关。航线开通以来，他们还针对出入境老年台胞增多，普通话交流有困难等情况，开通了闽南语广播等一系列闽南语服务，努力减轻往来旅客的陌生感。

同样身为“大陆新娘”的周国琴常年往来于“两马”航线。在这里，你几乎听不到旅客对女检查员们喊“警官”，取而代之的是“娟子”“小粘”“寒姐”这样亲昵的呼唤，即便是新任检查员，旅客们也更愿意喊一声“依妹”（福州话：小姑娘）。2014年7月10日，周国琴正从马尾对台客运码头出境时，突然接到母亲电话，说家里的钥匙丢了，让她把自己的钥匙送回来。眼看客轮就要开了，周国琴急忙找到福州边检站现场值班领导粘梅君，请她帮忙转交。电话里，面对母亲的疑惑，周国琴解释

道:“边检就是我的娘家人，钥匙交给娘家人，没啥不放心的！”

无独有偶，2015 年 5 月，同样的情形也发生在厦门五通对台客运码头。一位在厦门投资办厂的台商，临登船时才发现公司保险柜的钥匙被带在身上，可保险柜里还有第二天参加投标的文件。情急之下，台商匆匆从登船口折回验证台，把钥匙交给了正在执勤的检查员蔡万能。面对蔡万能“互相不认识怎么能放心”的打趣，台商表示常年往来厦金航线，早已将边检民警笑迎旅客、扶老携幼的点点滴滴看在眼里，交给边检他放心！

栽下梧桐树，引来金凤凰。40 年来，类似这样频繁往来于两岸的台商早已不在少数，他们只是两岸经贸合作繁荣发展的一个缩影，也是福建边检机关服务两岸交流往来的重点领域。

2009 年 8 月，随着榕台直航航班不断增加，福州机场边检站因应两岸经贸往来新形势，与福州市台胞投资企业协会签订了聘任“边检指导员”协议书，4 名一线检查员分别被东南汽车、华映公司和台湾复兴航空等台资企业聘为“边检指导员”,“一对一”挂钩开展出入境边防检查业务帮导，宣传相关出入境边防检查政策、法规，有力保障了台胞台商出入境通关顺畅。仅 2018 年,“边检指导员”就提供“点对点”出入境业务咨询和送法上门等服务 120 次，解决通关过程中遇到的问题困难 8 起，先后协助 180 余人次赴台证件丢失或过期人员返回内地。

党的十八大以来，中央做出支持福建加快发展的重大战略部署，日益优越的投资环境也吸引越来越多的台商来闽洽谈。从举办地在厦门、连续举办 20 届的中国国际投资贸易洽谈会(“9 · 8”投洽会)，到举办地在福州、第一个被国家批准冠名 21 世纪海上丝绸之路博览会的海峡两岸经贸交易会(“5 · 18”海交会)，都是促进闽台区域的潜在优势转化为两岸经贸交流现实优势的重要平台，也是福建边检机关服务两岸交流往来、保障双方招商引资的形象秀场。

每一次重大经贸活动期间，福建边检机关都会主动靠前、精心谋划，在通关现场打出醒目的欢迎标语，为出席大型经贸活动的出入境客商和嘉宾开设专用通道，在口岸限定区域内随时提供出入境手续办理咨询服务，并先后探索建立经贸活动通关保障机制、推行重要团队备案通关制度、微信预约服务等新举措，以便捷的通关环境、优质的通关服务，沟通了与台湾同胞的感情，增进了相互间的了解。据统计，福建边检机关已连续 10 年在全省口岸大通关满意度测评中名列前茅，1 个边检站被福建省人民政府、9 个边检站被地市级人民政府授予“爱民固边模范边检站”荣誉称号。地方党委政府多次给予高度评价:“边检机关不但‘擦亮’了福建招商引资、密切往来的第一‘窗口’，更传递着‘同是炎黄子孙’的温情大爱。”

与此同时，福建边检机关还针对闽台两岸文化交流活动日益增多，出入境形态更加多样，查验任务更加繁重，服务要求也更加多元等区位特色，坚持管理与服务并重，坚持传承与创新并行，科学制定勤务方案，严密现场勤务组织，努力提升服务质量和工作效率，圆满完成游艇展、帆船赛、厦金海峡横渡、中法海洋科考船交流等各项重大活动的出入境边防检查任务，为推动两岸经济文化多元化交流和促进祖国和平统一贡献属于福建边检的智慧和力量。

对于福建边检机关而言，类似的温情大爱不仅体现在高层次的经贸和文化往来，更延伸在对两岸人民共同民间信仰的理解与尊重。因为他们深知，共同的民间信仰，既是两岸民间不争的事实，更是把两岸民众的心紧紧连在一起的重要纽带。

“感谢福州边检，我们的愿望才能实现。”2014 年 5 月 2 日中午，313 名台胞香客从马祖莒光抵达大陆，到福州、泉州等地开展为期四天三夜的宗教文化节活动及大陆寻根之旅。在闽台民间习俗中，进香团携带的佛像金身、銮轿等佛具是不能离身的，“安检怎么过？怎么才能让神轿不落地？”虔诚的台胞香客们此行的最大担忧便在于此。细心的福州边检站检查员们也意识到了这个问题。几经商议探讨后，福州边检站针对性地为进香团的团员们制定了“T — T”（梯口—通道）专属引导服务，即派员将谒祖观光团从客船梯口引导到相应的专用通道，并协助收集证件提交给台内检查员集中查验，实现了谒祖观光团“永不落地的神轿”的愿望。

“人会老，信仰却不会老。只要走得动，一定年年来拜妈祖。”2012 年 11 月 4 日，随着第十四届“中国 · 湄洲妈祖文化旅游节”落下帷幕，台湾嘉义新港奉天宫董事会监事周茂林在莆田边检站检查员的搀扶下，恋恋不舍地登轮离开“海上女神”妈祖的故里——福建莆田湄洲岛。这是周茂林 26 年来第 51 次到湄洲岛祭拜妈祖。位于莆田湄洲岛上的妈祖祖庙是妈祖文化发祥地，也是海内外妈祖信众朝拜的圣地，如今每年都有 20 多万台胞跨海朝圣。作为台胞返乡朝圣的“亲情第一岗”，莆田边检站每逢节庆活动的海上直航，就启用风险评估机制，将船舶可能受到潮汐、航道等影响列入评估范围，并简化边防查验手续，提前对船舶进行预检，缩短停留时间。同时，他们还在湄洲岛执勤点增设“巾帼文明流动岗”，打造“30 分钟服务圈”，推行“零等待”等服务机制，向台胞提供通往省内各地的交通时刻表及出行注意事项、应急措施等提示内容，24 小时为回乡台胞排忧解难。

类似的定制专属服务在福建边检机关还有很多很多。比如，细心推出“船到客下”、气象预警、“团队专属引导”等便民措施，开通包括“团体专用通道”“紧急救助通道”“迟到免排通道”等特殊通道，为各类进香访问团体及老、弱、病、残、孕等急需帮助人员优先办理边防检查手续，整合资源力量打造“同心桥服务组”“海峡党建连心桥”等对台服务品牌，等等，用心做到老有所优、困有所帮、残有所助，有效提升台胞通关的效率和体验。

“边检的亲情服务，串联起两岸民众的情感，人亲、土亲、情更亲！”台湾中华妈祖文化交流协会副秘书长谢铭洋说，每次到大陆看到检查员的微笑，都会觉得心情很愉快。伴随着福建边检机关通关效率和服务质量的不断提升，一批又一批的台胞纷至沓来，再满载亲情的祝福而归。往来的台胞们都说，每次通关就像踏进了“家门”，有种“回家”的感觉。

18年来，服务两岸直航的福建边检人，就是这样始终如一地把台胞当亲人，把航线当纽带，亲情服务闽台直航，成为台胞口中亲切自豪的“娘家人”和“放心人”。

“历史不能选择，现在可以把握，未来可以开创”——成长路漫漫，同心桥更宽

“台湾是中国一部分、两岸同属一个中国的历史和法理事实，是任何人任何势力都无法改变的！两岸同胞都是中国人，血浓于水、守望相助的天然情感和民族认同，是任何人任何势力都无法改变的！台海形势走向和平稳定、两岸关系向前发展的时代潮流，是任何人任何势力都无法阻挡的！国家强大、民族复兴、两岸统一的历史大势，更是任何人任何势力都无法阻挡的！”

在今年1月2日举行的《告台湾同胞书》发表40周年纪念会上，习近平总书记两个“无法改变”和两个“无法阻挡”的重要论断，明确指出了祖国统一的大势所趋、大义所在、民心所向，更充分反映了全体中华儿女对实现祖国完全统一的决心和底气。同时，也为1天前刚刚揭牌成立的厦门出入境边防检查总站明确新时代新体制下的新使命新作为，打下了坚实的思想基础，提供了不竭的源泉动力。

“闽台两岸海空直航旅客累计验放量实现第一个500万用了8年，实现第二个500万用了2年；实现第一个1000万用了10年，实现第二个1000万用了4年，实现第三个1000万仅仅用了3年。”面对闽台两岸海空直航业务量的迭代跃升，习近平总书记发表重要讲话翌日，新组建的厦门边检总站便派出工作组分赴全省边检机关开展工作调研，全面了解掌握情况，广泛征求意见建议。其间，全省边检机关40年来服务两岸交流往来的经验成果、学习习近平总书记重要讲话的心得体会以及服务新时代中央对台大政方针的思路举措等，便是此次调研的重点之一。1月7日至10日，在前期实地调研基础上，总站又组织机关各部门通过连续6个半天的密集讨论、碰撞思想，研究出台一系列适应新时代对台工作要求、体现福建边检机关区位特点、回应往来台胞合理诉求的便利通关措施，进一步统一了全省边检机关接力服务两岸交流往来的思想意志，共同谋划新时代新体制下福建边检事业的发展方向。

如今，新建的福州马尾对台综合客运码头和厦门五通对台客运码头三期工程，正在紧张建设施工当中，即将于今年上半年投入使用。届时，之前由马尾港出发去

马祖的“两马”航线，将由100分钟航程缩短一半左右；“两门”航线的泊位将由4个增至6个，服务能力从现在的125万人次/年升至500万人次/年，即将实现“两门对开”“两马先行”以来口岸环境发展的重大突破。

与此同时，口岸基础设施建设的日益强化，既为边检机关开展工作提供了更加优越的环境，也对边检机关的工作效率提出了更高要求，更是边检机关顺应新时代对台工作新要求，推动边检服务质量提档升级的历史机遇。福州边检站将继续探索优化“2+1”无缝服务模式（2名值班领导+1名台外检查员）和“船到客下”检查模式，会同旅游部门健全团队签注旅客预报机制，实现旅游团队“分时通关、分团验放”，进一步压缩旅客候检和通关时间。同益边检站将因应新口岸全流程人脸识别和无纸化通关特点，扩建出入境自助通道，由现在的10条增加到22条，并在自助通道旁设置自助信息采集设备，为台胞在入境前就能够实现自助通道备案采集提供便利，实现“立即采集、立即通关”，进一步优化通关环境与效率。今年春运期间，高崎边检站还针对口岸迎来台湾同胞返乡和大陆居民出游出入境高峰的实际，研究推出对台服务六项便利通关措施，从增设自助通关人员信息采集备案点、增强出入境记录凭证自助打印设备、升级推出7×24小时“爱心通道”等方面改善通关环境、提升通关体验，进一步推动两岸空中直航枢纽港边检服务品牌提档升级。

新时代是改革的新时代，新时代是实干的新时代，新时代呼唤基层首创精神，新时代更要尊重基层首创精神。2018年6月5日，第十届海峡论坛在厦门开幕。高崎边检站检查员颜曼作为大陆唯一代表，在“海峡论坛十年代表人物发言”环节发言，全面介绍了福建边检机关优化通关环境、促进两岸交流的一系列服务举措，充分表达了福建边检人把台胞当亲人、用温馨服务搭起两岸“同心桥”的真挚情感。会后，颜曼所在的高崎边检站便以海峡论坛对边检机关的高度评价为契机，试点成立“同心桥服务组”，坚持服务需求导向，坚持推陈出新，从细小处开展微创新、微实践，先后推出导图式通关指引、提升台胞信息采集效率的微改造、微信二维码服务问卷等首创服务举措，有力激发了往来台胞对“两岸一家亲”的情感共鸣。

一人之形象，一站之缩影；边检之形象，国家之精神。40年来，坚守在海峡西岸这一祖国大陆风采展示前沿窗口的福建边检人，凭借着对祖国的无限忠诚，对台湾同胞的真挚情感，以“亲切、高效、温暖、创新”的服务秀出了国门卫士可亲、可爱、可敬的新形象，打造出展示中国风范、中国形象的“国门名片”。

【作者手记】

原来一直未曾远离

在键盘上敲下最后一个句号时，内心并没有想象中的那般畅快，反而是一阵悲欣交集涌上心头。也许是闽台两岸交流往来的题材过于庞大，尽管抬笔前做足了功课，写作时又绞尽了脑汁，最终码上了一万余字，但总觉得相较70年来两岸同胞的骨肉分离，以及40年来福建边检机关历代官兵民警的奉献耕耘，再多的文字也只不过是只言片语，仅能聊表慰藉、致以敬意，终难以表达闽台两岸人民之间那“只可意会不可言传”的家国情怀。

还记得2016年5月，台胞林垂立先生为泉州边检站两岸题材微电影《心愿》创作了一首歌，歌名叫《船来船往》，优美的旋律、朴实的歌词令人动容，直击两岸“其实他乡是故乡”的痛点，也洋溢着“两岸来去变平常”的喜悦。其中的副歌歌词被我用作了这次稿子前两部分的引题，为原本晦涩的文字增添了不少色彩。我也正是反复听着《船来船往》的旋律，才找到了笔触的情感共鸣点，敲定了贯穿全文的情绪格调。

而这一切，仿佛是偶然中的必然。如果不是与宝岛台湾隔海相望，又如何能真切地感受到两岸分离的惆怅；如果不是两岸“三通”的民意沸腾，又如何能理解“同益”谐音统一、“五缘”代表同根、“和平之星”寓意和平统一的深刻内涵；如果不是台湾同胞踏上大陆见到的第一位亲人，又如何能明白他们对团圆的渴望。所以正如文中所说，福建边检机关被历史性地推上了时代的舞台，成为两岸关系发展的亲历者，也被打上了诸如亲情、团圆等标志性烙印。

更令自己意外的，是今年春节整理书刊时，偶然翻到了2012年2月的《中国边防警察》杂志。7年前的这期杂志上刊发了自己的散文《一寨一伞一缕情》，摩挲杂志上的文字顿时感慨万千——当时自己刚毕业，每天饭后都会在泉州石井江畔的东石古寨散步，古寨的楹联充斥着渴盼统一的家国情怀，对岸的成功故里更令人遐想无限，于是有感而发，以寨为引，以伞为喻，畅想了“中华一家亲、两岸心连心”的团圆梦想，竟成为7年后写作此稿的意外注脚。

7年时间一晃而过，虽然步履匆匆，工作地点和岗位不断变换，但感觉从未远离“两岸团圆”这个大主题。正如一首歌中所述：“这么近，那么远，走在世界的后面，我埋首寻路，不愿看到内心的牵连。这么近，那么远，现实和梦境相叠，月光皎洁，水云光线，也许这是一个人的思念。”

【《中国出入境观察》2019年第2期】

双面赵永前：一面是高山一面是草原

于　雷　康国宁　张攀峰　范峰章

部队启动改革，工作千头万绪；女儿罹患重症，家庭忧患交加……这些如山的重负如果压在一个人身上，能挺住吗？“只要身体扛得住，我决不会倒下！”赵永前，原内蒙古锡盟公安边防支队政委，现锡盟边境管理支队负责人，在工作面前始终以坚强形象示人，微笑、镇定，有条不紊，只是谈起家庭或面对女儿时，面露亏欠，低头不语。

原公安边防部队改革启动后，在支队只有他一名主官的情况下，身为政委的赵永前负重前行、负责前行、负爱前行，“右肩担起了让罹患重症的女儿‘活下去’的希望，左肩扛起了‘确保7.4万平方公里边境辖区、1100余公里边境线安全稳定’的重托”。一面是高山，一面是草原，赵永前的双面人格，展现了新时代一名移民管理警察的家国情怀，一名蒙古族汉子的铁骨柔情。

“政委的黑头发怎么不见了？”
一次艰难的选择背后，赵永前一夜白头

2018年3月，《深化党和国家机构改革方案》对外公布，公安边防部队即将集体退出现役。大时代转轨，意味着无数人转身。部队顿时进入思想活跃期、矛盾凸显期和管理敏感期。在这三期叠加的非常时期，作为支队唯一主官，赵永前表现出一名基层领导干部的非常担当。

锡林郭勒盟边境管理区点多、线长、面广，许多无人区防控力量薄弱。但边境一线离首都北京的直线距离只有180公里，恰逢改革之年，又是两会期间，确保边境辖区和部队安全稳定，这个摆在首位的政治责任，压在了赵永前肩上。

那段时间，支队机关官兵私下议论：“政委的黑头发去哪儿了？”

2013年，赵永前告别工作了22年的兴安盟，调到离家1100公里远的锡林郭勒盟边防支队任政委，从此与家人开始两地分居生活。第二年，16岁的女儿被诊断患有恶性淋巴脉管肉瘤，这种癌症得病概率仅为百万分之三，相当于连续抛22次硬币，每次都是正面。

接下来几年，妻子在北京陪床，4 岁的儿子放到老家由 70 多岁的父母抚养，赵永前则一边坚持工作，一边利用假期跑遍北京寻医问药，一家四口三地奔波，苦不堪言。

然而，4 年的艰苦治疗并没有给这个家庭带来好消息。2018 年元旦，女儿高烧不退陷入昏迷。正在基层检查工作的赵永前，连夜请假赶往北京。烧退后，大夫建议尽快给女儿截肢，以防癌细胞扩散。

“给我截肢，我就跳楼。”女儿从小黏他，这一次女儿仇视的目光像一把凌厉的尖刀，扎进赵永前的心头。

“女儿爱跳舞，在她眼里，身体的完整性远远大于生命的延续性。”要腿，还是要命？这道选择题让赵永前陷入极度纠结。“我这个不称职的父亲，必须做出决定。”走出病房，这个一米八五的蒙古族汉子靠在墙角失声痛哭。就是在那天夜里，赵永前一夜白头。

这一年的除夕，窗外烟花璀璨，一家三口在病房里吃了顿饺子，算是过年了。年后，一家人作着截肢前的准备。女儿总算配合了，但女儿要他答应两件事：“一是回家里来，弥补这些年没有陪伴她的遗憾；二是带着她去海南三亚看海。”

一个月后，就在女儿术后恢复的同时，部队改革全面启动，一时间，“小道消息”四处乱窜，官兵思想异常活跃。有的官兵得知赵永前有意退出现役，纷纷打来电话“探底”。

“政委，我家在外省，30 多了没结婚，父母浑身是病没人照顾，以后怎么办呀？”

“政委，我知道边防必须有人守，但妻子说再不回老家就离婚，您帮帮我吧！”

“政委，东乌旗条件最艰苦，就我一个军事主官在位，能不能稳住官兵的思想，心里没底呀！”

…………

接到一个个打来的“紧迫”电话，赵永前失眠了。支队只有他一名主官，但已答应女儿“回家”。既是小家顶梁柱，更是大家的主心骨，何去何从？“组织把这么多官兵托付给我，如果只考虑自己，我良心上过不去啊，我对得起组织多年的培养吗？”

最终，“不能因为个人事情耽误部队工作”的赵永前，在女儿怨恨的泪水中打消了脱军装的念头，他向女儿承诺，“再给我一年时间，等部队改革完我就回家。”

“爸爸的时间去哪了？”

在“父亲”和“政委”两个角色的急速切换中流去

赵永前每天都会跟女儿视频通话。“爸爸，你什么时候来陪我呀？”每次面对这个问题，赵永前给出的都是标准答案：“爸爸这几天忙，过几天就回去看你。”这时，女儿便生气地扭过头嘟囔一句，“爸爸的时间去哪了？”

确保队伍内部安全稳定，引导广大官兵从思想深处拥护、支持、服从改革，是最耗他时间的第一道难题。为摸准官兵思想，解决基层困难，赵永前提议支队开通党委直通车，党委成员扎到基层一线去，开展全员谈心谈话。

“他下乡就带一个司机，与每个人面对面谈，谈完就走，”原额吉淖尔边防派出所所长呼日勒巴特尔说，“每次来从不让加菜，添两副碗筷，吃完就跟你唠。”

呼日勒巴特尔在基层工作20多年，始终踏实肯干，把一个后进所带成了“连续5年被各级表彰为优秀党支部”的先进所。2017年，因为超龄原因，他未能进入后备干部培训名单，怨气的火一度一点就着。

赵永前专门跑到派出所找他，“当时院外都能听到我发泄不满的话，声音特别大，很不礼貌，但是政委没有生气，而是耐心听完，一遍又一遍地开导我，还帮我重新规划以后的路。”一番促膝长谈后，呼日勒巴特尔当场打包票，“不会让支队失望”。2018年，他带领官兵查获9起盗窃案件，还侦破一起影响较大的盗窃和走私枪支连环案。

“大部分官兵工作在艰苦的边境一线，一个官兵背后就是一个家庭，怎么会没有困难和诉求？他们发牢骚是正常的，我们帮助解决困难、疏导思想更是应该的。”面对改革期间基层出现的一些杂音，赵永前认为都很正常。

凭借扎实细致、尽责尽心的教育管理工作，支队化解了大量历史遗留问题，没有上交一个矛盾，在改革期间捋顺了人心、凝聚了士气，为确保边境辖区安全稳定奠定了坚实基础。

2018年上半年，支队连续侦破8起毒品案件，其中破获了首起人货分离式毒品走私案件，斩断了一条跨国走私毒品通道；连续侦破3起特大盗牛案，并通过深挖线索破获系列盗窃案。

“3月份我们破获了一起盗窃案，从盗窃案又牵扯出一起枪案，追踪枪案线索时，又发现一个常年往返北京至乌兰巴托走私枪支的跨国犯罪团伙。”原支队司令部参谋长布仁陶格陶回忆。

赵永前对这几起系列案件极为重视，在北京陪护女儿治病期间，还抽空多次跑到北京市公安局协调联合侦查防控事宜，引起了上级重视。最终，该案被公安部挂牌督办，成为锡林郭勒盟破获的最大一起跨国走私枪支、毒品案。

始终面带微笑、镇定自若是赵永前的部队形象，原支队卫生队队长卢俊东却说，“其实政委在办公室哭过，全支队大概只有我知道”。2018年8月初，根据治疗方案，要尽快带女儿到北京复查，但赵永前只让妻子带着孩子去复查，自己准备到基层去。

“那天，快下班时，政委让我过去，”卢俊东说自己当时推开门，“政委说，你嫂子打来电话，扩散了，你说还有办法吗？”然后就长吁一口气，像泄气的皮球窝在座位上，任由眼泪肆流。

“赵政委，你别嫌我说话难听，作为患者家属，你太不称职了。”那一刻，作为医生，卢俊东很是气愤，但突然又心疼起眼前这位老大哥来，8年前他还是全总队最年轻的正团职干部，走起路来虎虎生风，如今满头白发、满脸皱纹、满眼血丝，背也开始佝偻。卢俊东知道，他多想好好陪陪孩子，替妻子扛下那份属于他的责任，可“孩子有病得看，工作更要干好呀”：蒙古国苏赫巴托省邀请我方出境会晤，特大盗窃案关系群众切身利益，为官兵协调子女入学入托、家属随调随迁问题涉及后方稳定……太多工作都等着他。

那段时间，为确保改革期间队伍和边境辖区“两个稳定”，支队党委正全力推进“稳边固防示范区”建设，成为支队顺应新的移民管理体制，打开党政军警民合力治边新局面的关键抓手。

把边防一线平稳交出去，把边境二线有效管起来，实现同解放军无缝衔接，事关国家安全，赵永前慎之又慎。原支队边境管理科科长锡林说，下基层那几天，赵政委白天开展工作，晚上回到住处，就在网上搜索了解有哪些进口特效药，还学着把症状发在贴吧里，等待网友回复，经常是一发一晚上。他一直想着女儿早点好起来，全家人一起去三亚。谁能想到命运如此残酷，痛下决心才做的截肢手术，没能阻止癌细胞对女儿生命的疯狂吞噬。有一次下车时，赵政委浑身发抖，一步踩空，险些摔倒。

在部队推进改革的最关键一年，在赵永前的带领下，支队各项工作稳步推进，扎实开展扫黑除恶、“固边5号”等专项斗争，推出“四所联调”、边境防控“雪亮工程”、“草原110”APP、党员中心户等创新机制，构建起新时代边疆综治新机制新品牌。每一项工作他都亲自决策和推动。就这样，在“父亲”和“政委”两个角色的快速切换中，他克服重重困难，不仅确保了队伍内部安全稳定，还带领支队连续查破涉毒案件8起，抓获外国籍违法犯罪嫌疑人10人，破获“5·19特大团伙盗窃案”“5·27重大盗窃案”“8·16系列盗窃牲畜案”等一系列重案要案，为群众挽回经济损失300多万元，为顺利推进改革营造了安全稳定环境。

"妈，没批准，我不回来了！"

"部队培养你多年，要听部队的。不回来就不回来吧！"

2018 年 12 月，部队下达最后一次转复通知，很多官兵心中顿时掀起了波澜。面对父母的期盼、女儿的哀求和妻子的无助，赵永前正式向组织提出退役请求，上级党委也表示理解和支持。

得知儿子即将回到自己身边，母亲何八月几宿睡不着觉。前段时间，老伴赵少布去接小孙子放学回家，何八月突然冠心病发作，幸亏弟弟及时赶来把她送到医院。大夫问她，"奶奶，您儿子去哪了？""他是为国家守边的军人，就快回家了。"说话时，何八月难掩内心激动。

然而，因不符合"单主官必须在位"的政策，赵永前的申请最终未被批准。一名干部提醒说，"给组织写封信，再次说明两地分居、女儿患病、30 年兵龄等条件，肯定批。""不批准，组织肯定有组织的考虑。"赵永前没有再争取，而且没有表现出一丝情绪反应。

"妈，我不回家了，没批。"他内疚地给母亲打去电话。老母亲沉默片刻，"部队培养你多年，需要你为部队做奉献，不回来就不回来吧。"

年龄再大，心再坚强，在父母面前也是孩子。为了帮助儿子偿还为孙女治病欠下的债，赵永前知道，年迈的父亲不听劝说还在偷偷上山采蘑菇、挖野菜卖钱，母亲还在偷偷去林场剥树皮，累一天才挣几十元。

女儿的病情一天天严重，自己转业的愿望没有被批准，部队工作越发繁重……困难、失望并没有让赵永前陷入沮丧，而是更加振奋精神，坚定承担起国家第一代移民警察的责任使命。

为推动将"雪亮工程"纳入边境防控体系建设，他一次又一次走访驻地党委政府职能部门汇报沟通，成功争取到由地方出资在通往边境一线的主要通道安装了 48 个探头，初步实现边境辖区主要通道卡口信息化监控。在队伍内部，他细心察看着每一名官兵的思想变化。战士张国星参加完招警考试后信心满满，结果以一分之差落榜，赵永前第一时间找他谈心，"国星这孩子性格要强，怕他想不开。"如今，张国星已成功被新疆移民机构录取。

在矛盾困难集中凸显时刻，能够确保队伍转隶顺利进行和边境辖区安全稳定，大家一致认为，作为党委书记，赵永前自身的党性品质和人格魅力，起到了"定海神针"的作用。

女儿治疗这几年，赵永前从不给领导和同事"透露"病情，"怕给大家添麻烦"。尽管上级明确，对他的请假申请一律批准，但他不到万不得已，从未主动请假。

去年 8 月，女儿病情扩散化疗期间，治疗方案"一日一调"，当时正值改革教育全面推开的关键时期，尽管上级领导叮嘱他“要待在北京”，但赵永前坚持每周往返于医院和单位之间，每次工作完，就花300块钱，挤上小客车，颠七八个小时到北京，跟大夫研究完治疗方案，再颠回单位，饿了就在路边买两个烧饼。“锡林浩特市到北京不通火车，机票一趟600多元，他为了省钱就挤小客车，”战友魏红军曾劝赵永前，“可以让单位司机开你的私家车去帮帮忙。”他说，“司机是单位的司机，不是我个人的司机。”

为了分担赵永前的工作，去年8月，上级党委指派时任边防总队司令部副参谋长郝俊杰到支队帮助工作。

去年年底，部队最后一次转复通知下达后，支队共有80多名符合条件的干部提出转复申请，几乎每一名干部或家庭都存在特殊困难，而名额只有22个。一名干部给赵永前打电话争取指标，说到激动处就哭起来。赵永前耐心地听完，第一次详细讲了女儿患病的事情，“你们的家庭和孩子还有希望，而我的孩子连活着的希望都很渺茫，而我仍然坚守。要相信组织，相信未来。”

原边防支队政治处副主任赵军，也因为想转业写了一封长长的信找到赵永前“做工作”。赵永前说：“改革必然涉及个人利益得失，甚至包括家庭的牺牲。忠诚、奉献、担当，是表个态、写个文章、嘴上说说那么简单的吗？我是一个30年兵龄的老兵，家里有困难，其实心里很想走。但只要组织让我留下，我就坚决服从。”赵军听了赵永前的一番话，此后没有再提“转业”二字，“赵政委劝我们多往远处看、多往未来想、多站在组织角度考虑，大家心服口服！因为榜样放在那儿了。”

赵永前的坚守和服从，深深地影响了支队全体干部，最后一次复转工作平稳有序推进，真正做到了留着安心、走着顺心。

“永前同志是一名对党极度忠诚、对群众极力帮助、对上级极端负责、对下属极其尽心的优秀少数民族干部。”内蒙古出入境边防检查总站负责人胡小明每次出差或路过北京时，都会去医院探望，并帮忙联系专家大夫。

这两年，支队党委筹措专项资金51万元，救助了42名直系亲属因癌因病致困的官兵。赵永前目前已欠债30多万元，完全符合救济条件，但他坚决不把自己列进去。今年，总站党委已把赵永前列入救助名单，并在政策允许的范围内，尽最大努力提供帮助。

春节前，女儿被接回到支队公寓，在家接受靶向药物治疗，“一家人过个团圆年”。赵永前和妻子轮流24小时为女儿按摩缓解疼痛。孩子生病前120多斤，如今只剩下不到80斤。那些失去的体重，全压在了赵永前沉重的脚步中。而赵少布老两口则在老家乌兰浩特市过年，老人把家中所有的门都贴上自己写的春联，横批都是“平安健康”。

“爸爸，我想出去看看，求你了。”腊月二十六，天气晴朗，年味渐浓。在女儿的一再哀求下，赵永前一家三口开始了一次时隔4年后的所谓“外出旅行”——游览锡林浩特市容。赵永前开车，妻子坐在副驾驶位，女儿躺在后座上。“把窗户关上吧，冷气都进来了！”任凭父母一再劝说，但女儿一直开着窗，静静地看着外面被雪覆盖的世界。

“永前的工资去哪了？”

“他的工资大部分用来帮助了别人。”

母亲对当兵的儿子一百个放心，唯独疑惑“永前的工资去哪了”。直到几年后，赵永前从兴安盟匀布林边防派出所调走时，这个谜底才揭晓。“他一箱一箱往家寄书，10年买了1万块钱的书，那可是上世纪90年代初啊！”20年前曾与赵永前在匀布林派出所搭班子6年的扎木苏说，老赵的工资就干了两件事，一是买书，二是帮助困难群众。

赵永前夫妇在乌兰浩特买了一套房子，赵永前拿了部分首付，后期的银行还贷全是由妻子支付。对于丈夫的工资去向，妻子心里最清楚，从不问他的工资去哪了。

因为1993年的一次走访，赵永前发现家住索伦镇的林场职工陈来柱生活困难，第二天就送来200元钱。此后的20多年间，小到一袋米、一口锅，大到每年三五千元的社保、医保费，赵永前对他的帮助始终没断过。“我的手机是他给我买的，起初我以为他很有钱。辖区有个人说要治病跟他借5000块钱，他就偷偷取上父亲的工资，加上他的，给人家送去了，结果家里没有钱买粮，害得他父亲天天上山挖野菜。后来，那个人去外地打工再无踪影。有一次他来家，脱鞋上炕两只袜子全露着趾头，我这才知道，永前家境哪里好啊，就是普普通通的家庭！”

去年，得知赵永前经济紧张后，陈来柱多方筹措3万元钱，哭着求他收下，“你这些年给我的至少也有10万块吧。我只有这么多，你别嫌弃。”

乌兰毛都边境派出所辖区的赤脚医生阿拉坦布和，也常年受到赵永前的资助。因为是外来户，没有分到草场，十几年前，阿拉坦布和决定让两个女儿辍学，“永前知道后过来了，给两个孩子掏了学费”。从那时起，赵永前一直资助两个孩子到大学毕业。

“2010年8月3日，赵永前给凌云上学拿4000块，去乌兰浩特的车票也是永前买的。”

“2012年1月8日，凌芝上学差3000块钱，永前给拿的。”

…………

阿拉坦布和有一本记录家事的册子，上面赵永前一次送来三四千元钱的记录，就有 8 次,“这些记录并不完整，我只记了大数的，小数的都漏记了”。

2018 年，凌云大学毕业后在锡市找工作，需要 2000 元就业培训费。赵永前在身负重债的情况下，还挤出钱给她送去。

一颗种子的健康成长，与土壤息息相关。赵永前“喜欢帮助人”的性格养成来源于好家风，来源于父母的言传身教。父亲赵少布担任边防派出所所长时，清廉耿直，用了公家的一个笤帚都要还回去。有村民去他家做客后笑称,“家里连个沙发都没有的干部也能叫干部吗”。当地人给他父亲取的外号就叫“布尔什维克”。1996 年到 1999 年，从边防部队转业的赵少布，一直靠去山里采药材补贴家用。赵永前的大妹妹高考被四川美术学院录取，却因家贫而没有去读。妹妹因此痛苦绝食好几天。二妹妹也是读到高二因为家贫就退学了。

赵永前上小学五年级时，母亲狠下心花 7 块钱给他买了一双红白相间的球鞋。“那时候他爸一个人挣钱，一个月才 30 块，要养全家老小。”结果他穿去学校没两天，穿双布鞋回来了。“永前，鞋呢？”面对母亲的斥问，赵永前低着头不吱声。看母亲急哭了，才说,“同学妈妈有病做不了鞋，同学穿的那鞋都露脚趾头了，就给他了。”“让他要回来，他就哭，后来就算了。”

上中学时，赵永前又做出了一件让母亲“气愤”的事，母亲看他长成男子汉了，就花20多元给他做了一套新衣服，结果他又送给了一个家庭困难的同学。“说真的，看到孩子的善良，我打心眼儿里高兴。”

爱帮助别人，是赵永前留给许多人的印象。但具体帮了谁、帮了什么，却没人清楚，甚至他的父母妻子都不知情。

“别看老赵有一颗柔软的心，但工作作风很硬。”扎木苏说，他任所长期间，赵永前是教导员。一次，两人临时接到一起绑架案报警，歹徒躲进一个废弃土房中叫嚣,“谁敢进来就打死谁！”

因追踪过程中与上级失去联系，未得到授权便无法开枪。与歹徒僵持了一夜后，赵永前担心人质受到伤害，对扎木苏说:“老哥，他如果敢袭击我，你就可以名正言顺开枪了！”说完便冲了进去，最终将歹徒拿下，并保护了人质安全。

凭着过硬的成绩，派出所屡屡受到表彰，成为全区先进派出所。赵永前从不争功，总是把荣誉让给别人。与赵永前搭档 6 年，扎木苏立功 4 次，1999 年，还荣获全国民族团结进步先进个人，受邀在天安门观礼新中国成立 50 年大庆。“荣誉只是一张纸，谁立功都一样。”入伍 30 年，赵永前的荣誉簿上只有 2 次三等功和 1 次内蒙古自治区民族团结进步先进个人。

40 多年前，赵永前的父亲在地方派出所做人民警察，因体制改革和国家需要，选择到祖国边防线，成为一名现役体制下的边防武警；40 多年后，赵永前再次因为体制改革，退出现役成为一名移民警察。40年间，两代人的坚守和服从，共同铸就了人生标尺——“当个人利益与国家需要发生冲突的时候，要想想肩上的责任，要想想时代的担当”。

2月23日，女儿永远地离开了赵永前。女儿在最后的时光跟他交了心，她说爸爸不容易，爸爸是好人，除了陪她少，其他都很好，是她心中的英雄。

赵永前曾答应女儿，带她到祖国的最南端去看海，却未能如愿。他把女儿的骨灰撒在了家乡的东大河。那一刻，他静静地站在河边，眼泪，如凌冽的河水。

【采访手记】

我看不清平凡与伟大的界限

于 雷

23日，周六，正写此稿时，一起采访的中青报记者何春中打电话过来，“孩子走了”。

我合上电脑，长久地沉默……

在锡林浩特采访时，曾去看望孩子。孩子排斥外人，我们只好在走廊里安慰她的母亲，模糊看到孩子消瘦的轮廓。

听说，22日医院让孩子出院，但赵永前夫妻不愿放弃，又带着女儿赶赴北京，但结果还是天不遂人愿。

采访时，因雪，我们没有实地走访，只是采访了十多位与他一起共事的民警和他资助过的群众。每个人都有说不完的关于他的故事，工作认真、关心部属、帮助群众……而对于他的家事，只知道他的女儿病了，他的头发白了。

一名干部的父亲患喉癌，在北京住不上院向他求助。他便求助给女儿治病时认识的医生，并启动支队救助基金帮助那名干部，而他没有要过支队一分钱，没有让官兵捐助一毛钱。一名干部成功转业，向他报喜“用转业费买了‘宝马’车，正在接送女儿上学”。他笑着祝贺，而眼眶内欲溢的泪水硬硬地被憋回去。一个男人憋回眼泪的心该有多痛！

他一直以坚强、稳重、微笑的形象示人，而在工作和家庭的双重压力下，有一次回到父母身边，却嘤嘤而泣像个孩子。

男儿有泪不轻弹，而怜子如何不丈夫！

“我是一名领导干部，不能给组织添麻烦，更不能因私事影响部下！”采访时问，你可以帮助别人，为什么不允许别人帮助你。他这样回答。

我数次被赵永前的事迹感动而不能自已。做采编工作20多年，采访过数不清的官兵，也曾一次次被感动而泪湿眼眶，但被一名基层领导干部的事迹如此虐心还是第一次。虽说，作为一名新闻工作者，弘扬主旋律、传播正能量是责任是义务，但这一次承受的不仅是责任的重量，还有心灵的折磨——采访时，被事迹一次次虐心；回来整理素材、写稿时又被事迹一次次虐心；而将来，我知道，无论何时何地，只要想到赵永前，除了感动还有不会减弱的虐心。

两天紧张的采访时间，换来十几万字的素材。不需要遴选，或者说无须打磨、修整，每一条都是响当当的实例，每一条都闪烁着人性光辉，顺下来即可成文。但篇幅太长，只好删减。删减后，又觉得自己没有尽职尽责，心痛，千万次地问，对得起赵永前吗，对得起自己的心吗？

写稿的过程中，一直在思考文外的东西，思考人活着的意义，思考病痛给人留下什么，等等，感觉自己一下子消沉了。假如赵永前的女儿没有病痛，假如赵永前不在离家1100公里外的地方工作，假如赵永前的转业报告批准了……我们还会感动吗？

英国登山家乔治·马洛里，在攀登珠穆朗玛峰时遇难。生前，在被问及为何要攀登珠峰时，他说，“因为山就在那儿。”我想，不言而喻，我们仍然会被感动，因为他的思想，他做过的事，他走过的路，都闪耀着平凡而伟大的光芒；因为他的肩上一边担着国，一边担着家，一边是责任，一边是柔情。

这样的人让我们高山仰止！

【《中国出入境观察》2019年第4期】

天涯春常在　南海正扬帆

——海口出入境边防检查总站服务海南自贸区（港）建设纪实

任永峰　朱晨鹏　王雅琳

历史总是因为某个特别的时刻而被人们记住。而这一次，海南岛又走进了世界的视野。

2018年4月13日，习近平总书记在庆祝海南建省办经济特区30周年大会上发表重要讲话，郑重向全世界宣布，党中央决定支持海南全岛建设自由贸易试验区，支持海南逐步探索、稳步推进中国特色自由贸易港建设。

随后，国务院明确提出，在海南全岛建设自由贸易试验区，探索实行符合海南发展定位的自由贸易港政策，明确了海南打造全面深化改革开放试验区、国家生态文明试验区、国际旅游消费中心、国家重大战略服务保障区“三区一中心”的战略定位，对海南全面深化改革开放作出重大部署。

2018年10月16日，国务院正式批复设立中国（海南）自由贸易试验区。

时值一年有余，驻守在祖国南大门的海口出入境边防检查总站面对重大的战略使命和空前的利好政策，主动适应新形势，大胆先行一步，探索实践公安部、国家移民管理局给予海南59国人员入境旅游免签、琼港澳游艇自由行、支持海南自由贸易区（港）建设的12条政策等重大改革课题，积极投入自贸区（港）建设的洪流中。

点海南的题，破全国的局，这其中气象万千，深意隽永。

【第一篇章】风从海上来——
海南，一个不能再等待的地理单元

地理上的冷空气，从北方吹到海南岛，已算是到了穷途末路；而温润的海洋性气候，正好是从这里开始，一路吹遍祖国的大江南北。冷暖之间，海南岛正打开一幅辽阔无比的蓝色画卷。

海南全岛建设自由贸易区（港）的消息一出，一石激起千层浪，海南岛改革开放再次成为世人关注的焦点。

5天后，公安部召开新闻发布会，国家移民管理局通报自2018年5月1日起，在海南省实施59国人员入境旅游免签政策，全力支持新时代海南改革开放。海南自

贸区(港)建设、59国免签政策实施、“放管服”改革……这些极具海南地域特色的字眼再次被历史选择时，履行第一代移民管理警察使命的海口边检总站的征途才刚刚开始。

扩大：26国免签变成59国免签

这已经不是海南首次开放免签政策了，早在2000年，海南便实施了21国人员团队入境旅游15天免签政策，并于2010年进行优化，将免签入境政策适用国家增加至26个。但随着海南国际旅游岛上升到国家战略，三沙设市、海南自由贸易区(港)的重大消息逐一发布，海南再次站到了改革开放的最前沿，原有的26国已经远远不够适应海南对外开放的扩大程度和范围。

海南免签新政的出台，是对海南入境旅游免签政策的再次升级优化。59国人员入境免签政策主要包含三方面内容：一是扩大免签国家范围。适用入境免签政策的国家由26国放宽到59国。二是延长免签停留时间。免签入境后停留时间从15天或21天统一延长至30天。三是放宽免签人数限制。在保留旅行社邀请接待模式的前提下，将团队免签放宽为个人免签。

“59国、30天、个人免签”，这三个是免签新政的关键词。这意味着外国人到海南旅游更为简单便捷，且入境的政策得以全面扩大、延长、放宽，成为国家赋予海南最具含金量的国际竞争力，也是迄今为止我国最便利、最开放的入境政策，让海南这个国际旅游岛更有资本去跟东南亚一众海岛媲美，更有底气地抢占入境旅游市场。此次的免签新政，从原先的26国放宽至59国，涉及的国家除了欧美发达国家之外，还加强了对“一带一路”沿线国家的开放程度，范围甚至放宽到部分非洲和中南美洲国家。

2019年1月1日，海口出入境边防检查总站挂牌成立。一夜之间，全省边防官兵、总站全体民警坚决服从改革大局，接受了改革大考的洗礼，顺利完成了改革划转整合任务，一个崭新的集体诞生，海口边检总站再次迎来了新的历史发展机遇。

公安部副部长、国家移民管理局局长许甘露要求，站在新的历史起点，肩负新的职能使命，必须坚持问题导向，从人民群众不满意的地方改起，不断创新理念、突破桎梏，为经济社会发展注入新活力新动能。海南免签新政的出台，普遍被外界视为公安部及国家移民管理局贯彻落实“4·13”讲话精神和《中共中央、国务院关于支持海南全面深化改革开放的指导意见》，进一步支持海南全面深化改革开放的重大举措，对推动海南加快自贸区建设，实现对外开放交流提供了强大助力。

政策执行之初，海口边检总站多次开展广泛调研、充分论证；积极走访海南省委省政府主要领导，主动汇报，争取支持；会同省公安厅、省旅游和文化广电体育厅等职能部门多次召开专题会议，就旅客数据预申报、海南外国人信息管理系统、数据传输共享等问题进行会商研究，提出工作需求和建议；联合广州、珠海边检技术研发中心，扎实推进预申报窗口建设，升级优化系统功能，实现公安出入境管理部门与边防检查机关免签外国人预申报平台合一。

“我们要对标许甘露副部长的讲话要求，结合海南自贸区（港）建设任务，列出任务清单，明确责任分工和完成时限，既着眼当前问题的解决，又要充分考虑今后一段时期长远发展。”该总站总站长李学恩说，海口边检总站要敢为人先，工作思路要大胆，不断在硬件和软件上提档升级，全力确保59国免签政策顺利落地实施，助推海南的开放大门越开越大。

现实：新增33国免签仅占入境总人数的0.29%

2019年5月1日10时50分，由新加坡飞往海南海口的TR118航班缓缓降落在美兰国际机场，随着机上126名旅客顺利通关，海南省59国免签政策实施一周年入境旅客人数也达到近38万人，同比同期26国免签团入境旅客增长近16%，免签入境占外国人入境总数的80.42%。由此可见，当前通过免签政策来琼已经成为外国人首选方式，超过八成外国人通过该政策来琼旅游。

虽然59国免签新政的出台一定程度上促进了海南扩大开放，激发了外国人来琼旅游的热情。但从数据分析来看，免签旅客来源国高度集中，新增国家免签旅客较少。通过免签政策来琼人数中，原来免签的26个国家占99.71%，而瑞典等新增加的33个国家仅占免签入境总人数的0.29%。

美兰出入境边防检查站田慧峰告诉笔者，来琼旅客较多的国家，免签政策使用情况较好，俄罗斯、韩国、印尼、哈萨克斯坦等前4名国家免签政策使用率均达到85%以上，而来琼旅客较少的国家免签政策使用率普遍在40%以下，特别是欧美发达国家免签政策使用率均不高。

究其原因，从免签团申报角度看，未来实施59国免签政策将扩展为个人申报和单位邀请接待两种模式，现行的免签团预申报系统是通过网页端实施申报，且无外语申报界面，已无法满足下一步工作的需求。从旅客角度来看，不少旅客对“旅行社接待模式”理解不够，有的旅客直接忽视了旅行社接待模式直飞海南，导致不符合免签入境条件需要落地后现场申报，有的旅客以为到了海南后再找旅行社申报，出现旅客滞留现象。此外，海南的旅游项目、基础设施和服务质量未能与东南亚国家拉开明显差距，而住宿和消费水平高，造成旅游成本偏高，在与东南亚国家在气候、饮食和环境同质化竞争的情况下，并未能对上述59国旅客形成较强的吸引力。

对此，来自泰国的华侨黄四好建议，加强在外国游客访问较多的网站上发布相关信息、网络短片，在主要旅游源国家机场、旅行社印发手册、宣传卡片等形式宣传免签政策，特别是对59国免签政策仅限于海南岛内而不适用于全国，个人免签旅游也须委托旅行社办理等重点注意事项予以强调，并广泛公布海南有关旅行社名单及联系方式。

随着海南自由贸易区（港）建设的推进，海南在国际上的吸引力逐渐加大，旅客流量倍增，已远远超过了海南各机场设计之初的建设流量，通关条件不足既影响到通关速度，也在一定程度上影响旅客通关体验。可以预见的是，海南岛将不断优化发展环境，旅游消费领域将进一步开放，旅游消费新业态、新热点积极培育高端旅游消费水平将明显提升，入境人员将会大幅激增，加上三亚等新机场的开工建设，给海口边检总站现有的通关能力提出了新的考验和要求。

以美兰边检站为例，出境、入境目前各有6条通道，虽然有了自助查验通道，但未来还不能够满足自贸区政策落地后越来越多的出入境人员快速通关的需求。海南不能走回头路，不能因为59国免签新政施行中出现这样或那样的问题，就畏首畏尾止步不前。新加坡籍游客WONG KIAH PENG对边检人员说，现在的旅游者都喜欢自由行，不喜欢找旅行社，他最大的希望是海南能够像国际上通行的免签模式一样，不需要附加其他手续。因此，海南仍需争取更为宽松的签证政策——取消59国个人旅客来琼免签需“旅行社邀请接待”的前置条件，降低旅客出行成本。与此同时，口岸签证处需通过升级设备、增派人手等方式加快对免签申报未通过的旅客转办落地签的办理速度，减少旅客等候时间，助力提升口岸整体通关效率。

“我们要主动融入，成为移民管理事业中一个活跃、主动的区域。”海口边检总站政委邱敏说，出入境边防检查手续仍可进一步简化，让一线检查员将检查重点和时间更多地分配到查验旅客证件和身份是否真实有效上，同时加强对来自重点国家或地区、重点航线的免签旅客的入境审查，确保不遗漏一丝疑点，不放过一个隐患。

考验：放权的前提是要能“管得住”

海南，白天像片海，晚上像座岛。岛与海之间，继而孕育和打开了一个又一个思想。

今年2月6日早上8时，从越南开来的“银影”号邮轮停泊在三亚凤凰国际邮轮港，400余名英国、美国、澳大利亚等30余个国家游客如期而至。三亚港是中国西南沿海唯一始发港。随着今年海南“两会”上首次发布正在争取邮轮公海游、“琼港澳”游艇自由行等政策的消息，邮轮游艇经济在疲软了一段时间后，又呈现出新的活力。海口边检总站也提出：支持海南开通“琼港澳”游艇自由行，积极推行港澳游艇“定点停靠，就近联检”查验监管模式，简化游艇在琼期间出入境检查管理手续，助力海南邮轮游艇产业发展。

“要派员走出去学习交流见世面，防止闭门造车；也要邀请口岸单位和经常出国的服务对象、媒体记者座谈取经，摆脱路径依赖。”海南省商务厅厅长陈希到总站调研时了解到美兰国际机场出入境通道偏少、机场未设置边检人员休息室、民警职工用餐难等问题后，当场将问题展开，一对一精准对接，确保新航站楼能够满足边防检查执勤工作需求，确保美兰机场T2航站楼启用时边检业务无缝衔接，务实高效的领导决策速度正彰显着海南的速度。

针对航班不断增多、客流大幅增加的情况，海口边检总站在科学组织勤务上做文章，在完善细节服务上抓落实，努力为旅客创造优质高效的通关环境。总站提前收集整理59国免签国家的护照证件资料和相关文件信息，有针对性地开展证件识别、外语授课、风土人情等专项培训；及时为执勤一线配置多语种翻译机、外国人生物信息自助采集设备、自助通关系统，向科技要警力，打造智能口岸；制定59国来琼免签入出境查验工作预案，规范免签旅客通关流程，现场采取蓝色提示线、提前开放道闸、加开专用通道等措施，提高口岸通关效率；经请示国家移民管理局批准取消纸质名单申报，免填外国人入出境卡，简化查验程序，最大限度缩短旅客通关时间；更新现场指引标识，增加台外执勤警力，引导旅客合理选择查验通道，提高自助查验通道使用效率；开通绿色通道，为需要帮助的特殊人群提供周到的人性化服务，确保旅客通关便利化得到保障。凤凰出入境边防检查站创新科技服务理念，因地制宜打造科技口岸，在更新59国免签指引标识的基础上，全面建设完成并启用13条智能验证通道及8条旅客自助查验通道，并在口岸现场安装了20台指纹采集前置机和13台一体机，量身定制了30套“语音通关翻译器”，为执勤民警和出入境旅客提供双向语言翻译，以及提供72国语言的实时翻译。

“很多改革措施的重点是放权，但不是也不能一放了之，而是要以‘管得住’为前提，加强事中事后监管。”时任海南省副省长、公安厅厅长范华平在海口边检总站调研时指出，新形势、新使命、新任务对海南边检口岸查控工作都提出了新的更高的要求，全省边检机关要进一步更新理念，拓宽思路，进一步树立大平安、大边检的理念，进一步加强与相关部门的协作配合，深化推进“放管服”改革，强化信息资源共享、大数据分析研判和预警预防、后台核查等工作，织密扎牢祖国南大门的篱笆。一方面，为能够出入境的人员提供便利、顺畅通关，另一方面，让非法出入境的人员“一个出不去、一个进不来”。

笔者在相关旅行社和口岸单位了解到，在宣传免签政策的同时，应该同步加大对海南旅游产品、海南风土人情、大好风光的宣传推广，增加旅游吸引力，鼓励中外航空公司新开或加密海南直达主要客源地国际航线，在旅游项目、配套设施和服务质量等方面完善提升，形成与旅游高消费相匹配的高质量高附加值的旅游服务环境，扩大增强海南旅游市场的竞争力。另外，借鉴国内外先进经验，立足需求，适度超前，严格审批各个通关口岸联检大厅的建设规划，满足海南国际旅游岛、自由贸易区（港）建设中长期定位需求。

许甘露副部长强调："要加快实施移民管理信息化智能化战略，加强科技应用体系建设，强化大数据应用，加快实施重大项目，推动移民管理技术工作从信息化向智能化升级、从运行保障向创新驱动转型、从被动跟随向主动引领跨越。"海口边检总站只有敢为人先，先人一步，对标国际一流，积极参与海南立体化治安防控体系和"警务信息智能岛"建设，加快推进"数字口岸""智慧边检"建设，才能在海南自贸区（港）建设中实现"人员进出自由"，提高口岸管控信息化、智能化水平，实现内紧外松，营造自由贸易岛良好的通关环境。

改革：14 个月之内接连发布两条重磅消息

2019 年 7 月 3 日，公安部在北京召开新闻发布会，通报出台支持海南全面深化改革开放移民与出入境、交通管理政策 12 条措施。

一条时隔一年再次由公安部、国家移民管理局发布的消息，透露出海南移民管理与出入境工作正在加快赶超的步伐。

措施规定：一是实施更加开放的免签入境政策。在现行的 59 国人员入境旅游免签政策的基础上，进一步优化入境免签政策，包括拓展外国人免签入境渠道，符合免签条件的外国人可自行申报或通过单位邀请接待免签入境；扩大外国人免签入境事由范围，外国人可以商贸、访问、探亲、医疗、会展、体育竞技等事由免签入境海南；积极创造条件逐步实现给予免签入境人员 30 日以上的停留期限；综合考虑海南对外交往、旅游市场需求，适时评估调整免签国家名单。二是实施更具吸引力的引才引智政策。包括对海南引进的外籍高级管理人员以及长期工作或投资的外国人，进一步提供办理口岸签证、长期签证、居留许可和永久居留便利。对在海南就业的外籍技术技能人员，可发放与工作合同期限一致的工作类居留许可。对获得中国高等院校硕士研究生及以上学历的外国留学生在海南创新创业提供申请办理居留许可便利。允许境外高等院校外国学生到海南实习。在海南外国人工作生活较为集中的区域建立移民事务服务中心，提供"一站式"服务。三是实施更为便捷的高端旅游出入境服务措施。包括实施外国旅游团乘坐邮轮 15 天入境免签政策，简化"琼港澳"游艇出入境（港）手续，对前往博鳌乐城国际医疗旅游先行区等海南医疗机构诊疗的外籍患者及其陪护家属，提供申请办理签证或居留许可便利。

消息一经发布，海口边检总站走访了省公安厅出入境管理局、省交通运输厅、省邮轮游艇协会等有关部门，共同研讨了此次新政策的实施意见。3 天后，一份《关于支持海南全面深化改革开放移民与出入境政策有关实施意见的报告》第一时间上报给了国家移民管理局。

"政策这么好，就看怎么利用好。"海口边检总站副总站长云大新说，12 条政策的出台，是公安部、国家移民管理局继去年59国人员入境旅游免签政策后，又一批支持海南全面深化改革扩大开放的创新举措。公安部召开新闻发布会后，该总站迅速组织人员对公安部相关便利措施的实施要求、方法步骤进行深入研究，主动对接上级部门明确工作要求和细则，对新政策边检查验工作进行规范要求，规范免签旅客查验流程。同时，调整细化边检站在情报调研、预查预警、前台检查、后台核查、推送移交、人员监管及突发事件处置等工作环节，认真研究名单申报审核要求、停留期等问题，确保便利政策实施不偏不漏。

云大新说，此次政策扩大了外国人免签入境事由范围，外国人可以商贸、访问、探亲、医疗、会展、体育竞技等事由免签入境海南。但目前使用的免签团预申报系统不具有填写入境目的的选项，建议在下一步升级免签团预申报系统中增加旅客入境目的、接待单位、接待人、宗教信仰、年内曾到访国家等选项（录入项），并进行相应的系统升级调整，便于前台检查员开展询问检查。

免签新政调整后，海口边检总站将根据公安部出台的实施细则，结合海南各口岸实际情况，针对性优化查验流程，强化与海南省地方政府部门的信息联动和工作协作，积极研究出台59国外国人入境免签政策、港澳游艇自由行、邮轮海上游等便利政策的通关便利化措施，主动投入到海南自由贸易区（港）建设中。

【第二篇章】南海正扬帆——
海南，一个与时代对接的活力之地

8月的海南，阳光、沙滩、蓝天在这座岛总显得那么自然，那么美。

海南省海岸线总长度达1944.35公里，是新加坡海岸线的9倍，坐拥68个优质的自然海湾，沿海岛屿达600多个，这里是游艇、邮轮停靠的最好港湾。

邮轮游艇产业的发展之殇

三亚地处北纬18度，自古就是中国和各国商船主要航行线路之一，如今已成为国际大型邮轮在东南亚航线上经停的黄金点。海岸线绵延22公里的三亚湾凤凰岛上，建有中国第一个国际邮轮专用港口，可同时停靠多艘十余万吨邮轮的专用码头屹立在海水中央。

自2006年邮轮港运行以来，三亚市邮轮旅游逐步发展，“海南邮轮海上边境旅游业务”“外国籍邮轮在华特许开展多点挂靠业务”等政策先后获批，有力促进三亚邮轮产业发展。截至2019年，已经先后有十多家国际邮轮公司600多艘次邮轮到访三亚，接待入境游客100多万人次。同时，还为三亚—西沙航线的132艘次国内邮轮、6万多名游客提供了服务保障。

发展邮轮游艇经济，一度成为这个开放的城市充满活力的时尚。然而，在繁荣

的背后这一切却悄然地改变着。

2014 年前，三亚国际邮轮港接待国际邮轮数量一度位列全国首位，但由于相关政策难以突破、港口功能性配套不完备、综合性服务保障不健全等原因，2014 年以后，邮轮靠泊数量及邮轮游客数量呈逐年下降趋势，特别是 2017 年后出现了断崖式下降，港口运营基本回到了起点。

究其原因，除了基础设施与邮轮母港的标准还有较大差距外，另一个重要的原因是开展公海游试点等政策落地还有难度。一方面，邮轮公海游试点政策还缺乏有关配套细则支持，外国籍邮轮多点挂靠政策没有得到充分运用，没有形成三亚“旅游资源优势”与东南沿海港口“客源优势”互补，邮轮旅游客源不足的问题没有得到有效解决，邮轮旅游航线运营不能持续稳定。另一方面，游艇产业存在多头管理。在具体工作中，涉及游艇产业发展的管理部门多达 20 个，并且没有明确的主管部门或综合管理部门，各部门管理界限不清、管理模式不一，各个单位之间的信息不能互联互通，管理上存在交叉和盲区，难以形成协作推进的合力，给游艇产业发展带来极大不便。

三亚境外游艇入境自驾游业务需求大，在 2010—2013 年度，每年入境游艇数量一度达到 100 多艘，位居全国游艇港口城市前列。但是近年来，以租赁货物方式进口的境外游艇业务已基本上停滞，2015 年入境自驾游游艇访问量同比下降 30%，呈现逐年下降趋势，到 2013 年以后，出入境游艇数量逐年下降，到 2017 年最低降到只有 40 艘次，导致大量境外游艇前往东南亚一带免税的国家，不再选择到海南旅游。

边检部门是和邮轮游艇最直接的管理职能部门之一。面对邮轮游艇产业的困境，三亚边检站负责人武国强陷入了深深的思考，在大量调研基础上，一篇《关于邮轮游艇管理模式创新的几点建议》出炉，管理和服务如何推动邮轮游艇经济的发展，成了一个不容回避的课题。武国强建议，边检部门应从全面完善执勤硬件设施、完善邮轮游艇管理方面的立法、尝试邮轮旅客免签入境政策、建立科学的邮轮勤务组织、强化科技验放手段等方面创新推出边检管理服务新模式。

邮轮勤务改革探索“三亚模式”

斑驳的阳光洒在邮轮搭靠的廊桥上，熙熙攘攘的游客陆续走过。三亚享受我国最优惠的出入境政策，游艇和邮轮是城市重要的旅游符号，最多可停靠游艇数量 382 艘（境外游艇 46 艘），成为全国最大规模的游艇停靠地。

三亚边检站面临着顺畅通关要求不断提高和口岸反恐安全形势日益严峻的双重挑战。对于邮轮这种新生的出入境查验形式，如何更好地适应日益复杂的局面，突破现有的定式思维，全面简化邮轮查验流程手续，以边检机关为主导、以高技术手段为支撑，确保邮轮查验的高效与口岸管控的严密，是三亚邮轮勤务改革中一个迫在眉睫的课题。

“近段时间相继有‘世鹏赞礼号’和‘银影号’两艘邮轮入境，预判出入境旅客通关流量较大，我们会提前通过平台进行‘两公布一提示’，让出入境旅客合理安排出行时间。”旅客检查科负责人李卫星说。该平台不仅可以发布边检动态，而且可以对游艇服务对象的出海申请进行在线审批、在线流转、在线告知，服务对象不用实地到办证大厅就可以“在指尖上”完成边检业务手续的办理，简化了报检审批的流程，极大地提高了办事效率。

“邮轮公司和旅客更希望边检机关在简化邮轮通关程序上出台更多的便利措施。”武国强说，这也为边检机关带来自我加压的效应，促使边检机关在简化通关模式、营造宽松的口岸环境上不断下工夫，使边检服务水平跟得上国内外旅客的需求。他担心的是，海南目前对 59 国免签团的查验模式是不收取旅客名单表，通过免签申报平台提前导入旅客信息，在旅客抵达后直接查验并在旅客护照上加盖验讫章。在将来政策实施后，同一邮轮可能同时存在使用 59 国免签政策入境和 15 天免签政策入境两种团队，如使用两种查验模式将不便于勤务的组织实施。他建议，如果政策不要求旅客整团入出，建议按照现行 59 国免签团的查验模式，不再收取纸质团队名单表，检查员核对申报信息后在护照上加盖验讫章放行。

“明天早上‘海洋航行者’号邮轮入境，这艘邮轮预计载有 3800 余名旅客，通关压力较大，机关 3 名民警抽调到执勤业务二科负责旅客验放，其他机关民警充实到台外负责旅客引导。”每次接到邮轮入境预报后，该站都会召开专项勤务部署会，通过“科队联勤、机关帮勤、全员备勤”的执勤模式，抽调业务精通的机关干警下沉执勤一线负责游客验放，同时在检查员中开展外语对话、资料录入、各地风俗习惯等方面的培训，集全站之力保障邮轮顺畅通关。

“以前我们申报要逐一向海关、检验检疫、边防检查等多个部门提交材料，现在通过单一窗口，只需在这一个平台上就可以完成申报，节省了近一半的时间，方便多了。”三亚外轮代理公司叶必青说。

申请人通过“单一窗口”受理平台递交申请材料，电子系统就能实现多部门数据共享和联动办理，外籍船舶可通过“单一窗口”申报《总申报单》《船员名单》《旅客名单》等纸质单证，实现了国际航行船舶进出口岸无纸化申报，服务对象“最多跑一次”，申报结果系统反馈的目标。

游客的赞誉正是得益于三亚边检站的邮轮勤务改革成果。武国强介绍，三亚属于挂靠港，大型邮轮到港一般只停留七八个小时，具有游客一次性通关人数多、老年游客多的特点，为了给邮轮提供更加优质便捷的服务，该站紧贴游客需求，不断创新勤务模式，相继推出了大型邮轮快速通关、大型邮轮人像识别电子通关、赴境外登邮轮随船办检等创新性的勤务模式，建立了“网上报检系统”，单个证件验放时间由原来的45秒缩短至12秒，极大地缩短了旅客等待的时间。

自由行为游艇发展注入新活力

今年3月27日，博鳌亚洲论坛宣布，海南将放宽游艇入境管制，开通游艇“琼港澳”自由行，并在海南率先开展游艇租赁试点。

根据“琼港澳”自由行方案，港澳游艇在办理入境手续后，如需出港则应办理首次出港手续，其后在省内自由行期间，在指定的游艇出入境口岸之间航行的，在事先向边检机关报备后可免于办理进出港的边防检查手续，如需出境则应在出境手续办理前在出境口岸办理入港手续。港澳游艇依法办理入境手续进入海南水域后，可在规定水域停留30日；因特殊情况需要延长停留期限的，应当向办理入境手续的海事管理机构、边检机关和海关提出延期申请，经核准后可最多连续延期两次，每次不超过30日。港澳游艇每一公历年度在规定水域的停留期限累计不得超过183日。

游艇业能有效带动旅游、会展、赛事等周边产业发展，被誉为“漂浮在海上的黄金”。三亚边检站创新推出边检游艇管理“三亚模式”，通过“远程定位系统”“游艇管理云平台”“边检网上便民服务平台”“游艇诚信档案”等科技手段，不断为游艇产业的持续发展注入新活力。

随着重大赛事活动的相继举办，境外游艇频繁造访三亚并长期在港停泊，为游艇监管带来了不小的压力。为彻底解决外籍游艇监管难题，确保在港游艇“管得好、放得开、控得住、叫得回”，三亚边检站在全国范围内创新推出外籍游艇定位系统——快速定位游艇位置信息，设置海上电子围栏对游艇行驶轨迹进行监管，有效防止外籍游艇脱离监管擅自闯入敏感水域，保障游艇依法有序航行，实现了游艇全方位监控。

“有了游艇定位系统，可以对大型帆船赛事的参赛船只进行实时定位，为帆船遇险搜救工作提供必要的技术支持。”三亚边检站船舶检查科负责人陈攀说。

三亚边检站始终向科技要警力，研发推出的“网上便民服务平台”是深入推进“互联网＋边检服务”的积极尝试，平台设置便民服务、信息公告、游艇管理3个模块，涵盖出海申请、证件办理、审批查询、值班公告、工作通知和码头游艇备案等功能，是集信息公开、交流互动和申报服务于一体的移动互联网平台。

随着三亚鸿州国际游艇会码头、三亚半山半岛帆船港码头等先后投入使用，目前海南已建成游艇俱乐部（游艇会）40余家，全省已建成游艇泊位1000余个，形成了一个以三亚为中心的游艇游辐射圈，游艇产业也逐渐成为海南的特色名片。

随着游艇产业的迅猛发展，边检传统的管理模式与游艇自身特点之间的矛盾逐步突显出来。为了在节约警力的同时提高工作效能，三亚边检站通过不断摸索实践，突破了“边检主管”的旧思维，提出了“两紧一松”的管理新理念，即紧把游艇入境、出境边防检查两个关口，大胆为游艇在港期间创造宽松的环境，提供优质便捷的服务。自主提出了“艇方自管、码头主管、边检督导”管理新思路，在此基础上推出了诚信管理机制，对游艇进行分级管理，通过配置严格的风险评估和完善的信誉评价体系保障该管理机制的有效运行，着重扩大了游艇管理单位的责任和义务，突显了游艇管理单位的管理职责，更好地发挥“码头主管”在游艇管理工作中承上启下的重要作用。同时，通过签订自管责任状和开展定期评价等措施，有效地督促和强化了游艇自管工作，做到了规范安全。在保证“管得住”的基础上，推进诚信管理，化繁为简，化重为轻，工作效能明显提升。

凭借良好的区位优势、突出的政策环境和完善的基础设施，三亚已成为中国游艇行业的后起之秀和游艇产业发展的风向标。游艇旅游正快速成为海南旅游消费的新增长点，为游客感受海南的美丽提供了更加多样化的选择。

【第三篇章】潮起海之南——
海南，一块与世界对话的热带岛屿

博鳌镇位于海南省琼海市东部沿海，面积 30 多平方公里，常住人口 3 万余人，历史上是海南重要的渔农文化诞生地。2001 年，博鳌亚洲论坛的设立让这里一下成为世界瞩目的焦点。自 2002 年开始，论坛每年定期在此召开年会，博鳌小镇因此成为论坛总部的永久所在地。

今年 3 月 28 日，世界再次聚焦博鳌。

博鳌亚洲论坛 2019 年年会正式开幕。本届年会设置了 50 多场圆桌会和对话会，聚焦经济社会发展问题。面对当前经济全球化遭遇的波折，保护主义、单边主义的加剧，亚洲和世界经济风险和挑战犹存的局面，本届年会将主题定位为“共同命运 共同行动 共同发展”。全球各界期待与会精英聚焦共性问题，提出“博鳌方案”，发出“博鳌声音”，缓解难题、共克时艰。

就在这一年，对于海口边检总站来说又是极为不平凡的一年。1 月 1 日，新的海口边检总站挂牌成立，5 个现役边检站和 3 个职改边检站携手融合，并肩战斗。原 14 个边防支队 97 个边防派出所成立海岸警察总队，公安部批复海口边检总站成立代管专班，继续对博鳌核心任务区的水域管控进行最后一年代管。也就意味着，海口边检总站在转改整合后，不仅要完成 8 个边检站的旅客验放和贵宾礼遇任务，还要代管原 14 个边防支队 97 个边防派出所博鳌年会期间的安保任务。

“必须严之又严，细之又细，实之又实！”3 月 1 日下午，海口边检总站组织

召开博鳌亚洲论坛年会安保誓师大会，对年会安保工作进行动员部署。该总站各级落实责任，全警动员，积极备战，迅速将思想和行动统一到总站的安保部署要求上来，确保年会安保备战“无死角”。

针对年会安保形势和特点，该总站提前从美兰、凤凰、清澜边检站精挑细选48名边检业务骨干，分别在美兰、凤凰、博鳌3个机场组建论坛年会专(包)机检查组，自3月10日起，集中举办了专(包)机检查专项培训工作，采取专题授课、跟班轮训、座谈研讨、模拟演练等多种方式，重点针对公务机出入境情况介绍、检查方式、检查流程、勤务准备、通关礼遇、常见问题、应对措施等内容进行详细讲解和模拟推演，进一步提高专(包)机检查组人员的业务技能和实战水平，规范每项执勤标准，熟悉各类处置预案，提升通关效率，力求每个环节做到精益求精，确保年会入出境边防检查和安保任务万无一失。

3月22日上午9时，美兰国际机场入境大厅人流如织，突然，两名男子拉起横幅，企图滋事闯关，严重扰乱口岸限定区域秩序。“铃！铃！铃！”随着警报声拉响，美兰边检站现场民警立即向勤务值班室报告情况，第一时间关闭验放通道，制止两名男子不法行为，对拍照旅客进行劝阻引导，妥善安置待检旅客，应急处突分队火速赶到现场，将两名男子带离现场处置。预案充分、反应迅速、处置得当……一次看似平常的演练，却是对执勤队伍在落实各项安保措施的一次综合检验。

精益求精练技能，协同作战保畅通。3月22日，海口边检总站先后组织美兰、凤凰、洋浦、清澜边检站等6个基层单位开展论坛年会专项处突演练，此次演练由该总站根据各口岸执法执勤特点和年会安保工作实际，通过随机下达演练科目进行组织，重点设定了执勤现场发生暴恐袭击、勤务中网络突发故障、口岸发生政治性闯关、外方元首代表团未持有效证件入境等多种情景，着重演练了现场执勤人员发现报告、先期处置、调度支援、果断处置、巡查警戒、恢复秩序等各个环节，有效检验了处置突发事件的专项训练成果，提升了边检民警在复杂环境条件下处置突发事件的实战能力。一个个假定、一次次演练，使广大参战民警在最短时间内适应执勤环境，熟悉自身岗位职责，迅速进入实战状态。

此届年会规格高、规模大、政要多，为确保安保工作万无一失，该总站先后组织召开6次专题会议，研究制定总体方案及10个配套子方案，明确任务清单、责任分工和工作流程。总站第一时间设立指挥部，下设勤务指挥组、政工宣传组、综合保障组、警务督察组、应急处突组。总站党委成员各负其责、分兵把口，以身作则、以上率下，带领9个督导组深入基层开展不间断、无死角的检查督导工作，确保各项安保措施落实落地。同时，总站开设博鳌、美兰、凤凰机场3个安保勤务指挥组，从机构架设、组织指挥、勤务部署、综合保障、内外协调等方面无缝对接公安部、海南省安保办指挥架构，各基层单位也成立相应领导机构，完善方案预案，细化勤务措施，做到定人、定岗、定责，为圆满完成年会安保任务提供坚强的组织保障。

现场勤务指挥、温馨引导、专（包）机检查、巡逻警戒、技术保障……无论是在椰城海口美兰机场，在鹿城三亚凤凰机场，还是在风情小镇的博鳌机场，处处都能见到移民管理警察忙碌的身影。

在重点任务区，美兰、清澜、凤凰边检站主动靠前服务，优化勤务模式，量身定制了专用通道、流动检查、礼遇厅查验等多种通关服务举措，积极应对年会勤务高峰，提升口岸通关速度和服务质量，确保年会保障工作安全、有效、快捷。

各边检站提前对出入境大厅的智能验证台、自助查验通道、指纹采集前置机等设施设备进行全方位检测维护，确保硬件设施正常高效运转；安排执勤队领导和检查员24小时备勤，成立专门的对外联络小组，完善与外事部门、机场指挥中心、航空公司等单位的专线联络机制，及时准确掌握航班动态和礼遇级别，确保指挥联络高效畅通；在查验通关时分类实施勤务，多措并举确保参会嘉宾高效通关：针对乘坐公务机（专包机）入出境的外国国家元首、前政要、跨国商业巨子，启用流动检查车，使用流动检查服务模式靠前办理边检手续，实现贵宾随到随走目标；针对整团入出境的亚洲国家、港澳地区贵宾代表团，设立年会礼遇检查厅，采用年会代表团快速通关验放方式，提供先放行、后集中验证的礼遇服务；针对零散入出境的贵宾代表和新闻媒体记者，开启全部人工和自助通道并启用贵宾专用通道，选派优秀的边检引导人员和验证人员提供优质高效的边检通关服务。

在热情服务的同时，各边检站进一步强化口岸管控，在参会代表团乘坐飞机抵离时，派遣专人对梯口实施监护、清点人数，与机场公安、海关、安检等口岸职能单位建立联勤联动机制，制定应急处置预案，组建应急处突分队，加强口岸限定区域的巡逻警戒，预防和处置口岸限定区域内突发事件，为年会营造便捷安全有序的出入境通关环境。秀英、马村、洋浦、八所、三亚边检站提高政治站位，牢固树立“一盘棋”思想，进一步加强对港区船舶检查、境外船舶在港监管及口岸限定区域管理，在环岛口岸形成严密的安保防控圈。

执勤队伍开进到哪里，政治工作就跟进到哪里。该总站紧贴实战需要，将政治工作全程渗透到安保任务之中，有效激发了执勤队伍的凝聚力和战斗力。提前对所有参战民警进行严格政审和心理筛查，对测试不合格人员及时调换，对亚健康人员安排心理咨询师介入疏导；在执勤现场、警营悬挂宣传展板、张贴安保标语，强化战斗氛围；广泛开展重温入党誓词、党团主题实践、“每日之星”评选等系列活动，发挥各级党组织的战斗堡垒作用，强化思想教育，抓好战时思想发动；见缝插针开展政治学习、谈心谈话和风险隐患排查等活动，及时把握队伍思想脉搏，发现和化解民警思想心理“疙瘩”；总站纪委专门下发通知，要求严格落实“两个规定”和各项执勤工作纪律……一项项行之有效的政治工作，使广大参战民警始终保持高昂的斗志、坚定的信心投入安保工作。同时，该总站根据任务需求，对勤务车辆、船艇、通信设备、警械器材等进行统一调配、保养和维护，提前储备各类应急保障物资，妥善安排民警食宿、油料、卫生等后勤保障工作，做到保障全天候，供给不缺位，激发斗志“不断线”。

据统计，美兰、博鳌、凤凰机场边检站共检查出入境专（包）机、公务机27架次，为1025名与会嘉宾代表、记者等办理入境边防检查手续和提供通关礼遇，实现了优质通关“零差错”。凝心聚力勇担当，斗志昂扬展风采。广大民警发扬不怕苦、不怕累的精神和连续奋战的作风，坚持在“聚光灯”下执勤、在“放大镜”下上岗，始终以文明的语言、热情的服务、严整的警容、得体的举止，为与会嘉宾代表出入境营造和谐、文明、高效的通关环境，在世界“镜头”前展示了新一代移民管理警察的良好形象。

北纬18度的阳光与海岸是海南的一张活力标签。多年来，海南不断发挥地域特色优势，以举办大型国际文化、体育赛事带动产业发展。世界小姐选美大赛、环海南岛国际大帆船赛、环海南岛国际公路自行车赛、海南高尔夫球公开赛……伴随着海南全面深化改革开放的步伐，今天的海南正以蓬勃的朝气打造国际旅游消费中心，为三十而立的海南在自由贸易试验区、中国特色自由贸易港建设上增添新动能。

秀英、三亚等边检站主动跟进服务，创新勤务模式，科学调配警力，靠前办理手续，开通专用通道，确保出入境船舶和人员随到随检、快速通关，全力做好赛事期间的边防检查、监护管理、限定区域警戒、协调保障等职责任务，赢得了驻地政府、组委会、参赛选手的高度赞誉，用忠诚绘就了“国门名片”。

风从海上来。今天的海南岛，“国际范儿”越来越浓。

金砖国家峰会、中非合作圆桌会议、博鳌亚洲论坛、澜湄合作会议等重大外事活动在海南举办，海南省精心打造的“21世纪海上丝绸之路岛屿经济分论坛”“中国—东盟省市长对话”“南海合作分论坛”“华商领袖与智库圆桌会”等海南主题活动，这无疑推动海南在服务国家总体外交中扮演着日益重要且独特的角色。

“您好，欢迎来到海南岛！”“您好，请出示您的护照！”“您好，请问需要帮忙吗？”……驻守在祖国南大门的移民管理警察，是一个个文明使者，他们用专业的业务、真诚的微笑、细致的服务，展示着中华礼仪之邦的传统美德，给每一位来往口岸旅客传递着热情、友好与和平，让浓浓的“中国风”传遍整个世界。

【第四篇章】改革最前沿——
海南，一个与未来拥抱的改革“试验田”

洋浦湾畔，汽笛长鸣。走进洋浦港码头，集装箱如山堆积，桥吊林立，货如轮转，百舸待发。极目远眺，碧海港湾，巨轮疾行，进进出出，一片繁忙。

洋浦经济开发区位于海南西北部的洋浦半岛，是我国继上海洋山、大连大窑湾、天津东疆保税港区之后的第四大保税港区。它地处泛北部湾中心区域，北与广西隔海相望，西与越南一衣带水，毗邻东盟自由贸易区，是北部湾距离国际主航线最近的深水良港，也是我国距离南海石油天然气资源和中东石油最近的石油化工及油气储备基地，是中东、非洲油气进入中国的第一个节点，年吞吐量约3000万-4000万吨。

2005年606艘次，2007年2049艘次，2016年2628艘次，2018年3940艘次……随着海南自贸区（港）建设纵深推进，洋浦经济正快速发展，一批批大企业、大项目相继建设投产，洋浦口岸出入境船舶、人员数量也在迅猛增长。

海南炼化公司是洋浦的龙头企业，每月都有20多艘巨型油轮进入码头，这些油轮吨位大，停留时间一般4至8天，靠泊码头租金每小时高达上万美金。如何缩短船舶在港停泊时间、降低成本支出无疑成了船方最迫切的期盼，这也给边检机关的工作效率提出了更高要求。

地方经济发展到哪里，边检服务就跟进到哪里。洋浦边检站紧紧围绕洋浦建设中国特色自贸港先行示范区、国际陆海贸易新通道航运枢纽的重要发展战略，扎实推进勤务指挥、维稳管控、口岸治理“三大体系”建设，着力推动口岸管控模式、手段、技术的转型升级，积极优化服务举措，深化“放管服”改革，推广运用国际贸易“单一窗口”平台，实现了无纸化办检，全力助推洋浦口岸经济建设发展。

创新不止步，服务无止境。该站还一改传统工作查验模式，主动靠前服务，研发了集办检、验放、办案于一体的“口岸电子平台系统”，推行联检单位联合办检，开展“一站式”服务，探索推出了“六〇服务法”“巨轮快速通关法”。如今，油轮入境前就通过“网上报检”系统预查预检，在油轮靠泊到达锚地时，检查员随拖轮前往登轮检查，将“锚地检查”与“通关检查”同步进行，大大缩短了船舶非生产性滞港时间。

“平均每次可减少油轮2至3小时的滞港时间，每年仅此一项就为炼化公司节省资金达200多万美元！”中石化（香港）海南炼化有限公司经理伍欣感慨道，无论是边检服务态度，还是工作质量效率，都让他倍感放心、舒心！

针对洋浦口岸点多、线长、面广的特点，为帮助企业节省运营成本，该站分别在政务中心、洋浦港区及神头港区设立执勤点，执勤民警职工24小时在岗在位，提供船舶查验、口岸巡查、证件申办、执法办案等优质服务，目前已经实现入境船舶办检不超过30分钟、出境船舶办检不超过15分钟的目标。

势头良好，未来可期。如今，洋浦口岸已扩展为9个码头、40个泊位及2个港澳台渔船停泊点，涉及经营外贸货物的口岸企事业单位有中国石化、中海油LNG、国投孚宝等7家大型企业，以及各类船舶代理公司12家和码头装卸、服务公司多达35家。洋浦作为海南最大的深水港，越来越有底气肩负起服务“21世纪海上丝绸之路”、国家离岸贸易试验区、南海油气开发等国家战略的重任。

海南省东方市与越南隔海相望，直线距离仅126海里。这里的八所港早在1993年被国务院批准为边贸口岸，开展对越小额贸易。如今随着“东方边贸城”项目的启动建设，这座海南西部城市将逐步打造成为集边境小额贸易、互市贸易、转口贸易、物流、仓储、加工为一体的中国（东方）至东盟海上边贸物流中心，与印尼、越南、泰国等国家地区通航频繁。

“问题在一线解决，手续在一线办理，效率在一线体现。”八所边检站负责人余有志道出了通关要求。担负3个码头10个泊位的出入境船舶、人员及货物的边防检查、监护管理任务的八所边检站，立足服务海南自贸区（港），紧跟边贸发展需要，准确把握“服务、管理、效率”三者关系，探索推行“分区轮勤”“分区驻勤”，依托码头驻勤点主动将服务窗口前移6公里，把办证大厅直接搬到码头，为服务对象提供“一站式”服务，极大缩短停靠边贸船舶和登轮人员办检时间，实现了“警力前移、管理前移、服务前移”。

鱼苗出口日本是文昌、万宁的外贸支柱产业之一，每年3至6月份，正是“两市”章雄鱼苗销往日本的旺季。章雄鱼是一种洄游性鱼类，肉质鲜美，皮质绵蜜，营养丰富，是日本人最喜欢的生食鱼品之一。但这种鱼类属于游速快、温水性的肉食性鱼，比较适合生长在水温25度到27摄氏度的海域，相比其他鱼种，脆弱、娇嫩，生长环境要求苛刻。

“章雄鱼苗经济价值高，但对装卸条件、时长有着严苛要求，货主损失一条鱼苗就得赔上十几元，鱼苗船多停留1天就得赔上近10万元！”谈及鱼苗船锚地流动检查模式，负责日本籍鱼苗代理业务的海口外轮代理公司经理尤国强深有感触。

“想群众之所想，急群众之所急，谋群众之所需！这就是我们边检服务的落脚点！”清澜边检站负责人郑电波一语中的。为了保证鱼苗成活率，确保鱼苗顺畅出口，该站在调研论证的基础上，推出了“鱼苗运输船舶锚地检查法”，派检查员提前深入海上渔排装卸点办公，现场检查，现场办证，现场验放，现场监管，鱼苗船一靠锚地就能立即开展鱼苗装卸作业，不仅如此，相关报检手续还可通过互联网进行申报，手续更加便捷。这一便民举措使每艘鱼苗船通关时间缩短3个多小时，有效降低了货主、船方的经济损失，为驻地经济发展注入了新活力。仅2018年以来，该站共检查出入境鱼苗船舶50余艘次，辅助出口鱼苗500万尾，为驻地创汇达1500万美元。

今年1月27日11时，承接国家重点工程南方主网与海南电网第二回路工程项目海底电缆铺设的意大利籍Giulio Verne轮缓缓靠泊海南马村港二期码头，在此等候的马村边检站民警立即登轮实施检查，实地对34名船员逐一进行人证对照，快速办理了入境手续，并向船员发放登陆指南、船长告知书，方便其登陆后出行、住宿、购物等活动。

该国家重点工程项目对促进海南自贸区（港）建设和海南用电安全具有重要意义。在琼州海峡西平行铺设4根500千伏、长30.5公里海底电缆，项目施工由意大利公司总包负责，将使用3艘外籍工程船舶轮番作业，总施工期长达4个多月。

马村边检站严格坚持365天24小时三级值班制度，全天候为出入境船舶提供服务，做好随到随办，并通过电话预约提前审核办证，确保登轮人员到达即可登轮作业，为船方节约时间成本，实现出入境船舶办理边检手续“零等待”，为重点项目护航，为地方经济发展提速。

“感谢你们优质高效的执法服务，让所有工作人员得以顺利完工、返回家园！”工程即将结束时，Giulio Verne轮船长Gianluca Altamura亲自向马村边检站送上感谢信，他竖起大拇指，感谢边检民警在整个施工过程中作出了不懈努力和大力支持。

这是马村边检站主动靠前，登轮服务，积极为国家重点工程项目做好保障工作的一个缩影。

马村港区是被海南省定位为国家枢纽港海口港的综合性中心港区，目前已建成干散货、杂货和液体散货功能区，正在推进集装箱码头建设，预计2021年可建成5个十万吨级、5个五万吨级集装箱泊位，港口实际通过能力可达到650万标准箱，后继可利用剩余岸线扩建集装箱码头，整体建成后可形成2000万标准箱的通过能力。同时，海南还将在港口后方划定30平方公里范围作为海南自贸区（港）临港产业发展聚集区，重点发展高新科技、高端装备制造、现代航运服务和国际贸易服务四大产业集群。

根据海南自贸区（港）建设的规划，马村港区将作为海南自贸区（港）核心港口经济功能区，将给边检服务管理工作带来较大的机遇和挑战，马村边检站将主动服务海南自贸区（港）建设以及海口港西迁大局，积极跟进马村港三期码头对外开放、集装箱码头项目建设，进一步简化边检手续，探索缩短出入境船舶申报时间；在坚持船舶申报无纸化的基础上推行海港证件办理电子化，实现“不见面审批”、服务对象办理边检海港证件“一次都不跑”，进一步提高通关效率，加大力度配合自贸区

（港）建设。

秀英港早在南宋淳熙年间，就已经正式开港办理外贸运输业务和对外国籍船开放。一直以来，秀英港区在整个海口港的货物吞吐量构成中占有 50% 以上的份额。贸易航线覆盖俄罗斯、日本、韩国、菲律宾、越南、马来西亚、印度尼西亚、泰国、新加坡及中国台湾、香港、澳门等国家地区。

秀英边检站以党建为牵引，将党建工作与职业特征融为一体，与外轮代理公司、海事局等单位的党组织开展结对共建，不断提升党员队伍凝聚力和战斗力，发挥战斗堡垒作用，确保了口岸安全顺畅。同时立足“互联网 +”边检服务，将执勤点搬至码头，推动“单一窗口”应用，拓展服务功能，研究制定更多便民利民举措，推出“符合条件的入出境船舶检查一次性办结”等措施，实现办证办检“只跑一次”，大力提升检查效率，保障船舶和人员顺畅通关，促进贸易便利化，助力海南自贸区（港）建设。

栽得梧桐树，引来金凤凰。良好的通关环境，优质的服务标准，不仅让更多的企业走进来，把更多的外资引进来，让更多的航线通起来，也促进了海南自贸区（港）与周边国家贸易互通。

南海之滨，帆樯林立，百舟竞渡。数百年前，海上丝绸之路的盛景，创造了海南历史上一个繁荣的时代；现今，沐浴着改革开放和自贸区（港）建设的春风，一条 21 世纪的海上丝绸之路，正在海南面前徐徐铺开，通向深蓝，走向世界。

【《中国出入境观察》2019 年第 8 期】

天下没有远方　有爱就是天堂

回金田

1500多年前，文成公主告别故乡，历尽艰辛，到雪域高原和松赞干布成亲，成就了一段千古佳话；中华民族复兴崛起的新时代，数万公安边防官兵响应党的召唤，脱下军装换上警服，成了第一代移民管理警察，继续战斗在祖国的边境线上，成为新时代最美的风景。

今年6月，有幸走近西藏出入境边防检查总站民警，倾听他们卫国戍边、无私奉献的故事。在雪域高原、生命禁区，4000余名移民管理警察用生命在歌唱：天下没有远方，有爱就是天堂。

有一种向上的力量

西藏日喀则边境管理支队亚东边境管理大队帕里边境派出所，海拔4360米，2002年被国务院、中央军委授予“模范边防派出所”荣誉称号。

走进帕里边境派出所，映入眼帘的是一张特殊的中国地图，上面清晰地标注着原公安边防部队八面红旗的位置和名称。“站在全国看帕里，站在帕里看全国，这张地图时刻提醒我们一定要不负前辈重托，不断为我们这面红旗增辉添彩，保旗增色！”负责人沈鹏飞坚定地说。

在祖国的边海防一线，原公安边防部队共有8个单位被国务院、中央军委授予荣誉称号，这是军队的最高荣誉。他们是黑龙江北极边防派出所、内蒙古满洲里边防检查站、新疆红其拉甫边防检查站、云南木康边境检查站、广东沙头角模范中队、福建三都边防派出所、浙江罗家岙边防派出所。这8个先进单位就像八面旗帜高高地飘扬在祖国的边海防一线。如今，随着公安边防部队改革的尘埃落定，广东沙头角模范中队划归武警序列，福建三都边防派出所、浙江罗家岙边防派出所划归地方公安机关，国家移民管理系统还有五面红旗，高高飘扬在祖国的边防线上。

风吹沙跑氧气少，天无飞鸟地无草。到了帕里，感受到了高原生存的艰难。过了不到半个小时，我有了明显的高原反应，呼吸困难，头痛欲裂，每走一步大腿都像灌了铅一样沉重，赶紧跑去吸氧。负责人普布旦增说这段时间已经是一年之中最好的季节，如果是冬天，高原反应远远比现在危险。

虽然是生命禁区，但是挡不住探险者的步伐，救援也成了重要任务。今年2月26日，帕里地区大雪阻断了公路，导致180余名行人和游客受阻两天，有的游客出现了严重的高原反应甚至到了生命垂危的地步。民警们奋战了将近50个小时，救助行人，协助相关部门打通公路，将警官宿舍腾出来将高反严重的20余名旅客接到所里吸氧，很多得救的游客给民警们寄来锦旗表示感谢。

民警孙亮说，在这里工作的每一天都是快乐的，因为辖区的每一名居民对民警都像亲人一样。他说帕里辖区现有居民2724人，每个人见到边防民警，眼里都会露出别样的光彩，都会善意地微笑点头凑上前来说话。雪域高原、生命禁区，经常碰到各种极端天气，也经常碰到各种危险。每当遇到危险的时候，帕里边境派出所就是辖区百姓最信任的“指望”。“在我们遇到危险甚至绝望的时候，边境派出所的灯一定是亮的。”村民们如是说。

2019年1月1日，公安边防官兵脱下军装，换上警服，这一天，日喀则边境管理支队驻寺工作科科长拉巴顿珠被组织任命为亚东边境管理大队临时负责人。拉巴顿珠这段时间兴奋得有些难以入眠，在他的苦心经营和直接指挥下，大队联同帕里、下司马、下亚东3个边境派出所，一举查获走私红木（小叶紫檀）1.2吨，抓获嫌疑人5名，彻底打掉了亚东县一条走私完整利益链。

从1月1日到现在，拉巴顿珠还没有回过他在日喀则的家。“我媳妇儿是警察，工作也比较忙，她理解我，就是有点想她和孩子了。”说起妻子和孩子，帅气的拉巴顿珠显得有点落寞。但他说组织把这么重的担子交给他，这是对他的信任，“我得把这副担子担起来。”

习近平总书记强调，治国必治边，治边先稳藏。这个“稳”字对担负着边境管理任务的西藏边检总站的民警来说就是神圣的使命担当。总站民警数量从原有的6000余名减少到4000余名，但承担的职责任务没有发生根本变化，今年以来，很多单位出现警力紧张的情况。

“干警们都听招呼、守纪律、讲大局，他们很多行动让我们特别感动，能有这么好的干警！”副总站长王世红介绍，今年以来，176名正在休假的民警主动放弃休假，投入到紧张的工作之中。山南边境管理支队玉麦边境派出所民警彭维熙的父亲2月28日去世，该同志料理完后事后立即返回单位。日喀则边境管理支队民警崔同笑的妻子3月16日分娩，单位领导多次催促其休假，但由于工作任务繁重，他将假期一推再推，直到3月18日才匆匆赶回家中。

在西藏调研的5天时间，随时随地都能感受到一种向上的力量，这种力量是信仰的力量，更是忠诚的力量。

数字“不好看”的背后

今年以来，西藏边检总站已经圆满完成了全国两会和西藏民主改革60年等一系列维稳安保任务，先后查获各类边境违法犯罪案件32起84人，监管零散油料5000余公升，收缴枪支11把、弹药57发、导火索91.2米、雷管75枚及一大批危爆违禁物品。面对这沉甸甸的成绩，王世红却直言“西藏边检总站的数字‘并不好看’。”在高原工作多年的日喀则边境管理支队吕旭峰说，数字量化是对西藏民警最大的“伤害”。

在西藏亚东边检站，山南、日喀则边境管理支队、多个边境管理大队和边境派出所调研发现，无论是边检入出境人员数量，还是发案率、处置率都不高。西藏本来地广人稀，全区只有300万人口，边境地区更是人迹罕至。但是西藏和印度、不丹、尼泊尔等国相邻，很多地段的边境勘界还由于种种原因没有完成或者没有提上议事日程。边境地区又是反蚕食、反控制、反分裂、反渗透斗争的第一线，干警们随时面对极为严酷的现实斗争。

“过去连我们自己也常讲在西藏躺着都是奉献。现在看这句话是错的，民警们每一天都是以命相搏。”该总站政治委员袁斌说。

“没有案件的时候，民警们并不是躺在屋子里闲着，而是要不断地巡逻、走访和处置各类突发事件。单独从数量上来讲每个所的治安案件还有刑事案件包括救助数量不多，但是只有深入基层才能了解，这支力量不可或缺。”吕旭峰说。

帕里边境派出所建所50余年从来没有发生过刑事案件，这离不开历代干警的艰辛付出和无私奉献。帕里所辖区有14条中尼通道，这里就是暴恐分子觊觎的潜入潜出的重要路线，“你在这里，他不敢来；你如果撤下来，他们就来了。”普布旦增介绍，这段时间是盗挖虫草的季节，所里加大了巡逻的力度和密度，有效防止了越境盗挖虫草和偷越国边境事件的发生。

亚东边检站负责人朱金水介绍，该站年入出境总量不足2万人，还不够北京边检总站一天的出入境量。但该站负责的乃堆拉口岸位于海拔4318米的高原上，是中印唯一的陆路口岸，也是两个大国友好交往的风向标，激烈博弈的最前线。“洞朗危机的那段时间，边检民警们随时都做好了为祖国流血牺牲的准备。”朱金水说。

普玛江塘边境派出所负责人索朗达杰说，今年上半年，所里治安案件2起，救助6起，成功救助受困群众30余人。别看救助次数和人数都不多，但是每一次出警救援，我们都要克服很多困难，付出极大的牺牲，有的时候也经历生死考验。“游客获救了，我们特别高兴，有时候找不到或者有了意外，我们也特别伤心。”索朗达杰说。

2018年12月21日晚20时40分，普玛江塘边境派出所接到报警，有一名上海籍游客在中不边境40冰川附近失联。接警后，派出所民警及时启动联合救援预案，22时30分到达现场，利用冰川左侧高地进行强光手电探照并高声呼喊失联者姓名，对失联区域进行搜索。经过大约两个半小时的搜寻，未发现失联人员。随后与等待失联者的旅行团其他成员会合，指派一名民警将游客带到派出所休息，并提供氧气和抗高反药物，游客高原反应的症状得到了有效缓解。

凌晨2时许，派出所民警与驻地乡政府、县公安局以及消防救援队的同志们一起进行联合搜救至早上6时，仍未找到失联者的下落。克服零下20摄氏度、海拔5500米恶劣环境造成的影响，累了就在牧民放牧搭建的简易房里休息一下，一些民警也有了强烈的高原反应，仍拖着疲惫的身躯，忍着欲裂的头痛，拖着灌了铅似的腿四处奔波寻找。经过了两天多的努力，民警最终找到了失联者，但很不幸，失联者已经死亡。

爱国守边数十载的山南市隆子县玉麦乡牧民卓嘎、央宗姐妹的先进事迹感动了中国，负责这个中国人口最少的行政乡户籍、治安和边境管理任务的玉麦边境派出所，从2011年成立以来，边防民警就与当地民众一道，克服封山、严寒、孤寂等各种困难，维护了中国领土完整和边境安全稳定，奉献着宝贵的青春，守护着这里的一草一木。转改后，民警经常走访辖区牧民，真心实意帮助他们解决困难和脱贫致富，不但人数没少，还增添了新鲜血液，彻底打消了牧民担心“边防哨所可能撤走”的顾虑。“有派出所民警支持我们，我们就能安心放牧，给国家看守边境，遇到坏人就再也不用害怕了！”卓嘎、央宗姐妹高兴地说。

“无论军，还是警，守边护边的责任不变；无论是现役还是公安，为民服务的宗旨不变。”袁斌说。转改以来，西藏移民管理警察就是这样用自己的青春热血甚至生命在履行着边境管理和出入境边防检查的神圣职责，维护着祖国边境的安全和稳定。

扛得住还是扛不住

脱下军装换上警服，从最可爱的人成了人民的守护神，从部队到警队，从军人到警察，这是一个艰辛、痛苦且漫长的转轨转型过程。大家经历了怎样的心路历程？还需要征服哪些“娄山关”“腊子口”？

由于民警大多驻守在高寒缺氧、经济落后、交通不便的艰苦偏远地区，西藏边检总站78%以上的民警生活基础所在地都在内地省份，97.75%的已婚民警处于两地分居甚至三四地分居状态，家庭生活难、家属安置难、父母照料难、子女上学难等问题一直十分现实而严峻。

“对很多人来说工作是为生活服务的，而对我们而言，生活必须服从于工作。”

亚东情报站赵宏坤感觉到每回去一次，父母的白头发就多了很多。“原来总怕影响我工作，现在有时候一聊就很久。”2017 年弟弟生病去世，他变成了父母最大的指望和依靠。父母都年过花甲，在东北慢慢老去。岳母、妻子、女儿 3 个女人在重庆艰辛生活。家里没个男人，休假的时候，那种难处，妻子怎么说都说不完。女儿说爸爸你快回来吧，你再不回来，我就长大了。既然选择留下来了，就要坚守。但是时代发展太快，男人的肩膀既要肩负起成边重任，也要扛起小家的责任。在大家和小家的撕扯中，赵宏坤有些崩溃，他说在单位尽量不想家里的事情，想了，解决不了，更是心烦，有时候简直是“心如刀割”。

来自广东清远的民警梁兴宏最近十分纠结。父亲突然生病需要照顾，孩子还小，妻子一个人瘦弱的肩膀担不起这个家。由于远隔万里，梁兴宏即使有天大的本领也无法替妻子承担半分。从最开始的理解到后来的争吵，再到如今夫妻感情几乎耗尽，他说他已经对这段感情绝望了，离婚已经不可避免，而且父亲和孩子都需要照顾。

“结了婚的有两地三地甚至四地分居无法克服的困难，没有结婚的连搞个对象都不容易。”朱金水说，站里有两位早就确定恋爱关系的民警最近吹了。“原来当兵吧还有个盼头，现在职业化了，谁还肯在家等我们一辈子啊。”一名不愿意透露姓名的失恋民警落寞地说。

现在的青年民警独生子女比例较大，父母年龄大了需要人照顾，老婆一个人带着孩子分身乏术。西藏边境地区不但是生命禁区，养老、医疗和教育条件都非常差，把老人孩子接过来又不现实，这个矛盾解决起来确实难度不小。

很多内地的民警都羡慕西藏民警的“高工资”和较长的假期。实地调研才发现，民警的工资“性价比”并不高。无论是拉萨、山南、日喀则还是阿里，由于驻地条件艰苦，运输费用昂贵，日常消费水平均高于内地二三线城市。帕里边境派出所民警孙亮告诉我们，辖区唯一的小卖部卖的东西都是冒牌货的方便面、饮料等，价钱却比城市里的正规品牌高多了。

民警们反映，大家更多的消费集中在回家的差旅费上。民警们休假并不容易，为了用最多的时间去陪家人，大多民警都会坐飞机赶回去。而西藏敏感节点多，重大安保任务多。“若有战，召必回”，90% 以上民警都有被提前召回的经历，当然也绝无二话。为了按时返回，必须坐飞机，各地飞西藏的航班少，票价还贵得吓人，最吓人的是基本买不到经济舱。

“有一次我坐在返回的飞机上，头等舱 10 个人，有 8 个是战友。”赵宏坤苦笑着，有的人光说我们工资高，但是不知道我们光交通成本一项就多出来多少，所以很多民警心态就是“进来了不想出去，出去了就不想进来。”

西藏最残酷的是对身体的伤害“不可逆”。西藏地区平均寿命 68 岁，比全国平均值低了 8 岁。普玛江塘边境派出所辖区居民的平均寿命只有 49.5 岁。我问出生在高原的索朗达杰一个人在普玛江塘工作的极限是几年。“3 年，再长了，就受不了了。”他想了半天，告诉我。

日喀则边境管理支队杜涛 2010 年入藏，有 6 年半时间在海拔 4300 米以上的高原服役。结婚 4 年爱人无法怀孕，到医院里检查，精子成活率只有 13%。按照医院的说法，精子成活率不低于 60% 才能顺利怀孕。杜涛说那几年一休假就四处求医问药，工资都花在了治病上。后来在组织的关心下，到原边防总医院进行了系统治疗，2018 年终于有了自己的宝宝。他说他是幸运的，很多战友已经失去或者不得不放弃了做父亲的机会。

日喀则边境管理支队下司马边境派出所负责人刘洋 2007 年入伍，12 年高原守边的经历让他收获了难得的人生感悟和成长，也患上了严重痛风和高原心脏病，血液检查有 13 项指标不合格。“痛风的时候有时一个星期都下不来床。”妻子一个人在家早就不堪重负，而他休假又不得不给妻子添加更多的负担，每次休假都是一次“内心煎熬而惊险的经历”。有一次休假，刘洋送孩子上幼儿园，离幼儿园不到 200 米的时候心脏病犯了。他不敢和孩子讲，就慢慢蹲下，骗孩子说，“爸爸看你勇敢不勇敢，你自己走过去好吗？”孩子兴高采烈地走了。

蹲在原地的刘洋也不敢给老婆打电话，怕她担心和埋怨自己逞强。“那一刻，真是等死的心都有。”

“扛得住要扛，扛不住也要扛。原西藏公安边防总队的队魂就是‘艰苦不怕吃苦，缺氧不缺精神’。”总站政治处主任周健说，也正是这种精神支撑着历代边防民警完成了神圣的戍边使命。“再恶劣的环境，再艰苦的条件，时间长了，也就习惯了。因为总得有人留下来，总得有人来守边关。”

希望比钻石珍贵

《流浪地球》里有一句台词：希望，是这个时代比钻石更宝贵的东西。在西藏民警身上，笔者看到了比钻石更宝贵的希望。

虽然有困难、伤痛甚至泪水，但是克服困难，抚平伤痛，擦干泪水，在卫国戍边的道路上，西藏边检总站的民警一个个都是真男儿、铁汉子。吕旭峰坦言说，他去年也提出来自主择业，但是没有得到批准。“既然没有批，就静下心来好好工作。既改之，则安之，这也是我们西藏民警的共同心声。”

“客观地说，其实有些问题并不是改革才有，只是改革了大家解决问题的迫切感更强烈了一些，也有些聚焦和放大。”亚东边检站检查员冯雨辰的看法比较具有普遍性。现役的时候，即使困难再大，大家最现实的考虑更多的还是服役满 8 年可以转业，满18年可以自主择业。近年来，国家对西藏等偏远艰苦现役官兵高度重视，各项配套政策比较成熟，无论是转业还是自主择业，都可以拿一笔相对丰厚的退役金，自主择业的话，每个月有一笔过得去的收入。“在这里服役虽然艰苦，流汗流血甚至牺牲，但是国家对我们不薄，心理也就平衡了。”日喀则边境管理支队的一位民警说。

虽然个人都有困难有艰辛，有无奈有辛酸，唯独没有的就是放松对自己的要求，对职责的忠诚和对边境的守望。面对改革的大势所趋，绝大多数民警都坚信一定会越改越好。

“现在领导高度关注我们的困难和问题，也下了极大的气力来解决，有些问题已经提上了议事日程，比如总站范围内的高低海拔交流问题、双警家庭团圆计划都已经启动，给我们带来了信心和希望。下一步，如果有内地和西藏的定期交流和团圆计划就更好了。”冯雨辰说。

国家移民管理局党组从今年开始，在艰苦偏远地区实行民警职工休养制度，全面启动常见病多发病医学研究，组织编写了国家移民管理机构民警职工健康指南；制定了困难家庭补助办法，组织沿边总站申报特困民警家庭补助，西藏首批戍边公寓住房项目已经在成都启动；为西藏驻地海拔3000米以上基层单位配备制氧设备，将艰苦偏远地区用电难单位纳入电网改造计划……

西藏边检总站党委也在尽最大努力创造拴心留人的环境。西藏移民管理警察提前退休政策已经得到了自治区党委和政府的认可，为全体民警戍守边关注入强大动力。该总站党委全力推进涉及民警权益保障、特殊群体关爱、困难问题解决等方面服务基层民警的10件实事，着力解决民警休假疗养、家属随调随迁、就业安排、子女入学入托、看病就医等问题。

“在这里虽然苦，虽然难，但是祖国需要我们，人民支持我们，我们必须好好干！”索朗达杰说。有一次所里组织看一个援藏干部的先进事迹，看到了“与其苦熬浪费青春，不如苦干燃烧生命”这句话。民警们说这不就是说的我们吗？大家一商量，将这句话郑重地镌刻在派出所的墙上，成了全所民警的座右铭。

时代发展了，人们有了越来越多的选择，比如选择安逸、选择幸福、选择快乐。无论时代怎么发展，总有人没得选择，只能去忍受孤独、忍受寂寞，忍受伤痛。这些无法自由选择的，就是民族的脊梁。

从来没有什么岁月静好，只是有人在负重前行。向伟大勇敢的西藏边检总站民警致敬！

【《中国出入境观察》2019年第8期】

生命禁区的守望

张 溦

作为庆祝新中国成立70周年的献礼节目,《寻找英雄》是内蒙古自治区党委宣传部策划、内蒙古广播电视台承制的一档大型寻访纪实节目。节目融合“走访纪实+青年观察”手法,由英雄寻访人和青年观察者带领群众走近英雄、致敬英雄,节目中的青年观察者多为90、95后的在校大学生,用青年观察者去影响青年人,让青年人可以更快地从节目中的英雄身上找寻和产生情感的共鸣,力求让英雄精神在青年中传播得更响亮、更好听、更易懂、更有用、更易学,帮助青年一代树立正确的价值观和榜样示范。近日,英雄寻访人张溦驱车2000公里前往阿拉善边境管理支队算井子边境派出所,寻找在“生命禁区”挥洒青春热血的英雄们……

生命到底有没有禁区?有!

当车子行驶在巴丹吉林沙漠深处的苍茫戈壁,轮胎碾过尖利的碎石时;当一望无际的灰茫茫中,陈横着骆驼孤独而凄凉的骸骨时;当燥热的风拂过脸庞,你觉得又烫又干燥的时候,你敬畏地说道:这,就是生命的禁区。

一

阿拉善,意思是骆驼走过的地方。正如其名,这里以沙漠和胡杨的景致而闻名。而此次《寻找英雄》摄制组要去的地方,和这些摄影爱好者的聚集地无关。额济纳旗府所在地达来呼布镇继续向西,我第一次真正体会到什么是戈壁。这里没有柔软蜿蜒的金黄沙丘,亦无遒劲神圣的胡杨。石头,巨大的石山,崩塌了是坡,碎了是大地,轧出辄的就是路。戈壁这个词来自于蒙语的音译,意为被粗沙、砾石所覆盖的,植物稀少的荒漠地带。同时它也特指横亘在中亚大陆上,覆盖内蒙古和外蒙古的巨大荒漠地带,换言之,戈壁一词也可以特指我们内蒙古西北部这一片区域。在古老的语言中便存在的词汇,印证着这里穿越沧海桑田的过往,诉说着他以这样苍劲顽强的面貌度过的岁月绵长。

算井子边境派出所,便驻扎在这一片戈壁的深处。离开G7京新高速,是一条60多公里碎石凌厉的小路,“一米一个坑,一个坑一米”,丝毫没有言过其实。算井子边境派出所民警乌其尔告诉我们,以前,京新高速没有修好的时候,这种路况是从额济纳旗出发便开始的，那时候开越野车到所里要走整整一天，而现在多亏了可以走一段高速路，只剩这 60 多公里的艰难，两个多小时可以走完。这一路上几乎没有什么基础设施，偶尔经过一个提示牌，写着：前方 130 公里为无人区，请注意休整。

终于看到有算井子方向的路标时，也看到了这块石碑：生命禁区的守望。这是所里立在路口的一块碑，是生命的界碑，也是守望者的承诺。碑上缠绕的哈达是周边牧民表达的感激与祝福。碑上的铭文里有两句话令人印象深刻：一句是派出所被当地牧民称为“母亲派出所”，另一句应该是他们的信条——“功绩镌于万里山河，莫若浸入百姓心间”。在这荒凉无尽的戈壁中，看到这碑和这两句话，我们的心瞬间就踏实下来，安全感——对，这就是安全感。

入夜，我们抵达算井子派出所，宽敞整洁的大院，明亮的食堂和宿舍，桌上热乎乎的饭菜，还有现代人视如呼吸一般重要的网络，甚至连院里的几条狗都是那么无忧无虑。是的，这里的硬件条件比我们想的要好些，在痛苦颠簸和暴晒了一路之后，这里甚至可以说是荒漠中的“绿洲”，一个舒适的驿站。没有了早年间那样艰苦恶劣的生活环境，没有那种与世隔绝的生活苦楚，还能衬托英雄的高大形象吗？这还会是一个大家期待的英雄故事的脚本吗？我犹豫着，在心里打了一个问号。

二

大红山，“算井子人”的精神高地。

在派出所营区外的几公里的地方，有一座大红山。这名字啊，就像这片荒漠一样，一览无余，简单直接。还有诸如黑山、尖子山、平顶山一样，任何多余的修饰，对于这样的生存环境，都是没有必要的。在苍茫暗淡的戈壁上，这座富含铁矿的石山，红得那么显眼。山顶上的旗杆，是一代代民警不断完善修建的，在方圆 9400 平方公里的辖区里，这无疑是一个重要的标志，是守望精神的最高体现。

上山的路，是历代民警用脚踩出来的，只有他们经常上去的人，才能准确地找到可以下脚的路径。石头一天一个样，今天踩得住，明天恐怕就要打滑。我在民警们的帮助下历时一小时终于登顶。那一刻，一条用石头摆出来的通向旗杆下的小径出现了，虽不平整，但边界显眼。民警们说：这是算井子的红毯。是啊，这才是真正的荣耀时刻，绝非华服加身、镁光灯下的红毯可比。登顶之后，摄制组的成员全体瘫倒无声——只有人口喘息。

升国旗之前，民警阿拉塔纳认真地提醒我和大学生体验者晓宇：看齐排面，注意间距——尽管我们只有 5 个人。我们认真听从指挥，开始了人生中未曾体验过的升国旗仪式——在戈壁的高地，在烈日的炙烤下，国歌自己唱，升旗的铁丝还发出吱吱的响声。然而，当五星红旗迎风招展徐徐升起，豪迈之情顿时涌上胸口，泪湿眼眶。

国之于我，不论多么遥远偏僻，都是深深眷恋；我之于国，无论多么微小平凡，都是拳拳赤子。

过后，我好奇地问起了国旗杆周围的地上，那些用石头拼出的名字。民警乌其尔说，这是历代民警留下的纪念，铭刻着他们在这里坚守的岁月和燃烧的青春。而第一个将自己的名字摆上大红山的是时任派出所指导员宝成。他更是有着一段让人动容的故事。1982 年，蒙古国南戈壁省一个逃兵持枪越境，时任派出所指导员宝成去追捕时，遇到了沙尘暴。宝成是大连人，没见过沙尘暴，他找了一个沙丘，躲了一宿。等天亮一看，离他 2 米远的地方，躺着一个浑身赤裸的死人，正是那个蒙古逃兵。因为受不了南戈壁省的艰苦，他脱光军装逃避追捕，可是没想到算井子比南戈壁更艰苦，他最终没能走出这片茫茫大漠。宝成第一次发现死亡离自己这么近。回到所里，他给相恋 7 年的女朋友写信求婚，在信里还藏了一枚漂亮的订婚戒指。可等他辗转收到回信时，已经是半年之后。那枚订婚戒指被退回，女朋友早就成了别人的新娘。

宝成爬上大红山，望着大海的方向一言不发，然后用石头摆下自己的名字，成为第一个把名字留在大红山上的人。他在日记里写了这样一句话："古人勒石铭志，我也要把对祖国和人民的忠诚深深镌刻在北疆的土地上。"

听完这个故事，我喉咙哽了好久。我的心目中，英雄是什么？他们伟大，是因为他们原本和所有人一样平凡。他们一往无前，不意味着他们没有眷恋；他们深明大义，不代表着他们没有选择权。生而平凡，却挺身而出，这便是英雄。

所以，儿女情长，并不会令英雄气短。

三

"我们的工作没有啥轰轰烈烈的大事儿，都是些小事。"所里的民警都这么对我说。

算井子边境派出所的工作，似乎从来没有过分内和分外。辖区老额吉生病了要打点滴，老阿爸的羊群被狼赶跑了，哪家要给骆驼剪毛了人手不够……他们都认认真真地处理。

去年，党德尔老人的 200 多头羊被狼劫掠冲散，老人心急如焚，赶紧请求派出所帮忙寻找。所里的民警们用了 2 天的时间，爬遍周边的山头，把跑散的羊一只只找到、赶回来。山羊的攀爬能力非比寻常，民警们在冬日的荒山里想尽办法，围追堵截，找回了老人的绝大部分羊。我跟党德尔老爷爷说："我们的节目叫寻找英雄，您说我找对人没？"老爷爷使劲地点头，拉起身边民警的手不住地说："对着呢，巴特尔！巴特尔！”我不会蒙语，但是我知道，巴特尔，就是英雄的意思。

党德尔老爷爷今年73岁，现在还骑着摩托车放羊，还能开着他的旧款牧马人老伙计去找派出所的孩子们聊天。年轻的时候，他曾经是枪法高超的民兵，骑马射击百发百中。如今他还是英姿不减当年，和民警们聊着聊着，还顽皮地比画着要跟他们摔跤。每年所里种树的时候，老人都会主动来要树苗，带回自己房子在周围种下。我问老爷爷:“这么旱，为啥还要种树啊？要挡风沙吗？”爷爷的回答，让我震动不小，他说：要让以后的人知道，这里曾经有人生活过，它不是荒凉的。

是啊，守着的地方，就是故土。

所长张建国还给我们讲了另外一个故事。他到所里工作不久，第一次走访一个老额吉的时候，她家里突然窜出一只大老鼠，正当张建国急着帮老额吉打老鼠的时候，老额吉拦住他说:“不要打，这是我养的，做伴的呀”，原来养个狗，后来狗没了，又养了个猫，猫也没了，来了个老鼠，一个人寂寞呀，就喂着它吧。

“为啥不去条件更好的旗里生活？”

“这是我的家呀。”

老爷爷说，所里的民警就像他自己的娃子一样；警嫂说，她们几个来所里探望的警嫂一起去看老额吉，额吉也把她们当成回娘家的女儿，拿出自己家里所有的好吃的招待，临走大家都抹着眼泪难舍难分。

这是一种什么样的感情？ 9400平方公里的戈壁里，60多户100多人常住人口，因为有了算井子边境派出所，连起了一根结结实实的亲情线。凝成这线的，是爱、信任、尊重、奉献。“母亲派出所”，就是这么来的吧。

你守望着故土，我守望着你；你需要的时候，我就在。

这，就是英雄。

四

如今的派出所，大多是年轻人。我笑称，尽管是所长，我都可以拍着肩膀叫小老弟了。我和一个福建来的小民警陈杰聊天，他到这里才刚刚半年，家乡与这里的差异之大，我想他应该是最能说出艰苦之情的人。然而，陈杰说，虽然这里和他想象中风吹草低见牛羊的内蒙古差别很大，但是所里的条件其实还行，因为有网络，可以随时联系父母和女朋友。原来在家里没有干过的养猪、种菜、修房子、做饭这样的活，他现在都会干。他问我，为啥采访他，他又不是英雄，他说这件事反正都要有人来做，那么就由他来做吧。陈杰这句话说得轻描淡写，但是我一下子想起这是民警乌其尔在讲精神传承的时候提到过的。如此稚嫩、阳光的脸庞，如此正能量的一句话，让我对开头的问题顿时释然了。

英雄，不是只有在艰苦卓绝的环境下衬托着，才能高大耀眼。正如算井子边境派出所这个集体，48 年来，不论体制如何变化，始终坚守、奉献、传承着。特别是脱下橄榄绿，穿上藏青蓝后，虽然有万分的不舍，虽然七尺男儿一个个都曾为此抹泪，然而，“服从命令是天职”这句话是他们铭刻在精神中的信条，无论身份如何转变，守望的初心和使命都不会变。

时代行进中，我相信一切都会越来越好，但这绝不会淡化使命和信仰的荣光。

今天，“英雄”这个词的内涵变得更加深远，而英雄故事的旋律将变得更加丰富，它也许不仅是雄浑壮阔的交响曲，亦可以是飘荡在牧民故土上悠扬的马头琴声，沁人心脾，深刻隽永。

依依不舍地离开了算井子，我想，今后每一个朝气蓬勃的清晨，每一个万家灯火的晚上，我都会想起他们。感谢他们，感谢他们在远方的守护。

五

所以，生命到底有没有禁区？

如果你相信信仰和精神是生命的核心，那么，生命，就没有禁区。

【《中国出入境观察》2019 年第 11 期】

小说

“活地图”老布

卜　勇

边境派出所辖区面积大，住的人却不多，仅有的十来家牧户如同天上散落的星。从这家到那家，最近的步行也要个把小时。

刚到所时，我属实有些不太适应，望着空旷的戈壁滩，往往有一种莫名的孤独感。几天后，这种感觉愈加强烈，有时让我夜不能寐。闲暇时间，我经常坐在院子里的旗杆下发呆，看风吹地上的石子滚来滚去，听国旗在头顶猎猎作响。所长到这儿五六年了，是过来人，看我闷闷不乐，走过来拍着我的肩膀说，小子，日子还长着呢！

我在所里干外勤，每天跟着所长走访入户。这里的牧民热情又直爽，不把我们当外人，所长自不必说，即使我这样的新警，也是同等对待。逢年过节，谁家宰羊杀鸡，必定邀约。我若推脱不去，他们会骑着摩托车到所里来，若再不去，他们便生气了，皱着眉说，你这娃娃呦，扭捏个啥劲嘛！接触多了，时间长了，我的性情似乎也被他们的热情同化。此后的走访，如若赶上饭点，便褪去之前的扭捏，如其他同事般端起碗就吃，倒上炉子上香喷喷的奶茶就喝，夜深了，索性就睡在老乡的毡房里。太阳东升西落，日子倒也比初来时过得轻松愉快多了。

牧民们爱喝酒，男的女的老的少的都能喝。碰上了，酒瓶递过来，不喝上一口，就是“看不起”他们。所长说，入乡随俗，这是礼数，他们也挑你呢！既如此，我便接过酒瓶，装模作样地抿上一口，然后恭敬地将酒瓶递还，他们大概知道眼前这个小子的确是不能喝酒，所以往往也不深究。但也有一些不依不饶的，老布就算一个。说起来，我们大家唯独不愿与之一块儿喝酒的人就是他。

老布全名叫布日古德，不知为何人们不叫他全名，都称呼他为“老布”。老布瘦高身材，细长脸，额头三条深深的皱纹，一头花白且杂乱的头发；身上永远是同样的装扮，一件褐色马甲，一条看不出颜色的深色裤子，脚上蹬着一双掉了皮的高筒马靴。印象中他手里永远提溜着酒瓶，而且也好像从来没有清醒过。令人奇怪的是，即便是这样一种状态，他也总能骑着那辆破旧的摩托车在戈壁滩上划出直线。

“来……来一口？”老布提着酒瓶，晃晃悠悠地来到所长跟前。所长不搭理他，他悻悻地收回酒瓶，挨个在我们面前问一遍。看我们谁也不搭理他，他便卷着舌头自言自语道："我……我可是戈壁滩上的活……活地图哩！"

"对，您是活地图！"所长朝他竖起了大拇指。

"我可是帮……帮了你们的忙。"他喝一口酒，继续说道："老……老话讲，光顾自己的人，跟邻居合……合不来呦！"

"老布，有话直说吧，是不是又要借钱？"所长似乎对此早已司空见惯。

"我的好所长呦，还得是……是你，不多，二……二百块。"老布咧着嘴伸出两根黢黑的手指。

"借钱可以，把酒戒了！"所长说完，没收了老布的酒瓶，又帮老布剪了乱蓬蓬的头发。老布拿到钱，酒也醒了大半，边走边高声说道："这才是牧民的好邻居嘛！"然后跨上摩托车一溜烟不见了踪影，走时还不忘拎走带来的酒瓶。

听所长讲，老布原先并不这样，酒倒是隔三差五喝，但喝得没这么凶，几年前老婆车祸去世，便落下这酗酒的毛病。他的两个儿子将家里的草场转租出去，拿了钱到镇上买楼住。老布死活不去，独自一人留在这戈壁滩上，不养驼，也不养羊，整天守着老屋借酒浇愁。就这样，家里的光景是一天不如一天。

"活地图又是怎么回事？"我问所长。

"老布是派出所的首批护边员，有一年几个游客在辖区的戈壁滩走失，多亏老布熟悉地形，人又热心，领着大家用了四天四夜才找到他们。从那以后，所里的人都喊他活地图。"所长叹气说道，语气颇有些惋惜。

从护边员沦落为人们眼中的"酒蒙子"，的确让人惋惜。可是我想，这种事旁人又有什么办法呢！所长说，其实所里一直在想方设法帮助他。最初给他购置了几只母羊，计划来年产羔换钱，卖多卖少倒是其次，关键是让他有个事干，慢慢把酒戒掉。可是没过多久，给他的母羊便一只不剩，屋里的酒倒是多了几箱。后来又给他找了放牧的营生，可惜他晚出早归，又经常酗酒，做不了几天，便让人辞退了。没有了来钱处，老布就四处借钱，牧民们感觉乡里乡亲，碍于面子，起初大多都施以援手。可是谁家也没有富余钱，次数多了，加上有借无还，再借就不那么好借，最终换来的便是人们搪塞的话语和厌恶的神色了。

从乡亲们那里借不出，老布就骑着摩托车到所里借。每逢此时，所长都会逗逗他。

"老布，借了钱拿什么还？"

"嘿嘿，我的好所长呦，我那三千亩的草场不够还？"说起他的草场，老布混浊的眼里顿时有了光。

"老布呀老布，草场早分给你两个儿子啦，和你没有一点儿关系，怎么？你忘记啦，草场还是我帮着给分的呢！"所长打趣道。

“嘿，这是哪的话嘛，雄壮的骏马离不开草原，啥时候儿子都得听老子的嘛！”老布灌一口手里的酒，咂巴两下嘴唇，又接着说道，“娃娃们，别忘了，我是这里的活地图，可是帮过你们大忙的……以后是吧，还有用处的嘛！”

“对对对，没错，您是活地图，您是咱戈壁滩上的活地图！”所长生怕他絮叨个没完，赶紧伸出大拇指。

“对的嘛！要记着，光顾自己的人，跟邻居合不来哟！”

“老布，借钱可以，但是你必须戒酒！”所长板起了脸。

“咳咳，这个嘛，戒是肯定要戒，慢慢戒嘛，是吧，我的好所长……”老布一边附和着，一边将攥着的酒瓶放下。可待拿到钱，立刻悄摸地将酒瓶藏在马甲里，然后飞快地跨上摩托车一溜烟不见了。这样的情形，一个月总会见那么两三次。听所里人谈论，所长已经前前后后借给老布两万多块钱了。

一天早上，所长急匆匆地开车出去，到了晚上掌灯才回来。一打听，原来是老布因为长期喝酒过量，日积月累造成酒精中毒。幸亏所长将他及时送医，才不至于有什么危险。但经过这番折腾，老布的身体已是大不如前，再见时，整个人小了一圈，原先细长的脸颊更加瘦削，额上的三条皱纹也愈发显得深了。

所长对他说：“老布，看你以后还敢不敢喝酒？”

老布咧嘴笑了笑：“不喝了，不喝了。”

所长问：“真不喝了？”

老布连忙说：“多亏你把我从鬼门关拉回来，这回是真戒啦！”

在老屋待了没多久，老布便随他的两个儿子到镇上住了。很长一段时间，我再也没有见过他。

转过年的一天，所里驶来一辆吉普车，车上下来两个中年人，正是老布的儿子。他们问所长在哪儿，我说所长已经调走了。我问老布怎么样，他们说戒酒后精神状态好多了，现在在镇上照顾孙子，生活也越过越有滋味了。说着，他们中的一人从随身挎包里拿出一个厚厚的信封，拜托我转交所长。他们说，阿爸说了，所长是好人！我小心翼翼地打开信封，里面是两万三千六百元钱。信封的背面，是老布的名字。

【《中国移民管理报》2023 年 2 月 21 日】

林下惊风

闫　妍

起风了。

沈锐松了一口气。卡点设在林子里，实在是太闷了。许是要下雨，空气凝滞一般扼住他，头盔之下已然汗如雨下，蜇得眼睛疼。窸窸窣窣的声音间或响起，嗡嗡不绝的蚊虫声更是细细密密地刺激着他的神经。周遭的一切令沈锐没理由地焦躁。

“怎么了？”同一班的老秦察觉到了沈锐的紧张。

“没事。”沈锐是来实践锻炼的新警，他不好意思说出自己的不安和紧张，“刚才太闷，现在可算起风了。”

“队长说，最近不太安生。再过一会儿，天就要亮了，这会儿人的精神最容易懈怠，得盯紧点儿。”作为缉毒一线的“老人”，老秦冲他笑笑，“搞不好今天能立个功。”

“这我没想过。”沈锐一愣，他知道老秦指的是什么。以前觉得抓毒贩太遥远了，这会儿才意识到这事儿居然离自己这么近，忽然便觉得血热，“但要是真来人了，我能追，我跑得快，咱们拉练比赛我跑过第一名。”

“上来啥也不问直接就追啊？得先盘查！”老秦提醒完，又拍了拍沈锐腰上的“八件套”，哈哈笑道：“跑得快好，也别忘了用家伙事儿。”

两个人又沉默下来。朦胧的晨雾渐渐泛起，风过雾涌，林间也像海底。沈锐逐渐放松下来，天快要亮了。

倏然，一阵拍打翅膀的声音打破了安静，一只鸟从林间飞了出去。沈锐没察觉出异常，老秦却忽然扬声问：“谁？站出来！”他神色严肃，一只手已经摸上了腰间。

哪有人？沈锐四下张望，却听到身后的树丛发出哗啦啦的声音，一条人影闪现出来，“唰”地一下就消失在了树后。

追！沈锐和老秦心照不宣。沈锐年轻，动作快，老秦还要分心呼叫支援，渐渐掉队。沈锐却紧咬住那人不放，拼命地追赶，很快这场追逐战的主角就只剩下了他们两个人。

前边的人精瘦矮小，对这片地形明显极熟，灵活地左拐右绕，如果不是因为背着包裹，或许早就甩开了沈锐。而沈锐，手中虽然有枪，但不敢贸然开枪，何况这样崎岖的地形，受阻的视线，即使开了枪八成也是打不到人的。他只能将目光钉死在那人后背，甩开双腿紧紧跟上，用手撕开缠绕的藤条，用身子撞开细碎枝干，用脚踩压挡路的枯木。风更大了，在他耳边，树叶飒飒的声音一阵阵袭来，如潮涌，如急雨，如万马奔腾，如衔枚疾走——这是他们激烈角逐的鼓点。

见甩不开沈锐，前边的人似乎也急躁起来。林子不能再深入了——再往里根本没有路。那人骂了句什么，就回身冲他扑过来。一时间，沈锐只看见亮白的刀尖。“不能让人跑了！”沈锐仗着身上有防刺背心，侧身猛地撞过去，把那人撞得一个趔趄，跌靠在树上，刀尖挥舞之下，沈锐只觉得大臂一热，猜想是被刺伤，却没觉得多么疼痛，耳边全是“呼呼”的声音，好像是风声，又好像是自己的热血在血管中汩汩流淌的声音——沈锐狠狠扭住了那人的手腕向后翻折，染血的匕首应声落地，那人哀嚎地挣扎起来，但沈锐紧紧锁住他的双臂，快速扣上了手铐。

“沈锐！沈锐……”沈锐平复着喘息，这才听到老秦的声音传来。他循声望去，却看到一片朝霞升起来，霞光照进山里，为林间的叶子滚上一层金边。

风停了。天亮了。

【《中国移民管理报》2023 年 8 月 11 日】

暴雨将至

卢 城

夜色越来越重了。

赵立伏在草丛里，被浓重的水汽包裹着，几乎无法呼吸。防弹衣里的作训服早被汗水浸透了，湿巴巴地贴在身上，让人十分难受。他捏了捏腰上的八件套，东西都还在，这叫他放心不少。

看来会下一场大暴雨啊。赵立想着。这是典型的暴雨前的低气压，简直要闷死个人了。

这样的天气实在不适合出来设卡。但又有什么办法呢？情报好不容易给到了，今天晚上，一个毒贩要从这条小路入境……这些该死的，尽挑这样恶劣的天气出来闹腾！

赵立啐了一声，边上立刻传来队长的声音："别出声！"他的声音低低的，像一条冰凉的蛇，贴着草地滑进赵立脖领子里，激得他倏地缩了缩脖子。

周遭静悄悄的，一点儿虫鸣鸟叫都没有。过了一会儿，一颗雨滴敲在赵立的头盔上，发出闷闷的声响。

"队长，"他伸出一只手，往旁边草丛里捅了捅，"消息可靠吗？都等了半天了……"

"嘘！"队长愠怒地打断了他，"能不能老实待着！"

队长是个粗犷的北方汉子，但在这种时候，他比谁都细心耐心。

"你和老四在这儿先别动，小五跟我去别的点位看看。"队长说完，匍匐着往后爬去。赵立听着两人爬行的窸窣声渐渐远去，周围几十米只剩下自己和老四两个人了。他没来由地打了个寒战，定了定神，更加认真地听着周遭的动静。

天太黑了。不仅是夜，还有厚重的乌云，把一点可怜的月光都挡完了。

"轰隆隆……"沉闷的雷声从头顶滚过。风在这一瞬间突然大了起来，吹得草飞树折，倒是凉快了一点儿。赵立看着手表指针上的微弱荧光，已经过去快 10 分钟了，队长那边还没有消息，也不知道怎么样了。对讲机插了耳机，可除了轻微的电流声，暂时还没有听到别的指令。

赵立在黑暗中嗅到了雨天的浑浊气味。他有预感，也许情报是真的。如果他是贩毒分子，也会选择在今晚入境。毕竟，谁会愿意在暴雨夜里，跑到这荒山野岭来抓人呢？

如果是真的，那可千万别撞到我手里。他忍不住想着毒贩被抓时的情景，肯定特别精彩。“喂喂，大家注意！”对讲机里终于响了，声音很小，赵立竖起耳朵听着，“刚接到指挥中心通知，毒贩已经出发，目前位置不明，可能携带武器。请——”

咔嚓！——

还没听清楚具体有什么指令，一道惊雷便陡然落下，直直地劈中离赵立六七米远的一棵大树。一瞬间，耳机里只剩下尖锐的电噪声，赵立感觉自己全身的毛发都竖了起来。

他瞪大了眼睛，顾不得险些遭到雷劈的恐惧感，往旁边草丛挪了挪，踢了下老四的脚。老四回应了他两脚，表示知道了，别轻举妄动。显然老四也看到了那个人。

多亏刚才那道闪电！那片刻的光亮，在他们眼前照出了一个穿着黑色雨衣的鬼祟身影，正是那个毒贩，双方相距竟然只有 10 多米！

怎么办？！现在通信断了，行动还是不行动？赵立脑筋飞速转动，内心焦急不已。行动，可能打草惊蛇，后面万一再有其他人怎么办？不行动，现在无法报信，极有可能被他钻了空子。

咔嚓！——

又是一道闪电落下。那毒贩几乎走到了他们跟前！

避不开了，必须行动！赵立不敢再犹豫，猛然从地上跃起，扑向毒贩……

“砰！砰！”接连两声枪响，在山间炸响。

队长听到枪响，立刻意识到一场遭遇战已经打响，连忙通过对讲机呼叫队员向枪响方向包抄过去。一支支手电筒的光，几乎要把这座小山全部照亮。队长跑得快，第一个赶到枪响的地方，循着一道延伸数米远的血迹，发现了跪倒在草地上的赵立。

“有伤员！呼叫救护车，有伤员！赵立受伤了！”他大喊着扑向赵立。

“先别管我，接着追……老四还在追。毒贩也中了一枪，跑不远！”赵立说话时嘴唇止不住颤抖。队长看了一眼他紧紧捂住的腹部，血液在深色警服上看不明显，但还是从手指缝隙中渗透出吓人的鲜红。

“快去，我能挺住……”赵立递过自己的配枪。队长咬了咬牙，将赵立的位置报给了其他队员，接过枪继续去追人。

良久，远远地有嘈杂声传来：“人抓住了！”

赵立放松下来，舒惬地躺在草地上。锋利的草叶划破了他的脸颊，一滴雨正好落在他干裂的嘴唇上，被他舔舐干净，味道微甜。

暴雨终于下起来了。

【《中国移民管理报》2023 年 2 月 21 日】

约 定

章道昆

4月1日，全国移民管理机构首次检查员专业能力等级证书颁授仪式在北京举行。看着战友收获成功的笑脸，民警老章感触颇深，回想自己的考级之路，既曲折又通达，既艰辛又丰富。

2018年，部队转隶，老章选择了留下。他心里琢磨，这里有熟悉的职业、熟悉的环境；在这支队伍里干了快30年，人生已过半，船已到桥头，理想追求渐次；平时只要安分守己，不给组织添乱，就可以舒服地享受“采菊东篱下，悠然见南山”的生活，直至退休。

然而，内心想法与现实环境无法兼容。2020年，面向公安系统的全警实战大练兵全面铺开，国家移民管理局也随即展开对应动作，对每个职级、岗位，都作出了明确要求，制定了量化标准，所有基层一线从事边防检查工作、勤务值班的人员，均须取得相应检查员等级资格。

作为一名具有多年基层经验的老同志，勤务工作没有出现过差错，但这次，英语作为必考科目，成为老章达成目标的掣肘。要是再年轻几岁，他倒不怕，如今，这个岁数了，再去与队里的本科生、研究生比拼，真的底气不足。他犹豫过、退缩过，内心不止一次地挣扎过，是浑浑噩噩倚老卖老，还是励精更始挑战自我？

看着墙上悬挂的“成功者找方法、失败者找借口”牌匾，老章有了答案！

近两年，老章的眼睛开始老花，有种大窠罗绮看才辨、小字文书见便愁的感觉，拿起书本，需要把眼眯成一条线，书举在面前老远处，方可见字。此外，记忆力也明显衰退，一个单词要反复读数遍，才能记住，然而到了第二天记忆又模糊了。

那段时间工作又繁重，只能留出晚上时间来学习。只要空闲，老章就会拿出书来，背上几个单词。结果呢，结果第一次月考成绩给了他当头一棒，多少分不说了，反正惨不忍睹，甚至让老章一度怀疑起自己的智商。

在众人鼓励下，老章很快冷静下来，并做了一些心态和方法上的调整。

他每天都把书带回家看，放下碗筷，伏案常读至月明星稀。黎明，鸟儿在枝头欢唱，他已至阳台晨读。读中学的女儿见他每天如此，对他的反常举动表现出极大的兴趣，还随意考了他几个单词。在全家人的玩笑声中，老章再一次认识到英语知识的匮乏，更怀疑自己不是学习的料。

女儿却对此表现出相当程度的宽容，她与老章约定，必须有步骤、有计划地开展英语学习：每天早上起床后，晨读什么；上班期间，写什么、记什么，如何用英语交流；下班后，听什么、背什么；每周考什么，每月练什么……其间，她还教了老章一些学习英语的方法和技巧。为了督促老章，女儿要求老章的作息时间与她同步：早上 5 点 50 分起床，晚上学习到 11 点，戒酒戒应酬。

为了跟上女儿规定的进度，老章上下班路上背单词，工作间隙抄写单词，睡前练发音，就连床头案前都贴满了小纸条和各类手抄笔记。在大半年时间里，他几乎抛开了所有不必要的应酬，坚持做到两耳不闻窗外事、一心只读圣贤书。

俗话说：就算一日一钱，也可千日千钱；就算绳锯木断，终会水滴石穿。接下来的月考，老章的成绩有了长足进步，从做不完到不及格，再到第一次考了 63 分，最后稳定在 70 分，甚至还有上升的趋势。

检查员等级考试如期而至，老章带着女儿的期望，从容走进考场，为自己几个月来的努力交上答卷。

“成绩查到了吗？”女儿问，老章笑而不答。女儿也会心一笑。随即，女儿指着书架上的高级执法资格考试辅导书，俏皮地说：“那么，下一个约定也必须达成哦！”

回首近 30 年从警历程，每每遇到困难，哪一次不是千淘万漉虽辛苦，吹尽狂沙始到金。如今，老章正按计划履行下一个约定，紧张且充实地忙碌着。

是啊，人生的每一段旅程，其实都是一场约定，只要不懈怠，就一定不会爽约！

【《中国移民管理报》2022 年 4 月 15 日】

德叔的笔记本

张战峰

德叔干了三十八年边检工作，熬出了一头灰白的头发和一张皱如核桃皮的脸，胸前总挂着一副黑边老花镜。他跟年轻的同事开玩笑说："你们的放大镜在桌上，我的放大镜在身上！"在年轻人眼中，他固执、呆板、爱说教，大家并不喜欢他。

再过半个月，德叔就退休了，老伴已经做好环游世界的计划。虽然要退休了，可德叔还放不下工作，特别是看到年轻检查员工作不规范时，批评多、说教多。年轻人表面上尊重他，背地里却不服。董奇就是其中一位。

董奇多次在重大安保任务中立功，是名副其实的业务尖子，平日里志得意满。可自从董奇与德叔调到同一个执勤队后，他的自信就被德叔拆得七零八落。德叔像个间谍，盯着董奇迟到早退，记录他验讫章没上锁、人证对照不仔细，还帮他校对录入差错，隔三差五就要跟他谈心。慢慢地，董奇见到德叔开始有心理负担，可同在一个屋檐下工作，避而不及，所以也只能忍着。

离退休还有七天时，德叔把调休的机会让给了董奇。德叔说："再过七天，我想怎么休就怎么休，让年轻同志好好休息一下吧！"董奇心想，既然德叔境界这么高，那么自己也就休得心安理得。就这样，他美美地享受了一次与女朋友的约会。

董奇万万没想到，占了一次调休的便宜，却换来了一场猝不及防的批评教育。从初心使命讲到职责担当，从理想信念谈到职业素养，有理有据有节。令人瞠目的是，德叔居然有个小本子，详细记录着董奇犯过的各种小错误。董奇气得牙都痒了，他再也受不了了。

"德叔，别太把自己当回事！我立了那么多功，有什么我不懂？这些小事就不劳您费心了！"董奇觉得好痛快，把压在心底的愤怒全发泄出来了。

"年轻人，路还长着呢！以后甘苦自知！"德叔被董奇"打"出了内伤，竟然认怂了。

董奇扬长而去。德叔起身，把个人储物柜里的东西一件一件收起，将笔记本装入小纸盒里。董奇在门外看到德叔谢幕的背影，心里五味杂陈，他后悔自己太冲动，想向德叔道歉，又羞于颜面，默默地离开了。

队领导照顾德叔，一直安排他在自助通道验放。这几天，队领导干脆让德叔提前回家调休，但德叔舍不得离开执勤现场，前十八年当兵戍边，后二十年在验证台上干，所有的青春都留在这里了，真要离开了，每分每秒都很珍惜。队领导是德叔的徒弟，也拗不过他，只好安排他做更为轻松的台外引导工作。

德叔又在董奇的验证台前溜达。董奇有点紧张，却假装镇定。德叔疏导客流时，故意将几个外籍旅客引到董奇那里。董奇不耐烦地瞟了德叔一眼。德叔却朝他笑了笑。

这一笑给董奇带来了好运，他一连查到三名持用假证的外籍旅客。这肯定是立功的事，董奇想跟德叔说一声谢谢，但还是放不下面子。

董奇刚收好验讫章，还沉浸在立功的遐想中，德叔突然喊了一声："往出口跑了！快抓住他！"董奇等人还没反应过来，德叔已经向逃脱的嫌疑人紧追过去。董奇拔腿就跟着追上去。

眼看董奇等人就要追上德叔，却见德叔慢下来，他扶着墙缓缓滑倒在地上。大家赶紧去扶德叔，董奇没有停，继续去追嫌疑人。

德叔进了ICU，董奇一天一夜守在医院的走廊里，他隔着玻璃窗不停地说："对不起！快好起来，我还没听够呢！"

办退休手续的日子到了，德叔却提前告别了这个世界。

追悼会那天，全站人都去为德叔送行。望着德叔的遗体被推走，董奇伤心欲绝，他觉得对不起德叔。

队长将德叔生前的储物盒交给了董奇。里面放着十本笔记本，董奇打开最上面的一本，扉页写着：做一枚不生锈的钉子，牢牢地守住国门——1980.12。队长说："十天前，德叔让我转交给你。他说你是个好苗子，想把一辈子的工作日记和心得体会都送给你，希望你以后能有更大作为。"

突然，董奇泪如雨下。

【《中国移民管理报》2022年12月30日】

念头

朱亦明

伟大的事情、渺小的事情、精彩的事情、无聊的事情，所有的事情，最初都不过是个念头。

——题记

一

中午1时，入境大厅里还有零零星星几个旅客，他们提着大包小包，缓慢地走着，像一只只为生计忙碌的蚂蚁。本市有个大型建筑公司，承包了很多亚非拉搭桥建路的工程，所以口岸很大一部分流量都来自他们。

饥肠辘辘的我坐在验证台前，稍微松了松腰板，想到分队长的眼睛一直在盯着我，便又悄悄地挺直了后背。

分队长是一个不苟言笑又严厉的中年男子，除了爱吃面条爱抽烟外，其他我一无所知。但龙阳能看出来，龙阳是跟我一批分下来的学员，精明厉害，跟谁都能搭上关系，他有个硕大的脑袋，我老怀疑他脑袋里有个万能接收器，要不然哪能接收到那么多角角落落的信息？

刚下单位没多久，龙阳就神秘兮兮地告诉我，一分队长是个不好说话的人，果不其然他“弃暗投明”去了二分队。刚分到队里正是春节，每个人都忙到飞起，我的首要任务是打好基本功，五笔、生僻字拼写，背国别代码之类。负责监督和带我的是老李，但凡一个人加上了“老”似乎就离前途和升职无关，老李也不例外，他长了一张温和又与世无争的脸。检查员遇到素质低的旅客找茬是常有的事，但老李几乎没有被投诉过，似乎再硬的人碰上老李以柔克刚的“化骨绵掌”，也没了脾气。

于是我也跟着老李一路与世无争下去，直到领导突然心血来潮想测验下我们的水平。果不其然我考了个与世无争的分数，与二分队的龙阳差了一大截。据说领导大为光火，也让分队长不得不在忙碌的代班中，重新认识我这号人物，显然这不是件光彩的事。

于是，我成了分队长的重点督办对象，不忙的时候还亲自跟我上台。

“问话简洁！不要有多余的动作！程序，程序！又忘记了！”每次旅客刚离开，甚至还没有离开，分队长锋利的刀子嘴就带着恨铁不成钢的夸张感叹号追了过来。

高强度密集批评的后果就是我一上台就紧张，越紧张越出错。终于有一天我忍不住回了一嘴：“老李就是这么问话的。”

“老李多少年你多少年？走路还不会就想跑步了。”分队长依旧用冷冰冰的口吻，妄图砍掉我“与世无争”的旁逸斜出。

所以当这个叫胡兰的姑娘走到我面前时，我只想不出错、程序正确，关键是不被分队长挑出任何问题地完成任务。

“您好！请出示您的证件！”我一紧张，声音有些虚张声势地放大，让对面的胡兰小小地吃了一惊。

她慢吞吞地掏出护照，又慢吞吞地递过来，带着点迟钝的苦笑。

“您叫胡兰呀，老家也是湖南的。”我开始没话找话掩饰大脑的运转：下一个步骤是什么？人证对照！

证件里的照片和真人没有什么区别，连眼神和衣服都是一样，不过因为我的失误，核对录入信息延长了一点时间，我只能继续用闲聊来填补：“去马来西亚做什么？”

“去旅游。”她声音很小，黝黑的皮肤和鹅黄的外套莫名土味。

“好玩吗？”

“还可以。”这个答案安分守己，和她本人一样。

我很快把盖好章的护照还给她，附送一句专业的：“欢迎回家。”

她对我羞涩地笑了一下。

我以为胡兰是我验放的无数旅客之一：如潮水般涌来，又很快退去，只用一个转身便面孔模糊，最终成为我述职报告里的一个数字。我们像两根不得不产生交集的直线，短暂相交后便越离越远。

直到分队长截住了她。

分队长到底是从哪里看出不对劲儿至今是个谜，反正聊了几句后，便让我下台锁章，对胡兰进行人身和行李抽查。

我和另外一个女同事把她带到询问室。胡兰有一点惊慌，但更多的是意外。我半背诵着说完法律规定，分队长补充了一句：“抽查是很正常的，不要介意。”

胡兰的身体比我想象中还要嶙峋，当我戴着手套的指尖触碰到温热的后背，能明显感觉她颤抖了一下。我不喜欢窥探陌生人的隐私，连带着不喜欢这个环节。不情不愿别别扭扭地检查完，猛然后知后觉，刚刚分队长那句话也是说给我听的。想到吃午饭的时间又要延长，我对分队长生出了更多不满。

“下面，行李检查。”分队长依旧面无表情。

胡兰背的是个大登山包。我仔细地、一个一个拿出来翻看，一个款式很老但保存很好的手机、花花绿绿的衣物、廉价的梳子雨伞，白虎膏蚊香液摆了一台面。分队长颇有经验地拿着登山包抖了几下，随着拉链和牛津布碰撞出几声闷响，稍纵即逝的刺啦声轻轻划过我的鼓膜，声音小到可以忽略不计。我猜分队长也听到了，他又里里外外地翻摸一遍。最终，在最底部摸到了一个硬硬的夹层，分队长把包用力翻转过来，刺啦声如影随形，阴魂不散。

后面的情节被不断丰富写进分队长的事迹材料和新闻报道里：心细如发的他从缜密的针脚中发现破绽，他用剪刀挑开线头，发现了一包黄白色粉末，再打开，醋酸的味道扑面而来……

胡兰脸色煞白，一下子瘫软下去。

二

这是毒品！

当胡兰像被抽了筋骨瘫坐到地上时，我、分队长还有另外一名同事居然都没有反应过来。

在不毗邻边境的空港口岸，毒品案件并不高发，一来因为机场防护措施严格，二来是时间和金钱成本较高。我还跟龙阳嘀咕过，没有人会那么想不开，花上一笔机票钱，再千里迢迢越过重重关卡带违禁品？

胡兰像筛糠一样发抖，幅度大到仿佛在摇头，脸上也蒙了一层翳，面如死灰般颓唐绝望。她似乎还不死心：“一定是弄错了弄错了，这不是毒品。”

“我们有专业的检验手段，如果不是，自然会还你清白。”分队长声色俱厉。

胡兰最不愿意看到的结果还是发生了，那是一袋海洛因，重达1200克。

这是我第一次见到大名鼎鼎的海洛因，想象中它是冰冷的纯白，披着魅惑妖艳的皮，腾云驾雾间慢慢勒紧猎物的脖子，远非我眼前这一小堆不起眼的“黄土”。

“王小蒙！”毫无经验的我彻底进入蒙圈状态，分队长叫了我一声才如梦初醒，急忙在他的催促下给胡兰戴上手铐。

我们手忙脚乱地核实身份、固定证据，虽然不够利落，但居然被分队长宽厚温和地原谅了。看得出来，他心情也很激动，逐级汇报战果时的语调都不一样。

我的手机也响了，不用想就知道，是龙阳。

“可以啊小蒙！你可创纪录了！”龙阳激动的声音从电话那头传来。我有些心虚地嗯了两声，眼睛望着远处的胡兰，越看她的瘦骨嶙峋，越觉得有问题：不会也是吸毒的吧。

“具体是啥情况？”

“走我的台子过，不过是分队长问出来的。”我咳嗽了一下，想掩饰心虚。

“还可以这样？走你的台过不就是你查的吗？王小蒙你要搞清楚哦，到时候涉及立功受奖呢。”你看，龙阳总能一下子抓到我抓不住的重点。

我脑子里乱糟糟的，只得敷衍着挂断了电话。

差点儿放走了毒贩，我的第一反应后悔又后怕，带着一肚子问号刚想问分队长，却被他抢了先：“饭已经打了，到了以后你们先吃。我去拿案卷。”

这么一说我倒是真饿了。

我把盒饭也给了询问室里的胡兰，她被铐在椅子上，眼睛直愣愣的。

我坐在她对面，一边吃饭一边暗自猜测，新的疑团像云朵一样又重新聚集在我肚子里。饭堂的大锅饭一如既往难吃，我匆匆垫吧了几口便收了筷子。

一直等我吃完，胡兰都还是木愣着纹丝不动，像是进入了某种遁隐状态，饭自然一口都没吃。

三

她是一个什么样的人？又怎么会带毒？

我是带着极度好奇的心理参与了讯问。

分队长冰冷的开场白让胡兰从遁隐状态里稍微回过了一点神，但也仅仅是一点点，她的回答像挤牙膏般机械简短：胡兰，女，23 岁，在表姐的文印店打工。父母务农，排行老二，上面有个姐姐，下面有个弟弟。以上便是全部信息。

“包是我男朋友让我背的。”说完这句，她瘦削的脸上依然没有任何变化，仇恨懊悔统统没有，仿佛在说一件与自己无关的事。

“你最好从实招来，别耍什么花样！”分队长突然提高的声音把我吓了一跳。

“我俩认识有半年了，他是做服装生意的，上个星期带我去马来西亚玩。他给我买了不少衣服，我原来的包都装不下了，他就让我换个这个包背。”她低了下头，语气缓慢地补了一句：“我不是毒贩，警察同志，我不敢骗你。”声音越来越低。

在后来那份跟着移交的案卷里，我记录下更详细的过程，那个叫麦克的男朋友是南非人，不了解是否为合法居留，会说中文，总是给她买东西。麦克在马来西亚还有生意，顺便带她去旅游，麦克说生意走不开，把她送进机场门口后就离开了。

即便分队长再三跟我强调：她的毒品会害了很多人。但胡兰的老实顺从还是让我产生了一丝愧疚。她不是传统意义上的毒贩，老奸巨猾唯利是图，刀口舔蜜罪大恶极。再看一眼她包里花花绿绿的廉价衣服，更觉得悲怆。“毒品 50 克就可以判刑，她带了两斤，够死刑了。”我想。

根据办案权限，第二天一早，我们把她移送给看守所。我们只是初步审查，具体细节还要交给禁毒支队。我和胡兰一起度过了不到24小时的时间，她只喝了一点点水，吃了几口饭，交接时还穿着昨天的鹅黄外套。胡兰似乎一直都处于混沌状态，我把早餐她没吃的蛋黄派留给她，她也没有一点反应。见多识广的分队长告诉我，她是被吓蒙了。

因为这起案件，我在挂学员牌时就立了功。关于我的神奇传说也不胫而走，有一个版本是火眼金睛的王小蒙一眼就发现了不对劲，向分队长使了个眼色，分队长心领神会，合力智擒毒贩。

在很长的一段时间里，这个案件被反复提起，而每被提起一次，就像一小截被拉出的线头，我总想扯出个前因后果和下回分解，即便胡兰留给我的仅仅是简单几笔，我却在不断想象中勾勒出这样的画面：原生家庭里不受重视，大学旁边的复印店，冷漠和只知道把自己当机器用的表姐，枯燥无望的生活，从天而降事事妥帖的富豪男友，以及好好过日子的念头。而在另外一边，是早有预谋的犯罪分子，处心积虑地博取信任，以及毫不手软地卑鄙利用。当然这仅仅存在于我的想象，它与真实可能隔了一层纱，也可能是十万八千里。

禁毒案件办理的时间跨度长，曾经执着的下回分解也被忙碌的工作冲淡。几年后，当我也成了师父，坐在徒弟旁边看他盖章时，又想起那个似曾相识的中午，一个出其不意的毒品案和一个叫胡兰的女人。

【《中国出入境观察》2022年第2期】

“蛇”影迷踪

赵华斌

尾厢上的指印

凌晨，中国西南边境某便道上一个流动查缉点。

正是人睡意最浓的时候，边境巡控队副队长覃时担心自己瞌睡过去，狠狠地掐了自己一下，望了望正在路边发呆的民警杨添益和不远处“值班”的两只大鹅，希望今晚没什么事。

鹅是前两个月大队长王镇送来的，因为查缉点只有一顶简易的挡雨棚，常有蛇虫侵扰，民警们就借鉴当地老乡散养家畜驱蛇虫的办法，在执勤点养起了鹅。如果有陌生人或不明动物靠近，鹅叫声就会此起彼伏。

覃时点燃一支烟，他打算在车上眯 5 分钟。一支 8.3 厘米长的香烟，自然烧完大约需要 3 分钟，到时候火星会把自己烫醒，这是他值大夜时养成的习惯。

正要闭眼，一束远光灯晃了过来，只见一辆黑色越野车缓缓驶向查缉点。

杨添益亮出停车牌，推出移动路障，示意车辆停下。

“还在执勤啊，几时得休息。”司机操着本地口音，热情地跟杨添益打招呼。

杨添益往副驾和后座扫了一眼，又围着车子转了一圈，发现后尾厢上有几枚清晰的指印，在布满灰尘的越野车上格外醒目。

“打开检查一下。”

司机打开后尾厢，外面堆放着几袋晒干的八角和玉桂皮，里面码放着 6 个花花绿绿的行李箱。

“这些行李箱都是你的吗？”杨添益问。

“额，是我的……哦，是我帮几个朋友拉的。”司机显得有点紧张。

“覃副！”杨添益使了个眼色。

“打开检查一下。”覃时盯着司机。

“这是我帮几个朋友拉的，不好随便检查吧。”司机有点含糊其辞。

一个人拉 6 个行李箱，说不清楚由来？覃时带着疑问将司机口头传唤至附近的边境派出所进行调查。

“嘎——嘎！”覃时和辅警押着司机刚离开，杨添益忽然听到身后的草丛中传来了鹅叫声。

草丛里藏了6个女孩

黑夜似一团浓墨，深沉得化不开。一支6个人的队伍正在边境乱草丛生的山路上摸索前行。

这是一群正准备偷渡到中国的某国女孩。

就在一个小多时前，3辆摩托车驮着女孩们，穿过蜿蜒隐蔽的边境便道，来到这座山坳脚下。摩托车司机告诉她们，沿着山路一直走到顶，看到灯光就会有“蛇头”接应。

“看！”一个女孩轻声指向前方，山脊上露出淡淡亮光。

女孩们不敢走得太近，她们躲在几十米外的草丛里向灯光处张望。

这一看不要紧，把女孩们惊出一身冷汗。

灯光下竟是一个边境查缉点，女孩们认不得中文，只看到大写的NIA标志和几个穿着藏蓝色执勤服的中国警察。

女孩们看了看眼前的警察，望了望身后的山崖，进也不是，退又生怯，急得像热锅上的蚂蚁。

窸窸窣窣的声响，引来了大白鹅的警觉。

“嘎——嘎！”大白鹅走到草丛附近，朝着她们藏身的方向大声鸣叫。

还来不及反应，一道耀眼的白光直刺面庞。两名身着反光背心和执勤装备的警察已经站在了草丛前。

“覃副，覃副，查缉点这边有情况，赶紧过来一趟。”杨添益朝着对讲机喊道。

“非毒”合流

覃时走进询问室，扑鼻而来就是一股让人上头的劣质香水气味，好像杂糅了工业香料和浓重的汗臭。每次查到某国偷渡人员，他们身上都带着这样的“体香”，让覃时很头痛。

“6个人我都做了询问，她们都是准备偷渡到内地打工。”兼任翻译的杨添益简要复盘了情况。

“‘蛇头’不会这么傻。”覃时的眉毛拧成一个疙瘩，“往常偷渡都尽量避开查缉点，她们今天不是相当于自投罗网吗？”

电话突然响起，是大队长王镇：“检查了6个行李箱，在其中一个夹层里发现冰毒。”

6个行李箱、6个女孩、深夜偷渡、夹带毒品……太巧了。

覃时一拍脑门，让王镇赶紧把行李箱的照片发过来，让女孩们逐个辨认。

果然，行李箱正是这几个女孩的。

覃时打电话向王镇汇报了情况，两人口中几乎同时蹦出一个词：“非毒”合流。

一些犯罪分子为了获取巨大利益，不惜铤而走险，夹带毒品混入偷渡“二非”外国人中，通过“非毒”合流方式蒙混过关。

两人决定分头行动，覃时从这几个女孩身上打开缺口，王镇负责外线侦查。

“要想办法找到突破口。”覃时扫了一眼坐在地上的6个女孩。一个女孩手背虎口处的莲花图案引起了他的注意。

他记得这个名叫阮氏梅的女孩，大约半年前因为偷渡入境被查获过。更关键的是，毒品就是从她的行李中发现的。

阮氏梅口中的中国男友

半年前，正是覃时审讯的阮氏梅。

当时，她先是不停地啜泣，一句话也不说。覃时看着这个姑娘又黑又瘦，手背上露出莲花的文身，十分狼狈可怜，于是给她叫了一份炒粉填肚子。

阮氏梅告诉覃时，她家里有4个女孩，父亲终日酗酒家暴，母亲被打成重伤，为了打工赚钱，她打算偷渡入境后再前往内地打工，没想到被抓到。

这回再次面对民警，阮氏梅冷静了许多。她告诉覃时，上次被遣返回国后，她又从另一个方向偷渡进入中国，辗转到广东打工。

没想到新冠疫情暴发后，工厂关门停业，阮氏梅失业了。万般无奈的她，在同乡的介绍下做起了站街女。在这期间，她跟一个中国男子慢慢熟悉起来。

这个男子自称父亲是归国华侨，平时对阮氏梅关怀备至。独在异乡又从小缺乏父爱的阮氏梅感觉有了依靠，一来二去，就和这名中国男子谈起了恋爱。

随着驻地开展入户排查进行疫苗接种，阮氏梅感觉“危险”逼近，打算偷渡返回国内。

男子说他朋友多、门路广，可以安排偷渡出境，便通过多次转运，把阮氏梅带到边境。分手前男子将她和其余几个女孩的行李另外托运，让她们穿越边境便道赶往接头点。

“你的中国男友叫什么名字？”覃时问。

“不知道真名，只知道他的外号叫‘阿嘿’。”

跨国恋是“真香”吗

“阿嘿！”听到这个名字，覃时立即警觉起来。

根据情报线索，近期有个以“嘿总”为首的偷渡团伙，正在伺机组织人员偷渡。这个“嘿总”也被道上的马仔叫作“阿嘿”。

覃时告诉阮氏梅，“阿嘿”很可能是“蛇头”，靠组织偷渡、运毒牟利，她可能被骗了。

“不可能！‘阿嘿’不会骗我！”阮氏梅瞪大眼睛，双手撑在审讯椅上。

眼看阮氏梅还是不肯松口，覃时并不着急，他点了份消夜，并专门嘱咐给阮氏梅带一份和上次一样的炒粉。

消夜送给阮氏梅后，覃时把外卖小哥阿东拉到旁边，给他递了一支烟。阿东还有另一个身份，他是覃时的群防信息员。

工作中，覃时敏锐地发现，外卖小哥几乎全天候在城镇各街道小区穿梭，能去到民警不常去的地方，看得见民警可能看不到的情况。他通过微信群组建了一支300多人的外卖小哥巡防队伍。

一个多月前，两伙人骑车持刀相互追赶，阿东实时反馈两伙不法分子的位置和情况，覃时带领民警及时驱散人群并抓获了带头人，防止了人员伤亡。

回到询问室，阮氏梅的精神好了很多。在覃时的耐心劝导下，她的态度明显动摇。她告诉覃时，“阿嘿”跟她分手前曾经说过，他正计划干一票大的，组织一伙中国籍人员偷渡出境。

神秘旅客

根据阮氏梅提供的线索，王镇连夜召开会议，部署全线严密封控。

“您即将进入边境管理区，请配合检查。”晚上11点左右，一辆满载乘客的旅游大巴缓缓驶入边境检查站执勤点。

检查中，两名女孩声称来边境旅游的，递过身份证的时候，眼神却有意避开民警。

今天王镇也在执勤点，他从民警手中接过一沓身份证仔细看起来，发现所有乘客都来自福建。民警在抽查中，发现多名旅客携带了大量的手机、耳机、笔记本电脑、充电宝等电子设备。

“为什么带这么多台手机？”“你怎么有好几张手机卡？”“今天准备去哪些景点？”“你们的导游呢？”面对民警的提问，乘客吞吞吐吐。

这座边境小城风光旖旎，“上山下海出国”是这里的旅游特色，每年假期游客络绎不绝。但是车厢里这36名乘客的疑点，顿时让王镇提高了警惕。

他立即将情况上报边境管理支队指挥中心，经过信息比对，初步认定这批“游客”有偷越国（边）境参与电信诈骗的嫌疑。

涉案人员众多，支队决定由王镇牵头成立专案组，覃时作为办案骨干，开展案件侦破工作。

审讯过程比预想的要艰难。

嫌疑人犹如铁板一块，回答口径几乎一致，覃时带领专案组与嫌疑人展开“心理战”。

“谎话重复一千遍还是谎话。重点排查他们的行李物品和手机信息，争取从一两个重点人身上找到破绽。”覃时决定抽丝剥茧，逐个击破。

讯问室内，民警在嫌疑人钟某的钱包夹层内发现一张印有二维码的精致卡片。覃时扫描二维码，发现这是一个境外电诈网站的入口，而钟某手机里有该网站的注册记录。

“你为什么登录这个网站，最好老实交代清楚……”覃时迅速对钟某开展心理攻势。十多分钟后，他的心理防线彻底被攻破。钟某供述，他是受到高额利益诱惑，准备出境参与电信诈骗。

“我是来旅游的，警察怎么能随便抓人……”另一间讯问室内，嫌疑人凌某态度蛮横、气焰嚣张。

“来，看看这段视频……”王镇打开凌某的手机，里面是诈骗团伙高薪招揽人员的视频，凌某看后顿时傻眼。

他低下头，交代了自己为偿还赌债，打算冒险偷渡出境从事电信诈骗“淘金”的事实。

经过连续攻坚，多名嫌疑人均提到了“嘿总”这个关键人物。通过笔录整合、分析比对，案情逐步清晰，一个以“嘿总”为首的全链条组织偷渡团伙浮出水面。

沾满泥土的鞋子

“这个偷渡团伙就像一团麻绳，”王镇分析道，“司机、偷渡客、‘蛇头’被分成了几段，如果不把偷渡组织者这个‘线头’牵出来，就没法全链条一网打尽。”

覃时了解到，“阿嘿”也是个瘾君子，这么大一单偷渡的生意被搅黄了，为了继续筹措毒资，他很快就会再次出手。

两天后，专案组掌握一条重要线索：这个团伙再次准备组织十几名中国籍人员偷渡出境，而且已经进入了边境管理区，这次行动由“嘿总”亲自参与。

因为边境持续严密封控，偷渡团伙心生忌惮，只能隐藏在城区内伺机行动。

又是一场猫捉老鼠的游戏。

经过大量调查取证，基本锁定了偷渡团伙的位置，王镇和覃时决定兵分两路，同时收网。但此时，嫌疑目标却突然人间蒸发了一样。

“之前我们盯梢的出租屋，已经没了人影，可能已经悄悄转移了。”杨添益向覃时报告。

这个边境小城虽然只有500多平方公里，但是游客、商贾流动密集，出租屋、宾馆酒店数以百计。他们会藏在什么地方？准备什么时候偷渡？一个个疑问困扰着覃时。

“扩大摸排范围，重点检查老城区的出租屋、民宿，还有废弃的厂房。”通过综合分析，专案组做出决定。

24小时过去了……48小时过去了……这伙人是从民警眼皮底下偷渡成功了，还是继续在市区潜伏？依然没有任何消息。

“见鬼了，十几个大活人就是钻到地底下也要留个窟窿眼啊！”覃时有点沉不住气了，一支接一支地抽着烟。

“覃队，你们再这样加班，小心老婆都跟别人跑咯。”外卖小哥阿东提着大包小包的餐盒走进办公室。

看着覃时头上顶着一朵“乌云”，阿东扯了一下他的衣袖，把他拉到门外。

“我昨天送外卖，发现一个奇怪的事。”阿东说。

覃时顿时竖起耳朵。

“我往一个老旧小区送外卖，看到门口密密麻麻有很多沾满泥土的鞋子。我想，应该是走山路才会有那么多泥，疫情期间这么多人同时走山路，太奇怪了。”

“还有什么发现？”覃时立即追问。

“嗯，他们开门取外卖的时候，我还闻到屋里有一股奇怪的味道，说不上香，也说不上臭。”

又是可疑的香水味！

这条线索很有价值！专案组立即乔装，对出租屋进行排查，迅速锁定了藏身老旧小区的偷渡团伙。

“警察，都别动！”当晚，埋伏在附近的民警破门而入，房间内的十几人还未来得及反应，就被全部控制。

“‘嘿总’在哪里？”覃时厉声问道。

一名嫌疑人指着一扇打开的后窗。

窗户下，一名男子正驾驶摩托车迅速消失在夜幕中。

巡山抓捕

出租屋距离边境线不到 3 公里，如果“嘿总”冒险偷渡出境，那就相当于放虎归山、鱼入江海。

“必须要把嫌疑人堵截在国内！”王镇下达命令，边境巡控队尽锐出战，对通往境外的便道、码头进行全线封控。

“我们在山脚下发现一辆丢弃在路边的摩托车。”前方民警对边民提供的线索迅速核查，通过比对车牌，正是嫌疑人驾驶的那辆。

翻过这座山，下面就是界河，抓捕刻不容缓。王镇立即命令民警带领警犬进行地毯式排查。

边境山区植被茂盛，山高林密、杂草丛生，加上夜晚江边薄雾笼罩，伸手不见五指，藏下一个人真是再容易不过。

“你们什么情况！到底找到没有？”3 个多小时过去了，依然没见嫌疑人的影子，王镇忍不住冲着对讲机大吼。

再这样耗下去，人困犬乏不是办法！

“杨添益，你小子不是号称‘飞机仔’吗，快把刚配发的热成像无人机扛出来！”王镇想起来，上个月边海防办给巡控队配发了两台最新款的无人机，今天第一次出击就是实战。

无人机迅速升空，通过热成像装置对山林进行视频侦查。

“看！是不是这里？”只见监视器上靠近界河方向，一个白色人形正缓慢向前移动。

“你们几个，跟我上！”覃时转身招呼 3 名队员奔上山去。

闯进树林，影影绰绰，覃时一手反握手电，一手拨开杂草，快速朝目标区域前进。

一个黑影“蹭”地闪到一块巨石后面。

“在那里！追！”

覃时加快脚步往前奔去，另外两名队员迅速绕到侧翼包抄。

翻上巨石，只见黑影正朝山下夺路狂奔。

覃时顾不得高差，纵身一跃，猛地向下扑去，一把扯住黑影的衣袖。两人扭作一团，翻下山去。

等包抄队员赶到时，覃时已经满身泥草，将嫌疑人反剪双手，用膝盖死死顶在地上。身后，界河正闪耀着粼粼波光。

卧榻之侧竟是一只“狼”

审讯室里，覃时第一次看到阮氏梅背后的男人“嘿总”时，差点惊掉下巴。

眼前的“嘿总”其貌不扬，甚至可以说是非常丑陋，他颧骨突出，个子矮小，差不多只有1.4米，有点驼背，甚至可能是佝偻病。

经过民警前期缜密侦查，涉案人员也全部落网，铁证如山，“嘿总”没有做太多的抵抗，向民警交代了犯罪经过。

“嘿总”的真名叫骆兴东，因为身材矮小、其貌不扬，从小就受到同龄人的欺凌和嘲笑。为了混出个人样，他偷走了家里的两千块钱，跟随老乡到广东打拼。因为仗义疏财，而且肯为兄弟出头，骆兴东慢慢在当地有了一点“名声”。

在一次争抢地盘的争斗中，骆兴东发现对方帮派中有很多不会讲中国话的某国工人。他利用通晓两地风土人情和人脉资源的优势，逐步干起了双向偷渡的生意。

他通过班车、面包车、摩托车、竹排、快艇等方式绕关避卡，躲过边境巡控队的检查。疫情发生后，随着偷渡成本的升高，他又组织电信诈骗人员偷渡出境，同时采取在“三非”外国人中夹带毒品的方式牟取利润。

“阮氏梅，就是那个某国女孩，你还记不记得？”审讯基本结束，可是还有两个问题始终困扰着覃时。

“那天你为什么让她们往查缉点的方向去，让她们被警察抓到？”

“哼，”骆兴东冷笑一声，“这还用问吗？当然是为了钱啊！”

骆兴东交代，把“三非”外国人偷渡出境，还要给当地的过边团伙每人2000元的费用，风险大、成本高。如果被公安机关直接查获，只需羁押审查2天至3天，罚款1000元，即可通过正规口岸遣送回国。这样降低了暴露的风险，可谓“一举多得”。

“反正都是送她们回去，怎么送不是一样。”骆兴东说。

“那个女孩说你是她男朋友，还准备要带你回家。你，真的爱过她吗？”

“爱？”骆兴东笑道，“我们这些人有什么资格说爱不爱的，我跟她们在一起，只是为了钱。”

审讯室另一边，杨添益一边翻译，阮氏梅看着刚才的审讯视频，忍不住掩面痛哭。一段虚幻的异国恋破碎一地，阮氏梅心如死灰。一趟偷渡之旅，一场荒唐碎梦，而她即将面临被遣送回国的命运。

【《中国出入境观察》2022年第7期】

年轻的人们

宋　爽

楔子

古典的诗词文曲都是极美的。天上人间，风花雪月，朝朝暮暮。隔壁的阿姐长得像《红楼梦》里的女孩一样精巧，却偏偏不带一丝脂粉气，硬要我念秦时明月汉时关，又要我背不破楼兰终不还。这里哪有胡马嘛，哪有沙漠嘛，那些都太远了。连阿姐家乡的海也太远了。

阿姐家乡有海，她说过，蓝蓝的一大片，比滇池大，比洱海大。海上生明月，天涯共此时。可是，能天涯共此时的海，到底有多大呢?

行行重行行，与君生别离

短信响了，林清的心跟着一动。

是部局选调业务骨干到北京工作的通知。

不是他。

林清叹了口气，将手机放回柜子里，走上检查台。

这个沿海城市的机场人声鼎沸。“中国边检”四个大字之下，林清逐一查验一批刚刚踏上中国土地的外国旅客，沉稳地盖下一枚又一枚验讫章。

东南亚人属蒙古地理人种的一支，分为南亚类型和马来类型两种。南亚型肤色较浅，直发，鼻型较小，眼睛虽为双眼皮但不大；马来型肤色较深，部分卷发，鼻型较大，唇厚，眼睛大。

这架航班来自东南亚 A 国，满载来华观光的旅客和来往两地的商人。一张脸，又一张脸，又一张脸。林清深谙不同人种的外貌特征，更何况这一种与周为休戚相关。再高明的伪装也躲不过她的轻轻一瞥——与所持证件上的照片是否为同一人，林清一眼便知。

验放完毕，林清念念不忘。她很想通过这些人想象出周为的一些情况。她的目光顺着入境方向追着他们，仿佛他们身上散发的东南亚国度的温热气息，透露着周为的生活状态和工作内容。

又能看出些什么呢。

回到备勤室，林清掏出手机打开微信，看了看置顶的聊天框。周为发给她的最后一条信息还是一个月前。

“女人要学会保养自己，别舍不得花钱。这儿的妹子可漂亮了。一想到快变成黄脸婆的你，我就头疼！”

周为还是那副吊儿郎当的口气。

从上大学那会儿起，周为就经常气得林清欲哭无泪。林清赌气不去理他，周为才开始着急。且待周为费尽心机哄好了林清，他也就忘了林清是多容易较真的一个女孩，没过多久又会气得林清横眉冷对。毕业后参加工作已经三年，林清眼里的周为一点都没有长大。

林清怔怔地看着周为的信息，屏幕亮了又灭。这一次她没有理周为。这一次，周为没有哄她。

“我不理你，你也不理我吗？”

“怎么了？”

“人呢？”

“在忙吗？”

“周为？”

视频通话已取消：对方手机可能不在身边，建议稍后再次尝试。

林清觉得胸口又闷又疼，直想出去透透气。她拿着手机走向楼外，在夜航的灯影里站了许久。

始知结衣裳，不如结心肠

“七号台，林清。”

“是！”

再一次领取验讫章后，林清坐到检查台上。她熟练地调整好验放设备，挺直腰背深吸一口气，向迎面而来的旅客们报以温和的笑容。

“您好，请出示护照或其他有效证件。”

“请您收好证件，这边通过。”

习惯性地问候，习惯性地告别。

如果有什么能使人摆脱感情的困扰，那一定是忘我的工作。林清竭力将注意力集中在旅客验放上，失眠没有影响到她的状态。

抬头低头间，几十名旅客已准确录入系统。

“您好，请……”

林清抬头看到下一位旅客向她走来，笑容僵在了脸上。

这个人身形精瘦，晒得很黑，下巴上带着胡茬。他穿着一件花色衬衫，领口闪着一条金属链的光。

林清几乎忘了自己在哪里、在做什么。她感到胸口一阵绞痛，又感到被什么钝物重重地击在了后脑。她蒙了。她坐在台内动弹不得，眼睁睁地看着旅客在她面前站定，打开护照递交到她面前。

“你好。”旅客看着她，主动说道。

林清难以置信地接过证件，“周为”两个字赫然在目。

她看了一下证件，又抬头看了一下周为。她不相信自己的眼睛。她又看了一下证件，又抬头看了一下周为。

周为轻轻点了点头，努嘴示意林清继续工作。

林清盯着周为，抬起手，把证件扣在阅读机上。

证件上的信息立刻被读取了。林清眼前的电脑上清楚地显示了周为的个人信息。

以及红色警情框。

时间静止了。林清和周为之间，是悄无声息又剧烈闪动的红色警情框。

林清再一次震惊得说不出话。

林清做梦都不会想到她与周为会以这种形式见面。她不知道周为去了哪里、干了什么，她不知道周为为什么变成这副模样、为什么这样回来，她甚至不知道周为还是不是周为。她感觉天旋地转。

“警官，好了没有？”周为的一声催问让她的意识变得清晰。

“……请您稍等。”

林清略带颤抖地说出规范用语，等待队长后台核实周为的情况。

林清咬紧嘴唇死死盯着周为。周为低头躲开林清的目光，停了停，又抬起头来望向她。林清快速环顾入境大厅里是否有脱逃路线，确认警卫严密后视线又回落到周为脸上。他们没有说话。

“林清，放行。”队长走过来低声说道。

林清以为自己没有听清。她的视线从周为脸上移开，在红色警情框上停留片刻，转身看向队长。

“执行命令！”林清张嘴之前，队长已坚决地回应了她。

红色警情框消失了，周为被当作正常旅客允许入境。林清将护照递还周为时，眼里噙满了泪水。她有一千句一万句话想问周为，可是在检查台上，她什么也问不了。

周为收起护照，一动不动地看着林清，等闸机开启。闸机开启的一瞬，他的喉咙动了一下，似乎想说些什么。可最终他什么也没有说。

周为走过了闸机。

林清扭头去望。周为的背影在眼泪中越发模糊不清。

凭仗飞魂招楚些，我思君处君思我

“周为！周为！！”

林清奋力拨开人群，跌跌撞撞地向前跑。她一边跑一边张望着，大声呼喊周为的名字，想赶上离开检查台的周为。可是周为走得好快，熙熙攘攘的人潮中全然不见他的踪影，所有出现在眼前的面孔都不是他。林清绝望极了，蹲下身抱住自己，在机场大厅里自顾自地哭了起来。

——林清醒了，枕巾被泪水打湿了一片。她已不记得这是第几次从梦中哭醒。那日检查台内外匆匆一别，周为又似人间蒸发了一般，再无音讯。

同事们知道林清已经订婚了。林清的未婚夫音讯全无，他们都很自觉地不去提起。林清要强，虽一声不吭，面容却日渐憔悴。知情的人们望着林清，纷纷叹息。队长看不下去，让内勤大姐去劝；内勤望着队长两手一摊，左右为难。

林清看向电脑，电脑上是周为的模样。

林清看向旅客，旅客是周为的模样。

林清走在路上，行人是周为的模样。

林清闭上眼睛，黑暗里，全是周为的模样。

林清感到懊悔。周为出发前，她冲周为发了脾气。她问及周为具体工作地点，周为不说。她问及周为具体回来的日期，周为不知。她提及休假时去找周为玩，周为不让。于是她像所有爱人一样发了脾气。周为想哄她，却不知所措。

那时自己做了什么傻事呀。倘若提前知道分离如此痛苦，怎么会浪费一分一秒去吵架、去生气呢。

林清以为专注工作多少可以转移一点注意力，可再多的肯定和褒奖也无法扫去她心头的荫翳。部局的选调名额已经分下来了，或许换个环境能让自己多一些动力吧。林清这样想着。

又一次失眠后，林清打开手机，在与周为的聊天框里输入一行字。

“我想你。”

她盯着他们的聊天框看了许久。她想起大学里初次相识时周为误将篮球砸向她身边的慌乱模样，她想起工作后两人第一次穿上警服后的激动心情，她想起分别前钻戒之下、周为闪亮的眼睛。

周为还是没有回复。

梅姐是单位的保洁员。她已经许久没有见到林清上勤了。这个姑娘长得清瘦白皙，见到梅姐总是甜甜地喊一声“梅姐好”，还经常同梅姐分享自己带来当消夜的水果。梅姐很喜欢这个姑娘。

上勤队伍又一次路过梅姐。梅姐快走两步跟住一个年轻民警。

“小张啊，林清已经去北京了吗？好久没见她了呢。”

小张跟着队伍不能停下，飞快地告诉梅姐，林清参加国家局的选调，去了云南边境派出所。

“啊？小张啊，不是北京吗？那么远，这姑娘得什么时候回来呀？”梅姐跟不上小张，提高了嗓门追问道。

小张放慢脚步一脸郑重。

“梅姐啊，去哪儿，去多久，我们都服从命令。”

梅姐再想问什么，上勤组的队伍已经走远了。不知何时，同伴拿着抹布站在她身边，向她道出了原委。

“你还不知道吧，是小林主动放弃了北京的名额。”

“啊？”

“一年前，她那已经订了婚的男朋友去云南缉毒，工作特殊，一直没消息。据说俩人撞上一面，还是在旅检现场。就那么一眼啊，什么都没来得及说，就又分开啦。再后来小林得到消息，那个男孩啊，在云南牺牲啦……这姑娘大病一场，振作起来之后，她放弃了去北京的机会，坚持要到那个男孩工作过的地方去……唉，多年轻的孩子啊……小林这一去，可就是一辈子了……”

梅姐张了张嘴，却感觉有什么东西哽在喉咙里，不能发声。她望见墙上那几行铿锵有力的入警誓词，又望向周围这些忙碌的年轻人，讷讷地湿了眼眶。

尾声

我没有想到，从前阿姐要我背的那些诗句里的场景，自我放下行囊的这一刻起，一幕一幕，都展现在我的眼前。值守在祖国的西南要塞，既能触碰到斧钺刀铩、铁衣金甲的冷峻，又能感受到葡萄美酒、大漠孤烟的豪壮。阿姐说得对，诗词文曲里不仅有缠绵悱恻的小我情愫，更有死生以赴的家国情怀。

阿姐是有故事的。她心里装着故乡的海，在云南住了十几年。我知道她经常抚摸的那个相框里的人是谁了。

阿姐慢慢老了，阿姐的心和相框里的人却永远年轻着。

【《中国出入境观察》2020 年第 8 期】

大山里的坚守

李昱希

于腾飞翻身下了车，打开发动机盖，捂着嘴看了两眼，“又开锅了。”从发动机里窜出的一股股白烟挡住了他一脸不耐烦的表情，于腾飞把水加好，点上一支烟，一屁股坐在路边的马路牙子上，招呼车里的人下车。

“小兄弟下来坐会儿，这车想开得等一会儿，下来歇歇。”

今天于腾飞的任务是去县里接分配来的新学员，这勤务车有些年头了，像这样罢工这个月已经是第三次了。车门打开，下来一个怯生生的小伙子，拘谨地站在车前面，好奇地看着发动机盖，太热了又不敢太靠前。

“别看啦，以后你接触它的时间多着呢，过来坐会儿，呃……你叫什么名字来着？”

“徐元。”

于腾飞看见徐元就想起当初听见自己被分配到牛头沟边境派出所的心情，就像那个飘着雪的冬季。

牛头沟，这名字听着心就凉了一半，听听别人分配的所，向前啊，崇善什么的，至少也像新月边境派出所那样富有诗意，坐车来所里的路上心如同掉入了冰窟，差点儿就没上来山。于腾飞一直觉得自己和牛头沟这名字犯冲，都掉沟里了，还怎么腾飞，往哪飞？想想就觉得烦躁，把烟头扔在地上，一脚踩灭，直了直身子，看了眼日头，向徐元招了招手。

“走吧，回去晚了所长可饶不得我。”

把车子发动，继续赶路，于腾飞瞥了眼后视镜里一脸新奇看向窗外的徐元。说实话夏天这山里的景色还是不错的，不过于腾飞在这里工作了 5 年，看了 5 年，早习以为常。

车子稳稳地停在营区，车前矗立着全村最高的建筑物——牛头沟边境派出所，虽然也只有两层。听到发动机的声响，所长刘建新迎了出来，看见于腾飞和徐元，招了招手。

“回来啦，你叫什么名字？”

“徐元！”“于腾飞！”两个人一起答道，徐元困惑地看着一旁嘿嘿直笑的于腾飞。

“没问你，少贫。”所长笑骂道，“来，徐元对吧，先让我和腾飞带你熟悉下环境，然后咱们就开饭，时候也不早了。”

“所长，089 又开锅了。”

“又开锅了？这个月第三次了，我吃完饭看看。”

第二天，星期一，牛头沟边境派出所会议室。

“徐元，咱们所新来的小兄弟，欢迎。”刘建新向所里介绍着新同志，会议室里掌声热烈。

“腾飞，徐元你先带着，让他先熟悉下社区情况。”

“是！”于腾飞是牛头沟边境派出所的社区民警，负责小新发辖区的住户和警情。

会议结束，所里民警对徐元嘘寒问暖，搞得徐元受宠若惊。

“小徐，你那有新电影么？我这电影都看完好久了。”

“小徐，缺啥少啥跟我说，吃串找你于哥。”

…………

“你们几个别吓着孩子，该干吗干吗去，手头活儿都干完了？”在刘建新的斥责下，徐元终于缓了口气，几位大哥作鸟兽散。

“小徐，走，上车，带你去小新发。”于腾飞拿着《小新发社区情况调查》对徐元招了下手。徐元跟着于腾飞出了派出所大门。

“他们几个给你吓到了？所里已经 3 年没来新人了，别害怕。”于腾飞爽朗地笑着。徐元挠了挠头，不知道接什么。

“这里是咱们支队离市区最远的所，比较偏僻，而且地广人稀，警力不足。”于腾飞手握着方向盘。

“没啊，于哥，我觉得咱们这儿有山有水，环境挺好的啊。”徐元看着窗外说道。

于腾飞瞥了徐元一眼。

一路上没什么交谈，不过于腾飞陷入了深深的回忆。他从江滨大学毕业，在大学虽说不是风云人物，但也算风生水起，4 年的体育委员，组建过乐队，弹得一手好吉他，还编排过歌曲，当然还有漂亮的女朋友。想起自己的大学女友，于腾飞心底就涌起一丝丝遗憾，4 年的感情也敌不过这牛头沟的大山。

半个小时后，勤务车停在了半山腰的小村口。

“这里呢，就是小新发，一共是 32 户人家，年轻力壮的大多出去打工挣钱了，所以大多数住户都是留守儿童和孤寡老人，社区的工作呢，就是……”徐元听着于腾飞娓娓道来。

“喏，这就是陈奶奶家，今年应该73岁了，她儿子和儿媳出去打工了，前几年孙子还在家，后来孙子到了上学的年龄就被爸爸妈妈接过去了，家里现在就剩老人了。进去看看吧，这个时候，老太太应该在家。”于腾飞用手指了指一所茅草房，跟徐元说。

“好可怜，那陈奶奶的儿子儿媳经常回来看她吗？”徐元问于腾飞。

“好久没回来啦，在外面忙得不亦乐乎。”于鹏飞讪笑，又看看徐元，叹了口气，“慢慢你就习惯了，村子里的老人大多这样。”

“那咱们就多来陪陪他们呗。”徐元看着于腾飞说。

陈奶奶家两间茅草房，住在村西头。整个村子是在山包之上，陈奶奶家在山包西边的坡子上，地势有些低。

“邦邦邦……”于腾飞敲击门板发出清脆的声音。“陈奶奶在吗？”

“谁呀？”门内传出一个苍老的声音，不过底气还算足。

“我，小于。”

“快进来快进来，我这腾不开手，你自己开门进来。”陈奶奶赶忙说。

于腾飞猫着腰撩开门帘跨过门槛走了进去，徐元差点儿撞在门梁上。屋内有些暗，天花板有点低。于腾飞直接进了里屋，看见陈奶奶在炕上坐着，手里掐着一件半成品的毛织物。

“忙啥呢，陈奶奶？”

“这不嘛，我大孙子也快10岁啦，我琢磨着给他织件毛衣，也不知道他现在多高，我大约摸他该这么高了。”说完在炕上比画了一下，“怕他冬天冷，我这眼神也不中用啦，刚才你叫门我正回针呢，腾不出手。”

“陈奶奶不然你教我怎么织，我帮你织，可别累着你。”于腾飞向前伸了下手，而徐元对这景象有点反应不过来，还在消化，没出声。

“不用你，奶奶岁数大，但身体还行，这点活还可以。”

“那您也慢点，有时有晌儿的啊。”于腾飞放下了伸出的手，接着说，“是这样的，陈奶奶，我们所啊，新来的小同志，刚毕业的。”说完碰了下徐元，徐元一愣。

“啊？啊，陈奶奶，我叫徐元，今年刚毕业，以后就在这工作啦，于哥拉我过来串串门，过来看看您。”于腾飞满意地看了徐元一眼。

“看见这娃娃，我就想到你刚来的时候咯。”陈奶奶指了指徐元，“你刚来的时候跟着你们所长屁颠屁颠的，也像他似的。”

“哪有，我来的时候比这孩子成熟多了。”于腾飞有些脸红。

“你还不信，奶奶给你找找，你自己看。”说完下了炕在一个老旧的木头柜子翻了半天，掏出一个小信封，从里面抽出几张相片。

“你看看，这是你和你们所长第一次来，傻眉愣眼的。”一边说一边倒腾着手里的照片。

“还有这几张，那年春节前夕，正好我老太婆80岁生日，你过来串门时拍的照片。”

“这张是你给我弹了首生日歌。”

“喏，这张是你做的烧茄子，都黑了……”边说边眯着眼睛擦拭着照片。

徐元意识到气氛有点不对，于腾飞怎么不说话呢？回头看向于腾飞。于腾飞感受到徐元的目光，缓了缓神，“哎哟，陈奶奶，您还留着呐，这还不是我们应该做的啊。”

“这和应不应该有啥关系，我儿子儿媳那年都没回来，我这老婆子也不该拽他们后腿，也就你们派出所的小伙子们总过来看我这老太婆。”陈奶奶期盼地看着窗外接着说，“你们所长过来带你认门，之后过年过节你就拎点东西来看看我，我心里肯定记着你们，照片必须留着啊。后来有时候我看你在村口拿着小本子记东西就回家备俩菜，等着你，工作累了到陈奶奶家好有吃的，后来菜都凉了你也没来，我就估计你去老李头家了……”

陈奶奶还在说着，不过陈奶奶后来说什么于腾飞没听到，他现在心里翻滚着。

随后徐元例行做好调查询问，填好了表格。

出了陈奶奶家门，于腾飞上了车。“走，上车，小徐，回所里。”

“啊？刘所不是叫咱们晚上再回去么？”徐元愣道。

“今天先到这里，明天再来。”一路徐元和于腾飞都没有说话。徐元是在看山景，于腾飞不知道在想什么。

回到所里，于腾飞把车停好，徐元被叫去学户籍系统了。于腾飞坐在办公室没什么事，向库房走去，从一堆杂物里拎出个大黑袋子。于腾飞拂了拂灰尘，拉开拉链，从里面抽出一把木吉他，上面还有他和大学女友合照的贴纸，还有大学时候乐队所有成员的签名。他摸着吉他调试琴弦，吉他好久没用过了，音跑得有些严重，于腾飞也生疏了，调着调着，他感觉眼睛有些模糊，泪水顺着脸颊流了下来，不知道是灰尘迷了眼睛，还是琴弦割到了手指。泪眼蒙眬中，于腾飞看到了大学的女友，看到了乐队的兄弟，看到了陈奶奶的笑，看到了那年刚来的自己……那一刻他好像将这两年所有的苦闷都想明白了。

于腾飞花了好久终于把音调好了，把吉他包好抱起来，径直向户籍室走去。

“徐元，来，下社区了。”于腾飞说。

“于哥，咱不刚回来么？”徐元诧异。

“还有几家没走完，哦，对了，顺便把我柜子里那只烧鸡拿着。”

于腾飞把吉他放在后座上了车，没多久就到了小新发村，于腾飞径直向陈奶奶家开去。

“于哥，咱不刚从陈奶奶家走么？”

“我给奶奶送只烧鸡。”

于腾飞又敲响了陈奶奶家的门。

“谁呀？”陈奶奶的声音和脚步声一起响起来。

“奶奶，我是于腾飞。”

“咋的了，腾飞啊，咋回来了？”

“奶奶，刚才车里放的烧鸡忘了给您。”于腾飞拎了拎手上的烧鸡。

“来就来呗，还拿啥烧鸡，正好我这刚做完饭，中午在这吃吧。”

“奶奶，那我们俩可就不客气啦，不过我这也不是白吃啊，奶奶给我做顿饭我给奶奶弹首歌吧。”于腾飞拿着吉他比画了一下。

“行，奶奶我就爱听你弹曲子。”

“妥，奶奶，我俩帮你拣碗、上菜。”于腾飞奔着灶台走去。没多久，饭菜都上齐了。

“奶奶，想听什么？”于腾飞抱着吉他问。

“奶奶也不知道听什么，你看着弹吧。”

“那我就弹一首《十送红军》吧。”

“好！”陈奶奶笑呵呵答道。

“一送（里格）红军（介支个）下了山
秋风（里格）细雨（介支个）缠绵绵
山上（里格）野鹿 声声哀号
树树（里格）梧桐 叶呀叶落完……”

于腾飞边弹边唱，他的声音很好听很洪亮，透过屋子传得很远，传到了大山里……

【《中国出入境观察》2020 年第 11 期】

“傻蛋”的“希望”

周国兵

“生了！生了！还是个带把儿的……”在依山傍水的山间小路，一群人借着微弱的月光庆祝一个小生命的诞生。

这个孩子的出生，解决了游老三传宗接代的问题，是三世单传的游家全部的希望。

“美女（美妮的谐音）警官，给孩子取个名字吧！”众人用充满期待的眼神看着民警吴美妮。吴美妮是一位刚刚生完二胎处在哺乳期的母亲，按常理来讲她应该待在家里休养身体。然而作为社区民警，由于放心不下辖区贫困群众，她又回到了辖区百姓身边，用她的话说：“常回家看看心里才踏实！”

“有人就有希望，不如就叫‘希望’吧！”吴美妮给孩子取名叫“希望”。

夜幕降临，龙头村游家寨村民游老三的儿媳李玉环难产。经过哭天喊地的一番痛苦挣扎后，昏了过去。

游老三急得在门口来回打转，儿子傻蛋揪着自己的耳朵，蹲在地上直哭。“游三叔，别急，凡事有我们呢！”就在这时，吴美妮推门进来了。

说起这位女警官的爱民故事，村民无不点赞，个个都竖大拇指。她一边让游老三打来一盆热水，用白色毛巾敷在玉环的额头上，一边掐人中、做人工呼吸。

10 分钟后，奇迹出现了。玉环手指微微动了一下，渐渐有了些模糊意识。

救人如救火，吴美妮征用了一辆银白色面包车。搂腰抱腿，铺床垫被，片刻之间，玉环就被抬到了面包车上。吴美妮和几个爱心大姐挤上面包车，搭建起了一个爱心小窝。

“赶紧送医院，晚了就来不及了！”看着脸色惨白，昏迷不醒的玉环，吴美妮果断做出紧急救助决定。面包车前进，后退，再前进，再后退，连续折腾三个来回，终于掉转车头，朝着村口方向驶去。

春夏之交，山间小路漆黑一片。由于山高林密，路窄弯急，面包车只能一颠一簸地艰难向前移动。游氏父子赶着驴车，拉着生火做饭的家伙，借着面包车的灯光，左三摇，右三晃地跟在后面。

“驾！驾！驾！”游老三扬起鞭子，朝着驴屁股就是两下，嘴里还叽叽歪歪地骂着，“你这驴孙，平时吃老子的、喝老子的，现在是你抱恩的时候啦……”

“嗯昂！嗯昂！”驴抗议似的哼哼了两声，摇头摆尾地拉着游氏父子拼命往前跑。

漆黑的夜，陡峭的山，远处传来乌鸦的哀鸣声。眼看前面就是“死亡峡谷”的“鬼门关”路段了，游老三的心猛地紧张起来，此情此景，和当年傻蛋他娘去世的情形几乎一样。

傻蛋6岁那年，他娘突发急性阑尾炎，在送往医院的路上，被山上滚落的巨石砸中头部当场死亡。傻蛋撞到路边一块大石头上，颅内大面积出血，智力降到三岁以下，变成现在这个样子。这么多年，游老三又当爹又当妈，独自一个人把傻蛋拉扯大，指望着抱个孙子，给游家留个后，这下倒好，儿媳妇玉环偏偏在这个时候难产。

面包车和驴车一前一后缓慢行驶在崎岖的山路上，在即将进入“鬼门关”路段时，前方1公里处山体滑坡，道路塌方，前进的道路断了，山上不时有石头滚落下来。

“什么鬼地方，连手机信号都没了！”大家被这突如其来的险情吓蒙了。真是叫天天不应，叫地地不灵。

“哇！哇！哇！爹啊！爹啊！”面对突如其来的变故，失忆多年的傻蛋似乎想起了什么。从天而降的巨石、母亲临终前的眼神……在脑海里闪现，傻蛋瘫坐在地上，像赎罪般地揪着自己的耳朵哭得死去活来。

游老三担心玉环和吴警官她们的安危，简单安抚了一下傻蛋后，连忙跳下驴车，冲向面包车。就在此时，一块巨石伴随着泥沙，从山上滚落下来，在距离面包车还有五六米的位置砸出一个大坑，翻腾进湍急的江中。

“大家不要慌，立刻转移到安全地带！”吴美妮镇定自若地组织大家应对突发情况。

此时凌晨2点半，受到惊吓的人们，思想高度集中，丝毫没有困意。“三叔，你留在这里和大家一起照顾玉环，我和小杨去前面探探情况！”

吴美妮在面包车灯的照射下，带着见习民警小杨上前探路，每走一步都很惊险。小杨紧紧地跟在吴美妮后面，用手机照着前面的路，生怕走错了、跟丢了。小杨是“95后”，来自上海，从小在大城市长大的她，从来没有见过这么凶险的情况，走起路来，两腿在发抖。

“吴姐，我感觉就像是在拍电影一样，好害怕！”小杨终于忍不住说出了自己的感受。

“不用怕，有姐在！”吴美妮一边往前探险，一边给小杨鼓气。

拐过几道弯后，吴美妮和小杨来到了车灯照不到的地方。

“嘭！咣当！”一声巨响犹如九天惊雷一般，把二人吓得往后退了两步。在手机的照射下，只见前方一处山体发生垮塌，碎石裹挟着泥沙噼里啪啦滚入江中，路边的大树也被连根拔起，横七竖八地斜倒在山脚悬崖边上。“赶紧回去把这里情况告诉大家！”吴美妮让小杨先撤回安全地带。

就在小杨返回的途中，游老三举着皮鞭冲了过来，嘴里还骂骂咧咧的，“你这个驴孙，给我站住！”原来刚刚的巨响，让游老三的驴子受到惊吓，挣脱缰绳“临阵脱逃”。

“杨警官，没事吧！”看到小杨，游老三赶忙问道。

“三叔，我没事。吴姐让我赶回来告诉大家前面很危险！”

“那咋行！”游老三把驴绳交给小杨，“你在这等我，我去把吴警官找回来！”

游老三越发清醒地感觉到，今晚的情形和20多年前几乎一样，他不想再重蹈覆辙。

在几声巨响的震动下，玉环也被惊醒了，“这是哪里？你们是？”她用孱弱的声音询问周围的人。

“玉环，你之前昏迷了，我们正和边境派出所的吴警官一起送你去医院呢！”女子护村队队长游爱美说道。

“那傻蛋和咱爹呢？”玉环继续发问。

“他们都来了，你不用担心。”女子护村队副队长刘丽华大姐告诉她。

游老三凭着蛮劲，不顾危险往前冲，绕过几道弯，终于找到了吴美妮所在的位置。“吴警官，你怎么了？吴……”游老三发现吴美妮一手扶着歪倒的树，一手捂着肚子蹲在地上。

“三叔，我没事。玉环怎么样？”吴美妮掐着腰，慢慢站了起来，“前面路不通了，咱们赶紧回去看玉环吧！”

吴美妮刚走出两步，便蹲下来了。之前因为天黑，被山上掉下来的石块击中了腹部，脚也扭了。就在这时，小杨因为不放心吴美妮，牵着驴也摸黑赶了过来。

“来，这山路不好走，让吴警官骑驴吧！”游老三和小杨把吴美妮扶上驴背。

“吴警官，不用害怕，我这驴儿很有灵性，能听懂人话！”游老三把嘴凑到驴耳边上叽叽咕咕说了几句话，这驴走起路来确实平稳了很多。

15分钟后，吴美妮骑着驴回到了安全地带，此时已经是深夜3点多钟了。大山消停了，各种杂音也停了，四周显得格外寂静，月亮也穿透云层露出了笑脸。

“赶快烧点热水，准备接生！”吴美妮冷静地说。在对玉环进行初步检查后，吴美妮凭着做母亲的直觉，断定玉环马上要临盆了，如果再折腾奔波下去的话，恐怕大人和孩子都保不住。

“用力！用力！再坚持一下！”为了减轻玉环的痛苦，大家围成一圈，拉手的拉手，擦汗的擦汗，用爱心温暖着她，鼓励她一定要坚持下去。时间一分一秒地过去，玉环痛苦挣扎到已经没有力气了。

“有没有荔枝罐头？”吴美妮忘记了自己的疼痛，一心只想着怎么帮助玉环渡过难关。吴美妮想起自己当年生老大的时候，也是累得精疲力竭，医生给她吃了荔枝罐头才恢复了体力。

好在游老三这个驴车是个百宝箱，什么都准备好了。见大家为了玉环，一晚上都没合眼，游老三早早地就在一旁生火做饭，煮好了一锅桂圆莲子大枣银耳汤。

“来，来，大家都喝碗银耳汤。”说着，游老三已经用小碗盛好了银耳汤，整齐地摆放在小桌子上。

“先给玉环喝！”吴美妮先给玉环喂了一碗银耳汤，随后游老三又将开好的荔枝罐头送了过来。玉环喝了银耳汤和荔枝罐头后，体力恢复了不少。在大伙的鼓励下，玉环做好了第二次“战斗”的准备。

“呜哇！呜哇！呜哇……”一个小生命清脆的哭声瞬间传遍了整个山谷，山间不时传来富有节奏感的回声。

“美女警官，谢谢你，你就是我们全家的大恩人！”游老三拉着儿子跪在地上叩谢吴美妮。吴美妮见状，立马让小杨把父子俩扶了起来。

吴美妮，是从原公安边防部队转改过来的，共和国第一代移民管理警察，这里的老百姓都亲切地叫她“美女警官”。当清晨第一缕阳光射进来的时候，吴美妮藏蓝色警服上，银白色“移民局”徽标和“3658760”警号显得格外耀眼。

“3658760”寓意是“365 天，无怨无悔的坚守；8760 小时，一心一意的爱民。”吴美妮自豪地说。

“老天爷啊，你为什么要这样惩罚我们游家啊？”就在大伙觉得大功告成，准备放松一下的时候，路上突然传来游老三发疯似的哭喊声。

玉环因难产导致大出血，失血过多而死亡。临终前，连孩子的第一口奶都没喂上。所有人再次陷入了悲痛之中。

“该来的还是来了，为什么死的那个人不是我呢？”玉环的离去，让游老三遭受白发人送黑发人的沉痛打击。他的头发胡子一下子全白了，面无表情，俨然一具行尸，傻蛋揪着耳朵哭晕过去了，留下嗷嗷待哺的孩子哭个不停。

玉环走了，走得很安详，她拼尽全力生下了“希望”，又因身体透支让希望破灭。她的眼角挂着一滴永不会干的泪珠，在诉说着遗憾和不甘。

“玉环，你放心，我不会让希望破灭的！”吴美妮坐在床边，静静地看着玉环的遗体，解开上衣扣，给小希望喂奶，“‘希望’啊‘希望’，希望你健康快乐成长，将来不要辜负大家对你的希望！”

【《中国出入境观察》2019 年第 4 期】

蛛丝马迹

齐学贵

夜幕降临，风卷残叶，沙尘漫天。我拎着水果走出超市。

“我听不太清，你大点儿声！马快到13X7界碑啦！我对那个地方不熟！钱还没凑够，但摩托车有了！”有人在打电话。

我无意偷听，但此人粗声大嗓，声音顺风入耳，想不听都不行。源自职业的敏感，我对他通话的内容产生了兴趣，于是放慢了脚步。

“磨磨蹭蹭干什么呢，等着喝西北风呀！”媳妇推了我一把，催着回家。

（一）

晚上，我辗转反侧，难以入睡，也搅得媳妇半梦半醒。

趁媳妇拿手机看时间的空儿，我问：“听见他提13X7界碑了吗？”她摇了摇头说：“没有。”我又问：“听见他说钱还没凑够吗？”她接连“嗯”了两声。我猛拍大腿，坐了起来，“我觉得有人要偷越国（边）境，走私马，这事得上报！”这下，她也坐了起来，疾言厉色地说：“在牧区，收牛贩马的数不胜数。与人谈论被听到，正常！你大惊小怪干啥！睡觉！”被她当头浇了一盆冷水，我一夜无话。

次日，我想提前结束休假，返回边境派出所，媳妇说我没事找事，拦着没让。

隔日，我再次提出归队，媳妇虽不情愿，但没有再阻拦。回到单位，我立即带领民警前往边境巡查。

（二）

经与边防连沟通，军警联勤，沿铁丝网，直奔13X7界碑而去。

“门锁被破坏了，依照锁销断茬推断，应该是在蒙境一侧绞断的。”副连长小赵发现异常，“地上咋没看见过往的人员脚印和牲畜蹄印呢？”

“13X7界碑不行！我对那地儿不熟……”那人通话的内容顿时在我脑海中浮现。

“以13X7界碑为基准，向左右两侧依次查下去，看看还有没有铁丝网被破坏的地方。”我提议。

“13X6 界碑处铁丝网坏了，有马蹄印，蹄朝东，应是入境；另有车辙，仅一条，轮胎较窄，应是出境。”

我听闻消息脱口而出：“摩托车印吧！”小赵连说：“就是，就是。”

（三）

马已入境，藏处成谜！

专案组兵分多路，拉网排查，边境前沿、边防辖区同步开展，对易于藏匿的废弃牧点、闲置房屋进行了踏查，对可能转移销赃的载畜车辆、厢式货车进行了盘查。最终，在马福家后院查获了藏匿于此的 10 匹蒙古马。

蒙古马处于半野生状态，体型矮小、颈短鬃长，每匹马都有印记，不难辨认。

旅游点冬闲歇业，这里除了 10 匹蒙古马，还有一名叫巴音的蒙古国籍人，是马福雇佣的牛倌，属非法就业，自称务工月余。没费什么周折，巴音就竹筒倒豆子般，将马福伙同李忠走私 10 匹蒙古马的事抖搂得一干二净。巴音还指证马福曾伙同李忠盗窃两辆摩托车，除蒙方人员骑走一辆黄色的之外，他家院里还藏着一辆蓝色的。

（四）

人证物证俱在，马福难脱干系。

专案组留下两名民警看守蒙古马和巴音，其他人员直指马福家。

“凭啥抓我？”马福很惊讶。

“你家旅游点的蒙古马咋回事？”我反问。

“蒙古马？我哪知道？你问我，我问谁去？”

“识相的话，老实交代！”我出示搜查证。

未料，打枣捎带沾知了——一举两得。经搜查，既找到了藏匿在院墙边的蓝色“豪爵”摩托车，还搜出了隐藏在车库非法持有的步枪 1 支及子弹 88 发。

（五）

马福犯罪事实确凿，李忠自然浮出水面，被抓获归案。

李忠属累犯，有前科，曾因跨境走私野生药材、偷越国（边）境被公安机关抓获，后移送起诉，被判缓刑，并处罚金。

3 月初，他手里缺钱，好了伤疤忘了疼，动起了越境走私的歪脑筋。李忠和马福一拍即合，两人狼狈为奸。

时隔不久，李忠与蒙方朋友孟和联系，谈妥了走私蒙古马入境之事。孟和偏爱“中国制造”，提出“我要一辆摩托车”的要求。一天晚上，李忠事先踩点，马福开车接应，两人将某住宅楼下的两辆摩托车盗窃。

（六）

孟和办事利索，行动迅速，10 匹马很快备齐。但李忠没钱，马福不富裕，筹款不利。因此走私交易时间一拖再拖。

马得吃草，耽搁不得，晚一天交易就耗一天草料。李忠等得起，孟和却等不及，总是隔三岔五地催。

“我先把马给你，钱你有多少就先给多少。”这天，孟和等着急了，就打电话给李忠说：“剩下的钱，以后再给。”

当天傍晚，孟和找来帮手，将马牵到边境线 13X7 号界碑处，做好了偷越国（边）境准备。随后，他给李忠打电话，让对方去接头。李忠在旗里闲逛，距边境较远，根本没法赶去，未料他和马福的通话被我听个正着。

次日晚上，孟和按照约定，带人乘马前往 13X6 界碑附近接头。出发之前，马福觉得人手不够，匆忙之下，便鼓动巴音参加。巴音再三推托，马福恼羞成怒，出手施暴，并恐吓巴音，“不去帮忙，就弄死你！”巴音这才被迫同往。23 时 30 分许，交易双方在 13X6 号界碑附近会面，以每匹马 2500 元的价格成交。事后，孟和点清 4300 元现金，得到应允 16700 元欠账后，骑着折价 4000 元的摩托车绝尘而去。

案件告破，有人好奇问我“线索哪来的？”我答，“道听途说”。

【《中国出入境观察》2019 年第 6 期】

一碗热汤圆

朱雯娴

“给我一支烟。”符晓梅抬起头，渴求地看着对面的饶队长，沉默半晌后终于开口，沙哑的声音中透出深深的疲惫和一丝胆怯，“能给我一支烟吗？”

饶队微微皱了皱眉，朝内勤吴敏摆了摆手，示意她出去找包烟来。

狠狠地吸了几口后，符晓梅吐了个烟圈，仰起头靠在椅背上，疲惫地闭上了眼睛，询问室里顿时弥漫着浓浓的烟味。

饶队轻咳一声，随手将面前的烟雾摆散，透过缭绕的烟雾细细打量符晓梅。披肩的黄发油腻腻地黏在一起，长长的刘海下黑眼圈浓重，桃红色的紧身连衣裙皱皱巴巴，无力垂下的手指上夹着香烟，鲜红的甲油斑驳不齐。饶队移开视线，又看了一下资料上的出生日期，“1998 年 2 月 15 日”，不过 20 岁出头。

“警官，我什么时候可以走？”符晓梅仿佛恢复了点精神，摁灭了烟蒂，猛咳了几下，朝地下吐了口痰。

饶队的眉头顿时拧了起来，起身从茶几下取出一次性杯子，倒了点水。“还有点手续正在办，大概还有半个钟头。”她将水杯往符晓梅旁边一放，“喝点水。你待会儿要去哪里？文昌吗？”文昌是符晓梅资料上的户籍地。

“哦。是，文昌。”符晓梅流露出一丝慌乱，应声后又开始了新一轮的沉默。

遇上寒流的海口冬季夜晚寒气逼人，美兰国际机场候机楼内气温不到 10 摄氏度。这会儿正值春节出入境高峰期，这班从马来西亚飞来海口的航班因暴雨延误到凌晨 3 点多，这又多了个遣返的，这个夜班真是不太平啊。

“饶队，刚才行李物品检查，在符晓梅的行李中查到一个病历本，上面有她在吉隆坡的就诊记录。”法制员小易看了符晓梅一眼，凑近小声向饶队报告，“还有那一堆药膏，呦，都是什么乱七八糟的毛病。看样子，她是做那什么的。”

“行了，我知道了。”饶队沉声应道。看着对面双手抱臂不自觉打着寒战的年轻女孩，她突然想起了 10 年前刚入警时的一幕。

那是一个清晨，海口飞新加坡的航班已经开闸。一名十八九岁的女孩来到验证台前，台内的检查员正是刚入警不满一年的小饶。小饶翻看护照询问道：“您好，您是第一次出境吗？”女孩脸上满是兴奋和紧张，回答道：“对呀，我是第一次出国呢。”“那您此行的目的是？”小饶礼貌地继续问道。“去工作的。有人介绍我去新加坡工作，据说可以赚好几倍薪水！”女孩高兴地回答，青春的面庞上洋溢着美丽的笑容。小饶当时也没多想，办理完手续将证件交还了女孩。这时原本坐在旁边一直观看小饶验证的师傅老李善意地提醒女孩：“女孩子一个人在外要注意安全，有事情要跟家人多联系。”小饶感觉师傅话中有话，却不明就里。

下勤后，小饶忙问师傅刚才的话是否有深意，师傅看了眼小饶，轻叹一声，说道：“像这种无学历、无阅历、无背景的女孩赴异乡打工，会面临很多风险和危险，有些被老板压迫打黑工不准回国，成天担惊受怕地过日子。刚那女孩说赚好几倍薪水，哪曾想那都是血泪钱。”

10 年了，小饶成了饶队，面对眼前的情形，对师傅当年的话感触更深了。饶队摇摇头，走过去调高了空调温度。

“饶队，早餐到了。”吴敏在询问室门口说道，“今天有汤圆呢。”

“将近 6 点了，忙活一夜还真饿了。”饶队便让吴敏打包 3 份早餐过来。

“3 份？”小易有些疑惑。饶队示意她看对面。对面的女孩大约感受到了空调的温度，紧绷了一夜的身体略有放松，只是依然低着头保持沉默，依稀能看到脸颊瘦削、面色蜡黄。

小易撇撇嘴，起身把茶几挪了下。

饶队倒了点水，抽了几张纸，将面前的茶几擦干净，又开始小心翼翼地擦对面的茶几。

收拾妥当，队里送来了 3 份早餐，还有一钵冒着热气的汤圆。饶队接过一份早餐，放在符晓梅面前的茶几上，又盛了一碗热腾腾的汤圆，招呼她：“来，符晓梅，吃碗汤圆好回家团圆，四四（事事）如意。”

符晓梅眼睫微颤，眼圈瞬间红了，她颤抖着端起饭盒拿起筷子大口地吃起来，汤圆糯糯甜甜的，连吃了 4 个，一下子噎住了猛打嗝。

“别着急，喝口汤。”看着有些孩子气的符晓梅，饶队不由得露出一丝笑容，“心急吃不了热汤圆。”

热汤下肚，符晓梅的脸色缓和了不少，她不好意思地捋了捋头发，“谢谢警官姐姐，我……好多天没吃过热汤热饭了。”

饶队一愣，正要说话，证研民警郑辛拿着护照走了进来，递给饶队，“没问题，可以放了。”

“晓梅，我们边检的手续办完了。你可以回家了。今天过节，家里人应该就等着你团圆了。”

饶队的话仿佛触到了什么，符晓梅再也控制不住自己，哇的一声哭了起来。“我就是想去赚点钱，哪里想到遭那么大罪！隔壁的阿兰说在他们那边端盘子一个月都有5000多块，说我过去肯定赚得比她还多。累点脏点我不怕，我就想多赚点钱，没想到，没想到……”她越说越快，渐渐有点语无伦次。

抽出两张纸巾，饶队坐到了她旁边，抬起手在空中顿了一下，轻轻拍了拍她的背，“快擦擦，晓梅，别哭，回来就好了。”

“那天突然有警察冲进来，当时我吓蒙了，他们叽里呱啦说什么我也听不懂，后来把我带到一个地方关起来，钱全被他们没收了，在里面熬啊、熬啊……”大滴大滴的眼泪从脸庞滚落，晓梅颤抖着双肩，仿佛又回到那冰冷潮湿的记忆中。“整整20天，我扳着指头数，等啊等啊，没有一个人来救我！这些天妈妈肯定急死了！我好想家，想妈妈和弟弟、妹妹，我做梦都想回家。”

饶队拉过她冰冷的双手，掌心传来的温度热烘烘的，仿佛熨烫着符晓梅阴霾的心。

“晓梅，别怕，回来了一切就重新开始。你这么年轻，只要肯努力、肯上进，一切都会好起来的。”说着将证件递给她，“收好证件，快回家吧，大过节的家里就等着你团圆呢！”

符晓梅接过证件，泪眼婆娑地看向饶队。经过这一夜，雨不知什么时候已经停了，东方泛起了鱼肚白，天就要亮了。

【《中国出入境观察》2019年第9期】

散文

◎谒北庭，聆听千年戍边回响

◎草原吹过青涩的风

◎如果爱有天意

◎因为有了桥，才有远方路

◎洛古河：遗落在大兴安岭深处的时光碎片

洛古河：遗落在大兴安岭深处的时光碎片

邱小平

走进雪后的黑龙江省漠河市北极镇洛古河村，如同进入了一幅水墨丹青画。

举目四望，环村皆山，一面临江，深颜如黛，意境深邃；行至高处，浩瀚龙江，冰封千里，犹如巨龙，呼啸而过；及至村口，篱笆木屋，整齐划一，灰墙白顶，如出一辙。

这个隐居于大兴安岭深处的百年村落，如同森林中的博物馆，守护着森林居民最深切的时光记忆。

龙江源头的村落

洛古河的美景，从入村的331国道开始。331国道，黑龙江人更喜欢称其为“醉美331”，“行走龙江、神奇一路”说的就是它，它从兴安岭的白桦林中一路蜿蜒，转过村口“洛古河”巨石，立刻90度向西，从洛古河穿村而过，如同一条玉带，串起沿途的森林、界江还有厚如毛毯的雪原。

洛古河的早晨就与众不同。一轮红日升起，一缕霞光打在村口巨大的石头上，“洛古河”3个字顿时金光四射，在地面白雪的映衬下愈加夺目。一阵风起，轻盈的雪花伴随着口中轻吐的白雾，像炊烟般袅袅升起，穿过冰冷的空气，消融在渐浓的晨曦中。静静的木船，静静的白雪，静静的村庄，就这样掩映在巍峨的兴安岭与壮阔的黑龙江之间。

一进入洛古河，顿感别有洞天，“世外桃源”也不过如此。从东边村口至西边村尾不到1000米的街道，两旁全都是木头建造的房屋，“古道驿站”“源头缘”“龙江源”一个个仿古招牌如同从古代走来的美女，在街道两旁娉娉施礼，客栈与国道两边飘扬着的鲜艳国旗深情对望，331国道随着河流的方向往前延伸，临江的木刻楞民居绵延逶迤。

洛古河村党支部书记李志宏说，洛古河村距离漠河市区110公里，距离北极镇90公里，处于大兴安岭森林的腹部，最冷时零下57摄氏度，从1886年建村，就开始陆续建造适合极寒天气下居住的木刻楞，现在，全村民居全部都是木刻楞。

遍布全村的55栋木刻楞，如今成了洛古河村的“金字招牌”，这些木刻楞犹如身处桃花源中的古人，保持着数百年前的原始风貌。

信步走进“龙江源”宾馆，这个外墙漆成黄色的木屋令人惊艳不已，整栋房屋不用一根铁钉，全靠榫头咬合。老板李兰庆说，做这样的房子，需先把木头钻孔，再用木楔加固，木头交接处垫苔藓，好处是不透风，即使零下50摄氏度的冬天，有苔藓压底，相当于水泥夹在隔缝里，非常暖和，而夏天又异常凉爽。

木刻楞里，土炕是最主要的生活设施，居住在木刻楞里的洛古河人，一天三餐都在炕上吃。家里的老人坐在热炕上抽烟，妇女们坐在炕上做针线活，孩子们坐在炕上“过家家”，家里来了客人，也是炕上喝酒、聊天。待到暮色四合，将炕烧得热乎乎的，一天的劳累，在一宿热炕的呵护下消失得无影无踪。

坐在老李家的炕沿儿上，透过明亮的窗户，只见一只可爱的松鼠在外面的窗台上窜来窜去，对面墙下的玉米秸秆似乎更有吸引力，松鼠“扑”地跳到秸秆上边，快速地寻找残余的玉米粒，然后头也不回地顺着墙脚跑开了。

顺着331国道往西走到村子尽头，有一个面积不大的广场，广场上一个巨大的“源”字石雕，赋予了这个广场名字——源头广场。

站在广场往西看，额尔古纳河与俄罗斯流来的石勒喀河深情相会，然后携手一路向东，变成了大气磅礴的黑龙江。洛古河村就坐落在两河汇流之处，这里是黑龙江的起点，但当地人更喜欢称之为“源头”。“源头广场”“源头宾馆”“源之缘农家乐”，无处不在的“源”字，仅仅是为了佐证一件事——洛古河就是黑龙江的源头村。

当大朵大朵的雪花似精灵一般飘舞在小村，包括“醉美331国道”在内的道路上已是“万径人踪灭”，封冻的黑龙江上也没有“孤舟蓑笠翁”，白色的雪花给木刻楞穿上了一层厚厚的衣裳，洛古河就更显得无与伦比的宁静，它们在不知不觉中成为大自然最和谐的一部分，给人一种非同寻常的自然之美。

森林乡愁木刻楞

洛古河村几无片瓦，最令人惊艳的，无疑是一排排的木刻楞，这是洛古河最古老的底色，也是洛古河最靓丽的名片。

木刻楞，顾名思义就是用木头垒砌的房屋，一般都很高大，房中竖有几根作为支撑点的圆柱，外围护墙以圆木两端上缺口互相咬合衔接叠垒而成，尖顶窄窗，屋顶覆以圆木或木板。北极镇是我国最北的乡镇，洛古河村是龙江源头第一村，冬季严寒漫长，风烈雪猛，村民会在木刻楞房屋的外表糊上厚厚的黄泥，以防风雪“乘虚而入”。

这种用原木层层叠置、转角处交叉咬合的建筑，形如古代井上的木围栏，在建筑学上叫作井干式木结构，有棱有角，规范整齐，房屋制造粗犷而精美，具有冬暖夏凉、结实耐用等优点。

木刻楞的制作工艺与中国南方福建、浙江地区构建传统的木拱廊桥有异曲同工之妙，都是将数百根圆木像小孩子搭积木一样，穿插叠加搭建而成，区别只是木刻楞用料主要是大兴安岭百年成材的落叶松，而南方木拱廊桥用料主要是南方杉木。

木刻楞的地面只有用木板铺就才能与房屋的气氛相得益彰，很多家庭把木地板涂成红色，鲜艳、醒目，预示着日子越过越红火。当然，家具也都是木质的，而且越古老越陈旧越好，更能体现岁月的痕迹，也更能透出大自然的味道。

这种木屋不用画蛇添足再加一个天棚，屋顶就算是天棚了，木刻楞的屋顶也是用松木板咬合而成，一层压着一层，严丝合缝，下再大的雨也不会漏水。在屋中抬头仰望，看到的就是斗笠形均匀铺开的松木，给人一种仿佛置身于森林的感觉，虽然已历经几十年风雨，仍能嗅到松木特有的气息。

木刻楞房子盖好以后，大多数都是在外面刷木蜡油，保持原木本色，也防虫蛀，各家各户也可以根据不同的爱好涂上自己喜欢的颜色。在洛古河，大部分木刻楞保持着原木的本色，也有几户涂成黄色、灰色，点缀其间，为这个木刻楞“原始森林”中增添了不少亮色。

木刻楞的里边，挂着东北特有的蒜辫子、菜籽、红辣椒，看上去朴实大方，透露着人间烟火的气息。木刻楞的外边，铺着厚厚的积雪和高高的柴垛，而木栅栏就如同一个个哨兵，排列整齐地站立在雪地里，仿佛拱卫着城堡，远处参差不齐竖列着的豆秸、玉米秆儿，也悄悄地预告着一个“瑞雪兆丰年”的故事。

林徽因在《论中国建筑之几个特征》里曾经说过，一个好的建筑必含三个要素：实用、坚固、美观。所谓实用，就是切合当时当地人民生活习惯，适合当地地理环境；所谓坚固，就是不违背其主要材料之合理的结构原则，在寻常环境之下，有相当的持久性；所谓美观，即呈现稳重、舒适、自然的外表，综合实用、坚固两点的自然结果。

木刻楞毫无疑问具备林徽因所说的三个要素，在粗大的木料加持下，房屋结构挺拔俊美，非常契合当地极寒天气下的生活需求。

洛古河村是黑龙江省最后的拥有成片木刻楞的建制村，现有 47 户人家，目前登记在册的木刻楞房屋有 55 栋，这些木刻楞是从 1886 年建村时陆续建起来的，即使最年轻的也有 30 多年历史。

进入新世纪，洛古河人的日子也越过越好，村里通了路，来了电，有了网络，引来了五湖四海的游客，村民们办起了农家乐，搞起了界江游。富裕起来的洛古河人在城里买了房，置了业，但村里的木刻楞，一栋也没有拆，这里看得见山，望得见水，记得住乡愁，保存木刻楞，就是保存历史的记忆。

这最后的木刻楞村落，是大兴安岭居民极寒生活的高清投影。

木刻楞的守护者

在洛古河村东头第一家，龙源大街 4 号，有一户砖瓦结构的住房，这个 80 多平方米的砖房，却是守护全村木刻楞的哨所，它的名字叫作洛古河夫妻警务室。

洛古河村有着 44 公里界江管段，西与内蒙古接壤，北面是俄罗斯，地理位置非常重要。

以往，北极边境派出所都是定期派人赴洛古河村工作。为推进警务前移，大兴安岭边境管理支队于 2010 年在这里设立了夫妻警务室，前一任驻村警务室民警贾晨翔王晓莲夫妇坚守 10 年，2020 年调回山东。民警史先强主动申请，带着爱人沈欣（辅警）来到洛古河，成为警务室的第二任主人。

说到这个警务室，沈欣有话说：这是全村唯一不是木刻楞的房子，确实没有木屋子暖和。刚入冬那会儿，给孩子穿着棉袄戴着帽子睡觉，摸他鼻子还是冰凉，怕他感冒，就穿着大衣搂着他睡。卧室的后边是车库，保暖不好，从头顶冒凉风，躺在床上就感觉风呼呼的，一夜无眠。第二天，把床挪到荣誉室才暖和起来。为解决取暖，派出所在车库安装了保温板，加装了 2 个电暖气，现在就热乎多了。

12 年来，两对夫妻相继坚守在洛古河，倾心守护这片最后的木刻楞村落，洛古河村连续 12 年无案件、无事故、无越界，由于风景优美、民风淳朴、治安良好，洛古河村先后获评国家级生态村、中国最美乡村。2020 年被评为全国乡村旅游重点村、第六届全国文明村镇。

河面绽放的冰花

听史先强说，即使零下 40 余摄氏度，仍然有温暖的泉水从山脚下汩汩流出，形成冰层中的河流，它们造就了美丽的冰花和雾凇，非常神奇。

于是，我们决定探寻传说中的暖泉和冰河。出洛古河村往东，沿着国防路行至尽头，下车，披荆斩棘前行，突然柳暗花明，一条江汊赫然出现眼前。

这条 10 余米宽的小河已经完全封冻，不规则的冰层如同火山爆发后的岩浆，流到哪里，就凝固在哪里，游走随意，淡定从容。但见紧邻山脚的一处层层叠叠的冰面之下，泉水汩汩冒出，泉眼处还渗出丝丝热气，遇到零下 30 多度的冷空气，瞬间凝华。

泉水顺着河流的方向缓缓流动，水面渐宽，暖泉波澜不惊地流淌。遇到卵石，便会留下一个涟漪。不出 5 米，水面渐瘦，再往下，一层薄冰浮于其上，水流向前，冰层渐厚，直到重新被冰雪覆盖，了无痕迹，好像泉水从未来过。

暖泉的尽头，是一片透明的薄冰，灵动、透彻，几乎能见到下边墨绿的河水，冰面上，布满了六角形的冰花，一朵朵骄傲地盛开。这些空气中的水蒸气遇冷凝华成小冰晶，在平滑的冰面凝结成冰片，似无数花朵镶嵌于上，因此得名冰花。

这些常见于窗上的精灵，突然绽放在冰河，是盛开在天地间最晶莹、最圣洁的花。它晶莹雪白，带着绚烂如花的笑容，用素雅的情怀纵情亲吻和拥抱冰面，它是那么轻盈、洒脱和飘逸，始终怀着一颗纯净的初心与使命来激活沉睡的冬天。

暖泉的旁边，几丛纤细的杨柳枝条上落满雾凇，凌花纷飞，枝如银条，如同一个个花枝招展的小姑娘穿上了洁白的纱裙，一阵微风，轻霜簌簌落下，花似飞絮，晶莹耀眼，亦似翩翩起舞的少女。几枝雾凇渐浓的树枝，就那么静静地躺在冰面上，一如睡美人般安静。

好花莫过崖边花，好柳莫过河边柳。这一丛一丛冰河滋养的河柳披上白色盛装后越发秀美，顿时让我想起晏几道的名句“舞低杨柳楼心月，歌尽桃花扇底风”。此情此景，应有一两个彩袖飘飘的女子，或抚琴或弄箫，轻柔的丝竹之音，在这冰与雪的世界流淌。

顿时想起了那些冰山上盛开的花朵——雪莲花，淡黄色的花瓣托着紫色的花蕊，比玫瑰鲜艳，比荷花美丽，给净白的雪地增添一抹色彩，给荒芜的冰山增添一丝活力。

王安石云：世之奇伟、瑰怪，非常之观，常在于险远，而人之所罕至焉，故非有志者不能至也。是啊，最美的花朵，总是开在冰峭之上，最美的风景，总在绝顶之处，只有意志坚定的人才能看到。

冰雪中的洛古河，没有孤寂的纠缠，没有喧哗的惊扰，即使常年冰雪覆盖也不感孤寒，它似乎被岁月遗忘，在时间的流淌中保持着特有的宁静与安详。

世间若有岁月静好，我想，一定就在洛古河。

【《中国出入境观察》2022 年第 1 期】

也许微笑不得已

回金田

终于告别了难以言说的2022，迎来了期待满怀的2023。回望2022年，有很多收获，也有很多遗憾。对我而言最遗憾的，就是因为疫情等因素，没有机会去看望戍守边疆的战友们。

时光一逝永不回，往事只能回味。2014年5月，我离开河北毅然南下，成了当时边防警察报社的一名编辑。历经广州、北京两地两年的蹉跎，虽然最后无缘成为报社的正式一员，却也每年有机会行走边疆，或采访、或宣讲、或论坛、或调研，即使经历转制也从未中断，也一直以能为边疆兄弟服务为傲。2022年年初，早早谋划好了去广西百色和西藏日喀则西线调研采访，却因疫情不得不忍痛取消。面对这份缺憾，我也只能苦笑以对，竟突然发现，回想起行走边疆的点点滴滴，守边战友的微笑，或许有很多都是不得已。

2021年9月，有幸去了魂牵梦萦多年的西藏阿里。由于日程安排极为紧张，到班公湖边境派出所辖区采访回所吃完晚饭，已经是夜里11时多了。但是此次采访机会难得，下次又不知何年何月。我和局新闻中心于雷记者争取到了半小时的集体采访机会，本应惜时如金的采访，却被一如既往的沉默拉得有些长。说是一如既往，就是我们知道，这些常年与寂寞为伴的战友都不善言辞。面对我们提出的问题，只是尴尬而羞涩地微笑着，机械地回答着，很难发现闪光点或者故事，他们眸子深处总是有不知该如何应对的紧张。我们也只能问了些基本情况就草草收兵。

我和于记者很认真地给大家留下了联系方式，战友们也很认真地记下了我的电话，加了微信。但是，我知道，真正跟我们联系的基本没有。如今，我想不起他们其中哪怕一个人的名字，只是他们那尴尬而羞涩的微笑，深深地印在了我的心里。

2015年3月，我受命到当时的喀什红其拉甫边防派出所采访。与红其拉甫边防检查站的远近闻名相比，红其拉甫边防派出所要默默无闻地多。红其拉甫边防派出所驻地在海拔5000米以上，是新疆条件最为艰苦的基层所队之一。得知我们要去，派出所的民警们特意给我们准备了驼肉面。驼肉纤维很粗，很难嚼烂，吃了一口，咽不下去，也不好意思吐出来，就那样尴尬地含在嘴里。所长看出了我的窘态，带着微笑并歉意地说，这边气压低，用高压锅压的面条，虽然看上去很烂了，中间可能还不够熟。驼肉是帕米尔高原过节的时候才能吃到的，民警们回家探亲，都要带上点送给家人朋友……看着民警朴实的面庞和被高原折磨得痛苦不堪却不言苦不说难的坚强，我俯下头，把碗抱在怀里，奋力将面条吃光。离开的时候，民警列队送我们，车开出去很远，我的眼泪终于流了下来……那次采访刻骨铭心，终生难忘。

改制后，一直想着再去帕米尔高原，再去看看红其拉甫边境派出所的战友们，可惜没有成行。不知道那个微笑着给我道歉的所长还在不在那里，还是早就回到了家乡。

“我从没见过极光出现的村落，也没见过有人，在深夜放烟火。”有一天突然听到《漠河舞厅》这首歌，旋律伤感而凄美，听着听着，有一种莫名的伤感。2017 年，有幸到漠河北极边防派出所采访，当时所里一个年轻民警负责我们采访期间的服务保障工作。小伙子高高的个子，帅气的脸庞，很善言辞。他说这边山里有一种动物叫狍子，和羊一般大小，长得很像鹿。过去，当地人习惯晚上在山上捉狍子，只要拿手电筒一照，它会特别好奇地停下来，等着你来抓，所以东北人有时候骂人傻就叫“傻狍子”。但现在不让抓了，是国家二级保护动物了。

采访之余，小伙子带我们到最北公园转转。北极风光如画，美不胜收，当时正值隆冬时节，最北公园的雪景更是别有一番风味。我们这些从城市森林去的人简直是大开眼界，感叹说在这里生活真是八辈子修来的福分。听到这儿，小伙子微笑着说，这里景色是好，就是“人快走光了”。小伙子告诉我们，冬天是北极村的旅游旺季，还有点儿人气，等到了开春，整个村就剩下十多个老人，太寂寞了。

直到现在我也很后悔，那几天忙得不亦乐乎，竟然没有留下那个对我们照顾入微的小伙子的联系方式，不过他微笑的样子，我一辈子都忘不了。

边关苦寒，冰霜冷月，守卫在那里的战友们把青春化成铜墙铁壁，岁月静好的亿万民众才会欢乐着自己的欢乐，平安着自己的平安。而每个卫士的背后都有着个个感人至深的故事，就像这 3 个故事的主人公那样，无论是尴尬微笑的班公湖边境派出所民警，还是歉意微笑的红其拉甫边防派出所所长，还有微笑着好意提醒我们的北极所年轻民警，他们的名字都被我这个不称职的记者遗忘了，但他们那或许是不得已的微笑却让我刻骨铭心。

自古以来，戍边的诗句传唱千年，戍边英雄故事世代流传，但更多平凡戍边将士的故事被边关的风雪储藏，被边关的卫士生生地伴着风雪嚼碎咽下，被边关卫士的家庭慢慢地消化，以至于无论信息如何发达，那些故事仍然鲜为人知，一旦发现，依然那样地惊心动魄。面对刨根问底的我，遇到困难的我，认知浅薄的我，他们只有微笑，哪怕是不得已地微笑着。

斗转星移，时代转换，无论科技如何发达，边境仍需要将士们的守护。这些年行走边疆，无论是北极还是阿里，无论是帕米尔高原还是白山黑水，民警有一方面的认识相当统一，那就是边境是来了就不愿意出去，出去了就不想回来的地方。因为离家太远，回家的路又太长。他们能面对常年的冰天雪地，能耐得住常人难耐的孤寂，能在人类无法生存的地方扎下根去，更学会了微笑以对。

【《中国出入境观察》2023 年第 2 期】

如果爱有天意

聂虹影

这是一次临时决定的采访。

云南边检总站先进典型模范颁奖晚会开始前，有个与英模及家属代表座谈活动。安静的会议室，安静的面孔，端正的坐姿，代表们身上斜挎的红色绶带，醒目而鲜艳，我的眼睛瞬间蒙上一层雾，内心也已翻江倒海。

一侧是英模代表，一侧是英模家属代表。英模代表面孔是熟悉的，他们的事迹我们报刊都登载宣传过。家属代表大多不认识，但我知道，她们身后，都屹立着一位英雄，有的永远倒在了战场上，有的倒下后又站了起来。

座谈会上，我见到了蔡晓东烈士的爱人，黑衣素裹，白皙秀丽的脸上有掩盖不住的哀伤。一分多钟的简短发言，她一直在感激感恩组织的关怀。领导问有困难吗？摇摇头，“没有，请组织放心，我一定照顾好老人、培养好孩子，告慰晓东在天之灵。”

没有困难？日子长长，家里的顶梁柱不在了，怎么可能没有困难啊？这就是英雄的爱人。半个多小时的座谈交流，不管是听人说还是自己说，她眼角的泪始终没干。

座谈结束，距离功模颁奖会已不足一小时，利用仅有的时间，我采访了晓东爱人，形成了这些文字。

这是一次无比艰涩的采访，面对烈士遗孀，未开口，自己先破防，泪水汇聚双眼。心有多疼，采访就有多艰难，因为，晓东也是我的战友，我告诫自己，你是来采访的，不能先乱了阵脚，最疼的人是你对面的这个人，她比你更疼。

我的心情是矛盾而复杂的。作为晓东的战友，作为全国移民管理系统的媒体人，我们的责任和使命，就是要把晓东的生前身后事展示出来，让更多的人了解和理解，但是，又很不忍心，因为这个话题太沉重了，沉重到无以复加。

于晓东的亲人而言，每次回忆都是心灵的撕扯。晓东爱人平静地讲述，那些关于爱的故事，又一次撕扯她的心灵。还好，我和晓东爱人并排而坐，她看不到我的表情。我端起杯子喝口水，仰起头把眼泪憋回去，吞咽下积郁在嗓子口的堵，而手中的笔，急速而贪婪地记录着，成为一种宣泄的出口。

（一）

晓东是个暖男，属于很暖很暖那种，到底有多暖？举个例子，当你口渴时他会马上拿出一瓶水，帮你拧开瓶盖，拧开前他还会把瓶盖处用清水冲洗干净。

我和晓东一见钟情。十几年前，我在版纳州府景洪做导游，带一个豪华团到勐腊旅游，需要联系比较高端的住宿酒店，朋友托朋友就托到了他这里。当时他在勐腊的边防大队工作，比较熟悉当地的情况。

第一次见他时，他穿着军装，一杠两星，非常威武英俊，我的心莫名就跳了下。那天他和单位领导一起外出办事，顺便拐过来帮我对接预订的酒店，其间听到他和领导闲聊，领导问他找女朋友了吗？他说还没有，回答问话时眼睛却瞟向我，我的心又跳了下。

那次带团结束返回景洪后，他就展开了攻势，没有肉麻的表白，只是关心和问候。他每天都发短信，嘱咐我注意身体，要按时吃饭，要早点休息，带团时要注意安全。

我就这样一点点感受着他的牵挂和温暖，感觉越来越需要他，越来越依恋这份感情，觉得今生的伴侣只能是他了。

我们相距大约 150 公里，他工作非常忙，部队管理也严格，恋爱时基本上都是我跑去看他。谈婚论嫁提上日程时，我想总这么跑也不行啊，曾想过让他转业把家安在景洪，毕竟这是州府所在地，各方面条件都比勐腊好很多，可看到他如此热爱他的工作，实在说不出口。既然他无法过来，我就过去吧。于是我辞掉工作，放弃在景洪的生活基础，来到勐腊，在离他单位不远的地方，租了一小间门面房开了个农资店，卖些化肥农药之类的农业资产。不指望每天都能看到他，至少他有时间见我时，我随时都在。

为了解除晓东的后顾之忧，我把他的父母也接到了勐腊，和我生活在一起。我跟公婆相处的时间，比和晓东相处的时间还长，一家人其乐融融。公婆待我比对晓东妹妹还疼爱，他们就像我的亲生父母一般。我家在版纳下边一个偏远的村寨，姐妹好几个，离家上学工作成家，和自己的父母反倒有点生疏。

晓东是个责任感很强很孝顺的人，对双方老人包括家人都非常用心。这么多年来，他从不跟父母提任何困难，只想让父母过得开心。我家里的大事小事他从不缺席，需要拿主意的地方，都是晓东来抉择，过年过节都会发红包给岳母，每个节日都会打电话问候，父母包括我外婆生病，他都非常操心，出钱出力，毫不吝惜，我和晓东是两边家庭的希望和支撑。

（二）

和晓东结婚时，本来定好了要去拍婚纱照，刚刚请假到家的晓东接了电话立即返回单位。盼了好久的婚纱照没有拍成，尽管有些遗憾和伤感，但我非常理解，因为当我选择嫁给他的那一刻，我就知道了他肩上的使命和责任。后来才知道，他归队是因为发生了震惊中外的湄公河惨案。

导游这个职业见多识广，接触了许多人，为啥选择嫁给一个军人？可能是源于对军人的崇拜，那种崇拜和敬仰，是渗透在骨子里的，从小到大一直持续着。我最喜欢晓东穿军装了，那个帅气啊，怎么看也看不够。后来换成警服了，依然觉得挺好的。晓东告诉我，虽然服装换了，但责任和使命都没有换。我说，不管是穿军装还是换警服，我都支持你。

晓东非常热爱所从事的工作，有几次组织考虑给他换岗位，他最终还是选择了留下。印象很深的是一次组织想把他调到一个单位任主官，去还是不去？他对我说："我在侦查队这么多年，又到执法调查队，这份兄弟情谊，这种出生入死、并肩作战的感情，实在是割舍不下。"说心里话，我倒是希望他能换个岗位，他太累了，看到他办案子回家那份憔悴和疲惫，累和后怕甚至让一个大男人流泪，我真是心疼啊。但当他做出决定的时候，我就告诉他，无论你在哪里，我都一样支持你。

后来他从勐腊调到了景洪，我们终于实实在在团聚了，还买了理想的房子，父母也跟着我们一起过来了，给孩子联系了附近比较好的小学，报名费都交了，还有一个多星期就要入学了。有天晚上晓东突然回家了，他说要和我讲件事。还没开口，他先流泪了。他说，我们好不容易团聚了，但我有个事情一定要跟你商量，我不想让你蒙在鼓里。当时我好奇怪，就问你是不是要调去其他地方了？他摇摇头说，最近办了个案子，就是好几十公斤毒品那种大案，他刚刚发现，犯罪嫌疑人和我们住在一个小区，仅仅是隔了几栋楼。

他说他后怕了，他说他一个人还好，干了这份工作就要有接受一切的思想准备，就算出了问题，至少还有爱人和孩子，还有爸妈，但如果亲人被他们盯上受到伤害，如果全家人遭到报复，他要怎么办？这辈子他该怎么面对啊？

听他艰难地讲完，我一下子蒙了，费尽千辛万苦刚刚把家安好，孩子已经报好名等着开学了，实在让人难以接受。但冷静思考，自己找的就是缉毒警察，就是在刀尖上行走，必须不讲任何条件地支持他的工作。我立即决定，回老家去，带着父母孩子，立即离开。

和父母商量时，他们也不能理解，这么多年好不容易盼到一家人团聚了，现在还要分开。我就跟爸妈做工作，曾经也是警察的公公，马上支持我们的决定。我们连夜打包收拾东西，第二天就回到了 100 多公里外的老家，这样我们又和他分开了。

恋爱时我在景洪他在勐腊，我追随他到了勐腊他又调到了景洪，2016年他调到景洪，我再次追到景洪。好不容易团聚了，到2020年9月孩子该开学时，我们又离开他回到了老家。

（三）

晓东牺牲前一个月，移民管理系统在云南新成立了一个单位，那天晚上他给我打电话说，媳妇，要不我填个申请表试试，换个岗位也许就有空陪你和老人孩子了。可是一个多小时后，他又打来电话说，我还是舍不得离开，我在这里待了这么多年，我还是舍不得这里的战友兄弟，还是留在侦查队吧，哪天我实在干不动了，再向组织申请调岗位吧。

回到老家后，我在学校门口开了个小吃店。每天早晨五点多钟就起床准备汉堡、鸡肉卷、米干米线等小吃。晓东不舍得我如此辛苦，但能够帮晓东减轻家庭经济负担，我感到开心快乐。

晓东牺牲前不久，曾请了一天假，我们带着儿女去水底世界游玩。刚到景区，晓东的电话就响了，单位里来了任务。看他挂了电话愧疚的样子，我说去吧，工作第一。万万不曾料到这竟是我们的永别。

也许亲人之间真的有感应，他牺牲前那天夜里，我翻来覆去怎么都睡不着，刷抖音一下子就刷到了德宏一个缉毒警卧底暴露被摧残致死，他的爱人殉情自杀的视频。

很奇怪，平时我刷不到那样的视频，可那天晚上，竟然十几次刷到同样的视频，刷到一次我哭一次，一个晚上都没睡好。

凌晨一点多，我在微信朋友圈发了3张他带孩子游玩的照片。我不敢发他的正面，只发了背影，并留言安慰自己："珍惜那个很忙却为你有空的人，爱惜那个很穷却为你倾尽所有的人。"

晓东真的很穷，这么多年来，生养孩子、买房子、赡养老人，贷款后还差几十万元，所有困难晓东都想替我们承担，特别怕委屈了家人，他对自己却无比节俭。一次我们去买鞋，他看上了一款，很满意，但一看价钱，就打了退堂鼓，悄悄对我说：媳妇，算了，太贵了。

我趁他出去接电话，毫不犹豫把鞋买下，编了一个善意的谎言：打了五折。那天，他高兴得像个孩子当场就把鞋穿在脚上。12月4日，在殡仪馆看到他的那一刻，脚上穿的就是那双鞋……

晓东在山里蹲守了好几天，手机偶尔有信号时，他都会给我报个平安，或者是几秒钟的小视频，或者是几行字。他理解我的担心，每天都会问候我一下，我知道他在执行任务，也不敢随便打电话，就给他发语音，他不忙时就能看到。他说这个案子如果办完了，今年的工作就完美收官了，他就请几天假回家。

就在他牺牲前一个小时，我心里特别不安，破例拨电话过去，他接通马上又挂掉了，发了小视频过来，告诉我他是安全的。这么多年一直是这样的，他大部分时间都是在案子上，他告诉我他很安全，平时也常常这么说。但这次，他蹲守在山里，我还是很担心，因为我是农村出来的，他办案的那个地方离我家只有几十公里，我非常了解和老挝交界处原始森林的情况。我特别希望自己想多了，不曾想不到两个小时就传来了噩耗。

（四）

2021年12月4日，一个我一辈子都不会忘记的日子，当时我正在小吃店炒菜，手机响了，电话是晓东单位干部科的潘科长打来的，他和晓东关系很好，我们也比较熟。电话接通后我还开玩笑说，潘哥，嫂子今天给你做什么好吃的了？他半天说不出话来。我就有一种不祥的预感。我说你说话啊，到底怎么了？他说晓东受伤了。

我的大脑一片空白，拿手机的手不住地颤抖，张着嘴却说不出一句话。强迫自己平息了一下情绪，我问是枪伤还是刀伤？然后他又不讲话了。我说潘哥你不说话，我没办法做后边的事情。然后他说是枪伤。

我感到天旋地转，过了会儿，我拍拍胸脯暗暗告诫自己必须坚强。然后我问他是在山上吗？他说是的。我说好的我懂了。他接着问，老人在不在，孩子在不在？

那一刻我有些明白是什么情况了，但我还抱着一线希望，晓东受伤是我最坏的打算，只要他还有一口气，哪怕成了植物人也好，只要他人在我就心满意足。我说你不用担心我，我先去安抚老人。

回到家里，我说爸爸妈妈，我们一起去景洪。老人说不去不去，孩子还在上学，等下个月孩子放假了再过去。我不知道该怎么开口，就轻轻告诉他们晓东受伤了。当时妈妈一下子就瘫倒在床上了。我说只是受伤，没有大问题啊，我们去照顾他几天。

爸爸准备去开车，我就告诉爸爸单位有车过来接我们。爸爸是老公安，他似乎明白什么，开始掉眼泪。我在老人面前不能掉眼泪，告诉他们：晓东只是受伤，你们不要哭啊，保留点力气照顾他。老人看我很平静，就感觉真的没事，情绪渐渐平稳下来，很配合地与我一起收拾东西，我们一家老小坐着单位的车往景洪赶。

晓东是下午2点40多中枪，3点多钟走的，我接到电话时是4点多钟，我们来到景洪是6点多。当时我已经意识到，枪伤在山上救护是非常困难的，除非是打到腿打到手那种不是要害的部位，但如果流血过多，也很难救援，因为那是原始森林，正常人从那个山上下来，估计也要走一个多小时。

到景洪后，仅存的一丝侥幸破灭了。听到晓东牺牲的消息，那一刻真是万箭穿心，痛不欲生啊！但我必须挺住，不能倒下，老人和孩子还需要我来安抚照顾。

来到殡仪馆，看到晓东躺在那里，浑身冰凉，一动不动，如同睡着了一般。我真希望这是在做梦啊，我的爱人，我最亲爱的人，他怎么可以用这种方式和我道别？那一刻，我真想追随他而去，可是我走了，谁把一双儿女养大？谁为父母养老送终？

晓东的嘴一直张着，怎么也合不上。我俯下身靠在他胸前说：老公，你是不是伤口太疼？是不是放不下我和孩子，还有年迈的父母？我深情地吻他的双唇，轻抚他受伤的创口，泪眼中我依稀看见，他的嘴安详地合上了。从相识、相恋到相知，每一次吻别都有盼头。走进家时，他的笑总让我看不够，而 12 月 4 日的吻别，竟成了永远的离别……我告诉晓东，你放心，我会把你想做的事都做好，为父母养老送终，将孩子抚养长大，为你未了的心愿划上满意的句号！

（五）

与晓东相伴走过 10 年婚姻路，家里的事我从来不指望也不舍得他做太多。马桶坏了我自己修，灯泡坏了我自己换。为了让他多休息，从来没让他做过饭，只要他回家，摆上桌的都是他爱吃的。

生儿子时他在边境办案，凌晨 5 点多钟我羊水破了，是朋友把我送到医院，我也没有埋怨他，我觉得选择了，就要支持，抱怨是没有用的。

他答应我结婚 10 周年纪念日，一定亲手为我做一顿丰盛的烛光晚餐，送我 10 周年钻戒，一起陪孩子去看海。如今，这一切再也实现不了。

和我一起宣讲晓东事迹的记者说，虽然你们婚姻只有短暂 10 年，但可能胜过有些人一辈子，你那么爱他，他也那么爱你。晓东离开的这段日子，往昔的美好一遍遍在我脑海中回放，我沉浸在幸福的回忆中，又撕扯在失去的剧痛中。

之前他常和父母亲开玩笑说，幸亏家里有这么能干的媳妇，要不然你们可怎么办？大家都要对我媳妇好点啊。

他一年四季都在边境上，偶尔回来也就几天，团聚的日子，家里如同过年一般，老的小的都非常开心，现在这份开心被打碎了。在景洪处理晓东后事的那几天，我最担心的是父母承受不了老来丧子之痛，随时备着急救药品。

老公安出身的父亲，特别克制自己，甚至是压抑自己。在殡仪馆看到晓东的遗体时，老人一滴泪都没有掉，只是一声接一声叹气，每一声叹气都砸碎了我的心。

晓东不在了，余生，只剩下我和一家老小相依为命。我跟公婆说，我们要给孩子做榜样，不能整天唉声叹气，让孩子在阴影中度过。婆婆挺配合我的，公公到现在都没走出来，一看见晓东的照片就难过，我就把所有的照片藏到衣柜里不让他们看见。

晓东生前最孝顺，每次出门他都把茶泡好，摆在茶几上，爸爸起床就能喝到热茶。晓东走后，我和女儿每天坚持为老人泡茶。我把自己的痛咽到肚里，给他们做工作、安慰他们，我说这么多年，他一个月最多就回来一天半天，一年回家的天数加起来也不到一个月，难受时你们就想着他出差去了，一下子回不来，我们一起慢慢调整情绪接受现实。

除了照顾好两位老人，两个孩子也需要照顾。女儿 9 岁已经懂事了，儿子只有 3 岁。现在最担心女儿，晓东牺牲这件事对她打击很大，追悼会上她捧着晓东的遗像，参与了全过程。爸爸去世后她的性格变内向了，常常发呆，有时候还说想去天堂找爸爸，让我很心疼，怕她排解不了。儿子尽管懵懵懂懂，但也会过来问我：你想爸爸吗？然后拍拍自己的心口说，爸爸在心里。有时候也会大哭大叫，说要去找爸爸，他还分不清人间和天堂的界限。

2021 年 12 月 8 日，在泼水广场送别晓东，晓东躺在菊花丛里，身穿警服安静肃穆，依然那么帅！看到躺在那里的爸爸，儿子喊着，爸爸抱抱，爸爸抱抱，见爸爸不答应，他说：我要让奥特曼把爸爸唤醒，带我去澜沧江边捡石头、放风筝、坐快艇。那一刻，我的心比针扎还痛啊！

晓东离去后，我和女儿经常走在晓东曾陪我们跑步的路上。仰望着星空，女儿说：妈妈，天上最亮的那颗星一定是爸爸，我们走到哪就跟到哪！爸爸知道我怕黑，他总是一路给我们照亮！

晓东常说："缉毒警察就是在刀尖上行走，我和战友们是生死相依的兄弟！"晓东牺牲后，我们全家更深切地感受到了各级领导和组织的关爱以及战友的情谊，家里的许多事情都被战友们承包了，能想到做到的都为我们做了，组织上也给了晓东如此多的荣誉。

我非常羡慕一起参会的刘黎云嫂子，能够用爱唤醒昏迷好多天、因积劳成疾倒在工作岗位上的揭映杨大哥，能够天天伺候和陪伴自己的丈夫。我常常假设，那一天如果我送孩子上学途中被车撞伤，晓东就会请假回来看我，那样就不会被罪恶的子弹射中；那一天如果击倒晓东的 3 颗子弹，有 2 颗击中我，晓东就不会离我而去。哪怕晓东成了植物人，我也愿意伺候他一辈子。

可是命运不给我这个机会！

晓东从事缉毒工作 13 年，我嫁给他 10 年。这 10 年，是我人生最美好、最幸福、最浪漫的温馨日子，我会用接下来的所有时光去重温去回味。如果爱有天意，我还会支持晓东成为缉毒警察，我还做他的妻！

【《中国出入境观察》2022 年第 6 期】

辣皮子

赵金龙

没吃过辣皮子，不算到过新疆。春节休假回家，单位特地给我带了一包特产——辣皮子。

没到新疆前，不知辣皮子为何物。因为援疆到吉木乃边检站工作，才知道辣皮子就是干辣椒，辣椒则叫辣子。辣子是新疆人厨房里必不可少的调味食材，炒菜要放辣皮子，烤肉要撒辣面子，吃饺子要蘸油泼辣子……

在新疆人气很高的辣皮子拌面，常用“三素一荤”来搭配，即茄辣西、西辣蛋、皮辣红、辣皮子炒肉。无论如何，辣皮子是少不了的。

茄辣西，即茄子、辣皮子、西红柿这三种很常见的蔬菜，加一点儿油、糖，加两瓣大蒜，翻炒均匀后便散发出浓郁的香味。茄辣西不仅香，口感更是丰富，茄子饱满、辣皮子刺激、西红柿酸爽，浇在一大碗面条上，便是一次舌尖的盛宴。

更加扎实的，则有西辣蛋，即西红柿辣皮子炒鸡蛋，配上面条，色香味俱全。如果还嫌不够，新疆味道的灵魂——皮牙子申请出战。皮牙子即是洋葱，拌上西红柿、辣皮子，便构成了皮辣红这道简单的小凉菜。

辣皮子炒肉，则又是一道美味。辣皮子被羊肉滚得油光闪亮，香味四溢，羊肉也被辣皮子冲淡了膻味，增添了一抹辛辣的快感。劲道的辣皮子拌面，就着辣皮子炒肉，裹挟着辣味吃下去，一筷接一筷，根本停不下来。

一次偶然的机会，我和驻地老乡聊天，问他这里为什么这么多辣子。他说，辣椒容易养活，不挑剔土地，山上、平原皆可种植，老一辈屯垦戍边的兵团人就喜欢在相对贫瘠的土地上种辣子，天寒地冻的冬天，吃了辣子身上不冷，干活也更有劲儿。辣子跟随着戍边人渐渐在广袤的新疆扎下了根，成为新疆人餐桌上的主角。现在的新疆人从小吃着辣椒长大，菜里没点辣子，感觉哪里都不对劲。

吉木乃边检站有一块菜地，秋收时节，丰收的喜悦在田间流淌。走进菜地摘辣子，这是充满辣味的劳动。手上浓浓的辣子味，使我丝毫不敢碰眼睛、摸鼻子。而战友们则十分大胆，鲜食辣子，挑选一个色相浓郁、色泽鲜红、个大肉厚的辣子，大口大口地嚼了起来。他们和屯垦戍边的兵团人一样，吃着自己种植的辣子，津津有味，辣而不燥，全身都充满了力量。

单位操场上到处都是晾晒的红辣子，火红的辣子晒干后变成了辣皮子，这丰收的场景令人感叹。

春节休假，回到哈尔滨，我从行囊中拿出了战友们一起晒干的辣皮子，抓了一把，放温水里泡发，为家人做了一道辣皮子炒肉，儿子大口大口地吃完，说："爸爸，你这辣椒有点儿甜！"

【《中国移民管理报》2023 年 2 月 7 日】

最是深情留不住

丁际超

“大大，我回来了。”“来得还怪快嘞。”在床沿坐下，握着父亲无力的手，看着他瘦弱的样子，我的眼泪在眼眶里打转，不知道该说些什么宽慰的话。父亲侧身靠近我，伤心地哭了，虽已年过七旬，却哭得像极了受委屈的孩子。

也许，父亲真是觉得很委屈。委屈，来自于年轻时用肩膀扛起家庭重担，到如今饱受病痛折磨而瘦弱憔悴；也来自于生命的旅程即将走向终点，对家人、乡亲、时代的深情和眷恋。

父亲对家庭、子女的深情，如大山般厚重。我的幼年，还是生活不太富足的年代。记忆里，父亲和母亲整年一刻也不曾闲着，常常是天刚微亮就下田干农活，晚上还点灯熬油做一些可以贴补家用的东西。隆冬季节田里实在无活可忙，父亲也曾走街串巷修锅补盆，也曾一晚上编完一领草席。那些年地里种的多是口粮，没有什么经济作物，为了增加家庭收入，父亲后来去了建筑工地。山西太原、安徽淮北、青海格尔木……父亲去过很多地方、很多工地。去青海工地的那几年尤为辛苦，工地上活比较重不说，由于当时火车运力紧张买不到坐票，也不舍得买张卧铺，每年春节回家，父亲硬是得在火车上站五六天，吃不好睡不好，其中受罪滋味可想而知。但为了家庭，年底能结算一大笔工资，能让家庭生活改善一些、孩子能顺利坐到学堂，父亲很是满足。

同族长辈曾给我讲述过一件事，事情发生在我还不记事的幼年。那年除夕前几天，乡亲们都在辛苦一年后准备休息几天时，为了挣点钱打油、买肉，再扯点布给孩子做件新衣服，让家人过个好年，父亲从外婆家借来了平板车，每天从窑厂运送板砖到建筑工地，肩拉背扛，每天往返几十里路程。有一晚，因为雨雪父亲滞留在工地，数九寒冬，又冷又饿，父亲看见工地食堂的炒菜锅还没刷洗，就借用了直接烧开水，再把冻得硬邦邦的馒头掰成一块一块放在开水里烫软和，算是解决了晚饭。“你还别说，工地上炒菜舍得放油，那顿吃得还挺香。”父亲说得轻描淡写。

父亲对乡邻、亲戚的深情，如泉水般清澈。幼年的命运，培养了父亲心思缜密、宽厚待人的品格。占理的事，先让三分；有了好事，先想别人。在家乡，称呼别人一般是排行加称呼，如二爷爷、三叔、四哥。用“咱”加称呼，则多用于小家庭内，咱爷爷、咱娘、咱哥，显得更为亲近。父亲是家族同辈分中的老大，家族弟弟妹妹对他的称呼，不是“大哥”而是“咱哥哥”，“咱哥哥在苹果地里”“咱哥哥回来了”“你到咱哥哥家里来”……一听都明白在说谁、要干啥。一个“咱”字，听着亲切热乎，更多的是同辈弟弟妹妹对他的尊敬和佩服。逢年过节，父亲总会去家族长辈家里坐坐问声好、去长辈亲戚家里看望问声安。父亲迈入古稀之年后，亦是如此。

父亲的仁厚善良，可以说是有目共睹、有口皆碑，可他有时善良得近乎固执。手术、化疗、打单抗免疫针……在因为癌细胞扩散连续住院2个月不见好转，察觉到自己将不久于人世后，父亲将姐姐、弟弟叫到跟前交代后事。关于自己：寿衣一般就行，宴席和烟酒要好一些，不能亏待了前来吊唁、帮忙的亲戚、乡亲；寿材薄些，现在农村青壮年都出去务工了，太重了帮忙出殡的乡亲不好办；既然病入膏肓、无法医治，就不要再强行治疗了，多活几天也是受罪，更重要的是马上就是农忙的季节，还得耽误乡亲们秋收秋种……说者本善意，听者泪婆娑。直到离开人世，父亲心里想得更多的还是别人。

父亲对社会、时代的深情，如陈酒般浓烈。父亲与新中国同龄，也是吃过苦受过罪的人。他坚定地认为，是因为共产党的领导，是因为搞联产承包、改革开放，才过上了“过去连想都不敢想的日子”。“现在的时代、社会是真好！只要肯吃苦努力，都能过上好生活。”没有豪言壮语，却真切道出了一个农民对日子的满足。

懂得美好生活来之不易，父亲对我们姐弟四个的要求非常严格。从学业事业到为人处事，时常千叮咛万嘱咐，生怕我们走了歪路。我和弟弟作为“公家人”，每次回家探亲，“听党的话，党叫干啥就干啥”自然成为父亲教育我们的关键词。

虽然父亲小学肄业，但他深深懂得知识的重要性。在那个不怎么富足的年代，他和母亲一起咬牙硬干，挣钱养家、供养学生，把我和弟弟都送进了大学的校门。他也是一个善于学习的人，会通过各种机会学着看书识字，耕田种地、修理农械、木工瓦工都称得上是行家里手。记得打小家里就有新华字典，新旧更替换了许多版本。家乡通了网络后，我们给他买了台电脑。从没学过汉语拼音的他，硬是学会了拼音打字、学会了用聊天软件，有啥不懂不会的上网搜搜成了他的日常习惯。手机功能丰富后，他更是摸索学会了用微信，也成为乡村集市上为数不多的用支付宝付款的老年人。

近些年，我和弟弟每年休假都会带父亲到全国各地转转，游览祖国大好河山，北京、南京、成都、贵阳、西安、洛阳、开封……最西北到了新疆喀纳斯，最东北到了黑龙江北极村。每到一处，父亲都像年轻人一样拍照留念，生怕错过了美景。在新疆巴音布鲁克草原，父亲对骑马产生了浓厚兴趣，执意要试一试。年过七旬的老人骑马在草原驰骋，着实把我吓出了一身冷汗。“生活在这么好的年代，不学习知识，不享受生活，不尝试新鲜事物，那得多遗憾。”父亲时常说。

一切美好的事物，都值得等待；一切诚挚的感情，总期待永久。然而，最是人间留不住，朱颜辞镜花辞树。父亲的一生，写满了辛劳、写满了仁厚、写满了深情。2021 年的秋天，在母亲离开我们 7 年后，父亲带着对世间的深深留恋、对子女的依依不舍，离开了我们，去保护母亲了。

【《中国移民管理报》2022 年 1 月 18 日】

一切都“蛮好”

卢 城

我的父亲是个有些特别的农村人。他上过高中，会写毛笔字，会画竹子，会泥塑，会吹唢呐和笛子。

父亲高中肄业，在他那个年代，这个文化程度已不算低。我上初中时，父亲总要炫耀自己的好记性：几十年来一直记得二元一次方程式的解法。等我上了高三，父亲便说：“你现在学的我已经不知道了。”其实高二已经把所有课程学完，高三只是复习，但父亲并不知道这点。

说特别，其实父亲也是个普通中年男人。他中年发福，肚子隆起，像是八月怀胎；常年的风吹日晒，脸和脖子总是通红；待人和气，总是笑脸相对。当初是父亲极力推荐我上的军校：“部队嘛，蛮好，蛮好。”后来转改为移民管理警察，父亲仍旧是摆摆手：“警察，蛮好，蛮好。”毕业后，我被分配到张家界出入境边防检查站，回家要五六个小时。我向父亲抱怨：“当初若不是上了军校，现在也不至于离家这么远，路上这么折腾。”父亲听了也不恼：“远点没关系，张家界也蛮好。”

似乎就没有什么不是“蛮好”的。

记得有一年，我不知在哪儿看到，可以用怀表藏着思念之人的照片。当时我正好得了一块怀表，便想找张照片收藏在里面。

家中相片不多，翻箱倒柜，找到一张父亲年轻时的照片。二十来岁的父亲，留着时尚的偏分头型，穿一件白衬衫，阳光帅气。我将照片剪成一个椭圆，粘贴在表盖上，兴高采烈地展示给母亲。母亲却没有表扬我，苦笑着说道：“你把你爸唯一的回忆剪掉了。”

我不清楚这代表着什么，隐隐感觉不是好事，便不敢跟父亲提。父亲知道后，不知是对照片不在意，还是对孩童的劣行足够宽容，并没有责怪我，反而细细地看了几眼，说：“做得蛮好看。”于是父亲青春回忆的唯一载体，便在一声“蛮好”中悄然失去了。

孩子们总是难以想象，父母年少时是什么模样、有什么爱好……在孩子的记忆里，父母似乎一开始就是中年的样子。当我也来到父亲作为父亲的年纪，才想到父亲也曾是青葱少年，也有其少年的梦想。

年前休假回家，与父亲谈论起当初报考军校的事。他既没有听说过那所高校的大名，也不知道那是怎样一支队伍。我疑惑了好些年，为什么父亲执着于让我报考军校？毕竟以我的高考成绩，自己都感觉没底。我几度劝说父亲："这成绩肯定考不上，不必白费力气。"父亲却一再坚持："试试吧，岂能尽如人意，但求无愧于心。"文绉绉的两句话将我送进了部队。

最终还是父亲给了我答案。"我以前也报名参过军。"父亲摸了摸鼻梁上架着的老花镜，"但当时有些近视，体检不过关。"原来还有这么一桩缘分，我心里暗道。"家里没钱供我读书，就想报名入伍。只是那时总在煤油灯下看书，眼睛看坏了，兵没当成，只好回来跟着师傅学手艺。"

父亲略有些遗憾，可并不长吁短叹。走过半个甲子，从青春至中年，任有什么遗憾，也该在时光中抹平了。我明白了，父亲是希望我能替他弥补上这份遗憾，因此当见到我身着制服时，他的笑容才会那么明朗。大概这身制服，比那张相片更能勾起他的回忆。

工作后，父亲对我更多了几分"客气"，事事都不愿让我去做。

奶奶身体微恙，本已决定由我翌日一早，开车送奶奶去镇医院输液，父亲却没有如约叫醒我。早上醒来，已经是八点半，我连忙打电话询问情况，才知道父亲提前干完了活，自己送奶奶过去了。

我走到阳台，看着四起的晨雾，脑海中浮现一幅画面：父亲骑着摩托车，载着奶奶，穿过一片乳白色的雾气，走进那个印着红十字的院子。父亲被寒冷的晨风吹僵了脸，红红的脸庞上，一道道皱纹中夹杂着水汽。

莫名的情绪在心底泛起，等父亲回到家，我连忙问道："怎么不叫我呢？早上这么冷。""你难得休假，好好休息，我去也蛮好。"父亲丢下一句话，又出门干活去了，留下我在原地忍泪。

近来工作比较忙，少与父母通电话，父亲便偶尔发来信息："昨天第一次上高速，很紧张！""再写写毛笔字，手有点生了。""电视坏了，修还是换？""又下雪了。"……每次都是简简单单分享一下生活。父亲很少发微信朋友圈，他已把生活的点滴都分享给了我。

我又有什么可以分享给他的呢？也许，只有努力工作、认真生活，让自己活得"蛮好"，不叫他失望吧。

【《中国移民管理报》2022 年 2 月 25 日】

乡 土

刘 李

新疆，帕米尔高原冰峰之下，红色的山谷与雪山相映，阳光洒在大地刚探出头的新绿上，春意渐浓。

我来到农副业生产基地看看我的“老朋友”——一棵苹果树。它已经陪伴我10个年头了。说起这位“老朋友”，我和它共同拥有一个秘密……

高中毕业，我怀着对戍边的憧憬，奔赴边疆。在车站临行时，母亲拿出一个红布袋，放到我的手心，里面包裹着一捧故乡的土。母亲嘱咐我，水土不服时就拿这土过滤水喝。

三天三夜的火车从大西南辗转至大西北。途中，一路花海、雪山、湖泊、草原相伴。途经乌鲁木齐时，我第一次见到新疆的馕，误认为是家乡的炊饼，一口咬下去，差点崩了牙！

这一年是我离开家走得最远的一次，谁曾想，这一走竟是10年。

初到乌恰县，陌生、荒凉、寒冷，是我的第一印象。

从四川盆地一下到高原生活，我常常手指皲裂、流鼻血，但好在没有出现水土不服。母亲给的土一直没有用上，我便把它放在了背包的最角落。

一次内务检查，班长发现了这个布袋，跟我说：“内务需要规范，携行背包里不能放与战备物资无关的东西，这捧土我扔了。”我想，反正已经习惯这里的生活了，扔了就扔了吧。

每天高强度的训练、执勤还在继续，紧张忙碌的生活让我渐渐忘了那捧乡土，也全然没有想家的念头。直到一天晚上聚餐，班长说放开吃，吃饱了不想家时，想家的思绪第一次涌上我的心头。

我放下碗筷悄悄走出食堂。班长发现我的异常跟了出来，紧接着问：“小李子你嘎哈了，咋不吃饭？”“班长，我……我有点想吃母亲做的菜了。”“走！跟我去农场，有个好东西给你看看。”班长搭着我的肩膀，一边说一边把我带到屋前的农场。

走在农场小道上，一阵晚风吹来，空气中弥漫着杏子散发出的浓郁果香，沁人心脾。穿过杏树林，我们来到一处苹果地。班长指着其中一棵苹果树对我说：“小李子，它就是好东西，你的土我没有扔，我把它放到这树的下面了！”

我呆呆地望着苹果树，话到嗓子眼又咽了回去，眼角不自觉地湿润起来。乡土里长出的每一个苹果都变得特别，浅浅的苹果气味仿佛夹杂着母亲温软的叮咛：你这么瘦，训练累，一定要好好吃饭……

当晚，班长陪我蹲在树下聊了许久。他告诉我，乡土在他们家乡还有其他意思：土是路，路既然是自己选的，那么再苦再累也要走下去；土是希望，希望今后的路一帆风顺，平平坦坦；土是本分，不管走到哪儿不能忘本，脚踏实地做事，本本分分做人。

2018 年改革转隶之际，我又一次站在人生的十字路口，也再一次站在苹果树前，许下继续戍边的承诺，期许通过士兵转改考试，成为一名移民管理警察。

为了备战考试，我每天早晨 6 点起床，一直学到深夜一两点。每当坚持不住的时候，我总会来到苹果树前坐一会儿。最终，我以 103 分的成绩通过考试，那一刻心里的快乐劲儿，真不知该怎么形容。

直到现在，每当单位的新同志向我吐槽边疆的艰苦和乏味时，我便带他来到苹果树下，给他讲起这捧土的故事。

这捧土，是我与故乡的重要联结，它指引我从懵懂走向成熟，从迷茫走向坚定。土是母亲送的，那树上结出的果就是母亲对我说的话……

【《中国移民管理报》2022 年 3 月 29 日】

那年夏天月如水

谭虎穴

那年夏天，我十一岁。

为了供我们三兄弟上学，两年前，家里承包村部一间厂房办起了米粉加工厂。从那以后，父母就经常奔波在厂房和家之间，一边照看生意，一边还要耕种家里的七八亩地。

那天，家中只有我和大哥、二哥。吃过早饭，我们先把稻谷晒到天井上，然后下田挖沟、拔草。那是我第一次下田干活。刚开始，太阳不大，微风习习，站在湿润的水田里，我还觉得有几分趣味。慢慢地，气温上升，风也停了，又闷又热，腰也越来越酸疼，我便干脆站着不动，摘下草帽开始扇风，直喊“头晕”。二哥看着我直笑，骂我又开始“偷懒”。大哥见我确实干不动，让我回去晒谷、煮饭。我一下来了精神，马上跑回了家。

下午，天气更加闷热，大哥便让我继续留在家里晒谷。晒谷的主要任务是翻晒和看场。每隔一两个小时，我要戴上草帽，在稻谷里走上一遍。只有不停地翻晒，稻谷才干得快。看场就是拿根竹竿坐在谷旁，驱赶那些偷吃的鸡鸭和鸟儿。它们好像长了千里眼、顺风耳似的，只要我一离开，就会冒出来偷吃，因此看场时片刻不得离开。如果遇到变天，要提前把稻谷收拢，用塑料薄膜盖好。以前，我总觉得晒谷是天底下最苦最累的活，直到下田干活后，才知道在家晒谷是多么幸福。

那天下午，我把稻谷翻晒几遍后，就跑到邻居家看电视了。正看得入迷，突然下起了暴雨。我赶紧跑回家，可大雨早已把稻谷冲得七零八落。不一会儿，父母和兄长都回来了。看着天井上一片狼藉，母亲拿起扫帚就追着我打。父亲也责怪起大哥，说都要下雨了，还不快点回来收谷。大哥那时在县城上高中，正好月底回来休息。听到父亲骂他，大哥的眼圈一下红了，拉起我便往外走。

那时的我，哪能理解父母的辛苦，只看到别人家的孩子可以天天玩，而我们家却总有干不完的农活，心里对父母早已生出许多不满。所以，当大哥拉着我离家时，我心里倒生出了一丝快意。

晚上，我们在田间小路上走了许久。月亮慢慢升到半空，青蛙在稻田里“呱呱呱”地叫起来，村庄离我们越来越远。我饿得肚子“咕咕”直叫，腿软得再也走不动。我们坐在一条干涸的田沟里，头靠在田埂上。大哥到旁边地里摘来一把豌豆给我吃，并对我说，三弟，你以后一定要好好读书，考上大学，只有这样，才能离开农村。我似懂非懂地点了点头。吃完豌豆，我靠在大哥身上，慢慢地睡着了。

回家前，大哥再次叮嘱我：记住我的话没有，一定要好好读书。我答道，记住了。那晚，月亮又大又圆，月光洒在身上，像水一样清凉。我跟在大哥身后，忐忑不安地往回走。远远地，我看到父母正蹲在地上，耐心清理着被泥水混成一团的稻谷。看到我们回来，母亲连忙去热菜，没再责怪我们。第二天早上，当我醒来时，大哥已经回校了。

第二年七月，大哥出人意料地落榜了。父母要他复读，他不同意，只身一人去了南方打工。此后，家里每个月都会收到大哥寄回来的钱，一直持续到我大学毕业参加工作。大哥的学习成绩一直很好，高中时还是班上前几名，为何最后连普通大学都没考上？这成了我心中的一个谜。直到很多年后，我才明白个中原因。

如今，每当想起三十多年前的那个夏天，我就会想起那场突如其来的暴雨，想起那一地清凉如水的月光，还有大哥那被月光拉得好长好长的影子。

【《中国移民管理报》2022 年 7 月 12 日】

开往十月的列车

杨亦頔

9月25日，晚6点15分，列车驶出站台。自城市的密林出发，窗外，高矮错落的建筑物像粘在衣服上的鬼针草，被快速抖落；高原上鸣响的车钻进山腹，在一次次明暗交替中完成人与外在环境的重新对接。

这是一趟我常坐的车，大理出发，鹤庆站下车，转丽江三义机场，飞普洱。曾经，我和儿子乘上开往十月的列车，与丈夫有七天的相聚之期。此时，我坐在列车上，鹤庆就是终到站，在这个特殊的时点，作为移民管理警察的丈夫和身为行业行政执法人员的我双双失约。

车厢里人不多，逐渐消退的阳光交付给乘客一个米黄色的空间，在这个时点设想终点，有我渴求的烟火气。

“晚风拂过，漫天星光，遮盖不住他冷峻的脸庞……”邻座的人按下静音键，我们在目光交接时会心一笑，为陌生人间偶合的交集。

我说，许飞的歌，好听。她说，她的丈夫在西藏，快一年没见了。我打开手机，滑动着图片给她看，我家那个也在边境线上。

此时，当下与记忆中的人和事都是列车上同行的旅客，他（它）们隐藏在生命之中，裸露在生活之外，或者包藏在每一张照片之中。

“中缅南段180号界桩”上有新的描红，应该拍摄于前几天，是丈夫在支队工作群里下载的。青灰的界桩旁是蓝白的围栏，背后有银色的铁丝网隔离墙，这是无意中闯入镜头的南国边境战疫防线的缩影。鲜红的国旗、油绿的矮丛，记录着曾在界桩前发生的故事。去年十月，一个女孩从勐卡边境派出所出发，徒步上山。她无法确定男友所处的具体方位，就像她不知道这段恋情会在生命中留下什么颜色的痕迹。当她走到180号界桩时，天还没有黑透，她在因接触不良而明暗闪烁的灯光中看到男友熟悉的眼睛。他戴着口罩，好像晒黑了，在她身前单膝跪下。她在“中国”的见证下，声音轻柔却坚定：“我愿意！”

我在手机上滑看照片，在其中一张上停留并且真切地笑出了声，它的拍摄时间是2016年10月3日。向来不苟言笑的丈夫站在办证台后，挤眉做着鬼脸，他不知道，我用手机抓拍了这个瞬间。那天午后，一个十多岁的男孩怯怯地站在派出所楼道里，丈夫询问他的来意，他说考上了昆明的专科学校，需要办户口迁移证，不知道假期派出所有没有人。户籍室，查验、上传、签字、打印，十多分钟后，丈夫起身目送男孩离开。我知道，同为大山里走出来的娃娃，丈夫与考取大学的陌生男孩之间有脉脉相通的喜悦。他笑着跳出一句“宾弄赛嗨”（傣语，意为没有血缘但像亲戚一样的朋友），对着站在门口的我吐了吐舌头。

还有一张照片，自今早发出，余留着我们温热的指温。一本放在桌上的空册子，只有封面《实战大练兵教材（四）大数据研判》。对话框里，照片下方显示着他的文字——时间太紧，10月5号之前要完成基础编写。我回复，我的这个“情敌”美商太一般了，深蓝底色的外衣上配浅蓝线条，呆板、不灵动。我调侃着书册封面，放眼窗外澄澈的空境，在笼罩大地的湛蓝天幕下，一只飞鸟的眼睛抵达南国，它或许会看到一切有形或无形的“长城”在夯筑、垒砌。

外面，半空下起绿色的雨，那是山坡上矮松的针叶，刺穿高原傍晚干冷的空气。滇西北已经转凉，而滇南还浸泡在一团暖湿中，我想提醒他注意天气变化，却不知道应该跟他说多穿一点还是少穿一点。猝然而至的信息提示音，丈夫发来的，一张微信朋友圈截图，下面是三个露齿大笑的表情。他的同事在中秋之前给妻子发出一张“请假条”，他写：我和战友坚守在边境线上，守护着身后的万家灯火，特向你请假，期限待定。他的妻子回复：批准！丈夫的文字信息——领导，需不需要向你提交“十一”请假条？我触指在屏幕上，“比不锈钢还不锈钢的老公：纵隔千里，心在咫尺。”

十月将至，我乘坐着这趟列车与他渐行渐远，在心中完成着一场跨越山海的双向奔赴。

【《中国移民管理报》2022年9月30日】

上言加餐食　下言长相忆

傅斯雅

端午，吃粽子。闽南人，吃烧肉粽。

烧肉粽与其他粽子最为不同的，是它包含瑶柱、虾米、海蛎干等海鲜食材，做法是先将糯米翻炒，再加入适量卤汁调味，在包制时加入卤肉、蛋黄、瑶柱、虾米等食材。“烧”在闽南语里意为“热”，顾名思义，烧肉粽要趁热吃才够味儿。

粽子一入锅，等待就开始了，儿时的我总是在奶奶身后翘首以盼。掀锅的那一刻，水汽扑面而来，带着粽叶的清香和肉的油香。剥开粽衣，蘸以闽南特制甜辣酱、花生酱，唇齿一合，蛋黄、瑶柱等食材与多汁的糯米在口中完美交融。那一刻，感觉一切等待都是值得的。

一饭一羹、一饮一啄皆是含哺之恩、共箸之情、乡土之思。每年端午，奶奶喜欢将线绳系于门把，搬一把矮凳倚在门边包粽子。长大后，我离家在外求学工作，每到端午，这画面就撞进我的脑海，鲜活如昨。大学同学来自天南海北，喜爱的粽子口味有甜有咸，山东姑娘独爱她的蘸糖枣粽，浙江女孩最好那口鲜肉蛋黄粽，而我自然独爱烧肉粽。即便粽子味道迥异、形态多样，但品尝起来，其中幸福的味道何其相同。

食物，根植于脚下的土地，标记着我们的基因密码，蕴含着“我是谁，我来自何处”的答案，像风筝的绳索时时牵系着我们，而绳子尽头便是那片生养我们的土地与亲人。包裹着瑶柱、虾米的烧肉粽是来源于大海的馈赠，提示着我的来处——座向海而生、因海而兴的南方小城。如今我已参加工作，身处繁华都市，各国佳肴随处可见，但牵肠挂肚的仍是那朴实无华的家乡风味、家人手艺。

古人云：“上言加餐食，下言长相忆。”食物，依托时令习俗，承载着最长情的牵挂。“端午到了，吃粽子了吗？要不要我寄一些给你。”每逢节前，奶奶的提醒电话都会如约而至。冬至吃丸子、清明吃青粿……一句问候，一个包裹，不贵重却极其珍贵。

有的味道可以穿越时空，追溯到最初的模样，但有的只剩“此情可待成追忆”的惘然。爷爷不擅厨艺，唯独五香卷做得很好。五香卷是闽南人家逢年过节必不可少的一道佳肴，爷爷的手艺常引得亲朋好友连连称赞。爷爷说这是他偶然向太奶奶习得的手艺，跟太奶奶比，还是差点味道。如今，斯人已逝，记忆中专属爷爷的味道，已没人能再复刻。

人的一生，从呱呱坠地到日落桑榆，一世暖饱，不过皆系于一碗人间烟火。游子出走他乡，尝遍世间，家乡味恰是“蓦然回首，那人却在灯火阑珊处”最执着的坚守。人无法抵御时光流逝，然而尚能食、有人思，又是何其幸运。那心中独爱的风味，时刻提醒着我们珍惜眼前人。

【《中国移民管理报》2022 年 6 月 3 日】

忠诚无言　最撼人心

王益民

建军节、教师节、记者节……生活中，每到特定的时间节点，我们总会祝福亲朋邻里，祝福他们的节日。

作为一名警察，提起节日，虽然大多是坚守在岗位上，过得很充实，但总感觉少了点什么。可以后就不一样了，经党中央批准、国务院批复，自2021年起，将每年1月10日设立为“中国人民警察节”。自此，人民警察也有了自己的节日，有了更多抒发情怀的理由。

“金色盾牌，热血铸就，危难之处显身手……”每当唱起这首歌，仿佛回到小时候，想到当时我们的“偶像剧”《便衣警察》。那时电视机很少，因此，我们一群小孩子总是满世界找，只要能看上几眼，感觉就像过节一样欢乐。这部20世纪80年代的电视剧讲述了一名年轻警察成长的故事，也见证了时代的变迁，更让很多人在心底有了“长大要当警察”的情怀，可以说影响了一代又一代人。

海滨，比我小两岁，我们是高中同学、警校同学。当初，我们就是怀着这样的梦想报考警校，立志将来当警察、抓坏人、破大案。能吃、能喝、能睡是海滨给人最深刻的印象，他的勾拳也曾打遍全区队无敌手。大学毕业后，他考回原籍“守家”，一直默默在基层打拼，我远赴他乡守边，十几年来转战多地。

“付出总有收获，一个月的战果！”去年6月30日，海滨更新的微信朋友圈引发我们警校同学的关注，内容是他和同事站在专案组门口，举着胳膊扶着从地板直摞到天花板的案卷。有一百多本吧，想来他一米九的大个，举起胳膊都摸不到顶，那么厚的案卷，背后是怎样的工作量？那一刻，作为警察，他有一种怎样的情怀？又是什么力量支撑着他夜以继日拼命办案？我想，他应该是无比满足、特别欣慰的，或许高兴得就像当初那个怀揣警察梦想的孩子。

可就在这次更新朋友圈几天后的一个晚上，他躺下后再也没有醒来，永远地离开了这个世界。对于警察这个职业来讲，30多岁，正是年富力强的时候，可他就那么走了！他突如其来的离开让我们“过节再聚”的约定成了一种奢望，每每想起来，都让人泪目。

警校毕业近20年，每次聚会的机会我都很珍惜。每当看到同学舍生忘死、感人肺腑的事迹，我都感同身受、深受感动；每当听到战友在血与火、生与死的考验面前赴汤蹈火、流血牺牲的消息，我都泪流满面、难以自已。“益民，你还好吧！”

“益民最近忙吗？”去年3月的一天，冷不丁接到几个很久没联系的同学的信息，没来由地问我现在怎么样？我感觉有点反常，因为有很多同学，一直以来都互相处于“隐身”状态，没有消息就是最好的消息。可能多少年不联系，但永远心有灵犀。

正当我纳闷时，网上一则消息让我震惊不已：“杭州市公安局民警王益民因劳累过度，突发脑溢血，于3月10日牺牲在新冠肺炎疫情防控一线，年仅38岁。”看到消息，我脑袋“嗡”的一下，瞬间感觉手脚冰凉。我们又失去了一位好兄弟！失去了一位和我用同一个名字，年龄、工作经历相似的好兄弟！

“侠之大者，为国为民。”警察，是一个神圣的职业。有的在打击犯罪、保护人民的关键时刻挺身而出、冲锋在前，有的在重大安保任务面前不怕疲劳、连续奋战，有的在平凡岗位上像老黄牛一样辛勤耕耘、当好“螺丝钉”，他们用辛勤的汗水乃至宝贵的鲜血和生命，为国家安全、社会公共安全、人民生命财产安全筑起了一道坚不可摧的铜墙铁壁。

新中国成立以来，全国仅公安机关人民警察队伍就有1.4万余名民警英勇牺牲、10余万名民警负伤、3700余名民警被评为烈士。在国家层面设立“中国人民警察节”，既是对人民警察队伍为党和人民利益英勇奋斗的充分肯定，也是对人民警察队伍始终忠诚于党、忠诚于人民的最高褒奖。

“伟大的祖国赋予我使命，复兴的民族给予我力量，忠诚的道路浴血荣光，英雄的足迹越走越长……”我想告诉逝去的英烈，如今，我们不仅有了自己的节日，还有了自己的旗帜、新的警歌。

情怀有温度。在首个“中国人民警察节”到来之际，很荣幸，我是一名人民警察；很幸运，我正好能见证、亲历这个节日的诞生。我想，“中国人民警察节”不仅是一个凝聚警心的节日，更是一次对为警初心和入警誓言的检阅，鞭策我们永远牢记宗旨、担当使命、不负人民。

忠诚无言，最撼人心。在专属于人民警察的节日里，愿所有的你们都有前程可奔赴，亦有岁月可回首！

【《中国移民管理报》2021年1月29日】

窗　口

李　岗

在最初的记忆里，我的边检工作是从天然汉港里浓烈的海腥味和那个不过十来平方米的小屋开始的。那是20世纪90年代，改革开放的春风刚刚滋润那个略有些偏僻的小渔港和附近的近百条渔船。

我第一次去那间小屋，是前辈带着我熟悉岗位。刷了绿漆的双开木门侧面就是一扇大大的窗户，紧靠着窗户的是一张有些年头的长木桌和两把木椅。桌面的黑褐色包浆在阳光下带着油润的光泽，饱含岁月的痕迹。两本大廾页的记录本，大大咧咧地放在桌面上，大概是经常翻阅的缘故，牛皮纸的封面有些破损，微微地卷着页脚。一组三层的木质物架靠在墙上，上面堆放着一些不知名的物件。

一个身影出现在窗口，带来一阵海腥和着汗酸的味道。来人有些黑，40岁上下，可能是海风吹刻的缘故，脸上交错着道道皱纹。他看起来对这里挺熟悉，但眼神闪烁，显得有些局促，咧嘴一笑，露出缺了半截的门牙，额头隐隐地冒着热气。他伸出结着厚茧的手，在衣服上用力搓了搓，从衣袋中抽出一包烟，拈出两支，向我递了过来。我不吸烟，道了声谢谢，没有接。前辈却很自然地接过烟，并在他手背上轻拍了两下，说“刚抽过，歇下”，把烟夹在了笔记本里，又掏出一包白色的红塔山，抽出一根递了回去。

“准备出海了？”前辈一边问，一边掏出打火机给他点上。

“是的，我们村都约好了，9条船一起走，就这几天。我把船检修了一下，顺便来办手续，着急，您给加急点。”

来人将小塑料袋包裹着的一沓证件从窗口递进来。

“明天办好，上午我还在这边。船上的事情马虎不得，要注意安全！”

“我晓得，麻烦王干事了！”

来人走了，不时地转过头来朝这边点点头，露出一脸憨实的笑容。阳光将他的身影拉得长长的，像一只手掌伸向我们所在的窗口。

“没见你抽烟，我还以为你不抽呢！”我对前辈说。

“我不抽烟。”前辈答道，“这人是苏岭村的一个船老大，家里过得挺紧巴的，但爱面子，你不接他的烟，他会觉得你嫌弃他。一般我都先接过来，有时也抽两口，但不往嗓眼里咽。身上放包烟，不是自己抽的，是准备递给他们的。”

“为人民服务嘛，这里面有学问，不容易的！”这句话有些像前辈的口头禅，刚来的两天里，我已经听了若干次。

接下来的日子，这里成了我每天工作的地方。坐在窗口，看着渔船出港进港，一个个人来窗口登记、办手续、拿东西，一张张脸从陌生到熟悉。我也从听不太懂当地话，到能够同他们天南地北地聊，并逐渐熟悉每一个船老大的名字、绰号以及爱好。在每日的作息间，变化悄然发生着。

过了千禧年，小渔港建起了水泥的驳岸，停泊的渔船也高大了些，一根根桅杆沿着两边的河岸向内伸展，放眼望去，好似一片树林。警务室挪到了港区新建的两层小楼里，第一层有个连着楼梯的门厅，门厅侧面有个半人高的灯箱，上面有警务室的联系电话，一到夜晚，这里便是小渔港的一个显眼标志。窗口铺上了大理石台面，老木桌换成了崭新的办公家具，纸质登记本也换成了电脑打印机的办公组合，寄存物品有港区提供的专门服务，不需要堆在警务室了。

同样是一个明媚的上午，苏岭村的船老大再次出现在窗口，熟稔地和我打着招呼。他夹着一个包，穿着一身褐色的夹克，显得挺干练，缺了半截的门牙已经补上了，看起来比十年前还年轻了一些。我知道，他换了新船，这次是来备案并给他的雇员办证的。

“王所调走有 5 年了，听人说你也快调走了，我今天过来想和你打个招呼，告个别，这些年谢谢你们了！”

“你别客气，这是我们的工作，和你上船出海一样，我的工作就是为你们服务的。有个同事会接手我的工作，你下次来就可以看到他。”闲聊中，我将办好的证件递给他。

调走后，我再次回到渔港已是 2019 年。小渔港还在原来的地方，但渔船却没有以前多了。南边不远处两公里长的栈桥向海面延伸出去，连接的是数千米的码头泊位。泊位上头尾相接地停泊了十多艘远洋船，巨大的吊机来回忙碌着，一辆辆载重卡车在栈桥上鱼贯穿梭。

船民证已经取消了，当年仅有一两个人的港口警务室变成了对外开放口岸的边检大厅，统一的蓝色外观标识、透亮的落地窗和现代化的服务设施给人以便利舒适的感觉，背景墙上“对党忠诚、服务人民、执法公正、纪律严明”16 个金色大字熠熠生辉，电子屏滚动播放着服务指南和业务流程，电子咨询台代替了人工。电子证件增加了人像识别和网上签发功能，大多已不需要来现场办理，相关业务也都实现了即到即办，一切都方便快捷、有条不紊。

在我的眼前，3 个时期的执勤点画面逐渐重叠，边检人的身影也纷纷汇聚。我们的执勤点从小屋升级为现代化的边检大厅，工作方式从手写登记到电脑打印再到现在的信息化和无纸化办公，管理模式从繁多的证件管理到“放管服”改革，一切以肉眼可见的速度变化着。

不论时间过去多久，我们全心全意为人民服务的宗旨始终如一，执法为民的信念始终如一。一个个工作窗口就是我们作答的考场，我们将立足平凡岗位，将奉献作为职业理想和追求，用一生交上一份令党和人民满意的答卷。

【《中国移民管理报》2021 年 1 月 29 日】

写您怕把泪流尽

杨　林

那年回云南老家过春节，我收到一份特别的礼物。一位已退休的县领导赠我一张照片，是我母亲当年在这位老领导家乡教书时和他们的合影。那时，这位老领导是我母亲的学生……

这张照片拍摄于1966年5月1日，我母亲在正中位置，就是梳着短发、脸蛋圆润、青春气息满满的那位。她当时19岁，却已经教书两年。通过照片可以看出，当年生活贫困，人们都赤着脚，衣服打满补丁……

母亲9岁丧父，为了缓解家庭困难，她高中毕业没有参加高考，而是参加工作，到家乡最北边、离县城80多公里的一所小学任教。

1969年，母亲和父亲结婚，次年生下一个女儿，但我的姐姐命如纸薄，才两岁就因病夭折。当时，姐姐和爷爷奶奶在县城家中生活，母亲得知女儿病重，赶回家中看到的却是女儿冰凉的尸体，那时的她必定悲痛欲绝。我的父亲在遥远的边关当兵卫国33年，家中的很多事情他都没赶上。

姐姐死后，母亲调到距离家乡县城稍近的一所小学，但仍然是环境恶劣、条件艰苦的高寒山区。

我的出生差点儿要了母亲的命！1972年初秋的一天，母亲还在简陋的教室里，给那些衣衫褴褛但目光炯炯的孩子们上课，我突然在母亲腹中躁动不安。她实在挺不住了，就匆匆忙忙下了课，在一位同事的护送下赶回县城。

那所学校离县城大约有10公里山路，半路突降暴雨，母亲顶风冒雨在泥泞之中艰难前行，疲惫加上疼痛让她晕倒在地，母亲的同事把她背到一座破旧的尼姑庵里。在这里，一位吃长斋的老大娘为母亲接生。7天后，脱离生命危险的母亲和我才被爷爷奶奶接回县城家中。

从此，我有了个自己很讨厌的小名——“路生”，这还导致一个问题，就是搞不清楚自己的生日究竟是哪一天，因为我不像弟弟那样出生在医院，有准确的记录。

这个问题，到办身份证时才完全暴露。那时，我已大学毕业当兵2年，母亲也于一年前病故，我只好抱着一丝希望打电话问父亲，看他能不能准确记住我的生日。“你出生时不是8月就是9月，你是当兵的，要不就登记8月1日出生吧！”我本有此意，却没有采纳父亲的建议。给父亲打这个电话，我本就不大情愿，因为他在母亲病故后很快再婚，我很不理解，已经很久没有搭理过他，对他说的每一句话都有叛逆心理。所以，我自己决定了自己的生日，但绝对不是8月1日！

母亲是因为突发脑出血离开我们的，那时她49岁风华正茂，我24岁是本命年，所以有人说我和母亲生死相克、金木相冲，是母亲用生命替我消了灾免了难。但我认为，是因为吃苦耐劳过度，母亲才被病魔夺走了生命。

“满园芬芳伤化雨，一门桃李哭春风。”这是母亲追悼会上，她的学生写的挽联。母亲工作之拼命、和她的学生感情之深，让我记忆犹新。她经常把成绩不佳的学生带到家中义务补课，一边做饭一边为学生讲解，那些学生也经常在我家吃饭，和我们兄弟俩一起做作业，接受母亲的辅导。她会为了学生成绩退步而焦急万分，学生犯错时，她曾气得把教鞭在课桌上敲断成几截……她离开我们已经25年，但仍然有学生来家中缅怀、悼念，有些学生如今已是白发苍苍的老人。

母亲教书整整31年，有近20年都是在艰苦的山区小学，调到县城快退休时却不幸离世。她是在课堂上感到不适，被同事和学生送到医院抢救的。那时，我当兵还不到一年，在离家200多公里的地方守卫边境。接到父亲传来的母亲病危、让我速归的电报后，我先坐班车再打摩的又拦了辆小轿车，连夜赶到了抢救母亲的医院。

我看到躺在病床上的母亲面容枯槁、气若游丝，已深深昏迷。我无数次呼唤她，感觉到她有所反应，泪水还溢出了她的眼窝，但她终究没有苏醒……直到离开，她穿的仍然是打着补丁的衣服，甚至连脚下所穿的雨鞋也打满补丁。她走的那天和我出生那天一样，也是风狂雨骤！她的身上，还有着粉笔的灰尘和味道……

至悲最痛莫过于白发人送黑发人！悲恸万分的外婆在为母亲买烛火、纸钱的路上，也突发脑出血被送进医院，就躺在母亲刚刚离去的病床上……但外婆醒过来了，医生们都为这个神话般的事实感到震惊，因为外婆出血的位置跟母亲一样，并且血块比母亲的还大。但外婆从此半身瘫痪，而且口齿不清。每次见到我，她都会哭成个泪人。我明白她的悲痛，母亲是她唯一的女儿，在她的子女中最有孝心。外婆在母亲病故12年后，也离开了我们。

为母亲送葬时，她的同事给她化了妆、穿上了新衣，母亲好像又变得青春鲜活。跟母亲遗体告别时，父亲突然跪下扑在母亲身上放声大哭，悲痛地诉说他对不起母亲，让母亲一人在家，不但要辛勤工作，还要侍奉双亲、养育儿女、起房盖屋……一生劳累，至死没有享过一天清福！父亲那时已退休回家3年，他当时连做饭都不会，但母亲走后，他却如有神助，很快众多家务样样精通。

母亲走后不久，我流着泪写了篇纪念她的散文《回生米》，20年后，我和父亲的心结早已解开，我由衷感谢继母对父亲的悉心照料，我的弟弟和继母带来的妹妹都已大学毕业、结婚成家，我们成了相亲相爱的一家人。此时此刻，我很怀念母亲，还想再写写母亲，却泪飞如雨、痛哭失声，写不下去，只好搁笔。

母亲走后，每当我穿上新衣、住上新房，吃到好吃的东西、看到好看的风景，我都会想到母亲，泪水都会情不自禁滚滚落下！

感谢电影《你好，李焕英》，让我决定向贾玲学习，重拾书写母亲的勇气。写作之时，我仍然泣不成声，但只要能讲好母亲的故事，我不怕把泪水流尽……

【《中国移民管理报》2021 年 3 月 9 日】

风雨来了，我躲向何处？

于　雷

那是苏北一个较为落后的村庄，许许多多的乡亲，走出去就不想再回来。而我，对那里每天都奉上想念和想象：耄耋母亲这个时候，应该正照顾比她小一岁的父亲以及残疾的三哥，或者侍弄院子的花园和屋后的菜园，或者赶集上店、走亲访友，或者随性打盹，静等儿女打来电话……

“五一”“十一”、春节或者工作不忙时请假，我都要回到故乡，怀着倦鸟归巢的心情，回到父母身边。尽管每次母亲都抱怨“不用回来，又要花钱”“回来可别耽误了工作”，但每每回到故乡，她的脸上便挂满了笑容。打扫干净的房间、最爱吃的饭菜、一起探讨的话题……都藏着浓浓的母爱，让我陶醉，吮之如饴。

日子、土地、院落……因为母亲的调和，生活变得温暖温馨、丰富多彩。

而这一切，2020 年 11 月 14 日戛然而止。母亲走了，我更愿相信，在这里生活了 70 年的母亲远行了，不知去了哪里，不知何时归来。

母亲 18 岁嫁到这个村庄。据说，在 11 岁时，外婆便为母亲相亲，凭父亲身上当时罕见的蓝色粗布上衣，便断定父亲家境殷实，遂承诺下来。是丑是俊，是精是傻？经过 7 年的忐忑等待，母亲嫁进门来，才知道父亲是一个四肢健全、头脑正常的人。

一次闲聊，我故意问母亲，第一次见到一个要过一生的男人是什么感觉？那时，母亲苍老的容颜泛起了淡淡的红晕，却不开口。我说，那时你是不是觉得这个陌生的男人是天下最俊的男人？母亲笑着骂我，却点点头。

母亲嫁进门后，由于爷爷的赌博和嗜酒，家境开始走向没落，以至于姑姑出嫁时，家里已经拿不出嫁妆。为了顾全大局，母亲毅然把自己的嫁妆送给了姑姑，此“壮举”当时在村里引起轰动。

接下来，日子越发艰难，开始颠沛流离，举家先是逃荒到黑龙江依兰县，后又逃荒到内蒙古锡林浩特，时间跨度达 8 年之久。在居无定所的 8 年里，母亲生下了二哥、三哥和大姐。三哥出生后，有人家三番五次想领养，母亲坚决不同意，坚信自己的翅膀护得下每一个孩子。

在锡林浩特，将要生产大姐时，母亲让二哥快去找人帮忙。二哥中途贪玩却忘了此等大事，坚强的母亲只好为自己接生。由于所住房屋破旧，大姐生下后，头上便被邪风吹出了血洞。病情越来越严重，医生和家人多次劝母亲放弃，但母亲抱着希望四处奔波求医。后来，老天终被感动，大姐竟奇迹般地活了下来。

在逃荒岁月里，母亲彰显了善良、坚韧，那是岁月深处不灭的灯火。很多一起逃荒的乡亲，后来每当回忆起那段峥嵘岁月，都对母亲感恩和钦佩。由于我家是逃荒的“先头部队”，自然成为后来逃荒的乡亲们第一落脚点。那时，家里像车马大店，母亲拿出所有的铺盖供乡亲们使用，一个人每天要张罗十几人甚至二三十人的饭食。起早贪黑，任劳任怨，始终让乡亲们感受到“根据地”的热情。

逃荒期间，为贴补家用，母亲还在一大户人家做保姆。据说，不几日大户人家便高度信任母亲的人品，把钱柜钥匙让母亲掌管，一切生活花销由母亲自行支配。

逃荒的第 5 年，外婆去世。母亲左手拉二哥，右手抱大姐，背着行李回家奔丧。在北京转车时，不慎丢失车票。困难的娘仨在车站哭泣，后来母亲直接冲到车站值班室，愣是找到站长争取到补票上车。返回时，又遇到暴雪阻断交通，被困到锡盟太仆寺旗宝昌镇一个旅店 40 余天。为了 3 人的住宿糊口，母亲变卖了身上首饰、衣物等一切值钱的东西，熬到雪融路通才平安回到锡市。

母亲从小聪慧，渴望上学。据说一次偷偷跟着舅舅进了学堂，被信奉“女子无才便是德”的外公一顿打骂，从此再没有踏进学堂半步。靠着上世纪 50 年代的扫盲运动，母亲识字约五六十个，可谓寥若晨星，但并不妨碍母亲读书看报。每次收到我邮寄的报刊，母亲都正襟危坐、聚精会神，寻找我的名字，寻找她认识的木、石、土等字，然后大声地读出来，脸上的自豪像穿过乌云的阳光。

没有上过学的母亲，深知学习重要性。无论生活多么艰难困苦，她都省吃俭用，为 6 个子女积攒学费。每年的开学季，家里一下子拿出一大笔钱，父亲都要与母亲产生分歧、发生“战争”。但母亲毅然与父亲“斗争”，支持子女上学，就连残疾的三哥也读到小学毕业。

学习中，每当我们表现出畏难情绪，母亲都要“现身说法”：“学习有什么难的，如果我上过学，最起码能干到副省级。”母亲的断言是有根据的，她说，儿时的一个“闺蜜”，还没有她聪明，却因为进了学堂，一路干到了副省长。

母亲的话无从考证，母亲的聪慧却有目共睹。每天的新闻联播必看，每一届中央政治局常委的名字、一些国家领导人的名字，张嘴就来；凡是告诉过她的亲戚朋友的手机号码都牢牢记在心里，一记就是四五十个；2010 年广州举办亚运会，倡导全民学英语，母亲硬是“凑热闹”，跟孙子学会了几十个英语单词，左邻右舍赞不绝口；有一年报社举办春节联欢会，母亲勇敢上台，“天上布满星，月牙儿亮晶晶，生产队里开大会，诉苦把冤申……”五六十年前学唱的《不忘阶级苦》，歌词仍记得清清楚楚，一口气唱完，声惊四座。

母亲做得一手好菜，母亲会写毛笔字，母亲88岁时仍然挥拍打球……母亲平凡的世界里，生长着许多闪亮的情节，一页一页被勤奋、自信、勇敢着色，绘就了厚重甚至传奇的一生。

2020年11月14日凌晨5时许，接到母亲病危的电话，我迅速挤上回家的高铁，心急如焚。10时许，再次接到电话：母亲病逝。

我静静地看着车窗外，泪如雨下。

几天前，曾带母亲到城市求医。医生说，年纪太大了，没有治疗的可能。从城市拉回母亲的路上，我开着车，大哥二哥在后座抱着呻吟的母亲。我感觉在开着一条船，行驶在把母亲抛弃在汪洋大海的途中。恨自己无能，恨自己不孝！那一路，椎心泣血，泪水模糊了视线，车挣扎着前进。

冰心说过："母亲啊，天上的风雨来了，鸟儿躲到它的巢里。心中的风雨来了，我只躲到你的怀里。"

现在，我永失母亲，再无暖巢，风雨再来，我躲在何处？

"五一"回老家，隐约中又看到母亲倚门而望；母亲的电话号码仍存在手机里，常不由自主地拨打，渴望听到母亲的声音；路上遇见似曾熟识的背影，禁不住跑上前，看看是不是迷失的母亲；一直想为母亲留下文字，几次握笔，复又放下，趴在桌上不能自已；《你好，李焕英》热映时，好几次徘徊在电影院前，不敢走进，怕走进去出不来……每一次呼唤，每一次想起，思念的触角就猛然捅破悬在头顶装满泪水的容器，淋漓身心。

现在，孤独的老父亲更加沉默，糊涂的时间已经远远大于清醒，在"吃饭、睡觉"屈指可数的单词变换中，每天仍执着地坐在大门前，用愈来愈黯淡的眼神，凝望着路的尽头，幻想着母亲的归来。

我知道岁月无情，终究会磨蚀掉关于母亲的记忆，让我淡漠，走出悲伤，如同再一次剪断脐带。但我庆幸，庆幸身上流着母亲的血，那是一种宣言：母亲没有走远，母亲无时不在、无处不在。

【《中国移民管理报》2021年5月11日】

鹿泉的流年之约

聂虹影

参加全国百名文化记者“多彩鹿泉”采访活动抵达鹿泉时，已是万家灯火的夜晚。

鹿泉乃冀之古邑，在漫长的历史变迁中，鹿泉曾几经易名。千载沧海桑田走过，夜色中的鹿泉尽显妩媚，星星点点的灯光蜿蜒曲折连成线、连成串、连成面，暖黄油绿火红湛蓝淡紫……照亮边边角角，温馨中有浪漫，幽静中显神秘。

第一次踏上这座千年古城，却有莫名的亲近，只因，这是我老班长牛俊虎的家乡，于是，兵之初与鹿泉相关的故事拂去岁月的烟尘，从记忆深处鲜活走出。

34 年前，满脸稚气的我初踏从军路。三个月新兵集训结束后，我和另一个叫红的女兵被分配到通讯排话务班。话务班在办公楼二楼的东南角，话务班隔壁是载波班，那时候通讯不够发达，电话还是人工接转，需要 24 小时值守，载波班则负责保障通讯畅通，技术含量比话务班要高。

下连不久就是春节，军营里弥漫着浓浓的节日气氛，这些对于身为新兵、首次离家在外过年的我们，难免会勾起思乡情愫。大年初一夜晚，营区礼堂有场慰问演出，在文化生活相对匮乏的年代，这是难得的新年大礼包。除个别官兵客串外，大部分节目都出自部队文工团，能有幸现场观看演出，该是件多么令人激动的事。可是，电话总要有人值守，而老兵们除了演节目的就是看节目的，作为刚下连的新兵，值班任务就落在我和红身上。

那晚，空旷的办公大楼除了值班的，都去礼堂看演出了，长长的走廊一片漆黑。窗外万家灯火，零零星星的烟花使夜空格外璀璨，此起彼伏的鞭炮声令我们更加怀念家的温暖，红刚说了句想妈妈了，我俩就抱头痛哭起来，那一刻全没了革命军人的形象。

这时，隔壁载波班的牛班长走过来。一看我俩这阵势，赶忙安抚说，“想家了吧？别难过，新兵时都是这样过来的，在部队时间长了就好了。”他接着说，“你俩赶快收拾一下去礼堂看演出吧，载波那边没啥事，我替你们值班。”幸福来得太突然，我和红一时反应不过来。“赶紧去吧，演出要开始了，听说还有大腕歌手演唱。今晚大家都看节目，电话不会多，我一个人忙得过来。”看我们还傻愣着，牛班长又催促道。我和红连忙给牛班长敬了个礼，转身向礼堂狂奔。

此后再见到牛班长，就多了一份亲近。身处同一个连队，工作交叉也很多，每次赶上和牛班长一起值班，处理完业务上的事，他都会和我们多聊两句，关心一下我们的工作和生活。

20 世纪 80 年代，军营新老兵等级分明，老兵很少和新兵啰嗦，牛班长的关心让我们感到无比温暖。聊天时牛班长常常和我们提到他的家乡河北鹿泉，牛班长提及他的家乡时满满的自豪，他说获鹿古城已有 4000 多年发展史，就连河北省会石家庄也曾是它所辖的小村落。战国时称石邑，隋朝改为鹿泉县，唐朝改称获鹿县，以后又称镇宁州、西宁州，明清又恢复获鹿县建制，就这么叫来叫去，名字被修改多次。牛班长告诉我们，古时的获鹿是通燕赵、连三晋的货物集散地，素有“日进斗金的旱码头”之称。

鹿泉，顾名思义，一定是有鹿有泉水的地方，好诗意的地名！牛班长给我们讲了两个与地名有关的传说，一是汉朝大将韩信外出狩猎，发现一只白鹿，一路狂追搭箭急射时，却发现鹿突然不见了，而箭却射在石头上。他走上前拔下箭时，一股泉水喷涌而出。后人根据这个传说，把泉取名为白鹿泉，此地便得名“获鹿”。第二个传说讲的是唐朝天宝十四年十一月初九（公元755年12月16日），身兼范阳、平卢、河东三镇节度使的安禄山，以“忧国之危”、奉密诏讨伐杨国忠为借口在范阳起兵。当时朝廷长久刀枪入库马放南山，民疏于战，河北州县立即望风瓦解，当地县令或逃或降。短时间内，河北大部郡县就被控制。唐天宝十五年（756 年），因安史之乱鹿泉县改名为获鹿县，始有“获鹿”一称，“鹿”与“禄”谐音，意即擒获安禄山之意。

牛班长的一番描述，令我们对那个叫获鹿的地方，充满遐想和向往，牛班长邀请我和红有机会一定去他家乡看看，他说上学时最喜欢历史，如果我们去了，他会是个比较称职的导游。

我们下连后的那年深秋，牛班长复员了，那一批走了百十个老兵，聚是一团火，散是满天星，来自五湖四海的老兵家乡不同，车次也不同。当时交通工具主要依托绿皮火车和长途汽车，有些车次还是后半夜，所以老兵退伍那几天，留队官兵几乎昼夜不眠。每一次送别都是全连列队，锣鼓喧天，军号齐鸣，向老兵敬礼，与老兵握手拥抱，挥泪告别，大家都很伤感悲观，认为此一别，就是一生。

在那个落叶萧萧的季节，我和红哭红了双眼。牛班长是最后一个离队的，尽管之前牛班长一直宽慰我们“来日方长，后会有期。”但真到了分别时刻，他还是没能控制住感情，泪流满面。记忆中定格的牛班长，就是穿着摘下领章帽徽的旧军装，从车窗里探出身子流泪向我们挥手告别的样子。

脱下军装回到家乡的牛班长，常常写信过来，依然关心着战友们和老连队的建设发展，也讲些他的近况。牛班长因为在部队表现优秀加上专业特长，被安排在县邮电局工作。

第二年春天，牛班长就结婚了，对象是同村长大的青梅竹马，在部队时牛班长钱包里一直夹着准嫂子的照片，但都是独自欣赏，不给我们看。结了婚的牛班长终于很大方地寄来了他和妻子的合影，嫂子很漂亮，穿着大红的上衣，背后是太行山脉的葱绿。随信寄来的除了照片和喜糖，还有两编织袋香椿芽，一袋新鲜的，一袋被盐浸过的。

牛班长在信中委托我们，把喜糖发给战友们，分享他新婚的甜蜜。香椿转给炊事班，他怕新鲜的寄到后捂烂了，特意腌了一些，腌好的存在冰箱能吃半年。牛班长在信上说，他从邮电局辞职了，和妻子承包了一个小山包，家乡的红油香椿在峪里梯田尽享春风雨露，曾是皇家贡品，味道独特，寄点过来让战友们尝尝鲜。

收到香椿的那天晚餐，食堂的餐桌变成了“香椿宴”，香椿酱、香椿拌黄豆、香椿炒鸡蛋、炸香椿鱼、香椿虾皮烧豆腐、香椿煎饼、香椿花卷。那段时间，食堂餐桌上早中晚都会有与香椿有关的菜或主食，大家品尝美食的同时，也感受着牛班长浓浓的战友情谊。牛班长说他承包的山地除了种香椿树之外，还有核桃树、柿子树、枣树，他在信中说，明年就有收成了，战友们探家时可以拐过去，到他的小山头看看风景，品尝果实。牛班长的一番描述更令我们对那个叫获鹿的地方无限向往，我和红相约，等明年下连新兵业务能独当一面了，我俩一起休假，去看看牛班长。

我们的心愿还没来得及实现，我就收到了军校的入学通知书。八月底，我背着简单的行李告别老部队奔赴军校，我走后不久，老部队就接到撤销的命令，顺应裁军大潮，大部分人都转业复员，保留下来的业务骨干统一迁往北京航天城总部。没有了老连队，我们就好像断线的风筝、无根的浮萍，心里没着没落的。战友们各奔东西，毕业后分配至其他军种的我一直是高频率快节奏工作生活，加上当年通讯不发达，渐渐地和战友们包括牛班长都失去了联系，再也没有机会去看看他的山头，品尝一下他的劳动果实。

鹿泉采访的日子里，我深切感受着这个千年古城厚重的文化底蕴和淳朴的民风民俗，想必牛班长的敦厚朴实，与这块土壤的浸润渗透有着密不可分的关系。鹿泉于我而言，一直是一个美丽的传说，当年“香椿宴”那份沁人心脾的香，一直飘荡在记忆中，不曾消散。从河北同仁口中获悉，牛班长的家乡谷家峪如今已有3000亩香椿树，成为旅游胜地，香椿作为主打产品，加工后远销海内外。

尽管时值隆冬，我的脑海中依然涌出大片大片的绿，仿佛看到数万棵挺拔的香椿树在山坳中、在春光里，依风而立，如列队的士兵般齐刷刷冒芽吐苞，采天地灵气，吸日月精华，沁人肺腑，令人襟袖带香。我仿佛又回到30多年前的老连队，坐在话务班听牛班长神采飞扬地介绍他的家乡。仿佛又坐在老连队食堂里，餐桌上是来自鹿泉的“香椿宴”。光阴荏苒中，岁月带走许多记忆也淹没许多记忆，但总有一些东西刻骨铭心，不经意间就穿越时光隧道扑面而来。

鹿泉采访，我践行的，是跨世纪的流年之约！只是，烟尘隔岸，淡陌离殇，青春早已不再，并且永远也回不来了！

【《中国移民管理报》2020 年 6 月 30 日】

谒北庭，聆听千年戍边回响

张　佳

新疆有许多被称为“破城子”的遗址，来头最大的恐怕要数吉木萨尔县城北十多公里的一处，这里可是昔日赫赫有名的大唐北庭都护府治所。上学时便知“北庭”，没想到廿年后才有缘一谒。

遗址如今被改成考古公园，顺着门房的指引，转过一片丛生杂树，一排排黄色土墙陡然涌入视野，由近及远，像卫士一样默默矗立在萋萋芳草间和茫茫戈壁上。这便是北庭故城了。

故城建于唐初，虽饱受塞外风雨侵蚀和战火破坏，仍能看出当年气象。城墙残高3米至5米，宽5米至8米，千年岁月沧桑与人事兴衰更替，就湮没在这些残垣断壁之间。

一

恰逢阴天，乌云四合，天幕低垂，行走在残垣之下，空气中混合着野草和乱花的清香，四周阒无人声，唯闻鸟语浅唱。戈壁尽头有汽车驶过，卷起一溜长烟，那一刻，时光仿佛凝固。

“都护”一词源于西汉，“都”为全部，“都护”乃“全都监护”之意。千年以来，以“都护”辖西域的，除汉即唐。

汉之经营西域，沿塔里木盆地南北边缘开辟了丝绸之路南北两道，因此设西域都护于天山南麓。唐人则在此基础上，沿天山北麓开辟了丝绸之路新北道，约为从伊吾（今哈密）经庭州（吉木萨尔）、伊宁到碎叶（约在吉尔吉斯斯坦托克马克附近）一线，根据形势需要，除了在西域故地设立安西都护，又增设北庭都护，主要管辖南起天山，北到阿尔泰山，西抵巴尔喀什湖的广袤地区，以确保丝绸之路新北道的安全。

从地理上看，北庭故城南以天山为屏障，西接轮台（今昌吉古城），北临大漠，往东通过车师道与柳中、交河等重镇相连，是从天山东缓坡进入准噶尔盆地的关键节点，进可攻、退可守，可谓理想的军镇要塞。

而在军事上，天山东、南、北三个方向的唐军此前虽然都受安西都护府节制，但由于地理阻隔，很难做到协同一致。北庭府设置后，与西州（今吐鲁番附近）、安西府形成掎角之势，将本来分散的力量连接成一个有机整体，共同构成唐王朝在天山南北的核心防御体系，牢牢拱卫着帝国西部边陲的稳定。

重要的战略地位，注定了北庭命途多舛。在唐王朝力量强盛时，这里是经略边疆、镇抚夷狄的前哨，而一旦长安势弱，这里就成为各方势力觊觎的首要目标。

从公元702年设立，到公元791年最终陷落，在近九十年的时间里，这片土地见证了太多的沉浮、征战与风雨。

二

在一处断壁前，风雨侵蚀的痕迹下，仍能清晰地看到夯土的纹路，让人忍不住伸手轻轻触摸。千年以前，这里曾是戍边将士站立的地方。

闭上眼，岁月深处隐隐传来大唐军鼓回响。残阳如血，军旗猎猎，帝国铁骑在漫天风沙中追亡逐北、快意杀伐。当狼烟散尽，敌虏退去，百战余生的将士们就在这城墙下举杯畅饮，醉卧沙场。也有人刚刚接到来自中原的家书，正朝东怅望……

终唐一朝，先后在西域设置瀚海军、天山军、伊吾军、静塞军等多支驻军，这些军队集野战、镇守、屯戍及边防检查等责任于一身，其中瀚海军就驻扎在北庭城中。与其他军队由番、汉构成不同，瀚海军将士主要是关中和中原子弟，来源集中，也是唐王朝在西域战斗力最强的部队之一。

人们总习惯以“盛”来形容唐，这里所谓的“盛”，其实是无数将士用肩膀扛起来的。建唐后，帝国边陲一直危机四伏，先是北方的突厥，接下来是西北的突骑施、崛起于中东的阿拉伯帝国，以及西南的吐蕃、南召等部落。唐王朝为此采取了军事为主、文化为辅的策略，先后设立安东、安西（北庭脱胎于安西）、安南、安北四大都护府以经略周边。

“安史之乱”爆发前的20多年时间里，唐王朝国力进入鼎盛时期，唐玄宗的文治武功达到最盛。公元726年，在与吐蕃的大非川之战中，唐军取得决定性胜利，吐蕃势力遂全面退出西域，其他少数民族势力望风臣服。

一时间，“安西诸国，悉平为郡县，自开远门西行，亘地万余里”，朝廷也在开远门张贴告示提醒远行者：西极道九千九百里。从长安到碎叶，朝廷号令畅通无阻。但庙堂之上也有反对声音，认为常年征战使民生凋敝，边将坐大成势，“非国之福也”。不久后，叛乱果然在北部边陲发生，安史叛军势如破竹，兵锋直逼长安。危急时刻，大唐西域诸军入关赴难，其中安西军五千，北庭军七千，这几乎是北庭驻军的全部精锐。

趁着西域空虚，吐蕃人随后卷土重来，攻陷北庭，时任北庭都护赵崇玭在与吐蕃的激战中捐躯。此后，在郭昕、李元忠等名将苦心经营下，唐军虽曾收复北庭，但颓势已不可避免。20多年后，北庭再度陷落，最后一任北庭都护杨袭古兵败被害，从此北庭城头再不见大唐军旗。

三

从断壁处再往前，草丛中惊起一只狐狸，匆匆向深草处跑去。没跑多远，又停下来端坐地上，静静望着来人。

佛狸祠下，神鸦社鼓，所有风流总逃不过雨打风吹。

关于兴衰更替，唐人也有自己的感怀。从李太白的“吴宫花草埋幽径，晋代衣冠成古丘”，到刘梦得的“旧时王谢堂前燕，飞入寻常百姓家”，再到张若虚的“江畔何人初见月，江月何年初照人？”他们的感慨从怀古忧今，逐步变得充满哲学思考。

时光流转，兴衰更替，但总有一些人事被历史所铭记。在北庭，除了马背上的赫赫战功，最为人所熟知的当非岑嘉州莫属。

岑嘉州以边塞诗雄踞大唐诗坛，他的诗风雄浑壮丽，既充满了慷慨豪情，又将戍边艰辛与将士们的精神世界表现得淋漓尽致，他送武判官归京所作的白雪歌，堪称唐边塞诗的压卷之作。其中“瀚海阑干百丈冰，愁云惨淡万里凝”的意境，与当日何其相似。

诗作源于生活。岑嘉州一生两赴西域，都是担任名将封常清的幕僚，第二次是在公元 754 年，封常清从安西转调北庭伊西节度使，他受邀赴北庭任节度判官，那些边塞诗中的名篇，大都作于这一时期。

这段历史在考古界也得到印证。1973 年，吐鲁番阿斯塔那墓葬中出土一具纸糊的棺材，上面载有一笔马料出入账:“岑判官马柒匹共食青麦三斗伍升付健儿陈金”，据考此处的“岑判官”即为岑参。千年桑田沧海，多少英雄豪杰都湮没于历史尘沙，唯有诗、书不灭。

梳理他的边塞诗，许多都作于送别时或旅途中。“男儿感忠义，万里忘越乡”，这是他在武威送刘判官，“一生大笑能几回，斗酒相逢须醉倒”，这是他在凉州馆中与诸判官夜饮，“马上相逢无纸笔，凭君传语报平安”，这是他托使者带给长安家人的话，“今夜不知何处宿，平沙万里绝人烟”，这是他途经大漠时的感慨……

岑嘉州的诗兼具豪迈、乐观与苍凉的意境，这与他的家世和抱负不无关系。岑氏本是豪门，他的曾祖父岑文本乃太宗朝名相，无奈到他早已家道中落，他肩负着重振家族的重任。

可惜生不逢时，玄宗一心用武力除戎患、吞四夷，寻章摘句无非老雕虫。因此他只能投身军旅，希望在边塞建立功勋，这从他 757 年的一篇诗作中可以看出：

北庭作

雁塞通盐泽，龙堆接醋沟。
孤城天北畔，绝域海西头。
秋雪春仍下，朝风夜不休。
可知年四十，犹自未封侯。

在众多作品中，这是少有的透出感伤之情的。作此篇后，他随北庭平叛大军东入玉门，不久回到长安。8 年之后被贬嘉州，随后又在兵荒马乱的蜀中经历了 4 年的颠沛流离，一代诗雄最后客死成都。

少年虚负凌云志，一生襟抱终未开。在困居蜀中的日子里，边塞的铁马冰河、胡歌羌笛，不知会不会时常进入他的梦里。

四

紧邻北庭故城遗址西侧，建有北庭高昌回鹘佛寺遗址博物馆，内中保护着一座回鹘王家佛寺，当地人俗称其为“西大寺”。佛寺残高十多米，站在博物馆三层可窥全貌，经考古人员发掘规整，依稀能看出昔日布局。

王家佛寺与北庭故城相邻，颇耐人寻味。与唐王朝开放包容的气度一样，唐人在经略西域时也采取了兼容并蓄的文化政策，大唐将士为多元文化创造出和平发展环境，在他们的庇护下，佛教、景教、拜火教等多种宗教蓬勃发展，西域文化达到历史上的巅峰时期。

可惜随着北庭、安西先后陷落，中原王朝势力渐次退出西域，此前汉文明与伊斯兰文明之间保持多年的平衡被打破，伊斯兰教乘虚东扩。后来几经演变，西域多种宗教共同繁荣的局面被打破，最终变成了伊斯兰教一枝独秀。

需要强调的是，回鹘即今天维吾尔族的祖先，在该民族的历史上，先后信奉过萨满、摩尼、佛教等宗教，是不争的事实。

博物馆中除了佛寺遗址，还保存着出土的佛像和佛教壁画。与敦煌莫高窟乃至新疆各地的千佛洞相比，这昔日的王家佛寺不但名头逊色许多，在规模上也略显落魄。

名气不大，既是一种不幸，又是一种幸运。不幸的是，千年前的盛世繁华，如今零落殆尽，但也正因为名气不大，才得以最大限度保全。清末民初国势衰微，西域边防形同虚设，西方强盗蜂拥而至，当斯文赫定、斯坦因、伯希和等人打着科研考古的旗号，大肆掳掠西域佛教文物时，这里竟幸运地免遭毒手。

在博物馆一楼大厅的展板上，展示着《北庭史丛集》《瀚海天山》等著作封面，那是北庭研究所学者们的研究成果，他们既是北庭的研究者，也是守护者。

走出博物馆，门前蔷薇怒放，当地电视台的工作人员正在拍摄视频，“要做一期关于‘丝绸之路’的文化片。”摄像机显示屏上，天空乌云快速翻转，“北庭故城”杏黄小旗在馆顶迎风招展。

回首东望，苍穹之下，北庭故城重又被掩映在岁月深处。

【《中国出入境观察》2023 年第 1 期】

芥菜煨暖冬

刘　楷

离家千里，再历寒潮，不禁想起母亲做的煨芥菜——屋外是寒风，屋内支了红泥小陶炉，锅下炭火红旺旺，锅里芥菜油滚滚，热气升腾……

芥菜分布很广，做法也不少，芥菜丝炒冬笋、腌芥菜炒肉或者煨煮……在闽南，芥菜大多在冬季成熟，经历了霜冻的芥菜，纤维更少更细更软，菜叶菜茎的口感更甜。寒冬之时，芥菜最可口的做法就是煨煮——将芥菜切好，大火翻炒，随同配料一起放入砂锅中文火慢煨，直到菜肉酥烂，就是一锅常见的煨芥菜。

家乡的母亲们似乎都会煨芥菜，但神奇在于每个人煨出的味道、口感都不尽相同。母亲的煨芥菜在她的同事圈中也算小有名气，据她说，是结合了外婆与奶奶的手艺精华，推陈出新而来。我和父亲作为亲历者，明白母亲为了做好我们爱吃的煨芥菜，也曾四处请教，现今的菜谱，是采撷百家之长持续改进而成。

在母亲的菜谱中，翻炒芥菜时，一定要加一大勺白花花的猪油。猪油不是超市售卖的现成品，也不是菜市场中买来的猪肉熬炼出来的，而是吃着红薯、菜叶长大的土猪肉熬炼出的。每隔一段时间，家里总是托老家的乡亲，留一些新鲜的土猪肉，用以熬炼猪油。尤其到了年关，要留下来来往往的客人吃饭，猪油的熬炼自然频繁。

夜深时，常见母亲守在锅前，搅动着油汪汪的肉，熬炼着金灿灿的猪油，偶尔传来被油烟呛到的轻微咳嗽声。我总劝，市场的油也是可以的，不必这么受累特意熬炼，但总是劝不动。按母亲的话说就是："自己熬炼的油没有一股子饲料味儿，吃着放心！"说罢还要再强调："你从小吃惯了的。"

母亲让煨芥菜得以升华的步骤是放入几块猪筒骨。猪筒骨不能剔得太干净，必须带肉、带筋、带髓，在砂锅中和芥菜一同煨煮，火候够了后筋肉一撕即离，酥烂可口，芥菜汤汁的香味深浸，轻轻一嚼，菜汁、肉汁的味道便一同在味蕾绽放开来。小时候曾有一段少见荤腥的时光，煨芥菜中的猪筒骨是难得一见的，毕竟差不多的价钱不如买瘦肉来得实在。但吃饭时，难得一见的猪筒骨，却是我饭碗中的常客。

猪筒骨让煨芥菜升华，冬笋则是母亲菜谱中煨芥菜的灵魂。冬笋不能太多，多了汤汁容易涩，煮久后会有太多碎片，既影响观感，也影响口感。讲究一个莹莹点缀，散布于汤汁菜叶之中，在煨芥菜的汤汁中增添冬笋清甜的香味。

加入冬笋的煨芥菜更可口，但剥冬笋却是一件麻烦事。冬季出土的冬笋为了更好保存，不能进行清洗，只能带着泥土存储，泥土干结之后，笋壳更难剥离，且笋壳接缝很薄很细，处理时，母亲没法用手套，只能用菜刀挑、用指甲剥。冬笋壳厚笋肉少，每次烹饪，往往需要剥好些个冬笋，剥的数量多了、时间长了，指甲和手指生疼，更别提笋壳上天然带有纤毛，刺入皮肤，又疼又痒。每当剥笋壳时，我总想帮忙，又总被赶走，母亲嫌弃我帮倒忙，会导致菜不对味。

母亲版的煨芥菜做好后，舀起一勺，汤面小笋片漂浮，内里则是厚切的笋片与芥菜混杂，和着汤汁吃一口，既有芥菜的清香，又有猪骨、猪油的浓郁香气，还夹杂冬笋的鲜脆——那是菜叶菜茎煮透后软糯口感中的鲜脆。离家远行，这一口的滋味，总是萦绕在我的脑海中。

很长一段时间里，煨芥菜只是家乡的一道家常菜，用料、做法粗糙简单。冬、春季时，干完活的汉子们，舀一勺早已在灶膛锅里热着的煨芥菜盖在干饭上，呼哧呼哧几口就能吃一碗。那时，做法简单、用料划算、好下饭的煨芥菜是最可口的日常美味。

随着时间推移，年轻人离乡远行，四方打拼，但煨芥菜没有消失在时代变迁之中，反而因此成为一种精神寄托，一种节日标配物，一种仪式感。每逢春节，家家户户的桌上，不论是大鱼大肉或是家常菜肴，都会有一锅母亲精心用料、亲手做好的煨芥菜，以待游子归来。

用食物回馈一个节日、回馈一种心情，是我们民族的习惯，也是乡土的情结。和和美美、团团圆圆，每每在热气腾腾的喧嚣中，最能感受到家的滋味，那是刻进游子记忆里的故乡味，也是母亲一点一点镌刻下的回家符。

天愈寒，在热气升腾中，仿佛又闻到了煨芥菜的香味，隐约还传来母亲的呼唤：“吃饭啦！”

【《中国出入境观察》2023 年第 2 期】

母爱是那一城的花香

张浩然

去年年底，我接到通知前往国家移民管理局新闻中心实习。从广州乘高铁一路北上，两旁的树木从枝繁叶茂变得萧疏。北方凛冽的寒冬别有一番风味，却也时刻提醒着身在异乡的我，春节要到了。

除夕前夜，我匆匆回到家中，推开门，屋内已是芬芳扑鼻——原来母亲提前把花都买好了。

广州地处岭南，长夏暖冬，一年四季花卉常开，自古就享有“花城”的美誉。1961 年，著名作家秦牧出版散文集的时候，采纳夫人紫风的建议，把描写广州花市的《年宵花市》一文改成《花城》，并作为书名。此书出版后，广州“花城”的雅称更加出名。

如果说，北方的年味是一道热气腾腾的杀猪菜，那么在岭南的广州，花香便是我们的年味。

逛花市是广州人过年必备的项目。今年没能陪母亲一起买花，从电视上重播的新闻画面，我看到了前几天热闹非凡的花市，思绪被拉回到儿时过年的时光。

“好一朵迎春花，茂盛艳丽春色雅。”和母亲逛花市的时候，常会伴随着经典的粤语新年歌曲。那时矮矮的我被母亲牵着走在人群中，视野常被挡住，因此从小练出通过香味分辨不同档口的本领。香味浓烈而稠密的，那是被称为“云裳仙子”的百合花；花香是淡淡的甜味，往往是蝴蝶兰或是海棠花；气味清新而伴有竹香的则是发财树……还有一些香味则伴随着不断升起的油烟气——那些是卖小吃的摊位，母亲会给我买份炸串，歇一会儿再走。

母亲告诉我，买花和点菜一样，也讲究“荤素搭配”。一盆桔子树是家家必备的“主食”，在南方，桔与吉谐音，寓意新年里“大吉大利”“吉祥如意”；蝴蝶兰则是一道“硬菜”，规格有 6 支、8 支、16 支不等，都是“吉利数”；还有水仙花、百合、红掌、雏菊等等，一道道由花组成的盛宴被摆在了客厅，显得格外有年味。

也是因为花，小时候在家过年总是小心翼翼。一次，父母的朋友来到家里做客，我在与小伙伴追逐打闹间，将刚盛开的几朵海棠花蹭掉了，把母亲气得够呛。客人走后，作为惩罚，我的压岁钱被尽数没收了。虽然小时候的压岁钱都会被家长“代为保管”，但还是难受了好一阵。从此便长了记性，绕开家里的鲜花和盆栽。

盆栽的浇水量、日晒角度甚至松土频率都很关键，在家里它们往往都由母亲打理，除了盆栽，母亲还擅长插花，风格各异的鲜花经她一摆布，便与单调的花瓶融为一体，点缀在家里的各个角落。

过年期间花朵的挑选也有要求，逛花市往往在大年二十八、二十九，它们的花期不长，买的往往是还没盛开的鲜花。从花骨朵到含苞待放，再到过年期间的某天清晨，当它们绽放时，便如惊鸿一瞥。每当母亲看到花开了，便会拉着我一起赏花，一时间家里姹紫嫣红，感觉一下子热闹了起来。

今年，知道过年我只有几天在家，母亲便特意买回都是盛开的花，在我到家时已经全然绽放。

离家多日，母亲与我聊得格外多。聊到夜深，偶尔有落叶掉下的声音，我才想起母亲也要睡了。

大年初六，我早早起床，再次踏上北上的旅程，离家前，细细打理了摆在客厅的鲜花，只希望它们能替我多陪陪母亲，就像小时候母亲陪着我一样。

“明年见呀。”家里其他人还没醒，我便只同花儿道了别。

站台上，列车从身边呼啸而过，卷起了阵阵的风。大概是花粉沾在了衣服上，我又嗅到了熟悉的香味。我想，那是花香，是年味，亦是母爱的味道。

【《中国出入境观察》2023 年第 2 期】

五年和一千公里

张晋熙

淡淡的咖啡香入鼻，好似钻入脑海一般，让我产生了一瞬间的爱情幻觉。过了许久，坐在我面前玩手机的女孩仍沉默不语，我尴尬地不知道该说些什么，只好盯着桌子上的那杯咖啡，里面倒映着她没有表情的脸。

“大概就是这么个情况。”半晌，我终于打破了沉默，就像在寂静中推开一扇门，等待着不守时的客人。

女孩放下手机，用略带歉意的语气说道：“我们还是做朋友吧。”

我把女孩送出咖啡店，看着她的身影渐渐消失在人群中，而我的内心却平静得没有一丝波澜。明天是情人节，街上的鲜花店外挤满了年轻男女，为了心爱的人，他们在冷风中排着长长的队伍。都说玫瑰代表爱情，我的爱情却像是蒲公英，不知被风吹到了何处，我也渐渐不再奢求能够拾起，慢慢地习惯了一个人度过情人节。

第二天，我和同事宋哲坐在巡查车里，沿着海岸线飞驰，两旁的树木、停泊的轮船还有天上的白云纷纷与我擦肩而过，宋哲看着我怅然若失的样子，问道：“相亲又失败了？”见我点了点头，于是他又问道：“还是因为异地？”我再次点点头，宋哲便不再说话了。

我们把车停在海边的一座灯塔下面，一艘巨大的船舶停靠在岸边，我们顺着舷梯来到甲板上，然后又穿过生活区、驾驶室和机舱。检查结束后，我们回到甲板，时间已经过去了近一个小时。

我眺望四周，在这个爱意满满的日子里，太阳与云朵相拥，船舶与大海相拥，就连吹过的风也与飞过的鸟儿相拥。我和宋哲并排走在巡查的路上，两条长长的影子无声地跟随着我们。

巡查结束后，我们坐回巡查车里。宋哲突然开口问道：“你相信爱情吗？”我白了他一眼，心想他怎么会问出这么俗气的问题，于是没好气地回答道：“我好像还没资格相信。”宋哲笑了笑没有在意，而是掏出手机，大方地展示给我看。

手机屏幕上是他和一位女孩的聊天记录，随着他的手指向下划动，屏幕上一条条视频通话记录映入我的眼帘。他的手指划动了很久，但屏幕上的视频通话记录像是没有尽头一般，还在不断出现。

“我们恋爱五年了。”宋哲收起手机，透过挡风玻璃望向远方。我顺着他的目光看去，大海和天空被一条长长的直线分割开，像是一条画布被裁成两部分。

“我们是异地恋，相距有一千来公里吧，一千八百多个日子，我们几乎只能靠它看见彼此。”宋哲晃了晃手机，继续说道：“我们承受着距离的压力，经受着时间的考验，我们像是在两个平行的时空中，艰难地构建彼此的联系，但我们却从来没有想过放手。”

白色的海鸟在两片蔚蓝之间翱翔，不时发出啼鸣，仿佛传递着大海与天空的情话。宋哲看着面前这片海，说：“她喜欢蓝色，而我们的警服也是蓝色的——藏蓝色。她总是说，我能够在漫长而平淡的日子里守住国门，也一定能守住我们之间漫长而平淡的爱情，她为我是一名移民管理警察而感到自豪、安心。我们聚少离多，但彼此信任、相互理解，我们相信彼此就是那个对的人。”

海风吹起，浪潮汹涌，浪花拍击海岸，传来“哗哗”的声响，我不知道大海是在为他们鼓掌还是在为他们哭泣。异地恋，有人觉得是勇敢，也有人觉得是疯狂，有人觉得是幸运，也有人觉得是幼稚，一路上的酸甜苦辣，恐怕只有身在其中才能体会。这个情人节，我和宋哲的身边都没有爱人，但我总觉得，他内心的失落要远多于我。

“爱情是个很奇妙的东西，如果有一天你遇到对的人，你就会明白所有的等待都是值得的，所有的思念都是幸福的，那些你们之间的误解、争吵和猜疑，终归会化作爱情的养料，让爱情之花更加茁壮。”宋哲长长叹了一口气，发动巡查车，沿着长长的海岸线飞驰，我打开车窗，任凭海风吹拂我的头发，看着树木、船舶和白云向我奔来。

路上，宋哲的手机响了，我帮他打开免提，手机里传来队长的声音：“小宋，巡查结束了吧，赶快回执勤点，给你个惊喜。”

我们把巡查车停好后，快步向执勤点的人门走去，我看到一位身穿淡粉色大衣的女孩，手里捧着一大束鲜花，正站在那里。宋哲一下子怔在原地，下一秒，他飞快地朝女孩跑过去，不明所以的我跟了几步，然后停下来，远远地看着他们。

“哼，都要领证了，情人节连句情话也不发。”女孩对宋哲说道。

“我……我这不是忙嘛，一大早就去巡查了。”宋哲回答。

“行啦，别解释啦。”女孩说着一把抱住宋哲，红着眼睛哽咽着说，“你不知道，我有多想你。”

宋哲紧紧拥抱着眼前这位女孩，久久说不出话来。他们像是两棵相互依偎的树，在情人节的天空下，满身都是幸福的阳光。

后来，在他们的婚礼上，新娘对到场的所有人说，他们的爱情总结起来就是两个数字：五年和一千公里。在那场动人的告白中，新娘说了这样一段话："你是扎根在国门下的一棵树，而我愿意成为你身旁的一株木棉。如果你无法向我飞来，那我就向你飞去。"

至今，我依旧是孤身一人。在那些象征爱情的日子里，看着一对对恋人幸福地牵手，听着身边的战友们倾诉爱情的甜蜜，我总是默默地祝福他们。

我相信在某个阳光温柔的午后，行走于人海之中，我会与爱情在转角相遇。也许在某片原野上，我的爱情蒲公英已经飘落生根，正等待着我的到来。

【《中国出入境观察》2023 年第 3 期】

爱你的伟岸，更爱你坚守的土地

岳峻青

再过一个月，就是天津出入境边防检查站一级高级警长连松泊和爱人王淑华的第 33 个结婚纪念日。每年这时，王淑华都会珍重地拿出刚结婚时连松泊送她的胸花戴上。那支胸花已经不复当年的鲜亮颜色，但她依然珍视如初，因为这是连松泊送她的第一件礼物，见证了他们 30 多年婚姻的风风雨雨，更见证了他们始终如一的互相支持与陪伴。2022 年，连松泊、王淑华家庭被评为天津边检总站年度“文明新风最美家庭”。2023 年，王淑华获评“全国公安机关好警嫂”荣誉称号。

闪婚加裸婚

王淑华出生在天津武清，是一名铁厂工人，年轻时积极响应党和国家号召，跋山涉水深入太行山区投身炼铁事业，为祖国“三线建设”贡献青春。王淑华从小崇拜军人，因此，当知道介绍的对象是一名边防武警时，她在心里默默给连松泊加了分。

“开始我们一直是书信联系，直到春节见了第一面就认定了彼此，三四个月后就结婚了，刚结婚还住在我父母家里，按现在的说法，我们当时是闪婚加裸婚。”王淑华笑着说。

婚后两人很和睦，很快有了女儿。为了支持连松泊工作，方便照顾家庭，王淑华放弃了在原单位晋升工程师的机会，主动申请从市区调到塘沽，陪伴爱人。

作为边防家属，王淑华对连松泊逢年过节的缺席习以为常。有一年春节，连松泊值班，王淑华和女儿度过了一个并不热闹的春节。不到 3 岁的女儿说，“妈妈，这真是‘最惨’的春节啦！”王淑华摸了摸她的小脑袋说，“我们不惨，爸爸守护国门，才有我们安定的小家，我们要支持爸爸的工作啊。”

20 世纪 90 年代，连松泊在证检科工作，需要学习英语。为支持连松泊学习，王淑华把当时家里全部存款 4000 元拿出来，买了一台录放机。“那会儿我们俩一个月的工资加起来也就几百元。4000 元对当时的我们来说是一笔不小的开支，都是省吃俭用存下的。但老连工作需要，就没有犹豫。”她每天下班比连松泊早，接了女儿放学回家，第一件事就是把《许国璋电视英语》录下来，等连松泊回家学习。而连松泊也不负期待，顺利考取英语证书，成为单位的业务尖子。

携手渡难关

除了全力支持丈夫工作，王淑华也很注重对女儿的培养。有一次，女儿的作业是关于千岛湖的，王淑华忽然萌生带女儿到千岛湖看一看的念头，她和连松泊商量后预定了旅行团。临行前连松泊犹豫了，怕请假耽误工作。王淑华不想让女儿失望，劝说连松泊：偶尔也陪陪女儿吧。最后连松泊向单位请了年假，开心出游。看到女儿高兴的样子，王淑华非常欣慰，却不知那竟是他们一家三口唯一一次旅行。

2008 年的一天早晨，上高二的女儿突发脑出血，很快不省人事，永远地离开了。女儿离开后王淑华窒息、压抑、找不到出口。她反复检讨自己，是不是孩子课业压力太大，她没发现？是不是孩子在学校发生了什么事，她没及时了解？她陷入自责和懊恼。连松泊的悲痛是无声的，在家时总是独自坐在角落，夜里辗转难眠。看到日渐消沉的连松泊，王淑华努力克制悲伤，打起精神安慰他，“老连，不能再这样下去了，女儿一定也不想看到我们这样。”她强迫自己振作，像往常一样操持家务，照顾父母。她的坚强勇毅鼓励着丈夫，连松泊也逐渐从巨大的创伤中走出来。

一次偶然的机会，王淑华得知本地有为残障儿童捐助的公益组织，她与连松泊商量，委托朋友向孩子们捐款捐物。通过这次捐助，王淑华慢慢打开心结，她意识到能做的还有很多。此后，连松泊和王淑华致力于爱心事业，多次为四川藏区孩子捐书、天津塘沽爱心家园捐款、太行山区捐赠衣物，通过慈善平台捐助善款，从来不计成本、不留姓名、不求回报。

2020 年前后，王淑华发现连松泊在家时常皱着眉头，用手抵住腰部，有时要很久才能缓过来。她很担心，催促他去检查，但连松泊一直拖着没有请假，直到单位组织体检才发现并确诊左肾恶性肿瘤，紧急入院接受手术。术后，他的左腿深静脉又出现血栓，经过两次抢救才摆脱生命危险，现在虽然病情稳定，但仍需长期服药。王淑华悉心照顾连松泊起居，帮助他克服疾病困扰，尽快回到工作岗位。

正如她最喜欢的一首诗里写的那样：我必须是你近旁的一株木棉，作为树的形象和你站在一起。根，紧握在地下；叶，相触在云里……不仅爱你伟岸的身躯，也爱你坚持的位置，足下的土地。

一同赴三江

2022 年 2 月，58 岁的连松泊报名参加国家移民管理局第四批支教工作，来到广西三江侗族自治县仁里小学，成为一名支教老师。王淑华心里明白，丈夫是在完成女儿未尽的梦想。女儿生前总和父母说长大想去偏远地区支教，帮助孩子们走出大山。王淑华知道，这些年丈夫从来没忘记女儿的心愿，因此她毫不犹豫地支持连松泊报名。

出发前夕，王淑华的父亲病倒了。连松泊犹豫了，王淑华对他说："放心吧，家里我来照顾。"连松泊到达三江后月余，王淑华父亲身体状况每况愈下，3 月初便离开人世。为了不耽误连松泊的支教工作，王淑华独自一人操持完父亲的后事后，毅然奔赴三江。

"一方面惦记老连的身体，一方面听说学校师资紧张，想看看有什么能帮上忙的。"来到三江，王淑华马不停蹄置办东西，面板、擀面杖、电饼铛……学校食堂餐食里多了很多北方面食。"师母，师母，这个是什么呀？""这个呢？"一群孩子看着新奇的面食讨论着。王淑华耐心地向孩子介绍："这是果篦儿，放煎饼果子里的，这个是糖皮儿，很甜，你们尝尝……"看着孩子们大口吃东西的样子，王淑华感觉很幸福。

为了调动孩子们的学习积极性，王淑华还在班里设立了一个小小奖励金。"比如，考到 80 分可以得到小零食，90 分可以得到文具，考满分可以自己挑选一个礼物。"

就这样，"取得好成绩就能得到一份礼物"的消息在孩子们中间传开了。没多久，一个小女孩考了满分。王淑华问孩子想要什么礼物，然而从未走出大山的孩子，一时间很茫然。王淑华了解到她的父母在外地打工，就给她买了一个将近一米高的小熊玩具陪伴她，缓解孤单。女孩抱紧小熊，红了眼眶。就这样，孩子们对学习的热情明显高涨起来。

时光匆匆，转眼间，一年的支教工作接近尾声。准备跟孩子们告别的那天，他们刚走到操场，孩子们就开始往教室跑，原来孩子们早早地为他们准备了告别仪式。等他们来到教室，黑板上已经写满孩子们的留言。"连老师，等我长大了去天津看你！""师母，如果你是我的妈妈就好了。"

"听我说谢谢你，因为有你，温暖了四季。谢谢你，感谢有你，世界更美丽……"可爱的孩子们唱起《听我说谢谢你》。歌声中，王淑华泪湿眼角。

"原本为了帮助孩子们，没想到孩子们给我们太多感动。"回想这一年的生活，王淑华觉得特别有意义。现在她的家里还放着 6 块椰子糖，那是临走时班里一个小女孩送的。糖是别人送给小女孩的，她一块也没舍得吃，全部留下来作为离别礼物送给了王淑华。"我会保存好这 6 块糖，看着它们，我就想到孩子们纯真可爱的笑脸和难能可贵的心意。"王淑华感动地说。

"老连说等他退休了，还想去仁里小学看一看，看看孩子们长高了多少，有没有考到县里的学校，这是我们和孩子们的约定。我当然也会陪着他。"说起今后的打算，王淑华充满期待。

【《中国出入境观察》2023 年第 4 期】

总有汽笛声回荡在岁月深处

肖剑锋

长江南通段，整个长江最为宽广的地方。在这片烟波浩渺、波诡云谲的水域，驻扎着南通出入境边防检查站检查艇（现为南通出入境边防检查站水上警务室）。她是我大学毕业后人生启航的第一站，亦是我战斗了11个春秋的地方。如今，那段激情燃烧的岁月已经离我越来越远，但江上的浪涛声和悠扬的汽笛声却一直萦绕在心头，成为挥之不去的记忆。

初到船艇，收到“大礼包”

2008年6月26日，我第一次来到检查艇，刚下引桥，一名战友迎过来，“你就是新来的学员？我带你去边检3209艇。”“上船慢点，注意脚下。”“小心，别撞头……”他话没说完，我脑门已“咚”的一声撞在门框上。

“艇上的门框比较矮，刚来容易撞头，算是‘见面礼’。”他边说边帮我腾挪行李，只见他身轻如燕，如履平地下到中舱，而我紧紧抓着栏杆顺着铁梯，每走一步都要小心翼翼。

穿过中舱终于来到我的住舱，只见两个比巴掌稍大的舷窗挂在两边，终日透不进阳光，床铺窄得可怜，上方是装饰板，坐在床上头都抬不起来，舱里还有一股刺鼻的柴油味。

可这些只是微不足道的“见面礼”，随着时间的推移，我发现真正的“大礼包”还在后面。09艇每个地方都危机四伏，拐角的障碍物、陡峭的梯子、低矮的门框等，稍有不慎，就可能受伤。当时年轻气盛的我总是不长记性，脑门时不时要与门框来一次“亲密接触”，小腿也常磕得青一块紫一块，有一次下楼梯有点莽撞，还把腰闪了，让我郁闷不已。

“09艇是我们站的元老级船艇，1986年配备的，比你年纪还大呢。”“艇上的集体三等功都是09艇获得的，不是每个人都有机会住在这条艇上的。”战友们你一言我一语，让我心里稍有安慰。可现实依旧骨感，由于紧挨着机舱，只要主机一响，住舱里就会飘来难闻的废烟，几天都散不干净；有点风浪的时候，09艇就会上蹿下跳，睡在舱里感觉整夜都在荡秋千；船舷的皮靠与码头也在相互挤压着，不停发出

“吱嘎吱嘎”的摩擦声，一整夜“折磨”下来，耳朵甚至能产生刺痛感。那段时间，我几乎没有睡过一个安稳觉。

“艇长，这样你睡得着吗？”我问艇长。“晃着睡才舒服，以后你会懂的。”艇长笑着回答。

大约 2 个月后，我终于适应了这样的生活状态，晚上睡眠质量直线提升，仿佛睡在摇篮里一样，以至于后来建了趸船后，睡在安稳的卧室里，我反倒睡不着了。

学习做饭，发现“小秘密”

当时艇上实行轮流做饭制度，在这样的氛围下，我开始学习做饭。由于厨房很小，只有一人站立的空间，因此，每次做饭都是我的搭档许尧一人掌勺，作为厨房小白的我则会帮他打下手。

那时，我最怕他炒土豆丝、鱼香肉丝等，因为刀工笨拙的我每次都要切上老半天，而我更讨厌他的做菜风格。无论炒什么菜，他都要热锅呛油，然后撒一把辣椒，弄得整个厨房辣味升腾，常常把我呛得直咳嗽。

“你一个扬州人，怎么老喜欢做辣菜？”“炒个青菜也要放辣，又没有油烟机，你不呛吗？”为了辣椒的事，我没少跟许尧发牢骚，他却不以为然，还时不时在我面前秀技能，“看到没有？这就是颠锅，有技巧的。”“炒饭就是要用这种大铁勺，这样锤才过瘾。”

无奈初期我学艺不精，只能“忍气吞声”。后来，随着我不断“偷师学艺”，终于夺取了部分掌勺权。那段时间，我热情高涨，一次又一次地为大家献上黄瓜塞肉、老鸭煲等艇上从没做过的家乡菜肴，每次都能让大家眼前一亮。

“小肖可以，做的菜挺好。”“辛苦了，要是能再适当加点辣味就更好了。”当时的我全然不知地沉醉在大家的好评中。有点“资本”后，我开始“转守为攻”回呛许尧，“非要给自己找麻烦，弄点清淡的不香吗？”“颠锅谁不会？现在你不得瑟了吧？”可许尧只是笑笑不说话。

好景不长，渐渐地，随着做饭次数的增加，我发现一个细节，只要每次我一做饭，艇上部分同志就会去冰箱找辣椒酱。“难道我做的菜不好吃，非要靠小菜来开胃？又不是湖南四川人，怎么就这么喜欢吃辣？”一次偶然的机会，我终于找到了答案。

那是 2009 年的一个盛夏，一个已经退伍多年的战友，给艇上寄来了产自海南的黄灯笼辣椒酱。只记得那个辣椒酱特别辣，我尝了一小口就再没敢碰过，艇上的老同志却十分喜欢，每次吃饭都要拿出来，直到辣得大汗淋漓才过瘾。

“有这么好吃吗？”我不禁反问。“你不懂，江上湿气大，吃点辣，有助于祛除体内湿气。”那一瞬间，我突然想到了许尧，终于明白原来吃辣是艇上的传统。

那天晚上，我找到许尧，问他为什么不早点告诉我关于吃辣这个“小秘密”，他沉默不语，在我的再三追问下才开口：“艇上习惯吃辣不假，但你不喜欢吃辣。如果实在要吃辣，接下来辣的和不辣的都做点，辣的我做，不辣的你做，这样你就不用忍受那呛人的辣味了。”那一刻，我望着他，鼻子竟一阵泛酸。

辛劳伤身，依然“乐逍遥”

大海航行靠舵手，船艇安全靠保养。平时对船艇好，关键时刻船艇才不会掉链子。因此，艇上特别重视船艇保养工作，2009 年，边检 3210 艇还在舰艇技术状况年度检验中获评全国同类型船艇第二名的好成绩。

保养工作中，大家最不愿面对打油漆。打完后，手上的油漆怎么洗都洗不掉，于是只能花露水、风油精、松香水等各种化学试剂全上阵，有的索性用钢丝球在手上蹭，蹭得手火辣辣的却发现还是蹭不干净。

如果打油漆有段位，那么给 09 艇机舱打油漆则是大家心中的“梦魇”。由于年代久远，机舱排风系统无法使用，每打一段时间就得上来换口气。即使这样，打到最后，大家的嗓子还是跟火烧一样，眼睛也被油漆里的化学气体刺得生疼，此时如果立马吃饭，会发现吃什么都是苦的。

“艇长，10 艇机舱空间大，又有排风系统，来年能把我换到 10 艇上去吗？”“这样浓烈的油漆味吸多了，会不会影响以后生小孩？”我们问艇长。

“可以考虑。不过跟你们透露个好消息，检查艇建艇 26 年了，只要是艇上出去的，没有一个生不出小孩，而且生的全是健康的大胖儿子。不信我给你们扒一扒……”艇长一席话把大家逗得哈哈大笑。

说归说，笑归笑，但艇领导对大家的健康是很关心的，每次打油漆，都会买一大筐水果回来，让大家润润喉，补充点维生素。毕竟，打油漆对身体无害是不可能的，可工作总得有人干，油漆总得有人打。

关于打油漆，还有一个不得不提的就是甲板以下、水线以上船艇外立面的油漆作业，需要人员穿救生衣下到水面，先洗船再打油漆。而长江里的涌浪几乎从不停歇，大家的身体和船身始终处于摇晃状态，作业起来特耗体力。经常有同志干到最后累得不行，索性就跳到长江里释放下自己。

即使这样，大家依然毫无怨言，每次都能很好地完成任务，打累了就会自觉聚坐在船艇后甲板，一边随着波浪摇晃，一边吃着水果吹着江风聊天。印象中，那是忙碌的一天中最幸福逍遥的时光。

历经风浪，终成“定心骨”

检查艇主要担负着长江南通段对外开放水域的巡查监管等任务，这一切工作开展的前提，就是船艇指挥员必须具备过硬的船艇业务技能。作为刚毕业的干部，学习开船自然也成了我的重点工作。

那段时间，只要一有空，我就会跟着艇领导一起出航学习开船。起初，艇领导对我不太放心，每次开船都会在边上盯着，察觉到危险时，就会“抢过”我手中的方向盘。但这样的机会并不多，慢慢地我开始迷之自信起来，这为后来的一次事故埋下了隐患。

那是一次09艇出航归来靠泊10艇的途中，当时正处于涨潮，水流很急。正常情况下，我应采取大面积迂回后小角度顺水靠泊的方式，可当时我似乎有点“飘”了，兴许是为了省事，抑或是为了显摆自己，我直接选择了难度较高的船尾先靠的方式。这样虽能一次到位，却带来了船尾视觉盲区的问题。

于是，我只能不停走向门框，把头探出去往后看，以掌握靠泊距离和角度，然后再不停赶回原位操纵车舵，但那天水流特别急，船艇似乎有点不受控制，我也有点手忙脚乱，最终“悲剧”发生了。

“砰——”随着一声巨响传来，大事不妙——撞船了！10艇左舷的船肚子瞬间瘪了一块进去，白色的面漆硬生生被09艇的船尾右护舷铲得露出了大片红色底漆“伤疤”。

“干得挺狠啊，机舱里面都看到舱壁凸出来了。”“这下玩大了吧，艇长知道后肯定要熊你喽。”战友们见状也跟我开起了玩笑，让我更加慌乱自责。怀着忐忑的心情，我找到艇长承认错误。

“磕磕碰碰很正常，关键要吸取教训。小心驶得万年船，开船要胆大更要心细。艇长是整条船的定心骨，每次出艇都要把人和船安全带回来……”那晚，想着艇长的话，我彻夜难眠。往后的船艇生涯里，我努力将艇长的教诲铭记于心，并再没发生过一次人为擦碰事故，即使航行条件再恶劣，我依然能沉着应对，全身而退。

那是2017年7月的一天，中央电视台某栏目组来艇拍摄取材。当时已经成长为代理艇长的我负责带队出航，返程途中却突然遭遇瞬时强对流。

10艇虽比09艇大点，但也只有70吨左右，在巨大的风浪中，只能像过山车一样无助地摇曳，江水也从前后甲板不断凶猛扑上来。

祸不单行，突然传来一阵急促的声音——“艇长，后甲板的遮阳帆布被吹碎了！”

我赶紧透过驾驶室窗户往后看，只见偌大的帆布全部横在半空中，倒向了一边。

“快！拿刀！把帆布拆下来！”我赶忙下达命令，防止帆布拖曳船艇加剧横摇。同时，我不断操纵车舵调整船艇，努力避免其处于横风状态，最大限度防止船艇倾覆。

屋漏偏逢连夜雨，江上突然又飘来一团雾，一时间周围什么都看不见，而附近水域就有浅滩，还有外轮、浮筒等障碍物，一旦搁浅或撞上去，后果不堪设想！

当时窗外的狂风如魔鬼般呼啸，桌上的矿泉水瓶也在摇晃中摔到了地上，在地面来回翻滚，我却什么都顾不上，只能不停来回拨动操车手杆和舵盘，用车顽强顶住风流冲击，并借助雷达辅助定位，尽量将船艇保持在原位。坚持了近一个小时，我们终于熬到了团雾散去、风平浪静。

此“战”，我没有辜负老艇长对我的期望，面对惊涛骇浪，我成功将船艇和大家安全带回，践行了一名艇长应有的责任。

“军港的夜啊静悄悄，海浪把战舰轻轻地摇，年轻的水兵头枕着波涛，睡梦中露出甜美的微笑。”时至今日，每当回忆起那段汽笛声声的船艇岁月，心头都会萦绕《军港之夜》的旋律，泪湿眼眶。我想，那是一种见证，个人成长的青春印迹、生死与共的战友情谊、守护江上国门的卫士情怀，都浓缩在了那段岁月里，成为一种永恒。

【《中国出入境观察》2023 年第 4 期】

春风又绿阿吐孜

王　帅

“你看，警务站旁边是最早的‘2018年兵’，依次往西边是‘2019年兵’和‘2020年兵’，东边这些是‘2021年兵’，再过去是去年的‘新兵’……”新疆阿克苏边境管理支队英阿特边境派出所所长阿不都扎依尔·买买提像沙场点兵一般指向视野所及的范围内一大片绿色，激动地向笔者介绍着。

谁能想到，几年前这里还是“漫卷狂风蚀春色，迷梦黄沙掩碧空”的荒滩戈壁，而如今抬望眼，满眼皆是春意。数十只幼鸭嬉戏在水塘之中，一排排杨柳已吐露新芽，一座蓝白相间的小楼坐落于郁郁葱葱的林木之间，在广阔无垠的戈壁荒滩中诗意绽放。这是英阿特边境派出所阿吐孜边境警务站，一个创造绿色奇迹的地方。

战天斗地，亘古荒原播绿意

英阿特山脚下的这片土地古时名为“阿吐孜萨依”，维吾尔语意为“荒漠”，阿吐孜边境警务站也由此得名。时间的指针往回拨，2017年建站初期的阿吐孜边境警务站浮现眼前：盐碱地上，难见草木；戈壁滩里，乱石成堆……极目四野，尽是贫瘠的青褐色山体和厚薄不一的土黄色戈壁。夜晚陪伴民警的，只有一钩千年不沉的孤月。

坚守在这样的地方，每天面对满目黄沙，工作是单调的执勤查车，无论是民警还是护边员都情绪低落，无精打采。时任警务站站长的阿不都扎依尔看在眼里，急在心里。他想到了阿克苏地区各族人民宝贵的精神财富“柯柯牙精神”。

1986年，阿克苏地区启动实施了柯柯牙荒漠绿化工程，在荒滩戈壁上建成了南北长25公里、东西宽4公里集生态林、经济林、防风林于一体的防风治沙“绿色长城”，这种“自力更生、团结奋进、艰苦创业、无私奉献”的精神激励着一代又一代阿克苏人。

既然曾经荒凉的柯柯牙都能种出绿色长城，我们一定也能做到！阿不都扎依尔给民警和护边员们讲了自己的想法，大家纷纷响应，这些朴实的守边人，都觉得这是一件非常有意义的事。

当地的老人知道了他们想种树的事，却笑话他不切实际，“在这片戈壁上种树，和沙子里养鱼有什么区别？”

重重困难和质疑并没有拦住他们的决心。“我们不仅要在这里种出树，还要让它变成一片树林，让这块土地绿起来！”阿吐孜戍边人向这片戈壁滩吹响了“战斗号角”，誓要扎根边防、自力更生、艰苦奋斗。

“小白杨，小白杨，陪我一起守边防……”2017 年 10 月，阿不都扎依尔带着民警和护边员们，一边唱着歌，一边挖着土坑，栽种属于他们的边防林。

首先面对的困难是缺水，警务站附近打不出水，取水的方式只有在摩托车上绑一根结实的木棒，两端各吊一个水桶，一趟趟往返于 8 公里外的臻丹水库打水。但戈壁滩干旱，一桶水浇下去，很快就干了。即使这样一天往来多次，也只能保证两天浇一次水，勉强维持树苗的成活。

其次是糟糕的土质，这片土地中石头多，一铁锹下去，十有八九要碰上坚硬的顽石，震得人虎口发麻，一个树坑最多要挖一两个小时，一天下来也栽不了几棵树。

秋天适合种树的时节只有 10 月，为了赶工期，除了每天的上勤和值班人员，其他所有人包括炊事员都加入了植树队伍中，几乎整整一个月没有开伙。每天清晨，所有人都扛着铁锹，带着干馕和榨菜去种树，直到天快黑透才回到站里。每个人都是灰头土脸的，手上布满老茧，指甲缝里塞满泥土。

树成片成片地种，却成片成片地被大风刮断。偶尔一两棵勉强活下来，也略显枯黄、弱小，但这依然值得庆祝。小树那瘦弱的躯干凝聚着全警务站民警和护边员们的向往，哪怕只有一丝希望，也要尽百倍努力。

然而冬天河流结冰无法取水，那一年种的树最终都因缺水没有活下来。看着辛苦种下的树苗慢慢枯死，驻站民警阿里木江 · 阿不来提独自坐在田埂上默默垂泪，阿不都扎依尔拍拍他的肩膀：“不要灰心，我们明年继续。”

百折不挠，绿色长城初建成

2018 年 4 月，不气馁的阿吐孜戍边人再次向恶劣的自然环境发出了挑战，这次他们意志更加坚决。

吸取了前一年失败的经验，阿不都扎依尔知道解决用水问题是当务之急，仅仅靠打水浇树是远远不够的。他去乡政府来回跑了近 10 次，专门汇报在边境种树的重要意义和自己的计划想法，终于协调争取了近两公里长的水管，从水坝中引水浇树。

土质不行，阿不都扎依尔就让护边员们轮换去附近乡村的农田里挖来良土。护边员们轮休回家，都会特别叮嘱带泥土。有装在泡沫箱的，有装在蛇皮袋的，有装在筐子里的，只要能装土的什物，哪怕是一个小小的买菜的薄塑料袋，也要捎上一袋泥土。

他们在附近的戈壁滩上重新挖了坑，倒上良土和羊粪，用水排出土地的碱性，用尽各种办法优化栽种树苗的土质。"白天种下树苗，晚上就要浇上水，只有保证及时浇上水，树苗的成活率才能有保障。"阿不都扎依尔说，不放心护边员浇水，他每晚都亲自负责。

实在瞌睡了，他就靠着田埂眯一会儿。馕硬得咬不动，往水渠里泡上几分钟，一咬，软硬倒是合适，就是留下半嘴的泥沙。

阿不都扎依尔带着数十名民警和护边员，就像纺织机上编织经纬的梭子，没日没夜地呵护着这些树苗。

功夫不负有心人！树，就在这般众志成城的努力下，一棵接着一棵地成活了。

阿吐孜边境警务站种树的故事也感动了各级领导，在看到警务站民警们的精神后，阿克苏边境管理支队、乡政府纷纷向警务站赠送了树苗，鼓励他们坚守初心，继续开垦这片土地。

看着种下的树苗茁壮成长，辛勤劳作的成果得到了所有人的肯定，阿吐孜的戍边人大受鼓舞，信心倍增。"树活了！我就说我们一定能做到的，我们还要像柯柯牙一样，在这里种出更多的树，把这里彻底变绿！"阿不都扎依尔带领民警和护边员们开始动手挖渠道、引渠水、造水塘，力求把这里打造成生态天堂。

2018 年，种活一百余棵柳树；2019 年，种活上千棵杨树、柳树；2020 年，五千余棵树苗拔地而起……如今，在阿吐孜边境警务站的周边已经成功栽种了 2 万多棵树，绵延长达三公里，远看宛若一条绿色的长龙延展在英阿特山下。这道"绿色防线"逐年向前推进，曾经肆虐的风沙也收敛了许多。

经过几年的历练，警务站的民警和护边员们各个都成了"种植专家"，无论是栽种还是养护都有了专业水准，看到出现什么虫子就知道买什么药。今年，他们还打算搭起大棚，种下更多蔬菜和水果。

根植大地，心中种下"戍边树"

在阿吐孜警务站附近，有一片特殊的小树林，许多小树的枝丫上都挂着五颜六色、不同形状的硬纸牌，上面分别写着祝福的话语或派出所民警的名字。

"这一棵棵树，不仅仅是生态树，更是励志树、扎根树。"阿不都扎依尔介绍说，这片小树林叫"戍边心愿林"，每名新分配到派出所的民警都要来这里种下属于自己的树苗，也种下扎根大漠戈壁的决心。

戍客望边色，思归多苦颜。来自广西柳州的转改新警熊宝银 2019 年 7 月被分配到阿吐孜边境警务站。从繁华都市来到西域边关，从热闹喧嚣到荒无人烟，家乡的女友也因为距离太远跟他提出了分手。

那时沮丧和失落的情绪时常挂在他的脸上，熊宝银经常会在夜里躺在警务站的草坪上仰望星空，四周寂静无声。这种寂静让夜显得更加漫长，也让人将内心的孤寂无限放大。迷茫和彷徨困扰着这个 21 岁的年轻人，他开始有些怀疑自己的选择和戍边的意义。

那时的熊宝银不会想到，是这些小树改变了他。

第一次在戈壁滩上种下树苗后，没几天就遭遇了沙尘暴，大家种的树苗被吹得歪歪斜斜。“就连种棵树也种不活，看来这里真的不适合我。”此时的他，看到什么都是灰暗的。

然而让熊宝银没想到的是，几天后，这些树苗依旧顽强地抽出了枝芽，那抹新绿，绿得耀眼。

“风沙、干旱、荒凉，都挡不住小树苗顽强的生命力，我还有什么理由徘徊不前？”熊宝银站在警务站的文化石边，看着上面刻着的“种下的是希望，长出的是信仰，结出的是热爱”三行大字，沉默良久。

“树人如同树木，只要坚忍顽强，就能在荒凉的戈壁上锻造出不荒凉的人生。”熊宝银满怀敬意地种下新的树苗，也种下了信念和希望。

打那时起，熊宝银就像换了个人，积极参与工作学习，还参与拍摄“小熊说法”栏目在县融媒体公众号展播，向群众普及边境法规知识，取得了不错的反响。如今，他已经成长为阿吐孜边境警务站的新任站长。

每天傍晚坐在院子里的摇椅上，熊宝银听着阿吐孜的风吟鸟唱闭目养神，睁开眼，是一片绿意。他觉得，自己已经找到了戍边的意义。正如自己亲手种下的小树一般，把根扎得深些、再深些，把枝伸得高些、再高些，挺拔地守卫着这片土地。

漫长边防依旧，群山不改，而今阿吐孜的面貌已然天翻地覆。巨变背后，是阿吐孜边境警务站戍边人一锹一锹建家园的声音回响，是种下树苗的拔节之声。他们就是属于这片土地的春风，将生命中最炽热的情感融入边境线，扮绿了亘古不变的荒原戈壁。

【《中国出入境观察》2023 年第 5 期】

这里，是底雅

吴　俊

底雅在哪里？西藏最西是阿里，阿里最西是底雅。在被称为“世界屋脊的屋脊”的阿里高原上，一条绵延270余公里的盘山公路，蜿蜒曲折，一直通往喜马拉雅山脉的深处，而底雅就深藏在这片群山之中。在平均海拔4500米的阿里地区，底雅，海拔最低处却仅有2700米。古老的象泉河，穿过阿里高原的数万大山，在这里创造出了星星点点的绿洲，成为“极地”阿里的“另类”之地。

“底雅是我们的根”

底雅，常住居民仅227户827人，边境线长68公里，这里却是西藏稳边固边兴边的前沿阵地，这里位于中印边境，距离印方塔西岗村仅有3公里。居住在这里的村民们，世代生活并守护着这片土地，“底雅是我们的根！”这句话早已刻在他们的骨子里。

“父亲过世前总是跟我讲他少年时流落在外的故事，漂泊的那几年，日子过得很苦，像乞丐一样。”欧珠班典的儿子刚珠多吉如是说。1962年，时年14岁的欧珠老人被迫与家人分散，流落异国他乡。6年的漂泊生活，让他饱尝人间冷暖。他的父亲，也就是多吉的爷爷，辗转托人给远方的儿子捎去口信，让他赶快回家！而这条回家路，欧珠老人一走就是6年。

1985年，边境山口短暂开放，那时物资还是非常珍贵，欧珠老人用10斤酥油和3头山羊，从印度商人手上换来了200株小手指粗细的杏树苗，一部分分给村民，一部分就种在祖屋前的山坡上，开启了底雅种植杏树的历史。

底雅，位于象泉河谷地，高山阻挡了阿里高原腹地的寒潮，近2000多米的地理落差，和峡谷特殊环境，造就了这里特殊的地理环境。每年3月底，阿里其他地方还处于冰天雪地时，这里的山谷里却已是山桃盛开，每年夏末秋初，这里青稞浮浪、苹果映红、白杏飘香……如今，底雅的白杏，甜香味醇，已经成了这里的名片。指着远处坡地上一株颇有年份的老杏树，多吉自豪地说：“这就是父亲当年种下的杏树，也是底雅乡的第一棵白杏树。”

2021年，欧珠老人在新搬迁的边境小康示范村新居里去世，“父亲生前最喜欢的就是坐在窗前望着屋外的雪山、大树，他说最幸福的就是现在这个时候。”多吉说道，在国家的大力扶持下，我们过上了爷爷和父亲几辈子都不敢想的生活。所以，守土就是我们的天职，守好土地，日子才能越过越好。

对家乡深厚的情感，根植于每一个底雅人的内心深处。

底雅乡底雅村党支部书记次仁罗布，年近七旬，对于底雅，于他有着不一样的情感。他有着一段鲜为人知的经历。

“西藏和平解放之初，我的父亲听信了坏人造谣，一家人在外颠沛流离，后来听到解放军是‘菩萨兵’的消息，毅然选择回到家乡。”回到家乡的次仁罗布，第一次见到了解放军，解放军常常帮助老乡，这是次仁罗布对解放军的第一印象。1984年，次仁罗布做出了人生最重大的选择：当兵！那年冬天，他成为底雅乡第一个参军的年轻人。入伍后，他分配回到了家乡——什布奇村，这一干就是15年。

参军15年，身份的转变，让他深刻地认识到，这里是家乡，也是中国！参军15年，老人先后荣获6次三等功，每每提到这件事，老人的眼中都会闪着别样的光。就在前几年，次仁罗布老人将儿子仁增加措送到部队，那里也曾有自己年轻时的哨位。如今，仁增加措已经成为一名边防连的战士。“刚开始并不想当兵，但当我第一次穿上军装，沿着父亲当年的足迹在边境巡逻时，我终于理解了父亲的决定！我感到很自豪，我们走过的地方就是中国的界碑。”仁增加措说。

如今，儿子接了父亲的班，次仁罗布老人也没有闲着，作为一名村干部，他依然战斗在一线，并时常为边防部队筹集马料，还组织群众为一线运送物资，2022年，他还被评选为全国“双拥模范”，他说：“我们家乡人爱国，是放在心上更是落实在行动上，我在部队站岗放哨是戍边卫国，回到村里放牧劳作是守边兴边，我们要让五星红旗在祖国的边疆永远飘扬！”

诸如欧珠班典、次仁罗布这样的底雅人，他们世代居住在这里，以他们独特的方式，传递着底雅人守护这片土地的独特情感，这是一种精神的传承，背后是底雅人民齐心协力在边境上筑起的一座看不见的长城。

“相信我，把手给我”

象泉河在这段高山峡谷里流淌了几万年，也奇迹般地孕育了底雅这片高原绿洲，却偶尔还是会像孩子一样闹一闹小脾气。每年夏季，底雅都会迎来大范围的降水，这就意味着周边的山区极易出现泥石流、滑坡等自然灾害。

2022年8月8日，一场暴雨，让象泉河水突然变得暴躁起来。驻守在底雅乡的底雅边境派出所接到报警：由于河水急涨，底雅乡鲁巴村一辆正在河滩进行采砂作业的施工车辆躲避不及，被湍急的河流包围，3名作业工人失踪！

屋漏偏逢连夜雨，出警民警在前往事发地途中，遭遇山体滑坡，通往事发地的唯一道路被冲垮。此时，天空还在断断续续飘着小雨，为确保安全，车上出警人员只好撤回，组织人员携带工具，对山路进行抢通。时间一分一秒地过去，雨水、泥沙、山石，一边抢通道路，一边提防山石再次发生滚落，民警们焦急万分但却又很无奈。

道路抢通，民警顺利抵达事发地时，距离首次报警已经过去了近24小时，民警沿着象泉河向下游区域搜寻遇难群众，一起参与搜寻的工人和村民已经不抱希望，但是，民警们却没有放弃。经过4个小时的搜寻，终于在距离事发地一公里的山崖拐角处发现一名失踪工人。当时，他身着短袖短裤，赤脚踩在一块突出山壁湿滑的石头上，脚下就是河流的湍急，让他处境十分危急。看到民警的身影，他一边用手扒住崖壁，一边用微弱的声音喊着救命。

被困人员所在的位置，距离河岸还有一段距离，几吨重的作业车辆，在倾泻而来的河水中都不堪一击，何况是单薄的血肉之躯。在场人员想了各种营救方案，却始终无法靠近被困人员，甚至还面临被冲走的危险。

“我年轻，让我试试。”民警杨洪站了出来。

“不行！我壮，我来！”民警夏永军边说边拿起救生衣，“你在后面跟着我，我要是不行你再上！”二人穿上救生衣，将安全绳系在腰间，攀着崖壁，一步步蹚入河水中。

看似简单的动作，却没有想象中那么容易。河水浑浊，看不清路，碎石、淤泥、急流，每走一步都非常艰难，越往前走，河水越深，就越用不上劲。走到拐角处，夏永军发现，拐角后是一片光滑的崖壁，没有受力点，根本无法攀爬，而此刻距离被困人员仅剩几米的距离。他回过头对跟在后面的杨洪说：“前面没路了，我要跳过去，水太急，我没把握，你从后面推我一下。”

就这短短几米的距离，却也是夏永军距离死神最近的一次。时隔一年，再次回忆起此事，他说：“说不害怕那是假的，本以为前面水不深，想着跳过去就安全了，结果前面是个深水坑，跳过去，就掉进去了，河水直接漫过我的头，嘴里面又是沙石又是羊粪。”被水淹没的短短一分钟，夏永军感觉像过了几个世纪，挣扎着从水中爬起来，他喘着粗气，暗暗给自己鼓劲，慢慢靠近被困人员。

看着民警为了救援掉进水里，被困人员焦急地大喊：“别救我，别救我……”岸边的安全员此刻也为他捏了一把汗，拽紧安全绳准备把夏永军他们拉回来，夏永军一边挥手示意等一等，一边喊着：“相信我，把手给我！”夏永军回忆说，“这句话不仅仅是说给被困人员的，更是说给我自己的。”紧紧抓住被困人员的一瞬间，夏永军将自己的救生衣套在他身上，并将两人用安全绳紧紧系在一起，当被困人员获救上岸，一切总算有惊无险。

2022年8月16日，央视新闻对此事进行了报道，各大媒体纷纷转载，一时间夏永军、杨洪二人的名字冲上了微博热搜。远在青海老家的妻子看到别人转发的朋友圈才知道这件事，一通电话打过来，一边哭一边喊："你就没想过我们娘俩吗？你要出事了我们怎么办？"夏永军，一名在西藏戍边17年的老民警，经历过边境上的无数艰险，听到妻子的质问时，却沉默良久，当他自己再回看救援报道时，他说的的确确感到一丝后怕。

"其实掉进水里的那一瞬间，脑子里就只想着赶紧把那个人救回来，根本没想那么多。"当问及如果再遇到这样类似的事情是否还会做出同样选择的时候，他坚定地说："会，因为以前我是一名军人，现在我是一名移民管理警察，我要对得起肩负的这份职业，对得起这份职业带来的光荣伟大！"当说出这句话的时候，他的眼中泛着一种异常坚定的光，脸上黑白的印记是来自高原阳光的馈赠。

"戍边生活像一场修行"

在这片狭窄的高原河谷里，底雅边境派出所面积不算很大，却有着一片自然生长的花园，里面种着民警们带来的各式杂花和几株葡萄。派出所围墙外就是一条小河，夏日的夜晚，还可以听着潺潺的流水声和隐约从村落深处传来的蛙鸣、犬吠缓缓入睡，清晨，则可以伴着清脆的鸟鸣声迎接新一天的曙光……

每天上午11时，太阳才刚刚从东侧的山巅露出脑袋，16时，太阳就已经斜过西侧的山壁，每天仅几个小时的实际日照时间，被派出所的民警戏称为有着"极夜"生活的地方。每年10月，派出所就要做好冬季物资准备，因为每年11月到次年4月，底雅就进入了封山期，山上积雪最厚的地方达3米。3月春暖，部分路段甚至会因为冻土消融出现塌陷，从县城到乡镇，需要翻过3座海拔5000多米的雪山，转过383个弯，270余公里需要近6个多小时的车程，所以，这里也被当地人称为"进去了就不想出来，出来就不想进去"的地方。

2020年7月刚刚从学校毕业被分配到底雅的杨振宏，回想起自己第一次在单位过冬的经历，历历在目。老家云南，四季如春，来到西藏才知道什么叫"冬天"。第一次经历大雪封山，伴随着鹅毛大雪，感觉像是活在梦境般的世界里，一夜之间地面积雪超过30厘米，走在雪地上不穿作战靴袜子很快就会被打湿。不戴帽子出门，会额外得到一顶与发型相应的白色帽子。

"面对这种境遇，我们需要保持乐观的态度。刚来的时候，肯定是会感到孤独、无助，但是久了才发现，大雪封山让我们有时间真正静下心来，利用闲暇时光与家人唠嗑，与同事一起打雪仗、下棋、看书。"杨振宏的脸上总是挂着笑容。

"这是我们的职责所在，也体现了移民管理警察的使命担当。更能体现我们移民管理警察的工作对社会和人民具有重要的意义和价值。”杨振宏继续说，“夏天的时候，到山上巡逻，运气好可以捡到海螺化石，这里蕴藏着喜马拉雅山脉形成的原始密码，如果不是坚守在这里，又怎么会有这样的经历呢？”

而当驻守在什布奇执勤点的派出所民警夏永军谈到自己戍边17年的故事时，他说，“戍边生活不是什么人都适合的，这就像一场修行。在派出所工作，需要你的内心很强大，从这里出门，左边是山，右边是山，前面是山，后面也是山，如果你的内心不够强大，是很难胜任这份工作的。在执勤点工作，我有老百姓和高山为伴，别人看不到的风景，我在这里一览无遗。”

底雅乡行政中心在峡谷深处的底雅村，但是底雅乡的行政区划却很大，距离最近的什布奇村仅有半小时路程，距离辖区最远的点位却有近5个小时的路程。各村（组）之间的海拔落差很大，最高处普次达坂大约5300米，最低处底雅村约2700米，上下近2000多米的自然落差，也被这里的民警戏称为“出警都有可能高反”的地方。

夏永军说：“每天早晨起床，透过窗户就可以看到雪山，山谷里有树有花，只要你用心，每天都是不一样的风景。”刚刚开春，夏永军就和什布奇村的村民们一起扛着工具检修村子里用于灌溉、生活的输水管，在山谷的果园里种下桃树苗，组成警民联合巡边队，举着国旗，沿着山路开展巡边工作。他指着其中一位村民背上尚在襁褓的小孩说：“那个小孩才一岁多，是警民巡边队里年纪最小的‘巡边员’。看着他就想起自己的小孩，也许他的母亲是想让他从小就知道，脚下这片桃源的幸福生活是一点点走出来的，是一天天守出来的，是一代代传承而来的。”

这里就是底雅，西藏最偏远的山乡之一；这里就是底雅，是居民世代守护的地方；这里就是底雅，是这群戍边人奉献的地方！底雅，再远也是祖国美丽的河山，再远也是人民幸福的家园！

【《中国出入境观察》2023年第5期】

走，踏平坎坷巡边去！

李海成

怒江傈僳族自治州位于云南省西北部，因怒江由北向南纵贯全境而得名。怒江州是中缅滇藏的结合部，有长达450公里的国界线。辖区内高黎贡山与碧罗雪山，南北平行蜿蜒盘踞，奔腾的怒江在两山间湍急而过，形成了一个海拔落差达3000多米的山高壑深的峡谷地带。

穿过原始森林，沿着高黎贡山山脊的国界线，可以发现许多当年边民与境外亲友来往的痕迹，沿着边民采药或者打猎走的小道，要两三天甚至五六天才能到达山顶。多年来，小道已鲜有人迹，只有个别违法犯罪分子还惦记着这些通往异国的小路。

每年四五月份，当高黎贡山山顶的积雪逐渐消融时，便迎来了每年必有的雪山巡查。今年，我作为支队机关业务处室的一员，参加了基层单位的巡逻踏查任务。这次，专门选了一个几乎没有人去过的方向，以日记的形式记录下这次难忘的巡边经历。

5月9日　星期二　多云

4月28日，下了今年最后一场雪，接着又下了一场近10天的雨。好不容易等到雨停，赶紧与辖区派出所联系，询问上山路况和巡查工作准备情况。

所长欧光海介绍了派出所准备工作，说是随时可以出发，并讲解了3天行程：第一天到老营房抵边联防所，第二天沿芭蕉河源头登顶，往南巡查界桩小道后下到宿营地，第三天往东从另外一条便道返回。

听得出欧所长对边境情况非常熟悉，增加了我同行的信心，决定第二天出发。

5月10日　星期三　晴转多云

8:00，我们从支队机关出发，两个多小时车程后，到达海拔1100多米的吃扒克抵边警务室。

欧所长带领两个民警和两个护边员早已在执勤点等候，加上我们3个，共8人。我特意与两名护边员打招呼，他们都是辖区抵边村寨的，都是三十刚出头，年纪大点的叫“阿普”，另外一个叫“阿此”。二人前几年被聘为护边员，现在又是我们边境管理的网格员，经常上山采药，参加过边境巡逻，对路况比较熟悉。

11:00，队伍集合，分装物品，两次检查携带的武器弹药及所需生活物资，确认无误后立即出发。

根据初步路线规划，今天预计 4 个小时的行程，到达一个叫“老营房”的抵边联防所，那里有我们的民警和群众在值守。

健谈的阿普讲述着以往巡界路上的趣事，激动的心情战胜了烈日的炙烤和陡坡的艰难，不知不觉中，早已穿过种满核桃树的山谷，又沿着大片草果的山箐，爬上一个山梁，远远地可以看到老营房联防所前飘动的党旗。

风特别大，小王高擎着国旗走在队伍前面，走向阳光下的雪峰……油然而生的激动，不禁让我们加紧了步伐。

16:27，到达老营房联防所。午后的阳光下，映着远处山顶的积雪，也映着一幢两层八间的钢架房。这里，所有的材料都靠人背马驮搬运上来，让人不由感叹的，还有 3 年以来坚守在雪山脚下、云端深处的这伙人！

我背着行囊第一个走上院台，只见一名民警正在靠山一角的大锅上炒菜，大石头围成的灶，被风吹出响声的火舌艰难地舔着锅底。民警一手用衣袖挡烟火，一手炒菜，突然，架在灶边的锅盖被大风吹倒，朝我这边翻滚。我顺势弯腰截住，用拴在树上的水管冲了冲，递给追过来捡锅盖的民警。

本来想着能在一个叫“老营房”的、在残垣断壁上搭出来的房子里凑合一下就不错了，没想到是新建的两层楼房，单独通了电，还能吃上丰盛而热乎的晚餐。

这里海拔 3155 米，太阳一落山，风更大，冷得想找大衣，赶紧躲进房间，跟大家一起抢那仅有的一格 4G 信号，躺在床上讨论白天的路况和明天的计划。

5 月 11 日　星期四　阴转雨

今天行程计划：先是爬坡到山顶，再沿山脊转向南，到界桩后往东下山返回，到一个临时窝棚宿营。

8:00，准时出发。开门便是山，上山全是坡。

10:00，进入竹林，开始还看得出明显的一条小路，渐渐地，路难以辨认。到处都是下雪时压倒的枯竹，横七竖八地拦在路上，一开始还是跨着过去的，待越爬越高，越行越远，体力不停地下降，到后面宁可用身子把横拦着的枯竹碰断，也不愿跨过去了。就这样“啪啪”地响着往前走，直到被生生弹回来才知道遇到了生竹子。

阿此看到我年纪大些，赶紧过来走在前面，用砍刀开路。

“就是沿着这条芭蕉河的源头往上了。”阿此边开路边介绍。

路上，也有随处可见的古木倒在路上，至少三五人合抱那么粗，有的可以踩着过去，有的需要爬过去，有的只能从树下钻过去，半蹲着或跪着，更低的地方，身子要贴着地面，不然，身上的背囊过不去。

正是山花烂漫时节，各种各样的野花竞相开放，大多叫不出名字。最多的还是杜鹃花，高黎贡山上杜鹃花品种繁多，不同的海拔长了不同的品种，从半山的大树杜鹃，往上，有高山杜鹃，到山顶，还有矮脚杜鹃。同样的海拔，又有不同的花色，有时两棵长得太近，会造成“一树两色花”的错觉。

山上的泉水真多，从离开寨子进入森林，一直都在跨越各种溪流，时而从左淌过，时而右边飞下，又欢唱着汇入下面更大的溪水，声音几近轰鸣。

从水冬瓜林走进原始森林，从原始森林穿过竹林，快到源头的时候，雪线下，露出一丛丛细竹。水从竹根下的石头缝里汩汩地冒出来，应该是雪融化后的水，曾听说“竹根水”是最神圣、最干净的水，想必就是这个“竹根水”了。

这一路，感觉是走在画里，一幅长长的“四季山水画”，山下是穿着短袖的夏天，爬过山花烂漫的春天，山顶还是白雪皑皑的冬天。

11:10，翻过被风堆起的一道雪墙，爬上山脊垭口，躲在一个避风处开始吃午饭。大家都打开了包，有自热米饭、面包、熟牛肉，护边员阿普重重的背囊里甚至还有红牛。此刻，小唐也赶紧打开包，说:“谁能帮我消耗点，背不动了。”大家开心地笑着。

20分钟后，又得出发。

看着平平的山脊上几乎没有一节是平路，尖而长的山梁上，基本都是在巨石间攀爬，时爬时跳，时钻时跃，细长的小竹子随处在风中摇摆，刚好可以伸手抓住借力。如果不是这些灌木作掩饰，下面全是看了让人腿软心慌的裸露的悬崖。远处，昔日高耸入云的碧罗雪山，此时平平地横在前方，碧罗雪山与脚下高黎贡山挤压下的怒江，正拉长着白白的身子带，向南蜿蜒而去……整个峡谷，仿佛是在看沙盘，显得那么渺小，精致而生动。

歇了两三次后，大家从一开始因高山美景的兴奋和激动，变成了一身身汗水的抱怨和急促的喘息声，一声比一声急，一声比一声长。

17：20，到达界桩，海拔3677米，风变得更加猛烈，带着“呜呜”的响声，仿佛能把人吹走。小王卸下背囊，取出一罐红色的油漆和一支毛笔，在小唐的协助下，认真地给掉色的界桩描红，又小心地打开一面国旗，喊大家过来合影。我拍拍裤子上的泥印，整整被灌木扯歪的衣服，网格员阿普看了，也正了正头上的迷彩帽才站过来，被风鼓起的国旗在蓝天白雪的映衬下鲜红耀眼……

我们又一起清理了界碑周边的杂草，踏查完周边的小道，终于可以下山了。

表面已化成水的雪地，已不适合坐着滑下去，连踩下去都得小心，因为整个雪地与地面的结合部已化完冲空，稍有不慎，就会踩空下陷。每次都陷到大腿处，陷了几次后长心眼了，还是踩住压倒的竹子踏实些。

20:47，到达宿营地。说是宿营地，其实只是一个大石头下群众采药时用过的一个简易竹棚，顶上搭着一截风化发黑的塑料布，棚下是一个灶，草丛里一口盛满积水的锅。大家赶紧生火煮饭，民警小王不停地忙活着。

我卸下身上的背囊；顺势躺在旁边的草丛里，摸着肿胀的身子腿，感受着终于到达的幸福。

吃完星空晚饭，在没信号的竹林空地里，我把自己严严实实地裹进睡袋，跟大家挤在一起，看着点点繁星，在星光下舒展着劳累。

5 月 12 日　星期五　雨

昨晚基本没睡，睡前还有星空，半夜却落雨了。一开始下得小，躲在睡袋里忍着，越下越大，赶紧叫起冬冬，再弯些竹子，重盖塑料布。可这雨好似有意作对，没有丝毫停的意思，只好紧缩在睡袋里，听着雨点把塑料布砸得很响的声音。开始没在意两根竹子中间塑料布托着的那一点积水，几分钟时间，眼睁睁看着积水从一小包变成一大包悬在头顶。大家急忙合力朝上推往外分流，其实大家都没睡。

就这样，一个包一个包地处理，睡一会处理一次……迷糊中又听到小唐大喊：“啊……开灯！”

原来是什么小竹鼠之类的毛绒绒的东西钻进了他的睡袋，睡袋空间小，慌忙中又施展不开，急得大喊求救。大家笑一场后又继续推水、睡觉、推水，后半夜又被雷惊醒两次，听起来仿佛就在头顶炸响。早上 6 点的时候，雨终于停了。

好在今天的计划中，行程是最少的，下坡 4 小时。

7:40，从宿营地往下走。

一路上，被雨水浸泡了一夜的树叶异常顺溜，每一脚下去都有滑出去的可能。阿普和阿此砍了路边的竹子，给我们每人一根当拐杖，拄着防滑，又可以挑落拦在面前树枝上的积水，倍感轻松。认真的冬冬还从包里抽出一根鞋带似的细绳，缠绕在拐杖的一端，制作成把手。

走了一个小时后，我们还是被雨给追上了，行走在连绵的阴雨中，偶有从大树上滴落的水珠，落在身上感觉明显比雨滴还大。此刻，我们庆幸着早一天出发了，要是推后一天的话，可能现在还在登顶的路上，那全身湿透后连腿都迈不开的感觉，想着都难受。

雨越下越大，干脆任由着浇吧，浇不灭大家快到终点的兴奋，还有这难忘的巡界行。

12：15，全部人员安全抵达称杆抵边警务室，胜利完成此次巡查任务。

【《中国出入境观察》2023 年第 6 期】

草原吹过青涩的风

于　雷

回望青春，锡林郭勒大草原是绕不过去的一个驿站，岁月的勒勒车颠沛驶过，自然被不安分的石头绊几下，洒落几枚青涩的回忆。

因为求学，走进草原；因为参军，爱上草原；因为漂泊，怀念草原。可以说，草原是生命中最重要的遇见，无论岁月和足迹如何变迁，她都是青葱的、新奇的，在偶尔的回望中葳蕤生长。

不知道那个时间是不是我走进青春的起点——1990 年 3 月 12 日。前一天，我还在内蒙古锡林浩特第二中学就读；是日，则入伍原武警锡盟边防支队，再也没有跨进那所中学。

后来，直到一位要好的曹姓女生去新兵连看望我，才知道我离开后的某一天，她最先发现坐在教室第二排的那个小个子男生，突然不见踪影，而后，在全班同学嬉闹调侃的猜想中，我淡出了他们的视野。

而曹同学不知从哪里打探到我的行踪，在一个周末的黄昏，艰难跋涉到很偏僻的新兵连找我。

那时的我，还应该算是一个“不解风情”的少年，不去领会、探究一个女孩顶风冒雪看望我的含义，只知道再三催促女孩快点回去，别耽误了我晚间的集合点名。

女同学走了，留下一个红色的盒子。我怕班长发现，偷偷塞进一条棉裤的裤腿，埋在行李深处。直到新兵连训练结束四五个月的某一天收拾行李，才发现那个几乎被遗忘的盒子：盒子里装着一只口琴，口琴下压着一张纸条……

后来，所谓的后来，应该算是很多年以后，曾打听过曹同学的行踪。有同学告诉我，她大学毕业后，在一所中学做了老师。

那只口琴？那只口琴随着我的工作调动、搬家，已不知遗失何处，终没有发出任何声响。

朦朦胧胧的信息仅此而已，没有再去搜寻更多。那时的我“少年不识愁滋味”，只知道服从命令当一个好兵，只想着用睡觉弥补劳累，只盼着海吃每周一的早餐：把油炸麻叶泡进奶茶，就上自制的咸菜，饕餮的后果是当天不吃午餐。那时的我不知道青春还会老去，不知道很多时候说“再见”，其实意味着再也不见。

比如新兵连结训时的一声“再见”——来自五湖四海的战友，经过3个月的同吃同住同学习同劳动同训练，可谓风雨同舟、甘苦与共，待结训离别时，一个班10个大老爷们会抱头大哭。还记得运兵车启动时，我仍追着跑出大门，挥着手扯着嗓子喊“再见”。其实，150个兵，像撒胡椒面一样，撒到锡盟2000里边境线上，要几世的缘分才能换来相逢？

20多年后一天晚上，曾与几个战友相会于北京。其中一个是同班的，其余则名字陌生，长相更无印象，但提起曾是一个新兵连“出炉”，便倍感亲切、心无间隙，瞬间生长出一种蛰伏很久、突然激活的亲切和欣喜来。酒至半酣，搂在一起吼唱《战友之歌》：“战友战友，亲如兄弟，革命把我们召唤到一起……这亲切的称呼，这崇高的友谊，把我们结成一个钢铁集体……”激昂的旋律再次点燃那段激情燃烧的岁月，仿佛一次相见就可以唤回青春，就可弥补几十年不见的遗憾。

醉过才知酒浓，爱过才知情重。相同的经历，一起去回忆、补充、印证，情绪就被感染，青春便复活了，也治愈了生活不易的感叹、青春不再的感慨，以及某一个年龄段生长的慌慌张张、患得患失。

因为曾在新训小报上“涂鸦”了几首小诗，新兵连结训后，我作为令人羡慕的6个兵之一，光荣地留在了支队机关，成为政治处通讯员和图书管理员。8小时之内，除了负责传送文件、分发报纸、打扫卫生等工作，就是与战友一起拆解几十间废弃的办公房，或者配合工人一起制造水泥砖，铺设在家属区的地面，或者种菜、养猪……而8小时之外，除了休息，就是面对这些繁重的工作。

为了逃避，我常编出理由，躲进图书室。在这个书香扑鼻的避风港，我以看书逃避劳动，现在看来，要感谢那次青春期的“投机”，两年战士生活，我读了很多书，为以后的伏案“涂鸦”打下基础。

当然，我们也拥有最美的时光——只要天气允许，晚饭后常常和几个同年兵，悄悄翻过支队机关东边的围墙，像跳水一样跳进草原。是的，跳进草原，那时草已没膝甚至及腰！

一墙之隔，两个世界，每一次翻墙，都如同《桃花源记》的“豁然开朗”：在一望无垠的茫茫草原，微风习习，牛羊悠闲地吃草漫步，不知名的鸟儿自由地在天地间起落，锡林河唱着欢快的歌悠然流向远方……

我们就那么静静地坐一会儿，任目光游荡、思想驰骋，偶尔有蒙古族战友哼起蒙古歌的旋律，像清爽的风划过草原。那时，落日把草原连同心境都涂上了怡然惬意的黄，那应该是一抹薄薄的、软软的奶油吧。

离开支队机关的16年后，曾再赴锡林郭勒。当我再次踏进支队机关大院时，突然涌起翻过围墙跳进草原的冲动，然而，那堵围墙早已不见踪影，变成了栏杆，栏杆外高楼林立、车水马龙。

哪里还有“少年的草原”？我手握栏杆，静默伫立，潸然泪下……

我知道“人不能踏进同一条河流”，我知道时代总是要发展，我知道青春终究要老去，但这里毕竟是一名小战士青涩之梦开始的地方，如同一个人的故乡，无论走多远，总有一种牵系。毫无疑问，这片草原应是我青春的故乡，这里的劳动和学习，这里的服从或者逃避，都是青春里不可抹去的印记，每一事每一物都给了时光以生命，给了生命以砥砺。

这是诗意兵生活的“雅”，当然与之相对的还有兵生活的“俗”。入伍的第二年，机关的老母猪要生产了，需要专人守护、接生，避免压死猪仔。因为我的细心、踏实，光荣地入选为4名守护人之一。任务其实很简单，就是两个人一班，晚上轮流陪老母猪睡觉。但在那种环境里，哪里能睡得着啊，它连绵不断的“哼唧”倒能适应，大不了耳朵里塞点东西，但人总要喘气，那浓郁的气味却无法逃避，由鼻及肺，酣畅淋漓。

我与一个山西兵，值班了第一晚。上岗前，司务长做动员：“据我十几年的养猪经验，今晚老母猪肯定生产，你俩小子给我精神点。”结果，老母猪除了发出甜蜜的“哼唧”声，毫无分娩迹象。一夜无眠的山西兵很失望，随口“哼唧”了一句“猪都不知道何时生，难怪你司务长估计错误”，被司务长踹了一脚。

那几天的梦想，就是盼老母猪快快生产，好早点结束“陪睡”。到了第四晚，另外两个兵当班，“终于”发生了无法挽回的“事故”——两个人醒来陡然发现：10只小猪仔满圈乱爬，另外几只一命呜呼。

那是一头伟大的老母猪，共生产了14只，却因为两个山西兵的猪圈“黄粱一梦”，造成特大事故：压死4只。队长大发雷霆，不问功过，把我们4人一顿臭骂。那时的热血青春是有难同当、风雨共担，没有觉得委屈，倒是埋葬4只小猪的时候，有点伤心。一次“陪睡”失误，葬送4条生命，确实令人遗憾，但至今我都不解：那种环境下，两个人能睡得跟猪一样，这需要多大程度的“没心没肺”啊？

我的学员时代好像也很幸运，由于阿巴嘎旗边防大队缺个内勤，分配的6名学员，只有我暂时留在了大队，其余5人带着羡慕的目光奔赴边防一线。

说真的，那时的我倒挺羡慕他们，既为边防兵，应到边境线，不到边境线，谈什么好汉？而我入伍快3年了，还不知神圣的边防线是个什么样子。

机会来了。初春的草原，小草还在梦中，地面上全是干草覆盖的灰黄，又加上天气少雨干燥，极易发生火灾。大队值班室几乎三天两头就会接到内容相似的火警：邻国发生草原大火，可能引燃我境内，请求警力支援。

记得曾参与的3次支援，全在晚上。有时是刚吃了几口晚饭，有时是刚睡到半夜，立马拿着扫帚、铁锹之类，登上卡车，雄赳赳气昂昂奔赴边防线。

然而，每次事与愿违，不是走到半路，因“对面大火已灭”原路返回，就是站在黑夜里，等待对面大火越境，却半天不见动静，只好悻悻而归。

在黑夜里，只看到边境铁丝网影影绰绰，根本看不到那屹立的界碑和铁丝网神圣的连绵。只记得每一次支援，那近两个小时的车上颠簸，屁股很难粘住车厢，有时会从空中砸向战友，有时也会被飞起的战友砸中。还有汽车扬起的沙尘，即使我们用大衣紧紧裹住头，仍然被沙尘塞满口鼻。有意思的是，待下了车，我们争相踩脚奔跑，身后拉起股股尘雾和缕缕欢笑。

这就是青春的初期，有懵懂有缺憾，有自私有逃避，有奋斗有希望，但草原是她的底色，像母亲的胸怀，无私地给予鼓励给予关爱，包容一个青春少年或者说“一匹野马”，无忧无虑地挥霍时间，然后，拿一瞬间用来成长，展现出生命最本真、最蓬勃的姿态。

哦，对了，对于那片草原，我还有一份深深的牵挂——离支队机关二三百米的地方，住着一户达斡尔族人家。每到周末外出时，大爷的自行车就变成了我的专车，而每次归还时，都要在他家逗留一阵，那时的大娘早已为我准备好夏天的水果，或者冬天的水果罐头，每周如此。而日常，衣服破了或者被子拆洗，都要拿给大娘“代劳”。

那时，警营外这一家的灯火，给了我异乡少年漂泊之心的庇护。

16年后的回归草原，我曾迫不及待地寻找给了我无限温暖的那户人家，可原址已拆迁。后经多方打听，终于在几公里外的一个小区找到。而这次登门，迎接我的却是另一番景象：大娘已痴呆，记不起关于我的半点记忆；大爷已双耳失聪、双目失明，看不见我走过青春的样子，听不见我迟到的呼唤。

告别时，我拥抱两位老人。他们的木然，突然让我羞愧。他们曾经是“父亲的草原母亲的河”，给予我爱和暖，让漂泊的心有了归家的依靠。其实，他们就是草原，用宽广的胸怀无私地容纳、关怀我，我在怀抱里肆意撒欢，所汲取的阳光雨露都以为理所当然，然后走了就走了，不再回头。

现在看来，是多么地自私和浅薄。如今，哪怕补偿一句“谢谢”，都已没有了机会。

作家毕淑敏说：“有一些事情，当我们年轻的时候，无法懂得。当我们懂得的时候，已不再年轻。”30余年一路走来，那片与草原有关的经历已化作履历书上渐渐模糊的符号，偶尔从蒙古歌的旋律中，或者从来稿中感知草原的四季变换，或者在一个与草原关联的时间，以“我也是草原的孩子哟”的名义，缅怀逝去的青春岁月。然而，草原如海，平静以待，淹没了我的青涩、缺憾，沉积了我的自私、浅薄……而用宽广的胸怀、包容的姿态，托起我成长的帆。

如同一种食物，让我们想起母亲；一缕乡音，让我们想起故乡。有风吹过，我便想起草原……

【《中国出入境观察》2023 年第 8 期】

守望在伶仃洋上

杨　林

说起海岛，很多人的印象是碧海蓝天、阳光沙滩，是渔舟唱晚、海味飘香，但对于长年累月守卫在海岛上的战友们来说，却甘苦自知，别有一番滋味在心头。

一个风雨交加的傍晚，我们乘船前往桂山岛，拜访守卫在这里的万山出入境边防检查站战友。

我们是从珠海九洲港码头登船出发的，在海浪的起伏中，摇摇晃晃把特区的繁华甩在身后，驶向茫茫伶仃洋深处。

万山边检站战友们日夜守望的这片波涛汹涌、翻腾不息的海面，正是民族英雄文天祥咏叹过的零丁洋。

零丁洋，就是今天的伶仃洋，是珠江口那一片连接港深珠澳四地的广袤海域。

700 多年前，文天祥以俘虏身份乘船经过伶仃洋，怀着屈辱和悲愤的心情，写下了不朽的诗篇——《过零丁洋》，后两句知名度较高：

惶恐滩头说惶恐，零丁洋里叹零丁。人生自古谁无死，留取丹心照汗青！

写下这震古烁今的经典绝唱后没几天，文天祥在崖山痛心疾首目睹了南宋王朝的彻底灭亡。

在新中国成立之前，伶仃洋的往事可谓是不堪回首、让人感伤，远有文天祥苍凉悲歌，近有腐朽无能的清王朝丧师失地、备受凌辱。

道光时期，伶仃洋成了全国鸦片输入的集散地。当时，来自孟买和加尔各答等地的船舶源源不断地将鸦片运到此处，再分运到中国沿海城镇和乡村。

鸦片战争中，英国舰队正是从这里进入珠江水域，攻陷虎门炮台，最终清朝惨败，签下了丧权辱国的《南京条约》，把“东方之珠”香港租借给英国，标志着我国从此沦为半殖民地半封建社会。

“前面就是桂山岛了！”正当我沉浸在惨淡历史的灰暗回忆中时，同行的万山边检站战友指着前方一片灯火闪耀的海岛，告诉我此行的目的地快要到达了，该站站部就在这个岛上。

桂山岛西距珠海、澳门 17 海里，北距香港大屿山仅 3 海里，被誉为“伶仃洋的一颗明珠”。

从出发到登岛，大概一个小时，一路风雨飘摇，我们在船上踉踉跄跄，站立难稳。战友们告诉我，这只是三级风浪，在他们的日常工作、生活中，还算是平稳。

“我们守卫的地方，是具有革命光荣传统的英雄之地！”战友们如数家珍，为我讲述了桂山岛及万山群岛，还有他们守望的这片海域的动人故事。

桂山岛，原来的名字有些不雅，叫垃圾尾岛。1950 年 5 月 25 日，中国人民解放军“桂山”舰等军舰向盘踞在万山群岛、企图负隅顽抗的国民党军队发起进攻。战斗中，中弹起火的“桂山”舰在垃圾尾岛吊藤湾抢滩登陆成功，与敌军生死相搏，终因敌我力量悬殊，经过半天激战，“桂山”舰大部分战士壮烈牺牲，但他们的生命为后继部队的最后胜利开辟了道路，人民解放军拿下垃圾尾岛后，气势如虹，连战连捷，终于在 8 月 7 日全部解放了万山群岛。

万山海战是人民军队陆海军首次联合渡海登陆作战的经典战例，毛泽东主席曾给予高度评价：“这是人民海军首次英勇战例，应予表扬。”为了纪念“桂山”舰战士的壮举，1954 年，珠海市人民政府将垃圾尾岛改名为桂山岛。

如今，悬崖峭壁、怪石嶙峋的“桂山”舰登陆点，已成为革命遗址公园和爱国主义教育基地，驻岛单位和往来游客经常到此感受人民海军首战建功的光辉与荣耀。

具有人民军队红色基因和人民公安优良传统的万山边检站，一代代战友不忘初心，牢记使命，续写着守岛卫国的精彩篇章。该站下辖 5 个执勤队，分布在桂山岛、万山岛、外伶仃岛以及担杆岛上，管辖范围涉及万山群岛 106 个岛屿、约 3200 平方公里海域。主要承担 2 个国家一类口岸码头、3 个港澳流动渔船指定停泊渔港、3 个对外开放锚地、4 个海上装卸作业区出入境船舶船员的查验监管任务。

用年轻的脚步丈量海岛，用青春的力量践行守护国门的誓言。万山边检站民警平均年龄 40 岁，是一支年富力强的队伍。

因风浪阻隔，远离城市和家人，守岛战友们必须面对婚恋、育儿、赡养父母等一系列难以解决的现实问题。在岛上，吃菜、饮水、用电……也是时常困扰战友们的难题，岛上的日子，确实不是常人想象的那样风光。

每有台风袭来，为了帮助渔民及时上岸避险，战友们经常要在岛上值守半个月以上，在北风肆虐的冬天，由于航班停航，更是经常一两个月都无法归家。此时此刻，战友们根本不可能照顾父母、陪伴妻儿，家里的大小事情，哪里指望得上，只能由家中亲人承担……

“每次换班下岛，一家人一起吃饭，就是最幸福的时光。”这是守岛战友们共同的心声。

25 岁的新警李悦铭家在 2000 多公里外的河北保定，没上岛之前，他是看到船就发怵的“旱鸭子”。第一次出海执勤，李悦铭刚上船就晕船，当天风浪较大，他难以忍受、呕吐不止，最后浑身发麻昏迷过去，是战友们把他抬下船的……

如今，经过一年历练，抛缆跳帮，登船检查……在出海巡逻执勤中，李悦铭动作麻利、上下自如，已经适应了风浪中的战斗生活。

在远离陆地的艰苦岛屿，比晕船更难以忍受的是孤独。在岛上，李悦铭排遣孤独的方式是跑步。业余之时，他会绕着海岛跑上一圈又一圈。李悦铭说："跑步是最好的发泄方法，乐趣是看着海上各种各样的情况，看日出和日落，慢慢觉得海岛也不是那么枯燥。"

大海对于今年32岁的黄伦茂、35岁的吴少伟、39岁的吴发柳来说，可谓是"长相厮守"，他们都是来自广东沿海地区，从小在海边长大，入警之后，他们被分配到伶仃洋上，守卫在艰苦偏远的海岛。

已坚守海岛7年的万山边检站办公室民警黄伦茂，谈起了岛上的往事。2017年8月的超强台风"天鸽"，最让他刻骨铭心。这次台风席卷珠海，伶仃洋上恶浪滔天，万山群岛损失惨重，桂山岛上满目疮痍，防波堤上的灯塔被狂风吹倒，十几米高的大树被连根拔起，岛上停水、停电多天，仿佛末日来临……黄伦茂说这是一段让他无法淡忘的梦魇记忆！

"台风让人恐惧，岛上的走兽也让人胆战心惊！"黄伦茂说，曾有三米长的大蟒蛇潜入万山边检站营区，把战友们饲养的鸡鸭吞食不少，他们捕获大蟒蛇后将其远远放生，但它依然"贼性不改"，又返回营区继续"作案"……

已坚守海岛12年的吴少伟，他的家就安顿在珠海市区，但却被一片汪洋分隔两地。2019年12月的一天，刚吃过晚饭的吴少伟突然接到爱人电话，儿子不小心摔倒撞破头，鲜血直流，独自一人在家的爱人束手无策。吴少伟心急火燎，但因为夜间没有船舶离港，无法及时出岛，只能委托邻居帮忙接送孩子去医院。

"望着漆黑的天空和无际的大海，当时那种心情难以言表，不知道是泪水还是海水在脸上流淌，我的内心十分自责，家人在最需要我的时候，我却不在他们身边。"远离亲人无法陪伴，吴少伟说，这让他真切体会到什么是"望洋兴叹"。

吴少伟的心情我完全理解，在桂山岛上，彼岸都市繁华举目可见，白天高楼林立、鳞次栉比，夜晚霓虹闪烁、华灯璀璨，一切近在眼前却又遥不可及……

担杆岛是港澳海上来往的必经之地，守在这里，就卡死了走私、偷渡的咽喉要道。此处，也是吴少伟和战友们每天必到的巡查之地，这里常住人口仅数十人，却有着2000余只野猴。每次战友们上岛，野猴们都会主动来打招呼，向战友们索要食物。吴少伟说，在和猴子们玩耍、给它们喂食时，他总会想起远在家中的孩子，心中五味杂陈……

对于守岛战友来说，生命的威胁不仅来自自然本身，还与他们自身的职责有关。特别是海上行船，能够依仗的除了雷达等设备，还有驾驶员的经验。在战友们眼中，已经在伶仃洋上守护了 21 年的万山边检站执勤四队船艇队副队长吴发柳，就是这样一位经验丰富的“活海图”“保命符”。

战友们为我讲述了堪称吴发柳的“生死时刻”，最危险的一次海上打偷渡经历。

2009 年年初的一天，吴发柳和战友驾驶巡逻艇追踪一艘涉嫌非法出入境的货轮。由于船体差距较大，如何靠近并登上货轮成为摆在他们面前的难题。

海上风高浪急，吴发柳发现，海浪起伏中，货轮船尾下降时，巡逻艇正处于浪尖，此时两船的高度差最小。吴发柳主动请缨，在两船高度差距最小时，抓准时机跳上货轮船尾排风口，但由于排风口较小，吴发柳钻进去后会被螺旋桨绞住，后果不堪设想……危急时刻，吴发柳看到距他头顶一米多的地方有道栏杆，于是便借助船的惯性，起身奋力一跳，抓住栏杆顺势爬进船舱，当时如果抓不住他就会掉进大海！

吴发柳冲进货轮驾驶室，20 多人看到他穿着制服带着警械如神兵天降，全都吓得惊慌失措，他一边稳住这些人的情绪，一边等待战友的支援，最终把这个偷渡团伙一网打尽。

“如果哪一天我不幸走了，不要想太多，也不要为我伤心哭泣太久。”2013 年，吴发柳结婚时，这样对妻子说。

有过多次离开海岛的机会，但吴发柳一次次选择了留下。生死考验吓不退这个在海上颠簸惯了的人，每一次任务当前，他依然会毫不犹豫地冲上去。

“工作是工作，家庭是家庭。它们是有联系的，人也是有感情的。”吴发柳说，“我爱我的家庭，也热爱我的工作。工作的时候，工作就是第一位的。”

2019 年，公安边防部队改革转隶，吴发柳脱下军装换上警服，从边防卫士到移民管理警察，从“橄榄绿”到“藏青蓝”，颜色虽变，但初心未改。对此，他坦言：“只要祖国需要，我就会一直守卫在这里，不论遇到什么样的困难，我们都能克服。”

守岛卫国没有让女人走开，劈波踏浪同样见证着她们的风采。在伶仃洋上，还有 5 位平均驻岛年限超过 7 年的女警，在各自的岗位上默默耕耘、忠诚坚守。她们是：从警 37 年，既是指挥员又是战斗员，分管万山边检站后勤保障工作的滕俐；从警 31 年，潜心档案管理 20 年的“老政工”戴萍；一直扎根一线的业务能手、被誉为“渔民贴心人”的刘玉琳和周淑丽；热衷钻研业务，成功考取中级检查员的财务骨干施惠君。她们以岛为家、默默奉献，与日月星辰为伴，看潮起潮落、云卷云舒，每天在对亲人、家乡的无尽思念中，枕着无休无止的海浪声入眠，她们在守护海上国门安全上发挥着不可替代的作用，以“警”的威严和“花”的柔美，让金色的警徽更加闪亮。

告别桂山岛这天，碧空如洗、风和日丽，与来时相比，截然不同。但伶仃洋上仍然风高浪急，真是应验了这里的民谚：常年无风三尺浪，四季有风浪滔天。

我们乘坐的船艇在万顷碧波上奔驰，浪花翻滚如飞银溅玉，群群海鸥展翅翱翔，盘旋追逐……良辰美景，让人心旷神怡。

天气晴好，视野极佳，只见远山如黛、海天一色。珠海特区的无限风光，犹如一道华丽的风景线，离我们越来越近，徐徐向我们展开生机盎然的蓬勃画卷。

特别是横跨在伶仃洋上的港珠澳大桥，如长龙卧波，气势恢宏，格外引人注目。

这座大桥，全长 55 公里，是世界上最长的跨海大桥，被誉为桥梁界的“珠穆朗玛”。

这座大桥，像一条铺在汪洋大海上的丝带，连接起珠海、澳门和香港三地，把所有中华儿女的心联结在一起。

这座大桥，以最快的建造速度诞生，证明了中华民族崛起的铿锵步伐……

当我们从港珠澳大桥下驶过时，我不禁想到，如果当年经过伶仃洋的文天祥，穿越到今天，看到这雄伟的大桥，看到这盛世景象，他又会写下怎样的诗篇？

【《中国出入境观察》2023 年第 9 期】

爱在第一国门流淌

田向媛

我是一名移民管理警察，工作的地方是北京首都国际机场口岸，被称为“第一国门”。

每天，我在国门一线都会遇见世界各地的人。他们来自不同的国度，有着不同的肤色，说着不同的语言，怀揣着不同梦想，奔向不同的远方……形形色色、来来往往。

他们是过客，我是守望者。

每一名旅人都有故事，偶尔，我是故事的见证者，也是故事的参与者。故事有悲有喜，有轻快欢乐，有厚重绵长。变的是故事里的角色，不变的是国门一线移民管理警察永恒的爱与坚守。

你们的相助对我无比重要

7 月的一天，我在单位，突然接到电话，说有人在门口等我。炎炎烈日下，一名男士手拿一面锦旗等候在营区门口。

看到这个面孔，我的心情抑制不住地激动起来。原来真的会有旅客因为我们做的一件小事，专程来表示感谢。

那是 6 月末的一天下午，旅客周先生前往首都机场 T3 航站楼准备出国参加交流访问。由于疏忽，他将所在单位开具的出国证明放在行李箱托运，等办理出境手续时才发现。

此时距离登机不到一小时。

接到前台民警报告后，我第一时间向他解释无法过检的原因，可是看着周先生着急又无助的神情，我只能试着帮他：“您要做好今天不能按时出境的准备，我马上向上级报告、与航空公司联系，看能否来得及找到您的行李，请您马上回行李大厅……”

在我的安慰下，周先生逐渐平复心情。在经过一个个电话、一遍遍沟通后，民警、旅客、航空公司、地服等众多机场工作人员，都参与到了这场与时间的赛跑中。终于，就在航班登机临近结束之时，“奇迹”出现了，周先生及时拿到证明办完边检出境手续，顺利赶上航班。

“严格执法，为人民守国门；情真意切，为百姓办实事”，周先生打开锦旗，两行醒目的楷体字直入眼帘。我说：“我们只是做了应该做的事，没想到竟得到您如此的信任与感谢。”“不，在你们看来，也许是应该的，可是对于我却无比重要啊。如果我耽误了这趟航班，同事的行程和安排会因为我而受到影响，后果不堪设想。我一定要表达心中的感激。”周先生一脸认真地对我说。

国门驿站，过客匆匆，我们竭尽全力践行岗位职责，这是守望者的执着。驿站属于旅人，国门却是家门，移民管理警察用爱筑家。

特别的通道特别的爱

首都机场国际航班复航后，入境客流与日俱增，来华学习、工作、访问的外国人日益增多，漂泊海外的游子、华人回国探亲的人数更是日日刷新，T3 航站楼入境大厅每天人头攒动。虽然我们累得筋疲力尽，但在心底却倍感灯火可亲、弥足珍贵。

国庆期间，客流高峰如期而至，我们按照预定方案有序应对。正当我在台外巡查时，一位满头大汗的中年男子快步走到我跟前，一脸焦急地问：“警察同志，你能不能想想办法让我尽快通过？我的母亲病危，现在正在 ICU 抢救，我得尽快赶到医院，这几年我一直在国外……”话没说完，眼前的七尺男子已经声音哽咽。

我心头一震，对他说：“你跟我来。”

我一路带着他，穿过层层排队的人群，快速将他引导到特别通道检查台前，台内民警以最快的速度完成了入境检查。办完手续，我又指引他快速离开航站楼，赶往市区。

他双手合十连连向我鞠躬致谢。我说：“快走吧。”是的，在我看来，多说一个字都可能耽误他的时间。时间无情，却是生命的通道，我们能为旅客做的就是尽量节省时间，为游子开启尽快赶回母亲身边的通道。

这是我睡过最温暖的地方

9 月的一个夜班勤务，我们遇见了一对准备出国的母子。因为孩子手续不符，无法出境，母亲极力向我们解释、求情，可是，国家法律法规面前，哪有例外。航班临近起飞的最后一刻，母亲决定先行出境，为孩子办理入学手续。检查台前，母亲千叮咛万嘱咐：“儿子，你人生中的第一次考验就从现在开始了，你在机场找个地方待一晚，爸爸会赶明天一早的航班过来……”

同为母亲的我，看见眼前这一幕，很担心这个孩子。现场勤务很繁忙，我上前跟孩子说了几句宽慰的话，为他指明返回的路线，就匆匆赶回岗位。

等客流高峰过后，准备休整时，我转身发现那个孩子竟然还留在现场。过去一问，原来他在等我:“警察阿姨，我妈妈说有两个托运的行李需要提取出来，我该怎么走呢？”

看着眼前这个不满 14 岁的半大孩子，明明心里担心害怕，却又努力表现出一副冷静坚强的模样，我不知道他在母亲登机后的一个多小时里，在偌大的出境大厅，一个人是怎么挨过来的。我问他:“你打算在哪休息？你手里拎一个箱子，身上背了两个包，再加上托运的两个行李箱，你怎么拿？你计划在哪过这一晚？”他说了自己的想法，但在我听来既不周全也不安全。我觉得不能坐视不管。

此时已是凌晨时分，我联系航空公司，确认行李可以在天亮之后再提取。我问他愿不愿意在我们现场一个临时休息室等到天亮。他一脸惊喜，紧绷的神情瞬间舒缓。

在休息室，我忙前忙后帮他找被子、食物和水，直到把他安排妥当。看着他一脸信任和依赖的面孔，我恍惚觉得我变成了他的亲人。

隔着玻璃门，孩子在里面毫无戒备地入睡，我和同事们在外面值夜守候。夏日深夜，井然有序的边检现场、安静的休息室、熟睡的孩子，一切都显得如此美好，这也许就是移民管理警察日夜守护的所在吧！

天亮后，带着孩子准备离开休息室，他极其认真地跟我说:“阿姨，这是我睡过最温暖的地方！”是啊，我也坚信，首都第一国门就是一个温暖的地方，也将成为一个孩子勇敢成长、奋力翱翔的启航点。

出入有界，国门有别，移民管理警察的爱，温暖又坚定！

【《中国出入境观察》2023 年第 10 期】

一声吆喝，沸腾了无人区

张 瀚

“卖冰棍儿……卖冰棍儿喽……”

突如其来的吆喝声打破了无人区的宁静。

“站长，啥声？”民警小马放下吃了一半的包子，一脸疑惑地看向刘站长。

“有人喊卖冰棍儿？”刘站长也不解。

“咱们出去瞅瞅。”民警小张向门外走去。

吉林延边边境管理支队东方红边境检查站坐落在长白山原始森林腹地，地处边境无人区。地形地貌极其复杂，通信、交通极不便利，自然环境恶劣，全年无霜期仅有 4 个月。

作为站里年龄最小的民警，小张不相信有人能在这荒无人烟的山沟里卖冰棍儿，但看着面包车上的人，他瞪大了眼睛。

“这是东方红林场吗？”车上的人问。

“是的，我们是边境检查站民警。”小张回答。

那人下了车：“我是做手工冰棍儿的，看导航这里是东方红林场，结果开了几十公里山路，手机信号也没了，稀里糊涂开来了。”

“快来，真是卖冰棍儿的！”小张大喊，无人区瞬间沸腾。大家放下碗筷，一窝蜂向楼外跑去。

“大兄弟，你是自东方红建站以来，第一个来这卖冰棍儿的。”刘站长握住他的手，久久没有松开。

刘站长买了几箱冰棍儿，让大伙儿捧进屋里，并邀请师傅进屋和大伙儿一起吃包子。

分别时已是傍晚。“师傅下次再来，咱们再给你包包子。”刘站长打包了 5 个包子递到师傅手中。

师傅频频点头：“好，好，我来年夏天一定来！”

师傅消失在茫茫林海中，无人区里又恢复了往常的宁静。

【《中国出入境观察》2023 年第 11 期】

心藏格桑归故里

许　丹

在第二个中国人民警察节，我写下自己十年的戍边回忆，以致敬不忘初心又负重前行的你们，致敬默默驻守又奉献青春的我们。

吉林，圈河。

雪，又在大片大片地飘落。远方，是寂静的山，沉睡的河，一片银装素裹。我踩着厚厚的积雪，发出咯吱咯吱的声音，就这样慢慢地走向国境线。一念之间，眼前的图们江变成波曲河，国境桥变成友谊桥。透过未央花瓣，我试着触摸那一顶顶温馨的帐篷，一张张亲切的脸庞，一座座熟悉的山脉，一条条或蜿蜒或笔直的河流，一个个或风雪交加或晴空万里的日子。

我向天空伸出手，回忆就这样融化在我手心里。

大学毕业，我怀着对雪域高原的向往、边防事业的憧憬，告别了家乡、父母，第一次走进日喀则，翻过通拉山，途径聂拉木，再一路向南，踏上了去往樟木的戍边路。

可谁想，这一去竟是十年。

初到樟木镇，陌生与荒凉是小镇给我的第一印象。第一次上山巡逻，我看到了巍峨的喜马拉雅圣山，海拔 8000 米的希夏邦玛峰近在咫尺。同事摘了一朵秋英递给我，他说，这是格桑花，代表幸福和阳光。

是啊，那个时候的我，是多么期盼幸福和阳光。后来，同事转业回了内地，我便一个人去采格桑花，想寄给家中年迈的父母，寄给朝夕相处的同窗，寄给多年未见的朋友，让他们也感受来自藏区的“幸福”和“阳光”。可是，当时的西藏快递业务还不发达，我只好把它们压在书页里，做成了标本。

再后来，单位来了新同事。她向我倾诉，忍受不了藏区执勤的艰苦和乏味，问我如何能坚持了这么久，我便决定带着她去采一次格桑花。

走在山路中，我给她讲了驻地藏族姑娘小曲珍患上白血病的事情，她听完很伤心，手里捧着格桑花问我，有没有办法能帮助那个小姑娘。不久后，我们一起在樟木镇举办了“关爱‘白血病’儿童点燃生命之光”募捐活动，共计收到爱心捐款 13.5 万元，解决了小曲珍急需的手术费用。

就这样，点点滴滴，桩桩件件的故事与我们苦乐相伴，我们在感动与幸福中坚守。

藏族老人仁增多吉双目失明，家中没有亲人照顾，我们就主动担负起照顾老人的任务，风雨无阻。我们每次去老人家里，都会在路边摘一些格桑花，这条路一走又是两年。仁增多吉老人告诉我，虽然看不见我们的长相，但他见过格桑花，说我们一定长得像花一样美丽。

不久后，尼泊尔 8.1 级地震波及了聂拉木，一时间天崩地裂，触目惊心，我至今都无法忘记。灾后，大家冒着余震的危险一次次冲向废墟开展救援，在路过一片倒塌的房屋时，同事指着钻出瓦砾的野花说道，“你看这格桑花多坚强。”那一刻，我这才知道，原来格桑花并不单指秋英，它是藏区各种花的统称，象征着幸福、阳光还有坚强！远处传来声嘶力竭的呼喊，所有人都在手刨肩扛与死神抢夺一息尚存的生命。

之后的驻藏岁月，我经常带着灾区长大的孩子们去摘各种各样的格桑花，送给需要帮扶的驻地群众，送给节日在岗的边防官兵，送给防疫一线的执勤民警……正如藏族群众所说，你们就是佛经里战胜邪恶、永不停歇的金刚。

十年，我从懵懂走向成熟，从迷茫走向坚定，换下橄榄绿穿上藏青蓝，成为一名光荣的移民管理警察，这背后，是格桑花的精神鼓舞着我。

擦干眼前的雪花，周围的景象真实清晰起来。我抚摸的不再是 53 号界碑，而是 119 号界碑，我抬起头，看见鲜艳的五星红旗在风雪中飘扬……

心安是归处。如今，我因“干部调动”政策回到了故乡。脚下阔别多年的黑土地、耳畔的乡音、亲人的脸庞，一切都让我感到亲切又熟悉。抚摸着沉睡了 86 年的“庆兴桥”，这份深沉与厚重更让我有了回家的温暖。

站在威严的国门前，使命感油然而生。我的青春与国门密不可分，我的脚步与界碑形影相随。那向阳生长的格桑花，也将永远根植在我心中，成为我前进的力量！选择戍守边疆，我无怨无悔。

【《中国出入境观察》2022 年第 1 期】

树·信仰

刘一丹

如果从未踏进这群大山，云南八千里边境线在我脑海中，将永远是一个模糊不清的概念。而当真正身处其间日夜与之相对，我才明白，曾经听上去宏大又飘忽的“坚守”“付出”等概念，却是这里戍边人实实在在的生活。那些看上去稀松平常的起居餐饭、站岗执勤，都是他们嬉笑怒骂间，认真贯彻到每一个细节的英雄主义。

老树·老兵

新春佳节将至，负责政治工作的栋哥交给我一项光荣的任务——和他一起去给一位老兵拜年。听栋哥说，这位老兵曾经的单位，就是我现在所在的勐康出入境边防检查站龙富分站，那时公安边防部队还未转改，他退役后就留在龙富，现在就住在单位外面不远的地方。

这番介绍引起我的好奇，我迫不及待想去一睹风采。我们立马扛起米、拎起油，出发！

虽然已经听说老人家住得不远，但我仍做好了走几百米路程的准备，可刚出单位大门，栋哥就指着马路对面的一间民居说，那就是老兵的家。只见一位穿着迷彩服的老人正朝着我们的方向热切张望，栋哥悄悄说，那就是我们要拜访的老兵。

老人热情地招呼我们坐下。我开始细细观察——老人个子不高，但身板笔直，瘦削的脸上已被岁月刻下道道皱纹，然而谈吐间仍保持着军人的利落和干练。

聊天得知，老人15岁当兵，见证了这支队伍从解放军到公安边防部队再到移民管理警察的历史沿革。当我问起身为云南楚雄人的他为何要选择在龙富扎根时，老人动情地望着如今的龙富分站站部说:“当年这个大院里每一间茅草房，都是我和战友们一点点盖起来的。退役了却怎么也不想离开这里，就在这儿住下了。”老人言语朴实。

我想，这片见证了他青春与奋斗的土地，早已成了他的第二故乡，正是这份独属于“老边防”的深厚感情，让他至今仍然军装在身，站得笔直。

回去路上，不禁暗自感慨老人对这支队伍的感情之深，一抬头，一棵耸立在单位门口的大榕树赫然映入眼帘。听前辈说，这棵树已在这里生长几十年，树干直径约有一米，部分根脉已顶破泥土，在地表盘根错节，往上看去，树冠枝蔓纵横，宽大的叶子相互重叠，给地面投下结结实实的巨大荫凉。刹那间，这棵平时司空见惯的老树和仍在马路对面目送我们的老兵，似乎融为一体，他们在沉默不语中见证着历史的变迁，又不约而同地选择挺立在龙富分站门前，像慈祥的父亲，又像忠诚的卫兵，守望着这支写满光荣的队伍，历经风雨仍顽强成长。

万年青・边防情

戍边人的一天，从扫落叶开始。清晨，天刚蒙蒙亮，洁白的薄雾像丝带般萦绕在半山腰，深吸一口充满负氧离子的空气，顿觉神清气爽。此时望向刚刚苏醒的营区，只见落叶像一层薄毯覆盖地面，我们活动着身体拿起扫把，开始迎接几棵万年青送给我们的独特礼物。

刚来时，这个每天早上的固定作业做起来还很新鲜有趣，但时间久了，渐渐开始厌倦。一天，我困意未消地拿着扫把，对着几片落叶较劲，好半天都不能让它们和“大部队”靠拢。这时，一个强劲有力的扫把挥舞过来，一下就将它们扫出老远。

我惊讶地抬头，分站“开心果”阿齐此时却不怎么开心地看着我：“要扫就好好扫，你这是在干什么？”这句批评让我面红耳赤，赶紧认真干起活来。

清扫结束后，我凑到阿齐跟前悄悄问他：“你每天这么卖力地扫，不觉得累吗？”此时的他又恢复了平日乐呵呵的样子，笑着对我说：“在这支队伍这么多年，别的没学会，但‘要么就不做，要做就做好’这句话，我是领会深透。”

这句看似平常的话，却引起了我的深思。阿齐名叫孟必齐，从山西来到云南戍边已有 6 年，他看上去总是活力无限的样子，山西人带着浓重后鼻音的独特普通话，给他的大嗓门和幽默感增色不少，他走到哪里，哪里就充满欢声笑语。

年前和他一起去曲水镇“商圈”整康坝采办年货时，我仿佛参加了一场大型团拜活动，一路遇见的老乡，没有几个不和他笑着打声招呼说句“过年好”的。他也大声地送出他的祝福和叮嘱：“老板，新年发大财呀！”“小妹，骑车注意安全！”

看着他忙得不亦乐乎的样子，我忍不住逗他：“是不是整个整康坝的人都认识你？”他哈哈一笑说：“6 年了，想不认识都难。”他轻描淡写的一句话，让我莫名感动——在大山里 6 年的坚守，对一个二三十岁的青年来说，需要克服多少孤独和寂寞；而用 6 年时间和镇子上的老乡打成一片，绝非人人都能做到，如果没有他的开朗和乐观，就绝没有百姓心中的“小齐警官”。

负责车辆保障工作的他，每天要负责给在通道一线值守的战友们送饭，这就意味着他需要早早吃完，在大家开饭前就开着车出发。我不止一次地看到他端着碗，蹲在食堂门口大口大口地往嘴里塞。一次我问他，你吃这么急干什么？他头也不抬，呼噜呼噜地对我说：“我细嚼慢咽，山上的弟兄们就得吃冷菜了。”

除此之外，他负责的车辆，总是十分干净整洁，洗车、加油，每个细节他都一丝不苟。我想，“要么就不做，要做就做好”，确实已经成了深入他内心的行事原则。万年青年年落叶，阿齐日日清扫，他没有轰轰烈烈的英雄事迹，却一枝一叶全是浓浓的戍边深情。

界碑·祖国

春节假期，平日里繁忙的各项工作都暂告一段落，完成每日上报的工作后，留守分站站部的我们享受着难得的悠闲时光，可是整天在营区里大眼瞪小眼，几天下来也难免无聊。

领导见状，决定带我们去有名的中老越 0 号界碑踏查。我们都兴奋起来，迫不及待地上车出发。

路途比我们想象中艰难得多——当地人将其称作“十层大山”，通往界碑的路全是颠簸的山路，车上的我们一会儿集体向左倒，一会儿全部向右倾，过一个坎，我们的头就要随着车的跳动撞到车顶，生疼。

山路盘旋蜿蜒，我们被晃得七荤八素，车好不容易停下，我们以为到了，下车后却只看见两个穿着防护服的“大白”。前辈告诉我，这是我们的一个卡点，为了防止可疑人员靠近边境线而设立，而从这个卡点到界碑，则需要我们自己爬山。

我无法辨认两位“大白”是男是女，他们认真地做着登记和检查，脚上沾满泥土。路边是一个用防水布搭起来的大棚，他们的床就放在泥地里，一张略微倾斜的折叠桌上放着两个巨大的水壶，一只英俊的警犬蹲在大棚边，警觉地看着我们。

看着他们的样子，我暗自心惊。两人一犬一棚，他们在戍边生活里彼此为伴，孤独寂寞自不必说，连便利的交通和正常的娱乐都是奢求。告别时，他们向我们敬礼，我们也庄重回礼，不知他们是否能感知我们心中的无限敬意。

爬山的道路更加辛苦。因为疫情原因，这里少有人来，修好的栈道上有的已爬满青苔，我们需要时刻警惕滑倒，还要承受体力的考验。大概爬了四五十分钟，前面山顶一个灰色的石碑在树木的掩映中若隐若现。我们惊喜地喊：“到了！”身体的疲惫一扫而空，三步并作两步快速爬了上去。

当那座庄严的三棱柱界碑完整地出现在眼前时，内心瞬间升腾起一股强烈的自豪感——正对着我们的中华人民共和国国徽，在午后阳光的照耀下闪闪发光，向左前方望去，就是越南的领土，向右前方看去，便是老挝。“国界”的概念在我心中，从未像那一刻一样清晰，也从未像那一瞬直击内心，“我所站立的地方，就是中国”！

移民管理警察的使命，就是守边卫国，祖国的每一寸土地，都值得我们用生命和鲜血去捍卫，正如一路走来的那些“大白”，他们正用行动守护着这座界碑，守护着蜿蜒而神圣的边境线。

午后的界碑周围，除了鸟鸣和风吹草木的沙沙声，安静得让人心也跟着宁静，而这份宁静和安定，是强大的祖国，是铁一般的移民管理队伍，送给所有中国人民最好的礼物。

树，是美丽的云南最不缺的元素，而扎根在这里的每一名移民管理警察，矗立在这里的每一座神圣庄严的界碑，都像一棵棵树一般，根与根在地下紧握，叶与叶在空中相接，一个个强壮的臂膀搭在一起，形成了一座病毒不可越、邪恶不可侵的钢铁长城。

在蜿蜒曲折的八千里边境线上，有无数可歌可泣的英雄故事，也有无数惊心动魄的生死瞬间，但更多的，是无数人默默付出的平凡坚守，是平凡日子里的不凡信仰，而他们，正是这片艰苦卓绝的战场上不应被遗忘的“幕后英雄”。

【《中国出入境观察》2022 年第 2 期】

听得见两千公里外的心跳

刘　李

2 月 24 日，北京呼啸的寒风撕咬着窗户，发出“哐当、哐当”的声音。我被手里燃烧的烟把子烫了个机灵，一下从恍惚中惊醒……

几小时前，整座城市还在沉睡之中，时针指向凌晨 4 时 21 分。突然，手机响起急促的铃声，迷迷糊糊的我拿起手机，里面传来远在成都的老婆嘉敏惊慌的声音：“喂！喂！老公，我肚子疼，羊水破了！”“我马上打 120，你快把妈叫起来。”

打完电话，我又着急又害怕，坐卧不安。铃声再次响起，“老公，我肚子规律性疼痛了，好几次了。”

我故作冷静，安慰说：“老婆，要是害怕就给我打电话。”结束通话后，我尝试用深呼吸来缓解焦急的心情，盼着急救车快点到达。

终于，120 急救车已经到达的信息出现在对话框里。不知所措的我，突然想起来北京学习前，给家里装了监控。我迅速打开，视频里，一名身穿 120 急救服的医生正帮嘉敏穿外套，岳母在一旁安抚哭闹着找妈妈的大女儿。

老婆离开了监控视野，感觉前方的路她要一个人闯。我通过微信给老婆发了许多消息，不见回应。我心急如焚地拨通了正在医院陪护的妈妈的电话，“嘉敏咋样了？”“宫口开了两指！”“啊！这么快。”“有妈在，放心。”

我坐在沙发上，单手扶着额头，点燃了一根烟，深深吸一口，闷了好久才轻轻吐出来。“假如我在她身边，她绝不会害怕……”而现在的我离她 2000 公里之外，只能在心里默默为她加油。

我想起了两个月前与老婆对话的场景：“老婆，总站派我到国家移民管理局新闻中心学习，但是……”“不用但是，机会难得，去吧，不用担心我。”那时的她已怀孕 8 个月。

清晨，北京的天空已经泛起了鱼肚白，要不是手里的烟把子烫到食指，拉回了恍惚的我，老婆打来的视频差点没接上，“放心吧！妈妈也在，你快休息吧，明天还要上班。”

一夜未眠的我洗了个热水澡，热水打在脸上，我微微昂起头，禁不住双手合十暗暗祈祷：“平安顺利，老婆加油！”

直到上午 9 时 15 分，妈妈才打来视频电话："嘉敏生了，我听见娃哭了。"手机画面突然漆黑，隔了几秒，视频中出现一位紧皱眉头的护士，说："嚯！你这警察当得可以，老婆生娃儿都不在身边。你妈抱娃儿了，没空拿手机，公子一枚！"

看着儿子紧闭的双眼不停咂巴着小嘴，我仿佛听得见两千公里外的心跳，紧张的心情舒缓了许多。

半小时后，老婆发来视频说："老公，我自己走出的产房！""啊！老婆对不起，你辛苦了。"

"废话，生娃儿哪有不辛苦的？你要在我身旁肯定狠狠咬你两口！"

看着老婆煞白的脸，我一行热泪淌到嘴角。她安慰说："我都没哭，你哭什么。"

这时，视频那头传来医生的声音："陈嘉敏，测量血压……"

我的哭相引起了旁边战友们的注意，知晓我一夜无眠"指挥"老婆生产打了一场胜仗后，他们一起为我鼓掌。

我幸福地笑了。

【《中国出入境观察》2022 年第 3 期】

幸好我来过

马光耀

日喀则，离天空最近的地方，在广袤的边境线上，散布着数十个边境派出所和检查站，如漫天繁星一般紧密相连、各行其责，守护着边境的安全稳定。虽然我只在日喀则工作半年，但其间的收获足以让我受益终生。

去年 9 月，我被分至多布扎边境派出所实践锻炼。得知此消息时，我曾惴惴不安，甚至一度萌生退意。当飞机抵达日喀则时，远处层峦叠嶂，近处雾气缥缈，这美景不禁让我沉醉，也让我产生了一丝好感，而接下来的半年经历告诉我：幸好我来过。

“多布扎所是咱们大队最艰苦的单位之一，你在那边一定要保重身体，有困难及时提。”出发前，定结边境管理大队大队长旦增欧珠对我郑重嘱咐。

我的老家在内蒙古包头，每年的冬春两季都会受到沙尘暴袭扰，加之常年气候干燥，我自认为可以很快适应西藏的环境。我笑了笑，谢过大队长后，满怀信心地乘上前往多布扎乡的汽车。

在崎岖的山路上颠簸了近 2 个小时后，我来到了多布扎边境派出所。所里只有 4 名民警，他们还给我举行了简单的欢迎仪式。在交流中我了解到，多布扎所海拔 4475 米，没有独立营房，借助乡政府提供的房子办公生活，和群众打交道较多，不难，但也不轻松。

没过几天，我的嘴唇和鼻子开始流血，咨询身边民警后才明白，高海拔会导致空气中含氧量与含水量很低，极度干燥让皮肤表层很脆弱，流血属于正常现象。我安下心来，开始养成了一个习惯：每天起床时都要先摸摸嘴唇和牙齿，用力刮掉凝结的血块，随后才去刷牙。

晚饭后散步时，我发现从山上到乡里没有一棵树，满眼都是贫瘠的黄土。同行的民警抓起一把土，苦笑着说：“你看这土，没有肥料没有水，我们以前也组织种过树，种多少死多少，没办法。”我抚摸着他手中的沙土，望着远处的荒山，默然不语。

后来我渐渐了解到，西藏艰苦的环境不仅限制着当地农作物的生长，也极大影响了民警的身体健康，能吃到新鲜蔬果已是他们最大的心愿，而痛风与心脑血管疾病等更是无时不在折磨着他们的身心。

这里秋季平时不下雨，一下就是大暴雨。去年9月10日，经过一天一夜的暴雨，辖区内的信号塔出现故障，导致全乡的电力与网络中断。

“电信抢修车辆陷入山腰的泥洼地，没法脱困，还请民警们帮助！”第二天一早，村民便来所里求助。我们急忙带着铁锹、砂石等救援物品赶往被困地点。

由于被困车辆太重，我们只能先将车轮附近的淤泥和积水慢慢挖出，再就地取材，在车轮下垫进木板、树枝等给轮胎提供摩擦力，最后用警车将被困车辆拉出来。

在警车的阵阵引擎轰鸣声中，被困车辆终于从泥潭挣脱。电信员工赶忙小步跑上前来，想要握手致谢，但我们手上身上早已沾满泥水。正当我们迟疑时，他们却紧紧握住了我们的手：“除了警察，还有谁愿意跑这么远来帮我们呢？”听到这些，我不好意思地笑了，疲惫与劳累也烟消云散。

诸如此类的事情还有很多，如帮助缺少劳动力的家庭收割青稞、到村民家中办理身份证等。我曾问所长做这些事情的意义是什么，他沉默了一会儿，缓缓说道：“你知道吗，想让老百姓认可我们，就必须贴近群众、深入群众、照顾群众，群众满意就是最高赞赏。”

在多布扎乡，民警大多为汉族，而村民则全为藏族。初来这里时，我以为语言和生活习惯等差异会增加工作难度，但在一次次的走访巡逻中，我接触了越来越多的村民，渐渐熟悉了这座乡村。

他们有的是小卖部或茶馆老板，有条不紊地配合我们的安全隐患排查；有的是牧羊人，边吃着土豆边给我们指出草场边界的变化；更多的是普通村民，他们坐在墙边，安静地听着我们普及法律和反诈知识，阳光照在他们的脸上，明媚且温暖。

所里的教导员罗曹鑫说：“藏族是一个能歌善舞的民族。”而这一特质在许多节日中得到了丰富展现。新年前的“古突”面团宴上，村民们纵情高歌，抒发自己的喜悦之情；在欢庆新年的活动中，他们穿着藏服，翩翩起舞，引得台下阵阵喝彩。渐渐地，我被村民们的情绪所感染，工作热情也开始高涨起来，浑身充满了力量。

一晃便到了离别的时候。2月26日，在我收拾好行李下楼时，发现营区内站满了人，他们不约而同地端着洁白的哈达。

“大家这是做什么？”我好奇地停下了脚步。

“村民知道你要走了，过来给你送行的。”所长笑盈盈地看着我。

我放下行李，来到他们身边。这些村民有我叫得出名字的，有面熟的，但更多的只有几面之缘。他们此刻站在我面前，向我献上藏区最崇高的祝福。颈上的哈达越叠越厚，在寒冷的冬日里，阵阵暖意涌上心头，听着一声声“扎西德勒”，我不禁立正向他们敬礼。

汽车愈开愈远，身后的乡村也渐渐被群山掩盖。我缩在厚实的哈达里，翻看着这半年来拍摄的相片，一幅幅画面自动拼凑起记忆的片段，在脑海中播放。我时而浅笑，时而深思，最终双手掩面，暗暗啜泣。

…………

回忆的河流缓缓流向终点，我突然发现，在临别时，我甚至没能向坚守在多布扎乡的民警说声保重，没能向一直支持我们工作的村民道句感谢，心中不禁升起万分后悔之情。

援藏结束后，偶有人问我，“你在西藏的感受是什么？”我笑了笑，回答道：“西藏啊，有美丽的星空，冷冽的冬夜，还有一群可爱的人。有机会我一定要再回到这片土地看看，看看派出所新建营房的模样，看看乡里有没有种出小树苗，看看这里的战友们是否平安，看看藏族群众的生活是否越过越好……”

【《中国出入境观察》2022 年第 4 期】

风是他们的歌唱　山是他们的身影

刘恋　母丹

这是一片神圣、神奇的土地，站在山下，面对群峰林立，山峦叠嶂，除了感叹巍峨宏大、气势磅礴，还有对登山者和守护者的赞叹：使命重于一切，精神超越海拔。

2022年5月4日，在西藏珠峰地区开展的我国第二次青藏高原综合科学考察研究“巅峰使命”珠峰科考中，13名队员克服极寒、缺氧、积雪等挑战，成功登顶世界第一高峰——珠穆朗玛峰。这是中国珠峰科考首次突破8000米以上海拔高度，世界为之瞩目，国人为之骄傲。而在成功背后，西藏日喀则边境管理支队珠峰边境派出所功不可没。派出所专门成立科考保障小组，安排警力加强对科考营地核心区域的巡逻排查和管控力度，严防无关人员、车辆进入核心区域，为保障此次科考活动顺利开展创造了安全、通畅的环境。

对于这样的专项安保工作，派出所每年都要担负多次。而在日常，执勤执法、抢险救援、助民帮困……民警们一次次全力以赴，用青春生命守卫着世界之巅的安宁，接力演绎着神话一般的动人故事。

唯有热爱可抵岁月艰辛

2020年4月30日，中国第三次珠峰高程测量正式启动，同时正值中国与尼泊尔建交65周年。自珠峰大本营建营以来，派出所民警们24小时巡逻“陪护”——在离营地几百米的必经之路上，设置执勤点流动哨，开展日常巡逻，精确统计驻守大本营的队员人数，掌握进出与留守人员，全心全意为珠峰高程测量工作创造安全环境。

在这片生命禁区开展巡逻，每一步都是考验。

每年，民警们都要巡逻120余次，每次约40公里，一年就是4800公里。他们行走在珠峰脚下，行走在碎石、冰川和冰塔林中。

“坚守在这里，每名民警都曾被珠峰狠狠‘甩过脸色’。”民警李罡说。

从冰山脚下出发，大家手牵着手沿着陡峭的山坡向上攀爬。氧气越来越稀薄，腿像灌了铅一样沉重，每走一步，都气喘吁吁。头痛难忍不说，大家的嘴唇都变成了青紫色。长期战斗生活在高海拔地区，丹参滴丸与警用器械一样，都是随身携带。

珠峰地区天气多变，一会儿云雾弥漫，一会儿冰雪肆虐。“我们最怕珠峰的风，巡逻的时候，常常吹得我们东倒西歪。游客止步的提示牌、封锁道路的栅栏，时常被吹倒，埋在雪里，我们就一点点从雪里挖出来，再立起来。执勤点的房子被风雪吹得残破不堪，每年都要修一次。”李罡的脸上闪过一丝无奈，马上又被乐观的笑容所掩盖。

因为风，一年365天，他们从来没有脱过秋裤。但寒风仍像针一样，能穿透棉袄，几乎每个人都患有关节炎。

“说起来让人难以置信，珠峰脚下的风大到可以吹动石头。2017年的一天，我和战友夜宿大本营。考虑到帐篷不牢固，还提前压上几块大石头，但我们还是低估了大自然的力量。半夜，帐篷竟被割出个大口子，地上的石头被风吹得漫天飞。”所长格桑回忆说。

现在，帐篷已经换成集装箱板房，虽然晚上还会听到大风的声音，但不用担心房子被吹跑了。“这对于我们来说，已经满足了。”格桑笑着说。

晚上，格桑和民警们很少出集装箱，手电筒照向远方，有时能看到一对对绿光点，着实让人毛骨悚然。野狼、岩羊、兔狲等野生动物时常出没，民警稍不注意就会与野生动物“狭路相逢”，有时甚至有被攻击的危险。

夜深人静的时候，格桑掏出日记本，把每一个难忘瞬间都记下来。“唯有热爱可抵环境艰苦。”坚守在这里，每分每秒都是艰难的，但一想起被需要的时刻，格桑心中便鼓起了决心和勇气。

在需要的地方扎下根、捧出爱

如果说创下9项世界之最的青藏铁路是一条“天路”，那么通往珠穆朗玛峰的曲宗公路便是一条“天梯”。这条公路连接了著名的318国道和珠峰大本营，连接了冰雪覆盖的生命禁区，连接着世人向往的圣地。

在西藏日喀则边境管理支队警史馆内，陈列着一件登山棉服、一双登山鞋、一个发黄的背负式氧气瓶。静默无言，却又似一名长者向一代又一代民警诉说着曾经的故事。

2008年，第29届奥林匹克运动会在北京举办。原西藏公安边防总队受领护送奥运圣火登顶珠峰这项光荣而艰巨的任务。

平均海拔6800米以上，冰雪覆盖、冰川密布。执行这样一次史无前例的高海拔勤务，挑战和困难前所未有。为了确保任务圆满完成，2007年5月，总队决定设立绒布寺执勤点。在面积不足50平方米的执勤点内，民警们除了开展日常工作外，还要忍受着心率过快、雪盲、肺水肿等高原疾病。

2008年5月8日，当奥运圣火成功登顶珠峰时，执勤点所有民警喜极而泣，热泪洒在了这片圣土。顺利完成任务后，留下部分民警继续坚守珠峰脚下。2008年10月1日，原西藏公安边防总队正式成立珠峰边防派出所，坚守的民警成为“元老”，他们身上凝聚着一代代守卫者的精神。

如今的边境派出所，已经成为珠峰核心景区的唯一执法力量。辖区总面积124平方公里，边境线长36公里，扼守着通往珠穆朗玛峰北坡的必经之道，承担着珠峰核心景区的边境管控、社会面管理、游客车辆查验服务等任务。

“前往珠峰大本营警务室，出发！”清晨，随着格桑的一声令下，巡逻车迎着朝阳驶向珠峰大本营警务室。

珠峰大本营警务室，海拔约5200米。“从所里到警务室，路上从不缺‘伙伴’。”民警王普介绍道。这里除了澄澈的天、变幻多姿的云，还有四季可见的牦牛、羊群，路边时不时还有雪猪从洞里探出头来。

由于长期缺氧、暴晒和爬冰卧雪，王普嘴唇发紫，铺满“高原红”的脸上留有多个被紫外线灼伤的瘢痕，粗糙的双手裂开了一道道口子……

“穿多少衣服都冷，大风经常把‘营房’吹倒。”早年的派出所，设施简陋、一穷二白，没有网络，执勤点就是简单的两顶帐篷。如今，派出所将执勤点升级改造为景区警务室，提供雨伞、热水、扫码充电宝等，为游客提供更加便利的服务，警务室成为游客温暖的家。

“喂，我要报警，我儿子在珠峰大本营纪念碑旁走失了，请你们帮帮我！”2021年4月23日20时，派出所接到报警称15岁的朱某在大本营纪念碑附近失联。

大风、大雪、深夜，这场救援注定无比艰辛。民警们打着手电筒，深入珠峰核心区域，沿着高程测量碑左侧山坡，向绒布寺方向爬坡呼喊寻找。直到次日凌晨1时30分许，民警们终于在一处乱石堆旁找到蜷缩成一团、几近昏迷的朱某。

担当，就是在被需要的地方扎下根；热爱，就是在被需要的地方捧出爱。现在，珠峰脚下，游客看到熟悉的藏青蓝就像见到了亲人。“有事就找‘藏青蓝’”，已经成为游客的共识。仅2021年，派出所共救助游客100余人次。

只要奋斗，贫瘠的土地一定会长出希望

“吃自己种的菜，闻着都香！”每天清晨，珠峰边境派出所的温室大棚里，都有一个忙碌的身影，他就是民警李文雄。

为了破解物资补给的难题，李文雄和战友们在工作之余，自己动手建起大棚，开展农副业生产。

李文雄整天待在大棚里，大棚里又热又闷，但看到幼苗茁壮成长，他很开心。

在这片“小菜园”里，蔬菜品种越来越多，也越长越好。对于民警们来说，能吃上自己种植的蔬菜，实在是一件开心的事。工作之余，他们都喜欢来这里转转，李文雄最喜欢在大棚里抱着吉他弹唱，他觉得，种在这里的蔬菜，能听懂他的歌声。

李文雄成功在大棚里种植出蔬菜后，经常去辖区群众家里和绒布寺“传经送宝”，传授种植技术。

“以前，我们只种植青稞，吃上自己种的蔬菜是不敢想象的事。如今，我们从派出所学会了蔬菜种植技术，能吃上西红柿、茄子等蔬菜了！”牧民其美次仁竖起大拇指夸赞道。

“我有新书包了！”2022年3月，辖区曲宗村的孩子们兴高采烈地拿着书包炫耀。临近春季开学，民警们邀请辖区的小朋友到派出所聆听戍边爱国故事，并自筹3000余元，为孩子们购买50多套学习用品。“这里艰苦偏远，我们尽己所能帮助孩子们。”派出所教导员张随新说。

近年来，珠峰边境派出所成立“党员服务队”，开展“世界之巅守护者”“党员心连心”等爱心帮扶活动，先后指导边民群众在驻地曲宗村开设家庭旅馆、餐馆、小吃店、化石特色工艺品店铺等，让一户户牧民燃起生活的新希望。

派出所厚厚的双层玻璃内，民警们种着一种不知名的小黄花，黄澄澄的阳光洒在花草间。这些花草只能绽放一季，扛不过冬天。民警们年复一年地种植，寄托一种“春风吹又绿”的情怀。坚守平淡，默默付出，他们在贫瘠的土地上种下青春的种子，坚信坚守奉献的精神一定会开花结果。

走进新时代，珠峰边境派出所民警已将初心与使命注入血脉、融入骨髓。因为信仰和热爱，不觉岁月漫长，他们在回溯与展望中，接力传承“喜马拉雅卫士精神”的血脉基因，用脚丈量，用心致敬，脚步未曾停歇，信念愈发坚定。

【《中国出入境观察》2022年第5期】

普兰科迦：孔雀河里流淌着“女儿国”的传说

吴　俊

想必凡是看过《西游记》的人，无论是原著小说还是各个版本的影视剧，都对“西梁女国”或者“女儿国”这个地方不陌生，特别是“悄悄问圣僧，女儿美不美”这句歌词，很多人都耳熟能详。相信也有很多人和我一样好奇这个“女儿国”究竟在哪里。

我喜欢看历史类书籍，所以一直想从历史文字中寻找蛛丝马迹，直到看到了这段话：“婆罗吸摩补罗国……此国境北大雪山中，有苏伐剌拿瞿呾罗国……东女国也。世以女为王，因以女称国……土宜宿麦，多畜羊、马。气候寒烈……东接吐蕃国，并接于阗国，西接三波诃国……”这段话出自唐朝著名僧人玄奘的《大唐西域记》，书中共有两处类似的记述，另一处是散落在拂懔国西南的海岛上，且“皆是女人，略无男子”。翻阅完全书，我只能在这两条记述旁备注一条“仅凭传闻所录，未曾亲至其境”的批注，后人综合了多个传说记述，才诞生了这个“西梁女国”，想必吴承恩先生当年也是受此启发，才有了“农士工商皆女辈，渔樵耕牧尽红妆”的判词。

虽然仅仅是传闻，但这也无关紧要，重要的是，它证明了“女儿国”的传说是真实存在的。那么这个所谓的“苏伐剌拿瞿呾罗”的地方到底在哪呢？

雪山环抱下的“孔雀城”

玄奘法师当年游历到古印度的一个叫作“婆罗吸摩补罗国”的地方，在这个国度的北面是无尽的雪山，雪山之中有这样一个国度，东边是吐蕃，再往北是新疆和田（于阗），西面是拉达克地区（三波诃），也就是“女国”的范围，这貌似很符合西藏阿里的地理范围，然后在《隋书》中看到“女国，在葱岭之南……”这更加确定了我的猜测，这是一个在当时正处于母系氏族制度、一个在唐朝初年还未被吐蕃政权吞并的地方政权。那它究竟在哪里？为什么我会认为是在阿里的普兰，这就要从2013年说起。

由于工作需要，我和同事几乎走遍了阿里的边境管理区，每到一处，我都会留心当地的历史故事。2013年，我第一次来到普兰，这里被称作雪山包围的地方，是喜马拉雅山脉中一段狭窄的“走廊”。

普兰，面积大约有1.25万平方公里，这里山高谷深、峰峦起伏，辖区内海拔6000米以上的山峰就有13座。游走于普兰地界，触目都是高耸入云、仿佛扑面而来的雪山，似乎这里很符合玄奘有关地理环境的描述。前往普兰，一路海拔越来越低，当我正因长路漫漫、满目童山荒野感到单调甚至烦躁之际，猛然间一片色调丰富的美丽田园映入眼帘，不禁让我感到惊喜，真的就像是孔雀尾羽上的翎眼落在人间。

眼前是一块块整齐的农田，远处却是连绵的雪山，据说，孔雀河谷是阿里地区少有的适宜农耕的地方。玄奘在书中提到，这里“土宜宿麦，多畜羊、马。气候寒烈”，也许说的就是这样一幅画面。在普兰县城，随处都可以听到来自四川、重庆、甘肃等地的方言，陌生却又亲切，也可以看到来自尼泊尔的商人，来自印度的香客。

出县城沿着孔雀河继续向南大约20公里，就到了科迦村，我们的科加边境派出所就驻扎在这个村落里。美丽的孔雀河从这里蜿蜒而过，穿过喜马拉雅山脉的连绵群峰，流入尼泊尔，最终在印度境内汇入恒河，这里是孔雀河谷的一个重要通道，在交通工具和生产力水平低下的过去，河谷往往成为人们最易利用的通道，尤其是在类似喜马拉雅这样峰峦连绵、难以攀登的地方，穿越山间的河流及河谷，便是不同族群南来北往、繁衍迁徙和沟通交流的重要文明走廊，以至于阿里地区最古老的象雄政权、吐蕃王朝以及后来的古格王朝，都曾在这里留下过历史印迹。

独特的地理条件、绵延千年的曲折古道，给这里带来了神秘而斑驳的色彩，残存的残垣断壁，一直在诉说着这片“孔雀城”的古老传说，而这一切的一切，似乎都在告诉我，离“女儿国”的答案更近了。

“女儿国”痕迹满满的“孔雀城”

行走在西藏，就是踏上了一段充满历史文化的人文之旅，处处可以领略西藏独特的人文魅力，普兰也不例外。

在普兰，有两样在西藏乃至整个藏区都难得一见的特色，一个是科迦村独一无二的“孔雀服”，一个是科迦村独一无二的“男人节”。

不同于阿里地区常见的传统服饰——用氆氇做成圆帽、彩色织物拼接成几何形状色条的披风，孔雀服，一眼望去就有一种厚重感：蓝棕色绸缎面料藏袍，身后披锦缎披风，内里为白色羊皮，边缘镶较窄的水獭皮，头戴珠冠，其形状为月牙，垂于脑后；额前垂挂一排银链，犹如古代帝王冕冠上的冕旒，将面部遮住，右肩垂挂与头饰珠冠相同的月牙形饰物，上面缀有松石和珍珠，胸前层层叠叠地挂满了用珊瑚、松石、琥珀等做成的各种装饰，有的长至膝部，颈处围一较宽的用红珊瑚排列而成的项圈，尽显富丽华贵。耳上挂着长约15厘米的特殊耳饰，以珊瑚及珍珠连串而成，独特的帽子及耳坠象征孔雀的头冠。

在这套美丽的服饰背后，还有一个美丽的传说。据说千年之前，一位在仙湖中沐浴的仙女与王子诺桑相爱，其他嫉恨的嫔妃便趁王子到北方远征之际，指使巫师将国王吓病，要杀死仙女取心治病。危急关头，仙女带上王子的半串项链飞向天空，消失踪影。王子归来后伤心不已，便带着另半串项链飞上天空寻找爱人，经过千难万险，有情人终又相逢。当地百姓为纪念这位美丽的仙女，模仿孔雀开屏制成此服饰，因此，它也被当地人称为"孔雀服饰"或"飞天服饰"。当然，学术上则将它称为"宣"服饰，2008年，普兰"宣"服饰被列入中国国家级非物质文化遗产名录，目前，放眼整个普兰,"宣"服饰仅存7套。

这样一套重达25公斤的服饰穿在身上，带着远古的浓重气息奔流至今，如同旷古时代的惊鸿一瞥，也如穿越隧道的历史回声。

现存的7套服饰，据说是从祖上一辈一辈传下来，并不断添制而成的，现在即使有钱人家也无法购置这套服饰。也正因为服饰的弥足珍贵，只有在盛大节日庆典或者重要场合这七只"孔雀"才会示人。而反观科迦村男子的传统服饰，与孔雀服的华丽相比，就稍显逊色，猜想可能是因为以前母系氏族风俗的痕迹遗留吧。

说完"孔雀服"，接下来就是那个独一无二的"男人节"，我们都听过"妇女节""儿童节"，在名目繁多的各类节日中，科迦村的"男人节"就显得那么特殊。

每年藏历二月十日至十六日，科迦村村民都要聚集到科迦寺广场前，度过这个独一无二的节日。节日期间，男人们可以喝酒看戏谈天说地，尽情享用美酒美食，而村里的妇女们则要身着盛装，给男人们敬献青稞酒、酥油茶。关于这个节日来历的传说，一说是古时候母系氏族社会遗风影响下，女子为王，女子为尊，男子需要外出狩猎、农耕、征伐，侍奉家中女子，国君专门确定了这样的一天，让男子休息、享乐，用以犒劳男子的辛苦付出；另一种说法是，在诺桑王子时代，王子带领村里的男子去北方抵抗入侵者，胜利后，乡民们给归来的男人专门举办庆功酒会，此后沿袭为传统节日。

无论是哪种传说，这个独一无二的节日，成了科迦村吸引外地游客的另一个亮点。

充满传说的"孔雀城"

普兰是个有故事的地方，在这里，神话中藏着真实历史的影子，真实的历史又融入了传说。

在县城西北不远处的孔雀河西岸，有一座架设在陡峭山崖中间的寺庙，俗称“悬空寺”，这里就流传着关于诺桑王子与妻子飞升成仙的神话传说。而在旁边的山巅，有一片错落的残垣，那是“孔雀王朝”的遗址，相传是10世纪末由古格王室修建，还有一座贤柏林寺。

在吐蕃王朝末期，王室发生叛乱，落魄的吐蕃王子、朗达玛的孙子吉德尼玛衮辗转来到孔雀河谷的普兰，与阿里地区头人的女儿联姻，被当地人拥立为“阿达”（领主、国王），并创建了后来历史上大名鼎鼎的古格王系。

吉德尼玛衮以普兰为中心，将领地扩展到远至今克什米尔地区的拉达克，“阿里”这一地名也由他而来，意为“领地、属民”。他所建的尼松宫堡，就曾矗立在这里。从普兰王国的建立到被逐渐强大的古格王朝吞并，这段纷繁的历史，都发生在孔雀河畔，如孔雀开屏、烟花璀璨，曾盛极一时，却终归寂灭。

当然，这里还流传着另一段故事，一段抗击外敌入侵的故事。1681年，西藏地方政府派出以甘丹才旺为统帅的藏地军队，驱逐占据阿里的拉达克武装。甘丹才旺是一位极有胆略的蒙古王子，他带兵大败拉达克军队，将阿里交还西藏。

时间来到1840年，鸦片战争爆发，为配合英国在东南沿海的进攻，英国殖民者鼓动锡克人、拉达克人组成森巴联军再次进攻西藏，并占领阿里大部分地区。面对入侵者，清驻藏大臣和班禅大师等迅速调度组织兵力。1841年冬，森巴联军头领带兵沿孔雀河北上，企图切断藏军粮道。藏军闻讯后设伏突袭，勇士米玛手持双刃长矛洞穿了倭色尔的胸膛，失去统帅的森巴联军溃不成军。这一仗之后，森巴联军与藏军议和，虽然很多历史遗迹遭到了难以想象的破坏，但终究为阿里赢得了和平。当年的鸦片战争，东南沿海饱受屈辱，但很少有人知道，在西部高原，就在普兰，打了一场漂亮的反侵略胜仗。

如今，战火早已远去，没有鼓角争鸣，只有孔雀河依然在流淌。站在贤柏林寺门口，美丽的孔雀河谷地尽收眼底。不远处就是已成一片废墟的历史遗迹，伴着寺庙屋檐的铃声，迎着南来的风，眺望孔雀河流逝的方向。

藏青蓝闪烁的“孔雀城”

风卷云涌，昔日的“女儿国”，终究还是消失在岁月长河中。如今这片村落，是另一番景象：阳光下，年少的孩童在嬉笑打闹，年迈的老阿妈捻着手中的纺锤，牧民悠闲地牵着牛走在田边，宽敞明亮的新式民房，成片的青稞田……这也许就是歌中所说的“简单的幸福”。在这份简单的幸福背后，有一群为此默默付出的年轻面孔，他们就是驻守在科加边境派出所的移民管理警察。自从2003年7月正式组建，一代代的科加戍边人在这片面积仅为900平方公里的古老村落里，默默为这片土地奉献着青春，守护着居住在这片村落的 690 名村民。20 载风雨，派出所里的面孔换了一茬又一茬，但始终不变的是戍边为民的初心，他们守护着这颗初心，守护着这片热土。在他们的不懈努力下，2020 年，科加边境派出所被国家移民管理局授予集体二等功；2021 年，派出所再次被普兰县委县政府联合授予第二批民族团结进步示范单位；2022 年，该所驻寺民警杨聪荣获“全国公安机关爱民模范”称号。

忙碌的工作之余，可以沿着山路走走，沿着孔雀河走走，吹着山风，拥抱这片村落的古老传说。当然，我并不是历史学家，仅仅是对历史有那么一点兴趣，很难断言这片残迹映衬下的土地是否真的是过去的“女儿国”，只能说是心中试图探寻一点历史印迹吧！如今，这段故事、这片村落已经换了另一番面貌，在这群国门卫士守护的土地上，当地的群众演绎着另一段故事，一段幸福祥和的边疆故事。

【《中国出入境观察》2022 年第 7 期】

依然香如故

马　壮

或许爱得深沉，心腑里一直牵挂着。

或许路的遥远，魂魄中一直缠绕着。

时光荏苒，岁月悠悠。离开部队已有5个春秋了，原本铁打的营盘流水的兵，而今钢铁的警营坚守的警。漫漫风霜崎岖羊肠小道上是否有人在巡逻？威严耸立的关楼前的哨位上，是否还有荷枪的哨兵在坚守？更惦念院子里的那一片梅花是否依然绽放、凌寒飘香？

了却一桩心事，安抚一腔忧念，打开一环心结，风一程雨一程，山一路水一路，我风尘仆仆千里迢迢，再一次投进逶迤苍茫峥嵘浩瀚的边陲。

不知是谁定下的规矩，更是谁都没有改变的规矩——凡是到关山服役的兵、守关的人，每人务必从家乡带来或寄来一棵蜡梅，种植于边检站内一处取名为"边关梅"的园子里。来了便是兵，是兵必种梅，是梅必根植于这片疆土，绽放瑰丽的花，缥缈悠馨的香。或许不经漫长岁月艰辛的孕育以及一番冰寒的磨炼，就不可能倾吐溢淌如此奇绝之香。

"边关梅"的园子是我及战友们时常欢聚的地方，几乎是心中的圣地。每当思念远方的家乡及亲人时，望一望梅花的模样即可安抚一下思乡念亲的酸楚，忘却了边陲的萧瑟及凄楚幽怨，每一条血脉都奔涌着春天的炽热与希冀。每当失落与忧伤之时，都来闻一闻梅花的馨香，心胸的尘埃及阴霾随即驱散，还以清新与洁净，燃烧斗志与激情，宛若春风阵阵轻拂、春雨丝丝滋润。

仍可分辨并确认，我种的那一棵蜡梅依然在原地静静地亭亭玉立、傲着风雪，楚楚动人，萌发着一丛嫩红的花瓣，清雅的黄，浓烈的红，缤纷的粉，灿灿的亮，幽幽的馨。

此刻我的心激烈地怦怦急跳，禁不住深深呼吸着这蜡梅的气味，这一缕缕一团团凝聚的香，从呼吸道融入我的骨髓，澎湃于我的血脉，燃烧着我的魂魄。或许因了蜡梅的香陶醉，飘逸的泥土是香的沉厚的，悠荡的空气是香的馥郁的，流淌的溪水也升腾起阵阵香甜，直觉叫人忘却了隆冬的冰寒凛冽，关山的峻峭寂寥。

花草皆可入诗进画，而梅花似乎占据花魁的峰巅。生命如花，无论贫穷还是富有，无论是漫长还是瞬间，来也匆匆去也匆匆，最终都将零落成泥，化作烟尘，而灵魂、忠诚、担当、奉献却永恒于山水中天地间。

我一步三回头正想转身离开，却见一身着藏蓝色警服的年轻民警扛着锄头，拎着一个鼓囊囊的编织袋走进梅园。

“小同志，你这是……”我轻声问。

“给梅花施肥锄草，好让它们在春天长得更美丽更茂盛，明年花开得更瑰丽。”小伙子脸上满满的青春的喜悦。

“多给这棵施点。”我指着我种的那一棵蜡梅，“我种的。”

“您是咱站里的老前辈！”小同志激动地跑过来紧紧握住我的手，“一定一定，放心放心！”

沉浸在这纯粹沁心的清香，荡涤心脾的芳菲，氤氲缠绵的浓郁，心底里升腾起对未来的期许：春暖花开，江山如铁，山河无恙，人间皆安……

【《中国出入境观察》2022 年第 7 期】

阳台上的来客

朱永发

在杜尚别，疫情原因不上班的时候，自己一个人在房间，哪儿也去不了，很是无聊。不知从哪天开始，客厅阳台上多了个鸟窝，有斑鸠在那里孵化小鸟，给我单调的日子带来了很多乐趣。

塔吉克斯坦生态环境挺好的，到处都听得到鸟鸣，看得到小鸟，我以为阳台上有鸟窝、孵小鸟都是再正常不过的事儿，欣喜虽然欣喜，也没觉得有什么特别的。直到有一次和朋友们闲聊，他们都称羡不已，我才知道并不是每家的阳台上都有斑鸠做窝、孵小斑鸠的，我才更加留意了起来。

斑鸠一般一窝会孵两个蛋，斑鸠爸妈夫妻和睦，是轮流孵蛋的。它们孵蛋的时候不是固定一个方向，而是时不时换下位置，改变方向，可能是让斑鸠蛋受热更均匀吧。斑鸠窝就在我客厅阳台的角落处，我可以靠得非常非常近，"相看两不厌"，虽然斑鸠爸妈不一定同意这说法。我们是好邻居，相处之道是互不打扰，我也并不给它们喂食。只是靠近鸟窝的那几扇窗我不打开，免得惊扰它们。

忽然有一天，大鸟肚皮下边冒出了两个毛茸茸的小脑袋，我知道小斑鸠孵出来了。大鸟看到我在注视小宝宝，就赶紧把它们藏回肚皮下面去了。我也就知趣地走开，不打扰它们的亲子时光。

斑鸠爸妈真是模范夫妻，喂食也是轮流的。每次父母飞回来的时候，小家伙们就急不可耐地从父母嘴里抢食吃，真的是太好玩、太让人感慨了。现在的孩子太难喂了，要想尽办法才能让他们吃饭，真该让他们看看小斑鸠是怎样抢食吃的。

吃得好长得快，小斑鸠从孵化出来到离巢飞走只要十多天的时间，一转眼，鸟巢就空了，我还有些失落，但更多的是欣喜吧。

我把小鸟孵化的过程拍了照片、录了视频发给在国内的妻子和儿女看。孩子们看了都兴奋得哇哇叫个不停，妻的评价是我这房间是有鸟有人，简称"鸟人"。话糙理不糙，点评的也有几分道理，我哈哈大笑。

鸟巢空了段日子，又有新的斑鸠父母来孵蛋了，如此往复，2021 年一共孵了 3 窝 6 只斑鸠，断断续续陪伴了我几个月的时间。秋天天气冷了以后，虽然还是有斑鸠偶尔落在阳台上，尤其是下雨的时候就更多了，多的时候有十来只呢，但就是没有斑鸠孵蛋了。我热切盼着春天的到来，再有斑鸠来和我做伴。

盼望着，盼望着，春天终于到了，真的又有斑鸠来这里孵蛋了，还是两只蛋，或许是因为天气冷或者什么原因吧，只孵出了一只。从孵蛋、出壳到小斑鸠长大飞走就一个多月的时间，真的是好快、好神奇。

还没等我失落，过了没几天，我发现卧室的阳台上又有斑鸠在筑巢了，这惊喜比上次更是增多了几分。卧室阳台上的鸟窝离床实在是太近了，怕打扰它们，就趁它们去衔搭鸟窝的树枝时，把窗帘拉上了一半，这样即使我在房间里也不会惊到它们了。

第三天它们就开始在卧室阳台上的新巢孵蛋了。我看到新巢搭得并不精美，树枝明显有点儿少，连阳台上的瓷砖都没有完全覆盖住。杜尚别四月天晚上还是挺冷的，可能这对斑鸠初为父母，不太懂筑巢吧，我不禁有些担心。

果不其然，虽然两只小斑鸠孵出来了，但是都很快夭折了。天气有可能还是太冷了，新巢也不够温暖。我清理了鸟巢，喷洒了很多酒精消毒，又东翻西找找到一双皮鞋的辅料剪成长条垫在新巢上，在上面又覆了几层消毒湿巾，湿巾上面铺了些柔软的树枝。希望能有斑鸠再来这里孵化小鸟，只是人工痕迹太重了，我怕再也不会有斑鸠爸妈来了。为了避免再有小斑鸠冻夭折，我只是尽力而为罢了。

大概听懂了我的期盼，几天之后真的有斑鸠在卧室的新巢上衔树枝进行后续加工了。看得出来这对斑鸠父母很有经验，把鸟巢改进得很精美。希望这次两只小斑鸠可以顺顺利利、健健康康地长大。果然，它们长得好快，很顺利，孵蛋、喂食都好好的。看到它们一天一天长大，这欣喜是和往常更加不同的。一个周六的中午，我正在客厅的沙发上出神，忽然有一只很小的斑鸠在客厅阳台的护栏边盘旋飞舞，久久不去。我还想这只小斑鸠这么小，难道就要在客厅阳台上的鸟巢上孵蛋了吗？但它看起来不像成年斑鸠啊。

它飞走后一会儿，我去看卧室阳台上那两只逐渐长大的小斑鸠，发现只剩一只了。我恍然大悟，原来刚才在客厅阳台外盘旋、久久不去的小斑鸠是在离巢飞走之前，向我郑重告别啊！我很是感动，很是欣喜，虽然也有一些淡淡的忧伤，但终究是感动和欣喜更多。

当天睡觉前，我专门去看了剩下的那只斑鸠，我想有可能明天它也要飞走了，我先提前和它告个别吧！果不其然，第二天一觉醒来，卧室阳台上空荡荡的，只有鸟窝没有可爱的小斑鸠了，它也真的飞走了。

我不会种花，就把白菜头、葱头、蒜头之类的放在塑料碗里，浇了水放在客厅的阳台上，也能长出些绿色，白菜头还能开出漂亮的小黄花呢。忽然有一天，不时地有斑鸠在放着白菜头的小碗里喝水，嗯，很好很好，又有更多的斑鸠来和我做伴了！

【《中国出入境观察》2022 年第 8 期】

英雄的光、嫂子的笑都长留心中

梁靖雯

盛夏的午后，接到任务：采访缉毒烈士蔡晓东的妻子。当天，我从昆明奔赴西双版纳。

此行，我还带着国家移民管理局新闻中心专门为烈士蔡晓东制作的一本纪念册——《缅怀 致敬英雄》，以一名中国移民管理报记者的身份敬赠嫂子。坐在车里，满脑子都是几个月前嫂子哭成泪人的模样。

敲开晓东的家门，嫂子正在为我们切西瓜。“版纳天气热，先吃点西瓜。”嫂子微笑着将西瓜递到我们手里。嫂子留着精干的短发，脸庞清秀，大眼睛、高鼻梁、樱桃小嘴，原来嫂子这么美。

一阵寒暄过后，我拿出纪念册递给嫂子。她一页一页地认真翻看，眼眶渐渐湿润起来。“感谢你们，当我想晓东的时候，我就看看这本册子，就像把他的一生再过一遍。”翻看到晓东的一张照片时，嫂子打开了话匣子。

“我真的很想念晓东，但是白天，面对老人和孩子，我要表现得坚强，有时睡觉躺在床上，眼泪就会止不住地往下流。我家老二很懂事，3 岁的孩子，会拿纸巾给我擦眼泪，叫我别哭，说爸爸在天上看着呢，不能哭。”

此刻的我，眼前也渐渐模糊，一滴眼泪滴在采访本上，写下的字晕染开来。

我怕嫂子看见，头埋得很低，手中笔飞速地写着。我也想起初识晓东的样子：黝黑的皮肤、高大的身材、咧开嘴时的洁白牙齿、略带害羞的笑容……

已经记不清那是几年前的一次采访了，那时他刚破获一起大案，我前去采访，他神采奕奕地为我讲述整个破案过程。

“15 年了，晓东一次又一次与死神擦肩而过。”嫂子说，“他每一次出任务我都提心吊胆，睡不好觉，直到他平安回家，那颗悬着的心才会放下来。后来，很多时候出任务，他不告诉我，都是事后才从别人口中听来。”

在翻到记录蔡晓东赫赫战功的那一页时，嫂子讲述了两件令她至今难忘的事。

2014 年，晓东抓捕一名毒贩，正要给毒贩上拷时，那人突然反抗，掏出一个东西朝他的颈部狠狠扎去。把犯罪嫌疑人制服后，晓东才发现胸前的防弹衣上扎着一根带血的针头。后来才知道，这个毒贩是艾滋病患者。

还有一次，他们去外地办案，在锁定犯罪嫌疑人的住处后，破门而入，房子里却没有人。在搜查房间时，他们在枕头下发现一捆自制的炸药。如果犯罪嫌疑人当时在房子里，在反抗时引爆炸药，后果不堪设想。不一会儿，目标出现——眼前的壮汉有一米九几。晓东第一个冲了上去，拦腰抱住对方，却被一个背摔重重砸在地上。晓东死死抓住对方不松手，两个人扭成一团，战友们一拥而上，四五个人才将他控制住。搜身时，从这个壮汉腰里发现了一支上了膛的手枪。

那一次，晓东受伤，背部淤青，肘部被地面的碎石磨得血肉模糊。

“这些对于他来说，都是家常便饭。”嫂子的语气里透着一丝自豪，“结婚这些年来，我一直追着他走，从勐腊到景洪，从景洪又到勐腊，每次都是眼看着终于要在一起了，又由于各种原因分开。我跟他在一起的时间，还没有跟公公婆婆相处的时间多。公公婆婆的身体都不太好，所以我一直都跟他们生活在一起。”

“嫂子现在是和晓东父母一起生活了吗？”我有点不解地问。

“是的，因为要照顾晓东的父母，所以我带着孩子和他们住在一起。”嫂子回答得很平静，“其实我有点对不起我父母，我把他们丢在了老家，他们年纪也大了，但是我也没有办法照顾他们。”说到这，嫂子的眼眶又红了。

“孩子们现在怎么样了呢？”我换了一个话题，因为实在不忍心看到嫂子流泪。“孩子都挺好的，女儿很懂事，学习成绩也不错，这学期还当上了学习委员。晓东生日前，我和女儿专门去他牺牲的地方给他过生日，女儿跟爸爸聊了一会儿天，把当上学习委员的事儿告诉了爸爸。儿子也很乖巧，像个小大人似的，经常对我说‘会保护我’。”提到孩子，嫂子的眼神中透出一束光，滔滔不绝地跟我讲了两个孩子学习生活的一些趣事。

“这册子里还有战友们写的歌呀。”嫂子一边看一边小声试着哼唱，“我要让两个孩子学唱这首属于晓东的歌。”我也希望俩孩子能唱出这首对父亲、对英雄的赞歌。

我问嫂子：“生活或其他方面有什么困难吗？”嫂子一直摇头，说：“没有，组织已经很关心我们了，没有困难。”

上有老、下有小，怎会没有困难？但这就是英雄的妻子！

与嫂子分别时，嫂子紧紧地抱住了我，一再感谢新闻中心的心意。与上次的分别不一样，这一次没有了泪流满面。

看着嫂子的笑容，我心里温暖极了。

从晓东家出来，我想再去看看战友，看看英雄，于是我们驱车来到西双版纳景洪市勐龙烈士陵园，“人民英雄纪念塔”7个金色大字熠熠生辉。这是晓东用生命守护的边境线，如今他长眠于此。远远看到晓东的墓碑前，围着一群孩子，走近一看，墓碑前摆放着一些卡片和信件，一名妇女正在用少数民族语言讲述着。问身旁的战友才知道，这是隔壁村寨的妇女主任带着村里的孩子来悼念晓东，讲的是爱伲族话。

“她们在说什么呢？”我小声问道。“正在讲晓东的英雄事迹。”西双版纳边境管理支队勐龙边境派出所教导员李云柁告诉我。

“晓东，我来看你了，乡亲们也自发前来看你了。你的故事讲得越多，就有越多的人知道你、记得你！”我手捧鲜花，站在晓东的墓碑前，喃喃自语。

【《中国出入境观察》2022 年第 8 期】

沐浴着爱，我成为母亲

周泽方

我爱极了做母亲，只要把孩子的头放在我的胸口，就能使我觉得幸福。

——龙应台《孩子，你慢慢来》

1

刚生完孩子不久，某天凌晨两点多，喂完奶，躺在床上忽然睡意全无。脑海里闪过一本书的名字，点开手机搜寻其中的段落，一遍遍默读，在黑暗中被感动得一塌糊涂。

当我还是学生的时候，也曾为《孩子，你慢慢来》而感动，但那时毕竟读的是有字之书，成为母亲这件事，非得在人生这本大书里游历，才能有真切的体会。

事非经过不知难。看别人生养孩子，一个又一个，似乎很简单。到了自己，才知道一路有太多惊心动魄的时刻。

2021 年初冬，我坐在医院 B 超室门外候诊，因为紧张，两腿微微发抖，手心沁出了汗。这是孕早期最重要的一次检查。

终于到我了。直挺挺躺着，任由冰凉的 B 超探头在肚皮上游走，突然听到仪器里传来“哐哧哐哧”开火车一样的声音，我知道那是宝宝的心跳，激动得差点哭了。

哎，我怎么变得这么脆弱了？还是说，当母亲的，都有一颗玻璃心？

2

永远忘不了 2020 年，也是这样一个普通的工作日上午，也是怀孕满 3 个月，妊娠反应几乎消失了，高兴之余，我决定自己一个人去医院。

迈着轻快的步伐走进 B 超室，想到未来种种，思绪飘得很远。

没一会儿，医生停了下来，问我，这几天有流血吗？我说没有。又问我，有家人陪你来吗？我说没有。她郑重地叫了一声我的名字，接着说，“你的宝宝没有心跳了，就是前几天的事。”我睁大眼睛，惊讶地望着她，难以置信她竟会说出这样的话。她的脸上蒙着一层薄薄的黑雾，并不看我，而是起身走开了，“我帮你签个单子，这项检查没有做，钱可以退。”我这才知道她说的是真的，眼泪哗啦啦淌下来。

“怎么会这样呢？”我问。“你这么年轻，很快又会有的。”她说。

我失神地在医院走廊上走过来走过去，不知道怎么跟家里人开口。泪水太多了，连防水的口罩都被浸透。

再后来就是在住院部。丈夫陪着我，准备接下来的手术。自认识他以来，这是我第一次见他哭，他努力调整好情绪，告诉我一切都会好起来。电话那头的妈妈正在上班，听到消息的瞬间开始号啕大哭，她大喊“不会的不会的”，让我换一家医院。管床医生在一边，拿着报告单说：“怎么会看错呢？脖子有畸形，皮肤都腐烂了呀。”这句话刺痛了我，但我顾不上痛心，赶紧擦干眼泪安慰我妈，比起自己，我更担心她。

到了晚上，病房特别安静。我摸着微微隆起的小腹，说了无数声“对不起”。儿来一程，母念一世，真是不舍啊！

跟单位请假后，我的一位女领导，给我发了一条短信：“泽方，心疼你。我也有过这样的经历，能够体会到你现在的心情。保重自己。”我的主任给我丈夫打电话，让他务必要照顾好我。

第二天从手术室出来，虽然脸色苍白，浑身无力，但我已经一点点坚强起来，我下定决心，一切从头再来。

3

时隔近一年，再次怀孕，本也想用平常心对待，坚持上班直到生产，可是我的孕早期体验，就跟生一场重病差不多，不得已请假在家休养。

每天剧烈呕吐四五次，胃就像一块抹布，被人狠狠拧着。早晨空腹时，干呕直到呕出胆汁；喝了几口水，泛着酸味喷出来；辛辛苦苦咽下小半碗饭菜，转眼就吐了，吐得脸上挂满泪花。这都不算什么，我没想到，吐到最后竟然会吐血。大口大口鲜血，真把我吓坏了，深夜挂急诊，医生说这是喉咙破了，正常现象，没什么好办法。

吃得太少，每时每刻都很饿，梦里总是梦见各种好吃的，狼吞虎咽吃个不停，一觉醒来，还是饿。体重下降，身体非常虚弱，从卧室到卫生间的几步路，走起来就像在青藏高原上那么费力，最难受的时候，连眼睛都睁不开。可以用几个字来形容当时的情况：度日如年、昏天暗地。

再难的日子，也有熬完的时候。初冬那天，一张薄薄的B超单，向我们全家人长久的等待报以笑脸。上面印着一个可爱的小人儿，圆圆的脑袋，鼓鼓的肚子，睡得正香。我和丈夫把单子抢过来抢过去，左看右看，怎么也看不够。

回单位上班，阳光是那么明媚，办公桌、书柜、窗台上的花草，都是那么的亲切。许久不见的同事，一个个笑眯眯地看着我，给我倒水，给我拿好吃的，帮我把笨重的椅子摆好，“你现在是重点保护对象！”

4

正当我稍微放松心情的时候，麻烦又找上门了。

2022 年元旦，一大早醒来，喉咙发痒，咳嗽了几声，预感不妙。

当天晚上，咳嗽愈加严重，后半夜困得不行，眼睛刚闭上，又被自己的咳嗽震醒了。小宝宝已经 4 个月了，前几天还只有轻微胎动，这下子随着我的咳嗽声在肚子里横踢直撞，动弹个不停。

就这样，咳了三天三夜，咳到腹肌酸痛，嗓子沙哑，我都有点怀疑，该不会是新冠肺炎吧？

不敢再耽误，赶紧去医院看病。

医生说，怀孕会导致抵抗力下降，只能开一种相对安全的消炎药，剩下的就靠自己扛。

万般无奈，开始吃药，外加服用冰糖雪梨、盐蒸橙子、川贝枇杷、煮大蒜水等等土方。一个星期过去了，丝毫没有好转，脸上挂着肿胀的黑眼圈，心里焦急万分。

只好求助于中医。

坐在那个六十岁上下、慈眉善目的老医生面前时，我已经咳到失声，完全说不出话了。他给我把完脉，笑眯眯地说，我这里遇到这样的情况还不少，我的药方，你放心。

心情好了一大半，回到家还没吃饭，赶紧熬了药，咕噜噜灌进肚子。

坚持喝了三四天中药，竟然还是老样子，家里人都坐不住了，一致认为，得去医院打针！不然会把孩子咳掉的！

就医第一步，验血。报告单一出来，医生说，你看，白细胞已经降到正常值，炎症快消了。

噢，谢天谢地，曙光就在眼前！

历时十几天，可恶的咳嗽被我击退。

写到这里，我发誓，今后再也不愿回想这段经历了。

5

政治处向来是一个忙碌的处室，每个人脚步匆匆，案头摆着千头万绪的工作。在这个“女人当男人用，男人当铁人用”的地方，是没有时间矫情的。

怀孕中后期，除了身形不太灵活，其他各方面感觉良好。我和往常一样，处理公文、写新闻稿、发微信推文、拍照片……日子过得很充实。别人问我啥时候休假，我说，啥时候生啥时候休。没什么好担心的——同事都会开车，真要发作了，随便谁，把我拖到医院去就行。

一季度公务员考核，我被评定为“优秀”，看到评语一栏写着“身怀六甲，坚守岗位，其志可嘉”几个字，我有点惭愧。领导对我照顾有加，同事为我分担了很多工作，这里的“优秀”，更多的是一种鼓励。

外界的关爱，也让我体会到怀孕的幸福。有一段时间，武汉要求核酸检测“两天一检”，等我走到社区检测点，队伍已经排成了长龙。正巧几位同事先到，他们喊我过去，我不肯，插队是不好的，何况他们还穿着警服呢。维持秩序的志愿者见此情况，直接把我带到最前面，让我免除了至少半小时的等待。以前总是我们为旅客开通“绿色通道”，没想到我也体验了一回专门为我而开的“绿色通道”。

6

孕期最后十来天，还有一道小小关卡等着我。

一次常规B超检查后，被医生告知，羊水偏少，需住院补液，否则胎儿有窒息危险。

就这样，我告别工作岗位，正式住院待产。

住院期间，每天“功课”如下：吸氧、输液、做胎心监护、在院区过道上散步……长时间输液和大量喝水，导致手指肿得无法弯曲，原本就肿的胖脚丫这下成了“猪蹄”，穿上42码拖鞋还被勒出印子。我的脚引起了每一位查房医生、护士的关注，见多识广的他们也不由感叹：哇！肿成这样？有高血压吗？得到否定答复后，他们会伸手在我脚背上按几下，按出一个个白色的凹痕。

时间一天天溜走，心情焦躁不安。6月1日下午，单位林主任打来电话，带来同事们的关心问候，为我加油打气，期待“早闻喜讯”。平时我还挺怕他的，每天谈的都是工作、工作、工作，这一刻心里暖暖的，定了定神，告诉自己一定要勇敢。

组织关怀真管用，当天晚上，肚子疼了起来，第二天早上9点钟，我被推进待产室。这是一个空旷的没有窗户的大房间，灯管冷得刺眼。为了活跃氛围，四五个护士跟我闲聊起来。她们问我是做什么职业的，我回答：“警察，移民管理警察。”在她们赞赏的目光中，我感觉躺在床上的自己变得高大起来，虽然心里怕得要命，还是装出一副淡定的样子。我想，今天我就要当一回硬汉。

一小时后，羊水破了，一波又一波宫缩痛潮水般袭来，拍打在我的肚子上。和这时候的痛相比，前天晚上的痛苦简直不值一提。我忍着，一声不吭。可惜没过多久，意志力不起作用了，我大声喊痛，护士说，不要这样喊，这样不好。她教我正确的呼吸方法，我试了两下，不管用，还是控制不住叫喊。她说，你既然选择了顺产，就必须坚持，这才哪儿到哪儿啊，后面会更疼的。听到这句话，那叫一个绝望，我的手狠狠抓着床栏，冰凉的金属也被我焐热了。

随着频率、痛感的增强，我的叫声越来越大，在床上翻来覆去，不管怎么调整姿势，疼痛都丝毫不减。这个时候，内心生出怨恨，痛恨自己身为女人要受这样的罪，等我出了产房，第一件事就是破口大骂！

“你这样喊宝宝会缺氧。”护士严肃地说，吓得我瞬间闭上了嘴巴，只剩下急促、粗重的喘息声，果然人的潜力是无穷的。

又过了一会儿，我浑身发热，把床栏摇得咯吱响，大喊：“我发烧了！我发烧了！”护士赶紧过来帮我量体温，幸好温度正常。她帮我把被子掀开透透气，说因为我太用力，才觉得热。“救救我吧，救救我吧！真的受不了了！”我闭着眼睛求她。这时候是下午一点半，已经开三指，按理可以打“无痛”了。护士又说，“宝宝胎头不是那么正，你侧趴着睡，再坚持半小时。‘无痛’打早了有时候也麻烦。”

“好，坚持，半小时！”我瞄了一眼墙上的挂钟，咬牙说。

真不知道这半小时是怎么捱过来的，只记得哆嗦着签了一大堆告知书，接着，麻醉师过来了，我扭头喊：“快！快！医生救命！”后来我才知道，我妈妈在产房外被医生告知“无痛”风险的时候，她的手抖得拿不住笔签不了字。

冰凉的麻醉药顺着脊柱流进体内，真的不痛了，我从地狱回到人间。

“好好睡一觉吧！”护士温和地说。

哪里睡得着啊，闭上眼睛，思绪万千。静静躺了一小时，医生过来了，一检查，她说：“已经开十指啦，快送进产房，不然要生在床上啦！”话音未落，我浑身的肌肉开始抽搐，直到被扶上产床，还是一抽一抽的。“不好意思啊，我实在太紧张了。”我说。

之后的进展一切顺利，不到半小时，宝宝生出来了，看到他的瞬间，我没有想象中的热泪盈眶，反而是前所未有的平静。我对医生、护士说：“谢谢你们。”她们夸我：“你比大多数人都坚强。”

“我赶紧去报喜！”一个护士说，然后就哒哒哒跑出去了。听到外面传来一阵欢呼声，我真高兴，有一种巨大的成就感，只想早点和家人团聚。

小家伙刚生出来就睁着眼睛，星星一样闪亮的眼睛，好奇地打量着我。我也看着他，那么小的躯体，却是有血有肉，活生生的一个小人儿啊！幸福和喜悦慢慢弥漫开来，我暗自惊叹：生命真伟大。

【《中国出入境观察》2022 年第 9 期】

“柿”去的味道

韩 磊

几年没有吃过柿子了，前段时间和姐姐通话，聊起过往，提及此，不知她竟从哪里寻到一些给我寄了过来。在盛夏吃到新鲜的柿子真是很不容易，收到后有满满一箱，每个都很干净，剥开皮尝了几口，很甜，却还是感觉少了些味道。

小时候，我是最喜欢吃柿子的。奶奶的院子里有两棵柿子树，一棵结的是大柿子，一棵结的是小柿子，大柿子成熟的时间会早一些，果肉鲜甜多汁，里边的“舌头”更是我的最爱。小柿子肉质紧致，吃起来清脆干爽，也是美味。从我记事起，它们便生长于院中小路两旁，奶奶说它们是在我出生那年她亲手种下的，希望家里能因为我的到来更加红红火火，也希望我能一生吉祥平安。它俩就好像背地里商量好一般，长得枝繁叶茂，把我远远甩在身后，犹如两个巨人俯视着我。

我常和姐姐一起去奶奶家蹭吃蹭喝，奶奶还在准备饭菜的时候，我们喜欢在院子里到处抓小昆虫玩，玩累了就到柿子树下的阴凉处歇歇。最喜欢听的那一句是，“饭熟了，洗洗手快来吃吧。”奶奶总是会大声呼唤着我们，搬一条小木桌放在树下，摆上饭菜，她则倚靠在摇椅上，手中扇着蒲扇，闭目小憩一会，在树荫下享受着难得的清闲，偶尔看一眼我们“狼吞虎咽”的模样，还会忍不住笑着唠叨上两句，“慢点，慢点吃，又没人和你们抢，别噎着。”

柿子在国庆节前后便会陆续开始成熟，奶奶的院子也因此变得更加热闹。那时候父母给的零花钱少，柿子更成了我们解馋的抢手货。姐姐会拿着奶奶早就准备好的长木棍，木棍顶端拴有铁钩，钩住柿子后边的枝条拧上两圈，柿子连带着树枝会一同被摘下来，这时需要控制力道，慢慢收棍，卡住树枝，确保柿子不会摔到地上。我会爬树，因此总想偷偷爬上去摘那些木棍够不到的柿子，奶奶发现后会大声喝止我，生怕我一不留神掉下来摔伤。

如果采摘不及时，再赶上刮风下雨天，会有很多柿子掉落到地上。鸟儿、小昆虫见到此景可乐开了花，成群结队过来吃大餐，奶奶却皱起了眉，烂柿子如果不及时清理，一是会显得很脏，二是会让路变得很滑，人踩到很容易摔倒，这不仅损失了很多柿子，还无形中给奶奶增添了许多麻烦。

随着时间的推移，柿子会越来越大、越来越多，树枝也被压得越来越弯。也许因为是自己“孩子”的缘故，柿子树从没表现出不满，一直在默默付出，独自承受着一切。到了入冬前，奶奶会把半熟的柿子都摘下来并用纸箱装好，放在角落里，再往其中混入几个苹果，过一段时间柿子便会成熟，她总是会挑几个大的先给我送来，夹杂着苹果的馨香，在寒冷的冬日吃上一口，着实甜到了心里。

奶奶还会将吃不完的柿子制作成冻柿子，年前找时间拿到集市上卖掉。北方冬天的清晨用天寒地冻来形容最贴切不过，一大早，二婶便骑着三轮车来接奶奶，两人将柿子抬上车，奶奶蒙着头巾，将暖水袋抱在怀中，裹上棉被蜷缩坐在车斗里。三轮车在空荡荡的马路上迎着朝阳缓慢前行，时不时发出吱呀吱呀的声音，仿佛是在抱怨太重了抑或是被冻得打寒战。

集市在镇上，需要穿过两个村子才能到，中途有一段土路，一段用砖块铺成的马路，遇到坑坑洼洼的地方，奶奶就需要下车走一会儿或者帮忙推一下车，路途虽不算长却也历经坎坷。去得早是为了占据醒目一点的摊位，这样生意会相对好一些，如果位置太差或者生意惨淡则还需要再受几次罪。柿子摆好后，奶奶坐在马扎上盯着摊位，时不时吆喝两声。二婶则去买早饭，她总是会光顾同一家早点铺，五角钱一个新出锅的肉饼买上几个，趁着热乎吃上几口，搭配从家里装的热水在摊位上简简单单凑合一顿。

“咱们不差那点儿钱，您安心养老享福就行。”叔叔婶婶们曾劝过奶奶多次，别再去遭那个罪了，可奶奶不听，“吃不完浪费多可惜，卖点钱干些什么不好。”老一辈人那种勤俭节约、吃苦耐劳的品质深深印在我心里。

冬天到了，也意味着新年的钟声即将敲响，一年中最期待的就是过年。除夕夜晚饭过后，我迫不及待推开奶奶的院门，冲进屋子。奶奶家里用的还是那种老式的普通灯泡，昏黄的灯光下，她一个人坐在炕上，早已明白我此行目的。见我兴冲冲进门，她笑着从口袋中掏出一个用布条包裹起来的有些褶皱的鼓鼓囊囊的“钱包”，层一层掀开，里边有一角、二角、五角……面值最大的是 20 元，从中抽出一张 20 元钱，“来，过年了，给你压岁钱。”奶奶拿着钱的手上布满皱纹和斑点，皮肤松弛，干瘪粗糙得犹如半截老树根，握上去却温暖有力，分明是给我压岁钱，她脸上的笑容却比我还要灿烂。多年后我常常回想，奶奶当时钱包里的那些零钱会有多少是她冬日顶着严寒卖柿子赚下来的？

后来奶奶年纪大了，没有精力再打理柿子树，便相继砍了去。2013 年大年初四，奶奶因病永远离开了我们，她的院子从此便很少有人去了。去北京学习前，我独自一人又到奶奶的小院逛了一圈，推开门，一切是那么熟悉，一切又显得如此陌生，还是那栋普普通通的小平房，用红砖砌成的矮墙在岁月的摧残下变得不再挺拔，院子里很整洁，应该是叔叔经常来打扫的缘故，但仍让我感觉有些萧条。恍惚间，眼前好像浮现出了孩童时期在柿子树下嬉戏打闹的场景，回过神来却连树墩也寻不见了。

此前总是会梦到和奶奶在一起的时光，甚至觉得奶奶的病被治好了，现在还在世上，醒后，发现是梦，不由得有些怅然。想来，记忆中柿子的味道如今怕是只能在梦中才能寻到了吧。

【《中国出入境观察》2022 年第 9 期】

白头相守愿年年

苏晓婷

如果说我的爱情是花前月下为爱寻寻觅觅，爸爸妈妈的爱情是四处奔波为爱辛勤劳累，那么外公外婆的爱情就是相濡以沫为爱延续沉淀。

每个人，终究会在对的时候，遇见那个对的人。

时隔一年休假回去，内心既有兴奋，又有一丝羞愧。同村的同龄伙伴或好事成双，或在城里买房，或开始给父母分担生活开销，只有我，每次回家见到村里人都像是接受灵魂拷问，我的工作、收入、感情全部被深挖一遍。他们那么热心，仿佛可以帮我解决这些问题一样，幸好进了家门爸爸妈妈并没有说起，反而劝我再等等，总会出现的。

是啊，不要慌不要慌，太阳落下有月光。

洗头

2019 年外婆摔伤了，手术后卧床了很长时间。妈妈和小姨轮流端茶喂饭、擦拭身体，买各种营养品。外婆 70 多岁了，手术的折腾和术后的恢复确实太累她了，更累的是外公。那天妈妈有事，我刚好在家，就让我买洗发水给外婆送去。

刚上楼梯口，站在门外，看到外公在给外婆洗头：外婆横着躺在床上，头伸出床沿，外公在床沿外用凳了接了盆水，搭建了一个简易的像发廊里的那种洗盥台，外公用手指笨拙却也温柔地按摩外婆头皮，白色的泡沫在夕阳映衬下微微泛红，随后外公用漱口杯舀水一点点冲洗掉外婆发丝上的泡沫；外婆恬静地躺着，说着下午的炒鸡蛋咸了、米饭蒸得有点硬……外公佝偻的身躯慢条斯理地冲洗着发丝，旁边夕阳的光线透过窗户洒落在他们身上，窗外麻雀叽叽喳喳叫个不停……是的，我被这一幕震撼了，我仿佛看见，外公外婆的爱，穿过悠长岁月、绵绵时光，就在日常相伴的每一分每一秒里。

喝酒

爸爸说他 18 岁的时候上山“苦公分”，就是把大块的石头敲成小块，每一百公斤几分钱，那时候工地上就流传着外公的传说：一天能挣好几块的顿顿都要喝点酒的“小石匠”(外公年轻时候的外号)。一次午饭时候，爸爸认识了外公，因为爸爸说，他印象太深刻了，原以为“小石匠”午饭喝酒只是小酌一口，谁知道，外婆送饭来带酒壶竟然是只老式水壶，那么多的酒，要是他喝一半就躺着睡着了，哪里还提得动锤子啊，而外公就是这样传奇，不仅提得动，还越干越起劲儿。

从我记事起，外公外婆每个周末都会来家里吃饭，这些年，外公耳朵不行了，几乎听不见了。爸爸不喝酒，可是家里却常常有自己酿的梅子酒、葡萄酒等，每次他们来吃饭，爸爸都会提前打一小杯给外公。外公觉得不够让爸爸再加点的时候，外婆总是会默默按住外公抬起的手，和我爸说够了够了，然后打碗米汤放在外公前面，外公虽然听不到，但明白是什么意思，就继续吃饭了。

吃完饭，外婆会坐在外公的三轮车上，慢慢地骑车回去。他们会聊点什么呢，是饭菜的咸淡？是儿女孙辈的生活？还是回忆“小石匠”时候的“峥嵘岁月”？爸爸常常和我讲，希望老了会和外公一样，开着车带着妈妈，白天去公园打打牌，晚上来女儿家吃吃饭，然后一起回家。

看得出来，爸爸也羡慕外公外婆的日常生活。

毛衣

俗话说:“少年夫妻老来伴，恩爱夫妻多长寿。”记得外公70大寿的前几天，外公说快过年了，想给外婆买件大红色的毛衣。弟弟就直接搜索红色毛衣，让外公来选，那天外公坐在电脑前选了差不多一个小时，说外婆年轻时候最喜欢红色毛衣了。

生日那天毛衣到了，我看到那件衣服的时候多少有点惊讶，那不是传统意义上的大红色，而是玫红色。说实话，外婆穿上那件衣服不好看，甚至有些滑稽，我们被逗得哈哈大笑，责怪弟弟怎么会买了这么一件衣服，弟弟说，那是外公精挑细选的，说就是要这个颜色。

看到外公一直在看着外婆，眼里充满温情，待大家笑声过后，外公说道:我们结婚时她就是穿红色，那时候还有麻花辫，现在也是穿红色好看。是啊，岁月会在外婆身上留下太多痕迹，但外公的心不会变，爱青葱岁月的外婆，也爱白发苍苍的外婆。

我很羡慕外公外婆相遇的年代:没有手机、没有电脑，去往远方的问候全是纸墨，恋爱很简单，只是相约走过一段路，说会儿话，甚至偶尔碰一下手便能欣喜好久。我也怀念爸爸妈妈结婚的年代:没有婚纱、没有钻石、没有奢华的婚宴，因为认定了彼此，一辆高杠自行车、一台黑白电视、一台缝纫机就可以喜结良缘。29岁，是个挺尴尬的年纪:生活基本围绕工作，追寻爱的热情尚未熄灭，却只能在亲戚的关心下加入相亲队伍，进一步了解很难，可是退一步接受又并非心中所愿。如今在快餐式相恋的年代，一旦感受不到喜欢，就会迅速撤离，没那么多时间浪费在一个不确定的人身上，可爱不就是一起品尝酸甜苦辣，一起尝试开启不确定的人生吗？为什么要排斥彼此磨合那些艰难的日子，为什么坏了的东西不肯再修一修呢。或许，只有经过时间和岁月沉淀的感情，才能称之为“爱”吧。

后来有一次，妈妈告诉我：“你知道你外婆为什么坚持留长头发吗，因为这是你外公最喜欢的样子。”他们相伴 50 多年，早上醒来一起刷牙、一起吃饭，一起在落日的余晖下散步，生活虽然平淡，却是爱的人生常态。

【《中国出入境观察》2022 年第 10 期】

夏 梨

卢红丽

夏梨是一名普通的湖南农村女孩，不少人觉得这个名字极美，肯定是在夏天梨花开的时节降生的。可夏梨长大后才晓得，梨花是在春天开放，梨花如果开在夏天，可能不被人喜爱。

夏梨生长在一个重男轻女的家庭，有时会看到哥哥建平跟母亲耍赖卖乖，而她却近身不得。夏梨14岁辍学便出来社会打零工补贴家用。当夏梨长到18岁，便南下去了广州打工。登车时，母亲拉着她的手千叮咛万嘱咐：在外面赚到的钱，要分文不少寄回家来。

夏梨坐在丁零咣啷的车厢里，第一次出远门的兴奋被亲娘的叮嘱搅得烟消云散。

终于到达目的地，夏梨提着行李，埋头跟着中介走进了制衣厂。进厂后的夏梨犹如一滴水滴，融入打工人潮便不见了踪影。

厂房里机器的轰鸣声从白天到黑夜都不停歇，夏梨坐在缝纫机前不停挑线头、钉扣子、裁衣裳。隔壁工位的晓莉是个性格开朗的湛江女孩，她用蹩脚的普通话问夏梨，那么拼命做什么？赚一天钱、玩一天难道不舒服么？

夏梨笑笑不说话，只有她自己知道，哥哥建平替小毛贼销赃被抓进了拘留所，如今家里只有夏梨在制衣厂的收入，支撑着家中4口人的花销。

下工洗澡的时候，夏梨站在花洒下默默地流泪。她的臀部因为坐的时间长，起了两个顶大的血泡，手指因为不停地穿针引线，被刺了好几个血口子。

没有人关心过夏梨，家里除了开口向她要钱的时候，才会掩饰性地问两句在广州过得好不好。夏梨娘不会知道，她的女儿为了挣加班费，连续半年没有吃过早餐，饿出了胃病。

青春的岁月在人声鼎沸的制衣厂车间一晃而过，21岁的夏梨遵循家里的意思，在回家乡过春节的时候开始了相亲。得益于靓丽的外貌，夏梨成了相亲场上的香饽饽，可是相看了好几人，夏梨都不满意。

有一个退伍士兵，家里条件极为不错，而且对夏梨一见钟情，可夏梨没感觉。这一婉拒，夏梨娘就径自骂了起来。

一句接一句的谩骂，夏梨死活没松口，直把她娘老子气得差点厥过去。

爱情是一门玄学，总是在不经意间找上门来。夏梨姨母的邻居家有三个儿子，其中小儿子郭武与夏梨年纪正是相配。郭武追求了夏梨一年，那一年，郭武用肚子不多的墨水给夏梨写了好几封表述衷肠的信，最后一封，终于得到了夏梨的回应。

爱情让二人勇往直前，郭武与夏梨不顾夏梨娘因"家境不殷实"的反对，坚持走在了一起。后来的后来，郭武与夏梨结婚并生下了一儿一女。郭武与夏梨吃了许多苦，把两个孩子拉扯长大，再到后来，夏梨的女儿用浅薄的文字写下了她的青春故事。

忘了告诉你们，夏梨是我的母亲。

百科上言：梨花，叶圆如大叶杨，干有粗皮外护，枝撑如伞。春季开花，花色洁白，如同雪花，具有淡淡的香味。我的母亲，她用一生来治愈不被重视的童年，却从不向我们抱怨她不幸的过往，只用乐观的笑脸告诉我们姐弟二人，即便是苦难，也能酿出坚韧的美酒。

2020 年，我担任国家移民管理机构新警培训队的班长。我曾极度惶恐过、不安过，毕竟我是第一次带训，怎样做一个好班长对当时的我来讲，是一个不小的挑战。当我向母亲吐露担忧时，母亲笑着说："这有什么好怕的，不过是将心比心、以情换情罢了。你用真心真意对班上的学员，她们不会感受不到的。"

一句话让我豁然开朗。那 3 个月的入警集训，让我重新思考了人与人之间的交往方式，还让我收获了友情。还记得 2021 年开春，我赶赴云南艰苦边远地区实践锻炼。初到的那一个月，我因为饮食习惯差异以及高强度的执勤工作，萌生了打退堂鼓的念头。每每给母亲打视频电话时，总是不经意间流露出想家的情绪。

母亲用她最朴实的语言同我说："孩子，不要畏难，多干点。你是年轻人，力气用完了睡一觉又会回来的。"这句话，我听过很多次，每一次我倦怠的身体总会蓄起新的力量。

夏天的梨花历经磨难，以绚烂的姿态盛开在南国的土地上。我的母亲即使经历过狂风暴雨，也绝不会向命运低头，甚至更加昂首，直面风雨挺立在世间。正如她的人生信条：命运就算再不解风情，你一直同它笑，它总会忍不住对你笑的。

【《中国出入境观察》2022 年第 10 期】

安何归?

黄金衔

最近每到周末，或者外出归来，我会下意识掏出手机，拨打那个烂熟于心的号码，想报个平安。踌躇间，又默默把手机收起。

前不久，刷到王朔谈历史和诗歌的视频，他先背出李陵的《别歌》:“径万里兮度沙幕，为君将兮奋匈奴。路穷绝兮矢刃摧，士众灭兮名已隤。”瞬间让人感到悲壮。当朔爷诵出“老母不在，欲将报安，安何归？”(《汉书》原文：老母已死，虽欲报恩将安归？)时，一下子击中了我的泪点。

我曾在第一本散文集中专门写过《电话》一文。当兵时，向父母报平安、诉别情，主要通过书信；上军校时，书信与电话相伴，打电话是用IC卡，打到隔壁人家，再请他们喊我父母；后来军校毕业提干后，家里装了电话，母亲叫我每个星期给家里打个电话。有一次，我在基层出差，同事打来电话，让我给家里回个电话。我心里咯噔一下，以为家里出事了。电话打回去，母亲接的，说没事，责备我怎么一个多月没与家里沟通，担心我有什么事，不放心，才特地打电话到单位问我的情况。

自此以后，每个星期，我都会给家里打电话。即使没什么事，每周也要打，母亲说，听听我的声音，她就觉得好受。之后，每次我探亲归来，或者出差在外，都要给母亲打个电话，报声平安。

给家里打电话，我一般选择在周末。尤其是有了孩子后，我会让孩子在电话里咿呀几句。爷爷奶奶疼孙子，那时候无法视频，听到孙子稚嫩的声音，我分明能看到电话那头的笑容。有时候，孩子不配合，拿起话筒不讲话，我一生气，巴掌就过去了，电话那头一听到孙子哭了，立马批评起我来。

父亲去世后，老家的座机拆了，姐姐给母亲买了部老年手机。也曾给母亲换过智能手机，她用不惯，只好作罢。

父亲是我的精神支柱。9年前，父亲去世后，我隔年才写纪念他的文章《给我精神力量的人》。精神支柱倒了，毕竟还有母亲在，心灵还有依靠的地方。

母亲是我的心灵依靠。同母亲通电话，不光是报平安之事，不管什么事，都可以同母亲诉说，快乐的事，比如孩子们的成长进步；烦恼的事，诸如生活中的不如意。我与母亲无话不谈，特别是遇到不称心的事后，母亲总是在电话中宽慰我：车到山前必有路。

大儿子去年高考，最终只能上民办大学。一段时间，我特别害怕人问起孩子高考情况，人家出于关心，我却感觉如芒在背。母亲知道后，责备起我来，说你当年不是大学没考上，才去当的兵嘛。孩子的路要他自己走。

之后，母亲让我把电话接通，她与孙子亲自对话，没有过多的铺垫，她直入主题：娘亲生下地，自己要争气。她还从成家立业角度告诉孙子：男子汉要顶天立地。

大儿子在大一学期，拿了一等奖学金。今年暑假又去西北工业大学参加一个全国性的比赛，拿了二等奖。当我把消息告诉她时，躺在床上的母亲，竖起了大拇指。

母亲上过学，与父亲结婚后，也在医院工作，并有可能转正。可是我的爷爷去世后，作为长子的父亲见老家的弟弟妹妹还小，把自己的想法告诉母亲，母亲二话没说，带上刚出生不久的哥哥，毅然回到乡下老家，支撑起整个家庭。

从不向命运低头的母亲，为了改善家人生活，在干完村集体农活后，本已一身疲惫的她，回家还不能休息，每天都忙到半夜，织渔网、打芦席、编蒲包……即便这样，家里还是捉襟见肘，生活依然拮据。我印象深刻的是，每年到了青黄不接的季节，家里只好三顿吃稀饭和面糊。偶尔吃上一顿干饭，也要在里面加上许多青菜。

在给父母写《墓志铭》时，我有点犯难，因为父亲一生行医，故事多，好写，然而母亲是一个家庭主妇，写起来都是鸡毛蒜皮的事儿。哥哥在电话中说，父亲在外工作，母亲最大的功劳是以柔肩挑起整个家庭，担当严父慈母的双重角色，把我们几个子女抚养成人。

父亲走后，母亲和长孙生活在一起。她心脏不好，一年要犯病好几次，有一次病重时，侄子要打电话给我和姐姐，被母亲制止了。她对长孙说，奶奶不到死的时候，不要电话给三叔和姑姑。我知道后，责备母亲不该这样，她说你在部队，部队有纪律要求，姐姐在企业打工，也不能动不动就请假。

今年夏季一天，接到哥哥来电，叫我和姐姐回家，说母亲好长时间吃不下饭了。我当即给母亲打电话。无数次通话，从来没进行过通话录音，这次我尝试着打开手机录音键。母亲在电话中叫我不要难过，说她已经80多岁，到时候了。

我请假回家，已经穿上寿衣的母亲，气息如游丝，最终她还是挺了过来。我在家陪伴她10天时间。9月上旬，我再次回家，她叫我把孩子的相片带走，我不肯，知道她爱看孙子照片。见我不拿，最后她把影集扔给我。姐姐中秋节回家，母亲也叫她拿走自己的照片。

9月19日晚上，打过点滴的母亲状态不错，我在监控里与她通话，说周五就回来看她。没料到20日凌晨，睡梦中的我被电话铃声吵醒，侄子打来的，说奶奶不行了。

李白诗云：生者为过客，死者为归人。天地一逆旅，同悲万古尘。

送完母亲最后一程，回到南京，一进家门，我下意识掏出手机，将欲报安，欲言又止。

失去心灵依靠，有种莫名的失落感，真的不知道心往哪里放。实在忍不住，我又拨响那个号码，可那个号码，再不会传来母亲的声音。

【《中国出入境观察》2022 年第 11 期】

带去阳光　带回星辰

黄玉簪

一周前，民警李海弟深夜翻身，床板传来清脆响亮的断裂声，让他猛然惊醒。“差不多了，希望能最后再支撑几天。”他想。

只是，这最后的几天还是出现了意外——

一日凌晨，民警刘鹏生旧病复发，被生生疼醒。下山来到渡口，等到船老大过来，坐船渡河时天已大亮，后又辗转几家医院，所幸并无大碍。

在前去看望刘鹏生的路上，民警丁丽美、李海弟、陈杰、陈建超、孙功贝望着学校后面那条崭新的水泥路，想到八个月前这里遍布的私人坟地，至今恍如隔世……

“水陆空”齐上，这里买菜看运气

“来一趟这里非常不容易，水陆空三种交通方式都用齐了！”

去年五月，来自浙江出入境边防检查总站的支教民警丁丽美、李海弟、陈杰、陈建超、刘鹏生、孙功贝一大早就乘飞机出发，每个人都充满激情，对未知的生活充满了期待。

只是这样的激情一路上还是“吐”出来了不少。

下了飞机乘坐大巴到县城，换上皮卡车，越过坑坑洼洼的山路，昏昏沉沉、颠簸了好几个小时后，再渡船过江，之后又拉着行李，走上半个小时的山路，终于来到此行的目的地：广西三江侗族自治县洋溪乡。

而这时，天已漆黑。

曾经的贫困村到底有多苦？有些东西没有体会真的难以想象。虽然他们已经做好了准备，但真正看到时，心里还很不是滋味：

——丁丽美、陈建超刚来勇伟小学时，看到破旧的篮球场上到处堆放着沙石、砖块、搅拌机和推车，学生们光着脚丫，在这样的球场上跑来跑去。

——陈杰、刘鹏生支教的玉民小学在海拔1000多米的山顶，交通极为不便，平时生活只能靠一辆“飘忽不定”的卖菜车供给，买菜得看运气。刚来时，他们每天最期盼的就是听到买菜大哥用苗话吆喝着：“卖菜、卖肉！”

——李海弟、孙功贝刚住进良培小学的宿舍时，经常失眠，简陋的木板房四处漏风还不隔热，半夜蚊虫也多。每天喝的用的都是直饮山水，沉淀后会有一层黄黄的水垢。刚来时，几乎天天拉肚子。

那时，漆黑的山上没有灯光。

连绵不绝的大山、崎岖不平的小路、暗藏汹涌的江水、土灰老旧的教学楼、破损不堪的水泥操场……小孩们光着脚丫、沾着泥巴到处玩耍，面庞黝黑稚嫩却充满了阳光。

看着他们，6位民警暗下决心，一定要为这里、为孩子们带来改变！

听说，对着萤火虫许愿会很灵

“妈妈，我想你了，你什么时候回来？”“妈妈，你怎么还不回来？”“哼，我不要和你说……”

丁丽美的儿子很黏人，总嚷着要她回家。有一次视频聊天，她的儿子困得在沙发上睡着了，让她看了觉得又好笑又心疼。

跨越千里来到这里，6位民警放不下家中的牵挂，只是每每看到这里孩子纯真的笑容，他们就觉得值得。

“结了婚的，把家里的小孩‘养’在了手机里。”“还没结婚的，却在这里有了一群孩子。”

因为，他们在这里，遇见了天使。

有一次下雨天，李海弟去接学生。平日里必经的一条小路紧贴着山崖，大概30厘米宽，也就三个成年人手掌那么宽，雨后更是泥泞不堪，大家小心翼翼地手拉着手。

一个孩子突然对他说：“李老师你看，下了雨这里云雾弥漫，我们好像踩着云朵去上学。云朵像棉花糖一样柔软，我好想上去咬一口。”

这群孩子们眨巴着眼睛，里面仿佛闪烁着星辰。

“山外面是什么？我想去看看。”这是孙功贝的学生写在作文里的一句话。

简单的一句话被孙功贝发在朋友圈后，打动了许许多多的人。朋友圈转眼间就有了一百多个点赞，刚建立的援助微信群也瞬间突破了200人。

除了这些，丁丽美成了“公益红娘”，从四面八方拉来各种赞助；陈杰成了“快递搬运工”，收集着来自各方爱心人士捐赠的物资；孙功贝成了“包工头”，亲身参与到学校房屋的设计、采购和装修中去；未婚的陈建超和刘鹏生则成了一堆孩子的“操心家长”，从装净水装置到送教上门，再到家访学生一起做油茶。

在他们的带动下，大山深处开始星星点点、点点星星。

一声声暖心的问候，一份份爱心的捐助由四面八方汇聚而至。从捐赠课桌、校服和书本到援建电教室、图书室和心理咨询室，在浙江边检总站和社会各界的帮助支持下，这里开始变得越来越好。

“我抓到了一只萤火虫，孙老师你快点许愿！”在一次家访中，一位学生双手抱拳跑到孙功贝面前。

孙功贝想起来，曾在上课时提到过“萤火虫可以许愿”，这些天真的孩子把这句话记在了心里。

看着孩子们的笑容，孙功贝默默许下了更好的愿望。

“老师，你能不能抱我一下”

“鹏生今天在乡里买到了5个大馒头，边啃边笑；建超每天和女朋友视频，脸上都会有幸福的表情；陈杰听着一岁大的孩子呀呀乱叫，总认为是在叫爸爸……”

在丁丽美的日记里，幸福很简单。跟着群众一起上山捡油茶籽做饭，帮着村里一起修修补补……他们在这里既当支教老师，也做扶贫干部，虽然有时真的挺累，但看到这里一天天变好，心里就感觉甜甜的。

孙功贝夏天许下的愿望到了冬天真的实现了。去年的11月，这里脱贫摘帽，告别了延续千年的绝对贫困。

爱，照亮了大山深处。故事的最后，他们多了无数个孩子，却又到了离别的时刻。今年的1月18日，他们在这里上完最后一课。

——“老师老师，你能不能抱我一下，然后我送你一个礼物。”小男孩被陈杰抱起的时候，亲吻了他。

——“孩子们都要和我牵手，来回拍了几次，抢了几次，班长没抢到牵我的手，还哭鼻子了。”丁丽美把跟学生的合照一张张洗了出来。

——“我希望从一年级就认识你了。”“怎么突然这么说？”“因为我想很早就遇见你。”提起这段“告白”，陈建超忍不住挠了挠头。

——“老师，我给你织一条围巾好不好？”“你会吗？”“等我长大会了就织给你，你要记得回来看我们，我给你织世界上最好看的围巾。”孙功贝跟学生拉钩。

——“如果我想你想你，就假装你在这里。”七八岁的学生自编自导的手势歌舞让李海弟的眼眶噙满了泪水。

——“祝您找个女朋友，已经单身20多年了。”班里的学生临走前还不忘调侃一番刘鹏生。

你给他们一缕阳光，他们会还你一个太阳！

“他们会摘各种野果给我们吃，还教我们辨别哪种野菜能吃、哪种有毒。有时道路太滑，他们还要照顾我们不要滑倒。在离别之际，孩子们还自发带来了百家米……”在刘鹏生的心中,“我不是在最好的时光遇见了你们,而是遇见你们是我最好的时光。”

他们虽然已经离开这里了,但爱还在继续,一茬接一茬。

也许很多年以后,他们不能清楚地记得每一个学生的名字,但再相遇时,嘴角一定是上扬着的。

【《中国出入境观察》2021 年第 2 期】

“习惯了”是他们的青春答案

彭维熙

信封是磨损的，邮戳是 12 月 4 日，从河南漯河翻山越岭 3804 公里，历时 22 天的家信，终于到达闻飞手中。

从床头柜抽屉最深处翻出家信，闻飞小心翼翼地拆开向笔者展示，字迹歪歪扭扭，还配有可爱的小人儿、花朵、房屋装饰。“你啥时候回来？我想你了……”外表刚毅的闻飞双眼湿润泛红，“6 岁的孩子，有了自己的情感，在孩子的心底很渴望很期待缺席的父爱。”他说，休假回家会把这封皱巴巴的信裱起来，作为最珍贵的纪念。

闻飞是西藏珠峰边境派出所副所长。信是刚学会拼音的 6 岁女儿闻李萱送给他的新年礼物。由于驻地偏远，礼物一度“丢失”。“习惯了！能收到已是万幸，好多人的信件都石沉大海。”

像闻飞一样，珠峰边境派出所的人，都有“习惯了”的事。在所里待了 12 年的民警王兰波，一直未曾想过离去，“习惯了这里的工作，熟悉了这里的百姓，这里早已成为第二故乡。”同事纷纷建议王兰波调往低海拔地区，因为他连续两年的休假归队都患上肺水肿，“病一好还是想回珠峰，习惯了，总要有人在这里坚守。”

笔者感受到这个群体的“与众不同”，开始寻找见怪不怪，习以为常，寻找那些与“习惯了”有关的故事。

“我以为西藏仅有雪山戈壁”

走到派出所门口的执勤小屋，实习民警高楠正在认真核查前往珠峰大本营游客的边境管理区通行证，动作干练利落，逐一提醒游客注意防寒保暖。

高楠是中国人民警察大学的学生，今年 1 月 18 日，他和另外 3 名同学被分配至所里实习，从繁华热闹的大都市到举目皆山的边境一线，除了昙花泡影的新鲜感，更多的是一幕幕场景刷新他们的认知。

“山连山拐接拐，人在车里左右摆。”从日喀则市区到派出所 364 公里的崎岖山路，足足走了 7 个小时，仅切村到卧龙村，30 公里的距离就有 108 个急转弯，实习民警高楠回忆道：“晚上躺在床上休息，都感觉床好像还在摇晃。”接踵而来的高原反应，让这四名实习民警感受到高原的确是不好惹，话说快了、路走快了都得喘上好几口气。

1月24日，所里组织警力前往珠峰大本营巡逻。大自然的威力，让四名实习民警再一次被征服。车子行驶在碎石搓板路上，民警紧紧握着把手，仍被腾空，头盔不时撞击着车顶，发出“嘭嘭嘭”的脆响。

室外温度零下20多度。下车后，怒吼嘶号的寒风迎面而来，夹带着飞雪，一股脑灌到嘴巴里。面部迅速变得僵硬，连说话都结结巴巴，鼻涕眼泪簌簌直流。

“风吹石头跑”在这里丝毫不夸张，寒风呼啸不知。就连民警平时执勤生活所用、重达数吨的集装箱都被吹散。

来自福建的实习民警周琪讲道：“沿海刮台风，可以到屋里躲避。但这里没处躲藏，只能硬顶着，裸露在外的部位早就冻得没有知觉了。”

日复一日的巡逻执勤检查，生活中见不到外卖、快递、购物等时尚的影子。实习民警冉江峰说：“我以前不懂在西藏躺着就是奉献，现在懂了。我很敬佩能在所里坚守奉献了十多年的老前辈。”

这里不仅有雪山戈壁、孤独寂寞，还有一群脊梁挺拔、肩膀厚实的移民管理警察，像一块块刚硬坚毅的石头，任凭风吹雨打，屹立不倒。

“坐下休息了，就起不来了”

尽管现在是冬季，但仍然能看到不少游客慕名而来，欣赏世界第一高峰——珠穆朗玛峰。

所长格桑介绍，“每年来此的游客络绎不绝，但总有游客不按规定游览，私自前往未开放的景区核心区域，危机四伏。”

2020年10月1日15时，所里接警称一名游客走失，无法取得联系，珠峰大本营执勤点的黎泽江等4名民警立即开展搜救。17时10分，第一轮搜救无果，随即增援警力，向绒布冰川珠峰核心区域再次纵深推进。

5800米以上的海拔高度是人类生存的极限。在这样一条救援路上，民警们每走一步都如重负千钧，大口大口喘着粗气，脸冻得通红，眉毛上挂了层层冰霜。所长格桑回忆道：“进入冰川，一片洁白，搜救好似大海捞针，仅凭直觉盲找，民警稍有不慎就会掉入暗藏的冰窟窿。”何其有幸，经过7个多小时的努力，走失游客终于被找到。

不料返回途中，民警李诚长时间缺氧，体力透支，出现心绞痛，一度产生放弃的想法，“你们先走吧，不用管我。”“坐下休息，就起不来了。”就这样，大家连背带扶，把他拖出了绝境。

小到丢失手机，大到游客走失，每一次救援，都像一支彩蛋，无法猜中结尾。但民警们必须全力以赴，开展生死营救。所里还创新成立了牦牛救援队，利用牦牛耐寒体力强的特性，背运物资和伤者。仅2020年，所里救助游客共100余人次。

每年3月至11月，民警都会在珠峰大本营执勤点执勤。旺季的时候，一天能检查接近3000名游客，白天忙得连轴转，顾不上喝一口水，“高原红”愈发明显，嘴唇愈发干裂。

夜幕降临，游客离去，这里又是静得出奇。只有呼啸的风声卷起石头打在集装箱上噼啪作响。

民警王兰波说，“晚上大家很少走出集装箱，手电筒照向远方，就能看到一对对绿光点，虎视眈眈。”由于珠峰景区生态良好，难免会与雪豹、野狼等野生动物狭路相逢，民警稍不注意就会遇险。

去年4月至5月，所里全力保障珠穆朗玛峰测量工作，得到国测一大队的肯定，在世界之巅展示了“珠峰卫士”的锦旗，2021年首个“中国人民警察节”来临之际，他们还送上了节日祝福。民警齐斌斌说，“工作被认可，所有的辛苦都值得。”

珠峰大本营执勤点警力轮换，快的时候间隔2个月，慢的时候间隔6个月。所长格桑打趣地说：“每次从海拔5200米的珠峰大本营轮换到海拔4500米的驻地，就像是调休一样。”

“村民就是我们的亲人”

吃完晚饭，民警郑劲松带着笔者去驻地村庄走走。老百姓一见到老郑就热情招手，村里的孩子也会跑过来，问老郑周末可不可以到所里打水、打篮球……

警民一家亲，浓浓鱼水情，给来所里不久的实习民警牛琪留下深刻印象。

2月3日，坐巡逻车返回单位的实习民警牛琪发现，他们车后的3名老百姓骑着摩托车，向他们挥手致意。牛琪惊讶万分，他们为什么会这样？

直到一天，跟着副所长闻飞去看望孤寡老人巴桑卓玛。进入家门，闻飞就像回家一样，忙前忙后，收拾屋子。走时，还不忘叮嘱老人尽快吃完送来的米面，老人紧紧拉住闻飞的双手。这一刻，牛琪明白了。

副所长闻飞自2013年开始，就自掏腰包帮扶驻地困难群众，至今已经累计捐赠近4万元。他常年走访驻地50多户群众，户户都能对上号，人人都能叫上名。

“驻地群众与我们朝夕相处，就是我们的亲人，我们当然希望他们过得好。”这是所里民警的共识。在民警们的帮助下，曾经的贫困户洛桑开起小卖部、巴桑次仁被招录为联防队员……

民警郑劲松说：“群众对我们是百分百信赖，家里有困难，第一个就会想到找我们。”

走在村巷子里，孩子们见了民警格外亲切。原来派出所民警们每年都会自发地筹集钱款，给孩子们购买图书、文具、衣物，尽己所能地呵护他们健康快乐成长。

所长格桑介绍，“每年还有不少爱心人士，委托我们给孩子们送去玩具衣服。每次看到他们收到礼物时开心的笑容，我们也倍感高兴。”插上梦想的翅膀，相信这些孩子一定能飞得更高更远。

奋斗是青春最亮丽的底色。正是珠峰边境派出所的民警用“习惯了”默默奉献，不曾言苦、不图功名，才守住了一片净土，保护了一方平安。

“虽然不能回家过年，但是所里不能缺少家的味道，年的喜庆。”所长和大家一起装扮派出所。春节期间，所里开展贴春联、包饺子、趣味游戏等活动，充满着浓浓的年味儿。

【《中国出入境观察》2021 年第 2 期】

故乡那朵最美的云

干　帅

有一种花，没有五彩缤纷的颜色，却绽放于田间，开得灿烂而炽热。

有一种云，不曾在蓝天上徜徉，却根植于大地，白得轻盈而无瑕。

这就是棉花，一株包裹着阳光的花，一朵从泥土中长出来的云，属于我们新疆人的骄傲。

“全国棉花看新疆，新疆棉花看兵团。”说起新疆的棉花，便绕不开新疆生产建设兵团的军垦历史。

我的家乡在新疆生产建设兵团农八师150团，位于天山北麓、准噶尔盆地古尔班通古特沙漠南缘，东西北三面环沙，素有“沙海半岛”之称。

建团初期，这里还是沙漠中的一片戈壁荒滩，我的爷爷奶奶就是那时从河南老家来到这里，作为第一代军垦人扎根下来屯垦戍边。经过他们这代人数十年的努力，创造了人进沙退的奇迹，才有了现在欣欣向荣的景象。

听爷爷讲，当时兵团开荒，土地十分贫瘠，很多作物产量不高，甚至活不下来，只有棉花一直保有旺盛的生命力，收成也是最为稳定的。棉花的根部，有一个像储水器一样的梗结，所以不需要大量的灌溉。而新疆温差大、日照长的气候特点正是棉花生长的有利条件。从那时起，棉花便成了兵团经济发展和广大团场职工的主要收入来源。她绽放在这片原本贫瘠的土地上，又滋养着这片土地变得更加富饶。

作为土生土长的第三代兵团人，我的成长也与棉花有着不解之缘。

还记得母亲常说的一件趣事。在我还不满1岁时，姥姥把我抱到棉花地里第一次触碰棉花，幼小的我面对这种又白又软的奇怪物体非常惊恐，摸了一下后就被吓得直哭。

十几年前，看着身边的职工纷纷通过种植棉花发家致富。原本跑车拉货的父亲也跟上了这波热潮，卖掉了家里的人货车，凑足钱承包了一片地种植棉花，从此，我便与棉花有了更深的缘分。

那几年团里的棉花收成一直不错，棉农们的收入也是节节攀升，家里住上了新房，日子越过越红火。

父亲经常会趁寒暑假或周末骑着摩托车带上我到棉花地里去帮忙，无聊时我就会坐在地头欣赏棉田里的风景。

3月，两瓣圆嫩嫩的绿色棉苗破土而出，需要用钩子挑开薄膜，把它们放出来呼吸新鲜空气，经过施肥、松土后，棉苗就开始迅速成长，向上伸展，渐渐长出叶子和枝干，慢慢地绿遍田野。

7月初，当棉花托出枝叶的时候，就出现了花蕾，它们被3片苞叶齐整地包围着，逐渐发育成美丽的花朵，这是棉花的第一次开花。奇妙的是，一株棉棵上都有可能开出不同颜色的花，乳白色、淡粉色、淡黄色……清丽可人，看上去漂亮极了。我喜欢看那些盛开的花，蜜蜂和蝴蝶也在它们身边翩翩起舞，给棉田增添了一道生机盎然的风景。

到了8月下旬，棉田又会变成另一番景象，整棵整棵的棉花枝上，吐露着洁白如玉的棉绒，在田地里争相开放。站在田埂上一眼望去，像一大片雪白而柔软的云海，比天上飘着的白云更加壮观。

这时，各种“战‘三秋’，夺丰收”之类的口号就传遍了全团的大街小巷。团里的干部职工和数以千计的内地、南疆拾花工一同战斗在田间地头。

拾花工腰上都系着白布口袋，被称作“花兜”。他们总是天还没亮便来到地里。双手快速地上下舞动，利落又熟练，只一会儿工夫，一行田埂间的棉花便装进了花兜，棉棵上只剩下咧着嘴的棉桃。常年拾花的熟练工一天下来可以拾一百五十公斤以上的棉花，团里的新闻也会滚动播放当日拾花量名列前茅的光荣榜，每年的“拾花冠军”还会得到报销回家机票的奖励。

虽然能拿到奖励的只是少数，但更多的拾花工在这里劳作一两个月便能赚到上万元，比他们在老家的收入多得多。拾花工背着花兜满载而归的笑脸，承包户看着拖拉机上装满棉花时丰收的喜悦，棉花加工厂是秋天团场里最美的风景。

因为中考考到了市里的高中，我离开了家乡，也远离了那片棉田。每次回家只是在家里陪父母聊聊天，很少再去看自家的棉花地。每当我说要去地里给父亲帮帮忙时，他总是说我在家待不了几天就别去了。偶尔去的几次，也是坐在地头陪父亲聊天，此时再看着这块地，我满怀感恩，毕竟是它一直供着我的求学之路。

入警后被分到了离家千里之外的伊犁，回家的次数也由上大学时几个月一次变成了一年一次，每次回去都能感受到更多的变化。进团的路两旁盖起了一排排小别墅，通往连队的土路也都被翻修成了崭新的柏油马路。

尤其在棉田里，往日男女老少热火朝天战三秋的景象不见了，取而代之的是一台台巨大的采棉机在田埂间驰骋。听父亲说，这些年来，兵团通过节水灌溉技术、棉花新品种及机采棉技术的推广和应用，从源头上提高了棉花产量和品质，棉花的“磁场”效应也日渐凸显，越来越多的内地纺织企业在这里集聚。承包户种地的风险更小，收益更高，他还准备再种几年地多赚些钱呢。

看着家乡因棉花带来的变化，我不禁感叹：这种“花”见证着我的父辈在沙漠中开垦出绿洲，托起了一代代兵团儿女的致富梦，虽然已经远离家乡，但我仍始终记得自己是兵团的孩子，那片洁白的棉田永远是我心中最美的云朵。

【《中国出入境观察》2021 年第 4 期】

回望岁月之河

刘慧芳

我的童年最难忘的记忆，是故乡的那条河。

它发源于南岳紫盖峰东侧，一路向东浩浩荡荡，流经 4 个乡镇，贯穿我老家所在的整个村庄，最终注入湘江。

它叫荆陂河，又名金边河。它没有长江一泻千里的豪迈壮观，也没有黄河汹涌喧嚣的磅礴气势，故乡的河只在静默的时光中轻盈流淌，轻声歌唱。它造福着两岸的父老乡亲，保佑着人们衣食无忧，也承载着我美好的童年记忆。

每天清晨，村里的人都会担着水桶，将清澈甘甜的河水挑回家，贮满大水缸。而后，男人们下地劳作，女人们去河边洗衣、洗菜，家长里短，热闹非凡。这条河也是孩子们玩耍的乐园。那个年代，孩子们所能追逐的，就是青山绿水、蛙声蝉鸣、鱼虾泥鳅、蜻蜓纸鸢，在大自然的怀抱中编织着五彩斑斓的童年。

夏天是孩子们最爱的季节，河水不再冰凉刺骨，那里成为孩子们释放快乐的天堂。碧空如洗，阳光毫无遮掩地投在河面上，分外耀眼。银光闪闪的河面，把太阳的热情明朗不知放大多少倍，折射进孩子们的眼里、心里，大家在河中尽情嬉戏，时而鱼翔浅底，时而蛟龙出海，你追我赶，打闹欢笑声响成一片。感到疲倦时，孩子们便静静立在河水中，只将头露出水面，任由清凉的流水缓缓冲洗我们的全身，放眼青山田野，聆听雀鸟鸣啼，宛如置身世外桃源。

故乡的河水真是清啊！清得能让你把河底一览无遗，河沙、鹅卵石都清晰地呈现在眼前，这里也是孩子们捕鱼抓虾的好去处。要想在这样的河水里抓到鱼虾，只能用手脚去每一块大石头后“打草惊鱼”。受惊的鱼儿会慌里慌张忽然窜出，再惊恐地找一块石头躲进去。孩子们此时会屏住呼吸，放慢脚步，小心翼翼地向它的新藏身之处靠近。终于近了，经过左右衡量，找个最佳位置投放捕鱼工具。放妥当了，再弯下腰去，慢慢把那块石头掀起。被追捕的鱼儿慌不择路，直接一头撞进盆里、网里，很快就有了不错的收获。运气好时，抓到的鱼虾足足能让全家美餐一顿。

“打水漂”也是孩子们必玩的“竞技”项目。打水漂十分讲究技巧，不可用劲过猛，否则手会酸，石子也漂不起来。孩子们手持碎石或瓦片，稍稍蹲下身子，手往下伸，朝着河面平行的地方用力甩出石子，飞旋的石子在水面跳跃，激起阵阵涟漪，谁跳的次数多，谁就是胜者。取胜的孩子自然受到小伙伴的崇拜，成为当之无愧的“孩子王”，由此获得指挥同伴干活的“特权”。那个时候，几块石子、一条河流，就能让孩子们玩上大半天。

欢乐的时光总是稍纵即逝，太阳西沉，天边的云彩显露出霞光万丈的暖色，到回家的时候了。孩子们回到岸边，瘫坐在被太阳晒得滚烫的大坝斜坡上，将衣服和脚丫晒干。暮色苍茫，空气中飘浮着泥土和杂草的味道，垅里的屋舍都亮起灯光，孩子的哭闹声和女人们的呵斥声，在夜色中缭绕。炊烟袅袅升起，偶尔听见不远处的石桥上清脆的单车铃声，放牛归来的人扛着犁沿着小道不紧不慢把家还。我们提着鞋子，端着“胜利品”，光着脚走在黄昏的田野小路上。

史铁生曾这样描述：“人的故乡，并不止于一块特定的土地，而是一种辽阔无比的心情，不受空间和时间的限制；这心情一经唤起，就是你已经回到了故乡。”时光易老，人易老，故乡的记忆却从来不曾老去。年岁渐长，才更加体会到故乡河流的母性。它和故乡的土地山川一起成为童年场景不可替换的存在，是我们饮食起居的日常炊烟，是家族的传承与繁衍，是一脉相承的记录与文化，生生不息。

在我们睁开好奇的双眼认识、探索这个世界的时候，是故乡给了我们希望和信念。它开启我们人生旅程的起点，它把厚重的情怀根植在我们的基因里，让我们无论身处何地，都无法抹去烙在灵魂深处的故土印记；它把博大的深爱融化于我们的血脉中，让我们走遍天涯海角，也挣不脱闯入梦境的金色年华。

回望故乡，它是我们当年无法宣之于口的快乐，是如今心底千回百转的眷恋，是在经久的岁月之河里回望生命的来处和去处。

【《中国出入境观察》2021 年第 5 期】

老家的那栋木楼

汤 征

早上一上班，发小打电话给我，说我爷爷奶奶住的那栋老木楼，被当地列为文物遗产保护起来了，并拟命名为“汤氏老宅”。之后，他还发来了照片。看着照片中的老房子，童年的记忆像放电影一样，不断在脑海中涌现。

那是一栋有近百年历史的二层木楼，当时，在老家石庄镇的老街上可谓鹤立鸡群。爷爷年轻时当过学徒，为人厚道，踏实肯干，在勤勉能干的奶奶帮衬下，凭着敏锐的商业嗅觉，经营米、布和杂货，赢得了口碑，被当地人誉为“南北二达”（爷爷名汤建达）。新中国成立后，二老被分别安置到镇上和农村的供销社工作，他们的家也搬到了这栋老木楼上。

童年时，这栋楼在我眼里就是天堂。每次寒暑假，爸妈就把我和姐姐送回老家，他们要忙完学校的事才能回来。那段时间是我最松散的时光。

记得有一年放假回老家，我和姐姐悄悄走进街边那个小店，冲着正在忙碌的奶奶喊一声“老太，买东西咯”。“哦，来了。啊，是宝宝回来啦。”奶奶回转身来，惊喜地发现是我们两个小淘气。接下来我们的胃，就会一直被新鲜的小鱼小虾，才出炉的韭菜烧饼，膏满黄肥的大闸蟹塞满。爷爷当时在几十里外的农村供销点，不能天天回家，奶奶就忙里忙外照顾我们。奶奶为人开朗大气，常常带我们去买菜，镇上的人们见到我们就会和奶奶打招呼，“哟，小少爷（家乡话，指家中小子）家来啦。”每当这个时候，奶奶都笑得特别开心。

老家所处的石庄镇有点偏僻，小镇日子犹如老木楼的影子，悠远漫长。在老家度过的童年时光里，我见证了那里人们的温情敦厚和淳朴善良。我不知道爷爷奶奶是怎么走过困难岁月的，但我却见证了他们的相互依赖和扶持。我至今还记得自己的恶作剧。老木楼的地板不厚，走在上面会吱吱咯咯作响，每个人走路都会响起不同的节奏。顽皮的我有一次在门口模仿爷爷走路的声音，奶奶马上从里面迎了出来：“建达家来啦”。见是我在捣鬼，奶奶笑骂一声，摸摸我的头，再向楼下远处眺望。

奶奶的牙不好，喜欢吃柿饼。每次爷爷回来，都会从口袋里掏出几块包好的柿饼。当然，这些又甜又糯的柿饼最终都毫无例外地落入我和姐姐的肚子。

爷爷平日里是沉默寡言的，但对我和姐姐特别疼爱。我俩常常轮流骑在爷爷头上去看电影、串门，为此常常忘了寒假作业。而父亲回来查作业才是我唯一难过的时候，每每这时，爷爷便会在一旁慢条斯理地劝父亲不要着急，教育要慢慢来。然后，他俩又会谈起一些过往的人和事。那时我还小，记不清他们谈些啥。爷爷半躺在门口藤椅上，爸爸坐在他身边，父子俩一边抽烟一边聊天，阳光下烟雾袅袅升起的画面犹在眼前，恍如昨天。

在老家过年是我最开心的日子，不仅穿上新衣服，还能从长辈那里拿到压岁钱。记忆最深的是，每年大年初一，爷爷都会把我和姐姐拉到房门口，在门框上刻下我们的身高。于是，那根朱黑的木头上密密麻麻留下了我和姐姐成长的印记：6 岁、7 岁、8 岁……

前些年出差路过石庄，顺便去看看老屋。周围的人都已不相识了，听说我是汤家的孙子，年纪大的倒记得，还热情地跟我谈起爷爷奶奶，还说这老楼时间久了，镇里计划要拆。上得楼来，房子已有人住，敲开门说明来意，住户爽快地让进了门。屋里的一切都已不复存在，只有门框上的刻痕依然清晰可辨。

楼不拆了，对我来说是个好消息。以后，我还可以去那里缅怀先人，追寻童年。对于后来人来说也多了一个景点。只是，还有多少人会记得这栋老楼里生活过的人和逝去的那些岁月呢。

【《中国出入境观察》2021 年第 5 期】

盛唐一片月　千秋家国情

任　多

史学界所说的“盛唐”多是指从唐高宗时代开始到安史之乱爆发前的一百多年时光，那是光耀千古的唐王朝最辉煌的时刻，也是无数中国人至今魂牵梦萦的时代。然而，辉煌如盛唐也会被挥之不去的“疥癣之疾”困扰——自唐王朝建立开始，疆界冲突便时有发生。靖边战士一批又一批地奔赴边疆，他们或上阵杀敌，或平凡坚守，在烽火硝烟中守护着一个伟大的王朝走向荣光。

边塞的烽烟牵动着大唐子民的心。他们为英雄破阵杀敌的故事血脉贲张，同时也因无数年轻的生命被莽莽狂沙吞没而扼腕叹息；他们在一次次胜利中感受大唐盛世荣光，又在一次次生离死别中亲历战争的残酷；他们将目光投向大唐疆域之外的广袤世界，享受着畅通商路带来的域外珍奇，而同时，他们也深知强大的王朝是最可靠的依托。这一切培养了唐人独特的气韵——勇武侠义却珍惜和平，兼容并蓄又自信爱国。这便是盛唐气度，这种气度伴随着盛唐荣耀深植于中华民族的血脉，至今我们仍能从自己内心深处找到盛唐的印迹。诗仙李白，便是盛唐最鲜明的符号，也是盛唐气度最好的代言人。

李白胸中始终激荡着强烈的豪侠气质与边关情怀，在他的一生中留下许许多多被后人奉为经典的边塞诗篇。最难能可贵的是，李白眼中不仅看到了远在边塞杀敌戍边的将士，也看到了一群远离边关却与国家休戚与共的人——边关将士的家属。在中国文学史上，这个群体有一个共同的名字——思妇。“思妇诗”是边塞诗中非常特殊一类，这类诗词通过描写军属们对戍边将士的思念之情，从侧面展示战事残酷与边疆之苦。在众多思妇诗中，诗仙李白写下的《子夜吴歌 · 秋歌》堪称巅峰之作。

长安一片月，万户捣衣声。
秋风吹不尽，总是玉关情。
何日平胡虏，良人罢远征。

时隔千年，再读这首诗，我们仍然要感慨诗仙的才华。天上一轮皎皎秋月，它将清晖洒向宁静的长安。此时，入夜的长安，沉浸在一片此起彼伏的捣衣声中（捣衣，唐时制衣的一项准备工作）。彼时，柔软的棉布尚未走进寻常百姓的家庭，妇人制衣多取用麻布。由于麻布过于坚硬，裁衣之前需经过捣制，让布料变软。由于这个工序费时耗力，却没什么技术含量，精明的长安妇人舍不得将白日里宝贵的光阴浪费在这项工作上，所以捣衣通常在夜间完成。天上，秋月无声，冷肃寂静；人间，捣衣声宛如月下夜曲，让长安的秋夜充满了人情的暖意。两句诗，十个字，李白为我们描绘了一个宏阔高华又细腻动情的长安秋夜。

那么，长安妇人们辛苦劳作连夜捣衣又是为了什么呢？第二联诗给了我们答案——“秋风吹不尽，总是玉关情”。玉关在这句诗中是一个虚指，代指唐朝边关。原来，妇人们一边捣衣，一边思念着远在边疆的丈夫，而她们连夜辛劳，是为了在严冬来临前为丈夫赶制冬衣。借着一阵秋风，李白写出了温柔细腻的情感，也把诗句里的空间无限延伸——从她的长安城，到他的玉门关，似乎远隔千山万水，又似乎近在一念之间，这是一个伟大王朝辽阔的版图，也是一个女子无尽的思念。

这首诗中最具大唐气韵的，还是最后一句。这群深夜捣衣的长安妇人，日夜盼望着丈夫平安凯旋，结束分离之苦。但深明大义的她们也非常清楚，她们的丈夫是为了保卫家国而战，只有国无边患，才能让丈夫早日归来。诗中的长安女性，不仅心怀着对丈夫忠贞炽热的爱情，更满怀着对国家的大爱。战争让她们与心上人分离，但她们却坚强地守住了自己的小家，以辛勤劳动支持丈夫戍边卫国。她们为小家作出的付出，也是为国家的付出。千年之后的我们，依旧能通过诗句感受到大唐女性温柔忠贞的爱情与深沉厚重的家国情义。盛唐何以兴盛？不仅是因为无数英勇的将士血战沙场，也是因为有无数有情有义的女性，用她们的勤劳与坚强，为将士们撑起了温暖的小家。

岁月无情，春秋代序。盛唐至今，人间经历多少沧桑剧变，那旧日恢宏的宫殿早已成了坍颓废瓦，那些指点江山的帝王将相也湮没在时光的长河里，变成了史书中冰冷的文字。然而，当我们将目光投向祖国蜿蜒的边境线，我们会发现，那盛唐的玉关情却依旧温暖着人间——在那一片永恒的月光下，今天的我们依旧能看到忠诚的卫士守护着大好河山，而他们的背后，是无数家属，顶着生活的重压支撑起他们小小的家。当他与她仰望着同一轮明月寄托着相同的思念，当一阵清风拂过他的哨所与她的窗棂，或许风与月都会感慨，这个伟大的民族依旧和千年前一样执拗又顽强。

是啊，近百年来，中华民族经历无数的苦难，可我们的心中却依然保留着一个梦想——复兴。为了实现这个伟大梦想，无数个“他”满怀着对祖国清澈的爱投身边疆，以青春与生命守护着万里河山，用血肉之躯勾勒出祖国庄严的边境线。在“他”的身后，是无数个“她”怀着忠贞的爱情与家国大义，在漫长的岁月里等待、守候、奉献，守护着戍边将士心中最温柔的角落，牵系着边关艰苦生活中最温暖的记忆。或许连她们自己都不知道，她们心中深沉的家国情怀，已经汇聚成稳固边陲的强大动力。在他与她的守护下，一个伟大的民族正迈着稳健的步伐走向新的辉煌。

明月依然，清风依旧，一个伟大的民族生生不息，一种深沉的情怀千秋不改，因为我们相信，那梦中的盛世，就在不远的将来……

【《中国出入境观察》2021 年第 8 期】

昌果的很多话是结在心头的果

韩　杨

昌果，一个听起来似乎与我不可能产生联系的名字，却紧紧缠绕在我的生命里长达6个月时间。这个坐落在祖国西南边陲的小山村，地理位置偏僻，却安静祥和，仿佛没有沾染现代社会的任何一点杂质。

今年2月，我背着行囊，从寒冷刺骨的北京城出发，飞行近4000公里到达西藏日喀则，转乘大巴，在蜿蜒崎岖的道路上翻越多到数不清的山头，最终抵达这个藏在深山里的小乡村。400多公里的山路，一路上随着那辆老旧的大巴车颠簸起伏，晕车、高反以及车窗外一成不变的景色，都让我的内心极为忐忑，可当我进入昌果地界的一瞬间，看到黄褐色土地之上成群的牦牛，羊群在远处天际之下漫步，道路上是背着孩子的阿佳（妻子）们，内心突然平静下来，既来之则安之，6个月，是否会成为一段难忘的经历呢？

“怎么？没见过太阳能发电板？”

这是我刚到昌果边境派出所时，司务长对我说的话。当时的我正盯着空地上一大片奇奇怪怪的板子发呆。

“怎么，难道这里还要靠太阳能发电吗？”

“对啊，这里还没通国电，说是今年能接入，但遇到的困难实在是太多了，我们天天盼望，不知什么时候能成。”

昌果，隶属日喀则西线地区的萨嘎县，驻地海拔4600米，执勤点海拔高达5300米，属特四类地区，生存环境极为恶劣，干燥、缺氧、寒冷困扰着在这里的每一个人。在这里，没水没电没信号不是一句玩笑，而是时不时发生在每一天。最初几天，早上起床时，还会惊讶地对着手机说一声“今天又没信号”，后来已经习以为常地面对信号栏里两个叉了。

“你刚分下来时什么感觉啊？”

“没什么感觉啊，当兵嘛，在哪里都一样。”

这是我与李超的对话。李超2017年入伍，是原西藏公安边防总队转改之前招录的最后一批士兵，1999年出生的他比我还要小一岁，但是在西藏高海拔的风沙和日照之下，看起来要比实际年龄沧桑许多。

4年前的昌果所是个什么样子？通往县城的县道没有修好，营区的营房没有修好，村子里也没有援建的新房，生活用水还要从井里抽出来，更不用提不稳定的电和信号。很难想象，一个生活在大城市18岁的男孩，是怎么走过那崎岖不平的山路，来到这个与现代社会脱节的地方，而我更难想象的是，1996年成立的昌果所，在这里坚守的一批又一批戍边人是怎么度过的。

司务长王赛是我的山东老乡，在所里已经第七年了，一次饭桌上，他给我描述了派出所的旧时情形。

“刚来时是旧营房。那时昌果的冬天有多冷，毫不夸张地说，当你把一杯热茶放在桌子上，几分钟不喝，水就会结冰。房间里还没有通暖气，都是烧炉子。当煤烧完，如果补给因为道路不通或者什么原因无法按时送达，大家会把各种被子、大衣叠在一起，挤在一张大通铺上取暖……”

我从他的眼睛里看到了坚毅，一种傲视困难的坚毅。因为坚守在这里，真的、真的需要莫大的勇气。

“这路都是我们开出来的”

驾驶员罗布顿珠也是派出所里的“老人”了，从警七八年，从派出所到山口的路，他走过的次数已经数不清了。那一路都是土路，翻过土丘的时候，上下颠簸，那种失重感仿佛过山车。

每次坐车，经过一段路，罗布会逗我们说，准备好了吗，马上要上高速了。这所谓的高速，不过是崎岖不平的路途中较为平坦的一段罢了。派出所的皮卡车常常因为天气寒冷而罢工，大家不得不下车等它“缓过来”再出发。我常常在那无边的旷野里眺望，风肆无忌惮地吹乱头发。我拨开遮挡，极力远望，远处全是没有覆盖任何植被的山，山顶的雪与天上的云融为一体，分不清天地。

“别看这路不好走，可都是我们开出来的。”

顺着罗布手指的方向看去，那些明显被车压过的地方，是无数昌果人曾经走过的路，这条路，通往查站拉、谷孜拉、加加拉，通往拉孜加久，通往强拉，这些在我脑海里还是感到陌生的山口名称，却是他们一直坚守的地方。

大队政工干部邓彬曾经坚守过拉孜加久执勤点，他刚去的时候，拉孜加久还没有建房子，在海拔5000多米的高原上住帐篷，是他常常提起的往事，“那吹过来的大风，帐篷根本挡不住。半夜里，风从帐篷的各个缝隙里吹进来，戴着帽子睡觉也没用，依旧吹得脑壳疼。”说着，他脱下帽子，摸几下光溜溜的脑袋，而后又把帽子戴上。

常年的高原生活已经让他掉光了头发，脱发不是他一个人的烦恼，每个人身上都有高原病，痛风、心肌肥大、血常规不合格……他们已经习惯了身体的不舒服。

3月28日，百万农奴解放日。当天，我参与了昌果乡“党政军警民”联合巡逻活动，这是我第一次持枪走在山口边境线上。

我的身旁是无数次被描红的33号界碑，我的身前是鲜红的五星红旗，很难讲出我那一刻的感受，但是我明白，山口执勤点那么寂寞，为什么他们还要无怨无悔地驻扎。因为这是我们的国土，无论道路多么难走，无论条件多么恶劣，无论生活多么冷清，无论要面对怎样的危险，无论身上穿了什么衣服，我们必须驻扎在这里，我们决不能后退半步。

通往山口的路是前人开辟的，我们必将沿着前人的步伐，一直走下去，一直守下去。

“救援，那不是常有的事情吗？”

到了七八月份，昌果就进入雨季了。当你走在217县道上，看向两边的草场，你会惊讶地发现嫩绿的草芽从土里冒出，颤颤巍巍地在寒风中努力生长。绿色开始深度的笼罩这片土地，带来了生机与希望，这是昌果最美的月份。

可是频繁的降雨带来的不仅仅是美景，还有频发的事故。昌果附近多为山路，道路弯曲难行，多个地方为视野盲区。

7月10日傍晚，昌果乡下起了冰雹加大雨，两辆牧民车由于视线受阻，失控侧翻至路边。此时恰逢所里民警在辖区内巡逻，他们在狂风暴雨中帮助人员脱困，并及时处理其中一人受伤的腿部。当事故处理完毕时，已至深夜，民警身上已雨水浇透，被昌果万年不变的寒风一吹，真的是透心凉。

“习惯了，最近遇到翻车的频率很高，救援隔几天就有一次。”

“这没什么，这是本职工作啊，那有什么累不累的。”

“幸好这次还在下雨，车没烧着，上次有辆车燃起熊熊大火。”

…………

当我问参与救援的民警，雨天救援什么感受时，他们这样对我讲。救援对他们来说，是日常工作中再平凡不过的事情，无论白天还是黑夜，无论下雨还是暴雪，只要有人报警，他们就要在第一时间出动。

体制转改以来，昌果边境派出所承担起了很多地方公安的工作，执法办案、民事调解，这些都是在转改之前很少接触的事情，一切都要从头来学，大多数民警都不是法律专业，而且许多转改士官的学历不高，他们必须要一点一点地啃法律书籍，要去地方派出所跟班学习，要学会制作卷宗、撰写笔录，他们要面对更多的工作，更多的困难。

边境的安全稳定、辖区的安全稳定都是他们日日夜夜要考虑的问题，脱下军装，穿上警服，不代表责任减轻了，反而要扛起更多的责任。这对他们来讲，是一种挑战，是一种考验，但他们用实际行动，诠释了不变的初心。

“其实，我不问祖国和人民记得我，只要昌果乡的人民记得我就可以了”

刚到西藏的时候，亚热边境派出所墙上的一句话特别出名——“什么也不说，祖国知道我”。有一次在跟大队教导员座谈的时候，聊起了这句话，他就对我说了上面这句话。

王卿龙，现任萨嘎边境管理大队教导员，曾在昌果边境派出所驻守12年，大家都戏称他为“老昌果”。直到现在他下乡检查工作，村民都能认出他来，都会围上去热情地跟他打招呼。

他给我们讲故事的时候，总是从住在谷孜拉羊圈里那几个刚刚入伍的半大小伙子讲起，那么寂寞的生活总是被他讲得绘声绘色，什么谷孜拉的大风，羊圈里最“黄金”的床位，以及整天被惦记的那几只小鸡，岁月明明那么艰苦，地方那么苦寒，但从他的话语里，我却体会到了什么叫苦中有乐。他说，在这里干好工作，不仅要跟汉族处好关系，更要跟藏民处好关系，唯有民心所向，才能打好工作的基础。

一次，我跟随派出所教导员汪博前往山口调研，由于当时驾驶的车辆未带警察标志，路上我发现一个牧民，紧盯着我们的车看。等我们走远时，我转头望去，那个牧民依旧看着我们的车。

开车的罗布跟我讲，现在我们这辆车的影像资料肯定已经传回派出所了。旁边的教导员看我一脸茫然，向我解释，这个牧民是我们的联防队员，放牧过程中，看到有陌生车辆进入，就会及时向派出所报告。像这样的联防队员，昌果边境派出所有上百人，一边放牧一边守护着边境，是他们生活的常态。

昌果边境派出所要担负中尼边境105公里边境线的巡逻守护。蜿蜒曲折的边境线、复杂的地形地貌、常年的风沙雨雪，任务之繁重、工作之艰辛可想而知。如何守好边境，是压在派出所每一位民警心头的大石头，而警民合作、与民同守成为解决这个问题的关键，每一次军警民联合巡逻时，看着联防队员摩托车上挂着的鲜红国旗，北风猎猎，红旗滚滚，他们紧随军车、警车之后，我都会由衷地感到：只有辖区人民信任我们，与我们共守边境一线，我们才能守好祖国的每一寸土地。

当我走进昌果所荣誉室时，毫不夸张地说，我被那些锦旗和奖牌的数量惊呆了，我没想到，一个仅有十几个人编制的边境派出所，能获得如此之多的荣誉，“全国民族团结进步模范集体”“群众工作先进集体”“护边联防队建设先进集体”，数不胜数。我的脑海里曾一直盘旋着这样一个问题，他们为什么能获得这些荣誉呢？在跟随他们多次巡逻走访后，便有了答案——每当推开一个茶馆，进入一个超市，走进牧民的家里，他们都能熟悉地叫出主人家的名字，特别亲切地问问现在的生活；看到小孩子，能跟他们的父母回忆出来孩子是什么时候出生的，当时住的什么房子……

我坐在一旁，虽然跟他们热烈的交谈格格不入，却从他们身上体会到浓厚的警民鱼水情。昌果边境派出所的民警，大多数都是十七八岁来到这里，青春年华的每一分每一秒都与昌果乡的土地、山口、边境线，与昌果乡的人民紧密连接在一起，他们与人民一道，在这高原之上用血肉之躯筑起了坚固长城。

8月26日，周四，天气晴朗，我再一次站在日喀则和平机场的门口。在那耀眼的阳光里有一瞬间的眩晕感，仿佛又回到6个月前刚刚下机的时候。那时，我对一切好奇、茫然、不知所措，而如今，在满怀充实感的同时，却有一种怅然若失之情，感觉这6个月宛若大梦一场，可真的是梦吗？我知道，在每一个夜晚皎洁月光下巡逻不是梦；在去往执勤点的路上，摇下车窗任大风吹乱头发不是梦；走进的茶馆、超市，查阅的每一个证件，盖下的每一个章不是梦；赛马节上接过牧民敬过的甜茶，抱起可爱的藏族小男孩不是梦；遇到的每个人，经历的每件事情，笑出的声音、哭过的泪水不是梦——这种真实与虚幻交杂出来的感觉，让我无比怀念昌果。

我在飞机之上妄图通过厚重的云层再次寻找昌果，却也明白不过徒劳。我永远不知道下次再遇昌果是何时，但它已成为结在我心头的果，永不干枯！

【《中国出入境观察》2021年第9期】

泉州：流转了千年时光的“光明之城”

林锦瑜

题记：

刺桐花开了多少个春秋

东西塔对望究竟多少年

多少人走过了洛阳桥

多少船驶出了泉州湾

——余光中

从桥头的古榕步向北岸，从蔡公祠步向蔡公石像，我也曾像余老一样，漫步在这座北宋年间的桥梁。只是时间有点久，久到记忆有点模糊，仅剩下一些零零散散的场景碎片，比如，那天的天很蓝，擦肩而过的小朋友像脱缰的野马，还有与同伴聊过的只言片语……

对泉州的印象和洛阳桥一样，有点模糊。工作后，每年都会去几次泉州，但不是因为公差，就是带着其他任务，来去匆匆，鲜有像游客一样正儿八经地旅行。2021年7月25日17点38分，这对泉州人乃至福建人来说，都是激动人心的时刻。我国世界遗产提名项目“泉州：宋元中国的世界海洋商贸中心”，顺利通过联合国教科文组织第44届世界遗产委员会会议审议，成功列入《世界遗产名录》。

这一天，朋友圈刷屏了，这座寂静美丽、沉淀了数千年时光的城市，深深地吸引着每个人。

这种吸引力也许来自那流转千年时光的古迹。这里有守护着泉州人千百年的洛阳桥，当地人习惯称呼它为“万安桥”，承载着人们祈求“万安”的美好夙愿。洛阳江水“水阔五里，波涛滚滚”，修建洛阳桥前，通行只能靠渡船过江，不少百姓丧生在无情江水中。北宋皇祐五年，泉州太守蔡襄主持修建洛阳桥，历时6年完工。这座被称为“海内第一桥”的海港大石桥，与卢沟桥、赵州桥、广济桥并称为中国古代四大名桥，经历了千年风霜，一直保留至今，成为建筑史上的典范，也见证了这座城市的成长蜕变。

这里有绵延千年香火的开元古寺，安静地矗立在热闹的街区中，无论世事如何变迁，它的质朴和宁静似乎未曾改变。泉州有很多古寺，开元寺无疑是最负盛名的一座，也是福建省内规模最大的佛教寺院。几乎每个初到泉州的外地人，都会到开元寺走一遭。

我也不例外，第一次到泉州便被带去了那里。许是我去的时候并非旺季，抑或是在寺庙里大家自觉保持安静，开元寺颇为清静，除了偶尔走过的僧人，便是虔诚祈福的香客，就连那些鸽子都像有灵性一般，不是栖息在屋顶享受日光浴，就是悠闲地走来走去，鲜少听到翅膀扑腾的声音。此情此景，真就应了寺里的对联："此地古称佛国，满街都是圣人。"看来，连鸽子都被熏陶成了"圣鸽"。

这里还有一座千年古城——崇武古城。崇武城为抵御倭寇入侵而建，是海防史上一个比较完整的史迹，也是我国仅存的一座较为完整的石头城。据记载，在没有建成崇武城之前，因为元末的兵乱和倭寇的侵扰，这里只剩下十户人家。建城后，漳州的千名士兵前来支援驻守，人丁日渐兴旺，百姓才过上来之不易的安定生活。游荡在崇武城里，你可以看到闻名遐迩的惠安女，黄斗笠、花头巾、银腰带、短上衣、宽裤筒，她们以独具特色的服饰和勤劳贤惠的特质，成为这座城里一道亮丽的风景线。

除了这些让人震撼不已的名胜古迹，泉州那随处可见的闽南文化也深深吸引着我。也许在某个街角，也许在某个路口，总能在不经意间唤醒一些尘封的记忆。一直以来，我觉得泉州是闽南文化气息最浓厚的一座城市。在许多城市都经历过轰轰烈烈的旧城改造之后，泉州老城完整保存下来的旧风貌成了与众不同的"奇迹"。无论是西街的历史风味，还是番仔楼的南洋风情，都让这座古城散发着独具特色的魅力。

按传统老规矩，泉州旧城的建筑均不得超过开元寺东西塔的第三层。听泉州人说，当年曾有人试图挑战传统，在旧城区建起了一座摩登高楼。玄幻的是，没多久城里便流传起那幢楼闹鬼的故事，高楼也失去了商业价值从而空置。此后，再无人敢打破传统规矩，再不敢于此地建起高楼。泉州人"敬天地，畏鬼神"的信仰让这些闽南古厝保留下来，为这座城市的美增添了一份"清水出芙蓉、天然去雕饰"之美。

清一色红砖坡屋顶的西街，满是"皇宫起"红砖建筑的五店市，还有乡镇里充满人间烟火气的居家石厝，它们不像那些古迹让人一眼万年，有的甚至已经有些破败，但破败中又隐隐透出一种沉淀时光的美丽。古时，一座古厝都会有几户人家同住，小孩捧着自家的饭碗，循着香味到邻居家蹭饭吃。太阳下山后，大人坐在院子里乘凉，谈论生活中遇到的稀奇事，而小孩则围着院子打打闹闹。最热闹的还是过年过节，几个孩童凑在一块放鞭炮、放烟火，欢笑声伴着爆竹声，年味十足……

夜幕降临，文庙旁边的南音传习所传出阵阵丝竹之音。南音源于宋徽宗设立的南外宗正司迁至泉州带来的宫廷曲艺，作为纯音乐，它在体系的完整性和复杂度上几乎可媲美西方古典音乐。对很多游走于海外的泉州人来说，南音就是乡音。坐在茶馆中欣赏南音，台下那些听得如痴如醉的老人们总会在不经意间，吸引着你的视线。老人们大多是归国的华侨，在异乡辗转反侧、难以入睡之时，他们会轻轻吟唱南音，将对故乡的思念藏在苍凉又深情的南音中。回国后他们并没有改变这一习惯，而是来到茶馆，一边听南音，一边忆往昔。

看到老人们脸上的深情模样，游子又怎么不会想起自己的故乡呢？

张爱玲曾说过："你的气质里藏着你走过的路，读过的书以及你爱过的人。"其实，一个人的喜好也是如此，与你的成长、生活、工作经历息息相关。好比闽南人对闽南文化情有独钟，在海港边检站工作多年的我，自然对这海洋文明的窗口充满好奇。

泉州之于海上丝绸之路，犹如敦煌之于陆上丝绸之路，叙述着人类友好交往的传说。旅行家马可·波罗曾在游记里写道："如果有一艘运载胡椒的船到亚历山大港，就有一百艘船运到刺桐港。"这里的刺桐港，就是现在的泉州港，当时泉州遍种刺桐树，外来商人便以"刺桐城"指代泉州。意大利人雅各·德安科纳 1271 年至 1272 来到泉州，他看见秋天满城刺桐一片火红，夜里忙碌的码头火把通明，日日夜夜一片光明，便写下游记《光明之城》。

凭海而兴，因海而立，这座被刺桐花晕染的美丽海港，曾经接纳了来自东南亚、波斯、阿拉伯、印度、锡兰乃至地中海世界的使者、商贩等。不同肤色、信仰和语言的族群，在泉州城内可以和谐共处，由此形成了典型的、富有文化多样性的城市遗产景观。作为古代海上丝绸之路的起点，泉州这个名字在那时成为一个未被完全认识的、开放古代世界的临海一隅，对抗着人们对古代中国封闭性认识的印象。

在宋元两代，泉州港成了名扬海外的"东方第一大港"。宋时与泉州有贸易关系的国家就多达 70 余个，到了元代，更是增至 100 多个。站在泉州湾古船陈列馆内，看着宋代古船的残骸，这是一场跨越千年时空的对话。它停泊在历史的码头上，无声沉默，像搁浅在沙床上、成为化石的巨鲸。依稀间，仿佛可以看见船员们赤着脚在船上走来走去，多少瓷器、丝绸、粮食和稀罕东西被运出去再运回来，风浪起来的时候，船忽而上天，忽而遁水，有多少人曾为它欢歌，又有多少人曾为它殉葬。这既是一条通向死亡的道路，又是连接文明之光所在的起点，人们带着多少希望从这里出发，又带着什么来到这里……

古往今来，有乡愁可寄的人，就像有港湾的船只，有多少张远征的帆，海上就有多少条回家的路。那些远道而来的商人、船员，带着他把新的家安在了这里。现在我们能在泉州看到佛教、伊斯兰教、基督教等宗教和谐相处，便是当时繁荣的港口贸易的见证。

因为有了泉州，那美丽的瓷器，那夺目的丝绸才会被世界知道，她向世界输送了中国的文明，也把世界的文明带回本土。

时过境迁，刺桐港盛极时期“市井十洲人”“涨海声中万国商”的繁华景象早已不再。泉州石狮海岸边的石湖码头，昔日的古渡口，曾经聚满船舶，火把彻夜长明。明代实行海禁后，码头就沉寂了，如今已是淤泥堆积，只剩下几艘破旧的渔船。而不远处的新港口，却是货轮往来穿梭，来自南亚、中东、欧洲等地的大型石材从这里上岸，经过设计、切割和加工等一道道工序，又再次登船运往“一带一路”沿线国家。这是泉州参与福建21世纪海上丝绸之路核心区建设的一个缩影。

千年潮未落，扬帆再起航。泉州港现辖16个码头，开辟有泉州至日本、韩国、我国香港等定期散杂货或集装箱班轮航线，与世界60多个国家和地区通航，其中大多数为“一带一路”沿线国家和地区。随着对外开放口岸业务量的逐年递增，驻守在此的边检机关肩负的责任也随之而增。泉州出入境边防检查站秉承着闽南人“敢拼会赢”精神，先试先行，主动对接地方口岸对外开放发展规划，制定出台服务配套举措，全面优化口岸通关环境，靠前跟进国家移民管理局新规新政、“放管服”改革等部署，主动服务保障海丝核心区建设，全力展现新时代新事业的新担当新作为，努力为国家战略发展全局和地方建设发展贡献边检力量。

今天，我们依然可以看到这样的画面：舟如巨室、帆若垂天之云的船舶汇集在港口，吊机下车水马龙，港口繁忙依旧。沟通世界的巨轮从这里起航，在外漂泊的旅人从这里归根，船来船往，而迎来送往的始终是身着警察蓝的那么一群人……

【《中国出入境观察》2021年第9期】

武警学院还记得我们四年的青春否？

曲洪霖

来昆明已有半月，虽然连下多日的雨停了，但阴沉沉的天，始终没有绽放出畅快的笑脸。

30 岁出头的年纪，奔跑在二总队的操场上，被年轻的新警们相继从身边超越，思绪不由地飘回十年前，那时我们也是校园操场上的追风少年。

我们这一代人，在成长的岁月里，总有着清晰的时代印记。2000 年，千禧年，还记得“千年虫”，虽然刚上初中的我不太清楚“千年虫”是个什么虫，但是有一个敏锐的商人，出了一款叫“千年虫”的雪糕，味道独特，让我对这一年的印象格外深。

2003 年，举国抗击“非典”，我经历了那场疫情，因此坚信，这一次新冠肺炎疫情我们必能胜利。

2008 年，北京奥运会惊艳了全世界。至今，想起那场盛大的开幕式，仍然心潮澎湃。

而我的记忆节点，总卡顿在 2007 年。那一年我考上中国人民武装警察部队学院。至今仍然觉得 2007 年之前的事情，离自己很远，2007 年之后的事，好像就在眼前。然而，就连 2007 年，都已经是 14 年前的事了。

那是一个夏天，我们在学校里，第一次见到几十位穿着白色文化衫的人，就那么涌进了边防系食堂，奔着正在吃饭的队长走过来，他们有说有笑，又好像很久不见的样子。我们知道，那是毕业十周年的老学长们回来了。那天晚上，队里各个班级都在议论着，将来我们毕业十年，该如何回来寻找青春，也不知道 104 个人是否都到齐。大家斩钉截铁地说，无论多难，一定要回来。

光阴荏苒，眼前还能清晰地看见自己报到那天，穿着白 T 恤走进校门的样子，穿过机关办公楼前的广场，走在通往宿舍楼的路上，一排排树木上悬挂着横幅。当“将军的摇篮”字样儿映入眼帘的时候，我想，那一天报到的学生们，每一个人都会心潮澎湃吧。

四年之后，还是在这条路上，队领导站在当初迎接我们的宿舍楼门前，拥抱着我们，每一个人都是泪眼婆娑依依惜别。而我是队里最后一个走的，我看了每一个寝室，握着手里最后一把钥匙，走到教导员李成增的办公室。“教导员，大家都走了，这是我们寝室的钥匙，还给你。”说着，眼泪控制不住地往下流。

我看见李教导员眼眶也红了，两个大老爷们儿就那么尴尬又矫情地对视着。他说：“没事儿，你把钥匙留下吧，以后不忙了还能回来看看。”那一刻，我彻底失控。

我握着钥匙拎起行李转身下楼了，刚走到楼梯口，在抽泣声中挤出了一句：“不会等我们一走，你就换锁了吧？”“想什么呢，不会！”

人一生，会去很多地方，走过很多路，见到很多人。但是，当你回首的时候，能记住的地方，能怀念的人，难忘的事情却不多。回望过去，每一年找到一件值得大书特书的事情都不多。然而，那四年，虽然已经很远了，却历历在目，不知是因为那是我们青春年华里最美好的年纪，还是因为武警学院承载着，并赋予我们最难忘的岁月。

我们总是戏称自己是被选召的孩子，一入学便迎来武警学院教学评估这一大事件，我们经历的入学强化训练，是十个月脱产的强化训练；大三的时候，河北省运动会，边一和边五作为警徽、警旗方队，又开始了长达 3 个月的训练；到了大四，30 年校庆成了我们的毕业汇报演出。张永亮教员笑着对我们说：“你们是唯一大四还要进行汇报演练的一批学生。赶上校庆这个重要日子，虽然现在辛苦一点，但是将来，你们会怀念并感激这段时光的。”过来人自然是有过来的见识，果不其然，被张教员说中。

这四年，记下了我们什么样的青春呢？

刚报到第一天，出于从小对军营的神秘向往，我们都谨小慎微害怕极了，仔细听着走廊里的风吹草动。突然，一个白白壮壮的男同志挨个寝室敲了一下门，通知我们到活动室去登记，领取生活用品。

经历了慌慌张张的一下午，寝室里 6 个室友终于全部到齐了，大家在讨论着，下午忙碌着给我们发物品的人是队里什么领导。直到晚上站队开饭的时候，大家惊奇地发现，那个白壮男子也混在队伍里，原来他只是一名报到比较早的男学员而已。他是“老解”，后来在队里充当了将近四年的大管家。来自东北黑龙江哈尔滨的“老解”，那份浑然天成的自来熟，用现在网络上时髦的词来形容，妥妥的“社交天花板”。

在十个月的强化训练里，队领导们在严酷的训练过程中，又尽己所能地让枯燥的生活略显不那么枯燥。一次，我不小心写的一首诗被室友“举报”给了教导员，教导员让值班员喊我过去。我心里惴惴不安，这是犯了多大的错，难道是军校不让写诗么？还是我诗写得太不像样子，让人看不下去了？现在回想起来，那时候的多虑，是一种愚蠢的天真。

从那首诗起，我开始了大学3年的宣传委员，四年的院报记者生涯。如果追溯起来，除了刚毕业在海岛做社区民警的那两年，剩下八年的宣传工作生涯，也是从那一首诗开始的吧。

后来，队领导在训练间隙，选了一些女生朗读我在院报发表的诗歌散文。当时内心一方面是有些害羞，怕自己贻笑大方，另一方面又有些不甘心，凭什么自己写的不让我自己朗读。直到有一天，我鼓起勇气去找队领导，问："凭什么不让我自己读？"教导员当时笑得那个爽朗，恍如昨日："该说不说，你的诗写得还是可以的，但是读，恐怕就算了吧，你这个来自丹东的小伙子，自己想想……"后来，便有了我四年苦练普通话的故事。时至今日，我这四不像的口音，仍然迷惑了许多人，不少刚认识的朋友神神秘秘地猜着我的故乡。

四年的故事很长……

有"边防卫士杯"篮球比赛上的团结一致。那种紧紧凝聚在一起的场面，是我过去从未见过，之后也难见到的，全队不管喜不喜欢篮球的人，在赛场下都如同教练一般，那喊破嗓子的加油声，就像将毕生的荣耀押在了这一场比赛上……

有每年筹备新春联欢会时的万众一心。毕业后从事了很多年的宣传文化工作，但是那四年的晚会筹备工作，是我始终难忘的经历。作为边防系女学员比例最高的学员队，队里参加学校各项文艺活动向来是由女生承包，然而男生们虽然上不了台，但是默默地做好后勤保障，让我深刻体会着那句"淮海战役的胜利是老乡用小推车推出来的"，能够动员全队、动员全警的文化活动，才是大众的文化。

还有每个期末，熄灯后全寝室6个人挤在厕所里背题的痛并快乐着的场景；有军事地形学结业考试深夜徒步20公里的曲折，归来时，有的女生组走进了深山乱葬岗；有的男生在乡村小路，踩进了农家肥料池……

队长曾在我们强化训练阶段考核失去属于我们的第一名的时候勃然大怒："这么多年带的学员队，你们是最弱的一届！你们现在的倒功，都是在塑胶场地上练的，而过去，他们都是在水泥地上练的。"好像每一位老师，都曾说过类似"一届不如一届"这样的话，然而"80后"一代人，就是这样一群成长在议论纷纷中的一代，在所有唱衰中，最后挺起了新时代的发展。

然而，毕业的时候，队长说："你们是我最骄傲的一届，三年优秀学员队，让一队这个番号变得响亮！"

2017年，我很荣幸在院报记者团成立10周年之际回到母校学习参观。看着那肆无忌惮乘势而起的青春风暴，我知道一代人有一代人的使命，我们的青春也在后来人的拼命崛起中而告一段落。

如今，中国人民武装警察学院已经成为新时代全新启航的中国人民警察大学，学校里的橄榄绿也已换作公安蓝。我们如种子散落在祖国的边境线上，而母校还在原地，默默孕育着新的希望，记录并燃烧着一茬又一茬有志青年的青春岁月。

【《中国出入境观察》2021 年第 11 期】

马市岛：鸭绿江畔的“东方之珠”

张振亚

在美丽的鸭绿江畔，与朝鲜一衣带水、隔江相望的丹东，在抗美援朝期间，曾作为东北大后方支援前线的前沿基地。240 多万志愿军大军和几百万吨军需物资，都经此源源不断运送到朝鲜前线，为抗美援朝战争的胜利做出了历史性贡献，因此获得了“红色东方之城”的美誉。

“雄赳赳，气昂昂，跨过鸭绿江……”这首耳熟能详的《中国人民志愿军战歌》可谓家喻户晓，而那张著名的历史照片《中国人民志愿军跨过鸭绿江》也广为流传。照片的拍摄地点，就位于丹东市振安区“马市岛”上的马市村。从远处来看，四面环水的马市岛犹如丹东王冠上的一颗珍珠，闪耀在鸭绿江畔。

追溯源远流长的马市岛

马市岛是鸭绿江边一个较大岛屿，隶属于丹东市振安区九连城镇。岛上有 5 个自然村，其中，马市村面积最大，总面积为 2.1 万亩，南与朝鲜民主主义人民共和国隔江相望，四面环水，是国内少有的淡水资源丰富的岛屿。马市岛交通便捷，与辽宁省“五点一线”丹东段的大东港、大连紧密相连，从马市岛至大东港、丹东机场，丹大、丹沈高速公路口，一路贯通，距丹东市区仅有 7 公里路程。

据任洪魁著《丹东史记》记载，“马市”历史由来已久，这要从中朝贸易说起。清代中朝之间的贸易活动，早在后金天聪二年（1628 年）就开始了，贸易地点就在现在的马市村一带，史称“中江开市”。

据了解，中江贸易点的中朝贸易活动历史悠久，最早可上溯到元代前期的蒙古汗国。元人阎长言《婆娑道中》诗云：“泉源流地脉，田垄上山腰。败石平危径，枯柴补断桥。”描述了元代九连城地区的田园景色与和平环境下的人民生活情景，就包括马市村一带。到了明代，中朝两国仍多次举办贸易活动，但延续时间最长，开市规模最大的还属清代中江开市。

中江开市早期交易形式是以物易物，清政府在市易地点派有官员管理中江税务，最初称“榷使”，以后设“中江税务监督”，朝鲜方面也派有官员带队入市。贸易期间，朝鲜派出商民携带牛、马、粮食、盐、海参、铁农具等交易物品渡江来此，并把东西摆放于马市村一带江岸，以供交换。清朝的驻防兵丁，台、驿夫等则带着布匹、人参、木耳、蜜蜡、皮毛等土特产品前来交易。

崇德二年（1637 年），清政府规定朝鲜朝贡道经由凤凰城达盛京（沈阳），“其互市，凡约凤凰城诸处官员人等往义州市易者，每年定限两次，春季二月，秋季八月”。这里所说的“往义州市易者”，即是朝鲜义州城对岸的“马市”。从崇德三年开始，清政府在今丹东境内自东沟长山、窟窿山至凤城一面山、瑷阳一线修筑柳条边。柳条边以东为边外，划为禁区，再加上后来朝鲜政府对中江开市有时态度消极，中江贸易活动时断时续。

顺治三年（1646 年），经两国政府协商，初“定以三、九月 15 日两次交易，旋改以二、八月”，其后贸易中断。康熙三十六年（1697 年），清王朝应朝鲜要求，特许恢复中江互市，并设中江税务，由凤凰城城守尉负责管理。受特许的粮商每年春秋两季凭盛京兵部发给的“牌票”，经凤凰城边门或瑷阳边门受检后，穿越禁区至中江，用粮食换取朝鲜商人的红参等土副产品。乾隆年间，清廷考虑到八旗兵丁有巡哨守卫职责，又不精通做买卖，参加交易利少弊多，因此改由内地商民参加贸易。乾隆十二年（1747 年），清政府为鼓励商民参加贸易，还下令削减中江税额。

光绪年间，中江贸易活动更加频繁。光绪八年（1882 年）时，交易活动已突破每年二月和八月仅两次开市的老规矩。清政府应朝鲜政府要求，订立了《中朝商民水陆贸易章程》，准许双方商民在交界处所随时进行贸易。同时，为保证边境安全和加强贸易管理，地方官吏还请求清政府闪迁交易地点，设立中江税局并增派军队驻防。同年十二月十三日，根据东边道员陈本植的申报，经盛京将军崇绮奏准，在距离中江贸易地点很近的九连城添设步队一营，进行稽查和巡逻，加强治安秩序管理。在此期间，陈本植在九连城勘定街市，于九连城古城旧址东侧修建中江税局衙署房屋。光绪九年，订立《中江通商章程》，在今九连城镇设立“中江税局”负责交易管理和征税事宜。至此，中江开市交易地点由“马市”迁到九连城，而“马市”的名字一直沿用流传至今。

一座渡江作战的浮桥

你脑海中可能有这样一幅画面：鸭绿江江面白雪皑皑，巨龙般的志愿军队伍正徒步通过架设在冰凌上的简易浮桥，夕阳将战士的影子拉得很长……

照片名字是《中国人民志愿军跨过鸭绿江》，由志愿军第 64 军政治部摄影组组长黎民拍摄，最初刊发于《解放军画报》1951 年第 4 期扉页——照片上的浮桥就是抗美援朝期间著名的“马市浮桥”，在马市岛上的马市村七组。

在马市村 7 组的鸭绿江边，有一处 2014 年由辽宁省人民政府竖立的石碑，上书

“马市村浮桥遗址”。在石碑后侧钢丝栅栏上，挂着人们最为熟悉的那幅《中国人民志愿军跨过鸭绿江》图片。照片的远景是朝鲜新义州深灰色的天空下绵延起伏的群山和田野，近景则是蜿蜒绵长的中国人民志愿军队伍，如巨龙般全副武装行进，展现了志愿军战士一往无前的精神风貌。

中国人民志愿军入朝前，在马市村附近的鸭绿江上搭建了这座临时性浮桥。抗美援朝战争开始后，大批的中国人民志愿军白天在马市村待命休息，黄昏从这里的便桥过江。在抗美援朝战争初期，由于鸭绿江大桥频繁遭到美军轰炸，志愿军部队渡江和作战物资的运送受到严重影响。马市村这座临时便桥起了很关键的作用，由于其地处偏僻乡村，比较隐蔽，很少遭到敌机空袭，大批志愿军后续部队从这里过江，对志愿军开往朝鲜前线和作战物资的补给发挥了重要作用。后来，这座临时便桥被洪水冲毁。

据马市村党支部书记助理邹佳燃介绍，在抗美援朝期间，志愿军过江通道有多条，但马市村过江处是志愿军唯一徒步过江点。当地很多村民亲历了这场战争，听村里老人讲，志愿军入朝前，是从爱河西支上的一座木桥（现八三桥的上游不远处）进入马市岛。当时，志愿军部队官兵和民兵在马市村附近的鸭绿江上新搭建了这座临时性浮桥，下面由木桩和船只支顶，上面由木板铺陈，入冬前的一场小雪让临时性浮桥与江面景色浑然一体，不易被敌机察觉。

村里老人回忆，当年志愿军驻扎在村里，村民们把自家的房子腾出来提供给部队，战士们分住在各家各户。勤劳朴实的马市岛群众把最好的食物省下来留给子弟兵，乡亲们给志愿军战士烧开水、摊饼做饭，很多场景历历在目。东北地区冬季寒冷难耐，有的村民看到一些志愿军战士来自南方，就拿出布料和棉花，给他们缝制护腿等御寒衣物，村民们和部队官兵由此结下鱼水深情。

珍藏半个世纪的战利品

离马市边境派出所不远的鸭绿江坝下，一座红砖灰瓦起脊房，是马市村 1 组村民 79 岁林奎喜老人的家。每天早晨，老人都会到自家院内东侧厦子檩梁处，瞅一眼别在这里的一把小钢锹。近 70 年了，林奎喜一直精心保存着这把钢锹，只因其中珍藏着一段他和一名志愿军战士的情缘。

1953 年，林奎喜 11 岁。有一天，他家住进来 3 名志愿军战士。原来，他们随部队从朝鲜归国，部队在九连城附近修筑营房，林奎喜父母把东屋炕收拾得干干净净，让给战士们住。林奎喜老人回忆说，这 3 名志愿军战士当中，他与一名叫哲登奇的战士关系最好。印象中，哲登奇个子高大，脚也大，只有两双合适的军鞋。为了省鞋，他常常穿着白线袜子干活。林奎喜说，哲登奇他们白天去修营房，晚上常常到连部站岗，有时他就和哲登奇一起站岗，休息时候哲登奇还常带他到江边坝上玩，相处得特别好。

第二年三四月份，部队营房修好了，哲登奇和战友们要离开马市村了。临别前，哲登奇拿出他在一次打扫战场时，从战壕里捡拾的一把美军小军锹，作为纪念品送给了林奎喜。

“正常情况下，可铲可砍；弯过来，可当镐头刨。”说着，林奎喜老人向笔者展示着这把小军锹的功能。据观察，这把小军锹为木柄，长约60厘米，锹头处有旋转活动箍扣螺丝，锹面上隐约可见“US”字样。林奎喜老人说，快70年了，他一直珍藏着，从没有使用过这把锹，因为它见证了自己与志愿军战士间的友谊。

听村干部讲，林奎喜老人一直坚持拥军爱国，年轻时就是村里的“五好民兵”。有一年，生产队喂牛的吴师傅连人带牛陷入冰窟。林奎喜冒着生命危险，沿着冰面一边解开牛缰绳，一边招呼村民营救，最后吴师傅和生产队的牛都得救了。

根植红色血脉的热土

在抗美援朝时期，马市岛村民与志愿军官兵同吃同住，“支前拥军”为抗美援朝作出了默默奉献。

如今，山河已无恙，但“支前拥军”的“红色血脉”已浸润至当地村民的心灵深处，代代相传。村民们精心打造了红色主题长廊，也在时刻提醒着成长在新时代的年轻人，要铭记那段战火纷飞的岁月，珍惜志愿军战士用鲜血和生命换来的美好生活。

在“红色血脉”的浸润下，勤劳质朴的当地村民依托发展农业经济，一年四季为市民提供二十余种果菜，成为丹东当之无愧的“菜篮子”基地，也成了丹东红色资源“网红打卡地”和市民近郊踏青、亲子采摘的首选地。

受当地富硒“油沙子”地的滋养，马市岛的水果萝卜“叆河青萝卜”地理标志证明商标，还取得了国家知识产权局商标局注册，在当地更是远近闻名。礼品西瓜、草莓等水果，也是一上市便畅销省内外，有力带动了当地经济发展。2020年3月，在抗击新冠肺炎疫情期间，马市岛的菜农们还积极捐赠13000公斤水果萝卜、1000公斤白菜驰援武汉，为武汉人民加油。

如今的马市岛，在游客眼中，不太像个村庄。漫步在马市岛中，宽阔平坦的路旁，各色鲜花争奇斗艳，青瓦白墙，硬化路面通到每家每户，一排排太阳灯照明灯、一处处的垃圾分类处理点，还有上千平方米的文化广场，置身其间，宛若进入了“世外桃源”。

同样被“红色血脉”浸润的，还有驻守在马市岛的马市边境派出所一代代戍边人。自 1976 年建队以来，他们就始终视群众为亲人、把驻地当故乡，倾情守护马市岛的一方安宁，倾心推出“零距离服务群众、零滞留化解矛盾、零盲区守护平安”的群众工作法，倾力营造“生态环境好、居住环境佳、治安秩序优”的生活环境，鼎力助推村民致富增收，与当地村民结下了浓厚的鱼水深情。

从橄榄绿到藏青蓝，历经 45 年的风雨变迁，但一茬茬戍边人的初心和使命从未更改，在他们的精心“耕耘”下，派出所于 2003 年被公安部评为“一级公安派出所”，连续 4 年被原公安部边防局评为先进党支部，连续 4 年被原辽宁公安边防总队评为基层建设先进单位，连续 7 年被原公安部边防局评为基层建设标兵单位，先后 2 次荣立集体三等功，2 人荣立个人二等功，11 人次荣立个人三等功。今年，马市边境派出所还被国家移民管理评为“四强”党支部，并获评“2019—2020 年度辽宁省青年文明号”。

如今的繁华盛世，当如先辈所愿！

【《中国出入境观察》2021 年第 11 期】

片马：丰碑矗立的边陲小镇

杨　晓

初识片马，源于一个美丽的名字——听命湖，意思是听人命令的湖泊。据说，这里离天太近，人们到这里只能轻声细语地说话，如果大声叫喊，顷刻间便会风雨交加、冰雹突至，因此人们又把它称作迷人湖。其实，这是湖区上空弥漫着饱和水分的浓雾，遇到声波震动，就凝聚成雨和冰雹的缘故。

听命湖距片马约 36 公里，海拔约 3540 米，形状东西长，南北宽，水面约 0.3 平方公里，由雨水和雪融汇聚而成。湖水清碧透明，水深莫测，凛冽如冰，四周森林密布，野生动物在四周栖息游荡，国家保护珍稀动物灰腹角子雉、山驴、金丝猴、小熊猫、羚羊等就常年生活在这里。湖区的景色随着四季的变化而不同，春天，雪山融化的涓涓雪水汇入湖中，漫山的杜鹃点缀四野，是苏醒的野生动物的乐园；夏天，葱绿的林间百花盛开，云海茫茫；秋天，碧蓝的湖水倒映着岸边金黄的树叶，秋高气爽；冬天，寒凝大地，一片宁静。

从怒江州州府所在地六库出发，沿怒江一直往西，从海拔 800 多米一直到海拔 3400 米的风雪丫口，然后再往下进发到海拔 1900 多米处，就可以看到片马了，全程约 97 公里。一路上古松盘壁，云雾缭绕，跌宕直下的林间飞瀑，未经雕琢的美景让人联想起电影《阿凡达》中的潘多拉星球。

走进片马，蓦然发现这里矗立着一座座丰碑，蕴藏着一个个荡气回肠的英雄故事。

一座雕塑凝聚着誓死不屈的民族呐喊

片马是云南省怒江州泸水市的边陲小镇，隐藏在森林植被茂密的高黎贡山西坡，得名于景颇语“木材堆积的地方”，其三面与缅甸克钦邦接壤，是中缅边境北段最重要的通道。

据记载，公元 8 世纪，片马为唐代南诏政权的西域领地；元代隶属大理府云龙甸军民府；明代隶属永昌府茶山长官土司；清代隶属永昌府登埂土司统领。《明史·土司列》记载：“茶山长官土司，永乐二年颁告信符、金字红牌。八年长官早张遣人贡马。宣德五年置滇滩巡检司。以长官司奏滇滩当茶山、瓦高之中，蛮寇出没，民不能安，同事段胜颇晓理，能安人心，乞置司，以胜为巡检。从之。”由此可见，片马在元明时期，就已由中国统治者设官治理。

由于片马特殊的地理位置和经济条件，长期以来，英国殖民者意欲以此为跳板，进入怒江、澜沧江流域，再深入到中国的大西南，将中国的大西南与英属缅甸连成一片。英国殖民者侵吞缅甸后，对我国领土片马垂涎三尺。清光绪二十四年（1898年），英国公使窦纳乐在给清政府的照会中就提到，应让地方官不得干预恩梅开江和怒江之间分水岭西境之治理，完全暴露了英国企图以分水岭为界的侵吞野心。从1900年直至1905年间，多次向我片马境内进行挑衅。1910年4月7日派遣其新任驻腾越领事娄斯以“渔猎”之名，对片马当地头人进行收买贿赂，但未能得逞，于是恼羞成怒，贸然决定进行武装入侵片马的行动。

1910年11月下旬，英国决定派驻密支那府官郝滋上校，亲自率兵1000余人，驮运弹药骡马2000余匹，到昔董待命。英国驻腾越领事娄斯亦到昔董，共同会商侵略事宜。12月26日，英方先遣部队百余人，驮马50多匹，驮载弹药、锄、锤等物，沿恩梅开江进抵拖角，并在拖角建筑储粮仓，抢修道路，后向片马进发。3天后，英军大部队2000余人，驮马2000余匹，以及修路工人、赶马工人400余名也相继来到拖角，并经盐井坝、把仰、毛绞，渡小江至独末、笼蚌、官寨、噬戛，再东渡小江，于1911年1月4日抵达高黎贡山西麓的片马，设营驻兵实施军事占领，并分兵驻扎鱼洞、岗房。同时，英国侵略军焚烧了在片马的汉学堂，赶走了教师姜光耀。英人记载情形是：“英兵从缅甸出发，经两月之久，中途小心惕虑，怕遇抵抗，沉着向片马推进。一面又听得谣言说：中国要打仗。实际此谣言仅由一中国教书先生所流传。英兵到时，请此乡学究出面。此乡学究从容不迫，待半点钟之后，方缓步出来，鞠躬如也地见英官。对之曰：‘我们要你即刻离开此地。’乡学究应之曰：‘唯’，即束装跨过片马，回中国而去。英军遂进片马，占领其地。”这就是轰动一时的“片马事件”。

英军入侵片马遭到当地傈僳族、景颇族人民猛烈的反抗，为首的是傈僳族头人勒墨夺扒。勒墨夺扒曾与片马各族人民一道，多次进行反英斗争。光绪三十四年（1908年）、宣统二年（1910年），英国驻腾越领事列敦，曾两次以贿赂收买勒墨夺扒，都遭到了断然拒绝。这一次英军大规模入侵，更激起了勒墨夺扒的愤恨，他毅然联络头人姚中科，率领各族边民，与英军进行了“誓死不屈”的斗争。当英军进入古浪大寨时，勒墨夺扒领导100多人的抗英队伍，身披蓑衣，手持弓弩，伏击于古浪寨旁的丛林中，打死了一名英军军官，英军狼狈南逃。

英国入侵片马的消息传入祖国内地，舆论沸腾，人民纷纷集会游行，要求清政府出兵，收复失地。云南省城昆明各界组织“保界会”，作为政府后援，云南省咨议局推举周钟岳、李曰垓为代表赴京，向外交部请愿，要求向英国政府提出严重抗议，同时力争收回七府矿产。云贵总督和清政府都向英国当局提出了严重交涉，但却未能派兵前往片马。

坚持在片马地区第一线斗争的是怒江两岸的傈僳、景颇、彝、白、汉等族边民，他们汇集了400多人的抗英弓弩队配合泸水各土司派出的民团100多人，开展反侵略斗争。宣统三年（1911年）正月，弓弩队分南北两路向片马挺进。由南路进军的200多人，登上高黎贡山，经过古炭河直奔片马丫口。从北路进攻的弓弩队也有200多人，凌晨碰上英军巡逻队，傈僳族神箭手褚来四射中一名英军军官的眼睛，英军乱作一团，被迫退走。最终由于敌众我寡，力量悬殊，抗英群众不得不撤回山中，自此拉开了片马各族群众反抗侵略的不屈斗争。

1985年2月，胡耀邦同志莅临怒江视察工作，高度评价和赞扬了片马人民的抗英斗争精神。同年，党中央和云南省委批准了怒江州委、州政府关于修建片马人民抗英胜利纪念馆和纪念碑的请示。如今，纪念馆内，勒墨夺扒的雕塑矗立在门口显著位置，左手握刀，右手执弩，坚毅的眼神依旧凝视着边境线的方向，继续守卫着家乡。

一架残骸记录着无问西东的峥嵘岁月

1942年5月中旬，日军占领缅甸，切断了同盟国援助中国抗击日本的唯一通道——滇缅公路。中美政府决定紧急开辟一条印度—中国的空中走廊，代替滇缅公路，继续为中国提供抗战物资。日军在密支那机场进驻第64战斗机战队，专门拦截我们没有防御能力的运输机，航线不得不向北绕过密支那，这样航线就要飞越喜马拉雅山南麓，全长800多公里，沿线山地海拔均在4500—5500米上下，最高海拔达7000米，从印度阿萨姆邦汀江，经缅甸到中国昆明、重庆，运输机飞越青藏高原、云贵高原时，达不到必需的高度，只能在峡谷中穿行，飞行路线起伏有如驼峰，驼峰航线因此得名。

由于负责开辟驼峰航线的美国陆军航空兵无力立刻承担飞行重任，这时中国驻美代表宋子文提出，可以由中国航空公司（CNAC）来参与这条驼峰航线的开辟和运行，而美军则向中航提供飞机。但是美国中印缅战区司令史迪威将军和美国陆军航空兵司令阿诺德将军等美军将领，一点也不希望这条航线由普通的中国老百姓来领导，不过他们确实需要中航飞行人员的经验和原有的20多架飞机。所以，他们提出了一个折中的方案：由美军租用CNAC的机组人员和飞机，来承担一部分中印航线的任务，并承诺，一旦中航损失一架飞机，他们马上就为此补充一架。这样，CNAC就以受美军领导的一支商业航空公司的平民运输队身份，参加了著名的驼峰航线运输任务，他们是除了美国陆军运输队外，唯一飞越驼峰航线的单位。

怒江州是“驼峰航线”的一段重要空中走廊，怒江大峡谷和“石月亮”是驼峰飞行员十分熟悉的地面导航标志。据统计，1942 年5 月至1945 年8 月抗战胜利为止，中美空运大队飞越驼峰 8 万架次、空运物资 80 多万吨，保障了缅北战场抗战物资的需要，为抗战胜利作出了卓越贡献。但是，中美两国也为此付出了惨重的代价，中美共损失飞机 609 架，牺牲飞行员 1500 多名，坠落在怒江州境内的飞机 27 架，其中战斗机 7 架、运输机 17 架，3 架机种不详。坠落在泸水市境内高黎贡山山脉的 C-53 运输机，是目前遗留在地面上最完整的飞机残骸。

1943 年 3 月 11 日，美国飞行员吉米 · 福克斯与中国飞行员谭宣、王国梁驾驶中国航空公司 C-53 运输机从中国昆明巫家坝机场飞往印度汀江途中，因遇到低气压、强气流而不幸在泸水市片马镇境内坠落。同一编队的彼得 · 古蒂亚围绕着坠机点不停地盘旋，希望机舱里有人能走出来，对着他招手，但飞机一直安静地躺在山坡上。几天后，彼得 · 古蒂亚再次飞越这里时，白雪已经覆盖了整个山坡，直到有一天飞行员们发现，C-53 的旁边出现了黑熊。

从此以后，寻找 C-53 从来就没有停止过，1944 年，中国军队收复怒江以西部分地区，在福克斯父母的请求下，汉克斯和中国航空的另外两名飞行员雷德 · 霍姆兹、史蒂夫 · 库赛克组成了 3 人营救小组，从昆明出发，经过保山到怒江搜寻 C-53。10 月下旬进入高黎贡山的原始森林，在 20 多名当地民工的帮助下，艰难跋涉了 9 天 9 夜，终因断粮和染病被迫放弃搜寻。

1945 年，二战结束后，美国《时代周刊》这样描述驼峰航线：在长达 800 余公里的深山峡谷、雪峰冰川间，一路上都散落着这些飞机碎片，在天气晴好的日子里，这些铝片会在阳光照射下闪闪发光，这就是著名的“铝谷”。

1996 年6 月 C-53 坠机残骸被缅甸猎人发现，同年11 月17 日缅方通知了中方。中方十分重视，泸水市人民政府派人员守护坠机残骸达 540 天，怒族青年曲天成为守护坠机残骸献出了年仅 24 岁的生命。1998 年在云南省人民政府的支持下，经过多方努力，3 月 30 日将 C-53 坠机残骸分割成三部分运送到泸水市片马抗英纪念馆暂时保存。怒江州人民政府在 C-53 坠机址设立了纪念标志。2003 年，泸水市市委、市政府决定筹资建立以 C-53 坠机残骸为主体的纪念馆，修复并展出 C-53 坠机原形。

1997 年，80 多岁高龄的美国弗吉尼亚州飞行员福莱切 · 汉克斯再次来到怒江，在片马怒江驼峰航线纪念馆里，他双手抚摸着在驼峰航线飞行中失事的，好友吉米 · 福克斯驾驶的 C-53 运输机残骸，抑制不住内心的激动说：“50 多年来我一直在寻找，为的就是这一天。”

一座哨所象征薪火相传的戍边情怀

高黎贡山山脉像一条巨龙横亘于怒江与群山之间，重峦叠嶂，江河纵横，莽林层层，雪峰皑皑，磅礴之势无以复加。绵延千里的高黎贡山山脉，在片马东面突然如刀削斧砍，形成一个巨大的“V”形剪刀口，这个口便成了连通怒江与片马的必由之路，这就是片马丫口，人们却叫它风雪丫口。

风雪丫口与片马唇齿相连，互为依托。风雪丫口因为片马的战略地位而凸显出重要性。宋教仁在《滇西之祸源篇》中这样写道：“片马……东邻大理府云龙州之六库寨，南望马面、大塘二关，西通北缅之密支那，北方为野人山腹地。自大理云龙西来与自腾越北来往野人山之道，皆会于此，足称迤西之要害；若据而有之，则南可以制永昌（现保山），东可以窥大理。乾隆时，尝因夷人冠片马各寨而迤西震动，即其证矣。盖高黎贡山之险，不可与敌共之者也。”而风雪丫口又是出入片马的咽喉要道，有着一夫当关、万夫莫开的险要。从清末闵为人写的《片马紧要记》之“过高黎贡山记”一文中就可见一斑，文中写道：“庚戌冬月，过高黎贡山，此山为云南最高之山，土人云，过此山不得高声嬉笑，笑则无风即雪，遇阴即降。余去时，未信也。但崎岖鸟道，马不能骑，一举足，膝与胸平，顶没荒草。路旁古树，高如擎天。夹道绿竹，密似垂帘。日午过此，黑暗惊心。上下（高黎）贡山百二十里，始到片马，不觉苦也。及回时，登山数里，阴云四起，朔风透骨。转瞬间，空中盐撒，柳絮风飘，大树小枝，咤咤入耳；山禽野兽，历历奔前。满山雪积，几及腰矣……”风雪丫口据此险要，其战略地位不言而喻，历来是兵家必争之地。

1942 年 5 月，侵华日军占领滇西重镇保山、腾冲、龙陵等地后，5 月 21 日，侵华日军越过高黎贡山向泸水大举进犯，并占领了当时六库江西古渡口，企图从这里东渡怒江。在民族危急时刻，怒江各族儿女毅然沉没了六库古渡口的所有船筏，果断地砍断了江上的溜索，并组织军民奋勇还击，阻敌于怒江西岸，彻底粉碎了日军的图谋。日军恼羞成怒，隔江用炮向怒江岸古渡口和位于老六库的土司衙门狂轰滥炸一番才悻悻离去。

日军进犯泸水后，不仅占领了片马，还占领了怒江以西的土地，怒江西岸悬挂起了侵略者的“膏药旗”。当地群众在土司段浩，国民党第 11 集团军第 5 军运输 13 团团长谢晋生的带领下，组织民众游击自卫大队，同日寇展开了殊死决战，痛击日本侵略者。

1943 年 12 月 15 日，日军在扫荡鲁掌设治局后返回片马途中，受到抗日游击队的伏击，被击毙 40 余人。日军为报复，将抓来的 20 多名背夫全部杀害在片马二道丫口荒山上。

1944 春天，滇西抗战开始进入战略反攻。为配合驻印远征军反攻缅甸、腾冲、龙陵日军，第 11 集团军谢晋生部奉命收复片马。

战斗进行得十分艰苦。1944 年 3 月，主攻片马丫口的任务由第 11 集团军余子述部承担，因守敌占据了有利地形，居高临下，久攻不克，部队伤亡很大。11 集团军司令部加强了驻扎在秤杆的第一纵队谢晋生部力量，调了伍若龙营 300 多人加入作战，谢晋生部从秤杆后山的拍巴丫口进攻，包抄片马丫口之敌，使日军腹背受击。经过激烈战斗，日军溃不成军，最终从片马仓皇溃退，抗日部队乘胜追击，收复了片马。

1956 年，片马三寨还没有回到祖国怀抱，人民解放军就向尚在外军手里的片马丫口派驻了部队，将五星红旗插上了丫口。

丫口是个不寻常的地方，它的周围覆盖着茂密的森林，生长着耐寒的花草，唯独丫口这块几百平方米的土地上，花不见，树不长，光秃秃的像是被火烧过一样。丫口的风特别大，雨雾特别多，一年到头，云雾弥漫，冷气逼人，很少见到阳光，就是夏天也离不开雨衣。自古以来，丫口没人住过，方圆十几里内，也没有人烟。

第一批战士登上丫口，正是阳春三月，可是丫口寒风怒号，雪成团成团地下，没头没脸地向人砸来。战士们不管晚上住在哪里，也不问什么时候可以开饭，背包一撩，先筑工事。天快黑了，战士们的背包却找不到了，原来被厚厚的雪埋住了，大家已一天没有吃饭，炊事员把火柴划完，煤油用尽，把卫生员的酒精也动用了一半，可是木材还是点不着，行军锅里仍是一堆雪。夜深了，在茫茫雪山上，大家紧紧挤坐在一起，合顶着一块雨布，怎么也睡不着。连长笑着说："你们不是说没有故事讲吗？现在，你们可有故事了，将来可以讲给子孙们听，当年怎么保卫祖国边疆的。"说得大家乐呵呵热乎乎的，顽强地抵住了冻饿和疲劳，度过了丫口第一个风雪之夜。

要站住脚，就得有个站脚的地方。战士们从第二天起，就用自己劳动的双手，一手劈山，一手牵水，开始了建设哨所的斗争。没有平地，铲平陡坡打地基；没有砖头，搬来石头垒墙壁；没有工具，用石头砸石头，战士们手脚砸破了，棉衣撕烂了，肩膀磨肿了，但是丫口有史以来第一次出现了房子，边防战士从此有了立足生根的地方。

风雪丫口海拔 3150 米，常年浓雾紧锁，气候多变，风急雪大，丫口的竹、草和树木由于狂风横扫，一律顺风歪斜着。雪大的时候，营房在一夜之间便会被雪埋掉，要掏个洞才能从雪堆里爬出来。丫口冠之以"风雪"之名，恰如其分。

丫口的物质供给非常困难，高原缺氧和风雪严寒的自然环境也十分恶劣，战士姚家林记了 195 天日记，有 153 天没有见到太阳，整年阴冷潮湿。吃水要到老远的山洼里去抬，山陡路滑，一桶水抬到丫口，洒得只剩半桶。姚家林和张培松带头找泉眼，挖水沟，终于把一股清澈的泉水引到了哨所炊事房。就这样靠着艰苦奋斗的顽强作风，官兵们扎根了下来。

1961 年 6 月 4 日，根据中国与缅甸两国政府签署的边界条约，片马三寨与风雪丫口回到了祖国的怀抱。1963 年，国防部授予片马丫口哨卡“钢铁哨所——风雪丫口排”荣誉称号。从此，官兵们和当地的百姓就用“风雪丫口”取代了“片马丫口”的名字。同年，《解放军报》以“铁铸的哨所，钢打的战士”为题，发表长篇通讯，号召全军向风雪丫口排学习。这一年除夕夜，周恩来总理亲自向驻守风雪丫口的战士打电话拜年，在全国传为佳话。

片马三寨回到祖国后，国门前移到片马。1991 年，片马口岸被列为云南省省级口岸，是怒江州唯一对外开放的省级口岸，成为怒江州经济腾飞中的一翼，是云南省对外开放的重要窗口，朝着资源开发、加工、进出口贸易等多功能综合性口岸发展。

“天地英雄气，千秋尚凛然。”一个有希望的民族不能没有英雄，一个有前途的国家不能没有先锋。公安边防史是一部红色基因传承发扬的忠诚史，一代代边防人前赴后继、不忘初心、奉献国门，书写了“扎根边疆一心为民”的忠诚赞歌。站在新的历史起点，作为曾经守护片马口岸的公安边防官兵，如今的第一代国家移民管理警察，传承发扬部队的光荣传统，从橄榄绿到平安蓝，换装不换初心，把忠诚本色转化为继续深化改革的政治定力，以坚如磐石的信仰、碧血丹心的忠诚，坚决听号令、听指挥，以跑步的姿态起步，以战斗的姿态奋斗，心无旁骛干事业，携手边疆群众共同创造更加美好的明天。

“长风破浪会有时，直挂云帆济沧海。”片马，丰碑矗立的边陲小镇，如今，新的丰碑正在构筑。

【《中国出入境观察》2020 年第 1 期】

“与之并肩而立，也共享荣光”

方夏娜

眼下，经由港珠澳大桥的交通工具以及往返出入境旅客越来越多，给港珠澳大桥边检站带来了极大考验。根据国家移民管理局部署，广州出入境边防检查总站自2019年9月21日起分批次派出民警前往支援，他们付出了汗水，收获了闪光的故事。

一

2020年春分的清晨，陈文育站在港珠澳大桥边检站的宿舍窗边，由高处眺望伶仃洋一侧。伶仃洋海天一色，港珠澳大桥凌波飞架三地，宽阔整洁的桥面上，车流、客流穿行不息。

他的脚边堆放着前一晚已收拾妥当的行李。宿舍区楼下，洲头嘴边检站接他们返程的班车已然就位。

彼时，新冠肺炎疫情仍在肆虐，他知道，接替他们上岗的民警，正在备勤室套上严严实实的防护服，从头到脚。

2019年9月，广州边检总站从各边检站抽调80名警力，支援港珠澳大桥边检站工作，有初来乍到的新兵，也有在岗位坚守了几十年的老边检人。他们根据需要被分配在不同的工作岗位上：旅检、车检、巡查站哨、守岛。陈文育是这一批次洲头嘴边检站派出的5位民警中的一位，也是这一批次广州边检总站支援民警的领队。

短短半年，却经历了一些大事。

他突然想起了来这里报到的第一天。彼时大庆安保还未结束，口岸大厅里，人头攒动；车站上，跨境巴士循环往复。

两座旅检大楼，10个查验场地，上百万平方米口岸限定区域，复杂的口岸环境，繁重的查验业务，民警们惊叹着往来的人流、车流，瞬间感受到满满的压力。

生活中，也曾遇到这样那样的小难题：买东西不方便，只有一个小卖部；因为是岛，有种与世隔绝的感觉，十分冷清……

与广州相比，他觉得广州的热闹是在内里，也可能是因为家安在了那里，感觉除了工作，生活中所有的细节都是丰满的；而港珠澳大桥的热闹在于外在，即使大厅里人来人往，但一切都如过客，静下来返回休息室，内心总会涌上一阵阵无可言说的静谧，与心灵深处的自我进行碰撞。

二

都说找到了归属感，就表示融入了环境，但他们很快发现，接下来的日子，他们已经忙碌到无暇去顾及个人的感受。一天的行程，无非是上勤、下勤，三餐休息。但因每个人值守的岗位不同，执勤、休息的时间节点也各不相同。

2019 年 12 月，澳门回归 20 周年，一场盛大的庆典在此举办。从 11 日到 23 日，国家在港珠澳大桥东人工岛设立临时安全检查站，依法对经港珠澳大桥从香港入境澳门和珠海的人员以及交通运输工具开展安全检查。

对于即将年满 60 岁的老民警李远丰而言，那是有生之年经历的最高规格的安全保卫工作。他驻守在岛上，每天紧张细致地查验过往车辆和人员，生怕出现一丝差错。每一天都需要全程在监控下站岗值守，身上的枪大约有 8 至 9 斤重，精神高度紧绷。许多同事带着睡袋上去，换班下勤之后都往身上套，一挨到地板就睡着了。

在岗亭上，风呼呼地吹，根本猜不到它的来向，只觉得吹得头一阵阵生疼。珠海 12 月的太阳依旧猛烈，抬眼看天，能看到一圈圈灼眼的光环扩散。在那里，一个小时像过了一天。

执勤中他们又时常因为忙碌而错过饭点，送过去的盒饭放着放着就凉了。但又忙又累的时候，不会再讲究这些，只想赶紧结束，回去睡个好觉，“风餐露宿”这四个字是执勤最好的写照。

东人工岛设有游客观景平台，香港美景触手可及。由于靠近香港大屿山，毗邻最繁忙的国际机场——香港机场，抬头就可以看到飞机从头顶掠过。

李远丰想，等退休后重游故地，应是不同的感受。

三

“有时忙起来脚不沾地，更别提看手机了。等回看时惊呆了，好几十条信息过来，回复都要好一会儿。”来自洲头嘴边检站执勤四队的民警陈静，在港珠澳边检站负责旅客检查工作，曾在白云边检站工作多年的她，很快熟悉了这里的业务。

抵达那一天，陈静将折叠单车放到了港珠澳大桥边检站宿舍区的地下停车场。

停车场十分宽敞，一侧停放着除了轿车以外的其他交通工具：滑板车、电瓶车、装备车以及单车，停车场遥远的另一头通向执勤现场。“两点一线”的支援工作就此开启。

“偌大的执勤现场，生活区也离得远。”陈静说。每次下完班，脚底板都是发烫的。

“最初在现场，让我们熟悉业务，是‘3 个岗位 6 个人支援’，可以一班接一班，但工作强度还是挺大的。”客流一波接一波，来的多是老人团，还有“澳门一日游”观光团，一群大爷大妈早出晚归地过自助通道，一窝蜂过来，因为不懂操作，大都求助民警。

陈静站在人群中间慢慢教，有的老人耳背听不见，常常扯着嗓子吼，经常喉咙都喊哑了。

“常常是口干舌燥的状态，又怕喝多了水，老要上厕所。”班与班的对接时间只有 15 分钟，而厕所离现场很远，用来走路的时间都觉得浪费。

单车这时就派上了用场。

“有一次换勤，我跳上单车就要开跑。队领导吓了一跳，立即将我拦住，紧张地问发生了什么事。我不好意思地回：上厕所啊。霎时间在场的人‘轰’地一声都笑了。”

她也骑着单车到饭堂，打成盒饭挂在车头，一路风尘，特有成就感。

“住的地方是无敌海景房，俯瞰伶仃洋。工作氛围很好，工作虽累，心却不累。”陈静说。

快乐的人，在哪里都会觉得快乐。

四

洲头嘴边检站原勤务指挥室的陈义志，在入境车道检查港珠澳大桥通行入境车辆。他说，过年期间客流量大，本应夜晚 10 点关停的通道延关至凌晨 1 点。哪边高峰，就支援哪边。

晚上 10 点以后，上层走人，下层走车。他负责的货车道入境时，边检查验是第一道关卡，出境时就变成了最后一道。

凌晨，灯火通明的口岸催促他步履不停。长时间地站立行走，使陈义志觉得双腿像灌了铅一样沉。在许多个因为昼夜倒班而无法入眠的夜里，香烟在手中慢慢燃尽，扑面而来的海风，不时将他的思绪带回到从前，那些站在强烈摇晃的驳轮船头的时刻，看着旁边万吨巨轮缓缓下降的舷梯，是一股无言的力量支撑着，战胜恐惧和疲惫。

每每站在出入境大厅，看着前方的指示牌显示左转前往香港、右转前往澳门时；每每检查港澳车辆，看到所有的车辆都是按照右向行驶交通规则行驶时，他总会惊叹，港珠澳三地就这么神奇地连接在了一起。

“中国梦的实现不会太远。”他竟不自知湿了眼眶。

五

2020年的央视春节联欢晚会，港珠澳大桥也设立了分会场。黑夜，伶仃洋海面燃起绚烂的烟火。

与海上人工岛的热闹不同，大桥另一端的出入境大厅略显落寞。在新冠肺炎疫情的影响之下，大年三十晚上，口岸几乎没有来往的车辆和行人。

叶伙生一直负责处突巡查和监护工作，偌大的执勤现场，随随便便走下来就几万步。12月，在东人工岛站岗放哨，他也背枪上阵了。"刚开始体力真的吃不消，而且春节期间，执勤时间还延长了。"但无论是体力不支，还是感冒难受，都不好意思吱声。"因为每一组人就那么多，你一休息，意味着别人就得多上。"

随着国内外疫情的变化发展，口岸政策也在调整。防疫时期，人虽少了，但整个口岸的执勤氛围却凝重了不少。每天与天南地北的大量入境人员直接接触，说不害怕，那是假话。

防护服这些东西套在身上，不仅憋气，还不透气，每个班下来，全身都湿透了。"刚开始肯定担心，但职责在这里，大家都一样，没有一个因为害怕而退缩的。想到这心就定了。"他说。

虽然也50多岁了，但叶伙生总感觉自己驾驭得来。

一代人有一代人的使命，在时代的洪流面前，没有任何人能够置身事外。

"休息室虽小，但有360度无死角海景""今年春晚，主持人说融合了大湾区的人文精神，这里也有我的一份努力呢""各种交通工具到现场，滑板车、电瓶车和装备车，城乡结合，十分接地气""我见过全国人大代表，从香港过来，很亲切，她还用双手接过证件和人大代表证"……

"与之并肩而立，也与之共享荣光。"港珠澳大桥支援这一程，他们感觉，比几十年的从警经历都丰富。

向梦想奔跑的人，生活总会给予其全新的定义。

【《中国出入境观察》2020年第5期】

每一个与北京相遇的日子都是对青春的礼赞

杨宛茹　韩　杨

“快，宛茹，穿上防护服上台子，下一班飞机要到了，已收到消息，飞机上有确诊旅客。”闷热的防护服、带着雾气的护目镜、拥挤嘈杂的现场、惶恐不安的旅客……奔跑、驻足、嘶喊，错乱的记忆与现实的梦境交加。我喘着粗气自梦中挣脱出来，环顾四周熟悉又带点陌生的宿舍，重新回到现实，心里的失落感油然而生。

现在的我早已完成支援任务，离开北京边检总站，回到齐鲁大地。

回顾一年的支援时光，故事要从那辆北上的列车说起。

初识——你认真的样子真美

烟台边检站是没有夜间勤务的，所以我一直在期待“第一国门”的夜间勤务。

没想到夜班却给我“当头一棒”。明亮而嘈杂的入境旅检现场，密密麻麻望不到尽头的人流，疲惫但依旧细致的检查员，三小时才换班的自助通道，肿胀的小腿和制式高跟鞋……这些也构成了我对北京边检总站工作的第一印象——累。

经过 12 个小时的辛苦工作后，我作为“新人”的新鲜感已经被疲惫感全部覆盖，坐上下勤的班车，我已经对任何问题都无法思考，脑海里只有两个字——睡觉，我把头靠在窗户上，闭上眼睛，准备入眠。

“按照最新业务规定，那就是一个差错。”

“我觉得不是差错，这样办理是可以的。”

“队长，你说，到底是不是差错。”

“这是怎么了？”睡眼惺忪的我被一阵“争吵”声吵醒了，那激烈程度让我以为马上就要“大打出手”了。原来是对业务文件理解不同的两个姐姐，各执一词，争得不可开交，而车上的其他人也渐渐加入讨论，班车上立马热闹起来。那股精神头，像一群晨起的鸟儿，让我感觉仿佛昨天晚上大家未曾经历一场大夜班。我身旁的师姐看我一脸疑惑，笑着说：“习惯就好啦，上班下班都一样，随时随地讨论业务是北京边检的一大特点。”

的确如此，在备勤室里讨论最新文件，在电教室里讨论考试难题，下检查台后讨论刚遇到的证件问题，甚至有时候在吃饭时都会说两句业务规范，这使我对北京边检的印象不断丰满。它是努力的样子，是好学的样子，是认真的样子。这勾勒出了北京边检的骨架，亦使它的血肉不断充实。

熟知——何其有幸与你们并肩战斗

“我不害怕，队长，我要报名。”

“你是支援民警，可以不用去的。”

“既然要去战场，都是战士！”

T3-D，T3-D，这个名字我现在读起来依旧心潮澎湃，这是北京边检总站防疫的第一线，也是我战斗了近半年的地方。

它充斥着汗湿的防护服，不透气的 N95 口罩，互相听不清的“嘶喊声”，不断变化的业务规定……但也是在这里，我收获了最快的成长和进步。

被感染怕不怕？答案肯定是怕。

但是对前台检查员来说，工作失误同样可怕。刚进入 T3-D 的我，唯一熟悉的只有手里的验讫章和验放流程，不停变动的新规定和多变的前台情况，防护服的帽子摩擦产生的噪音和现场的麦克风电流声，连续几个小时不间断办理出入境手续，这一切都让我对自己产生了疑问，我究竟能不能撑下来？

“谢谢谢谢，很累吧，你们太不容易了。”检查台前的麦克风突然传来这样一句话，我惊讶地看过去，原来是那位我刚刚办理完的旅客又折返回来。这时已经站在台子前的下一位旅客见状也对着我说“您辛苦了”。随后的每个旅客都不约而同地说“辛苦了”“还好有你们”“回来真好”，仿佛是一个固定的流程一样。

回到备勤室的我内心久久不能平静，看着身旁忙碌的战友，有身着防护服五六个小时办理旅客的，有推迟婚期为了抗疫胜利的，有把孩子送回老家夫妻二人共上一线的，他们从未喊过一声苦、一声累，甚至他们还能笑着互相“埋汰”被护目镜压出来的“丑陋”，在彼此的防护服上写下无数鼓励的话语。

我可以撑下去的！我在台上默默对自己说。我周围是克服万难认真查验的同事，我身前是无比信任我们的旅客，我身后是团结强大的祖国，我又如何能后退呢？

累并充实，是我最大的感受。

离别——在生日的欢笑中不说再见

“要吹蜡烛啦，宛茹快许愿。”

在金秋九月的微风下，我收获了一个别开生面的生日宴会。

那天，我作为指挥员刚刚带领我们队夺得会操桂冠，还没从欢呼声中缓过劲来，就被一个大惊喜给砸中了。

“快过来，宛茹，你在等什么呢。”

我懵懵懂懂地被大家推向操场的中心。大家唱着生日歌，向我聚拢过来。

“希望都越来越好，我们、总站、国家都会越来越好。”我在心里默默说道。

这是第一次有这么多人给我过生日，泪眼模糊中，我认真看着每一张笑脸，是跟我一起欢笑的笑脸，是跟我一起战斗的笑脸，是陪伴我走过这一段旅程的笑脸，是在我的生命里留下重要印记的笑脸。

这是一次集体生日，也是一次集体道别，一帧帧画面在我脑海里快速闪过。回首这一年，和大家一起完成工作，一起参加演出，一起赢得比赛，这些都写满了我的支援生活，这种齐心协力朝着共同目标前进的感觉太美妙了。

这种美妙存在于凌晨三点航班的催促声中，存在于半夜赶稿子的舍友的呼噜声中，存在于茶话会大家的掌声中，存在于各项竞赛的呐喊中……它不是一朝一夕的感动或喜悦，是一年365天的沉淀与收获。这一年，绘画、演出、主持、考试、竞赛……以营区、勤务现场为两点一线的365天，被无数个满满当当的时刻连接着，构成了我在北京充实难忘的一程。

【《中国出入境观察》2020年第10期】

因为有了桥，才有远方路

徐漠依

每个人一生都会走过无数座桥，因为有了桥，才有奔赴远方的路。我最初到达的远方是云南边城。那3年多的时光，如同米轨上的小火车缓缓而行，攀爬悬崖峭壁，穿越峡谷丛林，看尽山野风光，留下悠长悠长的印记。

2015年1月21日，我坐在一列绿皮火车上，奔赴一个叫作河口瑶族自治县的地方。伴着火车与轨道撞击的咣当咣当声响，我不停地拨打着一个个熟悉的号码，屏幕上微弱跳动的手机信号，让我与4000公里外的家人通话时断时续，更加剧了我的烦躁，直至泪花闪烁。

6个多小时后，绿皮火车抵达夜幕下的河口北站。走下火车，一股热浪袭来，我瞬间有些恍惚……

何事吟余忽惆怅，村桥原树非吾乡

河口瑶族自治县为云南省唯一以瑶族为主体的自治县。红河与南溪河在此交汇，当地取意"两江汇聚之地、大河入海之口"，得名河口。河口与越南隔河相望，通过中越南溪河公路大桥、中越铁路大桥以及中越红河公路大桥连接两地。

驻守河口国门的原河口边防检查站，是我走出青葱校园的第一站。那时的河口边检站及其两个分站，分别担负着人员、火车、货运汽车的出入境查验任务。

初到之时，每天清晨，同师傅一起坐在联检大楼的验证台里，开关后，可以看到中越南溪河公路大桥上百米冲刺而来的越南民众，有去农贸市场争抢摊位的商贩，有跨境工作的务工者，有跨国读书的孩童。一时间，整个口岸人声鼎沸，好不热闹。

耳边"叽里咕噜"的声音让我很头疼，无论河口方言，还是越南语，对我来说都不知所云。

疲惫与空虚感，让我一度陷入迷茫的旋涡，到底为什么从几千公里之外来到这个边陲小镇？重复机械性的工作，酸辣重口味的饮食，难以忍受的热带季风气候，让我一次次问自己未来何去何从？

一天，我坐在那里发呆的时候，科领导悄悄地走过来，问："在想什么？有什么心事？"我慌乱地收回目光，答道："没想什么，在放空自己。""既来之，则安之。

每一种生活都有别样姿态，都要去勇敢面对，并且享受它。”他笑笑说道。我则若有所思。

白云孤飞思故乡，望穿秋水已成疾。那时候，最讨厌同事对我说：“东北那么寒冷，东北经济那么不发达，还是云南环境好，就在云南安家吧。”通常我会直接反驳，或者丢个白眼。在我看来，故土难分，家乡难舍，我对那片黑土地爱得深沉。也有热心的同事给我牵线搭桥，我都抱以冷漠。也曾偷偷听到评论，“这姑娘个性太强，脾气也不好，有点奇葩。见过想家的，没见过想家如此强烈的。”

南溪河公路大桥上推车的越南妇人，常常让我陷入沉思。越南妇女长相与国人相似，但多数都很清瘦，有一种骨感美。她们干起活来一点都不比男人逊色，一个人推着满自行车的货物照样行走自如。

这自行车不同于一般的自行车，它是经过特殊改装的。没有车座没有脚蹬，车把的另一边进行了加长。拉货时，整个自行车都埋在货物里，远观只看到移动的货物而看不见操控的人，当行至跟前，发现动力来自于旁侧一个瘦小的妇女时，会让人惊掉下巴。经了解，这种改装车最多可以拉货一吨多。

酷暑难耐，我坐在开着空调的室内验证，而缓缓走来的越南妇女，把自己包裹得严严实实，她们只露出一双眼睛，待取下防晒装备，就会见到热汗淋淋的面容。接过那一本本被汗水浸湿的证件，就是接过她们追求幸福的通行证。生活本不易，凡人逐自安。

面对生活，每个人都过得不容易。都要拼了力气，承担肩上的压力、生活的重担以及种种委屈。在这烟火人间，无论是往来两国间讨生活的妇人，还是漂泊他乡的游子，改变不了现实，就要勇敢地改变自己对生活的态度。我省悟了，不拿任性去抵抗现实，而要用努力去追寻，用勇气去面对，为自己的人生架桥，才能跨越一道道生活的阻碍。

百年功过任评说，人去桥存日月长

离南溪河公路桥百余米的地方是一条平行的铁路桥。

晚上 11 时，一天的勤务结束，我们列队离开口岸限定区域，就着路灯微弱的光，依稀可见不远处的中越铁路大桥。那里的战友 24 小时驻守在中越铁路大桥旁，肆虐的蚊虫和不间断的蝉鸣声，伴随他们度过漫漫长夜。

中越铁路大桥建于 1903 年。这座桥横跨南溪河，将河口与老街接连起来，大桥中间为中越国界，北段属于我方，南段属于越方。读书时我不喜欢枯燥的历史课，不清楚铁路桥沧桑而曲折的历史，只听说它百年来历经“三毁三新”，见证中华民族从封建落后走向繁荣开放。著名的“云南十八怪”中，有两怪与铁路桥相关：“不通国内通国外”，说的就是桥上的滇越铁路；“火车没有汽车快”，则是说铁路上米轨列车的速度。

详细了解相关历史，还要得益于2017年电影《芳华》。电影热播不久，单位组织去碧色寨参观。此行与众不同，滇越铁路客运早已停止运营了，因此我们是搭乘货运米轨列车。这是我体验过的最慢的火车，时速最高不超40公里，缓慢地移动着，像要拖住青春似的。

刚上车时我这摸摸、那看看、拍拍照、听听介绍，一切都充满新鲜感，然而行驶一段时间，火车和轨道的撞击声，车内飘散着浓郁的柴油气息，让我感觉既头晕又恶心。

突然，列车缓缓停在一处。走下车先是一片漆黑，只有桥洞口照进微弱的光。摸索着走出桥洞，一眼望去，只见两座绝壁之间悬挂着一架人形桥，如同一个展开双臂的巨人，硬生生推开了双岭。

人字桥矗立在险峻的峡谷之间，其建造结构理念与法国埃菲尔铁塔如出一辙，是世界铁路桥梁史上的宏构。当年法国报纸称：中国工人在人字桥上的施工是“死亡之上的舞蹈”。

站在桥上，看着饱经沧桑的窄轨印证曾经的屈辱，聆听那即将远去的锵锵之声，回溯中国第一条国际米轨铁路曲折历史，感怀着“一根枕木一条命、一颗道钉一滴血”的悲壮，心底感动油然而生。

我忽然意识到，万事万物蜉蝣天地间，都有其存在的意义。这桥是以劳工血肉与尸骨作为代价铺就的，造成了无数家庭的苦难与悲哀，亲历和见证了政治博弈掀起的战火：中日战争、越南内战、中越战争……同时，它承载过一批又一批的云南留学生走向海外，中国现代数学奠基人、培养出华罗庚的熊庆来便是其中之一。它连接起一条中越两国间的国际大通道，为百年商埠的发展奠定了良好的交通基础，也承载着荣辱与沧桑，丰富多元的历史文化内涵。

时过境迁，很难再现列车穿梭往来的景象，时空交错，轨面在阳光下闪着耀眼的光。我想，一代代人守护在这里，守护的是边境安全、家国安宁。渺小的我，只是那沧海一粟，又能为它做些什么呢？唯有尽我所能，来守护它。

碧野朱桥当日事，韶华不为少年留

2016年，单位进行岗位调整，我被分配到北山分站汽车查验岗位。然而有关我的笑谈却先我在分站流传。这要从我第一次来分站跟班说起，当时的肖站长热情地给我介绍了十几分钟口岸情况，我认真听讲随声附和并频频点头。

站长刚离开，我立即问科长：“站长刚刚讲了啥？”

现在，我还记得科长惊讶的表情，眼睛像铜铃一样大。他强忍笑意问道：“你没听懂啊？”我委屈地答道：“我听不懂方言啊。”

后来，科长时常拿这件事调侃。

中越红河公路大桥是由中国、越南两国共同投资、设计、建设的国际性大桥，是中越两国在红河上架设的第一座大桥。该桥跨越中越国界，北连河口县北山开发区东端，南连越南老街省金城商贸区，标志着“两廊一圈”中，连接“昆明—蒙自—河口—老街—河内—海防”这一经济走廊基本得以贯通。

每天一辆辆满载货物的车辆在穿梭，桥上经常尘土滚滚，车辆经过通道，房子会有颤抖的感觉。那时，特别讨厌快车和刮风，带起的灰尘通过窗口飘进来，一会儿桌上就会覆盖厚厚一层。我网购了很多湿纸巾，每天擦拭两三遍，依然不见干净的桌子。

每逢雨季，桥还时常会被淤泥淹没。印象中分站经常组织打扫卫生，其中一个必备科目就是冲洗中越红河公路大桥。那时，战友们对我特别照顾，常听到“小姑娘一边歇着去，这种脏活有我们呢”。当时科队只有我一名女性，用科长的话来说，要给我大熊猫般的待遇。

我对越南货车内部构造一直充满好奇，因为它的外部造型有别于国内货车，几乎是把动画片里的变形卡车搬出来了，但每次登车检查，无论和谁一组，他们都让我在车下监护，理由都是“你个子矮，爬高费力”。在我抗议了几次之后，终于争取来了一次登车检查的机会，见到了车内麻雀虽小五脏俱全的配置，也长了见识。

红河大桥上留下的深刻记忆，不单单是分站的战友给予的关心和照顾，还有熟识的司机师傅，热情又健谈，来来回回打着招呼，直至后来听懂夹杂方言的普通话，对于我来说已不是难事。

有一次，我休假回来，有个司机师傅见到我，说：“小姑娘好久不见啊，以为你再也不回来了呢。”那一瞬间我觉得，这桥上来往的人像天气一样温暖，内心开始蔓延一种快乐的情绪。

不知从什么时候开始喜欢上了河口，不知是那里热情朴实的人，还是酸酸甜甜的水果；不知是那里摇曳的芭蕉叶，还是迷幻的霓虹灯。特别是饭后沿着河边漫步，远眺对岸风光，舒适、惬意的生活，让这个小镇更显可爱。

2018 年 4 月的一天清晨，我又坐上咣当咣当的绿皮火车，看着车窗外不断倒退的树影，离开了河口那座边境小城，去往昆明这座门户城市。

桥，交错纵横，桥与桥之间的人，人与人之间的桥，每一层关系里都有缕缕别样的温暖。伴桥而行，当承载起桥的质朴、坚韧和担当，选择无悔的坚守，当用负重前行换来岁月静好。如今，那曾经被司机师傅调侃，“我走过的桥比你走过的路还多”的小姑娘，已成长为一名合格的守护国门的移民管理警察。

【《中国出入境观察》2020 年第 11 期】

冰岛：一匹假装被驯服的马

魏　雁

作为一个在南方长大的人，真的是太渴望见到雪了，不是那种风吹雪雾到处飘的浮雪，而是那种白雪皑皑、万籁俱寂般凝固的冻雪。

站在世界地图前，最左上角的地方，切着北极圈，有一块不算大的岛屿，它有一个很符合当地自然特色的名字：冰岛，嗯，常年结冰的岛。

就是这里没错了！

梦想有了，第一件要做的事，就是准备签证。

准备好护照（有效期需在6个月以内）、个人照片、身份证、户口本、在职证明（中英文对照版）、资产证明、出行证明等，可以联系就近的旅行社，也可以上万能的淘宝，递交资料，准备漫长的等待。

对，请预留16个工作日的时间来办签证！

好了，一切顺利，终于可以发朋友圈炫耀了，要来一场貌似很任性、传说中说走就走的旅行（不能告诉别人其实安排良久）！

从深圳宝安机场到冰岛首都雷克雅未克国际机场，历时23个小时。当你在飞机座位上看到以世界地图为背景、只有一架自己乘坐的飞机以划弧线的方式孤独地航行在世界上空的时候，那种孤寂感，真是有点前无古人啊！

冰岛，我来了！

注意，从中国直接飞冰岛，入境时需要填写入境登记卡，接受入境查验；但如果你先到其他申根签证国再飞冰岛，则无须进行入境查验，因为冰岛也是申根签证国。

除了一方孤独的冰雪世界这个如此显著的特点外，冰岛最近一次引起全世界的关注，恐怕就是2018年的世界杯吧。在本届世界杯上，一个只有33万人口的小小国家，竟然以一比一逼平了足球大国、有着绝对明星范儿的阿根廷；尽管后来他们输给了克罗地亚，冰岛依然有充足的理由骄傲。

冰岛人真应该骄傲，在这样一片几乎已经被全世界抛弃的冰与火之地，万物都难以生长的北极圈以内，他们却坚守下来，安了家，生了娃，认认真真过起了生活。他们是怎么做到的？

这得从冰岛人的由来说起。

很久很久以前，在冰雪之地的挪威（冰岛的东邻国家），一个以农业与渔业维持生计的贫穷的国家，有一群杀人越货、犯了严重罪行的犯罪分子被判刑流亡了。

国家是这么说的：嗯，世界这么大，你们想去哪儿看就去哪儿看吧！别回家就行。

什么国家啊？此地不留我，自有留俺处。这群勇敢的，嗯，你也可以说是野蛮的人，决定一路朝西，他们绝不是像唐僧那样要去西天取经，他们选择西只是因为东不给他们走，对，东边是另一个国家芬兰，芬兰担心他们这些法外之人在途经时，会各种顺手牵羊越轨行事。芬兰说：此路是我开，此树是我栽，要想从此过，留下买路钱。

好吧，一路向西。

西边是哪里呢？挪威海峡。常年结冰的、茫然没有头绪、宽达1000英里的挪威海峡。

就这样，完全没有了退路的他们一路向西，我们不知道那1000英里他们是怎么蹚过的，只知道他们在西进的路上竟然碰上了一批来自苏格兰和爱尔兰的、估计也是正在逃跑或者转移的人。

就这样，预期的惩罚之路变成了合作之旅，再加上旅途上小男孩小女孩出生，等他们到达冰岛这个地方，人口不仅没有减少反而壮大了！

那时的冰岛没有什么原住民，太荒凉太寒冷了，还有火山一不高兴就玩爆发，真正的冰与火之地。可是，这群人除了住下还能有什么选择？

就这样，这群法外之人成了冰岛人的先民，他们的内心充满了野性、叛逆，得过且过、不管不顾，这些词深深地埋进冰岛人的血脉，代代流传，成为他们的民族基因。虽然他们后来一直努力朝着文明社会前进，但一旦条件符合温度适中，这些野性的、叛逆的基因马上就会显山露水，决定他们的选择。

登上了冰岛的挪威人就这样居住下来，他们与天斗与地斗与火山斗与瘟疫斗与冰雪风暴斗还要与海盗斗，他们越斗越狠、越狠越斗。从那时候开始一直到14世纪，这片土地上没有酋长没有领导没有国王也没有宗教没有文明，有的只是一个字：乱。

乱伦、乱抢、乱来。

直到14世纪，丹麦的国王统治了这片土地，但丹麦人天生不喜欢冲突，所以也是由着冰岛人自己胡来，整个地来说，一派荒凉景象。直到19世纪，这个地方的总人口也不到5万人（而现在是33万）。

日子缓慢得就像北极圈的冬季一样！

虽然丹麦在统治冰岛长达682年的时间里，几乎没有什么大作为，但是文化、民族性格这种从来都潜藏在表面生活之下的东西还是稍微地影响了冰岛人，更何况，那时候两个国家的人走得很近，你的大姨夫就生活在哥本哈根，我的二舅子就在冰岛卖三文鱼。从20世纪40年代他们开始各自独立生活算起，现在的冰岛人中大概还有几个亲戚是在丹麦的吧。政权交替代替不了血脉关系，这两个国家有点像结婚久了的夫妻，相爱相杀，惦记着对方又喜欢嘲讽对方。比如20世纪八九十年代，当冰岛人一夜暴富的时候，他们一心去收购丹麦的大公司，哼，叫你以前教训我！对，就是那种想要报复的架势。丹麦人呢，打心眼里瞧不上这帮穷亲戚，你们在干啥啊？哪有你们这样过日子的啊？这样下去要完蛋的呀！冰岛人才不管呢，哼，你们就是嫉妒，赤裸裸的嫉妒！

可是问题来了，穷亲戚怎么会突然间一夜暴富了呢？

事情是这样的。1983年，冰岛政府出台了一项神政策。

那一年以及那一年之前的两年，天气真是无比的糟糕，可是法外之人的子孙们怕过谁啊，再糟糕的天气他们也照样出海打鱼，估计是死了很多人。政府急了，人口本来就少啊，于是出台了一项规定，别急，每家每户给你打鱼的配额，你慢慢打就好，天气好的时候再出去打就好，不要抢，不要急哈。

看起来是好事吧，可是银行家出手了，他们鼓励渔民拿自己的配额去银行抵押贷款，说白了，就是提前消费还没有打到的鱼，预支未来的收获。

这就像信用卡，如果不考虑还款的问题，刷起来那是真爽有没有？

从来就有着叛逆野性、不管不顾的冰岛人在这样的诱惑面前能顶得住吗？

好吧，你答对了，顶不住。

配额贷款越炒越高，明年的配额用完了，后年的赶紧去申请。后年的用完了，还有信用呢，反正咱是冰岛人，政府总会给配额的，对吧？

对，就这样，上午还在家清洗鱼大肠的渔夫一顿饭的工大就变成了坐在保时捷里做期权交易的大商人！幸福来得太突然啦！

我怎么想起了《渔夫与金鱼的故事》？

就是在那段时间，突然有了钱的冰岛人疯狂收购丹麦人的公司，咱今天富了，怎么也得挽回当日做阶下人的面子不是？

丹麦人说：“他们穿着对他们来说过大的鞋子，不断被自己的鞋带绊倒。”这话真是精辟啊！

就这样，冰岛人一直瞎搞到了2008年！蔓延世界的金融危机爆发，气球一戳就破，整个冰岛荒寂一片！

经过火热到冰冷的两极，冰岛人从天上慢慢回到地上。回到地上的他们，似乎变得有点务实了。

务实以后的冰岛正是我此行看到的冰岛！

现在冰岛的经济在慢慢恢复，毕竟经过了1000英里挪威海峡考验的先辈们那些坚忍不拔的基因还在身体中流淌，没有了暴富的奢望，剩下的，便是务实的求索。

从天上回到地上的冰岛人，调整好状态，接受人生就该缓慢渡过的合道思想，下了班之后，很多人都会去郊区骑马，冰岛马的发型很酷，一幅超级任性的刘海。我甚至会想这会不会就是传说中白马王子骑的那匹马呢？

你在冰岛首都的街上走，可以看到各种基础建设搞得很红火。据统计，大概有一万名波兰人都跑到冰岛来打工了，怪不得2018年世界杯上，给冰岛队加油的，好多是波兰人！

如果你往南走，便能感受到什么叫千里冰封，万里雪飘！如果你有胆量一个人、一辆车行走在这片巨大寂静的旷野之中，你会感受到自己的渺小，当然，你也会有契机感受到与自然的彻底融合！就是古人曾经说过的那种感受，对，“独与天地精神相往来”。

徜徉，呼吸，在这片明澈的天地中。

【作者感悟】

冰雪世界的冰岛，她的美是寂静无声的，当我在雪中留下那一串脚印，当我听到脚掌和白雪接触的吱吱声，当我远眺天宇，一切似乎都是静止的，我想起柳宗元在游览西山时的那种感觉：“心凝形释，与万化冥合。”对，正是这种感觉，人与自然的无缝贴合。

那一刻，我是宇宙中的一粒雪，一颗尘，一阵风……

【《中国出入境观察》2019年第1期】

跨越1748公里的家国情怀

谢丽勋　杨桂开

四月的云岭大地花红柳绿，莺飞燕舞。而在中缅边境高黎贡山上的阿弄垭口，却是冰天雪地，白茫茫一片。4月14日一早，云南出入境边防检查总站腾冲出入境边防检查站向阳分站民警吕兴龙带着几个民警，穿好防护装备，背着干粮给养，翻沟谷、爬雪山，开始了一天的边境执勤巡逻工作。

何先红，四川省广元市青川县红光乡一名普通小学教师，今年3月，被云南省妇联评为“最美边防警嫂”。

两地相距1748公里，两人相爱守望11年。

她在老家赡养7位老人，拉扯4个孩子，“最美边防警嫂”用柔弱的肩膀，撑起了两个历经磨难的小家；他在中缅边境一线的怒江大峡谷戍边13载，4000多个日夜的坚守，换来了边境线的安宁和万家灯火的团圆。

妻子说：“我把家守好，让他没有后顾之忧！”
4000多个日夜无言的坚守

中缅边境线的丹珠检查室，矗立于险峻的高黎贡山中方一侧，背靠怒江天险。每年12月至来年4月，是人迹罕至的大雪封山期。受山势阻隔，这里平均每天见到太阳的时间才二四个小时，常年潮湿阴冷，手机信号也很不稳定。

这是云南出入境边防检查总站腾冲出入境边防检查站向阳分站的一个执勤点，也是吕兴龙常年坚守的岗位。自2016年8月到检查室工作后，他每天带领执勤民警检查边民出入境证件，严防不法分子出入，爬到海拔3300多米的阿弄垭口进行边境巡逻，日子枯燥而单调。

这样的戍边生活，吕兴龙已经坚守了4000多个日夜。

“寂寞的时候对着奔腾的怒江说说心里话，孤独的时候给每块石头取个名字。”回忆着戍边的日子，吕兴龙感叹不已。

“在这里待的时间长了，最容易得风湿病和关节炎。”吕兴龙说，他的一位同事在这里工作6年多，得了关节炎，每逢阴雨天，关节就会隐隐作痛。好在现在配发了木桶，每天睡觉前，可以烧点开水，放上姜片，泡个脚祛除湿气。

2006年6月，吕兴龙从四川警察学院毕业后，投笔从戎，来到原云南边防总队怒江边防支队服役。从那时起，无论是在大雪封山半年的独龙江，还是在暗流涌动的怒江边，都留下了他坚毅的身影。

2009年11月，吕兴龙轮换到独龙江边防派出所工作半年。进去之前，他就听说了“两根黄瓜”的故事。原来，独龙江每年都有半年的大雪封山期，吃不到绿色蔬菜。有一年，冰箱里储存了两根黄瓜，于是，同事们想吃蔬菜的时候，打开冰箱看看，饱一饱“眼福”，就这样度过了一个冬天。

为了让同事们能吃上绿色蔬菜，工作之余，农村出生的吕兴龙就带着驾驶员王时华，在派出所荒废的蔬菜大棚，把石头一块块捡出去，挑进一担担土，平整出来，种上包菜、黄瓜、番茄等十多种蔬菜。经过一番悉心照料，那年冬天，战友们吃上了自己种的蔬菜。

平淡的戍边生活，也时常伴随着各种各样的危险，这也是吕兴龙的爱人何先红最担心的。2016年4月，在一次抓捕毒贩的过程中，为截住欲逃往境外的毒贩，吕兴龙纵身一跃，跳到了4米多深的坎下，将毒贩一举擒获。当同事上完手铐，他才发现自己左小腿已经骨折，疼痛难忍。

“‘龙哥’把这件事跟我说了以后，我非常心疼。”何先红说，“家里面的事情他可以放心，老人、小孩我都会照顾好，他在前方守边防，我会守好我们的家！”

丈夫说：“虽然困难很多，但从不后悔。”
拉扯4个孩子责任如山

3月25日17时30分，青川县红光乡中心小学下课铃响起，孩子们一窝蜂地冲进食堂，排队打饭。何先红上了一天的课，满脸疲惫，走进食堂准备吃饭，看到正在吃面的霖霖，瞬间又露出慈母般的笑意。

此时，在另一所学校，还有一个叫缘缘的16岁男孩，也在幸福地生活着。他俩虽不是何先红的亲生儿子，却在何先红身上得到了最温暖的母爱。

2008年年底，何先红考入青川县红光乡中心小学，成了一名普通教师。繁忙而充实的工作，不仅没有分散她的精力，更使她明白了“责任”二字的含义。

2009年和2012年，由于舅舅和妹妹家相继出现变故，彼时不满1岁和9岁多的两个小男孩先后来到何先红家生活。因为刚结婚不久，何先红担心爱人吕兴龙不同意他们和自己一起生活。

没想到的是，电话打过去后，吕兴龙满口答应：“都是苦命的孩子，他们有困难，能帮一点算一点！”从那时起，靠着两口子的工资，何先红供两个小孩吃饭、穿衣、读书，给了他们家的幸福和关爱。

后来，何先红有了自己的两个小孩，家里就有了4个小孩。“每次买衣服要买四套。”何先红说，“两个大的就像自己的孩子一样，从来没当外人看。”

何先红说，最怕的就是孩子生病。大儿子远远5岁那年，一天半夜高烧不退，急坏了的何先红立即叫上堂哥和婆婆，赶往广元市医治。第二天，何先红也头疼、发烧。婆婆要赶回家照顾老人，她只能咬着牙，硬撑在病床边，陪孩子打针输液。直到第二天晚上，几近虚脱的她，才去挂了急诊治病。

“那次我没有告诉‘龙哥’孩子生病了，其实，明知道他回不来，但还是希望他能在身边！”

对于爱人内心的纠结，吕兴龙何尝不能感受得到。他说：“我了解她的个性，虽然困难很多，但也从不后悔。”

公公说：“这样的儿媳妇打着灯笼都找不着！”
赡养7位老人负担接踵而至

3月26日上午，上完两节语文课的何先红请假，抱着1岁的小儿子乘车前往15公里外的苏河乡力子村，为吕兴龙的外公庆祝80岁生日。

车辆行驶在只能容下一辆车的S形盘山公路上，路面像是悬挂在山间的一条“腰带”，看得人后脊发凉。这条山路，何先红每个星期至少要走一次。因为路的尽头，住着爱人吕兴龙的父母、爷爷和外公、外婆5位老人。

一下车，给外公送上问候和祝福后，何先红把小儿子递给亲戚，进到厨房，帮忙准备中午的饭菜。洗菜、切菜、端菜，何先红一边忙碌，一边和婆婆拉着家常。屋外，91岁的爷爷正和外公、外婆喝着茶、晒着太阳，安详地享受着晚年生活。

正午时分，一大桌丰盛的菜肴做好了，亲戚朋友们围坐在一起，团圆喜庆的气氛在山间荡漾。席间，公公吕正才挪了挪摔伤的大腿，动情地说：“何先红这么好的儿媳妇，打着灯笼也找不到！”

原来，2008年年底，吕正才在建房时，不慎从二楼跌落，造成大腿等多处重伤，从那以后，不仅丧失了劳动能力，也留下了后遗症。受伤后，吕正才几乎每年都要去医院住院治疗、复查。经济负担本就不小，何况家里还有3位行动不便的老人需要照顾，何先红就只能学校、家里、医院三头跑。后来，吕正才身体逐渐恢复了，逢人便夸儿媳妇好。

祸不单行。2016年冬，何先红母亲从高处跌落，造成腰椎骨折。于是，洗衣、做饭、喂猪这些家务都落在了何先红的肩上。那时，何先红正是毕业班班主任，晚上要上自习。每天下午放学后，她立刻跑回家煮饭。把饭送到母亲床前，为在外干活的父亲留好饭后，何先红又赶紧带着儿子远远，回学校上自习，下课回家后接着收拾锅碗，照料孩子们。最令她记忆深刻的是，每天要用锄头为十几头300多斤重的猪清理猪粪，还要用水管冲洗猪圈，身上溅得到处都是粪水。

何先红深有感触地说："那一段时间感觉特别难熬，而且还整夜整夜失眠，尽管如此，从没有向'龙哥'开口诉苦。"

医生说："你老公挺爱你的！"

跨越1748公里的爱恋

吕兴龙与何先红在初中时就已经认识。2008年6月，吕兴龙大学毕业，远赴云南怒江边境工作的前一晚，他跑到何先红跟前，要和她"耍朋友"。经过一夜的深思熟虑，她答应了他。

从此，一人在四川青川相思，一人在云南怒江遥望。

2008年5月12日，一场地震重创了四川青川。6月4日，劫后余生的何先红，黑黑瘦瘦地出现在吕兴龙面前。两天后，吕兴龙拉着何先红去登记结婚，成为夫妻。

怀孕后，何先红每次都是坐3个小时的客车，独自去广元市里的医院做产检。一天半夜，离预产期还有一个多月的时候，由于胎膜早破，医生说孩子可能会早产。当时身边没有一个人，何先红给父母打了电话，又给学校领导请假。父母把她送到邻镇的卫生院后，经过一番折腾，又派救护车送到了市医院。

凌晨4时，医生问孩子父亲怎么没来时，何先红强忍着苦痛与辛酸，告诉医生："我爱人是一名边防军人，他不知道孩子会提前出生。"

在医生的建议下，何先红给吕兴龙打了电话。电话里，吕兴龙叮嘱医生"一定要保证大人的安全"。事后，医生对我说："其实我能感觉到，你老公挺爱你的！"

2019年1月1日，随着公安现役部队改革，吕兴龙脱下橄榄绿，穿上藏青蓝，成为一名移民管理警察。临近春节，又是一年团圆时。已经连续8年没有回家过年的吕兴龙，何尝不想陪在家人身边？只是，初心未改，职责没变，他还要继续坚守在边境一线的工作岗位上。

何先红似乎看穿了爱人的心思。今年1月17日，她带着三个年幼的小孩，背上背一个，手里拽一个，身后带一个，再拖着一个大行李箱，挤客车、赶动车、坐飞机、再乘客车，用了3天时间，辗转3500里，来到吕兴龙单位，陪他过了一个春节，全家人度过了一段最幸福的时光。对于夫妻俩而言，爱情，不是挂在嘴边的承诺，也不是花前月下的浪漫，而是"你在前方'守边'，我在后方'安家'"。

跨越1748公里的真爱，还在续写……

【《中国出入境观察》2019年第4期】

梦想在夏天开了花

孙　丽　陈　琪

初到

3月过后，当太阳变得灼热，夏天也就来了，不仅来得快，也来得猛。

深圳的夏天特别长，炎热要延续到国庆以后，所以在深圳你几乎感受不到秋天的气氛，看不到树叶黄了落叶飞舞的景象。

12年前，刚刚大学毕业的我，参加全国公务员招考，过五关斩六将，幸运地被深圳出入境边防检查总站录取，成为一名边检警察。那个夏天，我只身一人，拖着一个大行李箱，来到深圳。作为一个从小在东北长大，二十出头却从没出过东三省的小姑娘而言，南国的“热情”差点让我招架不住，然而“好戏”还在后头。

之后，我来到深圳出入境边防检查总站观澜培训基地。夏日悠长，强烈的阳光伴随着不断重复的蝉鸣炙烤着这片热土。偶尔来一阵大雨，豆大的雨点落进土地，激起了蛰伏在灌木丛中的阵阵蛙鸣——观澜的夏天就在伏暑与暴雨间来回切换。

与观澜天气一样从未改变的是日复一日准时响起的集结号。在这熟悉的号声响起后不久，操场上定会飘荡起整齐的跑步声和嘹亮的呼号声。经过一番洗礼，此时的我已拥有了黝黑的肤色、利落的短发，操场上、球场上、阳光大道上，以及在站军姿的台阶上都有我的身影和汗水。每一天结束训练，身体都像从水里捞出来一般，一直在滴水，这是我的常态。

初到观澜时我便想，到第100天结训的时候我能不能把汗水留在每个角落。自从有了这个想法，训练的时候看到汗水滴在地上形成一摊水渍，我便窃喜，仿佛占领了一处高地。100天的入警培训，无论是雨中训练后重感冒体力不支，还是高强度的训练使得脚底起泡让我举步维艰，我都咬牙坚持不请假，有时候连我自己都暗暗佩服这个倔强的不服输的“女汉子”。

第100天，“苦不堪言”的入警培训终于结束。站在飘扬的国旗之下，面对着警徽，抬起右手，许下铮铮誓言：“我愿献身于崇高的人民公安事业，为实现自己的誓言而努力奋斗！”那一刻，我的眼里噙满泪水。

压力

历代文人不知写了多少春花秋月，却极少有夏的影子。大概春日溶溶，秋波澹澹，而夏呢，总是浸在苦涩的汗水里。有闲情逸致的人，自然不喜欢这种紧张的旋律，而我还未来得及细想，又一头扎进了回忆里。

初任培训结束后，我被分配到罗湖边检站，当从保密室领回崭新的、专属于自己的验讫章时，师傅告诉我："一个验讫章就是一把冲锋枪，我们边检警察守卫祖国、保卫人民就全靠它了。"

随着2007年7月深圳湾口岸成立，我被抽调到深圳湾口岸，一干就是12年。这12年，除去各种重要安保和小长假，最辛苦繁忙的莫过于暑期。12年来，充满整个夏天的都是紧张、热烈、急促的旋律。由于高考、中考结束，各大中专院校、中小学校陆续放假，学生和家长选择出境旅游或出国夏令营，深圳湾口岸的客流高峰如期而至。

作为移民管理警察，时间是以分秒来计算的，15秒内查验一张回乡卡，45秒内查验一本本式证件，所有的时间都精确到了一分一秒，特别是客流高峰期，深圳湾口岸原设计客流量为日均5.6万，在暑假期间却保持在日均13万，每天天一亮，井喷似的客流让我感受到了"排山倒海"般的压力。

我深深地明白，我若慢一秒，口岸拥堵的可能性便增加一分。我开始习惯与时间赛跑。我从零开始练习五笔输入，捧着厚厚的业务书勤学理论知识，熟悉各国签证和护照，掌握形形色色伪假证件的案例。师父告诉我："你把时间和注意力放在哪里，你的财富就在哪里。"转眼，我已从一名羞涩的普通前台检查员成长为一名独当一面的分队长，我的财富也都被我锁在了抽屉里——"模范边防检查员""六星文明使者""年度文明使者""三等功""优秀共产党员"的徽章以及连续5年"优秀公务员"的奖励证书。

化压力为动力，和时间赛跑，未来的你一定会感激现在拼命的自己。

挑战

日子像稠密的树叶，黄了绿了之间，时光便匆匆溜走了。虽然时光让记忆斑驳，但我仍会不经意间想起2011年的那个夏天。那是属于深圳人的城市记忆，世界大学生运动会的举办，让这座城市呈现了一场高潮迭现的"深圳PARTY"。大运会让世界记住了深圳，也记住了深圳湾边检。

大运会于8月12日正式开幕，历时12天，而我和同事们从6月1日就进入了"备战"状态，时长3个月。为了确保安保工作万无一失，我和600多名同事参加了数不清的业务培训、处突演习，有时候在验证台上一坐就是两个小时，下台休息不到5分钟又继续"战斗"。我常调侃自己"充电五分钟，通话两小时！"时间就在这旷日持久的忙碌、紧张、疲惫和自我逗乐解压中一天天地过去。

大运会期间，100多个国家（地区）1万余名参会人员经深圳湾口岸入出境。有一天我灵光一现，要给远方的客人送点什么好呢？我和同事们绞尽脑汁，书签如何？我们把想法告诉了领导，没想到很快就获得了支持。我和同事们一起加班加点地挑选书签卡通形象、设计版面、推敲标语，经四次改版，最终确定书签版本。投入使用后，我和同事们在为每一位出入境人员办完手续后，将书签夹放在签证页或印章页，以备旅客下次通关查验，提高通关效率。

大运“U”书签投入使用以来，受到出入境旅客广泛好评。来自30多个国家100多名运动员和教练员在书签上签名、留言。央视以“小小U书签，国门笑脸迎”为题，进行了长达2分半钟的报道，而我也十分幸运地接受了采访。

有心人天不负。令人难忘的2011年夏天，那是满眼勒杜鹃娇艳的绽放，那是处处用苍翠写就的惬意，那是空气中潮湿的海的味道，那是短短12天里，来自世界各地的青春笑脸共同绘就的美丽画卷，那也是3个月来我和同事们用夜以继日的辛勤工作弹奏的美妙乐章。

柔情

清晨的深圳，静谧安详，空气清新。暖暖的晨曦洒在脸上，人也仿佛一下充满了活力。这是一个年轻繁华充满机遇的城市，对每一个离开故乡来到这里的人来说，这里有太多的美好，或许唯一的缺憾就是太匆忙、太陌生。我喜欢坐在蛇口老街转角的长凳上，看一个个行色匆匆的路人。“哦，原来你也在这里。”我回头，他微笑。于千万人之中，遇见你要遇见的人，于千万年之中，时间无垠的荒野里，没有早一步，也没有晚一步——是的，2007年的夏天，我被爱情撞了一下腰。

缘分或许是人生最大的奇遇。他叫李超，我的边检同事。3年后，我们携手走进了婚姻的殿堂。他在二队，我在三队，由于受倒班制度限制，这意味着，我上班的时候他休息，他上班的时候我休息，一周七天，我们大抵只有一天能腻在一起，大部分的碰面都是交接班时候在口岸大厅简单的眼神交流和匆匆的问候，甚至连拥抱都显得奢侈。然而这并不妨碍两颗年轻炽热的心相识相知相爱。我们度过了3年聚少离多却又幸福甜蜜的二人世界。

2013年3月，一对双胞胎孩子的降生，彻彻底底打乱了我们原本宁静的生活。4个月的产假结束后，作为双警家庭，一边是工作一边是两个嗷嗷待哺的孩子，老人的慷慨相助显得尤其重要。于是，我把父母从东北接到了深圳。

两个孩子的降生以及父母的到来，6个人挤在不足90平方米的小屋里，拥挤之余，更显温馨。记忆犹新的是有一次下班回到家，看到6个月大的女儿小脸红扑扑的，在姥姥怀里哭着。用体温计一量，39.9 摄氏度，我顿时吓得魂都没了，来不及吃饭就带着女儿赶去医院。等回到家时已是深夜。

生病的女儿变得格外粘人，稍一松手就哇哇大哭。更不凑巧的是 3 天后我就要代表单位参加总站业务知识竞赛。那个夜里，我坐在床边，一手抱着女儿，一手翻着桌上的业务书，就这样咬牙坚持熬了 3 天 3 夜。3 天后，女儿烧退了，而我也凭着 3 个通宵的学习换来了优异的比赛成绩。当我顶着两个熊猫眼出现在领奖台上时，领导暖暖的一句“辛苦了”，让能量耗尽、疲惫虚脱的我泣不成声。

在工作和家庭的天平上，我在努力地去寻找那个平衡点。虽然同事们都表示我已经做得很棒，但我总觉得自己对孩子亏欠太多。每一个早班，当所有人都沉浸在睡梦中时，我却只能看一眼还在熟睡的孩子们，便悄无声息地离开，去迎接那清晨 5 点半的深圳湾口岸；每一个晚班，当我回到家中，多半已是深夜，孩子们早已沉睡。随着孩子渐渐长大上幼儿园，我缺席了他们的运动会，缺席了他们的亲子课堂，甚至缺席了他们的汇报演出……每一次的缺席都让我感到深深的内疚。而当我看到母亲的双手，已经开始松弛、长出老年斑，甚至开始微微变形。我知道，帮我照顾孩子的这些年，父母是真的开始老了。

机遇

深圳有冬天吗？这好像是个问题。

2019 年 1 月，正当北方的亲人们穿上厚厚的棉袄、皮衣、戴着五彩的围巾、帽子，三三两两地去踏雪寻梅、滑雪的时候，我正和同事们穿着单衫、花裙，甚至是短袖、短裤，穿行在熙熙攘攘的街道，徜徉在红花绿草的公园里，热烈讨论着移民管理机构的新变化。

是的，2019 年 1 月 1 日，中国边检警察的胸牌由“边检”正式更换为“移民局”。而我，也有幸成了驻守南粤国门的第一代移民管理警察。同年 2 月 18 日，备受关注的粤港澳大湾区规划正式出炉。一个崭新的大湾区，正重新定义深圳这座城市的分量。而我所在的深圳湾口岸，由于毗邻深圳前海以及广深沿江高速的显著区位优势，加之“一地两检”查验模式的便利性，这座地处改革开放第一声开山炮打响地的口岸，无疑成了粤港澳大湾区发展线上不可或缺的纽带。每当电话打给千里之外的亲人，分享起生活和工作中点点滴滴的时候，我的话语间总会有满满的自豪。

春花秋月总无情，春去秋来爱无声。晨曦一缕阳光洒向南国浩瀚的珠江，我的工作和生活都在这片天空和海洋起航，身穿国际蓝，心系祖国安，我和战友们一起守卫在南国的边疆。

这就是我的故事，一个普通的移民管理女警察的故事。我是孙丽，谢谢你聆听我。

【《中国出入境观察》2019 年第 5 期】

沧海桑田话母站

陈梦蝶 李 仪

如果你在宁波沿兴宁路往东行，会遇见一条马路，叫桑田路，再行一程，会遇见另一条，叫沧海路，再往东，会望见一面迎风飘扬的五星红旗，那便是历史悠久的宁波出入境边防检查站。

她是宁波所有海港边检站的母站，如同一位母亲，用自己的羽翼庇护着这片“海定则波宁”的净土。她承载了宁波口岸半个多世纪沧海桑田的风云变幻，也见证了宁波这一东方大港一路走来的辉煌历程。

向海而生，守海有责，母站的故事太多，也太厚重。我甚至不敢去翻动，生怕惊扰“浦”上那一滩鸥鹭。这长卷便要从宁波老港区的“浦”娓娓道来。“浦”，意为“水边或河流入海的地区”，这一片片“浦”凭借着独特的地理优势发展成为渡口，在宁波开埠通商以后，更是成为人声鼎沸的码头，也就是宁波老港区口岸开放的雏形。回溯历史，泅入海上丝绸之路的中西文化碰撞，蹚渡明清海禁的萧落，出水时，已东方破晓，红旗漫卷。新中国成立后，1951 年成立镇海边检站，即为宁波出入境边防检查站前身。同年口岸关闭，至 1987 年恢复开放。

甬江沿岸渔港、船厂各大码头繁华的背后，离不开一代又一代边防人栉风沐雨的努力。继而吹来改革开放的春风，镇海港区的现代化码头如喷薄出海平面的朝阳，奏响热火朝天的时代凯歌。甬江入海口，几十公里的长滩上，错落的码头岸边，民警被海风吹红了脸庞。凌晨灯火通明的办证大厅里，前来办理船舶手续的代理如潮而至，潮汐港的特质造成了窗口民警戴月而眠，披星而起。锚地接船时，大船上垂挂下来的舷梯有三层楼那么高，在大风大浪间摇摆不定，年轻的民警，从未有片刻的犹豫，只知紧攥梯绳向上攀爬。职责所在，不悔霜染两鬓；浪起浪落，唯有心中忠诚。

甬江入海口，招宝山脚下，镇海港自古是抗倭的第一线，而今成了辐射华东最重要的散杂货中转储运基地。得益于宁波打造国家级自贸区的深入，镇海港背靠全国最大的国家石油储备库，将建起进口外贸汽柴油基地；作为南方首个海运活牛口岸，“澳洲活牛”从这里进口，在当地屠宰后销往全国各地，成就新鲜美味的佳肴，走上寻常百姓的餐桌；作为中俄首批粮食“内贸外运”口岸，国家战略粮食储运基地的粮食自俄罗斯出海又打这里上岸，打通了我国北粮南运的通道，国家精准扶贫政策与“一带一路”倡议在这里碰撞出点点星火，发展出燎原之势。煤炭、成品油、矿石、原木、粮食……太多故事来不及细品，便被历史的浪花裹挟而去，包括无数边检民警在码头迎来送往的足印。为了跟上“大进大出、快进快出”的航运发展脚步，民警们不分昼夜地与潮汐赛跑，为赶船期争分夺秒，用最快的速度办结每一条船每一张证，用最美的微笑化解每一位船员航船的孤独与疲惫。

强国梦醒，甬江水暖她先知。2018 年，国家移民管理局成立，充分彰显了大国的自信与风范。从公安边防部队到国家移民管理局，国家强大了，而她也跟着优雅转身，2019 年 1 月 1 日，宁波出入境边防检查站正式揭牌换装，母站在新的历史起点上，开启了新的征程。

千帆竞渡，渔舟唱晚，象山港区作为国家级中心渔港、全国最大的船舶修造基地，正逐步加快对外开放的脚步。自转隶后母站便接手象山石浦台轮边检业务，如春风化雨，多方化解通关瓶颈，带动对台小额贸易量年增长冲破 94.4%，创下历史新高。每当我国台湾船员踏上祖国大地，看到母站为其休憩准备的“台胞之家”修葺一新，强烈的归属感便涌上心头。蓝图已绘，未来可期，规划目光所及，万吨级船舶将可自由进出象山，船舶吞吐量将快步增长，象山港区将作为长三角南翼重要发展枢纽、环三门湾经济圈核心、海峡两岸文化交流基地，从千古渔村走向世界舞台，从宁静港湾变身东海巨星。

母站不是沧海遗珠，而是祖国的海疆线上永不褪色的明珠。母站是一种情怀，是一面旗帜，也是浙江宁波第一代移民管理警察的摇篮。历史意味着积淀，转身意味着新生，经历得越多，前行的动力越足。厚爱无须多言，传承母站精神，在这个充满希冀的时代，我们能做的，唯有奋斗。

【《中国出入境观察》2019 年第 5 期】

一段国门缘　三代边关情

杨开元

在岁月年轮的流转中，总有一份不同的记忆驻足心底，总有一份别样的情怀值得一生坚守，总有一样独特的情感能在瞬间穿越时空，直击一个家族共同的心房。

每次回家，总能看到一个浸渍时光痕迹的旧相框，泛黄的相片承载着我读军校时，与祖父、伯父三人的合影。画面中三个不同时代的男人有老有少、年岁迥异，简单的照片背后，却蕴含着三个一脉相承的戍边故事，记录了一份历数三代的国门情缘。冥冥之中，当浮光掠影悄然划过，时间正用蒙太奇的风格，勾勒出不同的时代大潮下，三代人各自围绕国门展开的芳华。

把指针定格到烽火狼烟的抗日年代，中华大地国将不国，危在旦夕，日寇铁蹄由北向南，横行四方。响应国家“一寸山河一寸血，十万青年十万军”的号召，年轻的祖父于 1939 年毅然掷笔，徒步前往贵州的中央军校，加入了保家卫国的光荣序列。

经过两年的锤炼，顺利从通信兵专业毕业的他被分配到保卫黄河的战场上，日军强大的攻势把当时实际国境线内推到了中华民族的母亲河面前。目睹着异族豺狼的残忍暴戾，祖父与众多黄埔同学一起，在羽檄交驰中誓死镇守着黄河的最后一道防线。直到 1945 年换防，祖父与战友们以血肉之躯将日寇的野心牢牢阻隔在了黄河对岸，用忠诚和勇气谱写了英雄的赞歌。

多年以后，时间在祖父脸庞沉淀下了斑驳的丘壑和满溢的风霜，却始终摧不垮他的忠诚坚毅，带不走他的家国情怀。

把下一个时刻拨到 1965 年，在祖父的强烈支持下，伯父参军入伍了。与几年前的对印自卫反击战和几年后的珍宝岛战役无缘，长久以来是伯父最大的遗憾。同样怀着矢志报国的豪情壮志，他被分配到广西边疆，成为一名边防军人，开始了他在中越边境长达 3 年的戍边时光。日复一日，伯父在一丝不苟中守护着岁月静好。小小的边防哨所承载着他的悲欢，记录着他的清苦寂寥。

时间总是如此奇妙，它会抹去坏的，放大好的。退伍的命令如期而至，伯父离开了自己日夜守护的边疆，这段戍边岁月也成为他时常念叨的旧时光。

指针偏转，到了 2011 年，也许是代代相传的缘分，自小耳濡目染长辈们守护国门的往事，长大成人的我同样选择了携笔从戎。

回首7年漫漫戍边路，在亲历了训练场上的摸爬滚打和校园里离合悲欢后，我一度有着关山难越的迷惘，但在千磨万击、百炼成钢的生命苦旅后，对祖国的拳拳之爱早已化作信仰，刻进了骨髓，嵌入了襟怀。

如今，我已告别军旅，褪下戎装，成为一名守卫国门的移民管理警察，以别样的姿态，同样的情怀，追随着父辈的足迹，在漫漫长路上迈出了崭新的步伐。

从此，我的青春年华将与国门久久相伴。每一抹清晨微曦，都会为我执勤的脚步披上绚丽的外衣；每一次验讫章的起落，都会为我的边检生涯添上点滴痕迹；每一声关怀的问候，每一次证件的传递，都是我守护国门的见证，都是我在平凡岗位中充满的期待。岁月流转成河，我与国门，再难分离！

雄关漫道西征路，戍边卫国代有人。时光老人的脚步从未停歇，从旧民国到新时代，从热血钢枪到方寸验讫章，国门二字早已成为家族中不可或缺的纽带和信仰，穿越时空的重重阻隔，把三代人紧密地联在一起，在三个男人的血脉中烙下了无法磨灭的印记。

时过境迁、沧海桑田，虽然无缘再临祖父那样“独有豪情，天际悬明月，风雷磅礴”的铁血肝胆，也未尝到伯父当年“浊酒一杯家万里，燕然未勒归无计。羌管悠悠霜满地”的冷月清寒，我却感受过了从“橄榄绿”到“藏青蓝”的华丽转变，使我在对未来的无限展望中满是信心，在对以国门为归宿的执念中，赓续一份不解之缘。

却顾所来径，苍苍横翠微。往事渐行渐远，父辈的功勋已随青史载册著书，勋章镌刻名字留念的是旧岁月，警魂镶嵌胸口是新开端，历史的帷幕已经拉开，新舞台终将轮到新生登场。忆往昔，峥嵘岁月稠；数今朝，宏伟蓝图秀。老树荼蘼，新花逐芳，万里伟业，使命催征，站在新起点驻足远眺，我的眼前是一片无垠的“移民蓝”！

【《中国出入境观察》2019年第6期】

出别迭里记

张　佳

公元前36年，在今天新疆阿克苏以西300多公里处，发生了一场汉朝远征军与匈奴的激战，这场战斗本身鲜为人知，却留下了千古名句：明犯强汉者，虽远必诛，这就是那句“犯我中华者，虽远必诛”的原型。

当日汉军出关地点，位于今阿克苏西部中吉边境的别迭里山口。

诛贼・戍边人

从地图上看，别迭里地处天山南脉，是古丝绸之路上的交通要道，属阿克苏地区乌什县管辖。从县城出发向西，经托什干河，穿戈壁、翻群山，行约百公里，然后可抵达海拔4200多米的别迭里达坂。

在达坂海拔最高处，立有中国与吉尔吉斯斯坦界碑，从这里出境向西，可直达中亚地区的伊塞克湖、阿拉木图等胜地名城。由于地处东西战略要地，历史上这里在贸易兴盛的同时，也伴随着纷乱的兵事，最著名的就是陈汤万里诛贼的故事。

汉元帝建昭三年（公元前136年），原本示好于汉王朝的匈奴郅至单于背弃诺言，杀害汉使谷吉，之后逃往康居（古西域国名，国土约在巴尔喀什湖至咸海之间，今哈萨克斯坦、乌兹别克斯坦各一部）。康居距长安有万里之遥，且关山险阻，郅至单于认为汉军不可能到达这里，因此有恃无恐，不断向汉朝挑衅，并以此为据点四处劫掠，势力日益强大。

当时，卫青、霍去病、李广等名将早已作古，经略西域的是都护府都尉甘延寿和副都尉陈汤。面对挑衅，陈汤决意反击，他为了抓住战机，“矫诏”就地征发数万军队，千里奔袭直逼康居都城，经过激战，大破敌人，并于乱军之中斩获郅至单于首级。

战后，陈汤为“矫诏”一事向汉庭上表请罪，在其中写明了自己决意击杀匈奴的心迹：“宜悬头藁街戎狄邸间，以示万里。明犯强汉者，虽远必诛。”朝廷当然没有降罪，还按照战功为他赐爵封侯。史书也对此战高度评价，认为：一战扬威昆仑之西，扫谷吉之耻，立昭明之功，万夷慑服，莫不惧震。从此，曾经不可一世的匈奴真正丧失了与大汉王朝抗衡的资本和胆量，西域人民迎来了难得的百年和平。

陈汤的功绩当然无法与当年卫青、霍去病纵横漠北、破败匈奴相比，但他仍由此名垂青史，那句“明犯强汉者，虽远必诛”也为世代所传诵，人们推崇的既有他的功勋，更有军人的霸气和血性。

按照史书记载，西域都护府的职责首在“守境安土”，这样算来，陈汤可是正儿八经的“移民管理警察”。这则故事也告诉后人，谁能经略边关、震慑宵小，护佑边疆安宁，必将为中华历史所铭记。

时间过去2000多年，如今守卫别迭里的是胸佩“移民局”标识的边境民警，他们本是带甲之士，属原武警边防部队，按照党中央深化党和国家机构改革方案规划，2019年1月1日卸甲换装，就地转隶为人民警察，继续戍边事业。

在他们中，有超过半数的人来自新疆以外、玉门关以东的省份，当初怀着满腔热忱来守边防，如今面临遥遥归期，依然无怨无悔坚守着。他们为边境安宁做出的牺牲和奉献，相信后世之人必不会忘记。

烽燧·偷渡客

陈汤之后，别迭里最为人所熟知的记载见于大唐玄奘法师笔下，他在《大唐西域记》中写道：“（自姑墨）西北行三百余里，度石碛，至凌山，此则葱岭北原，水多东流矣。”据考证，此处的“凌山”就是别迭里。

当时边境初定，西域地区山头林立，盗匪出没。玄奘法师作为一名私自出境求经的“偷渡客”，由别迭里出境，经中亚诸国抵达天竺，再由塔什库尔干归国，一路上之所以能够畅通无阻，颇受礼遇，除了他释家高僧的身份，主要得益于来自盛唐的背景。就像电视剧中呈现的那样，一句“贫僧来自东土大唐”就是最好的通关文牒，可见国家强盛对于其子民的重要性。

在玄奘法师出境必经之路上，进入别迭里山口之前，茫茫戈壁之上矗立着一座烽燧，当地县志记载其“东西长12.7米，南北宽9.8米，高7.3米”。根据科学考证，烽燧的基础部分为东汉年间始建，上层及周围部分为唐朝扩建，虽历经千年风雨侵蚀，依旧颇具气势。站在烽燧之下，闭目感受塞风从耳畔呼啸而过，可以想象，当年汉、唐两朝派驻王师于此，守卫人民繁衍安居，保护东西商贸往来，丝绸古道上驼铃声声，盛况空前。这也是新疆自古就属中国的铁证。

烽燧北侧约百米处有一坍圮土屋，紧邻其旁的是数座戍边人墓冢，由夯土所建，上圆下方，形制异于中原。当地牧民间流传，在夏季，每逢风雨交加的夜晚，烽燧附近常会传出金戈相抵、嘶鸣杀伐之声，他们说，那是埋骨于此的将士们，在风雨中重温戍边旧梦。

有唐一朝，是中原王朝力量在西部有效治理范围达到最远的时期。唐王朝力量鼎盛时，先后设立“安西四镇”管辖西域，分别是龟兹、于阗、疏勒、碎叶，前三者遗址都在新疆维吾尔自治区内，唯独碎叶城孤悬海外，其遗址在今吉尔吉斯斯坦托克马克城西南，距别迭里约300公里，据郭沫若先生考证，诗仙李太白幼年时曾在碎叶城生活。若由此来算，在当日王朝版图中，别迭里应算得上“内地”了。

长安繁华穿云过，戎马倥偬已千年。随着唐王朝的没落，包括别迭里在内的大片领土陷入兵乱纷争之中，先后被党项、契丹等少数民族割据势力管辖。一直到蒙元时期，蒙古铁骑横扫亚欧大陆，碎叶故地重归中原王朝版图，但其专事攻伐，不懂经略，不久便得而复失。此后，历代中原王朝势力再未真正越过别迭里，“碎叶”彻底成为历史。

工事・血性

在别迭里山区行进时，偶遇一处地下防御工事，结构巧妙而坚固。经询问当地牧民得知，工事约建于20世纪60年代，那正是中苏关系紧张时期，苏联人在中苏边境内蒙古段、新疆段陈兵百万，不断制造摩擦，企图靠武力恫吓使我们屈服。

面对强权，中方军民采取了针锋相对的措施，挖洞积粮、整军备战，使苏联的核讹诈破产。在今天看来，那一代人明知不可为而为之的勇气依然让人觉得荡气回肠。

如今时光过去了半个多世纪，工事早已废弃。行走在其中，会给人一种穿越感，你会想起朝鲜战场上的防空洞、中越边境的猫耳洞，这些工事所处的地域环境、气候条件各不相同，却有着异曲同工之效。可以想见，当年那些勇敢的将士们，据守在逼仄阴暗的地下工事里，随时准备着冲锋搏杀，工事外烽烟万里、横尸遍野，既有敌人的，也有战友的……

在那个特殊年代，刚刚从战火硝烟中诞生的共和国，面临的是一穷二白、百废待兴的局面，连保证人民吃饱肚子都是难题，却始终不畏强权，敢于和两人超级帝国叫板。当疆土安全和人民利益受到侵害时，他们果断亮剑，用血与火为后世堆砌出和平之根基，彰显了那一代领导人的魄力，标志着一个民族的思想觉醒和血性复苏。

后记

自汉以降，别迭里以西大片领土与中原王朝时即时离，而其即离过程，几乎是中华疆域增减的“晴雨表”。

在历代中原王朝中，疆域最大者不外汉、唐、元、清四朝，除了汉王朝，蒙元、满清皆由中华大家庭中的少数民族所创立，即便最负盛名的李唐王朝，骨子里也有一半北方鲜卑民族的血液。反观由汉民族创立的宋、明两朝，要么重文轻武，一经挫折便胆气俱丧，偏安在温柔乡里度日；要么龟缩自闭、内阋于墙，主动丢掉西域大片领土，在无休止的内耗中身死国灭，也为近代史上中华文明由盛转衰埋下伏笔。

究其原因，固然有时代背景和个体秉性的因素，根本的还在于中原农耕文化和草原游牧文化的差异。来自北方的草原民族崇尚武力和血性，豪爽不羁而极具攻击性，素喜开疆辟土，故而能在东亚乃至欧亚大陆上纵横驰骋，所向披靡。只是若缺少中华文化的浸润佐伴，武力必难长久，其兴忽焉，其亡必也忽焉。

而兴起于农耕文明的封建王朝统治者们，为了稳定自己的统治根基，一味地重文抑武，大力推行奴化、愚化教育，久而久之，形成了温顺服从和含蓄内敛的民族性。至宋与明，汉民族文化中和骨子里原有的血性几乎被消磨殆尽，愚、娘之风大行其道，屡被灭国便不足为奇。

古为今鉴，别迭里就像一面镜子，映照着历史兴衰，也为今天留下警醒：欲实现民族之复兴，除了复兴文化、对外开放、发展经济、整军强武，更要注重复兴民族骨子里的血性，唯如此，复兴之果才能历久而不衰。

【《中国出入境观察》2019 年第 8 期】

中秋谁与弄花影

施　慧

她喜欢中秋。

年少时，每年中秋小长假都会和父母来一趟说走就走的短途旅行。

这是四季中最好的时光。他们一起在黄山欣赏过山风浮荡中清丽舒朗的月色，在黄冈赤壁泛舟河上看千年时光流转下古老静谧的月影，在三峡的夜行船上欣赏过李白笔下影入平羌的峨眉山月，也在北京领略过红墙绿影掩映下皎洁明媚的月光。

哪怕高三那年学习最紧张的时候，他们仍然去了一趟杭州西湖，在一碗龙井的袅袅余香中，三人对月长谈、说彼平生，让她的同学好生羡慕。

大学四年，他们三人依然保留这样的传统，她从学校直接出发去某地和父母汇合，一起在陌生城市的月色里感受着岁月的缓缓流逝与亲情的历久弥新。

说起来，她平生第一个离开父母度过的中秋，是在2006年的9月。那年8月边检入警培训结束后，她被分配到浦东机场边检站。

中秋的夜晚，轮到值“收底”的晚班，队里准备了南北口味各色月饼，航班间隙还有一个短小的晚会，有才艺的民警都表演了自己擅长的节目。有人说了一个笑话，一屋子人笑得前仰后合，她也笑弯了腰。

突然航班到达的消息从对讲机里传来，欢乐戛然而止，众人立刻起立，虽然意犹未尽仍然匆匆散去。她也跟着快速起身，却在抬头刹那，看到了窗外一轮皎洁明月正兀自悠然，就在那一刻，眼泪夺眶而出。

时间来到2008年的中秋。那一晚，哪怕在多年之后回忆起来，她依然柔肠百转、情愫万千。

那天她本来是个早班，可以早早下班和老家赶来上海陪她过节的父母一起吃团圆饭，但是为了帮助一个赶着中秋夜回国团聚、却不慎遗失护照的老华侨寻找证件，到深夜10点多才下班。

离开前，有人匆匆往她的执勤包里塞了一块月饼，是她最爱的广式奶油椰蓉口味，还附带了一张寥寥数笔画着皎洁白月光的贺卡，上面写着：“你是一个好姑娘。民谣歌手周云蓬说，这句话是对所爱之人最好的赞美。”

她有些羞涩，几乎是仓皇地离开。独自走在月色中，心怦怦地跳。突然手机短信响了，她以为是那写信和送月饼的人发来，结果是队长，发来一张老华侨感谢信的照片。她觉得很幸福，既因为助人为乐带来的充实与满足，也因为，被人惦念与喜欢。

时间来到 2010 年的中秋前夕。她结婚了，新郎是两年前队里那个送她月饼和情书的男孩。

他们最初商量着把婚假放在中秋节，男孩听说了她与父母中秋旅行的故事，觉得浪漫诗意，便想他们的蜜月旅行也如此。

可是那年中秋正值上海世博会，航班密集、客流巨大，安保任务极其繁重，队内同事暗暗知道内情，鼓励他们休假，可他们仍然决定留下来与大家并肩作战。

那个中秋夜，他们从深夜 10 点一直忙碌到凌晨 4 点半。

天亮时，一群同事站在航站楼门口等下班班车，她依偎着他。虽然月色已暗淡，可她觉得秋日的黎明格外美，逐渐发白的天边，天色微亮，紫红的彩云变得纤细，长拖拖地横卧苍穹，浦东机场临着海边，远眺海岸线，几艘小舟飘摇，海面显得格外清远，薄暮之中，那船、那水，都缥缈如仙境。

那一刻，她终于深深体会到，秋色之美，是美在内心的安宁与充实，是美在尽己之职责，是美在所爱之人在侧。

等时间走到 2019 年中秋，她 8 岁的儿子已经会和她谈天说地了。说起她和姥姥姥爷一起中秋节旅行的故事，儿子眼睛里闪烁着光芒，说他也要这样的旅行。

她抱着儿子温软的小身体，跟他说爸爸和妈妈都是国门线上的移民管理警察，并不能像普通工作那样拥有小长假。儿子轻轻地哦了一声，可她看得出，一直到临睡前，他都有些小失望。

那一晚，伴着一年中最清丽的月光，她为儿子读了《风景的哲学》——我们留意地或漫不经心地看到树木和江河、草地和田野、山丘和房屋，以及那光和云变幻无穷的交相辉映，风景，是建立在我们的思想之上的，是我们心底深处建立的属于我们自己的艺术品。

孩子似懂非懂地点了点头，不知是这段充满哲思的话触动了少年的心绪，还是母亲温柔的声音安抚了一切不愉快，他渐渐鼻息沉重坠入梦中，不知梦见了什么，脸上还有隐约笑意。

她想，也许孩子还无法全然理解她的内心，但终有一天，他会明白的。

中秋，依然是她挚爱的时节，虽然不能在这时节里和家人一起万水千山携手走遍，她也不会觉得伤感和遗憾，因为她坚信，她和丈夫在国门线上的付出，正是为了守护着更多人的岁月静好与平安喜乐，而这，是她平凡平淡的人生里，最骄傲的事。

【《中国出入境观察》2019 年第 9 期】

家风吹送清茶香

张晓彤

闽南人家，家家户户有茶盘，老街里巷的榕树下，最常见人们围坐在茶几边，活煮甘泉，水汽缥缈，含英咀华，茶香氤氲。尤其是每逢位于湖滨中路的厦门茶厂焙茶，整条街道更是弥漫着醉人的茶香。

茶香一年四季不断，温润着闽南人的生活，更传承着闽南人的家风。

从我记事起，就记得爷爷时常坐在茶几边，娴熟地抓一把茶叶，从容地泡上一紫砂壶，不时用壶盖轻轻刮去茶汤表面的白色泡沫，让茶汤更清澈。若爷爷不讲那段峥嵘岁月，谁也想象不到这个普通的老人曾经战斗在海防最前哨，擒特务、遣战俘，纵横于硝烟弥漫的台海战场。啜一口清茶，爷爷讲那些他经历过的惊心动魄，语气却很平和，好像那些波涛只是沉静的海水。茶香缭绕中，故事讲了一个又一个，茶水斟完又添，而每次故事的结尾，爷爷总是说，不管是在什么年代，做人呐都要老老实实，做事呢都要勤勤恳恳，才能成大器。年纪尚小的我那时总是望着爷爷浅斟低啜，似懂非懂。

成长的记忆里总是萦绕着淡淡的茶香，爷爷的故事在茶香里延续。爷爷后来转业到公安，一干就是近 30 年，退休后，便和奶奶回到老宅享天伦之乐。爷爷的老朋友们有时候带来那些用黄罐红罐绿罐装的好茶，慷慨分享，老伙计们天南海北家长里短好不惬意。兴致盎然时，爷爷对着我们晚辈们娓娓道来——要知这茶名“一枝春”何来，那可是南北朝刘宋时代有位文人寄赠北方朋友新茶时的诗文“江南无所有，聊赠一枝春”。那时我并不能完全理解，看似酽如酱油的汤茶竟使长辈们如此沉醉。

有一次，气氛不同往日一般和乐，却让少年的我对长辈们品茗饮茶有了新的认识。一个中年人拎着一大袋子东西来到家里，说是泡茶，好似是有事相求，说是他家里儿子犯了事被公安局关起来了，希望爷爷能帮忙找熟人说说情。爷爷一改往日的和气，把本来已经冲上的茶叶都一股脑倒了，气冲冲地骂对方不懂法、胡乱套，把中年人赶出了家门。

爷爷重新冲泡了一壶茶，为家里人逐一斟上，他叫大家看茶碗里的茶汤——清澈见底、容不得半点杂质，就跟人的一生一样，即使没有什么作为，也要清清白白。

就是那一次，我被这茶迷住了，初入口虽然苦涩浓郁，然而片刻之后，竟是满口唇颊流芳的醇厚回味。

岁月沧桑了容颜，不变的是一家人围坐茶几共品一壶清茶。也许是受爷爷的影响，我的家人都有一种深厚的军警情结。父辈两兄弟都曾是人民解放军，后来又都成为人民警察，繁忙的工作让他们难得有时间坐下来和家人细细品评茶里的百味。有一回难得父亲和叔叔都休息，到爷爷家陪老爷子泡茶，窗外突然台风带雨晚来急，父亲和叔叔的手机此刻同时响起，因防汛抗台工作需要，要求他们取消休息、立即到单位待命！茶几上，是刚斟上的茶水，还蒸腾着雾气，父辈们来不及捧杯敬茶，便抓起刚脱下的警服，歉疚地与爷爷告辞。爷爷不以为然，没有多说，挥挥手，让他们赶紧去忙，别耽误公事。

白驹过隙，春风又绿江南岸，正是明前茶品时。如今我也身着一身藏青蓝，成为一名边检警察，坚守在国门三尺验证台上。同辈如我，站在人生的新起点，犹如杯中春茶——经过了一个冬天的滋养，饱蕴天地精华，茶芽细嫩娇美，滋味清纯。三尺验证台，固若茶壶——壶中的活水不断注入，茶叶在水中翻腾、伸展、沉淀，细细品来也定能尝到茶之百味。工作之余，每当我坐在熟悉的茶几边上，细嗅茶香，就好像回到长辈们身边，他们虽然没有讲什么大道理，但好像把所有道理都藏在了茶香里。

唐代陆羽在《茶经》中提出“茶之为用，味至寒，为饮，最宜精行俭德之人”。看着茶壶里翻腾的茶叶，我顿时明白，这茶，是我们闽南人家风的传承，是我们闽南人生活的寄托。安身立命，不能无茶。

【《中国出入境观察》2019 年第 9 期】

诗歌

◎ 你是边境线上最亮的光

◎ 出征

◎ 那一刻

◎ 把春天喊进万里河山

◎ 蘸料

蘸　料

范玉泉

过年　值班
战友支援边境一线
按照传统
桌上的饺子热气腾腾
我在昆明蘸醋吃
他们在临沧清水河
夹起饺子
蘸了蘸界河里闪闪的星光

【《中国移民管理报》2021 年 2 月 12 日】

把春天喊进万里河山

李明珠

这是一个姗姗来迟的春天
它跟随每一位逆行者而来
它曾隐匿于每一只口罩后面
严峻的嘴角抿紧三月的春潮

它隐身于每一位白衣天使的身后
尾随那全员排查检测的速度
每一步都迫切又沉重地
踏在寻找春天的路上

它藏匿在每一位警察头顶的星辉里
追逐着星夜驰援莱西的脚步
在没有硝烟的生死战场
一身热血奔涌着春之交响

它曾躲在某只手指的纹路里
在请战书上按下鲜红的手印
一抹红化作杜鹃的声声啼血
将要唤醒这春天的花朵

虽然这脚步蹒跚
还是走到了乍暖还寒
在守望相助的路上
正经历着一场倒春寒
待一声春雷缓缓滚过

把春天喊进万里河山

【《中国移民管理报》2022 年 3 月 22 日】

阅己·越己

乔　溪

列车疾驰，一路北上
车厢内的旅人是归、是往
还是同我一样
去赴一个与己承诺的约定
来寻一程梦想开始的地方

车靠站台，停顿思量
瞬间涌出的人潮是急、是忙
还是同我一样
想解一道不惑之惑的谜题
盼得一声清晰笃定的回响

走进报社，近嗅书香
日夜奋笔的身影是短、是长
还是同我一样
常捧一杯香茗浮沉的思绪
也享一抹伏案抬头的夕阳

阅己
拾旧日赠予
整理行囊，不念过与往
抚心安无恙

越己
启明日之约
拍拍肩膀，仰头向着光

待心花再放

【《中国移民管理报》2023 年 2 月 14 日】

前行的光

张 瑞

推开岁月的窗
看到曾经少年的模样
你说未来要执鞭任教
我却扛起了钢枪……

于是关于她
关于梦想
一个遗落小城
一个颠沛他乡
片语之言
抹不平童年的憾
疗不了成年的伤

渐远了小城的梦
夜深也曾迷惘
道阻且长
寻一道前行的光

择之无悔
沉淀的总是历久弥香
能带走的
尽力装进行囊
带不走的
只能留作念想……

关于小城

关于梦想
一半留在现实
一半寄回过往
【《中国移民管理报》2023 年 2 月 14 日】

春

严永俊

是春天的缘故吗
你总是那么充满光彩
不论你走到何处
阳光追随你的身影
白云追随你的身影
许多的眼神也追随你的身影

你淹没在花丛中
不知在和谁讲着
和春天有关的故事
那语气像是在说别人
更像是在说自己

其实　你就是春天
你的心情是百花争艳
你的梦想是风里翻飞的流苏
你张开双臂　就拥有了一片光景

你来到我们身边
给我们带来了温暖
让我们笑容灿烂
你站在那里　我们
也就站在了春天里

我们是该留住你　还是该追随你
我们是该拥抱你　还是该融入你

这　真是一道难解的题

【《中国移民管理报》2023 年 2 月 14 日】

乡村夏夜

李明哲

太阳隐退
白天的燥热暂时下班
三两声古典的犬吠声
惊醒了满天星光
一把把蒲扇
摇晃着一截缓慢的乡下时光

一望无际的田野上
庄稼疯长
一向安静的村子里
思念疯长
一盏明明灭灭的灯火
就是一个个思念的源泉

灯光下的人们
多么盼望
门外的犬吠声里
渐渐走近的脚步
就是远在他乡的亲人
归来时的声响

【《中国移民管理报》2023 年 8 月 25 日】

故乡二首

张晋熙

老树

老树枯了
干瘪的枝干再也摇不下一朵云
黄昏的微光点燃它的灵魂
褶皱里刻着与风雨搏斗的日夜
那一道道属于战士的疤痕
用身躯为自己竖一座碑吧
这一生就是无字碑文

老树叹息着
垂着稀疏欲坠的枯叶
擦肩而过的风也不忍触碰
孩童的笑声在记忆的绿荫里
响彻整个夏天
那是何年何月的一轮烈日
又是何年何月的一场细雨
没有人追忆起
长大的孩子们渐渐远去
老树还在原地等待着遥望着
总是骄傲地回想着
为孩子们遮风挡雨的自己

村口的老树空了
里面积满了岁月的灰尘
那些不曾说出的话

被写在落叶上　腐烂在泥土里
村子安静了
只有村边的长河叮咚
又响起了春天的序曲

这座城

这座城　我该好好看看
去海边　看看落日沉入海底
看看沙滩上的脚印
看看顽皮的孩子捡着贝壳
指着天边　数着一片片落霞
最好坐在岩石上
海风吹着面颊　浪花亲吻着脚丫
看看大海　奔腾着的牵挂

这座城　我该好好看看
去街市　看看高楼隐入夜色
看看川流不息的车
看看匆匆行人
走进灯火　倾诉一天的奔波
也可以站在街边
披着月儿织的纱　听听星星说的话
看看夜空　深藏着的牵挂

这座城　我该好好看看
看看岁月老了人家
看看时光写过的童话
看看曾经驻足的街角
是否还记得你我他
那些少年已经长大
如今的你　成了他们的牵挂

【《中国移民管理报》2022 年 2 月 25 日】

为了世间清明
——祭蔡晓东烈士

范玉泉

天空中圆圆的月亮
倒映在西双版纳的
澜沧江中
那多像一双充满悲伤的眼睛
眼里噙着硕大的泪水
从青藏高原奔涌而下
一泻千里地流淌
那是在思念一个人——蔡晓东
不想提起这个日子
可是谁又能忘记这个日子
2021 年　12 月 4 日
蔡晓东脚下生风
穿行在热带雨林中
他已超越了好多风
在他的前面　还有风
有毒贩浓重的喘息和凌乱的脚步　还有大片起伏的绿
暗色的蛛网　以及偶尔的鸟鸣
天色有些阴沉　空气凝重
蔡晓东带着战友　一直在冲锋　逼迫左冲右突的风加快了速度　在美丽的西南边境
热带雨林的巨大的阔叶上
响起更巨大的回声：冲上去！
然后是一个身影
裹挟着雨水　冲向天空
他被毒贩的霰弹枪击中
请放弃这个画面　不要说

比一首激扬的诗歌更壮丽
可谁都知道　没有人可以诵读出来　尽管喉咙里长出了火
火里有嘶哑的声音
每个人都想编造一个完美无缺的故事　来替换这个故事
更想挥动十万里大风
驱散涌动的寒流与堆积的阴云　每个人都想阻止一个故事
不要有义无反顾的感动
可这种果断决绝的冲锋
每一名战士都会想象一万次
每一名战士都会尝试一万次
每一名战士
都会将体内的血
烧得滚烫
恨不能用十万度的高温
杀死邪恶的病菌与毒瘤
猎毒者总在高处行走
常与雷电为伴
哪有退路!
这次　他一个人上路
身负绝壁　心怀孤寂
步履蹒跚　这个孤勇满腔的男人啊　长途跋涉
要走到哪一处险峻的地方
才能狠心地放下自己
才能感觉轻松
才会回回头看看战友和兄弟
才会微微一笑
释放久违的含蓄与难以启齿的愧疚
不用看眼角的鱼尾纹
盛着水
那水巨大　浩浩荡荡
真的应该把它叫做
泪
那泪巨大　来势汹汹

一路滚滚而下
越过沟壑纵横
裹挟乱石泥沙
还有无法抑止的痛苦
和悲伤
那泪锐利而冰凉
一行推着一行
一行冲垮另一行
不必担心谁的脸会有血痕和伤疤
每个人心甘情愿承接那撞击与冲刷
直至那水平息
直至那泪停止
直至剖肝泣血的心平复下来
他的妻子告诉一双儿女：
爸爸去天上摘星星去了，
谁都知道
摘星星的男人
比星星走得更远
一双儿女　似懂非懂仰望着星空
满天的星星也只能是无言以对
在遥远的地方眨着眼睛
这个善解人意善良可亲的女子
发出悲壮的哀恸：
“安息吧，东哥。
家里有我，爸妈有我。”
“你没有完成的心愿，
儿女会为你完成。”
她声音不大　语气坚定
但作为妻子　她最了解丈夫
她知道晓东心有不甘　有话未说
在与毒品斗争的路上
他用 38 年的血
将骨头烧成了钢铁

用 15 年虎口拔牙的经历
将信念悬挂于心的最高处
他说：缉毒没有退路
必须保持冲锋的姿势
不必谈论谨慎和勇敢
必须肩负为了世间清明的重担
如果有一天我真的牺牲了
红色的鲜血会浸润我爱着的土地　不必用过多的时间来思念和怀想　前方啊　还有
更汹涌的海浪在咆哮　必须用雷电的心和风暴的行动　予以痛击
必须还给向日葵真实的笑脸和金色的花瓣　必须斩钉截铁地说：
毒品一日不绝，禁毒一日不止！
给一匹马以最快的时间
马不停蹄地荡涤污浊
可这个人啊
比马还快
倒下了
都没有喘口气
十二千亩的西双版纳
十二千亩的泪雨滂沱
十二千亩的悲悯与抚慰
十二千亩人群心中的呐喊
湿透了清明　这个与水有关的日子
所有的雨水
挡住了月亮的眼睛
可是那一跃而下的澜沧江
呼啸伴着哀鸣
怒吼着：一个战士无奈的长眠　是因为他要守护一片沃土的春天！

【《中国移民管理报》2022 年 4 月 5 日】

心的方向

宋 爽

那是耄耋老者叶落归根
拄拐杖急切地走
那是劫后侨胞踏上故土
任眼泪肆意地流

那是排排的海浪只只的白鸥
东海上暴烈的日头
那是长长的雪山细细的红柳
西城外连绵的沙丘

那是岭南的东坡岭南的云雾
藏了朝臣殷切的眼眸
那是塞北的王翰塞北的琵琶
醉了将士苍凉的回首

那是一湾浅浅的海峡
写一生故事饱含深深的愁
那是一颗赤红的真心
穿一身洋装身负冷冷的秋

那是递还证件的一声问候
让漂泊的身影从此停留
那是警备严整的一句放心
让惊悸的心神有人守候

那是铜

是铁
是金鼓吴钩
是枕戈待旦的昼夜里未雨绸缪
那是琴
是瑟
是清茶美酒
是开放包容的四季中友善温柔

那是飘扬的五星飘扬的红旗
扯烈士的衣襟用鲜血染透
那是大写的汉字大写的中国
聚天地的英气宣今古自由

那是飘扬的五星飘扬的红旗
喊出千百句前进号子催发民族昂首
那是大写的汉字大写的中国
唱响百千回筑梦情怀激荡万里神州

那是飘扬的五星飘扬的红旗
闪耀东方，熠熠不朽！
那是大写的汉字大写的中国
群山巍巍，四海奔流！

【《中国移民管理报》2022年5月20日】

寻　找
——怀念缉毒英雄蔡晓东

吕　宁

你去了哪里？
2021 年 12 月 4 日那一天，
我们失去了你。

我去问呜咽的独龙江，
去问莽莽的云岭丛林，
江水澎湃奔流远去，
云岭葳蕤充满生机，
如你蓬勃的生命
不息……

我在云南民族大学里寻找你，
学生登记表上的你
青葱帅气，
黝黑的脸庞似乎还挂着
球场归来的汗滴。
我还找到了你的入党申请书，
“永远跟党走！”
微微发黄的纸张
深深的印记，
流淌着你拼搏的青春
信念坚毅！

我在橄榄绿色的老照片里寻找你，
第一排左三上尉

押解毒贩缴获的毒品
尽管你和战友们一样,
脸上被模糊处理,
但我依然认出你
宽厚的肩膀,
标准的跨立。
这样的照片是那么多,
记录着你十几年来的赫赫战绩。
送走日落迎来日启,
仿佛又听到你洪亮的回答:
蔡晓东到!

我在红蓝相间的警旗下寻找你,
三级警督警号 377083
平安蓝的映衬下,
你的目光坚定而执着。
在那样一个冬日的雨后,
你大喊一声:冲上去!
枪声杂乱地响起,
被鲜血洇红的土地,
永远记住了你
三十八岁的年纪。

你去了哪里?
我没有找到你,
没能握住你温热的手掌,
却又似乎找到了你,
因为
到处都有你的足迹
你的气息。

不信,你听!
那首为你而谱的歌曲《丰碑》里有你,

“你冲锋的姿态，永不后退！”
老乡们哽咽的喉咙里有你，
“晓东，我们想你！”
儿子稚嫩的喊声里有你，
“爸爸，你在哪里？”

不信，你看！
饭桌上多出来的那副碗筷，
等待它的主人端起；
“东哥媳妇”的朋友圈，
引多少网友泪泣；
还有那排列整齐的队伍，
踏着你的脚印继续追击！

你去了哪里？
是晴朗夜空里会眨眼的那颗星星吗？
那一定是你！
只是你太调皮，
眨着大大的眼睛，
却沉默不语。

你去了哪里？
滇池边归来的红嘴鸥是否带来了你的消息？
捧一块你喜欢吃的糯米粑粑，
那在头顶盘旋鸣叫的鸟儿，
分明在诉说你的心意。

我找到了你！
你还在这里！
你温暖的笑容
仍在边境百姓的心里，
你犀利的目光
让多少毒贩胆丧心悸！

我和他、她
手臂紧紧挽起，
边关再险，
我们有勇气！

我找到了你！
你还在这里！
你用精神燃起信仰的火炬，
你把旗帜插到了缉毒战场的高地！
在这个英雄辈出的集体里，
你用生命为警旗增添了鲜红的一笔，
新一代移民管理警察跟随你的脚步，
前赴后继！

斗转星移
潮落潮起，
你和无数英雄铸就的丰碑，
折射着太阳的光辉
永远屹立！
你和无数英雄俊朗的脸庞，
一同化作警徽的底色
我们不会忘记！

你放心地去吧！
妻子儿女、父母兄弟
我们都会如你所愿守护周全，
只是希望，
你常常回到
他们的梦里。

【《中国移民管理报》2022 年 6 月 10 日】

来自边境线嘹亮的哨音

尹文静

一

我一直往雾气的深处
被阳光抛弃后雨天制造的这种隐秘
让我无法释怀的爱终极有了形容的遮蔽

一直往里深入
像一个孤胆战士朝暗堡　警惕推进

二

如果没有这阵从邻国飘来的雾气
这趟边境之行是不是毫无头绪

在雾气的苍茫之外
我认真梳理来自职责、使命、荣耀和归属感后
模糊数据的清晰之见

三

还要走多远才能抵达雾气的底部
我经过好多在雾气笼罩下的树、草、山、河、路，
还有一些稍为点缀的小花朵，
也经历了好几尊耸立于天穹下肃穆的界牌。

雾气一直在前方，比脚步还快
一如无法追赶的梦境的影子。

四

排过的雷还在，没排的雷深埋山坳。
在重重雾气里都没有本质改变

危险在危险之上
我的心在不稳定的跳动中更趋沉默

五

蜿蜒盘旋和匍匐向远处山顶的铁丝隔离网
锋利的刃牙整齐排列在雾气的上端
古长城的堪称奇迹的万里坚固
成为历史的隐喻和膜拜

雾气把我丈量过的边境线上的钢铁长城
描绘得荡气回肠抒情如我

六

我走在一条产生无数英雄的路上
英雄的呐喊沉闷而坚定的旋轮
并没有因为雾气的浓或淡而消亡
英雄都来自平凡肉身后被烧红的枪口
子弹一一飞过的硝烟弥漫

七

没有遇到一只鹰
鸟也没有

八

只有雾气
因为只有雾气弥散后的所有不确定性

九

我以为还有很远的路和很多的雾
一条河却忽然呈现
猝不及防的　一条界河

十

一声响亮的哨音
突兀而亲切

我们的边检站
我们坚固的国门，以及
忠诚并勇敢的戍边兄弟
正集合在五星红旗的招展里
穿越的开饭的指令平息了雾气

【《中国移民管理报》2022 年 7 月 22 日】

父亲的日记

张圣鹏

你一定是怕时间淡漠无情
偷走关于我的点滴记忆
才将我成长的脚印在你日记里埋藏
抽屉里泛黄的日记本
记录着一笔笔父子间的“欠账”
有你凑近亲吻我时
我紧锁的眉头和挡在面前的手掌
有你教训我后
被涂黑的相片和散落一地的相框
有我负气出走时的倔强
更有你举起拳头
却不知挥向何处的黯然神伤
最多的却是
“希望你健康快乐地成长”

时间不语　静水流淌
我也有一本关于你的日记
沉淀在我记忆最深处
全是爱的模样
烈日炎炎
唯你身后的那片影子最是清凉
阴雨绵绵
浸不透你为我支撑起的衣裳
秋风冬雪
冷不了我对你怀抱的向往

没有伟岸身躯
却为我撑起一片天空
散发不出耀眼的光芒
却照亮我人生的方向
从橄榄绿到藏青蓝
你毅然支持我坚守边疆
你一句“男儿志在四方”仍在我耳边回荡
我是你放飞的梦想
风筝般在你的牵引下展翅飞翔
不要惧怕手中的线折断
我已找到了方向
懂得了责任与担当
选择了移民管理事业
承诺做一名国门卫士
一辈子为祖国站岗

岁月没有掠走你对我童年的记忆
在你眼里
我永远是你日记里孩子模样
岁月无情
描摹了你斑白两鬓和沧桑脸庞
但你从未敢老去
像卫士一样
捍卫着你生命的意义
只为在风雨来临时
站在我的最前方

昨夜梦回故乡
义站在最熟悉的台阶上瞭望
那是你奔波的方向
我接过你手中沉甸甸的接力棒
读懂了你日记里的纸短情长

【《中国移民管理报》2022 年 7 月 29 日】

行　囊

郑博文

背起行囊　装下儿时梦想
有逞强、有倔强，有热血、有向往
还有自由的远方，像雏鹰飞翔

挥别故乡　望着离行车窗
有泪水、有凝望，有不舍、有彷徨
还有青春的滚烫，在梦的路上

重整行装　包裹内心柔肠
有思念、有荒凉，有坎坷、有坚强
还有理想在前方，为此而疯狂

捧起勋章　画出国门形状
有山河、有桥梁，有警营、有钢枪
还有祖国的边疆，坚守中仰望

观东北雄关重峦叠嶂
无数战火沧桑忠骨埋藏
瞧国门江桥静卧鸭江
多少风云之志代代传唱

这条江
是我坚守的地方
白昼和星芒
依国门奔腾流淌

这条江
盘踞中国版图北方
古老而悠长
跨时代奋发图强

江岸旁　徐徐而来的风
如至亲亲吻脸庞
五女峰　汩汩而来的水
似热血激荡胸膛

放下行囊　这里已成为我的家乡
有坚固的哨位　还有心爱的姑娘
放下行囊　这里已是我深爱的地方
有翘首的山冈　还有国门警徽的光芒

这是青春编织的行囊
从逐梦到闪亮
勾勒出国门卫士的模样
散发着一道初心的光
在巍巍雄关中
守望祖国腾飞华夏辉煌

【《中国移民管理报》2022 年 8 月 12 日】

边关月圆

贾明旭

同一轮月亮
洒在不同的地方
有人欣赏，有人守望
我咬下一口月饼
不是五仁也不是蛋黄
这味道浸入心底，叫家乡
冬去春来，夏过秋忙
这一年，在历尽风霜中成长

同一轮月亮
照亮不同的脸庞
有人欢畅，有人铿锵
我扯下一束月光
不去存放也不去收藏
就把它剪成希望，披身上
席地而卧，美梦一场
这一年，在追逐梦想中启航

这里，不是故土
也没有乡烟一柱
飞鸟与落日此起彼伏
身影与界碑并肩为伍
只为了最初的抱负
还有母亲的嘱咐
愿做祖国最忠诚的雕塑
立在哪里，都是归宿

初秋的风，温柔且刺骨
当圆月渐露
漫天星辰悄然淡出
我拿出准备已久的礼物
一份份团圆，送千家万户
只留下一片安静的夜幕
享受着心无旁骛
重复着昨夜的忙碌

塞外苍茫，却有疾风骤雨可赏
彼岸太远，故事塞不进行囊
行将几程，何惧远方
心之所向，便是行之所往
戍边人守护的，定是最圆的月亮
不信，你回头去望
他们脚下足迹几行
是不是信仰的形状？

其实，我想我
并不留恋风花雪月
也不羡慕玉食金靴
因为，我的热血
流淌在三川五岳
这，就是我全部的阴晴圆缺

【《中国移民管理报》2022 年 9 月 13 日】

如此爱你

吕　宁

我是如此爱你
在大漠黄沙里
在雪域高原上
在高楼霓虹中

我颠簸在边境巡逻的马背上
马蹄扬起的黄沙　嚼在嘴里咔嚓咔嚓
我急着去给额吉把被暴雪封住的门打开
是的，那不是我的妈妈
但她是我辖区里别人的额吉
额吉平安了
我笑了
尽管我浑身沾满了泥巴

我在 5000 米的高度守着那个山口
风雪吹红了我的脸颊
和因缺氧翘起的指甲
走过来的那个陌生的身影
似乎腰里别着弹匣
我整整防弹的头盔和背心
握紧了已温热的枪把
此刻，我的心脏有力地跳动
有你在，我不怕

我不停地看着手表，穿梭在车水马龙里
那个爱闹人的娃娃才刚刚哄睡放下

30 公里外的三尺验证台上
等待它的下一班主人
手套、面罩、防护服；擦拭、喷洒和消杀
一样都不能落下
早上明明没喝水
可为啥
这防护服里的警服像泳衣一样
湿嗒嗒

我是如此爱你
我用双脚踏量着界碑与界碑之间的土地
我的手里章起章落
守护着国门的平安和城市的繁华

这几年里
我有了很多变化
我的橄榄绿换成了平安蓝
培训、考试、学历证书；法规、查验、口语练习
我的生活忙碌而丰富
依稀梦里金戈铁马
也曾憧憬雪月风花
但我
从没忘记爱你

没有比天空更遥远的星辰
我愿做一颗星星　在你的辽阔里闪烁
没有比大海更汹涌的波涛
我愿做一朵浪花　在你的怀抱里跳跃
没有比土地更无垠的道路
我愿做一匹骏马　在你的广袤里驰骋

我是如此爱你
我用青春爱你的厚重历史

我用理想爱你的波澜壮阔
我用奋斗爱你的多难兴邦
我用信念追随
你的复兴强大

我是如此爱你
从南到北
从冬到夏
我想写一首爱你的长歌
从灼灼芳华
一直唱到
鬓染霜花

【《中国移民管理报》2021 年 8 月 6 日】

边境组诗二首

官信帮

刻在记忆之上

十里村的草果山
有云有雾　有乡土的气息
边境线很长
比边境线更长的
是你巡逻的身影

老卡的山很大
清晨睁眼一看
边境派出所的警务室
就在云端之上
太阳向山顶攀登的姿势
是青春　也是激情

八字河的界碑旁
天空深邃碧透
云卷云舒似在流淌
国旗镶嵌在眼帘之上
跨过溪水山冈
就是异国他乡

我就在那里
无论你是否看到
我们守过的界碑
走过的边境线

终将被岁月写成诗
镌刻在记忆里

红河恋

当花瓣离开花朵
是一朵花生命的结束
也是一粒果实生命的开始
蒙自的石榴花盛开了千年
那里的移民管理警察和人民
像石榴籽一样
手相牵　梦相连
从千年梦中走来的
是建水的紫陶
还有元阳的梯田

我穿越百年的滇越铁路
在红河之畔与哨所相遇
如一段爱情
从相遇　到相知　到相恋
直至相守
化为信念

我踏查过的边境
抚摸过的界碑
手握过的钢枪
无不一一见证
我们的守边情　红河恋

【《中国移民管理报》2021年12月21日】

蝴蝶剪影

张　伟

我看到一只蝴蝶的剪影
在我的身边翩翩
她让我想起在那千里之外的故乡
有着怎样幻彩斑斓的春天
那里一定云霞温婉
杨柳间掠过轻快的归燕
风在青草上穿行
惊起一片鸟儿的呢喃
小桥陪伴着流水
杜鹃依偎在蓝天
动人心魄的少女
穿着飘逸俊俏的花衫
可当我睁开眼
只有黄沙万里
掩映着大漠孤烟
可是无悔我的选择
只因一生的坚守
不在田野
而在边关

【《中国移民管理报》2020 年 8 月 25 日】

长风沙怀古

王 炜

如果我在长风沙，做一个古人
读的是郎骑竹马来，绕床弄青梅
听的是沙浪、瀑布悬苍崖
如果遇到李白下扬州
船打长风沙而过
用江水洗脸，用惊险成诗
我便随他而去
不科举、不食禄
只做他的小侍，红炉煮酒
往来有豪杰，谈笑有鸿儒
如果我在长风沙，做一个古人
遇到进京赶考的书生
就点亮一盏灯笼当作星星
挂在江堤的树枝上
告诉他们
江水如何湍急，大风说来就来
即使江面宽阔一马平川
却能在一刻之间
将他们的衣衫吹到褴褛不堪
如果我在长风沙，做一个古人
面对江中九里十三矶的交界处
会停下匆忙的脚步
打尖，烧茶，抖落一身的尘土
架起火把，思念远方的故人
用冰凉的江水
一次又一次浇灭身上的慌张和落寞

沉默着把内心的杂草一一剔除
如果我在长风沙，做一个古人
每天打扫台阶，收拾庭院
而不去管小楼外，江水凶猛，人间荒芜
我和我的野花们
自顾自地依旧葳郁葱茏

【《中国移民管理报》2020 年 11 月 24 日】

故乡那缕月光

王 正

屋顶的炊烟袅袅升起
庭院的树下花落满地
村野上方的天空低旷而沉寂
夕阳靠在晚霞边很久才落去
暮色渐渐四闭，星光微微闪熠
傍晚的轻风吹散了疲倦的气息
家人在门前唤着晚归的孩子
童年幼名的喊声悠长且亲昵
一轮满月自天际升起
无垠的清辉皎如白璧
月华似流水淌过房檐屋宇
在斑驳的树影间静静挪移
我站在窗前伸出手臂
想接满月光捧回屋里
灶台边的母亲穿着旧厨衣
转头看我时眼中充满笑意
时光像一尾穿梭的游鱼
成长如一场漫长的别离
今晚的月色仍明亮如昔
而我与故乡却相隔千里
多年后我在岁月的长河畔拾遗
那一缕月光总会闯进我的回忆
默默将远方的思念埋藏于心底
守在国门是为了更多人的团聚

【《中国移民管理报》2020 年 12 月 1 日】

边关月夜

李远平

每逢夜幕降临
我都用墨涂去我的思念
直到眼前一片漆黑
仿如一层巨大的幕布
将自己罩得严严实实
只剩下怀里沉甸甸的国门
可是月像个淘气的孩子
顽皮地涂鸦　从弯弯的芽到圆圆的盘
在幕上留下一层灰色的印痕
透出一片朦胧的光芒
这时思念像个小兔
在心里鼓捣起一阵酸楚
可惜是一个恶作剧
回家的路早早地消失
在山脉　沙漠　戈壁上
最后我还在原地
怕惊扰沉睡这里先烈的魂
我再次小心地涂去思念
从圆圆的盘到弯弯的芽
直到眼前漆黑一片
只剩下怀里那沉甸甸的国门

【《中国移民管理报》2019 年 9 月 13 日】

藏蓝刀锋

陈净萱

当黎明初升的阳光
刺破乌苏里江畔的黑暗
当清晨拂过的微风
划开南迦巴瓦峰的面纱
当飘落的凤凰花瓣
卷集着南国的浪花飘向远方
当北国飞扬的白雪
落在洛古河警务室的屋檐上
我看到
雪域高原上影影绰绰的是你
戈壁荒漠中步履蹒跚的是你
集装箱森林里步伐坚定的是你
三尺验证台前火眼金睛的也是你
用绝对忠诚淬炼的是你
在冰与火中以热血铸就的是你
千万个你
汇作一把藏蓝刀锋
利刃出击　所向披靡

【《中国出入境观察》2022 年第 4 期】

那一刻（歌词）
——献给我们的战友蔡晓东

曹昌丰

那一刻，你知道那危险就在眼前
那一刻，你没有丝毫胆怯和退缩
那一刻，你心里啊只有使命职责，想让天上云朵都洁白祥和
那一刻，你慢慢倒下的是血肉之躯，铮铮挺立的是铁骨承诺
那一刻是瞬间，是永恒，是拼搏，是英雄的赞歌
那一刻是信念，是荣光，是深爱，是复兴的蓬勃
那一刻啊，清澈的爱只为您，我的同胞我的祖国
那一刻啊……啊……啊……永恒的那一刻
清澈的爱只为您，我的同胞我的祖国

那一刻，连绵青山默默拥你入怀
那一刻，潺潺的小溪啊再无欢歌
那一刻，青松啊含泪为你遮阳，庄严的界碑绽放艳丽花朵
那一刻，我们沿着你那浴血的足迹，再上征途继续奋勇跋涉
那一刻是瞬间，是永恒，是拼搏，是英雄的赞歌
那一刻是信念，是荣光，是深爱，是复兴的蓬勃
那一刻啊，清澈的爱只为您，我的同胞我的祖国
那一刻啊……啊……啊……永恒的那一刻
清澈的爱只为您，我的同胞我的祖国

那一刻，清澈的爱只为您，我的同胞我的祖国
那一刻啊……啊……啊……永恒的那一刻
清澈的爱只为您，我的同胞我的祖国
我的同胞我的祖国
我的祖国

祖国

祖国

……

【《中国出入境观察》2022 年第 7 期】

出　征

马群丁

万马河、色勐坝
芒市、允外
木康、老缅城
中缅边境这些特殊的地域
注入了新的执勤力量
1 号、2 号、3 号
100 公里、200 公里、300 公里
值守边境
巡逻执法
沉警到村
联防到户
巡防到点
任凭边境云月变幻
逢边必守
守土如命

我熟悉的 10 个战友
我熟悉的 20 个战友
还有我不熟悉的千百个战友
他们都是固边的人
“警号”“党徽”
挂戴着、辉映着
每天都在谱写边境故事
湘楚大地的牵挂
云贵北川的思念
沿海渔村的祈福

如同稳边固防的光荣
展示出移民管理警察的忠诚姿态
熟悉了巡逻路
当好了守护神
做好了贴心人
在悠长的边境线上
注目着守望的方向

答好每一份试卷
用青春的合力答出好成绩
把千点万线筑成屏障
不辱使命的治理
不负韶华的忠诚
这忠诚
是国家安全观的戍边
是国家利益至上的把守
是国家政治安全的维护
是每一个共产党人的担当

援战滇边
华章日异
如同猎鹰
把英雄的身影
挥洒在西南边境
每一次行动
每一次值守
每一次巡防
都是智勇的搏击
或有生死的较量

出警、走访、调研
爱边驻守
跃然纸上

会战的警队
每一个日夜都极不平凡
每一处都存暗战
或在没有硝烟的战场
和平与幸福的偕行
唯有负重前行的路径
边境中唯有奋勇
逆行中唯有使命
枪、毒、恐、潜
一串串斩获的战绩
在实时播报
这些不是耀眼的结业证
而是拒敌境外的战斗史
俘敌前沿
风樯阵马
大步向前

【《中国出入境观察》2021 年第 5 期】

你是边境线上最亮的光
——国家烈士纪念日有感

杨明佣

孤直的烽烟一刻没有熄停
你持着正义之光
设伏在漆黑寂寞的长夜
守候着身后万家灯火
你巡防的铿锵脚步携着风雷
把那一路的坎坷踏平
你潜入龙潭虎穴斗智斗勇
命悬一线的你呀，还是将毒魔悉数剿灭

面对突如其来的疫情
你捧着生命之光
白衣执甲，逆向而行
你脸颊深深的勒痕
是你将死神牢牢地咬紧
如梭岗台上，井然通道边
你优雅的丰姿哟，是如此的传神
犹如春神之光
温馨了无数个孤寂疲惫的旅程

凝望茫茫的边境线
我要轻声地问询
停留在雄关古道边的你
今夜是否还对着孤星冷月倾诉着衷肠
长眠在大漠黄沙里的你
清晨是否依然能听到悠悠的驼铃

倒在雪域高原上的你，是否与天堂接近
我虽然听不到你的回声
但在你走过的漫漫边境线上
我看到了一座座巍巍丰碑
与日月同辉，将苍穹高擎

【《中国出入境观察》2021 年第 10 期】

信　念

龙擎天

陆地与海洋的遇见
是海平面
海洋与天空的相接
是地平线
线线面面圈圈点点
勾勒的终点是国境线
日月星辰更变
我守在天的边界

流年逝
一年又一年
昼夜替
一天又一天
夏日冬雪秋夜
我不改戍边信念

浓雾阴沉多变
是一座迷离宫殿
它的疑点
我将它通通浮现
一面威严一面露出笑脸
去迎接
秋月春风每一天

真情切意如烟
是我内心的执念

光阴似箭
别等待误了流年
相见是缘
微笑是我名片
这里遇见
最美风月

看大好河山气浑圆
安居乐业
观万里星空共婵娟
幸福团圆
岳峦河涧蓝天海边
勾勒盛世侧颜
新的时代开篇
初心永恒不改
写下崭新诗篇

【《中国出入境观察》2019 年第 6 期】

烟　火（外一首）

林小兵

今晚穿越一座城
去看这周年纪念的烟火
一如多年以前
怀着虔诚的心情
去赴那场跨年音乐会
野狸岛旁的日月贝
在夜色里格外妖娆
烟花如期次第地点起
和着色彩斑斓的光影变幻
在春夜的苍穹中璀璨绽放
仿佛一场视觉的盛宴
涌动的人群欢呼阵阵
遂记起那年初相遇
隔岸的莲花正盛开
摇曳在午夜的珠澳边关
远天　近海　星月
如今依旧
抖落这满身征尘
在众人翘首的特别时刻
从这一个春天
走向下一个春天

时　光

眼瞅着
岁末的最后一抹斜阳

缓缓地隐没在
西边的群山
日子将翻开新的一页
此刻
我们竟怀着犹豫
面临抉择的彷徨
并非迟迟不肯向前
而是因为
有些瞬间
已成了定格的永远

难舍昨天
那些将会在记忆中
不断重复的片段
每个清晨刻骨的黯淡
每个黄昏无助的挣扎
每个黑夜虚幻的期盼
所有已被忽略过的细节
以及当时的全部篇章
尽管提前注定了的结局
已经无法再次启航
但我们绝不会失落
失落在这流逝的时光

若时光不再
梦里依旧温暖
那一定是因为
新年的钟声已然敲响
这动人的第一缕晨曦啊
即将穿越厚厚的地平线
带来生机与希望
我们将无所顾忌地
继续在时间的长河里

漂泊游弋

西来东往

由北向南

【《中国出入境观察》2019 年第 12 期】